ドイツ文学の道しるべ

ニーベルンゲンから多和田葉子まで

畠山　寛
吉中俊貴 編著
岡本和子

シリーズ
世界の文学をひらく 1

ミネルヴァ書房

はじめに

――若きドイツ文学の悩み――

「本を読むって面白い！　しかもドイツ文学にはなかなかスゴイのがある！」

このことを伝えるために，そしてなによりも，実際に作品を手に取って読んでほしい，という願いを込めて，この本は企画されました。みなさんも映画や音楽を鑑賞してこころが揺さぶられると，そのことを誰かに伝えたくなったり，その作品を一緒に味わえる人を求めたりすることがあるでしょう。わたしたちはこの本を通してドイツ文学の作品をみなさんと一緒に読み，その喜び，感動を分かち合うために，本書を三部構成とし，以下のように工夫しました。

第Ⅰ部の「なかなかスゴイ！　こころを揺さぶるドイツ文学」では，数あるドイツ文学作品のなかから，自信をもって「おもしろい」と言える70の作品を選び，成立・出版順に取り上げています。本を読むとは，ひとりの人間がその作品に寄り添う行為であり，そのときの気持ちは，人と親しくなるときのこころの持ちようとなんら変わりません。相手の社会的・文化的背景を知れば，相手をよりよく理解できるかもしれません。しかし，ここで紹介されている作品は，そうした予備知識がなくとも，人を惹きつける魅力をもった作品（＝友人）です。まずは，思い切って話しかけてみて（＝読んでみて）ください。自分とは異なる部分をたくさん持っているけれど，つきあってみるとおもしろい人――第Ⅰ部ではそうした友人になれる作品を紹介しています。

第Ⅱ部「ドイツ文学の森を散策しよう」では，ドイツ文学らしさを伝える16の「講義」を用意しました。「講義」とはいっても，肩肘張ったものではありません。それぞれのテーマをショートストーリー風に語りつつ，ドイツ文学の森を散策してみようという試みです。

ドイツ文学の森はたしかに鬱蒼としていますが，決して古いものではありません。それどころか，近隣のヨーロッパの国々と比べると，「ドイツ文学」と呼べる国民文学が誕生するのは，比較的最近のこととさえ言えるのです。ドイツにはモリエールやラシーヌ（フランス），セルバンテスやカルデロン（スペイン），ダンテ（イタリア）やシェイクスピア（イギリス）といったような国民文学を代表できるような巨匠的作家は17世紀になっても，まだいませんでした。いうなれば，ドイツ文学は，周りを見渡すとすごい先輩たちがいるなかで，なんとかして自分の立ち位置を獲得しようと模索する後輩のようなものでしょうか。ただ，若いからこその悩みを抱えて育ったドイツ文学が，数々の傑作を生み出してきたことも事実です。若いがゆえに無茶もするし，洗練されているともいえませんが，だからこそ，生真面目にあがき苦しむその不器用なさまが，人のこころを打つ作品を生み出したのかもしれません。

この第Ⅱ部は五章から成ります。第一章「講義の前に」で，ドイツ文学を読むための準備として，ドイツ語圏の歴史および地理的な広がりと多様性が紹介され，第二章「拠りどころを求めて」では，長らく統一国家をもたなかったドイツが文学という分野でいかにしてアイデンティティを確立しようとしたかが語られています。第三章「もがき苦しんで Gefunden?!」では，そうした「ドイツの自分探し（？）」の過程で「見出された（gefunden）」（古代ギリシアの数学者アルキメデスのことば「ヘウレーカ」（「見つけたぞ」）のドイツ語訳）文学形式に焦点を絞っています。第四章「戦争と制度」では，ドイツ語圏文化を形成するうえで重要な役割を担った戦争や社会システムを描く作品について語られ，最後の第五章「愛され願望？」はドイツ文学を語る上で欠かせない３つの「つながり」を取り上げています。

これら16の講義は，それぞれが独自の視点から見たひとつの「流れ」を示すものであり，それらの組み合わせ次第で，より大きな歴史に合流しうるようになっています。その流れに沿って歩きつつ，みなさんがこの広大な森のなかで，自分の道を見つけ，その途中でお気に入りの場所（作品）に出会えるよう願っています。そして望むらくは，散策の途上で，文学を通じて何を考えることができるのか，問うてみてほしいのです。その問いこそが，人生の森を歩くときの，導きのランプになってくれるはずです。

第Ⅲ部「世界との交流」は，ドイツ文学とほかの国の文学との交流が垣間見える構成となっています。冒頭で日本におけるドイツ文学受容を紹介したあと，日本語文学，中国文学，ロシア文学，アメリカ文学，イスパノアメリカ文学，イギリス文学，フランス文学の研究者たちに，ドイツ文学についての印象や，ドイツ語圏以外の文学にドイツ文学がどのように受容されているかを語ってもらっています。外から眺めてみると，ドイツ文学の森はまた違った相貌を見せてくれるでしょう。

第Ⅰ部は点，第Ⅱ部はそれをつなげた線，そして第Ⅲ部は額縁になっています。この点と線と額縁を使って，読者が思い思いに「ドイツ文学」という絵をスケッチすること。本書はそれをねらいとした新しいガイドブックとなるでしょう。ですから，この本はドイツ文学史を学ぶための本ではありませんし，たんに作品のあらすじや作家・詩人の伝記を紹介する本でもありません。そうではなく，読者が個々の作品を読んで文学を楽しみ，そうした読書体験のうえにみずからドイツ文学の広がりを思い描くことのできる道しるべでありたいと願う本なのです。

なお本書には，文中に登場する作家や作品が別の箇所でも言及されていることがわかるように，クロスレファランスが付いています。これをたどり，各項目を横断して読むことによって，いかに個々の作品や作家が密接に絡み合っているかに気づくでしょう。また，巻末には「読書案内」（翻訳，文献，視聴覚資料）をつけました。

『ドイツ文学の道しるべ――ニーベルンゲンから多和田葉子まで』は「シリーズ・世界の文学をひらく」の一冊として出版されます。ぜひこのシリーズのほかの巻も手に取ってみてください。異なる言語の文学世界に触れることで，みなさんの世界がいよいよひらかれたものになると思います。本書は，大学生向け（ドイツ文学を専門としない学生も含む）の教科書を想定して作られたものですが，ここにある作品やテーマに興味を感じるすべての方にひらかれた本です。多くの方に楽しんでいただければ幸いです。

最後に編者の考えに賛同し，魅力的な原稿を書いていただいた執筆者のみなさまに感謝申し上げます。また，最後まで粘り強くお付き合いいただいたミネルヴァ書房の河野菜穂さんにもお礼を申し上げます。

編者代表　畠山　寛

目　次

第Ⅰ部　なかなかスゴイ！　こころを揺さぶるドイツ文学

第Ⅱ部　ドイツ文学の森を散策しよう

第Ⅲ部　世界との交流

第 I 部

なかなかスゴイ！
こころを揺さぶるドイツ文学

1　『ニーベルンゲンの歌』（*Das Nibelungenlied*, 1200年頃）作者不詳

1　英雄叙事詩としての成立

英雄叙事詩とは，民族の神話的由来や英雄の事績，歴史的できごとなどを歌った叙事詩のことである。そして中世ドイツの英雄叙事詩の中でもっとも有名なものが『ニーベルンゲンの歌』だ。この作品は口誦の古い伝説をもとにして，1200年頃に現在に伝わるような叙事詩として成立したと考えられている。作者は不詳とされるものの，パッサウ司教ヴォルフゲル・フォン・エアラ◁1（1140?-1218）の依頼で成立したという説が有力であり，作品に登場するパッサウやウィーンについての描写が比較的具体性を持っているため，ドナウ川流域を生活圏とする者の手になると推測されている。

『ニーベルンゲンの歌』を現在に伝承する写本については，ほぼ完全な物語を伝える３種の写本（13世紀）がもっとも重要とされており，これらの羊皮紙の写本に叙事詩は中高ドイツ語◁2という古いドイツ語で書かれている。また，この叙事詩は特殊な韻律を持つ４行からなる「ニーベルンゲン詩節」で構成され，中世の宮廷では吟遊詩人が伴奏をつけてこれを語った。

2　北欧神話と史実のはざまで

『ニーベルンゲンの歌』に描かれているのは，元来は北欧伝説に登場する人物，また活躍した時代や地域を異にはするが実在した王侯貴族たちである。すなわち，現在の北欧やドイツに居住していたゲルマン民族の歴史が多少なりとも反映されてはいるものの，虚構による部分も多いのである。

『ニーベルンゲンの歌』は内容的に前半と後半に分けられるが，前半（第１-19歌章）はネーデルラントの王子ジーフリトによるブルグント王女クリエムヒルトへの求婚で始まる。さらに王女の兄グンテルとアイスランドの女王プリュンヒルトの結婚を中心とした物語がこれに続き，グンテルの家臣ハゲネによるジーフリトの殺害までが描かれている。この前半は，現在では失われてしまったゲルマン民族の英雄歌謡（アイスランドには『エッダ』として今に伝わる）をもとにしており，ジーフリト伝説を中心とした神話的な要素をかなり多く含んでいる。後半（第20-39歌章）では，殺害されたジーフリトの復讐を果たすべくアッティラと再婚したクリエムヒルトが，自らの兄弟とその家臣たちを死に至らしめる。さらにフン族とブルグント族双方の勇者たちが次々と倒れ，クリエ

▶1　パッサウ司教（在任：1191-1204）。中世ドイツの代表的詩人たちを庇護した。

図１　現在のパッサウの旧市街
この地でイン川，イルツ川そしてドナウ川が合流する。
出典：著者撮影。

▶2　中高ドイツ語とは，古い時代の高地ドイツ語。中世ドイツ騎士文化を伝える重要な言語。ドイツ語の時代区分については諸学説が存在するが，一般的には古高ドイツ語（750-1050），中高ドイツ語（1050-1350），初期新高ドイツ語（1350-1650），新高ドイツ語（1650-1950），現代ドイツ語（1950年以降）となる。

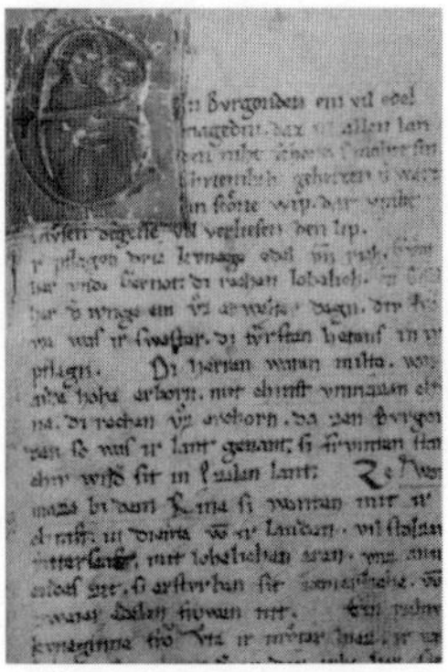

図２　スイス，ザンクト・ガレン図書館所蔵の写本Ｂの一葉
飾り文字は中世の写本の特徴。
出典：*Das Nibelungenlied und die Klage*. Hrsg. v. Joachim Heinzle, Berlin 2015.

ムヒルトも殺される。この後半はフン族によるブルグント族滅亡の史実（437年）を題材としている。

3 愛と復讐――現代的なテーマ

ドイツでは『ニーベルンゲンの歌』の成立とほぼ同時代に，フランスの宮廷叙事詩を原典とする作品が多く書かれた。これらの多くはアーサー王の宮廷を舞台とする騎士たちの冒険を描いており，代表的なものがヴォルフラム・フォン・エッシェンバハ[3]（1170?-1220?）による叙事詩『パルチヴァール』（1200年頃）であろう。これもフランスのクレティアン・ド・トロワ（12世紀）の『ペルスヴァルあるいは聖杯の物語』を原典として書かれたものだ。

▷3　中世ドイツの三大叙事詩人の一人。

これらの宮廷叙事詩は騎士が高貴な女性に愛（ミンネ）を求める宮廷風恋愛を描写しつつ，キリスト教的な宮廷社会における騎士のあるべき姿を読者や聴衆に教訓的に伝えており，主人公たちは幸福な結末を迎えるのが一般的である。それに対して『ニーベルンゲンの歌』においては，ジーフリトとクリエムヒルトの恋愛や婚礼の場面などに関して，宮廷叙事詩に近い特徴がみとめられるとはいえ，〈隠れ蓑〉や〈不死身〉という宮廷生活の現実とはかけ離れた神話的・伝説的モチーフも登場する。また，陰惨な戦闘の場面が展開されるなど，キリスト教以前の古ヨーロッパ的あるいはゲルマン的な無骨さが顕著である。『ニーベルンゲンの歌』は，武人たちの忠誠のあり方といった現代とは異なる文化や価値観を活写しつつも，他方では女性の嫉妬や財宝をめぐる争いという時代を問わない人間の欲望や苦しみを歌っている。登場人物たちは英雄的かつ神話的でありながらも極めて現代的な性格を備えており，われわれは作品を通じて人間のあり方について再考することとなる。

図3　19世紀のバイエルン王ルートヴィヒ2世が建築したノイシュヴァンシュタイン城の壁画
竜を倒すジークフリート（ジーフリト）。
出典：Michael Petzet u. Werner Neumeister: *Ludwig II. und seine Schlösser.* München 2005, S. 63.

4 写本の発見から再評価へ

『ニーベルンゲンの歌』は，16世紀以降には世間の耳目を集めることはなくなったが，18世紀に写本が発見されたことにより再び脚光を浴びることとなった。しかし当初の評価は低く，プロイセン王フリードリヒ2世[4]（1712-86）も『ニーベルンゲンの歌』について，「鉄砲玉1発分の火薬ほどの価値もない」と発言したと伝えられている。他方，文学者たちには広く肯定的に受け入れられ，**ゲーテ**[⇨Ⅰ-3·19]や**ロマン主義**[⇨Ⅰ-8·10·12]時代の作家たちもその価値を認めた。

▷4　1740年に即位，フリードリヒ大王とも呼ばれる。ポーランド分割などによりプロイセンを強国とし，啓蒙専制君主として知られる。自国にじゃがいもを広めたことでも有名。

『ニーベルンゲンの歌』は，その後多くの劇作家や作曲家にもインスピレーションを与えた。代表的なものとしてはワーグナー（1813-83）による四部作の楽劇『ニーベルングの指環』（1876年全曲初演）が挙げられる。『ニーベルンゲンの歌』は，ドイツが生み出した現存する英雄叙事詩のうちで，もっとも重要な地位を占めている作品といっても過言ではなく，まさに「ドイツのイリアス[5]」と呼ばれるにふさわしい。　（曾田素子）

▷5　『イリアス』は，紀元前8世紀頃の古代ギリシアの詩人ホメロスによる叙事詩。全24巻。主人公アキレウスは不死身であるが，ジーフリトと同様に唯一の急所を射られて死ぬ。『オデュッセイア』と並ぶギリシア二大叙事詩の一つ。

2　『ティル・オイレンシュピーゲル』（*Till Eulenspiegel*, 1515）
作者不詳（一説にはヘルマン・ボーテ編纂　Hermann Bote, 1450?-1520?）

1　〈民衆本〉の代表『ティル・オイレンシュピーゲル』

16世紀のドイツで人々に広く読まれたものに〈民衆本〉と呼ばれるジャンルがある。その代表的作品が『ティル・オイレンシュピーゲル』だ。民衆本は1450年頃から1700年頃にかけて広く流布した読み物であり，騎士の冒険譚や童話，伝説，そして滑稽譚を扱っている。ヨハネス・グーテンベルク[1]が1450年頃に活版印刷術を確立し，大量の印刷が可能となった。この技術革新は民衆本がドイツ全土へ広まることに大きく貢献した。そうして『ティル・オイレンシュピーゲル』も多くの読者を獲得するに至ったのである。

『ティル・オイレンシュピーゲル』は口伝されていた物語を，シュトラースブルクのグリーニンガー書店が出版したものだ。1510年頃には出版されていたという説もあるが，完全な形で伝えられている最古の本は1515年版である。編纂者については，ブラウンシュヴァイクの徴税書記ヘルマン・ボーテとする説が有力であるものの，出版書店と関係のあったトーマス・ムルナー（1475-1537）を含む多数の手で編纂されたとする説も唱えられ，いまだに確定できていない。

▷1　1397?-1468。ドイツにおける活版印刷術の発明者。1450年頃にマインツで印刷所を開いた。

図1　1515年版のタイトルページの木版画
ティルは右手にフクロウ（Eule），左手に鏡（Spiegel）を持つ。フリルの付いた衣装は彼の特徴。
出典：Werner Wunderlich: *Till Eulenspiegel.* München 1984, S. 46.

2　〈いたずら〉に人生をささげた男の一代記

『ティル・オイレンシュピーゲル』には »Historie« と呼ばれる物語が96話収められている（うち第42話が欠話）。主人公ティルは，第1話においてドイツ北部，現在のニーダーザクセン州のブラウンシュヴァイク近郊に位置するクナイトリンゲンに生まれる。ティルは誕生後に洗礼を受けるが，その帰り道で産婆が彼を川に落としてしまい，ついで大鍋できれいに洗われる。こうしてティルが〈一日に3回洗礼される〉という第1話は，その後の彼の尋常ならぬ人生を暗示している。ティルは機知に富んだ〈いたずら〉の名人であり，幼少期から手工業の親方や農民，聖職者や貴族たちを痛い目にあわせ，各話の最後に飄飄と去っていく。そして第93話で死んだティルは第95話で埋葬されるが，棺を下すための2本の綱のうち足の方の綱が切れてしまい，立ったままの姿で墓の中に憩うことになる。

図2　1519年版の第32話の木版画
ティルはニュルンベルクを訪れ，一計を講じて夜警をペグニッツ川に落とす。
出典：Jürgen Schulz-Grobert: *Das Straßburger Eulenspiegelbuch.* Tübingen 1999, S. 358.

このようにティルの人生はまさに〈いたずら〉にささげられたものなのであった。その人生は，少年期に故郷の母のもとを離れ，ある時は手工業の親方に弟子入りをし，またある時は裕福な農民や聖職者に雇われ，はたまた盗賊騎士の手下になるなどと波乱に満ちている。変幻自在に姿を変えつつも，権力を持つ者に対して〈いたずら〉を仕掛け続けるティルは，まさに破天荒なトリックスターである。そのティルのモデルとなった実在人物をめぐる研究も試みられているものの，結論は出ていない。

3 〈言葉遊び〉と〈スカトロジー〉

ティルの〈いたずら〉には二つの特徴が見られる。第一の特徴が〈言葉遊び〉である。傲慢な聖職者や手工業の親方の言葉を巧みにすり替え，ある時は低地ドイツ語[◁2]方言を武器として〈いたずら〉をする。たとえば第47話の中で，アインベックのビール醸造人として雇われたティルは，「ホップを煮込め」と言われてビール醸造の親方が飼っていた「ホップ」という名の犬を煮込むのである。当然のことながら親方は激怒し，ティルは追い出されてしまう。「人に言われたとおりにする男」を自称するティルは，いたるところで同様の〈いたずら〉をする。

そして第二の特徴は〈スカトロジー（糞尿趣味）〉的振る舞いである。第10話において，盗賊騎士の小姓となったティルは，領主から「ヘネップ（低地ドイツ語で「麻」）を見たら糞をするのだ」と言われる。その後，城の料理人に「ゼネップ（低地ドイツ語で「芥子」）をとってこい」と命じられたところ，ティルは〈ゼネップ〉に糞をしてしまう。彼は〈ゼネップ〉を〈ヘネップ〉と捉えたのだ。この話などは〈言葉遊び〉と〈スカトロジー〉という二つの特徴を同時に備えており，ティルの〈いたずら〉の好例といえよう。

4 時代と国境を越えた継承者たち

『ティル・オイレンシュピーゲル』は16世紀初頭とされる出版当時から人気を博した。ドイツ国内では早くも1557年にハンス・ザックス[◁3]（1494-1576）がティルを主人公とした作品を書いている。現代に近いところでは児童文学作家の**エーリヒ・ケストナー**[⇨Ⅰ-51]による子ども向けの改作が1938年に出版されている。文学作品以外で有名なのは後期ロマン派の作曲家リヒャルト・シュトラウス[◁4]（1864-1949）が作曲した交響詩『ティル・オイレンシュピーゲルの愉快ないたずら』（1895年初演）であろう。

また，『ティル・オイレンシュピーゲル』はヨーロッパのみならず世界の多くの言語に翻訳されている。日本では巖《いわ》谷《や》小波《さざなみ》[◁5]（1870-1933）が『ティル・オイレンシュピーゲル』からの数話を『木兎太郎《みみずくたろう》』（1905年／明治38年）と題して翻案したのがもっとも古い紹介とされている。

ティルの機知に富んだ〈いたずら〉は古今東西の読者を楽しませ，彼らは読書を通じて溜飲を下げるのかもしれない。（會田素子）

図3 現代のニュルンベルクを流れるペグニッツ川

中世以来，ニュルンベルクは職人の街として知られ，今日なお中世の面影が残る。

出典：著者撮影。

▷2 物語で主として使われている初期新高ドイツ語や現在の標準ドイツ語は，標高が比較的高いドイツ中部・南部で使用される高地ドイツ語。低地ドイツ語を使用していたのは，標高の低いドイツ北部であり，現在も方言として残っている（本書の前項の▷2を参照）。

▷3 ニュルンベルクの靴屋の親方であり，ワーグナーの楽劇『ニュルンベルクのマイスタージンガー』（1868年初演）にも登場する職匠歌人。

▷4 ミュンヘン生まれの作曲家で，指揮者としても著名。後期ドイツ・ロマン派の掉尾を飾った。オペラ『薔薇の騎士』（1911年初演）や交響詩を作曲した。

▷5 明治から昭和にかけて活躍した児童文学者で俳人。グリムのメルヘンも多く紹介した。

3　『若きウェルテルの悩み』（*Die Leiden des jungen Werther*, 1774/87）
ヨーハン・ヴォルフガング・ゲーテ（Johann Wolfgang Goethe, 1749-1832）

1773年の若きゲーテ

サイン

図１　弟妹たちにパンを分け与えるロッテとの出会いの場面（1776年のフランス語版の挿絵から）

出　典：*Erläuterungen und Dokumente. Johann Wolfgang Goethe. Die Leiden des jungen Werther.* Hrsg. v. Kurt Rothmann, Reclam, Stuttgart 2000, S. 23.

1　若きゲーテの運命を変えた「奇跡の書」

文豪ゲーテは，フランクフルトの裕福な市民の家に生まれた。教育熱心な父のもとで，幼時から英才教育を受けた彼は，法律家になるためにライプツィヒやシュトラースブルクの大学に学ぶが，彼の好奇心は，むしろ文学や自然科学へと向かった。22歳の時，裁判事務の研修のため赴いたヴェッツラーの町で，自由闊達な快活さと，家族や周囲の人間を思いやる優しさを兼ね備えた少女シャルロッテ・ブフに出会い，熱烈な恋に落ちる（図１）。しかし彼女にはすでに婚約者がいた。自身の失恋体験に加え，友人の自殺や，当時の閉塞した社会状況など，多くの素材が奇跡のように結びつき，ドイツ文学を代表する傑作『若きウェルテルの悩み』（図２）が誕生した。

この作品は大きな反響を呼び，一躍ゲーテを時代の寵児にした。これがきっかけとなり，彼はワイマール公国に招聘されることとなる。彼の人生の大きな転換点ともなったこの書簡体小説には，恋愛のみならず，自然と人間の関係，個人と社会の矛盾，真の学問のあり方など，彼が生涯にわたって追究する多くのテーマが詰まっている。

2　生きた「心」を唯一の武器に戦いを挑む主人公

200年以上の時を超え，この小説は今なお，驚くほどの新鮮さを保ちつづけている。その理由は何よりも，主人公ウェルテルが「生きている」からである。繊細な感受性と溌剌としたエネルギーに満ちた彼は，自然や恋愛の素晴らしさと残酷さを全身で味わい，身分差別や官僚主義に支配された硬直した社会にあらがいながら，自殺に至るまでの短い生を全力で生き切る。

ゲーテの生きた**啓蒙**⇨Ⅰ-8, Ⅱ-二-5の時代，人間は理性を信頼し，自信を得る一方で，自然や神への畏怖，そして人を心底から愛する気持ちを失いつつあった。近代の幕開けを告げるこの時代にウェルテルは，弱く傷つきやすい自身の「心」を唯一の武器に，敗北必至の戦いをいどむ。ウェルテルは1772年５月９日付の手紙のなかでこう書いている。「僕がただひとつ誇りにするのは，この心だ。この心だけが，すべての源泉だ。あらゆる力の，あらゆる幸せの，そしてあらゆる悲惨の。ああ，僕が知っていることは誰もが知ることができる。しかし，僕の心は僕だけのものだ」。

▶1　たとえば，1772年６月16日付の短い手紙「そのとおり，僕はひとりのさまよい人，この地上の巡礼者に過ぎない！　だが，君たちだってそれ以上の何者だろうか？」。

タイトルにある「悩み」の原語 Leiden には,「病気」や「苦しみ」の意もあり,派生語の Leidenschaft は「情熱」を意味する。Leiden にはキリストの「受難」の意味もあり,ウェルテルは恋愛に殉じた,しかし自殺という形でキリスト教の教えに背いた,いわば「裏返しのキリスト」である。彼は,こよなく愛する２本の菩提樹(愛を象徴する樹木)の下に葬られるが,その葬儀に,「聖職者はひとりも付き添うことはなかった」(小説の最後の言葉)。

Die Leiden
des
jungen Werthers.
Erster Theil.
Jeder Jüngling sehnt sich so zu lieben,
Jedes Mädgen so geliebt zu seyn,
Ach, der heiligste von unsern Trieben,
Warum quillt aus ihm die grimme Pein?
Zweyte ächte Auflage.
Leipzig,
in der Weygandschen Buchhandlung.
1775.

図２ 『若きウェルテルの悩み』表紙(1775年の版)

出典：*Goethe Handbuch. Band 3. Prosaschriften. Sonderausgabe.* Hrsg. v. Bernd Witte u. a., J. B. Metzler, Stuttgart und Weimar 2004, S. 59.

3 モノローグ的形式をとりながら,多声性・対話性を備えた書簡体小説

この小説の大部分は,ウェルテルが友人のウィルヘルムに宛てた手紙から構成されている。ウィルヘルムからの返信は紹介されず,その点ではモノローグ的であるといえる。しかしこの小説には,純朴な庶民から,偏狭な職場の上司に至るまで,実に数多くの人物が登場し,ウェルテルの心に映った彼らひとりひとりの性格は,万華鏡のように鮮やかに描写されている。また,読者はウィルヘルムの視点でウェルテルの手紙を読むことになるのだが,ウィルヘルムは凡庸な常識人として,ウェルテルに揶揄され,時には挑発[◁1]されながらも,極端な方向に傾きがちな彼のことを心配し,彼のつむぐ言葉に耳を傾けつづける。この小説は,決して一部の「天才」のためにではなく,ウェルテルのようにはなれない平凡なわれわれに向けて書かれているのだ。

▶2 たとえば,1771年７月６日付の手紙の,子供に迷信を教えることを批判する男のエピソードや,1772年９月15日付の手紙の,役に立たないものとして切り倒されたクルミの木の挿話。

4 現代における意味

この小説では,近代の人間が理性とひきかえに生の原初的な喜びを失いつつあることが至る所で描かれている[◁2]。「合理的」に幸福を計量し,恋愛さえも損得勘定でしか考えようとしない「大人」たちの論理に立ち向かうウェルテルは,生への驚きと畏怖を失わない「子供」の世界観をむしろ範とし,それに憧れる(図３)。

「**疾風怒濤**[⇨I-5·20](シュトゥルム・ウント・ドラング)」の文学のありようを象徴するウェルテルの生き方は,現代でいえばロックの精神に通じるだろう。2016年にノーベル文学賞を受賞したボブ・ディラン(1941-)は,「激しい雨が降る」(1963年),「自由の鐘」(1964年),「レニー・ブルース[◁3]」(1981年)などの作品を通して,社会から置き去りにされた弱者やアウトサイダーのまなざしを持ちつづけた。

図３ 子供たちと遊ぶウェルテル(1831年の銅版画から)

出典：同上,S. 54.

▶3 レニー・ブルース(1925-66)はアメリカのコメディアン。鋭く社会を諷刺したトークショーで人気を得るが,過激な言動ゆえに弾圧を受ける。若くして薬物中毒で死去。

自分の感性を信じ,強さも弱さもさらけ出しながら,社会と衝突することも辞さないウェルテルのような生き方は,現代の日本なら,「自己中」と批判されるだろうか。しかし,この小説を読めば,彼が戦いをいどむ「近代人」たちが,いかにわれわれに似ていることか,あらためて驚かされることだろう。「君たちはほんとうに生きているか?」と,ウェルテルは今なお問いかけている。

(浅井英樹)

4　『賢者ナータン』(*Nathan der Weise*, 1779)
ゴットホルト・エフライム・レッシング (Gotthold Ephraim Lessing, 1729-81)

レッシングの肖像

サイン

▷1　仮面をつけた役者が即興で演じる16-17世紀のイタリア演劇。

▷2　貴族・宮廷の要望や検閲から自由に，ドイツのオリジナル作品を上演し，活発な批評・議論がなされることを目的にした劇場だが，演目不足などで長くは続かなかった。

図1　ハンブルク国民劇場
商人アッカーマンや俳優エックホーフらの共同出資により，1765年に建設された。
出典：Volker Meid: *Das Reclam Buch der deutschen Literatur, 3. Aufl.* Reclam, Stuttgart 2012, S. 215.

1　とぎすまされた批評精神

レッシングは，ドイツ東部，ザクセンの町カーメンツに，牧師の子として生まれた。新教の牧師は結婚をゆるされていたので，自分の子を手あつく教育し，教養ある市民を世に送り出した。神学・医学を学び，親との葛藤をへて，とくに劇作家として名をあげたレッシングは，フランス古典主義がこだわる窮屈なルールを拒んで，自由に劇を作った。**古代ギリシア**⇨Ⅱ-二-2の哲学者アリストテレスの『詩学』以来，悲劇の主人公は王侯貴族であるべきだとされてきたが，レッシングはそれをしりぞけ，「市民悲劇」をうち立てたのだ。つまり市民を主人公にすえ，観客が自分と等身大のものとして没入・共感できるような葛藤，社会的苦境，時代の矛盾を描き，紋切り型の性格ではない生き生きとした人物を舞台にあげた。喜劇では，イタリアのコメディア・デラルテ[◁1]の影響をうけた『ミンナ・フォン・バルンヘルム』(1767年）が有名。悲劇では，イギリスの劇作家シェイクスピア（1564-1616）に多くをならった『ミス・サラ・サンプソン』(1755年）や『エミーリア・ガロッティ』(1772年）がある。レッシングは，伝統的な詩学から，根拠のない無意味な規則をとり払う柔軟さをもっていた。**フリードリヒ・シュレーゲル**⇨Ⅰ-10はこれこそレッシングの批判精神だと喝破している。しかも彼は実作品で演劇改革をおこなうだけでなく，その考えを理論にまとめてもいる。ハンブルク国民劇場[◁2]での上演作品を評論した『ハンブルク演劇論』(1767-68年）では，アリストテレス詩学を解釈しなおし，登場人物に対する「同情」と，同じような不幸が自分を襲うかもしれないという「怖れ」とが，悲劇を見た観客の感じる心を育て，道徳的により善い人間にすると主張した（図1）。また，論考『ラオコーン』(1766年）では，空間に形・色を並べおく造形芸術と，時間のなかで音（ことば）を次から次へとくり出す言語芸術（詩・文学）との違いを分析し，それぞれの特性や得意・不得意を明らかにすることで，文学がひとつの独立した芸術ジャンルだと主張した（図2）。「詩は絵のごとく」（ホラティウス）というこれまでの常識をくつがえし，文学の地位を高めたのだ。

2　理性で人は寛容になる

常識や偏見にとらわれないレッシングの柔軟さは，宗教についての彼の考え方によく表れており，『賢者ナータン』に結晶している。この演劇の舞台は，十字軍遠征がおこなわれていた時代のエルサレムだ。イスラム教徒の統治者（スルタン）は，その気前のよさがたたって，財政難におちいっている。そこで，ユダヤ人の金貸しナータンを利用することにした。ナータンを呼び出したスルタンは，いくつもある宗教・宗派の優劣について，いじわるく質問する……。他方，ナータンの養女レヒャは，自分を火事の現場から救ってくれた青年騎士にほれこむが，熱心なキリスト教徒である騎士は，ユダヤ人の娘に手をださない。かなわぬ恋……。これら二つの困難に解決をもたらすのが，賢者ナータンの寛容な宗教観だ。宗教は一見さまざまだが，人間みなに平等にあたえられた理性でもってよく見てみれば，その根底は同じであり，共存できるという。有名な「三つの指輪[◁3]」の寓話がでてくるのもこの文脈だ。スルタンも青年騎士もそれぞれ，賢者のこの考えに感服し，宗教の違いをこえて，愛にみたされる。あれこれあって，最後は，スルタンの亡き弟が，青年騎士とレヒャとの父であることが（つまり彼らが兄妹であることが）判明する（図3）。ユダヤ教・イスラム教・キリスト教の三つが，予想外の血縁関係で結ばれ，みなが愛の抱擁でハッピーエンドを迎える。

3 演劇が人を善くする

あまりにうまくいきすぎる話だと思うだろうが，この作品が書かれたのには，ある事情があった。レッシングは，知人の哲学者ライマールス（1694-1768）の原稿を，図書館で見つけた作者不明の遺稿だといつわって世にだした。その原稿は，それぞれの宗教の教えを理性でもって理解すれば，教義の表面的な違いをこえた人類の共存が可能であることを説き，その実例も挙げている。さらに，理性による検討を拒み，教義をただ盲信させて信者を囲いこもうとする教会は，宗教の本質をねじ曲げ，不要な宗教対立をもたらしていると告発している。この出版物に対して，牧師のゲーツェがかみつき，論争に発展した。やがてそこに政治権力が介入して，レッシングに論争を禁じたが，黙っていられないレッシングは，演劇作品にカムフラージュして，主張をつづけたわけだ。レッシングは『賢者ナータン』のなかで，宗教同士の和解の必然性とまではいかないにせよ，少なくともその可能性は示した。あの大団円に心をふるわせるだけの感受性が観客にあるならば，それを実生活でも発揮して生きればいい。こうして，劇場での芸術鑑賞は，観客たちを道徳的にすぐれた人間へと育てるし，現実社会での平和にもつながってゆく。劇場は重要な教育施設であり，詩人には民衆を導き啓蒙するという高い使命がある，と少なくともレッシング本人は自負している。もちろん，これは劇作家による自己正当化の理屈にすぎないわけで，市民たちが実際に何を求めて劇場に足をはこんでいたのかは，またべつの話だ。

（梶原将志）

図2　ラオコーン像（紀元前50年頃作製，1506年に発見）
レッシングは，美術史家ヴィンケルマンによるこの像の解釈，ギリシア精神論を批判するかたちで，造形芸術と言語芸術との性質の違いを掘り下げていった。
出典：同前，S. 218.

▷3　父からそれぞれ指輪を相続した三兄弟が，自分の指輪こそ本物だと争う。しかし裁判官は，父の公平な愛を理解せずいがみ合う彼らの指輪は，どれも偽物だと指摘する。そして，これから偏見のない愛を実践し生きることで，時間をかけて自分の指輪が本物であり，父の真意の継承者であることを証明せよとさとした。ボッカッチョ『デカメロン』（1348-53年）にある挿話。

図3　レヒャと青年騎士の意外な血縁関係
『賢者ナータン』の一部を漫画化して，複雑な人間関係を図で示しているような書籍もドイツにはある。大人にとってさえ頭の整理が必要な，入りくんだ展開だ。
出典：Gotthold Ephraim Lessing: *Nathan der Weise*. Ernst Klett Sprachen, Stuttgart 2015, S. 44.

5　『ドン・カルロス』（*Don Carlos*, 1787）
フリードリヒ・シラー（Friedrich Schiller, 1759-1805）

シラーの肖像

サイン

図1　ロバ上のシラー（J・Ch・ラインハルト，1787年）

出　典：Claudia Pilling, Diana Schilling und Marjam Springer: *Friedrich Schiller*. Rowohlt Taschenbuch Verlag, Reinbek bei Hamburg 2002, S. 51.

▷1　1760年代後半から80年代末までのドイツにおける精神運動。クリンガー（1752-1831）による戯曲（1776年）の表題にちなんで命名された。理性を偏重する規則ずくめの保守的な社会に反発し，個人の主観的感性・感情を重んじた若者たちは，自然と天才をあがめ，それぞれの民族や文化の個性と価値に目を向けた。

1　努力の詩人シラー

シラーは軍人の子として，ドイツ南西部の町マールバッハに生まれた。医学を学び，軍医となったが，処女作『群盗』の初演（1782年）を観に無断でマンハイムへ出国したことを領主オイゲン公にとがめられ，結果，夜逃げのようにして亡命した（図1）。詩人，とりわけ劇作家として活躍し，**ゲーテ**[⇨Ⅰ-3·19]とともにドイツ文学の二大巨頭といえる。しかし二人は対照的で，直観を重視する天才肌のゲーテに対して，理づめで考える秀才がシラーだ。経済的につらい生活が続き，病にも苦しんだシラーは，腐ったリンゴのすえた臭いをかぎながら自分をふるい立たせて，思索と詩作にはげんだという。シラーとゲーテの遺体は，ワイマールに並べて安置されている。

2　疾風怒濤から古典主義へ

シラーは，自由をもとめて権力にあらがう個人を，素朴ながらも激しく感情的な言葉で描くスタイル，**疾風怒濤**[◁1 ⇨Ⅰ-20]の作風からはじめ，『群盗』で成功した。ここからさらに彼は，感情の爆発を抑え，道徳的な価値や理想を客観的な目でとらえて，秩序だった言葉で表現するスタイル，古典主義へとうつる。ゲーテとシラーとがワイマールで出会い，交流したことで，文化の中心地が生まれ，ドイツ**古典主義**[⇨Ⅱ-五-1]が花開いた（図2）。ここで紹介する『ドン・カルロス』は，疾風怒濤に特徴的な自由への情熱，ほとばしる理想主義をまだちらつかせつつも，しかし一直線につっぱしる態度からは距離をとって，人間を冷静に眺めてもいる。シラーが古典主義へと成熟する途上の作品だ。マンハイム劇場支配人の好みに合わせて，シラーははじめて韻文で戯曲を書いた[◁2]。詩人として食べていくのも，決して簡単なことではなかった（図3）。

3　まぶしい理想，しかし人間くさい主人公ドン・カルロス

16世紀後半，国王フェリペ2世が治めるスペイン。王子ドン・カルロスは，いいなずけを父王に横どりされるが，義母となってしまった彼女への想いを断ち切れないでいる。そして，王のうたぐり深い性格，王子の政敵による術策，王子に失恋して逆恨みした女性の陰謀などがからみ合って，王子の許されぬ恋がバレてしまう。ここで，追いつめられたカルロスを救うのが，親友ポーサ侯

爵だ。人間の自由と平等を願い，宮廷での出世に目もくれず，世界を旅して見聞を広めてきたこのアウトサイダーの理想主義者は，あえて王に取り入って権力をにぎった上で，王子の罪をすべて自分がかぶる。そしてポーサ侯は，王フェリペとカトリック教会がフランドル（現在のベルギーと北フランスのあたり）のプロテスタント信者を弾圧しないよう，どうにか阻止してほしい，と王子に大仕事を託して死ぬ。これまで個人的な情愛だけにとらわれていたカルロスは，親友のあまりに気高い自己犠牲に目が覚め，ちっぽけな考えを捨て去る。そして愛する王妃に別れを告げ，ポーサ侯の遺志を継ぐためにネーデルラントへ旅立とうとする。ところが，王近辺の教会権力がすでに手を回し，王子の脱出を許さないのだった。

4 「すべき」と「したい」との調和にある美，そして芸術

正義は，この作品の一つのテーマだが，単純な勧善懲悪におさまるわけではない。ポーサ侯には，正義が正義であるかぎり無条件にそれを実行する強さがある。しかしシラーが主人公にすえたのはあくまでもカルロス。彼は，個人的な情愛を泣く泣く断ち切った末にようやく正義へとつき動かされる。その点で人間くさい男だ。国のため世のために私的な感情を理想でねじ伏せるような，完全無欠の人間ではない。涙もろくもあるカルロスは，観客と等身大の人間であり，観る者の同情・共感を誘うだろう。宮廷を舞台としているが，この作品はもはや市民悲劇なのだ。人間カルロスのリアリティは，決して理性や理屈だけにかたよらないところにある。後の1790年代，**カント**⇨ I-7哲学を熱心に学んだシラーは，理性が感性を押さえこむべきだという，厳格すぎる考え方に不満をおぼえる。そして，理性と感性，「すべき」と「したい」とが調和した美しい理想状態を，ありありと描いてみせるのが芸術の使命だと考えた。こうしてしっかり理論化するのが，いかにもシラーらしい。

5 道徳を教える装置としての劇場

形だけになった法や宗教は，味気ないルールを押しつける。しかし演劇は，人がある行為に踏み切るまでの姿を，葛藤もふくめて生々しく再現してみせることで，観客の心情をとらえ，人間という存在の高貴さを自覚させ，善へと教え導く。**啓蒙主義**⇨ I-8, Ⅱ-二-5の時代から，そしてシラーにおいても，劇場は，重要な教育施設だとみなされている。ただし，演劇にこのような道徳的・教育的使命をおわせたことには，功罪の両面がある。市民を教え導くという劇作家のプライドと使命感が，演劇の可能性をせばめ，作家の創造力を制約したともいえるからだ。実際，この窮屈なしばりへの反発が，その後の文学史を動かしてゆくだろう。文学史上のある流派・主義が，「何への批判・反動か」をおさえておくと，歴史の流れを物語としてつかみやすい。　（梶原将志）

▶2　一定のパターンで強弱を配置してリズムをつくったり，同じ音を規則的にくり返したりする韻文は，日常の会話には見られないという意味で「不自然」ではある。しかし韻文をつかえば，言葉に音楽性をもたせ，そこに感情表現を乗せることもできる。表現の幅はひろがり，書き手の腕の見せ所にもなる。演劇で韻文をつかうことの良し悪しを考えると，演劇が現実の単なる引き写しではないことがわかってくる。

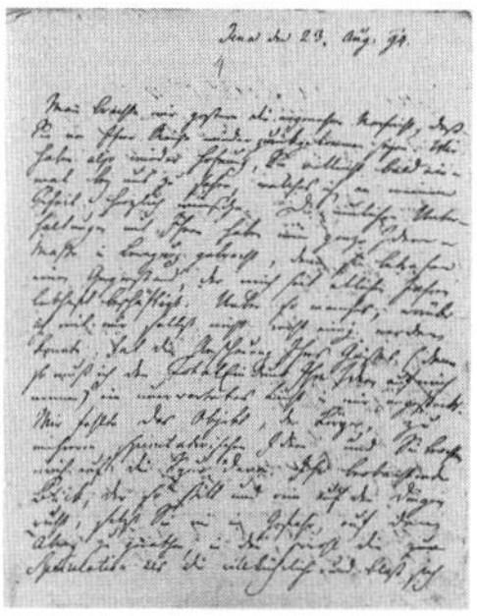

図2　シラーの直筆書簡（ゲーテ宛，1794年8月23日）
出　典：Walter Schafarschik: *Friedrich Schiller*, Reclam, Stuttgart 1999, S. 47.

図3　イフラント（1759-1814）
シラーやゲーテの高尚な演劇理念をよそに，民衆は，勧善懲悪・お涙ちょうだいのわかりやすい娯楽演劇を好み，イフラントやコツェブーといった演劇人が人気を博した。
出　典：Volker Meid: *Das Reclam Buch der deutschen Literatur, 3. Aufl.* Reclam, Stuttgart 2012, S. 275.

6　『アントン・ライザー』(*Anton Reiser*, 1785-90)　カール・フィリップ・モーリッツ (Karl Philipp Moritz, 1756-93)

1790年頃のモーリッツ

サイン

▶1　ただしモーリッツ自身は結婚していたが，その生活は必ずしも幸せなものではなかったようである。

図1　原著（第一部）表紙

出典：Karl Philipp Moritz: *Anton Reiser. Ein psychologischer Roman.* Reclam, Stuttgart 2001, S. 3.

▶2　主人公の名前ライザー（Reiser）は「旅（Reise）」と関係しているが，ライザーの放浪はハノーファー周辺地域にとどまる。

1「自分がいつか女性の愛の対象になることなど想像もできなかった」

ゲーテよりも遅く生まれ，ゲーテよりも早くに亡くなったモーリッツの自伝的小説『アントン・ライザー』には，**ゲーテ**⇨Ⅰ-3·19の『若きウェルテルの悩み』を読むシーンがすでに幾度か出てくる。ただし主人公のライザーは，『若きウェルテルの悩み』における人間の感情や自然の描写には大変感銘を受けるのだが，肝心の「ウェルテルの本来の悩み」，すなわち「愛の悩み」には共感することができなかった。容姿にコンプレックスを持ち，貧困にあえぎながら女性とはまるで縁のない生活を送るライザーにとって，「愛し，愛される人間は，自分とは別種の無縁の存在と思われた」。実際のところ，『アントン・ライザー』には恋愛の要素は一切なく，恋愛のスタート地点にすら立てないことを自覚している主人公は元祖「もてない男」でもある。しかし幼い頃から両親の愛に恵まれず，自己肯定感を持てない主人公にとって，ある意味で「愛」の欠如は本質的な問題であった◁1。

2「内面の歴史」としての伝記的小説

四部構成をとり，「ある心理学的な小説」という副タイトルがついた『アントン・ライザー』の序文では，本作品はその観察の大部分が現実生活に基づくという意味で「伝記」と呼ばれうると説明されている（図1）。ドイツの都市ハノーファーを舞台にしたこの小説では，同時代の歴史的なできごとが言及されるのは少ないばかりか，およそ小説らしい筋の盛り上がりにも欠けている。この小説でもっぱら描かれるのは，ある人間の「内面の歴史」，それも日常生活の卑近なできごとについての主人公の反応と省察である◁2。

演劇青年，文学青年である主人公のライザーは芸術で身を立てようとするのだが，それが成功することはなく，かといって社会の中で確固とした地位を築くこともできない。小説で展開されるのは，日常生活における失敗と挫折であり，それに伴う感情の劇的な起伏，そして主人公による徹底した自己省察である。ライザーにとって，演劇や読書は現実では満たされない願望や空想の埋め合わせの行為にすぎないことが明らかとなる。

たしかに『アントン・ライザー』には当時の宗教事情などに関する言及もあるが，作品を理解する上での背景知識は格別必要とされない。小説で描かれるのは，ある人間の「内面の歴史」であり，現代の日本の読者でも意外と抵抗なくその作品世界へ入り込むことができる。実際，主人公のライザーが日常生活で体験する諸々の失敗と挫折，そしてそれをめぐる反省は，200年以上前のドイツ人の話とは到底思えないほど私たちにもリアルに響いてくる。それに納得するか，共感するかは別にしても。

3 「悩む人」ライザー

自尊心や自己肯定感，つまり自己への愛をもてない主人公にとって，あらゆる日常の些事が悩みの種となる。人前ででしゃばるのは嫌だが，かといって無視されるのも癪である，自分のちょっとした言動が他人に滑稽に見えないか，煩わしく思われないか，いつまでもくよくよと悩む，他人に向けられた挨拶を自分に対するものだと勘違いしては打ちのめされる，せっかくある劇団で役を得たのに，自分が若禿の危機にあることに気づいて絶望する——要するにあらゆることに自信が持てないのである。人間関係に起因する恥辱，屈辱，羞恥心，それに伴う自己欺瞞や自暴自棄，そして自己軽蔑——ある種のセルフネグレクト——，あらゆる負の感情がこの作品の中で描かれるのだが，しかしそこには悲壮感や絶望感は意外にも感じられない。むしろ自己のつまらない悩みや感情の微妙な変化を徹底的に省察し，客観視しようとする点にある種の清々しさが，場合によっては滑稽さすら感じられるのである。主人公はいわゆる「ダメ人間」だったかもしれないが，いかに自分がダメで，才能がないのかを冷徹に直視し，言語化する能力が作者にはあった。そうした意味でも『アントン・ライザー』は歴史に残る作品なのである。[3]

▷3 モーリッツには神話や美学に関する著作もある（図2）。

図2 昭和21年出版の邦訳『ギリシア・ローマ神話』表紙

出典：モーリッツ／藤田五郎訳（1946）『ギリシア・ローマ神話』みすず書房。

4 「群衆」の中の自己消滅

自己の存在への抑えがたい嫌悪と不満は，またきわめて具体的な文脈においても現れている。すなわち都市の群衆や雑踏の中での自己消滅という観念である。主人公は，大勢の人間の中では自分がいかに小さく，無価値であるかという「奇妙な感情」を抱く。そもそも主人公は，自分が現に存在し，かつて存在した無数の人間の中の一人にすぎないという真理に気づき，なぜ自分が自分であって他人ではないのかという疑問に思いをめぐらす。ライザーの頭を離れないのは，個的存在としての自己が実は交換可能な存在なのではないかという疑念である。ここにはすでに，近代ドイツの文学と思想の一つの重要なテーマとなる，群衆の中での自己の消滅，あるいはその反転としての自己の解放という問題が，萌芽的なエピソードとして見いだされるのである。

さらに主人公の想像力は現実の群衆を超えて死後の世界における無数の魂の合一，溶解という観念にまで突き進む。肉体が滅んだあと，死後の世界で人々を「分かち，引き離すものはもはや何もない」。[4]　（古矢晋一）

▷4 「肉体が滅び砕けた後，精神はどうなるのだろう。——かつてはめいめいの肉体の隔壁のために互いに孤立し，この隔壁のわずかな部分の動きによってしか互いに意思疎通できなかった何万何千の人間の思想は，その人々の死後一つに溶け合うように思われた——」。「無数の魂の群れ」をめぐるこうした観念は，およそ100年後に出版されるシュレーバーの『回想録』の妄想を先取りしているかのようでもある。

7　『永遠平和のために』（*Zum ewigen Frieden*, 1795）イマニュエル・カント（Immanuel Kant, 1724-1804）

カントの肖像

サイン

図1　カントの家（中庭側から見た外観）

ケーニヒスベルク大学のカント教授は，毎朝5時になると，退役軍人の使用人に「時間です！」と起こされ，すぐに講義の準備にとりかかった。彼は私生活だけでなく，教務においても時間に几帳面で，講義では数分の時間もムダにはしなかったというから，学生からすれば迷惑な話だ。

出典：Uwe Schultz: *Immanuel Kant*. Rowohlt Taschenbuch Verlag, Reinbek bei Hamburg, 1965, S. 65.

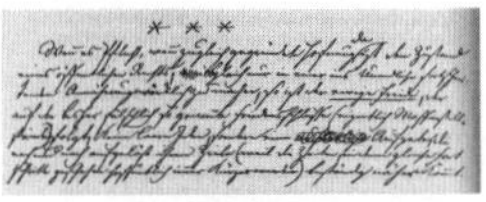

図2　『永遠平和のために』草稿（1795年）

このタイトルは，ある墓地の向かいにある料理屋の店名からとったらしい。

出典：同上，S. 130.

1　三大批判書で知られる大哲学者

カントは，プロイセン王国の首都ケーニヒスベルク（現・ロシア領カリーニングラード）で生まれ，没した哲学者。つまり生まれた町を出ることがなかった（図1）。彼は，著書『純粋理性批判』（1781年）で，私たち人間が何をどこまで知りうるのか，その範囲を厳密に定めようとした[1]。つづく『実践理性批判』（1788年）では，道徳というものがなぜ成立するのかを論じた。そして『判断力批判』（1790年）では，私たちが何かを美しいと判断するときのメカニズムを分析し，その後の美学・芸術哲学に大きな影響を与えた。これら三つは「三大批判書」と呼ばれ，絶大な影響を残している。

ここで紹介する『永遠平和のために』は，晩年のカントが，政治的な激動の中で，世に対する憤りを崇高な理想に昇華し，論じたもの（図2）。時代は，フランス革命や，それに対するヨーロッパ各国の干渉戦争，国同士の秘密取引などで，目まぐるしく動いていた。そのような具体的な現実から，「人間とは」という壮大なテーマへと飛翔するこのテクストは，いかにもドイツ的な精神の表れといえる。崇高な理想をしめすことで現実を動かそうとする気迫，言葉の力は，時代を越えて私たちをもひきつける。それはもはや文学だ。

2　世界が平和になる仕組み

社会も国家もまだない，「自然状態」を想像してみよう。人間たちは自分の利益を追い求め，他人を平気で利用し，攻撃もするだろう。だれかが中立の立場で争いを裁いたり仲裁したりしてくれないのだから，争いに勝った者が結果として正しいことになる。つまり自然状態は戦争状態だ。

しかし人間は理性をもつ。理性とは，さまざまな法則をたばねるような，すべてに当てはまる「原理」を導き出す能力のこと。つまり，理性をもつ人間は，自分の利益を追求するという個人の法則にしたがって満足するのではなく，すべての人間がいつでもしたがうべき原理を求める。こうして道徳が生まれる。みなに当てはまる原理にのっとって，人がおたがいに尊重し合う社会，これを実現するのが，法・政治である。みなを同じように平等にしばる法にしたがうことに，（強制ではなく）自分の意志で同意し，契約した者たちが，生命・財産をおたがいに守り合うのが，共和制国家だ。

では，もし隣人が，法にしたがうことに同意しなかったら，どうだろう。いつ彼からの攻撃や略奪があるかもわからないのだから，私たちはおびえ，身を守る準備をする。こうして戦争状態が生まれる。実際にはまだ戦争が生じていなくとも，戦争のきっかけとなりうるものがこうしてあるかぎり，それは「休戦」という名の戦争状態にすぎない。カントはそう考える。逆に，戦争のきっかけさえない状態，これがカントの求める「永遠平和」なのだ。

国の中での人と人との平和な関係は，国と国との関係にもあてはまる。ただしカントは，国家という枠自体をとりはらった世界国家にまでは飛躍しない。あくまでも，独立した国家同士の連合において平和が実現すればいいと考える。その点では現実主義者だった。そしてこの理念は国際連盟（1920年設立）として実現し，国際連合（1945年設立）に受け継がれている。

さらに付録では，政治より道徳が優先だと論じられている。自国の利益だけにとらわれていない，だれもが正しいと認めうる政策をめざすべきで，しかもそのような政策ならば，堂々と公開できるはずだという。この主張は，フランス革命政府軍とそれに干渉するプロイセンとの間で結ばれた，休戦のためのバーゼルの和約（1795年）が，秘密条項をふくむことへの批判でもあった。隠さなければならないということは，世界全体の平和には反する，当事国のせまい利益にとらわれた打算にすぎないからだ（図3）。

3 哲学者が平和を語る意味

永遠平和に向かう上のようなシナリオは，本当に実現しうるのだろうか。カントは，永遠平和が人間のいだく妄想ではなく，自然もまた私たちを平和に導いているのだという。つまり，本能，欲望，利害関係にしたがって行動したとしても，それが対立やあつれきを生めば，共存するためにみながたがいに自分を抑え，譲歩するのが自然なことであり，人間は道徳的な生き方に導かれてゆくものらしい。この主張がどこまで現実に当てはまるかは別として，少なくとも，自然までもが人類の永遠平和を後押ししてくれている「かのように」考えることは可能だし，有意義だろう。永遠平和の実現に向けて，あたかもそれが必然的な歩みであるかのようなシナリオをあえて演じれば，実際にそれで人々の行いと世界は変わる。理想は，現実に力をおよぼす（図4）。

カントがこれだけ理屈をこねて道徳や平和の必然性を説得しようとするのは，価値観や文化，国家，民族の違いを乗り越えて平和共存するという望みが，人間みなに等しくそなわる理性にこそかかっていると信じるからだろう。後の哲学は，理性へのこの信頼自体が一つの価値観にすぎないと認め，理性が絶対ではないと譲歩する。しかしそのような，理性の自己批判ともいえる展開の芽は，認識の限界を認識しようとしてみせたカント哲学自体にそなわっていたともいえる。

（梶原将志）

▶1　私たちの主観というフィルターを通さず，純粋に客観的な対象物自体をありのまま認識しようとしても，それはムリな話。ならばいっそのこと，私たちの認識にへばりつくこのフィルター，認識の仕組みについて考えようとカントは主張した。この発想転換をカントは，地動説の大胆さになぞらえて，「コペルニクス的転回」と自称した。

図3　プロイセンの軍隊（1807年の様子）

常備軍と官僚組織を両輪に，強国として勢いをのばしたプロイセンにとって，オーストリア，フランス，ロシアなど隣国との摩擦・緊張は宿命だった。戦争のきっかけ自体を全廃するよう求めるカントは当然，常備軍をなくすべきだと主張した。軍隊があれば，それが戦争の「きっかけ」になるからだ。

出典：Guntram Schulze-Wegener: *Illustrierte deutsche Kriegsgeschichte von den Anfängen bis heute.* Ares Verlag, Graz 2010, S. 83.

図4　カント像（C・F・ハーゲマン作，ベルリンのフリードリヒスヴェルダー教会）

出典：Deutschland. Alles, was man wissen muss. Dudenverlag, Berlin 2015, S. 330.

8　『金髪のエックベルト』（*Der blonde Eckbert*, 1796）ルートヴィヒ・ティーク（Ludwig Tieck, 1773-1853）

ティークの肖像

1 異色の天才

1796年，ティークは，『金髪のエックベルト』と題する**ロマン主義**[⇨Ⅰ-10·12]的要素がすべて詰まった短編物語を執筆する。主なモチーフは「森の孤独」「魔女」「宝石を産む鳥」「中世・騎士・城」「幻想・狂気」「現実と非現実の混交」といったところだろうか。初期ロマン派の理論的指導者**フリードリヒ・シュレーゲル**[⇨Ⅰ-10]や**ノヴァーリス**[⇨Ⅰ-12]がロマン主義的な文学を理論的に構築し始めるのは1798年頃のことである。ロマン主義とは何か，文学とは何か，模索を続けていた二人に先んじて，ティークは作品においてロマン主義文学を実践していたのである。文学的実践が少なく，理論中心の運動であった初期ロマン主義において，ティークは全く異色の実践型作家であった。

2 異色の物語

1773年ベルリンに生まれたティークは，友人ヴァッケンローダー[◀1]（1773-98）と南ドイツを旅した際，中世を再発見し，中世を題材にした物語を書くようになる（図1）。だが，ティークの描く中世は，単なる再現でも理想の投影でもない。『金髪のエックベルト』の主人公は中背の四十男，顔は青白く目は窪み，小さな城で妻ベルタと細々と暮らし，子供を授からないことを嘆き，メランコリーを患っている。中世騎士物語の英雄とはあまりにもかけ離れている。むしろ近代の小市民的小説の主人公に近いのではないだろうか。

『金髪のエックベルト』というタイトルの物語だが，作品の半分以上はベルタが幼少期の回想をエックベルトの友人ヴァルターに語る場面である。極貧の羊飼いの家庭で虐待を受けて育った８歳のベルタは森に逃げ，謎の老婆とその飼い犬と，毎日宝石を産む鳥と共に暮らす。だが14歳になると，物語に聞く騎士との結婚に憧れ，森の孤独に嫌気がさし，犬を置き去りにし，鳥を連れて逃げてしまう。宝石を売りながら生まれ故郷に帰ると，村は変わり果てており両親も亡くなっている。鳥の歌に恐怖を覚えたベルタは鳥を殺してしまい，騎士エックベルトと結婚する，というのが回想の内容である。

ベルタが思い出せなかった犬の名前をヴァルターが言い当てたことで，エックベルトとベルタの生活は破綻する。ベルタは病に伏し，エックベルトは不審のあまりヴァルターを殺す。帰ってくるとベルタも死んでいる。最後に魔女が

▶1　ギムナジウム時代にティークと知り合う。ドイツ中世の文学，美術に傾倒し，ティークおよび後続のロマン主義者たちに多大な影響を与える。『芸術を愛する一修道僧の真情の披瀝』（1797年），『芸術幻想』（1799年）がティークの手により出版される。

現れ，ヴァルターが実は魔女だったこと，ベルタがエックベルトの妹だったことが告げられる。エックベルトは意識も感覚もなくなり，狂気のうちにみまかる。一見，取ってつけたような結末だが，冒頭のメランコリーの描写，子供ができないことに対する嘆き，そして何よりもEckbertとBerthaが名前に共通部分を持つことに気づくと，この結末が用意周到に初めからプログラムされていたことがわかる。

図1　当時ドレスデン絵画館に所蔵されていたラファエロ作「システィナのマドンナ」

ティーク，ヴァッケンローダーをはじめ初期ロマン派に多大なインスピレーションを与え，ロマン主義的憧れの象徴となった。

出典：*Novails Schriften.* Hrsg.v. Paul Kluckhohn und Richard Samuel, Stuttgart 1960ff., Bd. 1, S. 176-177.

3 ロマン主義的「狂気」

啓蒙主義⇨Ⅱ-二-5の時代，理性への信仰が強まるにつれ，非理性的なものはあらゆる領域から排除されるようになる。その筆頭が「狂気（Wahnsinn）」である。だが当然のことながら人間の意識・感覚（Sinn）が常に合理的なわけではない。物語の随所に現れる意識・感覚の異常がそれを表している。ベルタは宝石を産む鳥が不気味な歌を歌うため殺してしまい，夢に見た理想の騎士とはほど遠いエックベルトと結婚する。エックベルトはベルタの犯罪を知っていながら夫婦生活を続け，結果，現実と非現実の区別がつかなくなり，殺人を犯してしまう。

犯罪の秘密を共有している点において，二人は共犯関係にある。そもそも二人の生活はベルタがかつて売った宝石で成り立っているのだ。それを他人に打ち明ける時点で，二人は正常な判断力を失っている。ベルタの罪は単なる窃盗ではない。鳥が産む宝石を現金に変える行為は，非現実の世界の価値を現実のものと交換することを意味する。メルヘンの世界は，理性的法則が成り立つ場ではなく，決して現実と混同してはならない。変わり果てた故郷は，メルヘンの時間法則が現実のものと異なることを示しているのだ。『浦島太郎』を参照されたい。メルヘンの価値を現実に持ち込もうとして罰を受ける物語には枚挙にいとまがない。『花咲か爺さん』『舌切り雀』の例などを思い起こしていただきたい。イソップの『金の斧』や**グリム**⇨Ⅰ-16の『ホレおばさん』にも当てはまる。**カント**⇨Ⅰ-7は「狂気」を「ある事物のイメージを事物そのものと取りちがえること」と定義している。現実の貨幣価値の当てはまらないものに無理やり現実的価値を見出そうとすることも「狂気」の一種である。

この作品における「狂気（Wahnsinn）」は，ベルタとエックベルトの他に，作品の筋が突然の結末を迎える「意味（Sinn）」の崩壊にも現れている。二人の死の原因は，近親相姦という罪のためではない。二人の罪はメルヘンの価値を現実に持ち込んだことである。近親相姦はむしろ「罰」に相当する。太古より「罪」とされ，悲劇の「原因」となってきた近親相姦が，「罰」として，罪の「結果」として描かれる。この倒錯もまた「狂気」の一種であるといえる。ティークがこの作品において描き出した人間存在の不安定さは，19世紀以降現代に至るまで文学の大きな主題となっている。ロマン主義とそれ以降の文学の萌芽的作品として読まれ得る傑作である。　（高橋　優）

9　『ジーベンケース』（*Siebenkäs*, 第１版1796-97, 第２版1817）ジャン・パウル（Jean Paul, 1763-1825）

ジャン・パウルの肖像

サイン

▷1　モーリッツが無名な時期のジャン・パウルを激賞し，作家として世に出るきっかけをつくった一方，ゲーテはジャン・パウルを「月から来た中国人」と評し，風変りな作風を揶揄した。

図１　ジャン・パウルが少年期を過ごしたヨーディッツ（1788年のスケッチ）

出典：*Das Wort und die Freiheit. Jean Paul-Bildbiografie*. Hrsg. v. Petra Kabus, Bernhard Echte, Nimbus, Wädenswil 2013, S. 32.

1　1790年11月15日――死のヴィジョン

ドイツ文学史の教科書では必ず言及され，**ゲオルゲ**[⇨Ⅰ-31]，**ヘッセ**[⇨Ⅰ-44]，シューマンなど著名な芸術家から惜しみない称賛を受けてきたジャン・パウルだが，あまりに特異なその文体は，一般の読者を遠ざけてしまいがちだ。文章中で繰り出される大量の比喩を理解するには，歴史や文化，科学などについての幅広い知識が必要だ。比喩の着想の豊かさと，密度が濃い文章を無駄なく組み立てる手腕は見事だし，自然美を描写する際の詩的な筆致も他にない美しさなのだが，なにしろ読みこなすのが難しい。『ヘスペルス』（1795年）がベストセラーとなり作家として名を成した当時でさえ，その読みにくさに対しては世間から苦言が呈されていた[◁1]。死後は急速に名声を失い，20世紀に入ってから再評価が始まるものの，あまり読まれることのないまま古典作家に名を連ねている。

ジャン・パウル，本名ヨーハン・パウル・フリードリヒ・リヒターは，フランケン地方で牧師の子として生まれ育った。小村での幸福な幼年期のなかで詩的感受性を育んだが，早くに父を亡くしてからは経済的窮乏のうちに追い詰められ，青年期には親友の死や弟の自死などの悲しいできごとにも耐えねばならなかった。孤独な作家修行を経て，30歳を迎える頃遅咲きのデビューを果たすのだが，作家になる前の決定的な転機としてジャン・パウル自身が語るのが，1790年11月15日の「死のヴィジョン」である。突如として「死が存在することを感得」し，「哀れな人間を愛すべき」ことを悟った彼は，小説の執筆に着手する。そうして書き上げられた『陽気なヴッツ先生』は，主人公ヴッツの愛すべき風変りなキャラクターが印象的な作品だ。比較的読みやすいので手にとってみてほしい。目につくのは，ヴッツの生涯が大胆に省略されて語られるのに比して，臨終の場面が不釣り合いなほど長く，詳細なことだ。死にゆくヴッツの様子を愛情深く描き出す語り手は，人間という，死すべき定めにある存在そのものへの愛に，突き動かされている。この語り手はジャン・パウルそのものである。

2　『ジーベンケース』を読むためのポイント

ここに紹介する小説『ジーベンケース[◁2]』もまた，小市民的な人間への愛とさまざまな死のモチーフに彩られた作品である。貧しい弁護士ジーベンケースは，後見人の裏切りによって遺産相続に失敗し，困窮した新婚生活を送る。夫婦関係が悪化するなかジーベンケースは詐欺の計画を立てる。自分が病死したように見せかけて保険金を妻レネッテに受け取らせ，自らは友人ライプゲーバーになりかわって異国の地での生活を始めようというのだ。彼らはまったく同じ容姿をもつドッペルゲンガー（この言葉はこの小説が初出ともいわれる）であり，名前を交換しても気づかれる気遣いはない。計画は成功。主人公は異国へ赴き，ライプゲーバーは放浪の旅に出る。

主人公とライプゲーバーとの類似は外見にとどまらない。「二つの体に住まう一つの魂」と呼ばれるほど精神的にも近しい関係にある彼らは，互いのうちに自分自身の「自我（Ich）」の鏡像を見る。フィヒテ哲学にも取り組んでいたジャン・パウルは[3]，鏡像的な自我のモチーフを好んで用いた。

次第に悪化していく夫婦関係の描写もこの小説の白眉とされる。執筆中はわずかな物音にも我慢できない神経質な夫と，少しの間も家事を我慢したくない妻。生活費が尽きて家財道具を質入れする夫と，質入れをどうにかして阻止したい妻。次第にエスカレートしていく夫婦間の衝突は，生活のディテールを感じさせつつ重苦しいリアリズムに陥らない。類まれな文章力に裏打ちされたユーモラスな筆致のなせるわざである。

構成の妙にも注目したい。夫婦関係の悪化が頂点に達するのは，４巻構成のうちの第３巻冒頭，ちょうど小説の中間部にあたる箇所である。喪服の質入れをめぐる口論のあった大晦日の晩，ジーベンケースは「死のヴィジョン」さながらに死の想念に襲われる。年が明けて彼は生命保険に加入し，まもなく死の偽装計画が動き出す。夫婦関係の悪化を描く小説の前半部から，死の偽装計画が動き出す後半部への境に年の変わり目が重ねられ，死に関わるモチーフが積み重ねられていく。死をテーマにした二つの著名な短編，「死せるキリストの講話」および「夢の中の夢」が挿入されるのもこの中間部だ[4]。

3 死をテーマとした二つの短編の意味

スタール夫人の『ドイツ論』のなかで紹介され，フランスの詩人たちに影響を与えたといわれる「死せるキリストの講話」は，キリストによって神の不在が宣言される場面を，極めて陰鬱なイメージとともに描き出したものである。のちに**ニーチェ**⇨Ⅰ-25·27によって宣告される「神の死」が，ここですでに予感され，具象化されている。これに続く短編「夢の中の夢」では，幼子イエスが母マリアとともに，地上で死別した魂たちの天上での再会を眺めている。死後の世界での魂の不滅が，穏やかな空想的イメージのなかで描き出される。この二つの対照的な短編はなぜ並列されるのか，そしてなぜ小説の中間部に置かれるのか。そこに意味などないと切って捨てるのは簡単だが，この作品を深く読み込むほどに，二つの短編と小説本編との間には隠された関係があるに違いない，と思われてくる。ジャン・パウルは深読みするに値する作家である。（江口大輔）

▷2　小説の正式なタイトルは『花の絵・果物の絵・茨の絵，あるいは帝国市場町クーシュナッペルにおける貧民弁護士 F. St. ジーベンケースの結婚生活と死と婚礼』。もともとこの作品は短編のアンソロジーとして構想されたが，「茨の絵」にあたるジーベンケースの物語だけが長編化した。

図２　『ジーベンケース』の一場面（カール・マイヤー（1802-72）によるエッチング）

出典：*Panorama der deutschen Klassiker II.* Hrsg. v. A. Schott, K. Göpel, Stuttgart 1848.

▷3　小説以外に理論的な著作やエッセイも数多く残したジャン・パウルは『フィヒテ哲学もしくはライプゲーバー主義の鍵』（1800年）という文章も書いている。

▷4　「死せるキリストの講話」の正式名称は，「死せるキリストにより宇宙からなされる，神は不在であるとの講話」である。二つの短編は，正式タイトルのなかの「花の絵」に相当する。第１版ではジーベンケースの物語の前に置かれていたが，第２版で作品の中間部へと移された。ジャン・パウルは他にも多くの加筆を行い，巻の構成も変更されたため，二つの版の違いは大きい。

10　『ルツィンデ』（*Lucinde*, 1799）
フリードリヒ・シュレーゲル（Friedrich Schlegel, 1772-1829）

シュレーゲルの肖像

サイン

1　初期ロマン派の理論的指導者

「**ロマン主義**⇨Ⅰ-8文学は，発展的総合文学である」。ロマン主義文学の本質を表すこの一文とともに，フリードリヒ・シュレーゲルは初期ロマン主義文学の理論的指導者として後世に名を残すことになる。1772年ハノーファーに牧師の子として生まれたシュレーゲルは，1790年以降，ゲッティンゲンおよびライプツィヒで法律を学んだ後，ドレスデンに居を移し**古代ギリシア**⇨Ⅱ-二-2文献学に傾倒していく。1796年，兄ヴィルヘルムとその妻カロリーネを頼ってイェーナに移り，気鋭の哲学者フィヒテ，文壇の大御所ともいえる**ゲーテ**⇨Ⅱ-3·19や**ヴィンケルマン**⇨Ⅱ-二-2，ヘルダーらと親交を重ねるうちに，古典文学研究を離れ，現代文学理論の確立を目指すようになり，ロマン主義文学の理論的指導者となる。現代は，古代ギリシアにおける神話や，キリスト教中世における聖書のような「中心」が失われた世界であり，「新しい神話」を必要とする時代である。だが「新しい神話」は，人間によって生み出されるものであるため，永遠不変のものではなく，絶えず新しく書き換えられねばならない。そうして永遠に変容していく「新しい神話」が「発展的総合文学」としてのロマン主義文学である。「小説」は，あらゆるジャンルを取り込み発展し続けるロマン主義文学の実践形態として位置付けられた◁1。

▷1　「小説」のドイツ語は„Roman“である。その名の通りロマン主義文学の代表的形式である。小説には決まりごとがない。詩も，歌も，日記も，会話文も説明文も，劇も，日常も非日常も，過去も未来も，この世のできごともあの世のできごとも，ありとあらゆるものを取り込める唯一の文芸ジャンルなのである。

2　「新しい神話」としての『ルツィンデ』

1797年，**古典主義**⇨Ⅱ-五-1の大家**シラー**⇨Ⅰ-5との不和をきっかけに，シュレーゲルはゲーテの助言によりベルリンに移り，**ティーク**⇨Ⅰ-8や後の妻ドロテーア・ファイト，宗教哲学者フリードリヒ・シュライアーマッハーらと知り合う。感覚や感情を重視したシュライアーマッハーの宗教観の影響，およびドロテーアとの恋愛の経験から，恋愛と宗教を結びつける小説『ルツィンデ』が生まれることとなる。人間が神のような絶対的なものに到達することはもはや不可能であり，人間にできることは感覚を通じて現実世界の中に神的なものとの繋がりを求めることのみである，というのがロマン主義者たちの共通認識であった。感覚を通じて感覚を超えた世界へと到ろうとする過程を，シュレーゲルは官能的恋愛小説を通じて描こうとしたのである。

この小説には目立った「筋」がない。主人公ユーリウスと恋人ルツィンデとの恋愛模様が，書簡や対話，回想などさまざまな文学形式を通じて語られるのみである。理性に頼るのではなく，感覚・官能を通じて人間の本質・根源に，さらには神の領域に至ろうとすることがすべての文芸の起源であるとシュレーゲルは考える。人間の本質・根源，そして神と人間が渾然一体となった世界を表現する媒体が，あらゆるジャンルを包括した「小説」なのである。

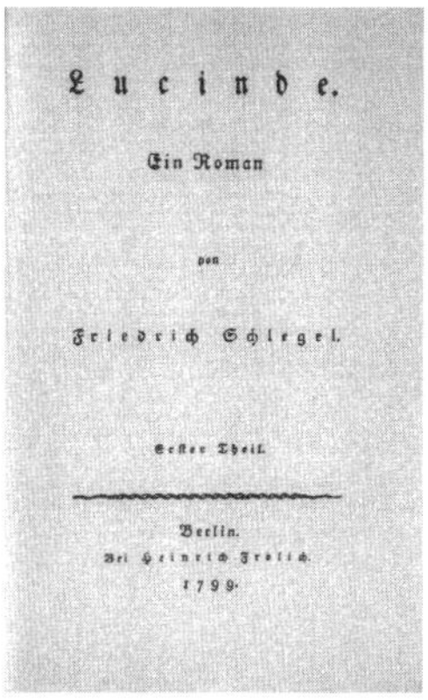

図1　『ルツィンデ』（1799年）初版表紙

出典：Friedrich Schlegel: *Lucinde*. Hrsg. v. Karl Konrad Polheim, Stuttgart 1999, S. 5.

3 「神話的――エロチックな小説」

主人公ユーリウスは，官能的な愛の恍惚の一瞬に，感覚を通じて神の領域に至ろうとする人物として描かれる。「我々は，宗教と同じような放逸さをもって抱擁しあった」。「一瞬のうちに愛はある。……あらゆる神的なもの，あらゆる美しいものは素早くて軽やかなのだ」。

シュレーゲルは『ルツィンデ』を「神話的――エロチックな小説」と呼び，「あらゆる完全な小説は猥褻でなければならない。それはまた，絶対的なものを恍惚と官能の中に提示しなければならない」と述べる。ルツィンデとの官能的恋愛を通じ，ユーリウスには「一つの新しい感覚」が開かれる。それは「精神的な目」でもあり「聴覚のように内的で静か」でもあり「触覚のように直接的」でもある。あらゆる感覚を統合した超越的感覚をユーリウスは「世界のための感覚」と呼ぶ。この感覚を通じ，人間は「本来の神性」へと回帰する。シュレーゲルはさらに，人類は「向こうの世界――彼岸世界のための感覚」も有すると述べる。ユーリウスとルツィンデに開かれた「世界のための感覚」は，現世のためのみならず，超越的世界をも把握する感覚である。そして「神性」への回帰は歴史の果ての究極目的◁2ではなく，官能によって現在の瞬間に体験されるものである。

官能から超越的世界に至る道筋は，プラトンの『饗宴』にも描かれるテーマである。ソクラテスはディオティーマという女性を通じて，「美しい肉体」から「美そのものを知ること」へと階段を登るのが正しい道筋であると学ぶ。プラトンにおいて美しい肉体への愛は「美そのものへの愛」の前段階とみなされる。しかし，ユーリウスの言葉◁3に見られる通り，『ルツィンデ』における官能的な愛は，「神的なものへの愛」の前段階ではなく，まさしく「神的なものへの愛」そのものである。

全くスタイルが異なるものの，この作品の主題は，**ノヴァーリス**⇨Ⅰ-12『青い花』と同じく，感覚による超感覚世界の把握であり，超感覚世界を感覚可能な形で描出する試みであるといえる。神話や聖書といった絶対的価値観がなくなってしまった時代に彼らが拠り所にしたのは，人間本来の「感性」であった。感性を切り捨てた近代文明が行き詰まりを迎え，人間的感性の復権が求められる現代社会においてこそ，彼らの「感性的宗教」を見直す必要があるのではないだろうか。

（高橋　優）

▷2　たとえば新約聖書では，歴史の最後にキリストが再臨し，「千年王国」が実現される。シュレーゲルの宗教観はそのようなキリスト教的歴史観・宗教観とは全く異なる。

▷3　たとえば次の引用を参照。「熱狂したディオティーマは彼女の愛するソクラテスにむかって，愛の半面しか明かしてはいなかった。愛は，無限なるものへの静かな希求《けく》ばかりではない。それはまた，美しい現在の聖なる享受でもある。それは，ある種の混淆，死すべきものから不死なるものへの何らかの移行であるにとどまらず，その両者の完璧な統一なのである。ひとつの純粋な愛が，休みなき追求のひきおこす擾乱の，いかにかすかな兆しもない，ひとつの不可分にして単純な感情が，まぎれもなく存在するのだ」（平野嘉彦訳）。

11　『パンと葡萄酒』（*Brod und Wein*, 1800/1801）　フリードリヒ・ヘルダーリン（Friedrich Hölderlin, 1770-1843）

1「1940年3月9日　敬白　スカルダネリ」

これは，ヘルダーリンが晩年に書いた詩の末尾にある署名である。ヘルダーリンが生まれたのは1770年[◁1]で，亡くなったのは1843年。1940年にはもちろん生きていない。では，「スカルダネリ」とはいったい誰なのか。

幼少の頃父を亡くしたヘルダーリンは，母の希望もあって，牧師になるためにテュービンゲン大学神学校へ進む。だが，卒業後も詩への思いは断ちがたく，安定した生活が保障される聖職に就くことをかたくなに拒み，住込みの家庭教師としてかろうじて生計を立てながら詩を書き続けた。ドイツのみならず外国にも赴いたが，スイスとフランスの赴任先では，理由は不明だが，いずれも数カ月で職を辞している。1802年，ヘルダーリンがフランスのボルドーからパリを経由して徒歩で故郷ニュルティンゲンに戻ったときには，精神の異常をきたしていた。37歳のときには回復の望みがなくなり，テュービンゲンの家具職人に引き取られ，73年の生涯を閉じる。ヘルダーリンは後半生（図1），40年近くも精神の闇のなかにいたのである（図2）。だが，その間もヘルダーリンは詩を書き続け，そのいくつかの詩に「スカルダネリ」と署名をしているのだ。

これら狂気の時代に書かれた，季節と自然を歌った詩のことばは，たしかに透き通っていてうつくしい。だが，1800年から1805年という，まさに精神が危機に襲われる前夜に書かれた作品は，祖国ドイツとその歴史とを，壮大な神話的ヴィジョンに託して歌いあげ，ヘルダーリンの「核心にして頂点」ともいわれている。これらの詩はしかし，狂気の所産とされ，長いこと日の目をみることはなかった。ヘルダーリンは生前はほとんど無名にひとしく，その名前を広く知られるようになったのは，ようやく20世紀になってからなのである。**ゲオルゲ**[⇨Ⅰ-31]をはじめとする数々の詩人，哲学者，批評家に認められ[◁2]，脚光を浴びるなかで，1800年以降の作品がおよそ100年を経てはじめて評価されるようになったのだ。両大戦時には，リュックにヘルダーリン詩集を入れて戦地に赴いた若い兵士が数多くいた。危機の時代においてヘルダーリンは必要とされたのである。祖国ドイツを讃える詩も書いたヘルダーリンは，ナチスの宣伝に利用されたこともあるが，戦後その難解な詩の解明が進むなかで，ドイツ語圏を代表する詩人として，思想や芸術の分野にも影響をおよぼし，広く読まれ続けている。

22歳のヘルダーリン

サイン

▷1　哲学者ヘーゲルと作曲家ベートーベンと同い年。ドイツ文化にとって当たり年である。

図1　55/56歳のヘルダーリン
出典：*Hölderlin. Chronik seines Lebens.* Hrsg. v. Adolf Beck. Insel Verlag, Frankfurt am Main und Leipzig 1975, S. 203.

▷2　ゲオルゲ，リルケ，ホーフマンスタール，ツェランなどの詩人や，ニーチェ，ハイデガー，ベンヤミン，アドルノなどの哲学者・批評家に絶大な評価を受けている。

2 詩人の存在意義

1800年ないしは1801年に書かれたヘルダーリンの代表作『パンと葡萄酒』（図３）の一貫したモチーフは「夜」である。神々との一体的な生を実現していた栄光の**古代ギリシア**⇨Ⅱ-二-2が「昼の時代」であり，それと対照的に現代は「夜の時代」として描かれている。地上から神々が立ち去ったことによって訪れた「夜」は，人間のこころを蝕んで蔓延するエゴイズム，**ニヒリズム**⇨Ⅱ-二-1の象徴でもある。ヘルダーリンはそのような神々不在の「現代」を「乏しい時代」とも呼んで，「乏しい時代に何のための詩人なのか」と問い，みずからを鼓舞しつつ，詩人の使命をみちびきだす。すなわち，詩人は葡萄酒の神ディオニュソスの「聖なる祭司」であり，「天上の神々」と「地上の人間」を結びつける任を負っているのだ。ヘルダーリンにとって，「詩人」とはただたんに「詩を書く人」ではない。天上と地上との媒介者として，帰還が期待され予感される神々のありようを伝える存在，つまり，夜の彼方に希望の光を見ている存在なのである。

図２ ヘルダーリンが後半生を過ごしたテュービンゲンの「ヘルダーリンの塔」（1850年のスケッチ）

出典：同前，S. 196.

3 「パンと葡萄酒」の意味

『パンと葡萄酒』という表題を見ると，キリスト教の儀式である聖餐◁3に関わる詩ではないかと想像されるかもしれない。しかし，ヘルダーリンのキリスト教理解は独特である。驚くべきことに，ヘルダーリンは，ギリシア神話の神々のなかに，一神教であるキリスト教の神も加えているのだ（これでは牧師にはなれない！）。キリストはギリシアの神々の系譜に連なる最後の神であり，その死によって，「夜の時代」が始まったと見ているのである。ヘルダーリンにおいては，パンと葡萄酒がもつ意味もキリスト教の場合とは異なっている。詩には「パンは大地の実り，だが光に祝福されたもの／そして，雷の神から葡萄酒のよろこびはやってくる」とある。雷の神がゼウスであることから，ギリシア神話のイメージが重なっていることは明らかであり，さらには葡萄酒の神ディオニュソスの姿も読み取ることができる。ヘルダーリンは，このように２つのシンボルによって，キリスト教世界とギリシア世界の融合を図ったうえで，「わたしたち」がパンと葡萄酒を味わうのは，「かつて地上に存在し，／時いたれば帰ってくる天上のものたちに思いをいたす」ためであるとしている。つまり，「地上」に遺された２つの「贈物」である「パンと葡萄酒」を享受するということは，神々なき「乏しい時代」を生きるうえでの希望を味わうことでもあるのだ。

ヘルダーリンが『パンと葡萄酒』を書いてから200年以上が経つ。しかし，わたしたちの時代の「乏しさ」はその根本において，ヘルダーリンが生きた危機の時代と変わらないか，それ以上であるかもしれない。であればこそ，ヘルダーリンはいまもなお求められ，その詩を読むひとは，「乏しさ」の彼岸を希求し，未来に向けられたひたむきなことばに胸をうたれるであろう。

（畠山　寛）

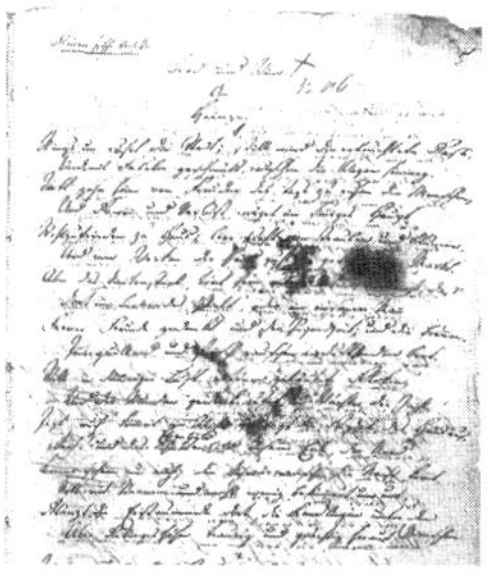

図３ 『パンと葡萄酒』第一詩節の手稿

この第一詩節をブレンターノは「最も成功した詩の一つ」であり，「澄み切って星が明るく孤独で，過去に未来に鳴り響くあらゆる記憶の鐘です」と激賞している。

出典：Wolfram Groddeck: *Hölderlins Elegie Brod und Wein oder Die Nacht.* Stoemfeld Verlag, Frankfurt am Main und Basel 2012, S. 289.

▷３ キリスト教で，葡萄酒とパンをキリストの血と肉にたとえて信者に分け与える儀式。聖書には，最後の晩餐のとき，キリストがパンを取って「これはわたしの体である」，杯を取って「これはわたしの血である」と言って弟子たちに与えた，とある。

12　『青い花』（*Heinrich von Ofterdingen*, 1802）
ノヴァーリス／フリードリヒ・フォン・ハルデンベルク（Novalis/Friedrich von Hardenberg, 1772-1801）

ノヴァーリスの肖像

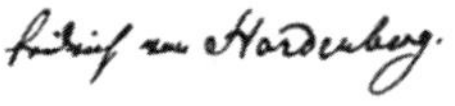

サイン

図１　オーバーヴィーダーシュテットにあるノヴァーリスの生家
現在は記念館となっている。
出典：Novalis Schriften, Hrsg. v. Paul Kluckhohn und Richard Samuel, Stuttgart 1960ff., Bd. V, S. 364/365.

図２　ノヴァーリスの恋人ゾフィー・フォン・キューン
出典：同上，Bd. I, S. 384/385.

1　「ノヴァーリス」という筆名

「ノヴァーリス」という名はドイツ・**ロマン派**⇨Ⅰ-8·10の代表的詩人として後世に知られるが，フリードリヒ・フォン・ハルデンベルクがこの名を初めて用いたのは彼の死のわずか３年前の1798年，断章集『花粉』をロマン派の機関誌『アテネーウム』に発表した際である。大学で歴史，哲学，法学を学び，製塩所監督試補として出世の道を歩みながら哲学研究に没頭し，10歳下のゾフィー・フォン・キューンと恋に落ち，彼女が15歳の若さで亡くなると，当時最先端の研究施設を備えるフライベルク鉱山アカデミーで自然科学を学び，役人としてさらなる出世を目指す傍ら文芸活動に勤しみ，肺結核により28歳の若さで生涯を終える，そんな詩人が自らに付けた筆名は「開墾者」を意味する。一見とりとめのない，あまりにも多岐にわたりすぎる彼の活動は，その一つ一つが花粉の一粒一粒となり，種となり芽を出し花を咲かせ，詩作において結実するべきものであった。

2　完結不可能な小説

そのノヴァーリスが文字通り生涯をかけて執筆した未完の長編小説が『青い花』である。ドイツ語の原題は主人公の名前「ハインリヒ・フォン・オフターディンゲン」となっている。20歳を迎えた主人公ハインリヒは，夢に見た青い花に憧れて旅に出る。途中出会う商人，十字軍騎士，東洋の女，鉱夫，隠者などとの対話により世界に対する認識を深め，母方の祖父の友人で詩人のクリングゾールとの出会いによって詩人として目覚め，その娘マティルデと恋に落ちる。

こう書いてしまうとにべもないが，この小説はありきたりな自己実現型小説ではない。まず主人公の自己実現の旅は，母親に同行し，母親の実家に向かう旅なのだ。自己実現の第一歩は親からの自立ではないのか。そもそも，大工仕事を生業とする父親に対し，学者を目指すはずのハインリヒはその思いを語ることも，実現に向けて行動することもない。旅の途上でも，この主人公は他人の話を聞いて感銘を覚えるだけで基本的に何もしない。十字軍の騎士の勇ましい武勇伝に心を踊らせる一方，十字軍に捕虜として拉致されて来た東洋の女の嘆きを聞いて涙ぐむ。立ち位置が極めて曖昧で，詩人への目覚めも恋も，常に成り行き任せなのだ。そしてこの小説が未完なのは，作者の早逝のためだけではない。どう転んでも終わりがないのだ。恋に落ちたマティルデは死に，ハインリヒは巡礼となる。遺稿によると，青い花を摘み取っても物語は終わらない。「ハインリヒは世界の意味を言い当てる」という覚え書きもあるが，それでも物語は終わらない。もちろん主人公が死んでも，死者たちとの対話を経て舞い戻って来るのだ。

3 「世界の意味」

哲学，自然科学，歴史学，文芸活動などあらゆる方面から「世界の意味」を模索していたノヴァーリスにとって，そのすべてを詰め込んだ長編小説において描くべきテーマは当然「世界の意味（Sinn der Welt）」の把握であった。主人公の受動的行動はすべて「世界感覚（Weltsinn）」を養うためであったことが第二部において明かされる。第一部「期待」，第二部「実現」と題された二部構成の本作は，その構造そのものが聖書のパロディである。父親が大工であるという設定は，物語の筋の上では全く不必要であるが，ハインリヒが大工の息子キリストの役割を担っていると考えれば合点がいく。

ノヴァーリスは自分の執筆活動が「新しい聖書」「新しい神話」となるべきものであるという自負を常に抱いていた。キリスト教が世俗化，弱体化し，聖書の真実性がもはや信じられなくなってしまった時代において，新しい精神的拠り所を確立しなければならない，というのがロマン主義者たちの共通認識であった。本作品は，神が失われた時代ならではの「聖書」であるといえる。「世界の意味」を理解することが絶望的になった時代において，最後の拠り所となるのは人間の「感性」「感覚」であった。信仰も学問も「体系」や「理論」ではなく，「感覚」に端を発するものでなければならないと考えたロマン主義者たちが提唱したのは「感性的宗教」であった。ノヴァーリスにとって「感性的宗教」の究極の目的は「世界感覚」による「世界の意味」の把握であった。

では，「世界感覚」によって把握されるべき「世界の意味」とは何だろうか。「世界の意味」を言い当てたハインリヒは「自発的狂気」に陥り「狂気」の中で姿を変え続ける。「狂気（Wahnsinn）」とは，語源的には，無意識・無感覚の状態を指す。無意識・無感覚状態の「狂気」のうちで，ハインリヒの「世界感覚」は「世界の意味」と一体化する。しかし，その「狂気」が自発的に創り出されたものである以上，ハインリヒはいつかは現実に引き戻されねばならない。「世界の意味」は，われわれが永遠に到達不可能なものとして留まり続ける。「青い花」は，永遠に到達不可能な「世界の意味」の象徴なのである。

この小説は「世界の意味」の把握を目的としてしまった以上，特定の結末を持ち得ない。描けるのはただ，「世界の意味」は永遠に描出不可能であるということのみである。この物語がドイツ・ロマン派の代表的作品として読み継がれているのは，「世界の意味」とは何か？という究極にして永遠の問いをわれわれに突き立てているからに他ならない。　（高橋　優）

13 『チリの地震』（*Das Erdbeben in Chili*, 1807/1810）ハインリヒ・フォン・クライスト（Heinrich von Kleist, 1777-1811）

クライストの肖像

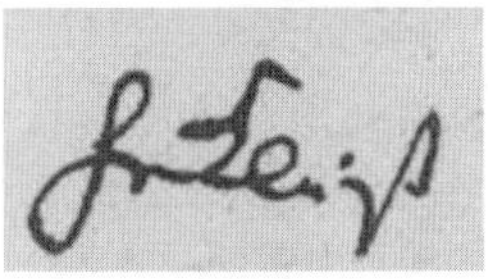

サイン

図1　クライストの婚約者ヴィルヘルミーネ・フォン・ツェンゲ

出典：*Kleist. Krise und Experiment, Die Doppelausstellung im Kleist-Jahr 2011.* Hrsg. v. Günter Blamberger und Stefan Iglhaut, Kerber Verlag, Bielefeld/ Leipzig/ Berlin 2011, S. 197.

1 「非常事態」のスペシャリスト

地震，雷，火事，親父，といえば世にも恐ろしいものの喩えだが，クライストほど頻繁にこの種の「災い」を描いた作家もめずらしい。突発的な出来事によって秩序のタガが外れた世界を描き続けた異色の作家クライスト。ドイツ文学きっての「非常事態」の書き手は，いったいどんな人物だったのだろう？

生まれはプロイセンの軍人貴族の家系。14歳でプロイセン軍に入隊し，少尉にまで昇進するものの，軍隊生活になじめず21歳で退役した。すると今度は，「幸福へ至る確実な道」を見つけるべく大学で哲学や数学を学び始めるが，これも長続きしない。家庭生活に「幸福」の拠り所を求めて婚約もしてみたが，およそ２年間，もっぱら文通だけの交際を続けたあげく，一方的に婚約を破棄した（図１）。ひとつ所にとどまることができず，知人や親族に金を借りながらヨーロッパ各地を転々と渡り歩く日々。発表した戯曲のほとんどは同時代の劇場に受け入れられず，みずから編集・発行を手がけた芸術雑誌や新聞も短期間で廃刊に追い込まれた。やがて経済的にも困窮し，34歳のとき，たまたまサロンで知り合った人妻を道連れに，ベルリン郊外のヴァンゼー湖畔でピストル自殺を遂げた（図２，図３）。

常識の立場からすれば，相当なダメ男ということになりそうだ。だが，およそ安定とは無縁であったからこそ，クライストには一見堅固で安定して見える現実世界の危うさがよく見えた。「この世界の脆い仕組み」と，そのただなかに放り出された人間たちの姿を，圧倒的な迫力で描き出すところにクライスト文学の特徴がある。

2 足下の大地が揺れるとき

短編小説『チリの地震[◁1]』は，そんなクライスト文学のエッセンスを凝縮したような作品である。主人公は元家庭教師のジェローニモとその教え子の貴族の娘ジョゼフェ。恋仲になった二人は密会を重ねて子をなすが，この事実が発覚するとジェローニモは投獄され，修道女となっていたジョゼフェには死刑判決が下る。そして処刑の日，恋人の死を確信して絶望したジェローニモが牢獄でみずからも命を絶とうとしたまさにその瞬間，大地震が街を襲うのである。

地震の結果，主人公の二人とその子供は思いがけず命を取り留め，無事に再会を果たす。つまり地震は，恋人たちを死の淵から救い，逆に彼らを死の淵へ追いやった街の権力機構をことごとく破壊したわけだ。しかも，震災を生き延びた人々は，いまや身分の違いを超えて互いを助け合い，主人公たちにもあたたかく手を差し伸べてくれる。そんな美しい光景を目の当たりにして，恋人たちの胸には，あの地震は神の「恩恵」ではなかったかという思いが抑えがたくこみ上げてくる。

ところが，主人公たちが感謝の祈りを捧げるべく街の教会に赴く段になると，物語は急転直下，凄惨な結末にむかって突き進むことになる。登壇した聖職者が，地震は道徳的堕落にたいする「天罰」であるとし，主人公たちを名指しで断罪すると，教会内の空気は一変，ミサに集った群衆はたちまち暴徒と化して二人を殴り殺してしまうのだ。結局，ジェローニモとジョゼフェは地震で命を取り留めてからわずか１日で死に，あとには——暴徒たちが誤って別の子供を殺したことで——たまたま虐殺を免れた彼らの子供が残される。

図２　クライストと心中したフォーゲル夫人（1802年頃）
出典：同前，S. 332.

図３　ヴァンゼーの湖畔近くに立つクライストとフォーゲル夫人の墓碑
出典：著者撮影。

３ 想定外な世界の感触

思わず「なんでそうなるの⁉」と叫びたくなるような結末。いったいここに描かれる地震とは何だったのだろう？　作品にはこれ見よがしに地震にたいする２つの対照的な見方（「恩恵」と「天罰」）が登場するが，悩ましいのは，この２つの見方が，物語の展開そのものによっていずれも退けられてしまうということだろう。主人公たちが殺されてしまうのだから，地震を神の恩恵とする解釈が成り立たないのは明らかだ。だが，聖職者による天罰説だって疑わしい。なにしろ，よりによって主人公たちの罪の果実である子供が生き残るのだから。では，恩恵でも天罰でもないとすれば，あの地震は，そして主人公たちの生き死には何だったのか？　身も蓋もないけれど，すべてが偶然の成り行きだった，というのがひとつのありうる答えではないだろうか。

互いに因果関係のない複数のできごとがたまたま重なり合って，予測もつかないイレギュラーな事態に発展していく。そして，そのただなかにいる人間も，たまたま生じた状況に触発されて，思いもよらない行動に駆り立てられる。次の瞬間には何が起こるかわからない。『チリの地震』からは，そんな偶然性に満ちた世界の姿が浮かび上がってくる。クライストの物語は私たちになぐさめを与えてはくれない。けれど，その作品世界は，私たちがほんとうは「想定外」な世界のただなかに生きているという忘れがちな事実を，リアルな感触とともに確かに伝えているのである。

（由比俊行）

▶１　物語の舞台は1647年に発生したチリ地震に設定されているが，クライストの念頭にあったのは，むしろ1755年にポルトガルのリスボンを襲った大地震であったといわれている。敬虔なカトリック国家ポルトガルの首都を壊滅させた地震は，当時のヨーロッパの思想・哲学に大きな影響を与えた。

14　『少年の魔法の角笛』（*Des Knaben Wunderhorn*, 1805-08）
アヒム・フォン・アルニム（Achim von Arnim, 1781-1831）
クレメンス・ブレンターノ（Clemens Brentano, 1778-1842）

23歳のアルニム

サイン

25歳のブレンターノ（フリードリヒ・ティークによる彫像）

サイン

1　民衆への熱いまなざし

グリム童話⇨Ⅰ-16が，民衆に語り継がれた「お話」を集めた本だとすれば，『少年の魔法の角笛』は，民衆に歌い継がれた「歌」を集めた本である。日本ではグリム童話ほどの知名度はないが，実はこの民謡集，ただの民謡集ではない。芸術家にとっての種本ともいえるような存在で，ここに登場するキャラクターや言葉や旋律はドイツ文学や音楽のそこかしこに埋め込まれ，現在までさまざまな形で生き続けているのだ。◁1

中世から18世紀までの歌723編を収める全３巻のこの民謡集を編纂したのは，アルニムとブレンターノという二人の青年である。当時のドイツはまだ統一国家をなしておらず，小国が乱立する状態だった。そこにフランス革命後，ナポレオン軍が押し寄せてくると，ドイツ各国は瞬く間に制圧されてしまった。しかしこの外圧によりナショナリズムが高揚し，統一国家を求める機運も高まってゆく。そこで注目されたのが「民衆《フォルク》」だった。「権利と自由を有する国民《フォルク》」としての民衆こそが未来のドイツ国家の主役であると考えられたのだ。文学者たちも早くから民衆に注目し，すでに多くの民謡集が刊行されていたが，若い二人はそうした真面目なコンセプトの民謡集には満足していなかった。◁2

2　対照的な仲良し二人組

二人はゲッティンゲンで学生時代に知り合った。ブレンターノは商業都市フランクフルトの大商人の息子で，商売修行に挫折したのち哲学専攻の学生になっていたが，勉強そっちのけで小説を書くなど，文学にどっぷりとはまっていた。イタリア系の父を持つドイツ南西部育ちのカトリック教徒で，情熱的な若者だった。３歳年下のアルニムはプロイセン王国の首都ベルリン生まれである。北方プロテスタントの軍人貴族の家の出で，大学での専攻は数学だった。生まれも育ちも対照的な二人が出会ったのは1801年の夏，とある文学イベントでのことだった。文学にも関心のあったアルニムが，大学町を訪れた**ゲーテ**⇨Ⅰ-3・19を歓迎する松明行列を催したのである。◁3 ブレンターノはこのとき文学を熱く語り，それに影響されたアルニムはついに自分でも創作を始める。翌年，二人は一緒にライン地方を旅して，古い城館と自然が調和したドイツの風景や古い民謡に感激した。このときの経験が，民謡集刊行のきっかけにもなる。

▶1　本作品に採録されたのは実際にメロディーをつけて歌われていた歌だが，楽譜は掲載されていない。

▶2　ヘルダー（1744-1803）の民謡集（初版1778/79年，第２版1807年）が有名。ここにはドイツのものだけではなく，ヨーロッパ各国の民謡が収められている。

▶3　アルニムは当時すでにゲーテとコンタクトがあった。なお，『少年の魔法の角笛』第１巻ではゲーテに献辞が捧げられている。

3 捏造？ イノベーション？

新しい民謡集を出版しようと提案したのはブレンターノである。彼がアルニムにその意気込みを伝えた1805年２月から，二人は猛烈な勢いで仕事をする。各自で収集していた歌に加え，グリム兄弟らの助けも借りて，聞き取りの記録，ビラ，既刊の民謡集等から多くの歌を集め，同年９月には早くも第１巻の刊行に漕ぎ着けた（図１）。しかも，彼らは集めた歌詞をそのまま掲載したのではなかった。書き換えたり，付け足したり，２つの歌を合体させたりと，ドイツ語という言語の美しさや面白さを重視して，さまざまに手を加えたのである。この行為は捏造か，それともイノベーションか。それまでの時代，作品というものは，作家が書き終えた時点で完成すると考えられていた。しかしロマン派の人々は，作品とは未完の生きものであり，批評や改作や翻訳等を経て，読まれることによって完成に近づき，現代にも生きるようになる，と考えた。そして実際，二人の読書の跡を大いに残すこの民謡集は，後世に生き続ける作品となったのである[4]（図２）。

図１ 『少年の魔法の角笛』第１巻の扉絵

出版年号は先取りして付されている。

出典：Clemens Brentano: *Sämtliche Werke und Briefe. Historisch-kritische Ausgabe. Band 6.* Hrsg. v. Heinz Rölleke, Kohlhammer, Stuttgart 1975, S. 1.

▶4 当時の大御所作家であるゲーテやハイネにも絶賛され，とくに第３巻の付録「子供の歌」に収められた歌は，多くの芸術家の創作意欲を刺激した。「せむしの小人」というテーマはベンヤミン，トーマス・マンなどが取り上げ，シューマンやブラームスらが曲をつけている。マーラーには，『少年の魔法の角笛』（1887–92年）という本作品と同タイトルの歌曲集もある。

4 民衆の自負

ひもじかったり，恋に悩んだり，不運を嘆いたり，夢を語ったり——この民謡集を開くと，子供や貧乏学生，兵士や遍歴職人といった，社会で弱い立場にある人々が毎日を必死に生きていた様子が垣間見える。「起床のラッパ」という歌では，敵弾に倒れ，仲間にも見捨てられた兵士が最後にこう言う。「太鼓を叩かねばならぬ／さもないと俺もおしまいよ／戦友たちが地面にびっしりだ／トゥラララリ，トゥララライ，トゥラララ／みんな刈り取られたみたいに倒れてやがる」。そして彼が太鼓を叩くと，なんと死んだ兵士らが立ち上がり（！），敵に向かってゆく……。他方で民衆の歌はユーモアも失わない。こんな子供の歌もある。「コウノトリさん，……飛んでってパン屋さんからあったか白パン持ってきて／コウノトリはかっこいい鳥じゃないね／くちばしが長くてビールが飲めないよ」。しかしもっとも心を打つのは，どんな境遇であれ，彼らが一人の人間としての自負を失わないところかもしれない。たった４行の「君は何者だい，貧乏人よ？」という歌はこうだ。「空は僕の帽子／大地は僕の靴／聖なる十字架は僕の剣／僕を見た人は，僕のことを価値ある愛しいやつだと思うさ」。

若くして大仕事を成した二人はその後も作家活動を続けたが，アルニムは貴族としては出世できず，ブレンターノは結婚生活で問題を抱えるなど，両者とも悩み多き人生を送った。会えないときも文通で交流し続けた二人だったが[5]，実は生い立ちだけではなく，民謡集の編集方針にも違いはあった。だが，それを乗り越えて結実したこの作品には，言葉の自由な羽ばたきがある。

（岡本和子）

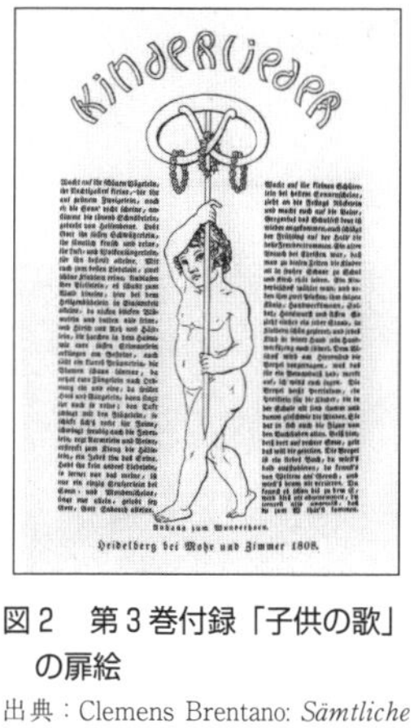

図２ 第３巻付録「子供の歌」の扉絵

出典：Clemens Brentano: *Sämtliche Werke und Briefe. Historisch-kritische Ausgabe. Band 8.* Hrsg. v. Heinz Rölleke, Kohlhammer, Stuttgart 1977, S. 239.

▶5 アルニムは1811年にブレンターノの妹ベッティーナと結婚した。彼女自身も作家として活動しており，『少年の魔法の角笛』の編纂も手伝った。

15 『ドイツ炉辺ばなし集』（*Kalendergeschichten*, 1808-15, 1819）ヨーハン・ペーター・ヘーベル（Johann Peter Hebel, 1760-1826）

ヘーベルの肖像

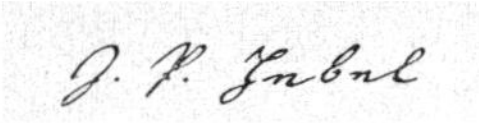

サイン

図１　ヘーベルが少年期を過ごした故郷ハウゼンの家

出典：Bernhard Viel: *Johann Peter Hebel.* C.H. Beck, München 2010, S. 29.

１ ヘーベルの暦物語

ここに紹介する作品は，暦に付されていた短い物語のアンソロジーである。暦すなわちカレンダーは，日付のみならず，聖人の祝日や断食日など宗教的な行事などを知る上で必須のものであった。家庭医学や農業などの実践的知識や，天体や化学など自然科学的知識までもが掲載されていた暦は，いわば民衆教化の役割も果たしていた。16世紀頃から暦には短い物語も載せられるようになったが，その目的は，娯楽の提供よりはむしろ人生訓や道徳を教えるという教育的なものであった。**ギムナジウム**⇨Ⅱ-四-3の教師であり聖職者でもあったヨーハン・ペーター・ヘーベルは[1]，1808年，バーデン大公国が発行する公式の暦を編纂する任を与えられると，暦の名称を「ライン地方の家の友」と改めて，物語の執筆も自ら担当した[2]。ヘーベルは，教育的配慮はもちろんのこと，読者を楽しませることにも意を注いだ。簡潔な文章で，話に落ちがあり，題材も多種多様で読者を退屈させないヘーベルの物語は好評を呼ぶ。のちに読み物だけが単行本として刊行されて，広く読まれることになった。以来，ヘーベルの物語は教育の現場で国語教材として用いられ，それを読んで育った後世の名だたる作家や思想家から，その高い文学性を称えられてきた。なかでも，哲学者エルンスト・ブロッホが「世界でもっとも美しい物語」と形容した「思いがけぬ再会」は，ドイツで大変よく知られた作品である。

２「思いがけぬ再会」に見るヘーベルの語り

結婚を誓った幸せな二人がいる。式を１週間後に控えたある日，いつものように炭鉱での仕事に出かけた男性は，落盤事故に遭い，二度と戻ってこなかった。その日，結婚式に備えて男性の黒いスカーフに赤い縁どりをしていた婚約者の女性は，そのスカーフをしまいこむ。それから半世紀以上が過ぎたとき，偶然に男性の遺体が掘り返される。その姿は事故の日から少しも変わっていない。埋葬の日。時がたち老女となった女性は，まるで結婚式のような晴れ着を身に着け，あの日しまったスカーフを男性の首に巻き付けて，男性を見送る[3]。

この話は，繰り返して読むほどに，心のうちに深い感動を呼び起こす。長い時を超えて守られ続けた婚約者への愛は，それ自体が美しく，胸を打つ。しかし，ヘーベルの語りのわざはそれを一過性の感動に終わらせない。語り口はあ

▶1　ヘーベルは，教師としてはカールスルーエのギムナジウムの校長にまでのぼりつめ，聖職者としてはルター派教会の高位の職に就き，さらに大公国の上院議員まで務めた。作家としての活動には，ほかにアレマン方言で書かれた『アレマン詩集』（1803年）などがある。

▶2　ヘーベルは物語の語り手にも「家の友」と名乗らせ，ときに読者に対して友人のように語りかけさせている。

くまでも慎ましい。婚約者の死にあった女性の気持ちを伝えるのはただ，「彼のために泣き，決して彼を忘れなかった」という簡素な言葉だけだ。その後の50年を彼女がどのように過ごしたかは全く語られない。かわりに語られるのは，その間にヨーロッパで起きた世界史的なできごとである。リスボンの地震，七年戦争，ポーランド分割，フランス革命，ナポレオンによるプロイセン征服。それに続いて民衆の日々の営みも語られる。農夫は種をまき，粉屋は粉をひき，鉱夫は地下を掘り進んだ。

なぜヘーベルはこのような語り方をしたのか。できごとを列挙したのは，経過した時の長さを読み手に実感させるためだろうか。あるいは，女性が抱き続けた愛の不変性を，ヨーロッパ社会の大変動と比較して際立たせるためかもしれない。人々の日常的な営みを語るのは，女性にも孤独に耐えねばならない生活のあったことを示唆するためだろうか。あるいは，はるか昔から続く人々の営為の永続性と対比すれば，50年など取るに足らない時間だといいたいのだろうか。互いに矛盾しかねないこうした読みの数々のうちから，正解を決める必要はない。正解がないからこそ，いつも新しい読み方を発見し，新鮮な感動を受けることができるのだ。多くを語らずして読み手の想像力と感性を刺激する。これがヘーベルの語り口である[◁4]。物語の最後にはときに教訓が置かれるが，間接的な表現が選ばれているので，その真意は読者自身で汲み取らねばならない。教え込むのではなく，自ら考えさせる。すぐれた教育の実践である。

3 現世と死

ヘーベルの物語には，職人や農夫などの庶民のほか，皇帝や貴族，あるいは泥棒や浮浪者なども登場する。しかし，社会的な身分の違いや財産の多寡に語り手の関心が向くことはない。裏切りや復讐心は批判され，機転の利いた行動や思いやりの心は称賛される。身分や財産とは無関係の，人間としての振る舞いだけが重要なのだ。すべての人間を平等な存在として見るのは**啓蒙主義**⇨Ⅰ-8, Ⅱ-二-5の基本的な考え方の一つではあるが，ヘーベル流の平等主義の根幹には，人はみな死すべき存在であるという意識があることは見逃されてはならない。いずれ死を迎える人間たちにとって，身分や財産など大した意味を持たない。死をみつめることで，現世の事柄が相対化されるのだ。あるいは，この世の苦しみや悲しみが死を思うことで軽減されることもあるだろう。「思いがけぬ再会」では，埋葬の際に女性が婚約者の遺体にこう呼びかける。「おやすみなさい。もう一日か十日，涼しい新婚のベッドでね。待ちくたびれないでね。私はまだ少しやることがあるけど，すぐに行くわ。そうしたらじきに夜が明けるの」。夜が明けるとは，死後の世界に赴くことを指す。この世は夢であり，彼岸の世界で目を覚ました二人はようやく新婚生活を始めるのだ。彼女にとって，死を待つことは，現世での辛い生を乗り越えるための慰めであったのかもしれない。（江口大輔）

▷3 この話は実際のできごとがモチーフになっている。スウェーデンのファールン鉱山で1677年に起きた大崩落事故から50年以上経ってから，当時の坑夫の遺体が発掘され，かつての婚約者によって身元が確認された。E・T・A・ホフマンも，同一の出来事を題材に『ファールンの鉱山』（1819年）という作品を書いている。

図2 「思いがけぬ再会」の挿絵
出典：Johann Peter Hebel: *Poetische Werke.* Wissenschaftliche Buchgesellschaft, Darmstadt 1974, S. 253.

図3 「思いがけぬ再会」の挿絵
出典：Johann Peter Hebel: *Sämtliche Schriften. Bd. II.* C. F. Müller, Karlsruhe 1990, S. 283.

▷4 ベンヤミンは，狭い意味での「物語」（その対義語が「長編小説」である）についてこう述べている。「物語は，みずからを出し尽くしてしまうということがない。物語は自分の力を集めて蓄えており，長い時間を経た後にもなお展開していく能力があるのだ」（『物語作者』三宅晶子訳）。ベンヤミンにとってヘーベルは，こうした意味での真の物語作者である。

16 『グリム童話集』(*Kinder- und Hausmärchen*, 1812-15)
ヤーコプ・グリム（Jacob Grimm, 1785-1863）
ヴィルヘルム・グリム（Wilhelm Grimm, 1786-1859）

1 〈グリム兄弟〉とは

ヤーコプとヴィルヘルムは少年期に父（司法官）を亡くし，カッセルで伯母（宮廷女官）の支援を受けて学校を卒業後，マールブルク大学で法学を学んだ。カルヴァン主義（父方の曾祖父と祖父は改革派牧師），祖国ヘッセンへの愛着，6人きょうだい一家の支柱としての自覚は，彼らの清貧で勤勉な生活に大きく影響した。大学ではサヴィニーから法の歴史的生成論を学ぶとともに，その個人蔵書を通じて中世ドイツ文学や民衆ポエジー（Volkspoesie）に目が開かれた。サヴィニー宅に集う**ブレンターノ**や**アルニム**⇨Ⅰ-14とも懇意になり，前者に促されて始めた民間伝承の蒐集から『グリム童話集』も生まれ，ナポレオンの支配下で第1巻が出版された（第2巻は解放戦争後）。兄弟はカッセルの王宮図書館に勤務しつつヨーロッパ各国の古い文学や言語を研究し，のちに共にゲッティンゲンとベルリンの大学で教鞭をとった。[1]

2 グリム兄弟の文学観——近代批判としての文献学

兄弟は膨大な資料を比較考察する文献学を通じて〈ドイツ人〉の根源的な姿を解明しようとした。これは過去回帰的現実逃避ではなく，異質な〈古代〉を鏡として現状改革を目指す，近代人の自己批判の表出である。この点で昔話（メルヒェン）が重要となるのは，その中に彼らがゲルマン・ドイツ古代の名残を〈発見〉したからだ。[2] 兄弟は〈自然〉を共通項として，人類史の〈古代人〉との類縁性を（個人史的に）子ども，（社会内で）民衆，（性別的に）女性に見て，この人々の間で〈古代〉が昔話の形で保持されていると考えた。

一般に〈グリム兄弟〉と称される二人には考え方に違いもある。彼らは詩人個人が創作する〈人為ポエジー（Kunstpoesie)〉に対して，民衆全体の間で発生したという〈自然ポエジー（Naturpoesie)〉を優位に置いた。ヤーコプが〈自然ポエジー〉の起源を探る一方でヴィルヘルムは，外来の文学でも詩人による創造的受容を通じて共同体全員の〈自然な〉共有財となる〈国民ポエジー（Nationalpoesie)〉でその概念を置き換えようとした。この相違は〈翻訳論争〉で顕在化し，原語で原典に近づくべきだとするヤーコプに対して，ヴィルヘルムは原典を翻訳によって読者へ近づけようとした。ヤーコプの一見原理主義的な立場は，異質性が持つ批判的起爆力を尊重する姿勢でもあるのだ。

ヤーコプの肖像

サイン

ヴィルヘルムの肖像

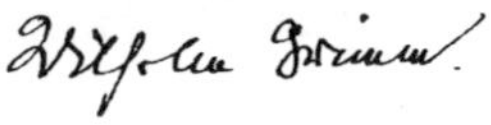

サイン

▷1　研究対象は信仰，法，ルーネ文字などにも及び，「グリムの辞典」と呼ばれる最大のドイツ語辞典の編纂も創始した。また，自由主義的憲法を撤回したハノーヴァー国王への抗議（1837年），ドイツ統一を射程に入れたゲルマニスト会議（1846・1847年）や憲法制定のための国民議会（1848年）への参加（ヤーコプ）など政治活動も行っている。

3 『グリム童話集』――近代の産物

当初156話で出版されたこの昔話集はその後６回改訂され，第７版（1857年）では本編200話と付録「子どもの聖者伝」10話になった。初期の語り手・話の提供者は主に上流市民層や貴族の女性で，フランスのユグノー系も多く，兄弟が確信したような〈素朴な民衆〉の〈純ドイツ〉の話とはいえない[3]。改訂（ヴィルヘルムが担当）では，説明や修飾により文章が長くなり，フランス語の概念はドイツ語に置き換わり，性的要素が除去される一方で残酷性は増強され，善良な女性主人公は直接発話が減らされ受動性が強化されるなどした。出版以前の草稿（「エーレンベルク稿」48話）と併せて各版を比較し，改訂の過程を知ることもできる。

たとえば「灰かぶり」で兄弟は，『ペロー童話集』（1697年）の「サンドリヨン」[4]などの類話を熟知した上で，宮廷文化や妖精の魔法が織りなす世界とは対照的な類話を採用した。初版では，舞踏会に行く条件として異母姉妹から豆選別の難題が課せられるが，２羽の白鳩が主人公に援助を申し出る。１日目は鳩舎から城の舞踏会を眺めるが，続く２日はドレスと履物を母の墓に植えた木から落としてもらい，６頭立ての馬車で城に行く。靴の試験に義姉妹は，それぞれかかとや爪先を切除して合格しようとするが，城門で鳩が虚偽を暴露する。灰かぶりは成功し，鳩から真の花嫁だと宣言される。

これが第２版では，墓の「ハシバミの木」（神秘的な力を持つ）に来る「小鳥」（第７版では「白い小鳥」）が衣装を落とし，豆選別では２羽の白鳩を先頭に「キジバト，それに空の下のあらゆる小鳥たち」が飛来して，亡母の霊の化身としての鳥とその同類が一貫して援助する。主人公は徒歩で城へ行き，家に走り帰ると鳩小屋や梨の木に逃げ込むなど，素朴さやアニミズム的性格，女性と自然の結びつきが強調されている。母の墓の木に止まった２羽の白鳩は誰が本物の新婦かを告げた後，教会での結婚式に参列する義姉妹の両目をつつき出す。この残酷な刑罰では，主人公は自分で手を下さないばかりか，亡母の霊が行う復讐もキリスト教の聖霊（白鳩で表象）による神罰にすり替えられている。古代・自然の演出，キリスト教的道徳，悪女を厳罰に処すサディズム，善良なヒロインからの発話の強奪など，ヴィルヘルムの加筆の特徴がよく表れている。

グリム童話を〈人間の普遍的性質の表出〉や〈古代・中世ドイツ人の記録〉と捉えると，そこに〈根源的なもの〉を見たい**ロマン主義**⇨Ｉ-8·10的願望に陥ることになる。伝承に基づくとはいえ，これは文献学者兄弟（男性）が民族意識の高まる19世紀前半のドイツで造形し編集した〈作品〉であり，〈自然〉への彼らの憧憬が投影された近代的産物なのだ。このグリム童話は現在でも世界中で子どもが最初に接する文学の一つであり，旧来の道徳観や男女観を再生産しつつ，アナログおよびデジタルのさまざまなメディアで繰り返し新たに受容変容され遍在しているのである[5]。

（村山功光）

▷2　たとえば，オーディンによって眠らされたブリュンヒルドをシグルズが目覚ませた北欧神話の一節は，「いばら姫」の形で伝承しているという。

▷3　〈民衆〉の昔話は〈グリム童話〉になるまでに，すでに語り手や採話者など何重もの〈フィルター〉を通過している。また，兄弟自身は「いかなる状況も創作して付け加えたり，美化したり変えたりしなかった」（初版序文）と主張しているが，実際には文体的加筆だけでなく話の内容に関わる改変も行っている。

▷4　ウォルト・ディズニー・アニメーション・スタジオ製作『シンデレラ』（1950年）の原作。「灰かぶり」（初版）には，ペロー版の影響がまだ見られる。これは，「王子」にフランス語系の Prinz が用いられていることにも表れている（第２版で〈ゲルマン語系〉の Königssohn に替えられる）。

▷5　グリム童話とその類話はディズニーによってアニメ化されてきたが，時代によってヒロインの描かれ方は異なる。たとえば『白雪姫』（1937年）の主人公は伏し目がちで受動的な良妻賢母タイプで王子の迎えを待っているが，『塔の上のラプンツェル』（2010年）の主人公は自ら冒険に出て幸福をつかみ，盗賊青年を夫へと引き上げる活発な王女だ。ここには，ポリティカル・コレクトネスを意識したディズニーの世界市場戦略が見て取れる。

17　『砂男』(*Der Sandmann*, 1816)

エルンスト・テオドール・アマデウス・ホフマン (Ernst Theodor Amadeus Hoffmann, 1776-1822)

1　頭の中が溶けそうに

こんな経験はないだろうか。みょうにリアルな夢をみてしまったせいで，もやもやしたヘンな気分からぬけきれず，学校の授業は頭に入らないし先生には叱られる。イヤな先生だ，と友だちにそのことをメールしようとしたら，まちがえて別の人に送信してしまった……。というような経験である。現実じゃない，あれは夢だとわかっていながら夢にひきずられ，ふだんの感覚をとり戻せずに動揺する。動揺してる自分を意識している自分もいたりして，頭はますます混乱してくる。ああ，というため息がもれる。「脳が溶けそうだ……」。

ホフマンはそういう作家である。現実よりも現実っぽい夢が侵入してきて，私たちのリアリティを溶かす。そんな作品をせっせと書いた人である。気もちいいのか悪いのか意味不明なような，怖いけどちょっと恍惚とするような感覚を書かせたら，ドイツ文学史上最強だろう。「お化けのホフマン」というニックネームがあって，かわいいしそのほうがウケはいいのだろうが，毒と薬を混ぜたような感じ，といったほうが実像にちかい気がする。

頭の中が溶けそうになるという経験。しかし，じゃあホフマンは夢見がちでもやもやした人だったのかというとそこは注意が必要で，彼はマッドではあったかもしれないが（ほめてます）けっしてファジーではなかった。それは経歴をみてもわかる。あのナポレオン時代に，彼は判事，音楽家，画家としても働いた（図１）。生活費のためにである。現実感覚なくしてこれが可能だろうか。こんなふうに才能を使いわけられるのはリアリストの証であって，ホフマンの頭の中では色んなことがむしろクリアに「区分け」されていたはずなのである。

2　ラーメンの中をじっと見つめると

そんなホフマンがどうしてあんな混線だらけの物語を書いたのか。べつの例で考えてみよう。さっきのとは逆に，ふだん慣れ親しんだものが異様なものに思えてくる，というような例である。

自分の足の指をしばらく眺めているうちに，だんだんそれがよそよそしく見えてきて，鳥か猿かべつの生き物の足であるかのような感覚におそわれた経験はないだろうか。似たようなことは文字でもおきる。なんでもいいが，ためしに「近」という字[1]をじっと見つめてみよう。するとやがて「え，こんな形だっ

ホフマンの肖像

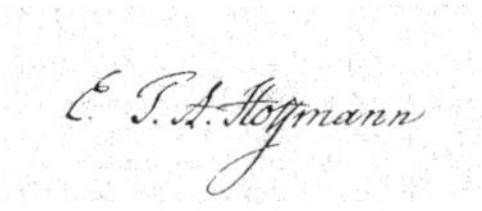

サイン

図１　ホフマン作曲の室内楽が聴けるCDと，画家ホフマンのスケッチを収録した『ユリイカ』ホフマン特集号

出　典：E.T.A. Hoffmann, Vierstimmig. AM1337-2, 2003.

▶1　夏目漱石の『門』にでてくるゲシュタルト崩壊の例である。そうしてみると，よく指摘される『吾輩は猫である』よりも，『門』のほうがよほどホフマン的といえる。門はまさしく一つのフレームだ。

け？」と怪しくなってくるはずである。ふだんの自分は平気でそれを受け入れている，という事実にもショックを感じながら。

私たちはふだん，これは現実あれは夢というふうにフレームを使いわけて生きている。現実というフレーム内にもたくさんのフレームがあって，美術館というフレーム内に一枚の絵が飾られる。その絵を見るとき額ぶちの外は眼中にないわけだが，べつにそれで問題はおこらない。人はしょせん見たいものしか見ないからだ。ところが，あたり前すぎてフォーカスから外されるフレームでも，凝視をすればあの足の指のようなことはおこる。げんに「近」という字は溶けてくるではないか！　ホフマンはきっとそこを問題にしてるのである。

私たちはフレームに優先順位をつけずにはいられない。大事なのは現実で，オカルトや神話は切りすての対象にすぎない。ホフマンはちがう。それぞれが同じ重みで横ならびなのだ[◁2]。なぜなら，凝視すればどんなフレームだって輪郭はあやしく溶けてくるという「リアル」を知っていたからである。フレームや額ぶちのことをドイツ語ではラーメン（Rahmen）という。ホフマンは，誰よりもじっとラーメンの中を覗きこんだ人であった。

▶2　だからこそ，ホフマン作品にはいつもきまって分身・ドッペルゲンガーが登場するのである。

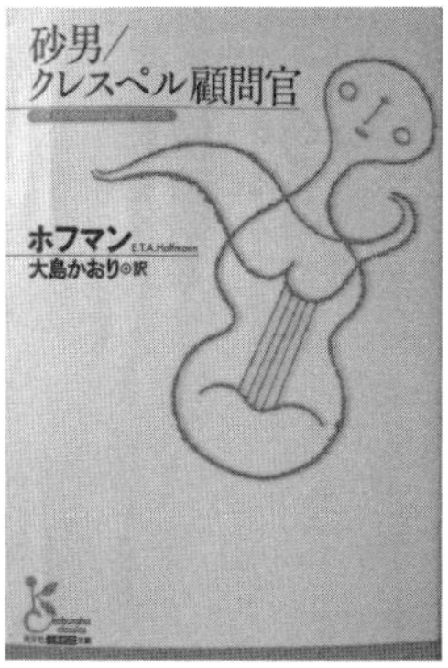

図2　ホフマンの『砂男』はこれまでなんども訳されて，翻訳の種類は10をこえるらしい。まずは光文社古典新訳文庫からどうぞ。とても読みやすい

出典：ホフマン／大島かおり訳（2014）『砂男／クレスペル顧問官』光文社。

3 ホフマンの代表作＝問題作

さて，ホフマンとくれば『砂男』（図2）である。短い小説だが，あらすじはこうだ。少年期，砂男にまつわるトラウマ体験をしてしまったナターナエルは，大学生になってからも砂男の影におびえている。そんなの錯覚よと婚約者のクララがなだめても，よくなる気配はない。ナターナエルの狂気はオリンピアという名の自動人形（図3）に恋してしまうまでに悪化する。メカに浮気するわけだ。なんだかんだでやっぱりクララと結婚できることになったのに（ちなみにこの小説の MVP は間違いなくクララである）ここで狂気が再発。高い塔からクララを投げ落とそうとしたあげく，ナターナエルはみずから飛び降り頭をくだかれ死ぬのだった。まさに『めまい』[◁3]なしには読めないラストシーンである。

図3　人形は，ホフマンの最重要モチーフの一つである。『くるみ割り人形』は有名だ。サンリオがつくった人形アニメーション映画（1979年）は必見。いま見てもぜんぜん色褪せていない

出典：『くるみ割り人形』中村武雄監督（サンリオ，2013）。

と，わかったようなことを書いてきたが，じつは困っているのである。というのも，このあらすじとて，それっぽくあてがわれた一つのフレームにすぎないからだ。ワクの外に追いやったものは多い。げんに，コッペリウスやコッポラといった正体不明の重要人物にはふれられなかった。ただ，くっきり見極めようとすればするほど世界はゆがんで捉えきれないのがホフマンなんだからしかたない，とは言える（こういうのを苦しまぎれの現実逃避といいます）。

▶3　ヒッチコックの映画『めまい』（高所でおこる回転性のめまいを指す）はまさに『砂男』の分身というべき作品で，既視感なしに見るのはほとんど不可能である。

そして最後まで謎なのが砂男という存在だ。一般的には目に砂らしきものをふりかけて子供を眠らせる無害な妖精らしいのだが，砂を目にかけ血だらけになって飛びだした眼球をエサにする邪悪な妖怪だとも書かれている。いったいどっちが本当か。真相は「ぼかされた」ままだ。主人公の狂気の原因はすべて砂男にある，それだけは「はっきりしている」にもかかわらず。（吉中俊貴）

18　『歌の本』（*Buch der Lieder*, 1827）
ハインリヒ・ハイネ（Heinrich Heine, 1797-1856）

1　「愛の詩人」？

「四季の歌[◁1]」という楽曲をご存知だろうか。小学校の音楽の授業で歌った，という方も多いのではないだろうか。その中に「愛を語るハイネのようなぼくの恋人」という歌詞があったことを覚えている人はどれほどいるだろうか。

「愛の詩人」としてのハイネのイメージを定着させたのは，20代の詩人の若き恋と情熱の歌を集めた詩集『歌の本』（図１）である。1797年，ユダヤ商人夫婦の息子としてデュッセルドルフに生まれたハイネは，幼少期からフランス革命軍による占領，ユダヤ人差別といった不条理を経験する。フランクフルトで銀行業者の見習いとなるがうまくいかず，ハンブルクの叔父の庇護を受け商業経営を試みるも無残な結果に終わる。**古典主義**⇨Ⅱ-五-1や**ロマン主義**⇨Ⅰ-8·10·12の文学に親しみ，従妹のアマーリエへの恋心を，いかにも**ゲーテ**⇨Ⅰ-3·19を意識した詩篇「若き悩み」にしたためる。アマーリエがその後地主と婚約し，悶々とした日々を過ごすが，アマーリエの妹テレーゼと知り合うと，再び恋に目覚める。

この二人の娘への恋心が，詩集全体を貫く通奏低音となっている。しかし「愛を語るハイネ」の口調は，どこまでも陰鬱である。夢の中で恋人が「私」の棺桶を作り，墓穴を掘る歌，恋人が見知らぬ男の花嫁となり，新郎と「私」の血の盃を飲み交わす歌，恋人のために天国を捨て地獄行きになる歌，等々，屈折した歌が並ぶ。アマーリエが結婚してからは，かつての恋人を「馬鹿な女」呼ばわりし，恋に耽る若者を「俗物ども」と罵る。妹テレーゼへの恋心も尋常ではない。アマーリエが嫁いだ後，その家族と出会う歌では，妹が大声でかつての飼い犬の顚末を述べる。「あのかはいい　ちっちゃな犬ね　大きくなってから手におへず　ライン河に捨てちゃったのよ[◁2]」。衝撃の展開だが，あろうことかハイネは妹の目に姉の面影を感じ取り，再び恋に落ちるのである。テレーゼに対しては，私の妻になれば羨望の的だが，私の詩を褒めなければ離縁するぞ，という内容の詩をしたためる。果たして，これは「愛の歌」なのだろうか。恋をする自分をどこまでも正当化する「自己愛の歌」なのではないだろうか。

2　「昔の伝説《つたえ》」という捏造

この詩集でとりわけ有名なのは，メンデルスゾーンの作曲で知られる「歌の翼」と，近藤朔風の訳詞で知られる「ローレライ」であろう。前者は，歌の翼

ハイネの肖像

サイン

▷1　荒木とよひさ作詞・作曲（1963年頃）。

図１　『歌の本』（1837年）第二版表紙

出典：Heinrich Heine. *Historisch-kritische Gesamtausgabe der Werke*, Hrsg. v. Manfred Windfuhr, Hamburg 1973ff., Bd. I/2, S. 724/725.

▷2　ハイネ・井上正蔵訳（1950/51）『歌の本』（上・下）岩波書店，下，22頁。

に乗って恋人とガンジスのほとりへ赴き，蓮や棕櫚，ガゼルに囲まれて至福の夢をみよう，という，恋心と異国情緒に溢れた歌として認知されている。だがハイネの恋愛詩を読んだ後でそんな単純な解釈ができるだろうか。上記のモチーフは，インド学の影響を受けているとされているが，あまりにもありきたりなインドのイメージを集めた安っぽい演出は，それがフィクションに過ぎないことをかえって強調しているのではないだろうか。「至福の夢」とは，そのイメージすべてが「夢」にすぎないことの種明かしであると言える。

「ローレライ」は，ライン川に伝わる乙女の伝説を歌ったものとされる。ライン中流域の「ローレライ」と呼ばれる岩の付近は，流れが速く，浅く，暗礁が多いため古来から航行の難所とされており，妖怪伝説の舞台となってきた。だが，男を破滅させる乙女ローレライは，ロマン派の詩人**クレメンス・ブレンターノ**⇨Ⅰ-14による完全な創作[3]である。ブレンターノ自身の恋愛体験が元になって書かれたこの詩は，フランス革命戦争の混乱期にあったドイツで，ロマンチックなもの，ドイツ的なものとしてのライン川のイメージと結びつき，ドイツ・ナショナリズムの象徴となっていく。若くからブレンターノの詩に馴染んでいたハイネが「ローレライ」の成立史を知らないはずがない。ハイネは男を破滅させる乙女，ドイツ・ナショナリズムの象徴，懐古的なロマン主義の残滓，といった「ローレライ」にまつわるすべてを「昔の伝説」として葬り去ってしまいたかったのではないだろうか。自身の失恋体験，ドイツ社会でユダヤ人として生きる苦しさ，ロマン主義の時代の終わりを予感しつつもそれにしがみつく同時代の詩人たちへの嫌悪，といったものがこの詩に集約されているのである。

▶3　初出は小説『ゴドヴィ』（1801年）。

3 神の死

ハイネは1824年にはゲーテと会うも，ゲーテの「エゴイズム」に失望し，翌年にはユダヤ教への偏見を逃れるためプロテスタントに改宗する。『歌の本』成立の時期は，ナショナリズムの強まるドイツへの反発，ユダヤ教からの離反，共和制のフランスへの憧れが強まっていった時期であった。この時期，**ニヒリズム**⇨Ⅱ-二-1的傾向も並行して強まってゆく。『歌の本』には，天の神が死に，地の悪魔もいなくなってしまったと嘆く詩や，自分が神になった夢を見る詩が見られる。コルドバのイスラム神殿がキリスト教徒の手に渡ったことを嘆き，神殿の崩壊を夢見る。崩壊を嘆くのは，一神教であるはずの「キリスト教の神々」である。天と地が共に滅びる詩のタイトルは「神々の黄昏」である。ハイネはユダヤ教，キリスト教の神のみならず，**ギリシア**⇨Ⅱ-二-2・ローマの神々，さらにはローレライに代表されるロマン主義的な「新しい神話」の神々もいなくなった世界を誰よりも早く予感していたのである。『歌の本』は，ロマン主義的な恋の歌から，あらゆる「神的なもの」の破滅までを題材にした，複雑怪奇な詩集である。

（高橋　優）

19　悲劇『ファウスト』(*Faust. Eine Tragödie*, 第一部1808年, 第二部1831年)
ヨーハン・ヴォルフガング・フォン・ゲーテ（Johann Wolfgang von Goethe, 1749-1832）

1　学者悲劇とゲーテの先輩「ファウスト」たち

『ファウスト』と聞けば，ゲーテの作品を連想する人は多いだろう。だが，ルターと同時代人の実在モデル，ゲオルグ・ファウストゥス博士を筆頭に複数の伝説がそれ以前から存在した。1578年にフランクフルトの印刷業者シュピースは，民衆本『実伝ヨーハン・ファウスト博士』[◁1]を刊行。知識と権力に執着して，悪魔に魂を売った学者の物語は民衆劇や人形劇を介して巷に流布した。他方，英国詩人マーロー（1564-93）はファウストをルネサンス的巨人と解釈した劇に仕立て（1588年），英国からの旅芸人がこれをドイツに逆輸入した。これら先輩ファウストたちは，悪魔と「××年奉仕したら」という期限付契約を交わすが，ゲーテのファウストは「取り決めの台詞を言うまで」が契約条件で，無期限なのが独創的である。加えて近代までの〈悲劇〉は王侯貴族や半神など高貴な主人公がセオリーだが，ファウストの職業が学者であるのも近代的で重要な意味を持つ。彼が初めて登場する「夜」の場面は，「ああ，哲学は言わずもがな，／法学に続いて医学も／さらには神学まで／一心不乱に修めたものの／今ここに居る　この愚か者の／頭の中身は昔とさほど変わらぬままだ」という絶望的独白から始まり，世俗性を帯びる。

2　『ファウスト』第一部・第二部の作品あらすじ

完成まで約60年かかった『ファウスト』は文字通りゲーテのライフワークである。第一部は巻頭詩「捧げる言葉」に続いて「舞台の前狂言」，さらに「天上の序曲」が続く。凝った三重の序幕構成に面喰うかもしれないが，旧約聖書に登場するヨブと同様，天主（神）とメフィストフェレスが老学者ファウストをめぐって賭ける場面は必読である。辛気臭い研究室から，空飛ぶマントでメフィストフェレスと脱出したファウストは，享楽と官能の世界に飛び込む。魔女の秘薬で若返った彼は，敬虔で無垢な娘グレートヒェンと恋仲になる。彼がヴァルプルギスの夜に魔女たちと享楽に耽る間，彼女は嬰児殺しの罪を犯し，投獄される。処刑前夜，ファウストは恋人の救出を試みるが拒否される。メフィストフェレスの「彼女は裁かれた！」と空からの「救われた！」の声が交錯するなか，グレートヒェンがファウストの名「ハインリヒ！」を呼ぶ声が響いて，舞台は暗転，幕を閉じる。

ヴァイマル国立劇場前のゲーテ・シラー記念碑から部分・拡大（著者撮影）

サイン

▷1　民間伝承については，松浦純訳『ファウスト博士付・人形劇ファウスト』国書刊行会（1988年）が解説を含め，参考になる。なお，トーマス・マンの小説『ファウスト博士』(1947年）は，ゲーテではなく，この民衆本に回帰している。

図1　第8回ドイツ語学・文学国際学会記念切手（1990年）
森鷗外とゲーテ作『ファウスト』の「夜」の場面冒頭（著者所蔵）。

第二部の時空間は型破りなスケールで，長い間レーゼドラマ[2]と考えられる傾向にあった。深い眠りにより辛い記憶を消去・再生したファウストは，中世騎士として皇帝の居城に登場し，あらゆる生命の源である〈母たち〉に辿り着く道を探し，〈古典的ヴァルプルギスの夜〉を経て絶世の美女ヘレナとの間にオイフォリオーンを授かる。しかし息子の早逝により，ふたりの絆は解消され，ファウストは再度活動に身を投じ，老夫婦フィレモンとバウキスの殺害に加担する罪を犯す。しかし盲目の老人になったファウストが，ついに約束の言葉「瞬間《とき》よ留まれ，お前はかくも美しい！」と唱えて息絶えた瞬間，高次の力が働き，「永遠に女性的なるもの」に導かれ，彼の魂は浄化・救済される。象徴性が高く，時間を超越した場面転換や筋の破綻もあり，第二部が難解であることは否めない。事実，第二部に同時代人の理解は得られぬと判断したゲーテは作品を封印，死後開封を命じ，生前の刊行を禁じた。

▶2　実際の上演ではなく，読むこと自体を目的とした戯曲のこと。

3 他ジャンルへの影響　絵画・音楽・舞台演出ほか

こうして第二部は未来の読者に託されたが，生前刊行された第一部だけでも，芸術家たちに豊かなインスピレーションを与えるには十分だったようだ。

ゲーテと同時代人のレッチュやコルネリウスをはじめ，多くの画家が挿絵を描いた。とくにロマン主義画家ドラクロワの《ファウスト》連作（1828年）は石版画の傑作に数えられる。20世紀の例では，バルラッハが「ヴァルプルギスの夜」の木版画連作（1923年）を，M・ベックマンが『ファウスト』第二部を主題に140枚以上のペン画（1943/44年，70年全イラスト印刷）を制作している。

ドイツ語圏作曲家では，シューベルトが付曲した一連のグレートヒェン歌曲が有名だが，シューマンのオラトリオ『ゲーテのファウストからの情景』やリストの『ファウスト交響曲』（57年左頁上の銅像除幕式で初演，1880年決定稿完成）も折に触れて演奏される[3]。リストの娘婿ワーグナーは，オペラ化を試みたが断念，『ファウスト序曲』（1840年）のみが残る。また，マーラーの交響曲第八番では『ファウスト』第二部最後の「神秘の合唱」が使われていることにも注目したい。

▶3　ちなみにリストのピアノ難曲『メフィスト・ワルツ』は，ゲーテではなくレーナウ（1802-50）の詩が原作である。同様にシュニトケのオペラ（1994年）も中世のファウスト伝説に取材したもので，ゲーテが原作ではない。

隣国フランスでは，ネルヴァルによる仏訳『ファウスト』を読んだベルリオーズがカンタータ『ファウストの八景』（1828/29年）やオラトリオ『ファウストの劫罰』（1846年）を発表。オペラではグノーの『ファウスト』（1859年）やボーイトの『メフィストフェーレ』（1868年）などが挙げられる。

本来の舞台では名優グリュントゲンス（ハンブルク，1957年）やD・ドルン（ミュンヘン，1988年）の演出が有名[4]。また2000年には第一・二部の全テクストを省略なしで演じ切るP・シュタインの演出が評判を呼んだ。

（石原あえか）

▶4　これに先立つムルナウ監督の無声映画『ファウスト』（1926年）は，ファウスト素材をミックスしたもので，ゲーテの原作ではない。シュポアによる初期ファウスト・オペラ（1813年）も同様の混合形態をとる。

20 『レンツ』（*Lenz*, 1836年頃/1839年出版）
ゲオルク・ビューヒナー（Georg Büchner, 1813-37）

ビューヒナーの肖像

サイン

▷1　生前唯一の発表作『ダントンの死』のほか，死後に刊行された作品には，喜劇『レオンスとレーナ』（1838年），小説断片『レンツ』（1839年），戯曲断片『ヴォイツェク』（1879年）がある。

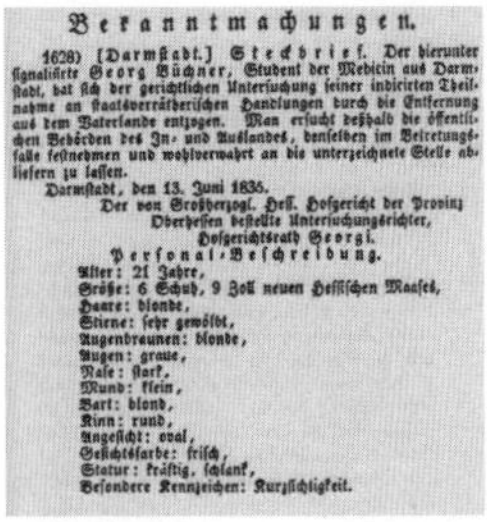

Bekanntmachungen.

1628) [Darmstadt.] Steckbrief. Der hierunter signalisirte Georg Büchner, Student der Medicin aus Darmstadt, hat sich der gerichtlichen Untersuchung seiner indicirten Theilnahme an staatsverrätherischen Handlungen durch die Entfernung aus dem Vaterlande entzogen. Man ersucht deßhalb die öffentlichen Behörden des In- und Auslandes, denselben im Betretungsfalle festnehmen und wohlverwahrt an die unterzeichnete Stelle abliefern zu lassen.

Darmstadt, den 13. Juni 1835.

Der von Großherzogl. Hess. Hofgericht der Provinz Oberhessen bestellte Untersuchungsrichter,
Hofgerichtsrath Georgi.

Personal-Beschreibung.

Alter: 21 Jahre,
Größe: 6 Schuh, 9 Zoll neuen Hessischen Maases,
Haare: blonde,
Stirne: sehr gewölbt,
Augenbraunen: blonde,
Augen: graue,
Nase: stark,
Mund: klein,
Bart: blond,
Kinn: rund,
Angesicht: oval,
Gesichtsfarbe: frisch,
Statur: kräftig, schlank,
Besondere Kennzeichen: Kurzsichtigkeit.

図１　ビューヒナーの指名手配書

出典：Heinke Wirthwein: *Georg Büchner, Woyzeck* (*Lektüreschlüssel XL, Nr. 15458*). Reclam, Ditzingen 2018, S.87.

1 波乱の生涯

わずかに４編の作品だけを後世に遺し，波乱に満ちた23年の生涯を足早に駆け抜けたビューヒナーは，ドイツ語圏の作家たちのなかでもひときわ異彩を放つ存在だ。[◁1]

ダルムシュタット近郊の医師の家に生まれた彼は，1831年から２年間，ストラスブール大学医学部に留学。動物学や比較解剖学を学ぶかたわら，七月革命（1830年）の熱気冷めやらぬストラスブールで本場フランスの革命思想を吸収した。帰国後は故郷のヘッセン大公国で圧政打倒を目指す非合法活動に関わり，悪政を暴く政治パンフレット「ヘッセンの急使」を執筆して農民に蜂起を呼びかけた。だが，スパイの密告によって計画は失敗。政治犯として指名手配され，国外逃亡を余儀なくされた（図１）。デビュー作にして生前唯一の発表作となった戯曲『ダントンの死』（1835年）は，原稿料を逃亡資金にあてる目的で，わずか５週間で書き上げられたという。亡命先のチューリヒで大学講師として働き始めた矢先の1837年，チフスに感染して病死した。

革命運動に身を投じたビューヒナーは，しかし，けっして世直しの夢に酔っていたのではなかった。むしろ，フランス革命史を研究した経験から，革命の理想など結局は現実に裏切られるものだということを嫌というほど知っていた。[◁2] それでも行動に打って出たのは，虐げられた人々に寄せる共感が並外れて強かったからなのだろう。他者の苦しみにたいする鋭く繊細な感受性は，その創作活動においても存分に発揮された。社会の下層に生きる人々の痛みと苦しみをまざまざと描き出すところに，彼の作品の本領がある。時代に先駆けたその文学表現は，その後のドイツ文学に大きな影響を与えることになった。彼の名を冠したゲオルク・ビューヒナー賞は，現代ドイツのもっとも重要な文学賞となっている。

2 主人公のモデル

未完の小説『レンツ』の主人公のモデルは，ヤーコプ・ミヒャエル・ラインホルト・レンツ（1751-92），**疾風怒濤**⇨Ⅰ-5·10期を代表する劇作家の一人である[◁3]（図２）。1776年，レンツは友と慕う**ゲーテ**⇨Ⅰ-3·19を追いかけストラスブールからワイマールに移り住んだが，ほどなく詳細不明の騒動を起こしてゲーテの逆鱗に触れ，ワイマールの宮廷を追放された。以降は知人のもとを転々と渡り歩く暮らしだったという。スイスに滞在していたとき，統合失調症と思しき発作に見舞われ，アルザス地方の教区シュタインタールに住むオーベルリーンという牧師のもとへ送られた。ビューヒナーの『レンツ』は，この時期のレンツの生活に焦点を当て，彼が徐々に狂気に蝕まれていくさまを描いている。

3 苦しみに寄り添う言葉

「これが小説なの？」そう感じる人も多いのではないだろうか。たしかに，ビューヒナーの『レンツ』は，私たちが「小説」という言葉でふつう思い浮かべるものとはいささか趣を異にしている。手に汗にぎる冒険も，あっと驚くどんでん返しもない。一見すると，心を病んだ患者の病状記録のようにさえ見える。けれども『レンツ』はれっきとした小説，文学の言葉にしかできないことに果敢にチャレンジした小説なのである。

『レンツ』には下敷きにされた資料があった。牧師オーベルリーンが，シュタインタール滞在中のレンツの様子を手記に克明に記録していたのである。手記のなかのレンツは，介護人であるオーベルリーンの目から見られたレンツ，観察対象としての要介護者レンツの姿である。そこでは，レンツの「異常」な言動がもっぱら外側から記述され，最終的にレンツは，何を考えているのかさっぱりわからない，手に負えない「病人」というカテゴリーに回収されてしまう。

ところがビューヒナーは，『レンツ』を執筆するにあたって，手記を成り立たせているこの視線のあり方に大胆な変更を加えた。一方ではできごとの全体を俯瞰する視点を維持しながら，同時に語り手を主人公レンツの知覚にそっと寄り添わせたのである。「二十日，レンツは山を越えた。雪に包まれた峰や山肌，谷へと続く灰色の岩石，緑の平野，岩壁，そして樅の木々。空気は冷たく湿気を帯びていた。……道の上り下りを重ねながら，淡々と彼は歩いた。道などどうでもよかったのだ。まったく疲れは感じなかった。ただ時おり，逆立ちして歩けないのが不満だった」――こうして私たちの前に，レンツによって知覚されたシュタインタールでの日々が，彼の痛切な哀しみや苦悩とともに，鮮やかに蘇る。

『レンツ』はだから，病状記録とは似て非なるものだ。ビューヒナーは，オーベルリーンの手記や後世の歴史が「狂気の作家」というレッテルで覆い隠してしまったレンツの苦しみに寄り添い，その声にならない叫びを，小説というかたちで再構成してみせたのである。

（由比俊行）

▶2　ある手紙でビューヒナーは，フランス革命史研究がもたらした精神的ショックを告白している。「ぼくは革命の歴史を勉強していたんだ。歴史の恐ろしい宿命に打ちのめされるような気がした。……一人ひとりの人間は波間に浮かぶ泡にすぎず，偉人などほんの偶然の産物，天才の支配は人形劇で，鉄の法則に対する笑止な悪あがきだ」（『ゲオルク・ビューヒナー全集Ⅱ』67頁）。

▶3　ヤーコプ・ミヒャエル・ラインホルト・レンツはリヴォニア（現ラトビア）の出身。作家としての成功を夢見てストラスブールに移り住み，ゲーテやヘルダーらの知己を得た。精神を病んでのちはリガ，ペテルブルク，モスクワなどを転々とし，1792年モスクワの路上で遺体となって発見された。代表作に喜劇『家庭教師』（1774年），喜劇『軍人たち』（1776年）など。

図2　レンツの肖像

出典：*Metzler Autoren Lexikon. Deutschsprachige Dichter und Schriftsteller vom Mittelalter bis zur Gegenwart.* Hrsg. v. Bernd Lutz, Metzler, Stuttgart 1986, S. 410.

21　『ヴォイツェク』（*Woyzeck*, 1836年頃/1879年出版）ゲオルク・ビューヒナー（Georg Büchner, 1813-37）

ビューヒナーの肖像

サイン

1　未完の戯曲断片『ヴォイツェク』

『ヴォイツェク』は未完の戯曲断片。ビューヒナーの熱烈なファンであった作家カール・エミール・フランツォース（1848-1904）が，作者の死後，判読不能のまま残されていた断片的な草稿群を復元して出版にこぎつけた。執筆時期の異なる約30の断片的な場面しか残っていないため，場面配列の「正しい」順序ははっきりとはわかっておらず，編集者の解釈によって配列の異なるいくつかのバージョンがある。アルバン・ベルク（1885-1935）のオペラ『ヴォツェック』（初演1925年）の原作としても有名で◁1，度々映画化もされている（図１）。

貧しい下級兵士である主人公ヴォイツェクは，内縁の妻マリーと子供を養うため，軍務のほかに医学実験の被験体のアルバイトまでして，文字通り身を削って生活費を稼いでいる。ところが恋女房のマリーは，誘惑に負けて軍の鼓笛隊長と関係を持ってしまう。彼女の裏切りを知って激しく動揺したヴォイツェクには，地中から「殺せ，刺し殺せ」という声が聞こえてくる。そしてある月夜の晩，彼はこの奇妙な声に命じられるままにマリーを池のほとりに誘い出し，ナイフで惨殺するのである。

2　ヴォイツェク事件と精神鑑定

劇の筋だけを追えば，嫉妬に駆られた男が浮気した妻を殺害する，ただそれだけの話であるようにもみえる。しかし，ただの痴情のもつれを描くにしては，殺害を命じる声が地中から響いてくるというのは，なんとも不思議な演出ではないだろうか。

実は『ヴォイツェク』にはモデルとなった事件があった。1821年，ドイツ東部の街ライプツィヒで，ヨーハン・クリスティアン・ヴォイツェク（図２）という元鬘職人の男が愛人関係にあった女を殺害した。男は逮捕されて死刑判決を受けるが，その後，彼が日常的に得体の知れない何かの気配に悩まされ，犯行の直前には「刺し殺せ」という奇妙な声を耳にしていたことが判明する。これを受けて，犯行時の男の責任能力をめぐる精神鑑定が行われることになった。ビューヒナーが戯曲の下敷きにしたのは，このときの精神鑑定書である。

鑑定を担当した医師は，被告人の証言の不可解さをことごとく「合理的」な説明によって解消しようとした。得体の知れない何かの気配は不摂生からくる

▷1　アルバン・ベルクの『ヴォツェック』は20世紀の最高傑作オペラとして名高い。1914年，ウィーンで戯曲『ヴォツェック』（当時はビューヒナーの手稿にあったWoyzeckのyの文字がzと判読されていた）の上演を観たベルクは，その直後からオペラ『ヴォツェック』の作曲に着手した。しかし，第一次世界大戦の勃発によってベルクも入隊を余儀なくされ，創作は一時中断した。オペラが完成したのは1922年のこと。1925年，ベルリン国立歌劇場でオペラ全曲が初演され，大成功を収めた。現在も世界中の歌劇場で上演されている。

血行障害の症状，奇妙な声は知らぬ間に口から漏れた独り言。要するにすべてはただの勘違いと思い込みであって，犯行時の被告人には十分な責任能力があったと認定したのだ◁2。しかし，のちに医学雑誌に公開された鑑定書を読んだビューヒナーは，鑑定医の取ってつけたような説明には納得しなかった。彼は鑑定書に記録された殺人者の言葉に耳を澄まし，その不可解な言葉を手がかりにして，彼のヴォイツェクを生み出したのである。

3 ワーキングプアの悲劇

ヴォイツェクは，すでに劇の冒頭から，幻聴や幻覚に支配された人物として描かれている。主人公の精神が異常をきたしているのは明らかで，その限りにおいて『ヴォイツェク』は，モデルとなったヴォイツェク事件の精神鑑定結果に真っ向から「否」を叩きつけた作品だといえるだろう。

とはいえ，もちろんビューヒナーは，たんに鑑定結果を否定するためだけに『ヴォイツェク』を書いたわけではなかった。精神を病んだヴォイツェクの姿をとおして浮かび上がってくるのは，むしろ彼をそのような境遇へと追い込んでゆく社会の側の病である。

たとえば，「ドクター」と呼ばれる医者が登場する場面。軍医と思しきこのドクターは，わずかばかりの報酬と引き換えに，貧困にあえぐヴォイツェクを危険な人体実験の道具にしている。彼は数カ月にわたってヴォイツェクにエンドウマメだけの食事を摂取させ，それによって「実験動物ヴォイツェク」にあらわれる心身の異常を嬉々として観察するのである。「ヴォイツェク，おまえはまことにみごとな局部性精神錯乱の第二種だ。実に鮮やかに特徴が出ている。ヴォイツェク，特別手当を出そう」。この台詞が示唆するように，ヴォイツェクの精神異常は，彼の個人的な病理であるどころか，むしろドクターによって作り出された症例であり，生活のために「実験動物」になることを強いる貧困と格差社会の産物なのだ。

貧しさから抜け出すためには，どんな悪条件の仕事でも引き受けねばならない。けれども，条件の悪い仕事ばかりだから，働きづめに働いても一向に貧しさからは抜け出せない。そうこうしているうちに心も体もボロボロになって……ビューヒナーが『ヴォイツェク』で描き出してみせたのは，そんな出口の見えない悪循環にからめとられ，破滅していく人間の姿にほかならない。現代風に言えば，働く貧困層，ワーキングプアの悲劇だ。「畜生！　畜生！　こんなことがあっていいのか」というヴォイツェクのうめくような叫びは，現代の日本に生きる私たちにとっても，切実な響きをもって迫ってくるのではないだろうか。

（由比俊行）

図1　1979年のヴェルナー・ヘルツォーク監督，クラウス・キンスキー主演の映画『ヴォイツェク』（西ドイツ）

出典：Heinke Wirthwein: *Georg Büchner, Woyzeck* (*Lektüreschlüssel XL, Nr. 15458*). Reclam, Ditzingen 2018, S. 97.

図2　ヨーハン・クリスティアン・ヴォイツェクの肖像

出典：同上，S. 46.

▶2　この鑑定結果にもとづいてヴォイツェクにはあらためて死刑判決が言い渡され，1824年ライプツィヒの広場で公開処刑に処された（図3）。

図3　ヴォイツェクの公開処刑の様子

出典：Nicolas Pethes: *Literarische Fallgeschichten. Zur Poetik einer epistemischen Schreibweise*. Konstanz University Press, Konstanz 2016, S. 124.

22

『石さまざま』(「水晶」) (*Bunte Steine* (Bergkristall), 1853)
アーダルベルト・シュティフター (Adalbert Stifter, 1805-68)

シュティフターの肖像

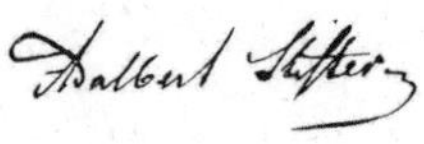

サイン

1 苦難に満ちた生涯

オーストリアの作家シュティフターは，ボヘミア地方のオーバープラーン[1]に生まれ，森の豊かな自然のなかで育った。ウィーン大学で法学や自然科学を学んだのち，画家を志したが，ながく家庭教師として不安定な生活を余儀なくされた。風景画家としてのすぐれた観察眼（図１）は，文学作品における自然の繊細でダイナミックな描写にあらわれている。作家としては遅咲きで，納得できるまで何度も改稿を重ねるその制作スタイルは，芸術に対する彼の謙虚で誠実な態度を物語っている。彼の人生は，父の事故死，青春時代における失恋，経済的困窮，政治・教育活動の挫折，家庭生活の悩み，晩年の病など，苦難に満ちたものだった。彼の作品の登場人物たちも，個人の力をはるかに超えた過酷な運命に翻弄されるなか，不器用に，しかし真剣に生きようとする。

▷1　現在はチェコに属しているが，当時はオーストリア領だった。

図１　シュティフターの風景画（1837年の作）

出典：*Stifter-Handbuch. Leben — Werk — Wirkung.* Hrsg. v. Christian Begemann u. Davide Giuriato. J. B. Metzler, Stuttgart 2017, S. 225.

2 文学における「ひそかに最も大胆」な革命家

シュティフターの作品は，延々と続く自然の細密な描写や，筋の盛り上がりの乏しさなどから，「退屈」と冷評されることも多かった。しかし，**トーマス・マン**⇨Ⅰ-46が，「世界文学のなかで，最も奇妙で見極め難く，ひそかに最も大胆で，不思議な魅力で心をとらえる物語作家のひとり」と高く評価しているように，シュティフターは，一見静かな外見の奥に，激しいものを秘めた作家である。

シュティフターが生きた時代は，1848年の三月革命[2]を頂点とする政治的変動期であったが，迷走する革命がもたらした混乱は，真に自由で人間らしい生を願い求める彼を深く幻滅させた。革命を契機に彼はウィーンを去り，リンツで教育行政官として学校教育の環境改善に尽力する。そうしたなか書かれた作品集『石さまざま』は，「みかげ石」「石灰石」「電気石」「水晶」「白雲母」「石乳」と，石の名を冠した６つの短編からなり，いずれも子供が重要な役割を果たす。つつましやかな外観（図２）のこの書物の創作を通して，シュティフターの「革命」は行われたのだった。

▷2　同年２月のフランスに端を発した革命の波は，ドイツだけでなく，オーストリアにも及んだ。

3 「おだやかな法則」を求めて

文学のもつ大きな役割の一つは，普段われわれが無意識のうちに囚われている常識的な考えを疑い，物事のかくれた本質を示唆することだろう。『石さまざま』に付された「序文」はその典型である。シュティフターは，彼が描く作品が小さなものばかりを題材にしているという非難に答えて，雷雨や噴火や地震など，人目をひくできごとよりも，それらの原因となっている全体的・普遍的な法則のほうが偉大であり，そのような法則がもっとも確実にあらわれているのは，むしろ日常の人間の営みのなかであると述べる。そして，人類全体の存立に深く関わっている，この「おだやかな法則」を見出すことこそが自分の文学の使命である，と静かな言葉で，しかし力強く宣言する。

図 2 「水晶」が収録された『石さまざま』第 2 巻の表紙

出典：同前，S. 72.

4 「水晶」――「調和的」な「サバイバル小説」

『石さまざま』のなかでもっとも評価の高い作品「水晶」に，「おだやかな法則」はどのように表現されているのだろうか。幼い兄妹コンラートとザンナは，クリスマスイブの日，山を越えて祖母の家を訪れた帰り道，思いがけない大雪に見舞われ，山中をさまよい，死の危険にさらされる。コンラートは持てる知恵をふりしぼり，ザンナは兄を懸命に信頼し，必死に助かる道を探す。祖母が持たせたコーヒーも，氷河のなかの洞穴で睡魔とたたかう二人の力となる。

しかしこの作品は，『ロビンソン・クルーソー[3]』のように，理性を武器に自然の脅威に立ち向かい，克服することを目指す話ではない。同じく『石さまざま』に収録された「みかげ石」では，ペストに人々は襲われるが，疫病から逃れようとする大人たちのさまざまな試みも，自然の圧倒的な力を前にして，悲惨な結末に終わる。シュティフターの筆は，冷徹なまでに人間の無力さを描き出す。

▶3 イギリスのダニエル・デフォー（1660-1731）の小説（1719年）。

「水晶」の兄妹は自然に逆らわず，自然のもっとも恐ろしいはずのふところのなかにはからずも迷いこみ，そこで一夜を過ごすことで，奇跡的に助かる。このハッピーエンドは，自己を超えた「より大いなるもの」への畏敬なしには人間は生き残れない，と考えるシュティフターの思想が，願いとなって結晶化したものである。

5 現代とのかかわり

現代において，一面的な利己主義による他者の抑圧や排除，その結果としてもたらされる戦争はさらに深刻さを増し，環境破壊によって人間と自然のバランスも大きく崩れている。シュティフターが鳴らした警鐘は，ますますアクチュアルなものになりつつある。すぐに見えることはない，しかし，われわれ全体を厳しく支配し律している「おだやかな法則」を見出すことで，われわれが「調和的に生き延びる」方途を探ることは，きわめて困難で，かつ重要なことである。現代に生きるわれわれもまた，絶望的な状況のなか雪山をさまよう二人の兄妹なのだ。

（浅井英樹）

23　『村のロメオとユリア』（*Romeo und Julia auf dem Dorfe*, 1856/75）
ゴットフリート・ケラー（Gottfried Keller, 1819-90）

50歳頃のケラー

サイン

図1　ケラーが描いた油彩画
出典：*Gottfried Keller 1819-1890.* Hrsg. v. Hans Wysling, 2. Aufl., Zürich und München 1990, S. 88.

1　短編のシェイクスピア

19世紀スイスの代表的作家であるケラーは**教養小説**⇨コラム③『緑のハインリヒ』の作者として知られる一方で，短編小説でも多くの名作を生み出し，「短編のシェイクスピア」とも呼ばれた。ケラーははじめ，風景画家を志し修行をするも挫折し，その後文学へ転向することとなる（図1）。小説内での風景描写の細やかさからも，この人物が画業を志していたことをうかがい知ることができるだろう。ケラーの作品は生前すでに高く評価され，たとえば**ニーチェ**⇨Ⅰ-25･27は『村のロメオとユリア』を含む短編連作『ゼルトヴィーラの人々』を「ドイツ語による散文の宝」とまで言っている。その後も現在までケラーの作品は，ゴットヘルフ（1797-1854）と並び，スイスのドイツ語文学作家の古典として広く愛されている。彼の詩の多くには曲がつけられ，小説も舞台化，映画化されている◁1。2019年には生誕200年を迎え，ケラーの作品を振り返る催しがスイス各地で開かれた。

2　没落と悲恋

その異名にシェイクスピアという名前が使われたことと，ケラーが『村のロメオとユリア』という短編を書いていたことは無縁ではあるまい。シェイクスピアの『ロミオとジュリエット』のドイツ語式の名前をタイトルに含むこの作品は，冒頭で作者が明かすように，シェイクスピアの作品を下敷きにしている。また読者が予想するように，愛し合いながらも２つの家族の軋轢に翻弄される男女の悲劇について物語られる。異なるのは舞台がゼルトヴィーラという架空の町で，二人は豊かな農民の子供として登場するという点である。またこの作品はシェイクスピアの戯曲だけではなく，じっさいに起きた事件を下敷きにしている。

物語はマンツとマルティという農夫が隣り合った農場で畑仕事をしている場面で始まる。そこにザーリとフレーンヒェンという名の男女の子供が昼食を届けにやってくる。そこで子供たちが仲良く遊ぶといういかにも牧歌的な場面が描かれる（図2）。しかしマンツとマルティの互いの農地の間にある土地を巡る争いがすでに兆している。両者は自らの農地をその正当な持ち主のいない土地へと少しずつ拡げていく。両者の農地の石ころは真ん中の土地に放り投げられ，次第に尾根のように積み上げられる――両側の子供が互いに相手の顔を見るこ

▶1　『村のロメオとユリア』はフレデリック・ディーリアスによって1901年にオペラ化された（初演は1907年）。

とができないほどに。そればかりではなく，この石がザーリとフレーンヒェンの悲恋の伏線となるのである。

時がたち，マンツとマルティは欲をかいたばかりに，共に次第に没落していく。そしてそれとともに没落の原因が相手にあると思っているマンツとマルティの憎悪の念は高まっていく。そんな中にあって，ザーリはフレーンヒェンの姿を久々に見つける。美しい女性に成長していたフレーンヒェンにザーリはすぐに恋に落ち，それはフレーンヒェンの方でも同様であった。しかし二人はそれが許されぬ恋であることは承知している。できるのはせいぜい隠れて会うくらいだが，それもある時，フレーンヒェンの父親マルティに見つかってしまう。二人を見て激昂するマルティに抵抗するさなか，ザーリは石でマルティを殴打する。マルティは命はとりとめたものの，正気を失い精神病院に収容されることとなる。殴打に使われた石は，あの積み上げられた石の一つであった。

ザーリとフレーンヒェンにはもはや共に歩む幸福な未来を描くことはできない。村や街から離れ，放浪者の一団と暮らすことも彼らにはもはや救いとはならない。心中は，罪から解き放たれ幸福な瞬間を生きるために残された唯一の道であった。

図2　遊んだ後に眠る子供の頃のザーリとフレーンヒェン

出典：Walter Baumann: *Gottfried Keller. Leben-Werk-Zeit.* Zürich und München 1986, S. 116.

3 道徳破壊？

物語の巧みさ，美しさによっても高く評価されているが，この作品の特徴は，ザーリとフレーンヒェンのロマンチックな恋の物語と，その両家の資産と権利の問題に端を発する没落という２つの異なる要素のコントラストにある。批判的なまなざしで市民の現実を捉えながらも，高次の理想を示すこの物語が**詩的リアリズム**[⇨Ⅰ-28]の代表作と呼ばれる所以もここにある。しかしこの『村のロメオとユリア』は単純なカテゴライズでは解決できない謎を含み，多くの解釈を生み出してきた。なぜ二人は放浪者の一団と生活を共にしなかったのか，その一団のひとりである黒いヴァイオリン弾き[◀2]はどういう存在なのか，など謎はいくつも挙げられるが，その筆頭は物語の最後に付せられた後記である。そこでは新聞記事という形で，二人の自殺は情熱による道徳破壊の兆候である，と述べられる。二人の物語が同情的に美しく語られたあとで，このような辛辣なコメントはどのような意味をもつのか。この作品が発表されてから一義的な解釈はなされていない。この作品があるアンソロジーに収められた時に，編者の方針でこの後記は削除されたが，新版に際して再び後記がケラーによって付されたことからも，ここにケラーの強い意志がこめられていると考えられる。これをケラーの二人に対する距離ととるか，あるいは同時代の人間はこの二人の死の意味を理解しないだろうという皮肉ととるか，いずれにせよこの作品は，感傷よりも理性を，そして繰り返し読まれることを要求しているのである。

（葛西敬之）

▶2　マンツとマルティの農地に挟まれた土地は本来このヴァイオリン弾きが相続すべきものであったが，洗礼証も持たない放浪者である彼にはそれが認められなかった。不気味な容貌のこのヴァイオリン弾きは，ある時はザーリたちを泥棒の子供と罵る一方で，途方に暮れるザーリたちを放浪者の一団に加わり憂いなく暮らすよう呼びかける。

24 『毛皮を着たヴィーナス』（*Venus im Pelz*, 1870）

ザッハー・マゾッホ（Leopold Ritter von Sacher Masoch, 1836-95）

1 マゾヒズムの元祖？

「サディズム」と「マゾヒズム」という言葉がそれぞれフランスの小説家マルキ・ド・サドとオーストリアの作家マゾッホに由来するということは知られているが，サドに比べるとマゾッホの作品はそれほど多く読まれているわけではないかもしれない。マゾッホはマゾヒズムの概念の由来となる『毛皮を着たヴィーナス』以外にも，当時の中東欧を舞台にした小説を執筆し，自身もオーストリアのグラーツ大学で歴史学を講じた多面的で多産な作家であった。マゾッホを読んでいなくても，マゾヒズムという言葉を知らない人はいないだろう。そうしたごく単純な意味でも，マゾッホの作品はサドと並んで「文学の効力を示す驚異的な事例」（ドゥルーズ[1]）であるといえそうだが，ではマゾッホとは一体どのような作家であったのか，そして『毛皮を着たヴィーナス』は本当に「マゾヒズム」小説なのか。

大学講師の頃のマゾッホ

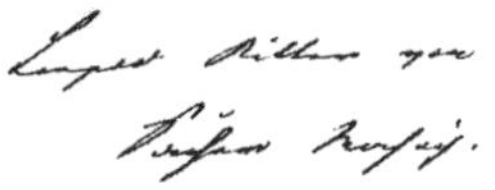

サイン

▷1　フランスの哲学者ドゥルーズの『ザッヘル＝マゾッホ紹介』（1967年）は，マゾッホの文学的再評価に大きな影響を与えた。

2 マゾッホとオーストリア＝ハンガリー二重帝国

マゾッホが作家として活動した主たる時期と舞台は，19世紀後半のオーストリア＝ハンガリー二重帝国である。当時のオーストリアはハプスブルク家によって支配された多民族国家，多言語国家であったが，それぞれの民族と階層が平等と自由を享受していたとはいいがたく，各地で軋轢や反乱が見られた。ガリツィア（現ウクライナ領）に生まれたマゾッホも農民による蜂起や暴動などに遭遇し，『聖母』（1883年），『魂を漁る女』（1886年）など19世紀東欧の世相を色濃く反映した小説を執筆している。マゾッホは『カインの遺産』と題された連作小説を構想し，やはり東欧のカルパチア（現スロバキア，ウクライナ，ルーマニアなどの周辺）を舞台にした『毛皮を着たヴィーナス』もその一部に含まれるはずであったが，この連作小説自体は完結していない。

ちなみに『性の精神病理』（1886年）という専門書を著した，「サディズム」「マゾヒズム」の命名者であるリヒャルト・フォン・クラフト＝エービングはドイツ生まれの精神科医であるが，同時代のグラーツ，ウィーンでも活動した（図１）。さらにオーストリア＝ハンガリー二重帝国時代のチェコ・プラハで生まれた**カフカ**⇨Ⅰ-40·42も，マゾッホによる文学的影響がたびたび指摘されている[2]。

図１　クラフト＝エービングの肖像

出典：Lisbeth Exner: *Leopold von Sacher-Masoch*. Rowohlt Taschenbuch Verlag, Reinbek bei Hamburg 2003, S. 123.

▷2　『毛皮を着たヴィーナス』の主人公ゼヴェリーンは奴隷としてグレゴールという名前を与えられるが，これはカフカの小説『変身』の主人公と同名である。

3 『毛皮を着たヴィーナス』における支配と被支配

小説は「ガリツィアの地主貴族」ゼヴェリーンによる「ある超官能者の告白」と題された手記を基に展開される。生真面目な教養人であるゼヴェリーンは，カルパチアのある保養地でイタリアの画家ティツィアーノの絵画『鏡を見るヴィーナス』の生き写しとも見紛うワンダという未亡人と出会う。ワンダの美に魅せられたゼヴェリーンは「愛に平等はない」「支配するか征服されるか，二つに一つの選択を迫られれば，即座に美しい女の奴隷になる方が私には魅惑的に思われます」と告白する。そしてゼヴェリーンはワンダの奴隷，すなわち彼女の「無制限の所有物」になる契約を行う。

この小説にはいわゆる異常性愛という言葉でイメージされるような露骨なシーンは全くといっていいほどなく，代わりに小説の多くの部分を占めるのは，愛による支配と隷従をめぐるさまざまな考察である。ゼヴェリーンが求めているのは，単に鞭打たれることではなく，崇拝する女性に「生殺与奪の権」をすべて握らせ，その全面的な支配下で生きることである。ゼヴェリーンには一切の権利がないのに対して，ワンダにはあらゆる権力が与えられる。マゾヒストはしばしば「犬」呼ばわりされるが，ゼヴェリーンはワンダと自分の関係を「猫と鼠」にたとえている。猫は自分のテリトリーにいる鼠を好きな時に切り裂いてしまうことができるが，鼠はまさに自分がいつ殺されるかわからない緊張感を味わいたいのである。しかし大事な点は，鼠は自発的に猫のテリトリーに入り，猫の関心を自分に向けさせなければならないということである。ゼヴェリーンはワンダに向かって懇願する。「自由を与えられたら死んでしまいます。どうか奴隷のままにしておいてください」，と[◁3]。

▶3 マゾッホ自身，『毛皮を着たヴィーナス』発表後に，アウローラ・リューメリーンという女性と作品をなぞるような恋愛，結婚を経験している（図2）。

図2 アウローラ・リューメリーン
後に「ワンダ」とも呼ばれる。
出典：同前，S. 77.

最終的にワンダと別れ（彼女に捨てられ），その後は健全な生活を送るようになったゼヴェリーンは，しかし「女は男の奴隷になるか暴君になるかのいずれか」であるという考えを変えることはない。

4 猥褻さよりも滑稽さ

すでに触れたように，この小説にはお馴染みの「鞭と毛皮」のシーン以外，露骨な性愛の描写はない。それどころか小説のいたるところで，聖書や**ギリシア神話**⇨Ⅱ-二-2，そして西洋美術の知識が披露される。それでも予備知識なくこの小説を最後まで読み通せるのは，マゾッホの作家としての卓越した技量だけではないだろう。毛皮を着たワンダに縛られ，鞭打たれる描写や，彼女を屈強な美男子に寝取られる妄想など，マゾヒズムにお馴染みの場面に出会うと，読者は猥褻さよりも，むしろ笑いや滑稽さを感じてしまうかもしれない。定番のシーンに思わずニヤリと笑ってしまう。それはマゾヒズムという言葉とマゾヒズムにまつわるイメージが，この小説から発してあまりにも一般に広がりすぎてしまった結果なのかもしれない[◁4]。（古矢晋一）

▶4 『毛皮を着たヴィーナス』は何度か映画化されているが，日本語字幕でも観ることのできるラウラ・アントネッリ主演『毛皮のヴィーナス』（監督マッシモ・ダラマーノ，1969年）は原作とは全く別物になっている。

25　『悲劇の誕生』（*Die Geburt der Tragödie*, 1872）
フリードリヒ・ヴィルヘルム・ニーチェ（Friedrich Wilhelm Nietzsche, 1844-1900）

29歳のニーチェ

サイン

図１　『悲劇の誕生』初版の表紙

出典：*Friedrich Nietzsche. Chronik in Bildern und Texten.* Hrsg. v. Raymond J. Benders u. a., Carl Hanser, München und Wien 2000, S. 256.

1　デビューと追放

異端の哲学者として知られるニーチェだが，もともとの専門は古典文献学であり，1869年に24歳の若さでスイス・バーゼル大学の教授になるなど，新進気鋭の**古代ギリシア**⇨Ⅱ-二-2研究者として将来を嘱望される存在だった。そして，1872年にニーチェが満を持して刊行したのが『悲劇の誕生』だったのだが，この書物は同時代の学者たちから非学問的だと徹底的に酷評されるのであり，それによって学界から事実上追放されてしまうことになる（図１）。

『悲劇の誕生』の最初の何章かを読めば，生真面目な文献学者たちが憤激した理由がわかる。勢いと高揚感に満ちた文章，大胆な推論，溢れる比喩，痛烈きわまる悪罵など，のちのニーチェのすべての著作に見られる独特の表現スタイルがすでにして全面展開されているのだ。処女作にはその作家のすべてがあるとよくいわれるが，その言葉は『悲劇の誕生』にも過不足なく当てはまるといえよう。

2　「アポローン的なもの」vs.「ディオニュソス的なもの」

18世紀後半以降，ドイツにおいて古代ギリシアは〈明朗さ〉や〈健全さ〉と結びつけられてきた。輝ける太陽のもとで精悍な若者たちが半裸で体育に励んでいるようなイメージである。それにたいして，ニーチェが『悲劇の誕生』で呈示したのは，ダイナミックで混沌とした古代ギリシア像である。まずニーチェは，「アポローン的なもの」と「ディオニュソス的なもの」が古代ギリシアの芸術を規定する２つの根本原理をなすと主張する。「アポローン的なもの」とは「夢」「美」「仮象」と関連が深く，節度を保った静的な秩序を志向する原理であって，彫刻をはじめとする造形芸術の基盤をなしている（図２）。それにたいして「ディオニュソス的なもの」とは，個々人が抱える制約を「陶酔」や「熱狂」とともに荒々しく打ち破るような動的な原理を指しており，とりわけ音楽と親和性が強い（図３）。ニーチェが見るところによれば，古代ギリシアの文化は基本的にこの２つの原理の対立によって発展していったのであり，最終的に両者はギリシア悲劇のなかで綜合されるにいたる。対立原理として並置されている「アポローン的なもの」と「ディオニュソス的なもの」だが，ニーチェにとって重要なのは明らかに後者であり，それがあらゆる現象に先立つ根源的な力であって，ギリシア民族の精髄に由来するものであることが繰り返し強調される。ただし，「ディオニュソス的なもの」に直接身をゆだねることは個々人にとって破滅を意味するため，それを芸術的に表現するためには，「アポローン的なもの」によって中和し，感覚的に享受可能にすることが必要なのである（なお，芸術をつうじて根源的なものを感覚するというここでのニーチェの議論の元ネタとなったのが，哲学者ショーペンハウアーの芸術論だったことも言い添えておこう）。

3 ソクラテス主義

ただし，ひとたび絶頂を迎えたギリシア悲劇は，哲学者ソクラテスの登場によってその本質を失い，没落へと向かうことになる。ソクラテスにとって重要なのは真理の探究にほかならず，ディオニュソス的激情は非理知的な本能として徹底的に退けられる。さらに，そのようなソクラテスの思想がエウリピデスをつうじてギリシア悲劇に持ち込まれてしまうのであり，そこでは悲劇的な英雄に代わってごく普通の人間が舞台に登場し，その日常生活が写実的に再現されるのみである。近代科学とはまさにソクラテスの後裔であって，あらゆるものは理論によって認識可能だとする楽天主義をまえに，悲劇的芸術を求める衝動はますます激しく抑圧される。ディオニュソス的芸術の最たるものである音楽すらも例外ではなく，牧歌的で善良な人間たちの世界を娯楽として呈示するだけの楽天的なオペラが幅を利かせるようになってしまう。このように，『悲劇の誕生』のなかでニーチェは，ギリシア悲劇を滅ぼした「ソクラテス主義」にひたすら罵詈雑言を浴びせるのだが，根源的な生命力を抑圧するものへの批判というモチーフは『善悪の彼岸』などの後期の著作で繰り広げられることになる道徳批判の原型をなしている。

4 ワーグナーにおける悲劇の再生

だが，「ディオニュソス的なもの」は完全に死に絶えたわけではない。『悲劇の誕生』の最後の数章でニーチェは，ひとたび滅びた真の悲劇的精神が，ほかならぬ現代ドイツにおいて奇跡的な復活を遂げつつあるという主張を，ワーグナーの楽劇を例に繰り広げるのだ。言うまでもなく古代ギリシアとドイツとのあいだに民族的なつながりは何ひとつ存在しない。だが，ギリシア悲劇を滅ぼした「ソクラテス的・アレクサンドリア的文化」とは無縁でありつづけたドイツだからこそ，ギリシア精神を忠実に受け継ぐことができるというのである。長いあいだ統一国家をもたなかったドイツの知識人のあいだでは，古代ギリシアに民族的なアイデンティティを求めるという文化的伝統が存在したが，ここでニーチェもそのような流れに追随しているのである。なお，『悲劇の誕生』の執筆時にはワーグナーの熱狂的な讃美者だったニーチェだが，ほどなく激烈な批判者に転じることになる。

（竹峰義和）

図2　アポローン像

出典：ローマ，ヴァチカン美術館蔵。

図3　壺に描かれたディオニュソス

両手に持つのはブドウの蔓と酒杯。

出典：ミュンヘン，国立古代遺物館蔵。

26　『ハイジ』（*Heidis Lehr- und Wanderjahre / Heidi kann brauchen, was es gelernt hat*, 1880/81）ヨハンナ・シュピーリ（Johanna Spyri, 1827-1901）

シュピーリの肖像

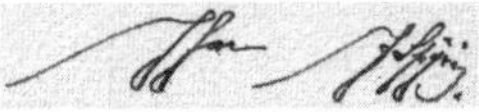

サイン

図１　シュピーリの生家（チューリヒ近郊ヒルツェル）
出典：著者撮影。

1　国際的ベストセラー

『ハイジ』はこれまでに約70の言語に翻訳され，世界中で読み継がれている児童文学の古典である。本来は『ハイジの修業時代と遍歴時代』『ハイジは習ったことを役立てる』という二冊の長編小説だが，今日では二つを合わせて『ハイジ』と呼ぶのが一般的となっている。アルプスの山を舞台にしたこの物語は，これまで映画やアニメとして繰り返し映像化され，さまざまな絵本や漫画が出版された結果，無数の「ハイジ」の視覚的イメージが存在することになった。

2　シュピーリの生涯――保守勢力と女性解放運動のはざまで

作者ヨハンナ・シュピーリはスイスの女性作家で，数多くの児童文学作品を書いた。父ヤーコプ・ホイサーは外科医として地域医療に尽力し，精神科医としても多くの患者を集めた。母メタ・ホイサーは宗教詩人として有名だった。

25歳のときに弁護士ベルンハルト・シュピーリと結婚。夫は保守系の新聞の編集者としても活動し，後には政界に進出した。夫が立身出世を遂げるのとは対照的に，妻ヨハンナは自分に求められる専業主婦としての役割になじむことができず，長年にわたり鬱に苦しんだ。1871年，44歳のときに匿名で作家活動を開始。当初は大人向けの作品を書いていたが，やがて児童文学に転向した。作品はすべてドイツの出版社から出ている。『ハイジの修業時代と遍歴時代』が大人気を博して以降は実名で作家活動を行った。作品はどれもキリスト教色が濃く，保守的な作家と見なされがちだが，論争を好む性格で，女性解放の問題をはじめ，同時代の社会問題に強い関心を寄せた。夫と一人息子を亡くした年に出版した『ジーナ』（1884年）は，同時代に議論を呼んだ女性の大学教育というテーマを扱ったヨーロッパ初の少女小説とされる。

3　自然の中で生きる喜び

第一部『ハイジの修業時代と遍歴時代』は，孤児の少女ハイジが５歳のとき，育ての親である叔母デーテにより祖父「アルム[1]おじさん」に預けられるという展開で幕を開ける。人間嫌いの祖父はアルムの山小屋で孤独に暮らしているが，利発で行動的なハイジはすぐ打ち解ける。二人が協力して屋根裏部屋で干し草のベッドを作る場面が，二人の対等な関係を象徴している。ヤギの乳やチーズ

▷1　固有名詞ではなく，南ドイツ方言で高原の牧草地のこと。スイスではもっぱら「アルプ」と言う。

のおいしそうな描写が物語に華を添える。美しいアルプスの大自然に囲まれ，ハイジは祖父やヤギ飼いの少年ペーターたちと幸せな年月を過ごす。

ところが，山の上で3年が過ぎたとき，彼女は再登場した叔母にドイツの大都市フランクフルトに連れて行かれ，そこで大金持ちのゼーゼマン家の病弱な娘クララの勉強相手として新しい生活を始める。ハイジは慣れない都会生活のストレスで心身を病み，夢遊病を発症する。そして医師の診断により山に帰されることになり，祖父と感動の再会を果たし，健康と幸せな生活を取り戻す。

図2　物語の舞台，マイエンフェルト近郊「ハイジ村」

出典：著者撮影。

第二部『ハイジは習ったことを役立てる』では，都会で車いす生活を送っていたクララが山を訪れ，健康的な環境のもとでハイジやおじいさんの献身的な看護を受けながらリハビリに励み，自力で立って歩けるようになる。

4 異なる価値観のせめぎ合い

ただし，『ハイジ』は単純に自然を礼賛する物語ではない。8歳のハイジは，人間嫌いの祖父の方針で学校に通わせてもらえず，字を読むことができない。説得のため，村の牧師が山小屋を訪れる。あたかもルソーの「自然に還れ」の思想を実践するかのように，祖父はあくまでハイジの就学を拒絶し，「ヤギや鳥といっしょに育ち，大きくなってゆく」のが一番の幸せだと主張する。対する牧師は「あの子はヤギでも鳥でもない，人間の子です」と反論し，教育の必要性を訴える。どちらが正しいのだろうか？　その後，ハイジはフランクフルトで，優れた教育者たる「クララのおばあさま」の導きで学びのモチベーションを得て一気に字を習い覚え，本を読む喜びに目覚める。そして山に帰ってからは，かつて罪を犯したために神に見放されていると感じていた（放蕩で親の財産を食いつぶし，殺人を犯した可能性さえある）祖父に聖書の「放蕩息子のたとえ話」[2]を読み聞かせることで，神や人と和解させる。目が見えないために暗闇の中で苦しんでいたペーターの祖母にも，来世への希望を歌う**バロック**⇨コラム①時代の詩人パウル・ゲルハルトの讃美歌の読み聞かせを通じて救いを与えるのである。つまりこの物語は，ただ自然のままに生きる喜びを肯定しているのではなく，教育とキリスト教的な価値観の習得を推奨していることになる。

図3　おじいさんに読み聞かせをするハイジ。英訳本に掲載されたカット（ジェシー・ウィルコックス・スミス〈Jessie Willcox Smith〉画）

出典：Johanna Spyri: *Heidi*. Translated by Marian Edwardes. David McKay Company, Philadelphia 1922, p. 217.

▶2　ルカによる福音書，第15章。

ただし，ハイジが心身を病むのは，意地悪なロッテンマイヤーさん[3]にいじめられたからというより，慈愛あふれるキリスト教精神の権化であるクララの祖母に，たとえ神に祈りが通じなくてもひたすら耐えつづけるよう教えられたのを忠実に守った結果である。その意味では，信仰というものの一種の残酷さが浮き彫りにされていると言える。また第二部では，勉強が苦手で字が読めないペーターをハイジが散々脅し，無理やり字を覚えさせる。そこでは，教育という営みがはらむ根源的な暴力性が明るみに出されている。異なる価値観のはざまで生きた作者が生み出した『ハイジ』は，一面的な「正解」を出さないまま，異なる価値観のせめぎ合いを描いた物語でもあるのだ。　（川島　隆）

▶3　家庭教師と誤解されることが多いが，実際にはゼーゼマン家の執事。つまり，ゼバスティアンをはじめ召使いたちを監督する立場。

27 『ツァラトゥストラはこう語った』（*Also sprach Zarathustra*, 1885）

フリードリヒ・ヴィルヘルム・ニーチェ（Friedrich Wilhelm Nietzsche, 1844-1900）

1882年のニーチェ

サイン

1 新しい哲学者の誕生

哲学者についての一般的なイメージといえば，分厚い研究書に囲まれた部屋に一人で座り，深刻な表情を浮かべながら小難しいことをあれこれ考えている老人，といった感じだろう。だが，ニーチェの代表作である『ツァラトゥストラはこう語った』（以下，『ツァラトゥストラ』と略す）の主人公は，哲学者でありながらも重苦しい陰気さとはまったく無縁の若々しいキャラクターとして設定されている。ゾロアスター教の宗祖から名づけられたツァラトゥストラは，とにかくよく笑い，太陽の光を浴びながら歩きまわり，ときには軽やかな踊りまで披露してみせるのだ。もっとも，ツァラトゥストラの主な活動は，放浪の旅のなかで弟子たちに説教することなのだが，そこには晩年のニーチェが到達した「超人」と「永劫回帰」をめぐる独自の思考が凝縮されている。

2 パロディとしての『ツァラトゥストラ』

『ツァラトゥストラ』は四部形式となっており，かなりのページ数に及ぶ大著だが，ストーリーはシンプルである。故郷を離れて山中の洞窟で隠遁生活を送っていたツァラトゥストラが，人々にみずからの教えを授けるべく，鷲と蛇をお供につれて山から降りる。その途中で出会った森の賢者が「神の死」をまだ知らないことに驚いたツァラトゥストラは，最初に訪れた街で「超人」について最初の説教を始めるものの，聴衆の野次によって妨害される。その後，各地を行脚しながら，プラトン主義やキリスト教，現代の民主主義を痛烈に批判し，**ニヒリズム**⇨Ⅱ-二-1の克服を呼びかける説教を続けていくツァラトゥストラのうちに「永劫回帰」をめぐる思想が徐々に形成されていく。やがて山中に戻ったツァラトゥストラは，「高位の人間たち」と呼ばれる奇妙な人々と出会い，対話を交わす。そして，彼らが「驢馬祭り」と呼ばれるコミカルな乱痴気騒ぎを繰り広げるさまを驚きと哀れみとともに見守った翌日，ツァラトゥストラが朝日を浴びつつ洞窟を離れる情景で物語は終わる。

このように，基本的に『ツァラトゥストラ』は一人の聖人の言行録という体裁をとっており，『聖書』をはじめとする経典のパロディをなしているといえる。ただし，主人公であるツァラトゥストラ当人は，冒頭で「齢《よわい》30」と述べられる以外，明確な特徴描写がなされることはなく，いささか抽象的な存在にとどまっている。それにたいし，ツァラトゥストラが道中で，さながらロール・プレイング・ゲームのように次々と出会うキャラクターたち，とりわけ第四部に登場する「高位の人間たち」は忘れがたい印象を残す。神を殺した「もっとも醜い人間」，すべてを認識に置き換えようとする「蛭につかれた人間」，地上の幸福のみを求める「進んで乞食になった者」，疚しい心を抱えた「魔術師」，すべてが虚しいと悟った「占い師」……。彼らはいずれも「神の死」にたいする反応パターンをアレゴリー的に示しており，神に代わって人間的な価値を崇めたり，生そのものを否定しようとしたりする点で，ニヒリズムの重力に完全に屈している。そのような彼らも，「驢馬祭り」では「イーアー〔然り〕」といななく驢馬を集団で崇拝することで，否定から肯定へと転じているようにみえるが，それは偽りの肯定であり，真の肯定としての「永劫回帰」をめぐるツァラトゥストラの教えの滑稽なカリカチュアにすぎないのである。

3 永劫回帰と超人

それでは，ツァラトゥストラの教えの核心をなす「永劫回帰」とはどのような思想なのか。端的に言えばそれは，否定的なもののすべてを退け，あらゆるものが永遠に回帰することをみずから能動的に欲することで，万物を絶対的に肯定することである。ただし，それは〈同一なもの〉の悪無限的な反復ではけっしてない[1]。ここで問題になっているのはむしろ，多様なものの生成を永遠に肯定することであり，多様性を生成する力を歓びとともに肯定することにほかならないからだ。このようにして「永劫回帰」の思想のなかで，否定から肯定へ，受動性から能動性へ，虚無への意志から力への意志への価値転換が遂行される。ツァラトゥストラが説く「超人」とは，人間が不可避的に抱えもつニヒリズムを完全に克服し，ひたすら肯定性に貫かれた存在にほかならない。

▶1　この点は，フランスの哲学者のドゥルーズがニーチェについての著作で強調している（ドゥルーズ『ニーチェ』）。コンパクトな本だが，『ツァラトゥストラ』の入門書として最適。「主要登場人物事典」も便利。

図1　最晩年のニーチェ

出　典：*Friedrich Nietzsche. Chronik in Bildern und Texten.* Hrsg. v. Raymond J. Benders u. a., Carl Hanser, München und Wien 2000, S. 807.

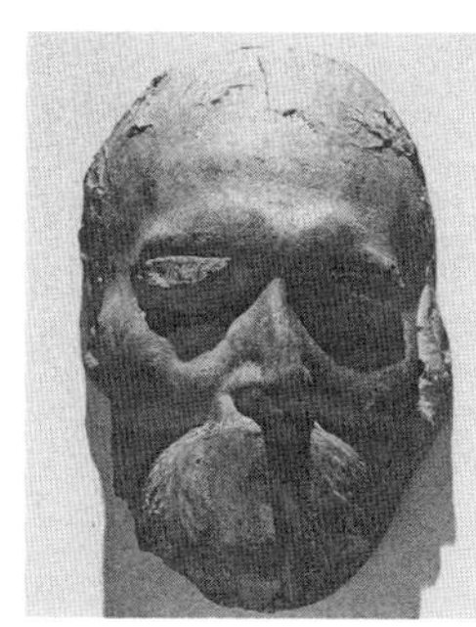

図2　ニーチェのデスマスク

出典：同上，S. 815.

4 ニーチェ・ブーム

主著である『ツァラトゥストラ』を1885年に完成したニーチェだが，彼の創造力はその後も衰えることなく，『善悪の彼岸』『道徳の系譜学』『偶像の黄昏』といった書物を精力的に執筆していく。だが，1889年に滞在先のトリノの路上で昏倒したニーチェは，1900年に没するまで狂気の淵に沈んだ状態で過ごす（図1，図2）。皮肉なことに，それまで読者に恵まれていなかったニーチェの著作は，著者の発狂と前後して，1890年代半ばからにわかに注目を集めるようになるのであり，ニーチェ・ブームと呼ぶべき現象がヨーロッパを席捲する[2]。ナチス時代にはニーチェの超人思想が曲解され，人種主義的プロパガンダに利用されたものの，21世紀にいたるまで，『ツァラトゥストラ』はなおもアクチュアルなテクストとして読み継がれている。

（竹峰義和）

▶2　その象徴が，1896年に発表されたR・シュトラウス作曲の交響詩『ツァラトゥストラはこう語った』である。スタンリー・キューブリック監督によるSF映画の古典『2001年宇宙の旅』（1968年）の冒頭のシーンでこの曲が使われたことはよく知られている。

28　『白馬の騎手』(*Der Schimmelreiter*, 1888)　テオドール・シュトルム（Theodor Storm, 1817-88）

シュトルムの肖像

サイン

1　デンマーク，プロイセン，北フリースラント

「テオドール・シュトルムは何人《なにじん》か」という問いに答えることは難しい。故郷であるドイツ最北端のシュレスヴィヒ・ホルシュタイン両公国は，当時ドイツ系住民が大半を占めていながらもデンマーク王国の支配下にあり，シュトルムはデンマーク国籍に生まれた。1848年にドイツ系住民がデンマークの支配に反旗をひるがえし，両公国の帰属をめぐる戦争が始まると，シュトルムも反デンマークの立場で論陣を張ったが，独立の夢は叶わなかった[1]。後にドイツへの編入は実現したものの，シュトルムは生涯プロイセン，とりわけその軍国主義に批判的な目を向け続けた。彼は「デンマーク人」ではなく，「ドイツ人」であったかもしれないが「プロイセン人」ではなかった。確かなのは彼がどこにいても，何を書いていても，終生自他ともに認める「フーズム人」であり続けたということだ（図1）。

シュトルムの故郷の街，フーズムを含む北フリースラントと呼ばれる地域は北海に面した低地で，古くから堤防が築かれ酪農などが営まれたが，高潮や津波の被害にたびたび苦しめられた。この地域特有の，海という巨大な自然の力との闘いが，彼が死の直前に完成させた『白馬の騎手』の物語の中心にある。

2　リアリズムと幻想——語りの構造

シュトルム文学は「**詩的リアリズム**」[⇨Ⅰ-23][2]の代表とされるが，リアリズムといっても決して現実一辺倒ということではない。とくにシュトルムの小説においては，一見すると日常的なものごとの「リアル」な描写の中に，ふと超現実的，幻想的な要素が姿を現すことがあり，『白馬の騎手』はその代表的なものである。

この小説を読み始めてまず目につくのが入り組んだ「語り」の構造だ。ストーリーの核は18世紀半ばに生きたハウケ・ハイエンという男の生涯だが，それは語り手の「私」がかつてある村の居酒屋で老教師から聞いたものということになっている。ところが，この「私」がハウケの物語を聞いたという話自体がさらに，また別の「私」が少年時代に曾祖母の家で読んだ雑誌に載っていたものであるという。そしてこれらの話全体がシュトルムによる小説の設定に他ならないのだから，ハウケの物語は実に三重の枠の中に収められているのだ。

なぜこのような複雑な入れ子構造が用いられたのだろうか。白馬の騎手とい

▶1　シュレスヴィヒ・ホルシュタイン両公国はもともとデンマーク王国の支配下にあり，1848年に即位したフレデリク7世はこれを完全にデンマークへ併合することを決定した。多数を占めるドイツ系住民がこれに反発して蜂起し，プロイセンは当初これを支援して対デンマーク戦に臨んだが，翌年に和平を結び戦争から手を引く。蜂起軍は戦闘を続けたが1850年に大きな敗北を喫して独立はかなわなかった。後の第二次シュレスヴィヒ・ホルシュタイン戦争，普墺戦争を経て全域がプロイセン領となった。

▶2　19世紀中盤の，市民の暮らす狭い世界に焦点を当てて人間の生活や心理を細やかに描写する潮流。

うのはもともと，シュトルムも幼い頃語り聞かせられていた，東欧などに伝わる伝説である。一種の幽霊譚なのだが，シュトルムはこれに加えて，北フリースラントの洪水と堤防をめぐる歴史にも丹念に取材し，知の力で自然を支配しようと苦闘する19世紀的人物のリアリティと，ファンタジーの世界とを巧みに織り交ぜた『白馬の騎手』を書き上げた。何層にも重なった語りを設定することで，物語は現実世界と伝説の間を揺れ動き，一面的なイメージに帰着することがない。そしてこの揺らぎは，そこで語られるハウケ・ハウエンの運命そのものでもあるのだ。

図1　シュトルムの生家
出典：Karl Ernst Laage Theodor Storm.　Leben und Werke. Husum 1986.

3 自然と超自然のはざま

少年ハウケは荒れる波に向かって「お前たちに大したことはできない」と叫び，その後も生涯を通して合理性を武器に自然と格闘し続ける。子供の時から数学や測量に関心を持ち，若くして堤防監督の地位に就くと，理想の事業を実現させるために企画書の作成や住民たちの説得に励み，妻子もろくに顧みず新しい堤防の建設に邁進する。彼の事業に反対する頑固で迷信深い人々もまた，ある意味で彼にとって征服すべき「自然」の一部だったともいえるだろう。

その一方で，合理性を超えたものの力は常にハウケの背後に控えている。たとえば物語を通して登場する動物たち――猫，鳥，犬などは，その生と死のありさまが生々しく描かれる一方，ハウケの人生に常につきまとう彼らの姿は時に不気味で，どこか悪魔的でもある。ハウケが乗るようになる白馬も，生身の馬というよりも，現実と超現実との間を行き来するような謎めいた存在だ。こうした幻想的なものたちが，知らず知らずのうちにハウケの人生を少しずつ浸食していく。まるで，技術と計算の枠である新堤防に心を奪われた彼が見て見ぬふりをしようとしていた，旧堤防の破れ目に走る水脈のように。

図2　アレクサンダー・エッケナー（1870-1944）の版画
出典：Winfried Freund: *Theodor Storm: Der Schimmelreiter. Glanz und Elend des Bürgers.* Ferdinand Schöningh, Paderborn 1984, S. 74.

そして，ささいな迷いから修繕を怠ったその裂け目が決壊する最終場面において，ハウケ自身もついに幻想の世界へと飛び込んでいくことになる。安全な高台にいたはずの妻子が馬車を駆って濁流へと突き進むのを目の当たりにした彼は，白馬もろとも洪水の中へ身を投じる。すべてが水に飲まれた後にただひとつ無事に残る「ハウケ・ハイエン干拓地[◀3]」は，彼の孤立した人生そのものの象徴でもあるのだろう。しかしそれとともに彼が残したのが，嵐の日に堤防の上を駆ける「白馬の騎手」の伝説であった（図2）。

▶3　1960年に北フリースラントに造られた干拓地には，実際にこの名前が付けられた。

ハウケは「自然」との闘いに敗れたのか。彼は本当に「白馬の騎手」として，自ら心血を注いだ堤防を守るべく今も走り続けているのか――つまり彼自身がいまや超自然的な存在となり，今なお自然の脅威に目を光らせているのか――，それともそれは単なる幻影にすぎないのか。先に見たような複雑な語りの構造の中で，この問いは最後までオープンなまま読者に投げ渡されるのである。

（杉山有紀子）

29　『踏切番ティール』（*Bahnwärter Thiel*, 1888）
ゲアハルト・ハウプトマン（Gerhart Hauptmann, 1862-1946）

46歳のハウプトマン

サイン

図1　築地小劇場におけるハウプトマン『職匠』公演（1933年）

出典：久保栄（1962）『久保栄全集』第9巻翻訳，三一書房，扉。

1　ドイツ語圏で4人目のノーベル文学賞作家

ダイナマイトを発明したスウェーデンの実業家ノーベルは，「死の商人」と揶揄されたキャリアへの反省から死後，人類の進歩に寄与した人々に自身の名前を冠した賞を与えることにした。そのうち，ドイツ語圏で文学賞受賞の栄誉に浴したひとりがハウプトマンである。劇作家としての彼は，自然主義の旗手として登場し，イプセンやストリンドベリ，チェーホフらと並んで新しい近代劇の礎を築いた。また**シュニッツラー**[⇨Ⅰ-32]や森鷗外と同年生まれでもあり，明治・大正時代の日本でも同時代作家として注目され，かなり愛読されていた。ことに築地小劇場で上演された久保栄（1900-58）による翻訳は有名である（図1）。

ところで，ある作家を論じる場合，そのライバル作家から考えてみるのも一興であろう。存命中は人気の高い花形作家であったハウプトマンを強く意識したのは，戯曲『春のめざめ』（1891年）などで知られる劇作家ヴェーデキント（1864-1918）であった。彼いわく，ハウプトマンが博愛主義者なら，自分はエゴイスト，彼がファウストなら，自分はメフィストフェレスだという[◁1]。つまり，ハウプトマンが**ゲーテ**[⇨Ⅰ-3・19]や**シラー**[⇨Ⅰ-5]の**古典主義的**[⇨Ⅱ-五-1]な世界を引き継いだのだとすれば，ヴェーデキントは「性」の問題に特化して異端の世界を切り拓いたといえる。

しかし両者はともに19世紀末にあって「理念」よりも「肉体」を強く意識したことに疑いはない。ただハウプトマンが遺伝や環境に屈服する弱い主人公を描きながら，どこかで旧世代のキリスト教的道徳，いわば「精神」を対置し続けたのに対して，ヴェーデキントは最初から「性欲」や「本能」のほうに照準を合わせていたわけだ。このハウプトマンにおける二極構造を初期の短編小説で，その後の作品のプロトタイプとなる『踏切番ティール』から確認したい。

2　『踏切番ティール』――肉体への屈服

ベルリン郊外の農村で踏切番として生計を立てるティールは，逞《たくま》しい肉体の持ち主ながら，日曜日になると若い妻ミンナと必ず教会に通う敬虔な人物として知られていた。しかし病弱な妻が一人息子トビアスを残して亡くなると，今度は野卑だが豊満な肉体を持つレーネと再婚，次第に彼女への情欲の虜となっていく。やがて二人に子供ができると，レーネは先妻との子供で知的障碍を持つトビアスを露骨に虐待しはじめる。しかし性的に自らが隷属する彼女への負

▷1　19世紀後半の「ドラマの危機」（ソンディ）の時代に，一種の演劇革命として登場した自然主義だったが，ヴェーデキントはそこに安っぽい市民社会の感傷性・道徳性を見て取り，結局は贋物として痛烈に揶揄している。

▷2　トーマス・マンの長男クラウスは自伝『転回点』（1952年）のなかで，ナチ時代にドイツ国内に留まり，その文化政策に協力的だったハウプトマンを批判的・侮蔑的に描いている。

い目からか，ティールは妻に抗議できない。良心の呵責に苦しんだ彼は，職場の番小屋に先妻ミンナの写真を掲げ，聖書や讃美歌集をひも解くことで，何とか精神のバランスを保とうとする。しかしそんななか，事件が起きる。妻レーネの不注意からトビアスが蒸気機関車に轢かれてしまうのだ。発狂した彼は，妻も，彼女との間にできた赤ん坊も殺害，最後は精神病院に収容される——。

同様の構造は，出世作となった戯曲『日の出前』(1889年）でも踏襲される（図2）。ハウプトマンの故郷シュレジエン地方には，石炭の鉱脈発見にともない，一躍新興成金となった農家の地主たちがいた。飲酒と情交に溺れる彼らに対し，重労働を強いられる炭鉱労働者たち。その悲惨な実態を取材にやって来た社会活動家のロートは，クラウゼ一家の可憐な娘ヘレーネと恋仲になる。だが彼女の姉マルタの子供が幼くして飲酒が原因で死んだことを聞かされると，自分の子供への遺伝的悪影響を恐れ，結局は使命も恋人も捨て逃げ出してしまうのだ。

このようにハウプトマンの世界は，近代社会における精神と肉体の分裂を心理的・写実的にきわめて精緻な描写で読者に示しながら，最終的には気高い精神が肉体の側に屈服するさまを，やはり精神の側から訴えかけるところにその特徴を持っている。悲惨の極みにある救いようのない人々を直視しながら，最後は辛辣な結末を用意するところに彼の本領があるといえる。

3 ハウプトマン自身の屈服？

ところで，第一次世界大戦の勃発に際して，フランス側から平和を呼びかけたロマン・ロランを無視し，ドイツ側から戦争の大義を肯定する愚直な態度を示したのも同じハウプトマンであった。体制迎合的な過ちを彼はナチ時代にも繰り返している。クラウス・マンやアルマの自伝のなかで，好々爺とした煮え切らない人物としてハウプトマンが描かれているのもゆえなきことではない◁2。彼は実生活でも長く女優マルガレーテと不倫関係にあり（図3），ついに前妻マリーとは離婚，彼女と再婚した。また彼の作品の舞台であるシュレジエン地方が戦後，ポーランド領になったこともあり，ハウプトマンはドイツ近代劇の重要な作家でありながら，現在では遠い過去の作家となってしまった感がある。

ところで，『踏切番ティール』では「真っ黒な怪物」と形容されて機械文明の象徴のごとく登場する蒸気機関車だが，これは19世紀末の芸術家が好んでその脅威を作品に描いた対象でもある。印象派の画家モネは『貨物列車』(1872年）などで地方の工場や鉄道から立ち昇る煙を「新しい風景」としていち早く発見した（図4）。またトルストイの『アンナ・カレーニナ』(1877年）では，絶望した主人公は最後に機関車の下敷きとなって落命する。まさに産業革命，急速に発展する資本主義社会，ハウプトマンが相対峙した“近代化”の象徴であるかのように，黒い重厚な機関車は，けたたましく雄叫びを上げながら，まだ素朴であった自然の原野を駆け抜けていったのだ。（大塚　直）

◁2 作曲家マーラーの元妻アルマは，再婚した作家ヴェルフェルとともにハウプトマンを終生敬愛し続けたが，自伝『わが愛の遍歴』(1958年）を読むと，やはり前世紀に縛られたご老人といった印象を受ける。

Verein Freie Bühne.

Sonntag, den 20. October 1889.

Vor Sonnenaufgang.

図2　ベルリン・自由劇場における『日の出前』初演のプログラム
出典：Kurt Lothar Tank: *Gerhart Hauptmann mit Selbstzeugnissen und Bilddokumenten.* Rowohlt Verlag, Hamburg 1959, S. 36.

図3　二人目の妻マルガレーテ
出典：同上，S. 100.

図4　モネの油彩画『貨物列車』
出典：Serge Lemoine: *Monet: L'art de Monet et sa postérité.* The National Art Center, Tokyo 2007, p. 132.

30　『エフィ・ブリースト』（*Effi Briest*, 1895）テオドール・フォンターネ（Theodor Fontane, 1819-98）

75歳のフォンターネ

サイン

1　見た目は古風な革命家？　ユグノーという出自

写真を見ると，いかにも昔の立派な人といった風貌だ。フォンターネはしかし同時代の人々にも同じような印象を与えていたらしい。当時のあるジャーナリストは次のように書いている。「彼には30年代の温和な退役将校の面差しがある。襟飾りや襟にいたる服装まで含め，この男の外見全体には，古き良き時代の息吹が漂っている[1]」。だがそんな見かけとは裏腹に，1848年３月のベルリン市民蜂起[2]の際には市街戦に加わるなど，フォンターネは民衆の自由と権利を求める新時代の人であった。

フォンターネの祖先は，17世紀末に一家でベルリンに移り住んできたフランスの新教徒ユグノーである。1685年にフランスは，カトリック以外のキリスト教は認めないとして，プロテスタントを改宗させたり，国外追放にすることを決めた。するとこれをうけたブランデンブルク選帝侯フリードリヒ・ヴィルヘルムは，フランスからのプロテスタント移民を様々な優遇措置をもって迎えると発表した（図１）。新興の街ベルリンは，彼らのもつ高度な技術や知識を欲していたのである。そんなユグノーの子孫であるフォンターネは，ベルリン近郊のノイルピンで生まれ，その生涯のほとんどをベルリンとその周辺で過ごし，この土地を存分に作品に描き込んだ。彼が大都市へと変貌しつつある故郷ベルリンを（図２），愛情のこもった，それでいて冷静なまなざしで観察できたのは，どこかによそ者としての感覚を残していたからかもしれない。78年の生涯を終えたフォンターネが埋葬されたのは，ベルリンの新フランス人墓地だった。

2　激動のベルリンとともに

フォンターネは10代になると詩を書き始め，18歳で小説を発表するような文学青年だったが，職業は父と同じ薬剤師の道を選んだ。しばらくは勤務のかたわらで執筆もするという二重生活を送っていたが，29歳のときに，ついに筆一本でやっていく決心をした。以後，新聞記者やプロイセン政府のイギリス通信員をしながら，戦況報告や劇評など，様々な仕事をこなしてゆく。なかでも，1855年にロンドン駐在で故郷を離れ，それによって故郷を再発見したことは大きかった。帰国後，40代のフォンターネは７年にわたってマルク・ブランデンブルク地方[3]を調査旅行し，大作『マルク・ブランデンブルク紀行』（1861-89年）

▷1　アルフレート・ケル『ベルリンはどこにある？　帝国首都からの手紙 1895-1900』（1895年１月１日の記事）。

▷2　1848年にドイツ各地で起こった市民革命の一環で，憲法制定や自由主義的改革，国民国家の建設を求める民衆と軍隊が衝突し，バリケード戦にまで展開したが，最終的にプロイセン国王によって鎮圧された。

図１　ユグノーの使者を迎えるブランデンブルク選帝侯

ユグノーは独自の学校や教会を設立することが許され，免税も受けられた。

出　典：*Gartenlaube. Illustriertes Familienblatt. Nr. 19.* Ernst Keil, Leipzig 1895, S. 313.

を刊行。この本により，ベルリンの人々は，砂と沼ばかりだと思っていた自分たちの土地にも豊かな風土と歴史があることを知ったのである。

3 遅咲きの小説家――『エフィ・ブリースト』の大ヒット

しかし，作家としての成功をフォンターネにもたらしたのは，晩年の長編小説だった。なかでも，ベルリン近郊に住む貴族どうしの結婚とその破綻を描いた『エフィ・ブリースト』は，出版から１年で５回も増刷されるほどの人気を博した[4]。主人公の天然少女エフィは，17歳のときに21歳年上の出世欲の強い男インシュテッテンに見初められ，結婚する。しかし夫は何かにつけてエフィを「教育」しようとするばかりか，仕事優先で留守がちでもあり，エフィは次第に疎外感や寂しさを募らせてゆく。そんなとき，夫の友人クランパスが彼女に言い寄ってくる（図３）。エフィは彼の囁きによろめき密会を重ねるが，同時に罪の意識にも苛まれる。やがて夫の出世が決まって一家でベルリンに引っ越すことになり，なんとかこの苦境を脱することはできた。ところが，ベルリンで新生活を始めて７年が経ったある日，夫が赤い絹紐で束ねられた手紙を発見してしまう。そう，エフィとクランパスとのやり取りだ。ああ，人はなぜ捨ててしまった方がよい物をとっておくのだろう！　インシュテッテンは，友人が「昔のことだ」と言って止めるのもきかず，男の名誉を重んじる古い規範にしたがって，かつての不倫相手に決闘を申し込み，エフィとは離婚する。

4 関係性のなかにある人間――社会小説

この小説は多くの対話や手紙で構成されている。登場人物は絶対不変の個人としてではなく，社会のネットワークのなかにある存在として，つねに他者との関係性のなかで描かれているのだ。世間や職場といった社会的な関係が，家族というプライベートな関係に介入してくるさまをありありと描いているという点で，この作品は「社会小説[5]」の始まりとも見なされている。

またフォンターネは人間だけではなく，彼らを取り巻く自然や事物も細かく描写する。彼の描く北ドイツの風景や家財は，その一つ一つが象徴的な意味を帯び，登場人物の運命を語る。たとえば，何度も登場する船のモチーフは，エフィが家庭に安住せず，永遠にさまよい続けることを暗示しているかのようだ。

様々な関係性のなかにある人間は，たった１つの視点では把握しきれない。それをよく表しているのが，本作品の２つの邦訳の題名，『罪なき罪』と『罪のかなた』である。エフィの不倫は，社会規範からすれば罪かもしれないが，自然な心の動きという意味では必ずしも罪ではないのかもしれない。エフィを断罪した夫のインシュテッテンですら，「罪のかなた」にあったかもしれない「幸せ」に，後々思いを馳せるのだ。人間をどう捉えるべきか，という問いが存在し続ける限り，『エフィ・ブリースト』の魅力は失われないだろう。　（岡本和子）

図２　ビーアマン『ベルリンのボルジヒ機械工場』（1847年）
フォンターネが生まれた1819年には約19万人だったベルリンの人口は，彼の死の前年の1897年には約173万人にまで膨れ上がっていた。
出典：Iwan-Michelangelo D'Aprile: *Fontane. Ein Jahrhundert in Bewegung*. Rowohlt, Hamburg 2018.

▶3　ベルリンを囲む地域で，プロイセン王国の基礎となった州。

▶4　トーマス・マンは，長編小説の蔵書を６冊に限定したとしても『エフィ・ブリースト』はそこに入る，と言っている（「テオドール・フォンターネ生誕百年に寄せて」）。また本作は，1939年から2009年にかけて５回も映画化されている。

図３　映画『エフィー・ブリースト』（ファスビンダー監督，1974, ARTHAUS）のなかのクランパスとエフィ。DVD ジャケット
出典：著者撮影。

▶5　ドイツ文学で長らく主流を占めてきた，個人の人間形成を主題とする「教養小説」とは対照的な形式だといえる。また，ドイツ語の社会（Gesellschaft）という言葉には，「パーティ」や「会合」といった社交の意味も含まれていて，実際，結婚後のエフィの初仕事は，訪問客の相手をすることである。

31　『魂の年』（*Das Jahr der Seele*, 1897）シュテファン・ゲオルゲ（Stefan George, 1868-1933）

1 芸術至上主義──「ゲオルゲ文字」と「ゲオルゲ・クライス」

19世紀末のドイツは，近代資本主義国家へと急速に向かっていた。それにともない，市民生活の機械化が進み，お手軽な物質的満足に喜びを感じる文化が幅をきかせていく。その風潮に対抗するために，「美」に最高の価値を置き，時代や俗世間から離れ，芸術の国を打ち立てようとした詩人がいた。シュテファン・ゲオルゲである。卑俗を遠ざけ，純粋な言語芸術であろうとするかれの詩は，詩の自立と普遍性を告げるものとして独自な魅力をたたえている。

裕福な家に生まれたゲオルゲは，生活のために書く必要がなかったこともあり，発表の場をみずからが主宰する『芸術草紙』という高踏的な雑誌に限っていた。ある時期から，活字は自筆（図1）にもとづいた独自のフォント「ゲオルゲ文字」（図2）を用いるようにもなる。詩の形式《フォルム》にきわめて意識的であった詩人にとっては，文字それ自体もまた芸術でなければならず，たんなる意味伝達の記号であってはならなかったのである。さらに，ゲオルゲは文学観・芸術観を同じくする者たちを集めて，「ゲオルゲ・クライス[1]」と呼ばれるサークルを結成し，指導者の位置についた。謝肉祭にはこのメンバーで，現代のコスプレよろしく仮装（図3）をおこない，ダンテをはじめとする詩聖らを讃えた。ゲオルゲはまた，自身のポートレートも数多く撮らせている。司祭的な風貌（図4）をたたえたそれらの写真は，自分の全集の扉を飾るだけではなく，知人への手紙に贈り物として添えられたりもした。文字，仮装，写真──これらはいずれも，美の理念に，目に見える肉体をあたえるために不可欠の媒体であった。ゲオルゲは33歳のときに13歳の美少年マクシミリアン・クローンベルガーに出会うと，かれを美の化身と思い定めた。2年後にこの少年が病死すると，詩のなかで「マクシミン」と呼んで神格化し，その少年愛の体験を昇華している。これもまた，ゲオルゲの美の理念に合致することであった。

美を奉じる秘教的共同体「ゲオルゲ・クライス」は，そのメンバーもあり方も時とともに変化したが，ゲオルゲは一貫してカリスマであり続けた。美の理念は絶対であったから，それに対する違反は破門によって罰せられ，自ら立ち去ることを余儀なくされる弟子もいた。このようなカリスマ性は，だが，危険と隣り合わせてもいた。現実の奴隷であることを拒否し，美の国の建設をめざすこの指導者を利用しようと，ナチスがさまざまに画策したのである。ゲオル

31歳のゲオルゲ

サイン

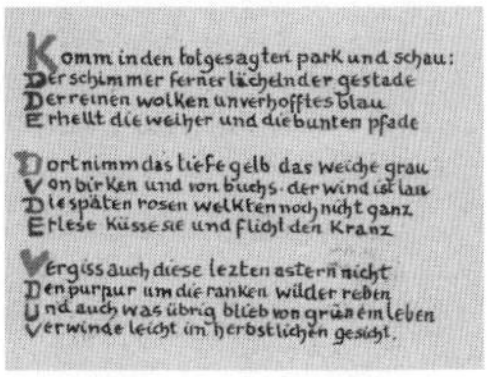
Komm in den totgesagten park und schau:
Der schimmer ferner lächelnder gestade
Der reinen wolken unverhofftes blau
Erhellt die weiher und die bunten pfade

Dort nimm das tiefe gelb das weiche grau
Von birken und von buchs · der wind ist lau
Die späten rosen welkten noch nicht ganz
Erlese küsse sie und flicht den kranz

Vergiss auch diese lezten astern nicht
Den purpur um die ranken wilder reben
Und auch was übrig blieb von grünem leben
Verwinde leicht im herbstlichen gesicht.

図1　『魂の年』の冒頭の自筆原稿

出典：Jürgen Egyptien: *Stefan George - Werkkommentar.* De Gruyter Akademie Forschung 2017, S. 125.

Komm in den totgesagten park und schau:
Der schimmer ferner lächelnder gestade ·
Der reinen wolken unverhofftes blau
Erhellt die weiher und die bunten pfade.

Dort nimm das tiefe gelb · das weiche grau
Von birken und von buchs · der wind ist lau ·
Die späten rosen welkten noch nicht ganz ·
Erlese küsse sie und flicht den kranz ·

Vergiss auch diese lezten astern nicht ·
Den purpur um die ranken wilder reben
Und auch was übrig blieb von grünem leben
Verwinde leicht im herbstlichen gesicht.

図2　ゲオルゲ文字による印刷（『魂の年』の冒頭）

出典：Stefan George: *Das Jahr der Seele.* Georg Bondi, Berlin 1921, S. 12.

▷1　「クライス」とはドイツ語で「サークル」「一派」の意味。

ゲはその誘いを拒絶し[2]，病弱の身だったにもかかわらずスイスへ移り，その5カ月後に同地で歿した。

2 「わたし」と「あなた」は「同一の魂」

ゲオルゲは後年出版した詩集『盟約の星』(1914年)，『新しい国』(1928年) では，みずからの司祭的なカラーを前面に打ち出している。しかし，詩集『魂の年』(図5) では，まだそのような宗教的カリスマ性は影を潜めており，作中の「わたし」も絶対的な存在ではなく，「あなた」との関係のなかで揺れ動いている。そのような「わたし」が，冒頭の詩で「死んだと言われた公園に来たれ，そして見よ」と「あなた」を誘い，秋枯れの公園にある夏の生の名残，「野薔薇」「えぞ菊」「いまなお残る緑の生」を「秋の顔」のなかで軽く絡み合わせよ，と「あなた」に語りかける，あたかも二人の魂の花輪を編もうとするかのように。また別の詩では，「あの静かな池を巡って行こう！」と促す。この詩集の第一部の「葡萄摘みのあとで[3]」では，ゆったりと円を描くような二人の歩みが，詩を作る息遣いにもなっている。だが，詩人は一緒に庭園を歩いてくれる人を強く求めはするものの，「時がわたしたちを分かつ」ことも知っている。二人には「きびしい運命」があり，「わたし」と「あなた」は永遠に交わることなく，別離の予感のうちに，二人の歩みは平行線をたどる。この詩集の第2版の序文では，「わたし」と「あなた」は「同一の魂」であるといわれているにもかかわらず，二人の愛は成就しない。このことが詩人の孤独を深めているのである。

この詩集を書いていた当時，ゲオルゲはイーダ・コブレンツという女性と交際しており，この詩集も当初は彼女に捧げるつもりでいた。ところがイーダは家の事情で別の男性と結婚してしまう。その後離婚するものの，ゲオルゲが嫌悪感を抱いていた詩人リヒャルト・デーメルと再婚したために，二人の関係は破綻する。ゲオルゲ自身が序文で，現実のモデルにはもはや意味はないと書いてはいるものの，イーダとの関係がこの作品に影を落としていることは間違いない。それを物語るように，これらの詩は身体的な官能性と精神的な高貴さをひとつに織り合わせ，うつくしい調べを奏でている。

この詩集において，自然の風景は詩人の魂の状態の反映でもあって，秋に始まり冬から夏へと移る季節のうちに，魂の風景の変化が浮かび上がってくる。だが，この「年」は春を欠き，あたかも万物の生命が甦る明るい季節を避けているかのようである。ペシミズムとメランコリーがこの詩集を支配しているのだ。この詩集の第三部「悲しき舞踏」の最後の詩で，詩人は「わたしたちが花と呼んだすべてのものが／死んだ泉のほとりに集まっている」と歌っている。しかし詩人は悲しみの極みにあっても，そのストイックな姿勢を崩さない。ゲオルゲは詩の韻律や押韻などの形式に対してきわめて厳格であった。この強固な形式意志が，繊細で壊れやすい感情の機微を守っているのである。（畠山　寛）

図3　ダンテに仮装している
ゲオルゲ（左から2人目）

出典：Robert Boehringer: *Mein Bild von Stefan George. 2 Bände (Bild- und Textband)*. Helmut Küpper vormals Georg Bondi, Düsseldorf/ München 1951 (2. Auflage 1968), S. 90.

図4　46歳のゲオルゲ

出典：同上，S. 127.

▷2　ゲオルゲの最後の弟子の一人であるクラウス・フォン・シュタウフェンベルク伯爵は，1944年にヒトラー暗殺を試みた軍人である。

図5　『魂の年』の表紙絵

出典：Jürgen Egyptien: *Stefan George - Werkkommentar*. De Gruyter Akademie Forschung 2017, S. 123.

▷3　『魂の年』は「葡萄摘みのあとで，雪の中の巡礼，夏の勝利」「表題と献辞」「悲しい舞踊」の3つの詩群からなっている。

32　『グストル少尉』（*Leutnant Gustl*, 1900）
アルトゥル・シュニッツラー（Arthur Schnitzler, 1862-1931）

シュニッツラーの肖像

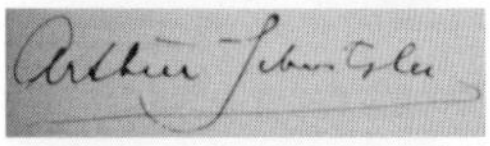

サイン

図１　日本の作家だと，永井荷風がいちばんシュニッツラーにちかい。作風がよく似ている。

出典：永井荷風（2019）『問はずがたり・吾妻橋』岩波書店。

1　昼ドラを，ばかにしてはならない

ウィーンの作家，シュニッツラーの紹介をはじめよう。ウィーンといったら音楽の都で，おしゃれである。優雅である。ところが，シュニッツラーがそういうお上品な感じであるかというと，ぜんぜんちがうので注意しなければならない（図１）。むしろ私は最大の敬意をこめて，シュニッツラーを「昼ドラ作家」とよぶことにしている。

昼ドラというのは，そう，学校さぼってだらだらテレビをつけてたら，アンニュイとした昼さがり，おもむろに始まるあのドロドロした愛憎劇のことである。男と女，親と子，上司と部下やらが，はりぼて感満載の死闘をくりひろげ，くだらないことこの上ない。「こんなのいったい誰が見てるの？」ってなるのは私だけではあるまい。

しかし，昼ドラを侮ってはならない。悲しいかな，人間の本性が現れるのはこういうくだらない愛憎劇においてこそなのである。なぜなら，人ははりぼてをばかにするけれど，はりぼてじゃない現代人なんてたぶんどこにも存在しないからだ。シュニッツラーはそう考える。だから，昼ドラなんかのどこが面白いの，と怒る人がいたら，彼はきっとこう答えるだろう。「ご不満はわかります。が，面白いものって，ほかに何かあるんですか。それってほんとうに面白いんですか？　どうして？」と。

2　シュニッツラーは「けしからん」作家か

たしかに，シュニッツラーは人間のジェラシーとか不倫関係をひんぱんに描いた。『輪舞』なんてポルノすれすれである（子供は読んではいけません）。だが，それは彼がゴシップ好きのエロ作家だったからではない。そうじゃなく，彼は「臨界」に関心があったのである。どういうことか。

シュニッツラーはもともと医者◁1だった。だから，何が正常で何が異常か，その境界線にとても敏感だったのである。私たちはふつう，くだらない日常（例えば学校）がここにあって，そのむこうになにかトビっきりの非日常（例えばディズニーランド）があると考えている。ところがそういう境界線を無視して，あるときふと，くだらないものが深刻なものに反転してしまうことがある（あるでしょ？）。この一瞬にロックオンするのがシュニッツラーにほかならない。

▷1　おなじく医者でウィーンの人といえばフロイトが有名。シュニッツラーとも交流があった。

昼ドラ的なものそれ自体に興味があったのではない。昼ドラ的なものに現れる「臨界」が彼のテーマだったのである。その証拠に，『夢小説』（図２）では恋愛と性愛のさかいめが，『みれん』[2]では正気と狂気のさかいめが，そして『白い巨塔』[3]もまっ青の『ベルナルディ教授』では，ドイツとユダヤのさかいめが問題になっている。シュニッツラーは「ぎりぎり」に挑む作家だったのだ。

ただ，どんな世界にもこういうきわどいコースを嫌がる人っているもので，お上品なウィーンの社交界もそうだった。良俗を乱すものとして，シュニッツラーはなんども検閲にひっかかった。くりかえしひんしゅくを買った。なるほど，けしからん作家なのだろう。しかし私はいいたい。アウトとセーフはゆれ動く。世間に波風を立てるこの「ぎりぎり」こそ，文学の発生地点ではないのか？

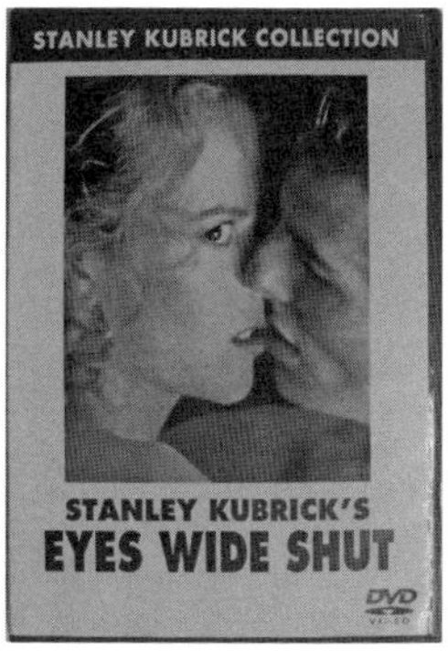

図２　『夢小説』が原作の映画，スタンリー・キューブリック監督の『アイズ ワイド シャット』

ショスタコーヴィチの音楽もさることながら，なによりメガネ姿のニコール・キッドマン（による放送禁止用語）がすばらしい。

出典：『アイズ ワイド シャット』（スタンリー・キューブリック監督ワーナー・ホーム・ビデオ，2003）。

▷2　『みれん』をはじめ，多くのシュニッツラー作品を日本語に翻訳したのが森鷗外だった。

▷3　山崎豊子の社会派小説。財前教授を中心に，医学界のドロドロを描く。たびたびテレビドラマ化されている。

3 『グストル少尉』は画期的な小説である

さて，そんなシュニッツラーの作品中，とりあげたいのは『グストル少尉』という小説である。ひょんなことから大恥をかき，軍人としてのメンツを保つにはピストル自殺するしかないと思い悩む青年将校を描いているのだが，やっぱりこれも火種になった。軍部を侮辱する小説だとしてシュニッツラーは処分をくらうこととなる。だが，それより何より注目すべきは，この小説の技法である。シュニッツラーはここでまったく新しいことをやってのけたのだ。

文学ならではのワザの一つに「内的独白」というのがある。登場人物の内面に浮かんでは消えることば・イメージを写しとる技法で，独白といっても，声に出されるセリフじゃなくって無声のモノローグだというところがポイント。聞き手のいない内面のつぶやきである。刻々とゆれ動く心理を描くのにうってつけとされる。深夜，ウィーンの町を歩き疲れたグストル。プラーター遊園地でうたた寝してしまった彼が目覚めたときの内的独白は，こんなぐあいだ。「いったい，どのくらい眠ったのかな――時計を見なくちゃ…さっぱり見えん…マッチはどこだ…さて，つくかな？…三時か…そこで四時に決闘だったな―いや，決闘じゃない――自殺するんだった」（図３）。

それで，『グストル少尉』のなにがそんなに画期的だったのか？　なんとシュニッツラーは内的独白だけで小説全体をうめてしまったのだ。ってことはつまり，どんな小説にもいるはずの語り手というものが，この小説にはいないのである！　小説の一部に内的独白が使われるということは過去にもあった。ドストエフスキーの『罪と罰』（1866年）が有名である。しかし，内的独白だけの小説なんてドイツ文学では前代未聞だった。しかも，たった一人の軍人の意識を追いかけているだけなのに，そこにウィーンの気質，風俗，社会すべてが映りこむようになっていて驚かされる。ただしこの作品，とくにその結末たるや例によってお上品とはほど遠いので，くれぐれもご注意を。　（吉中俊貴）

図３　『グストル少尉』の初版

出典：*Arthur Schnitzler. Sein Leben, Sein Werk, Seine Zeit.* Hrsg. v. Heinrich Schnitzler. Frankfurt am Main 1981.

33 『チャンドス卿の手紙』（*Ein Brief*, 1902）
フーゴー・フォン・ホーフマンスタール（Hugo von Hofmannsthal, 1874-1929）

1901年のホーフマンスタール

サイン

図１　ギムナジウムの頃のホーフマンスタール

出典：Friedmar Apel: *Hugo von Hofmannsthal*. Deutscher Kunstverlag, Berlin und München 2012, S. 20.

1 早熟の天才「ロリス」

1890年６月,「ロリス」という人物により一編の詩が発表される。その名前は,オーストリアの首都ウィーンに生まれ，当時16歳であったホーフマンスタールが，生徒には発表が認められなかったために用いたペンネームであった。この少年（図１）はすでに1890年末には，後に「若きウィーン派」と呼ばれる作家たちと交流をもつようになる。そのうちの一人である作家**シュニッツラー**⇨Ⅰ-32はホーフマンスタールについてこう記している。「すぐれた才能。17歳の少年，ロリス（フォン・ホーフマンスタール）。知識，明晰さ，そしておそらく本物の芸術家としての資質。この年齢では聞いたことがない」。このように早熟の天才としてホーフマンスタールは世紀末ウィーンの文学界にデビューしている。

2 ホーフマンスタールとゲオルゲ

若き日のホーフマンスタールにとって重要な意味をもったのが，６歳年長の詩人**ゲオルゲ**⇨Ⅰ-31との出会いである。1891年冬，ウィーンを訪れていたゲオルゲにホーフマンスタールは出会い，彼はそのときの印象を詩としてゲオルゲにおくっている。「わたしのなかに密かにあったものを，／あなたが思い出させてくれた」と詩ははじまるが，そのタイトル「通りすぎる人に」が一時的な出会いを暗示するように，二人のあいだには温度差があり，その後のやりとりでのゲオルゲの執拗な求めに対し，17歳の少年は不安をつのらせる。一時はゲオルゲが決闘を要求するほど関係は悪化するが，ホーフマンスタールの父の介入により事態は収まり，中断をはさみながらも二人の交流はつづいてゆく。だが，両者のあいだの溝がうまることはなく，1906年には最終的な断絶へといたる。少数精鋭のための排他的なサークルを形成したゲオルゲに対し，ホーフマンスタールの創作の重点が，初期の抒情詩から，幅広い聴衆に働きかける演劇やオペラ[1]へと移ってゆくことからも，両者の芸術に対するスタンスの違いは明確に見てとれる。

▶1　オペラに関しては，作曲家リヒャルト・シュトラウス（図２）との共同作業により数々の作品が生まれた。そのなかでもっとも成功をおさめたのが，1911年初演の『薔薇の騎士』である。

3 「朽ちたキノコ」のように崩れる言葉

「知は力なり」で知られる哲学者ベーコンに向け，架空の英国作家チャンドスが自らの文学活動の断念を決断するにいたった経緯を説明するのが，散文作品『チャンドス卿の手紙』（以下，『手紙』と略す。図3）の内容である。ホーフマンスタールの作品には言語への批判が数多く見いだされるが，そのなかでも『手紙』は，言語と現実との結びつきが失われる危機的状況をラディカルに描くその描写ゆえに，言語との批判的な取りくみを強めてゆく20世紀文学を象徴するテクストとして，文学史上重要な作品とみなされている。

かつては作家として自由自在に言葉をあやつり，数々の作品を世に出していたチャンドスだが，彼は「何かを関連づけて考えたり話したりするための能力」を失ってしまった。このような状態におちいる以前，チャンドスにとって世界には統一があった。「精神的な世界と身体的な世界はわたしにとって決して対立してはいないように思われました」。このような精神と身体との統一について語るためには，「精神」や「身体」という言葉が疑いのないものでなければならないだろう。だが，そうした言葉を口にすることが，いまのチャンドスには不快で，言葉は「朽ちたキノコのようにわたしの口のなかで崩れてしまう」。チャンドスにとって悪夢なのは，自らの意のままに扱っていた言葉が彼の手を離れ，「わたしを見つめる目」のように感じられることだ。さらにその目は「渦」となり，めまいを起こさせるその渦の向こうに広がるのは，現実との接点をもたない空虚ばかりである。

図2　ホーフマンスタール（左）とシュトラウス（右）（1912年頃）

出典：同前，S. 36.

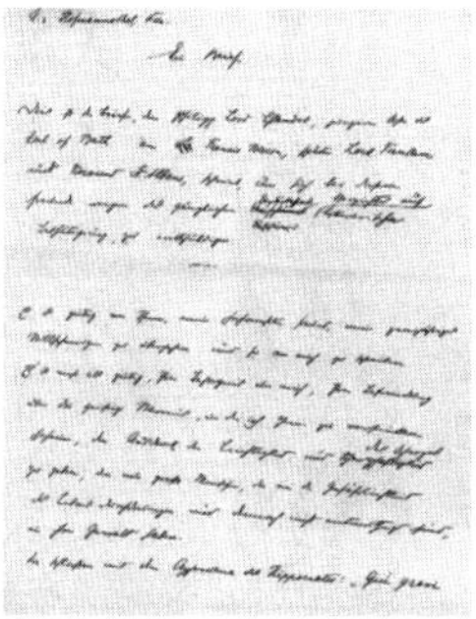

図3 『チャンドス卿の手紙』の手稿

出典：同上，S. 16.

4 言葉をこえる啓示の瞬間

このように『手紙』の前半部分ではチャンドスの危機的な精神状態が目立つが，この作品で語られているのは言語危機だけではない。というのも，こうした状況のなかで訪れる「喜びと生気にあふれた瞬間」が後半部分の中心的な主題となっているからだ。これまで通りすぎていただけの目立たない存在が，言葉にしがたい恍惚感を引きおこす。チャンドスが挙げる例は，ジョウロ，犬，墓地など，どこにでもあるものだ。こうした普段なら目にもとめない些細な物がチャンドスにとって「啓示の器」となり，「もっとも幸福であった夜の，もっとも美しく献身的な恋人以上のもの」を意味する。すべてのものと共鳴しあう神秘的な体験のなかで，「もし心で考えることを始めるならば，わたしたちはすべての存在に対し，予感に満ちた新しい関係をもつことができるかのように」チャンドスには感じられる。自己と世界との「新しい関係」そのものは，言葉ではとらえられないが，そこには，「捨てると誓った言葉」を使って，名づけえないものを名づけようとする試みがある。『手紙』はたんに言語を否定しているのではなく，言語の境界上に位置するできごとを前にして，新しい言語表現の可能性を手さぐりで探している。たしかに，求められるのは「その言葉をわたしがひとつも知らない言語であり，無言の事物がわたしに話しかける言語」という，まだどこにもない言語ではある。だが，このような新しい表現への希求こそが，『手紙』を読む者をひきつけるのだ。（山崎泰孝）

34　『ある神経病者の回想録』(*Denkwürdigkeiten eines Nervenkranken*, 1903)
ダニエル・パウル・シュレーバー (Daniel Paul Schreber, 1842-1911)

シュレーバーの肖像

▶1　シュレーバー庭園（クラインガルテン）とは，小さな家庭菜園，市民庭園のこと。現代のドイツでも見られる。ちなみに父による体罰が息子ダニエルの人格形成に否定的な影響を与え，ひいてはその妄想の一因となった可能性が指摘されている。

図1　父モーリッツ・シュレーバー

出典：Eric L. Santner: *My Own Private Germany. Daniel Paul Schreber's Secret History of Modernity.* Princeton University Press, Princeton 1997, p. 100.

1 「妄想」の克明な記録としての『ある神経病者の回想録』

現在でもシュレーバー庭園（クラインガルテンとも呼ばれる）にその名を遺す教育家，体操家モーリッツ・シュレーバー[◁1]（図1）の息子として1842年に生まれたシュレーバーは，後に法律家としてドレスデン控訴院民事部部長にまで出世するものの，1884年に42歳でパラノイア（偏執病と訳される）と診断されて以降，ライプツィヒで幾度かの入院生活を余儀なくされるが，生涯完治することはなかった。『ある神経病者の回想録』（以下『回想録』と略記）は，れっきとした知識人，教養人である法律家シュレーバーがパラノイアを発症して以降に自らが体験した（と信じる）できごとを自伝という形で克明に書き下ろした記録である。1903年に出版された『回想録』（図2）はほとんどが親族によって買い占められ，著者本人は精神科医の**フロイト**[⇨Ⅰ-43]が『回想録』についての論考[◁2]を発表した1911年に亡くなっている。

2 フィクションか，ノンフィクションか

「私は確かに神経病ではある。しかし決して精神病を患っているわけではない」と宣言する『回想録』の「妄想」を正しく要約することは難しい。「あらゆるできごとが私に関連付けられる」と述べるシュレーバーは，自分のそうした考え自体の異常さを十分に自覚しつつ，また自ら体験した奇跡について回想録を残すことが人類の知的遺産となることを固く信じながら，自分の身体に降りかかった超地上的なできごとを事細かく記述していく。

「神経病」に苦しむ著者の妄想は文字通り「神経」をめぐっている。シュレーバーにとって，人間の魂は神経に宿るのであるが，神経を通じて神＝星辰と結びついたシュレーバーの身体はさまざまな奇跡や迫害の対象となる。「光電信」のようにシュレーバーと神を結びつける神経の塊は，光線となって時に危害を加えたり，時に身体を女性化したりもする。あえて言えば，広大無辺な宇宙を舞台にした神との対決・結合こそ，『回想録』の世界観の中核部分をなす。一昔前なら「電波系」とも呼ばれるような，魂と神経をめぐる迫害妄想は，次第に神と結びついた自己の存在の特権性と唯一性を自覚する誇大妄想へと反転していく。事実，シュレーバーは自分の被った苦難と犠牲をイエス・キリストの受難と比較しているのだ。

『回想録』は病気から回復した後に書かれた記録ではなく，また著者本人も自分が患っているのは「神経病」であって，「精神病」ではないことを強調する。「仮そめに急ごしらえされた男たち」や「脱男性化」など荒唐無稽な話が展開される『回想録』の妄想を，シュレーバーは同時代のあらゆる科学の成果と理論を総動員しながら，「事実」として提示する。その緻密に構成された独特の世界観と圧倒的な筆力（妄想力？）を前に読者はただ圧倒されるしかないだろう。

図2 『回想録』の原著表紙
出 典：Daniel Paul Schreber: *Denkwürdigkeiten eines Nervenkranken.* Kulturverlag Kadmos, Berlin 2003.

3 パラノイアの世界解釈とは

ではパラノイアに特徴的な世界認識とは一体何だろうか。フロイトは『日常生活の精神病理学』（1901年）の中で「彼［パラノイア患者］が他人において気付くことは全て意味深く，全てが解釈可能である」と述べている。フロイトの説明を基にして言えば，他人の何気ないしぐさや視線，周囲のちょっとした物音や動きに何らかの隠された意図や意味を認めること，言い間違いなどの偶然的で些細な失敗を何か必然的な表れとして理解することが，パラノイア的な解釈の一つの特徴であるといえる。

シュレーバーの妄想においても，「些細なもの」の観察と解釈が見出せる。たとえば，シュレーバーは髭剃りの際にできた小さな切り傷をすぐさま「神の奇跡の結果」であると考える。シュレーバーは日常生活のいたるところで，現象の背後に隠された「より深い連関」を洞察せずにはいられない。徹底して細部を見逃さない観察力を具えていると称するシュレーバーにとっては，表面的なできごとに認められるあらゆる些細なものが，その背後に隠された秘密——神の奇跡と陰謀——を暴き立てるきっかけとなるのである。

▶2 『自伝的に記述されたパラノイア（妄想性痴呆）の一症例に関する精神分析的考察』でフロイトは，シュレーバーの妄想における「女性への変身」に「同性愛リビドーの爆発」を見出した。

4 世界の滅亡の後で

シュレーバーの身体は神による奇跡の対象でもあれば，迫害の対象ともなる。ある光線はシュレーバーを病気にし，別の光線によって回復することもある。シュレーバーは，自分の身体に起きた些細な変化や徴候から，実は世界が疫病か災害によってすでに滅んでしまい，周囲にいる人間はただの幻なのではないかという妄想にとりつかれる。『回想録』では世界の滅亡や終末をめぐる観念が繰り返し出てくるが，このような世界の破局をめぐるイメージは，ある種のSF作品を想起させるかもしれない。全人類が死滅した後にただ一人生き残る人間。

カネッティ⇨Ⅰ-61は『群衆と権力』の中でシュレーバーの『回想録』を論じながら，パラノイアを「権力の病」として分析した。カネッティによれば，権力者は死者たちの群衆を背に，唯一者として生き残ることに妄執する。シュレーバーの妄想は，どのような状況でも自分だけは生き残ろうとする権力者特有の妄想だというのである。むろん，これも『回想録』の読み方の一例にすぎないだろう。『回想録』は今なおさまざまな解釈を誘ってやまない。 （古矢晋一）

35　『トニオ・クレーガー』（*Tonio Kröger*, 1903）トーマス・マン（Thomas Mann, 1875-1955）

1903年のマン

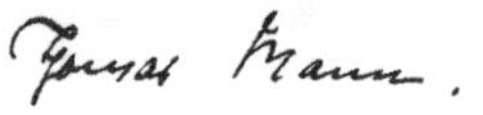

サイン

図1　リューベック時代のマン（1893年）

出典：Hermann Kurzke: *Thomas Mann. Das Leben als Kunstwerk.* C. H. Beck, München 1999, S. 43.

▷1　ちなみに4歳年上の兄は，マンと同じく作家となったハインリヒ・マン（1871-1955）である。

図2　1889年のアルミン・マルテンス

出典：同上，S. 44.

1 若き文学青年の悩み

マンの自伝的小説『トニオ・クレーガー』は，昨今めっきり見かけなくなった，いわゆる〈文学青年〉の自意識のありようについて多くのことを教えてくれる。芸術と無縁な一般市民の平凡な人生に淡い憧れを抱く文学青年は，非凡な芸術的才能をもつがゆえに，ついに一般市民の一員となることを許されない。芸術家の特権性を信じて疑わない，どうにも己惚れた悩みではある。文学青年の苦悩は，トニオ・クレーガーの名前のうちに書きこまれ，彼の運命を予定することとなった。ドイツ人らしからぬ異国風の名「トニオ」は，ボヘミアン的な芸術家気質を，いかにも質実剛健なドイツ人といった響きをもつ姓「クレーガー」は，実直で堅気な市民気質を，それぞれ表している。「トニオ」として生きるべきか，「クレーガー」として生きるべきか，それが問題だ。ところで，「トニオ」としての成功と「クレーガー」としての成功を二つもろとも手に入れた者がいる。マンその人である。ベストセラー作家として相当な富をなしたマンは，1929年のノーベル文学賞受賞によって世界的文豪の栄誉に浴した。第二次世界大戦期の亡命中も裕福な生活を維持し，晩年には故郷リューベックから名誉市民の称号を授与されている。

2 同性愛者マン

1875年，マンはドイツ北部のハンザ都市リューベックに生まれた（図1）。父は穀物商会の社主で，市参事会員（およそ現代の市議会議員に相当）にも選ばれた名士である。[◁1] 上流階級の子弟であったマンはしかし，学校では折り紙付きの劣等生で二度の落第を経験している。こうしたマンの生い立ちは，そのままトニオの生い立ちの下敷きとなっているが，ここで特に注目すべきは，マンにおける同性愛（少年愛を含む）の傾向である。トニオが痛々しいまでにひたむきな想いを寄せるハンス・ハンゼンのモデルは，リューベック時代のマンが想いを寄せた同級生アルミン・マルテンス（図2）といわれている。[◁2] マンが自身の性愛の傾向をどのように考えていたかはともかくとして，いずれにせよ，同性愛を公然と語ることはほとんど不可能であった。当時の刑法では，同性間の性行為は犯罪とされていたからである。マンの同性愛的傾向は，さしあたり創作上のモチーフとして現れる。旅先で出会った美少年に心を奪われる中年作家を描いた小説『ベニスに死す』(1912年)は，そのわかりやすい一例である。

3 南方と異端性

トニオが語る「わけのわからない異国の血筋」の「黒髪で炎のような気性の母」のモデルは，エキゾチックな美貌で市中でも有名な存在であったマンの母ユーリアである(図4)。ドイツ人の父とポルトガル系ブラジル人の母のあいだに生まれたユーリアの旧姓は，ダ・シルヴァ＝ブルーンス。ユーリアの母方の祖先は，スペインから追放され，各地に流転した改宗ユダヤ人「マラーノ」(スペイン語で「豚」の意)に連なっている可能性が指摘されている[◁3]。少なくともマンは，母のルーツ（したがってマン自身のルーツの一端）をスペインと考えていたようだ。マンの作品には，スペインを中心とする南方的モチーフが散見する。たとえば，トニオがハンスに読んでもらおうと熱心に薦めるのは，**シラー**[⇨I-5]『ドン・カルロス』である。南方へ向けられたマンのまなざしは，母を介してドイツ人である自分のなかに流れこんだ非ドイツ的なもの，自己の内なる異端性の自覚につながっている。この異端性の自覚には，マンが抱えるもうひとつの異端性としての同性愛の問題も含まれているだろう。

4 仮面の告白

紆余曲折を経たのち，やがてトニオは〈素朴な一般市民への愛情を捨てることなく芸術家の道を歩む〉という境地に到達する。「トニオ」でも「クレーガー」でもなく，「トニオ・クレーガー」として生きること。長い苦悩の末の結論としてはいささか凡庸とも思えるが，それはさておき，ここでひとつ奇妙なことがある。平凡な一般市民への愛を語るくだりにさりげなく挿入された次の言葉に注目しよう，「僕のもっとも深く，もっとも秘められた愛は，金髪で青い眼の人々に向けられているのです」。なぜトニオは，一般市民のなかでもことさら「金髪で青い眼の人々」(ハンス・ハンゼンのような！）を愛すると強調してみせるのだろうか。ここで想起されるのは，芸術家とは「教皇庁の去勢された歌い手たち」のようなものではないか，とトニオが語り，それを傍らで聞いていた女友達から「口を慎みなさい」とやんわりたしなめられる場面である。あるいはマンは，文学青年の苦悩をカムフラージュにしながら，トニオの口を借りて，同性愛者たる自己のセクシュアリティについて相当に大胆な告白をおこなっていたのではないか。公然と語ることのできない同性愛の欲望を文学作品の言語に翻訳し，芸術的に成就すること，それはおそらくマンの創作意欲のもっとも深い源泉であったのだろう。マンは後年，『トニオ・クレーガー』を「自分の心にもっとも近い作品」と述べているが，これはアイロニーの人マンにしてはめずらしい，率直な本心からの言葉であったかもしれない。

（岩本　剛）

▷2　ハンスの人物像には，ミュンヘン移住後のマンがきわめて親密に交際していた画家パウル・エーレンベルク（図3）の姿も投影されているといわれる。

図3　1902年のパウル・エーレンベルク

出典：*Thomas Mann. Ein Leben in Bildern.* Hrsg. v. Hans Wysling u. Yvonne Schmidlin. 2. Aufl., Artemis, Zürich 1994, S. 129.

▷3　詳しくは，小岸昭(1996)『スペインを追われたユダヤ人』筑摩書房を参照のこと。

図4　1875年のユーリア・マン

出典：Hermann Kurzke: *Thomas Mann. Das Leben als Kunstwerk.* C. H. Beck, München 1999, S. 27.

36 『モラルと犯罪』(*Sittlichkeit und Kriminalität*, 1908)
カール・クラウス (Karl Kraus, 1874-1936)

1900年のクラウス

サイン

図1　『ファッケル』創刊号表紙(1899年)
出典：*Die Fackel.* Hrsg. v. Karl Kraus. Bd. 1, 1. Jahr, Nr. 1-18. April 1899-September 1899. Kösel, München 1968, S. 13.

1 反ジャーナリズムのワンマンアーミー

19世紀から20世紀への世紀転換期，オーストリア＝ハンガリー二重帝国の首都ウィーンには，思想・芸術・文化のさまざまな分野で個性的な才能がひしめきあっていた。そのなかでもひときわ異彩を放つ批評家・諷刺家・劇作家クラウスは，一言でいえば，とにかく書いて書いて書きまくった人である。1899年，弱冠25歳の青年は，有名新聞の文芸欄担当のポストを蹴り，父親の遺産を元手に雑誌を創刊した。クラウスのクラウスによるクラウスのための個人誌『ファッケル（炬火)』(図１）の誕生である。創刊号から死の４カ月前に刊行された最終号に至る全922号，計２万頁を超える論稿のほぼすべてをクラウスは自分一人で書き上げた。超人的な筆力というほかない。創刊号序文にはこう記されている，「本誌は〈何をもたらすか〉ではなく〈何を殺すか〉をこそモットーとする」。「もたらす（bringen)」と「殺す（umbringen)」をかけた，いかにも諷刺家らしい軽妙な言葉遊びだが，これはあながち冗談ではない。なにしろクラウスは，既存のジャーナリズムを本気で「殺す」つもりでいたのだから。独善的なジャーナリズムが臆面もなく撒き散らす，欺瞞に満ちた言葉のひとつひとつを虱潰しに拾い上げ，逐一徹底的に攻撃し，殲滅すること。それは，たった一人で既存のジャーナリズムのすべてを敵に回したクラウスによる〈言葉の戦争〉である。『ファッケル』の論稿を休みなく書き続ける一方，劇作家としてクラウスは，長編戯曲『人類最期の日々』[◁1]（1922年）を書き上げ，また，なかば一人芝居といった趣向で人気を博した朗読会を定期的に開催した（図2[◁2]）。書くことへの旺盛な意欲は私生活にも及んでいる。そろそろ中年にさしかかろうかという頃，クラウスは由緒ある貴族の女性シドニー・ナデェルニィに熱烈な恋をした。23年間の長きにわたって彼女に書き送ったラブレターは，その数1000通余り。やはり超人的な筆力というほかない。

2 エロスとテミス

『モラルと犯罪』は，1902-07年にかけて『ファッケル』に発表された，「性《エロス》」と「法《テミス》」を主題とする論稿のアンソロジーである。往々にして世間は，「性」にまつわるスキャンダル（とりわけ女の）に接して過剰な反応を示す。不倫や売春の罪で告発された女に対する裁判は，魔女狩りじみた公開リンチの舞台と化

▷1　第一次世界大戦を題材にした全５幕219場からなる壮大な諷刺劇。
▷2　『群衆と権力』の著者カネッティは，ウィーンでの青年時代，クラウスの朗読会に足繁く通っていたという。自伝『耳の中の炬

し，被告人の私生活をポルノ小説よろしく書き立てる暴露記事は「法廷報告」と題され，新聞紙上に大々的に掲載される。ジャーナリズムは，そのすこぶる下世話な覗き趣味を「報道の自由」と称してはばからない。『モラルと犯罪』のキーワードに「法益（Rechtsgut）」がある。「法益」とは「法によって保護される社会生活上の利益」（『大辞林』第３版）のことだが，クラウスは断言する，「道徳という法益は存在しない」。「性」に対する「法」の干渉をクラウスは拒絶する。成人間の合意に基づく限り，男女を問わず，個人の私的な性生活は，そのあらゆる多様性（売春をも含む）において容認されなければならない。社会道徳の保護を名目に，不倫や売春の罪で女の不貞を裁く「法」の根底にあるのは，男性優位主義《マチズモ》と女性嫌悪《ミソジニー》である。男によって書かれた「法」は，女の「性」を男による所有と独占の対象（従順な恋人，貞淑な妻）に制限し，愛人を囲い，娼婦を買う男の「性」を黙認する。クラウスが憎悪したジャーナリズムは，「法」の紛れもないエージェントである。当時の主要新聞は，売春摘発をセンセーショナルに報道し，性道徳の堕落をおおげさに嘆いてみせる一方，その欄外に愛人募集・売春斡旋の広告（巧みに偽装を施された）を掲載していた。女の「性」に対しては厳格な貞操義務を押しつけておきながら，自己の「性」の欲望に対してはやたらと寛容な男のいかがわしい二重道徳がそこにある。『モラルと犯罪』が告発するのは，このような男女の「性」をめぐる二重道徳と，それを正当化する「法」の偽善である。

3 「私の最良の部分」

筋金入りの人間嫌いとして知られ，生涯独身を貫いたクラウスだが，その女性観を決定づけたといわれる一人の女性がいる。肺結核を患い，24歳の若さで亡くなった女優アニー・カルマー（図３）である。女優の収入だけでは生計を立てられなかったアニーには，経済的援助を仰ぐ数多くの愛人《パトロン》がおり，クラウスもそうした愛人の一人であった。クラウスの論敵マクシミリアン・ハルデン（1861-1927）は，二人の関係を，淫乱な美人女優にうつつを抜かした辛口批評家のスキャンダルとして，さながら「怪奇《グロテスク》小説」のようだと揶揄した。これに対してクラウスは応えている，「私は私の最良の部分をこの怪奇小説に負っている」。アニーは，経済的困窮ゆえに男たちの餌食となった女の典型といえる。女を社会的弱者の境遇に押しこめ，欲しいがまま搾取する，男尊女卑の社会の力学をクラウスにしかと認識せしめたのは，あるいはアニーの存在であったかもしれない。愛人たちは発病後のアニーをすぐさま見棄てたが，クラウスだけは最後まで物心両面にわたって彼女を援助したという。クラウスは終生，アニーに対する哀悼の念を抱き続けたのだろう。その遺言には，アニーの墓所の管理を依頼する言葉が記されている。

（岩本　剛）

火』（1981年）の題名は，雑誌『ファッケル（炬火）』にあやかったものである。

図２　朗読会のポスター（1914年）

出典：*Wien 1900. Kunst und Kultur. Fokus der europäischen Moderne.* Hrsg. v. Christian Brandstätter. 2. Aufl. Deutsher Taschenbuch Verlag, München 2011, S. 22.

図３　1897年のアニー・カルマー

出典：*» Wie Genies sterben «. Karl Kraus und Annie Kalmar. Briefe und Dokumente 1899-1999.* Hrsg. v. Friedrich Pfäfflin u. Eva Dambacher in Zusammenarbeit mit Volker Kahmen. Wallstein, Göttingen 2001, S. 2.

37　『マルテの手記』(*Die Aufzeichnungen des Malte Laurids Brigge*, 1910)

ライナー・マリア・リルケ（Rainer Maria Rilke, 1875-1926）

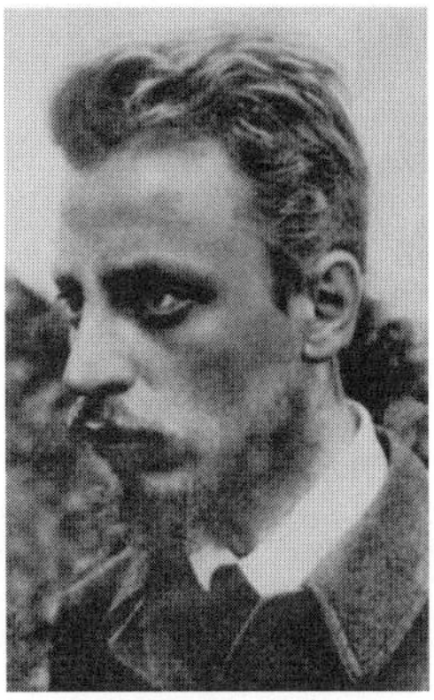

1900年のリルケ

サイン

図1　パリのアトリエでのロダン（1905年頃）

出　典：Gunter Martens und Annemarie Post-Martens: *Rainer Maria Rilke*. Rowohlt Taschenbuch Verlag, Reinbek bei Hamburg 2008, S. 55.

1　詩人による唯一の長編小説

「彼がドイツ語の詩をはじめて完全なものとしたのだ」と作家**ムージル**⇨Ⅰ-52から最大級の賛辞がおくられるリルケは，20世紀前半を代表するドイツ語圏の詩人である。そして，そのようなリルケが残した唯一の長編小説が，ここで取りあげる『マルテの手記』である。この作品では，28歳のデンマークの詩人マルテが，異邦人としてパリで体験した日々のできごとが書きしるされている。小説の舞台はパリの現実から始まり，やがてその現実とマルテの過去の思い出とが重なってゆき，さらに後半では歴史上の人物について書きつづられる。手記という形式ゆえに個々の内容は断片的で，起承転結といった話の筋が欠けており，全部で71ある手記のなかで展開される生と死，芸術，愛，神といったさまざまな主題をどう結びつけるかは，完全に読者の手にゆだねられている。

この小説には，マルテと同じように異邦人としてパリを訪れたリルケの経験が影響をあたえている。そもそもリルケがパリを訪れたのは彫刻家ロダン（図1）にかんする評論を執筆するためであり，パリ到着後ほどなくしてロダンとの交遊がはじまる◁1。ロダンの教えのなかでリルケが自らのモットーとした言葉がある。「仕事をしなければならない，ただ仕事だけを。そして忍耐をもたなければならない」。忍耐づよく待つ姿勢はリルケにとって創作上の指針となり，この考えはマルテの詩論にも反映されている。

2　詩は感情ではない

マルテはかつて詩を書いていた。だが，自分の詩は詩ではなかったと言いきる。マルテが否定するのは，若さと感情である。それに対して重要なのは，経験と忘却である。ふつう詩は感情の表現だと思われるかもしれない。だとすれば，感情ゆたかであれば若い人間でも詩が書けるだろう。しかし，若さには感情はあっても経験がたりない。それゆえ，人は長い年月をかけて人間，物，動物，自然，生と死にかかわるすべてを経験し，思い出としてもたなければならない。

だが，経験をたくわえ思い出としてもつだけでは十分ではない。さらに大切なのは，思い出をすべていったん忘れること，そしてその思い出がわたしたち自身の一部として戻ってくるのを忍耐づよく待ちつづけることだ。そのような

▶1　ロダンのほかにリルケにとって重要な人物として，ロシア生まれの文筆家ザロメ（図2）がいる。リルケは20代前半に彼女と恋愛関係にあり，両親から与えられた「ルネ」という名を「ライナー」に改名したのもザロメの影響だといわれている。リルケ以外にも，ニーチェやフロイトとの交流でも知られる彼女を独自

数少ない思い出からのみ，本物の詩の言葉は生まれる，とマルテは主張する。

この考えには，忍耐づよく待つというロダンの姿勢からの影響が見てとれる。くわえて，マルテの言葉はリルケ自身の過去の創作態度とも関係しているように思われる。リルケは若い頃すでに数冊の詩集を刊行しており，詩人**ゲオルゲ**⇨ I-31から「あまりに若いうちに出版してしまった」と非難されたこともあった。そうした若き日の創作に対する自己批判も，ここには見いだせるだろう。

3 工場生産品のような死

「そう，つまりここに人びとがやって来るのは生きるためだ，だがむしろ私は思う，ここで人びとは死んでゆく，と」。この『マルテ』の冒頭部分では，生と死とが対比されている。「ここ」とは，世界的な都市として繁栄するパリ（図3）であり，だからこそ，「生きる」ために人びとはパリにやって来る。しかし，そこにマルテは死の影を見るのだ。

たとえば，マルテはパリの病院での死を「工場生産品のよう」だと言う。本来，死は人生の最後をしめくくる，文字通り一生に一度だけの特別なできごとである。しかし，病院のベッドや診察室で関心を向けられるのは，患者がどんな生涯をおくってきたのか，ではなく，彼がわずらっている病気は何か，という診断結果だ。病名をつけられ，その病気に合わせた処方で人びとは死を迎える。そこには型にはめられた死があり，定められた病名のもと，だれもが同じようなベッドのうえで同じような死に方をする。

4 自分自身の死

そのような死に対し，マルテは祖父の死を思い出す。そこにはまだ「自分自身の死」があった。この「自分自身の死」を理解するには発想の転換が必要だ。死は，生の外側にあるのではなく，ちょうど果実のなかに種が含まれるように，生それ自体のなかに含まれており，誕生とともに与えられ，人生とともに成長してゆく。死のまぎわに，ひとりの人間がこれまでため込んできたものすべてが堰を切ったかのように表出し，ほかのだれとも違うその人間だけの死を死ぬ。これがマルテの描く「自分自身の死」である。

しかし，「自分自身の死」は必ずしも美しいものではない。むしろ，マルテが描きだす祖父の死は，グロテスクで苦痛にみちた「困難な死」である。重要なのは，そうした苦痛ゆえに死を生から排除するのではなく，そのような死をもまた，一度しかない自分自身の生の表現だとみなすことだ。このように生と死とを切り離さずに思考することはリルケ作品の大きなテーマの一つであり，わたしたちが自らの生に向きあい，死について考えようとするとき，『マルテ』の文章は多くの刺激を与えてくれることだろう。

（山崎泰孝）

の解釈で描いた映画にリリアーナ・カヴァーニ監督『ルー・サロメ——善悪の彼岸』（1977年）がある。

図2　1894年のルー・アンドレアス＝ザロメ
出典：同前，S. 27.

図3　1900年頃のパリの大通り
出典：Ingeborg Schnack: *Rilkes Leben und Werk im Bild. Mit einem biographischen Essay von J. R. von Salis.* Insel Verlag, Frankfurt am Main 1956, Abb. 103.

38　『みつばちマーヤの冒険』（*Die Biene Maja und ihre Abenteuer*, 1912）
ヴァルデマール・ボンゼルス（Waldemar Bonsels, 1880-1952）

1930年頃のボンゼルス

図１　アニメのマーヤ
出典：ボンゼルス（2001）『みつばちマーヤの冒険（絵本アニメ世界名作劇場）』ぎょうせい。

▷1　『バンビ』は，オーストリア出身のジャーナリストで作家のフェーリクス・ザルテン（1869-1945）が手がけた小説『バンビ──森の，ある一生の物語』（1923年）を原作にもつ。1942年，ウォルト・ディズニー（1901-66）によって映画化され，以後「ディズニーのバンビ」として知られるようになった。

1　広い世界と人間を知る旅

『みつばちマーヤの冒険』。このタイトルを聞くと，おてんばで愛くるしいみつばちの女の子が元気に活躍する姿が思い浮かぶ人も多いだろう。1970年代に日本で製作されたアニメ（図１）は，その後世界中に広まった。こんにちディズニー映画として知られる『バンビ』[◁1]，そしてこの『マーヤ』も，原作がドイツ語で書かれた小説であることはあまり知られていない。

1912年にドイツで出版された小説『みつばちマーヤの冒険』（図２）は，大ベストセラーになった。マーヤは，こおろぎのイッフィ，とんぼのシュヌック，はえのプックそしててんとう虫のアロイスといった個性豊かな昆虫たちと出会い，さまざまな危機を乗り越えてすくすくと成長する。最後には宿敵すずめばちとの決戦。そしてマーヤはみつばちの国を救い英雄となる。小さな虫たちの目をとおして描かれる物語では，シンプルにクローズアップされる自然描写もまた魅力のひとつだ。陽の光のまぶしさや花の蜜の甘さ，そして花からしたたり落ちる大きな夜露に感動するマーヤの姿は，自然を素朴に楽しみ味わう術をあらためて教えてくれる。

擬人化された虫たちの世界の背後にはより大きな存在として人間も描かれている。生まれたばかりのマーヤは同じみつばちの家庭教師カサンドラから生きるうえで大切なことのみならず，人間のすばらしさも教わる。「人間はね，自然が創り出したなかで，一番気高くて一番完全なものなの」。人間はいわば真善美を体現するような理想像として語られている。そうしてマーヤはまだ見ぬ人間への憧れを抱いて旅にでる。出会った虫たちからはさまざまな人間の評判を耳にする。けれどもマーヤはそのような噂に惑わされずに，冒険を続けていくと，ついには花の妖精に導かれて間近で人間を目にする。月明かりに照らされたベンチの上に腰を下ろす若者と少女の姿がそこにあった。お互い肩をならべ寄り添う二人からマーヤは愛を学ぶ。「私は一番すばらしいものを見ました……人間はお互いに愛しあっている時が一番美しいことがわかりました」。

2　作家としての成功とつまずき

作者ヴァルデマール・ボンゼルスは，1880年にハンブルク近郊のアーレンスブルクで生まれた。**ギムナジウム**⇨Ⅱ-四-3中退後，ドイツ各地を転々としながら商売を学び，インドにも半年ほど滞在した。インドからドイツに帰国後，1904年に彼はミュンヘンで出版社を立ちあげた。当時のミュンヘンは「イーザル河畔のアテネ[2]」となぞらえられるほど文化が栄え，若い芸術家たちの憧れの街だった。この街の北部シュヴァービングには大学生や芸術家の卵たちが集まり，小さな芸術サークルや思想グループをつくって独自の活動をしていた。ボンゼルスの出版社も，熱気溢れるその界隈で時代の潮流に乗り，自然のモチーフを多く取り入れた装丁や挿絵作成を行っていた[3]。新しい芸術運動の中心地で，成功していく作家たちを目の当たりにしたボンゼルスも執筆活動を始めた。そして彼は『みつばちマーヤの冒険』を書きあげ，この作品が彼を一躍ベストセラー作家へと仲間入りさせた。

ただしその後のボンゼルスのふるまいが彼の名声に影を落とした。1933年，滞在先のイタリア・カプリ島からナチス・ドイツ擁護の記事を発表したのであった。ナチス政権下でボンゼルスの作品の一部も禁書の対象となったが，結局のところ彼自身はナチスのイデオロギーに抗わなかった。第二次世界大戦後，ナチスの罪を認める文章を発表したが，その戦前と変わらぬメンタリティから発せられる言葉にはもはや注目が集まらなかった。そしてボンゼルスの名前は文学史からも世間からもしだいに忘れ去られていった。

3 「故郷を想う気持ちが私を導く」

第一次世界大戦が勃発する２年前に出版されたマーヤの冒険物語が，そもそも子どもだけでなく，宮廷から前線までのあらゆる社会層の人々を魅了し虜にしたのはなぜだろう。この頃のドイツの都市部には人々が殺到し，貧富の格差が拡大していた。労働者には劣悪な環境での長時間労働が強いられていた一方で，一部の豊かな市民たちは，新進気鋭の建築家やデザイナーが描いた新しいライフスタイルを享受していた[4]。このような矛盾をはらむ都市生活に背を向けて，野山を渡り歩くワンダーフォーゲルが若者たちの間でブームになった[5]。そんな若者の声をマーヤは代弁する。「ああ，この外の広い世界の方が，あの暗いみつばちの街よりも何千倍も美しい」。作品に描かれた自然や昆虫の世界は，20世紀初頭の大都市やテクノロジーへの反発といった時代の風潮とも無縁ではない。

しかし，マーヤはすずめばちによる襲撃計画を知ると，故郷を守るためみつばちの国に駆けつける。キャンプファイヤーを囲んだドイツの若者たちも，野山から街へと舞戻りそして戦場に赴いていった。このようにマーヤの物語には祖国を守るという愛国主義的なイデオロギーが巧みに織り込まれている点も見逃してはならない。マーヤの姿には主君を敬い祖国を守る兵士としての模範像も描かれているのだ。

（早川文人）

図２ 初版本の装丁（1912年）
出 典：*Waldemar Bonsels. Karrierestrategien eines Erfolgsschriftstellers.* Hrsg. v. Sven Hanuschek, Harrassowitz Verlag Wiesbaden 2012, S. 255.

▶2 イーザル川はミュンヘンの街の中心部を流れる川。ミュンヘンはバイエルン王国の首都として19世紀を通じ王家の庇護のもと芸術文化の隆盛を迎えた。とくにルートヴィヒ２世（1845-86）がワーグナーを庇護したことは有名。

▶3 当時の出版社は，書物の装丁にも力を注いでいた。装丁は画家やデザイナー，文学者，編集者といったさまざまな分野の職種が交錯する場であり，生活と芸術が融合するいわば美術工芸品でもあった。

▶4 この頃のドイツの各都市では集合住宅や上下水道などの都市インフラ整備が進められた。

▶5 ベルリン郊外のギムナジウムの学生が始めた野外活動で，ドイツ全土に広がった。自然から離れてしまった都会生活を脱却するためのさまざまな生活改善運動のひとつとしても数えられる。のちにはワンダーフォーゲルを経験した若者たちが中心となって，同世代の一致団結を目指す保守的なドイツ青年運動へと結びついていく。

39　『モルグとその他の詩』（*Morgue und andere Gedichte*, 1912）ゴットフリート・ベン（Gottfried Benn, 1886-1956）

1910年のベン

サイン

▷1　『モルグとその他の詩』は，５編の詩をふくむ連詩「モルグ」と，他の詩が４編，あわせて９編の詩から構成されている。

図１　1916年頃のベン

出　典：Wolfgang Emmerich: *Gottfried Benn.* Rowohlt Taschenbuch Verlag, Reinbek bei Hamburg 2006, S. 6.

1 詩人と医者とのあいだで

『モルグとその他の詩』は，詩人ベンが26歳のときに刊行した処女詩集であると同時に，今日まで読まれている詩をおさめるベンの初期の代表作でもある。発表当時，この詩集のなかに「醜いもの，汚らわしいものへのおぞましい嗜好」を見るような否定的な批評もあったが，そうした反応が引きおこされるであろうことは詩集のタイトルからも想像できる。「モルグ」とはパリに実在した死体公示所を意味し，そこでは身元不明の溺死体が公開されていた。そのような施設をベンはタイトルとして選び，連詩「モルグ◁1」では主に死体の解剖が描かれている。

死体を主題とするこの作品の成立には，医者というベン自身の職業（図１，図２）が密接に関わっている。牧師の家庭に生まれたベンは大学時代のはじめ父の意向にしたがい神学などを専攻したが，その後進路を変え，医学の道へと進む。自伝では，「わたしの存在はこうした医学や生物学への転向抜きには全く考えられない」とも語られている。だが，ベンと医学との関係は必ずしも幸福なものではない。精神科での研修中には「離人症，あるいは知覚世界の異常」に苦しみ，散文作品『脳髄』では，解剖を繰り返したのち，精神が崩壊する医者が描かれている。また『モルグ』成立について尋ねられた際，ベンはこう答えている。「大部分は復讐なのです。自然科学や医学によってわたしの内面は完全に荒廃してしまいました。わたしはもう何年ものあいだ無と向きあって生きています。執行猶予中の死。さまざまな深淵の間近で。そこでわたしは自らのニヒリズムから，うわ言のようにこの歪んだ代物を生みだしたのです……」。

このように「**ニヒリズム**⇨Ⅱ-二-1」という否定の力から生まれたのが，ベンの処女詩集であり，伝統的な価値に対する否定や転倒がそこでは表現されている。そのような否定のひとつは，死者への態度に関わっている。たとえば，死者に対して彼らの尊厳をそこなわないことは，わたしたちの倫理がさだめる規範であるが，そうした規範にまっこうから対立するのが『モルグ』の個々の作品である。

2 モノと化す人間の身体

「小さなアスター」が『モルグ』巻頭をかざる。この詩がもっとも感情的に高まるのは，摘みとられたアスターの花へ呼びかける終わりの３行である。「おまえの花瓶のなかで心ゆくまで飲むがいい！／やすらかに眠れ，／小さなアスターよ！」あとは朽ちてゆくだけの花に向けられた言葉によって詩はとじられる。この箇所だけを読むならば，なぜ『モルグ』が否定的な反応をおこしえたのかは理解できないだろう。だが，「おまえの花瓶」という表現が詩全体のなかでいったい何を指しているのかがわかれば，この言葉のグロテスクさが明らかとなるだろう。

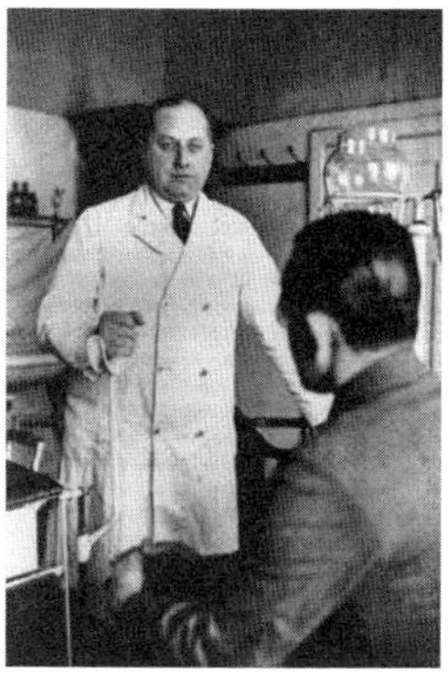

図2　診察室でのベン（1928年頃）
出典：同前，S. 74.

あらためて冒頭から見ていこう。「溺れ死んだビール配達人が机へ持ち上げられた」と詩ははじまる。ここでの「机」はただの机ではなく，検死解剖のおこなわれる解剖台であり，医者である「わたし」が解剖にとりかかる。なぜかは説明されないが（死者へのはなむけだろうか？），だれかが遺体の「歯のあいだ」にアスターを挿しこんでいた。「わたし」はその花にかまわず解剖をすすめ「舌と口蓋」を取り出す。その最中におそらく花に触れたのであろう。さっきまで歯にはさまれていた花は，摘出され隣りに置かれていた「脳」のところに落ちている。それに気づいた「わたし」は花を手にとり，切り裂いた胸を縫い合わせるさいに，花もまた胸のなかにつめ込む。そのあとで，「おまえの花瓶のなかで心ゆくまで飲むがいい！」と言われるのだ。つまり，「溺れ死んだビール配達人」の内部が花にとっての容器，「花瓶」となっている。そこに死者への尊厳の念はなく，「わたし」の目にうつる「ビール配達人」の身体は生命の消えさったたんなるモノであり，いまや花のための器でしかない。「花瓶」という比喩が浮かびあがらせるグロテスクな情景は明らかだろう。そして，同じような事態は連詩の次の詩「美しい青春」にも当てはまる。水死した少女の胸を検死のために切開すると，そこには彼女の内臓を食らいながら生きているネズミたちが見つかる。ここでもまた人間はネズミたちにとっての「巣」や餌にすぎないのだ。このようにして良識的な価値観を逆なでし，人間的な意味づけを無化する『モルグ』の表現は，いまもわたしたちにインパクトを与える。

図3　ブランデンブルク門前でのたいまつ行列（1933年1月30日，ヒトラー政権成立の夜）
出典：同上，S. 82.

3 ベンとナチズム

これまで見てきたのは詩人としてのベンである。しかし，ベンをたんにドイツを代表する詩人としてのみ注目するわけにはいかない。なぜなら，ベンはヒトラーが政権をとった当初（図3），「新しい国家」の支持者だったのだから。1933年に書かれた『亡命文学者に答える』では，はっきりとナチスに対する支持が認められる。たしかに，すでに1934年半ばにはベンはナチスから距離をとりはじめており，ナチス側からも作家活動の禁止（1938年）などの処分をうけている。とはいえ，一度はナチス体制に賛同したのも事実である。このようなナチズムへの共感は，詩人としてのベン自身の思想とは無関係なのか，それとも，その思想が潜在的にふくみもっていたところなのか，こうした問い[◁2]をベンの作品と生涯は投げかけつづける。

（山崎泰孝）

▷2　この問題に関して評論家加藤周一による『現代ヨーロッパの精神』（初版は1959年）所収のベン論が有名である。そこでは，「民族」概念を介してナチズムと結びつく芸術の絶対化や，ベンにおける「歴史批判の放棄」について論じられている。

40　『変身』(*Die Verwandlung*, 1912)
フランツ・カフカ (Franz Kafka, 1883-1924)

カフカ最後の写真（1923か24年）

サイン

▷1　手塚治虫『ザムザ復活』，同『メタモルフォーゼ』講談社，2011年（初版1977年）。

▷2　石田スイ『東京喰種』集英社，2012年。

▷3　2018年６月30日–７月８日。ゲーテ・インスティテュート東京で開催された。

図１　父親ヘルマン・カフカ（1852-1931）

出典：Klaus Wagenbach: *Franz Kafka. Bilder aus seinem Leben.* Klaus Wagenbach, Berlin 1983, S. 13.

1　グレゴール・ザムザは何に変身したのか

「グレゴール・ザムザはある朝不安な夢から目を覚ますと，自分がベッドで巨大な虫に変身しているのに気づいた」という一文で『変身』は始まる。固い背中，丸みを帯びた茶色の腹部，たくさんの細い脚。この姿を手塚治虫『ザムザ復活』[1]はイモムシ，奥泉光『虫樹音楽集』や石田スイ『東京喰種』[2]はムカデ（らしきもの）として描写している。2018年にあったVRインスタレーションVRwandlung[3]では甲虫，2002年の映画『変身』[4]では人の姿のままだった。一見具体的に説明されているにもかかわらず，イメージが一つに定まらない。この不安定さがカフカだ。

2　カフカってどんな人？

フランツ・カフカはサラリーマンと作家という二つの顔を持つ人物だった。彼は成功したユダヤ人商人（図１）の長男として1883年プラハに生まれた[5]。半官半民の労働災害保険局に勤めるかたわらで作品を書き続けたが，生前印刷されたのは３つの短編集（うち１つは死後に出版）と４つの短編そして新聞に載せたいくつかの文章だけである。しかもこれらは周囲の人々に促されてようやく発表されたものだった[6]。にもかかわらず彼の生活は確かに文学を中心に回っていた。カフカ自身の言葉を借りると，彼は「文学への関心を持っているのではなく，文学からできている」。役所勤めを選んだのも，勤務時間が短く，執筆に時間が確保できるからだった。とりわけ『変身』が書かれた1912年はカフカにとって転換点となった年であり，９月23日の夜，一気呵成に『判決』を書き上げてカフカはカフカになった。その勢いのまま立て続けに書かれた作品の一つが『変身』である。

3　なぜグレゴールは虫に変身したのか

グレゴール・ザムザはなぜ虫に変身したのか。もしも物語が理由の解明に向かって進んでいたならば，『変身』は推理小説や探偵小説になりえたかもしれない。しかし作品の中でその理由が明らかにされることはない。その一方で，手がかりになりそうな事実もある。グレゴールが変身するのは２回目なのだ。１度目の変身は５年前，父親の事業が失敗した際に起きた。グレゴールは今回同様一晩にして，旅回りのセールスマンへと変身した。家族を養うためであり，以降彼は一家の大黒柱となった。そして２度目の変身によって，グレゴールは家族のために働けなくなってしまう。家族の経済状況は彼にとって最大の心配事であり，彼が変身した日の夜に家族が話し合うのも，治療法などではなく今後の家計の見通しだ。

実は，グレゴールが「虫」に変身したとはどこにも書かれていない。描写される姿かたちは確かに虫だが，たいていの翻訳で「虫」や「毒虫」と訳されている語は「害虫・有害な小動物」を指すUngezieferであり，「供物（Opfer＝犠牲）に適さない動物」が原義となっている。１度目の変身では，グレゴールは家族のためにいわば犠牲になった。そして２度目の変身で，供物に，犠牲に適さないものになる。このように見ると，虫への変身はサラリーマンへの変身の結果として起こったと考えられるのではないだろうか。

4 変身は誰にでも起こりうる

仕事や家族との関係といった背景とあわせて考えると，虫への変身は一種の解放である。虫の身体に引きずられるように，グレゴールは次第に人間の心を失っていく。家族への気遣いを忘れ，慎みを忘れ，本能のままに行動するようになった虫を支配するのは「飢え」だ。後に『断食芸人』（1922年）にも描かれるように，カフカにおいて食は重要なテーマである。彼自身がベジタリアンだったからだけではない◁7。グレゴールや断食芸人を支配しているのは，食べ物ではなく，「これではない」と否定でしか表現できない何かに対する飢えである。虫となることで「飢え」はより本能的に，そして死にいたるほど強烈になる。妹のバイオリンの音色に「切望した未知の食べ物にいたる道」を見出したグレゴールは，次の日の朝，餓死した状態で発見される。

グレゴールはカフカなのかもしれない。彼らには勤務年数や名前——ザムザ（Samsa）にカフカ（Kafka）——など共通点が多い。文学に対するカフカの飢えは，グレゴールの飢えと重なり合う。自分の内にある飢えに従うとは，世間が求める姿から外れることを意味する。それは決して自己実現などといった美しい言葉で飾れるものではない。その飢えゆえに，グレゴールもカフカももっとも身近な存在であるはずの家族から疎外されてしまう。

カフカは『変身』出版に際して，表紙には虫の姿を描かないようにと出版社にわざわざ注文している。読者が具体的なイメージを持つことを嫌ったのだ。結果的に初版の表紙には苦悩する若い男性が描かれた（図３）。彼の背後にある半開きの扉の奥は暗く，中まで見通すことはできない。この男性がグレゴールなのか，それとも彼は虫の姿で扉の奥に隠れているのか。もしくはこれはカフカ自身の姿で，虫になりきれないことを嘆いているのか。どう受け取るかは見る側に，そして読み手にゆだねられている。 （下薗りさ）

▷4　『変身』（ワレーリイ・フォーキン監督，2002年）。

▷5　父親はカフカにとって仮想の敵だった。『変身』の中心にあるのも父と息子の対立構造である。その存在がどのようなものだったかは，『父への手紙』に詳細に描かれている。

▷6　とりわけマックス・ブロート（図２）の存在は重要である。草稿や断片を含めたすべての作品を燃やすようにという遺言に逆らって遺稿を管理し，カフカの全集を出版した。今もカフカの作品が読めるのは，このブロートの裏切りに負うところが大きい。

図２　マックス・ブロート（1884-1968）
出典：同前，S. 50.

▷7　カフカはこの当時流行していた生活改善運動の支持者だった。菜食主義のほかにも，体操やサナトリウム通いなどにも熱心だった。

図３　『変身』初版表紙
出典：同上，S. 141.

41　「深い淵の底から」（*De profundis*, 1912）ゲオルク・トラークル（Georg Trakl, 1887-1914）

トラークルの肖像

サイン

1　早世の詩人

トラークルは**表現主義**[⇨Ⅰ-52][◁1]を代表する作家の一人であると同時に，表現主義という枠組みを超えてドイツ語抒情詩の歴史に名をのこす詩人である。1887年オーストリアのザルツブルク（図１）に生まれたトラークルは，同世代の作家や芸術家の多くが第一次世界大戦で命をおとしたのと同じように戦争中に亡くなっており，その生涯は27歳と短い。そのような詩人の作品のなかでは，若くして世を去った者たちが描かれている。たとえば，彼が詩のなかで作りだし，死んだ少年として表されるエーリスを歌った美しい２編の詩（「少年エーリスへ」「エーリス」）。あるいは，「夭折した者へ」という詩では，死者は「客」として迎えられている。「孤独な部屋のなかで／おまえはしばしば死者を客として招き，／親密に言葉を交わしながら楡の木の下，緑の川を下ってゆく」。このように死との近しい関係が見いだされるのは，生きることや生まれてきたことは「罪」だという意識が詩人にあるからだろう。「生まれたものの罪は大きい。ああ，おまえたち，／魂がいっそう冷たい開花を夢みるときに感じる／死の黄金色の戦慄よ」（「アニフ」）といわれているが，生まれることが「罪」ならば，死はそうした生からの解放を意味しうるのかもしれない。

2　戦場での死

だが，詩人が直面した現実の死の場面はあまりに過酷なものであった。1914年９月に衛生隊の一員として戦場におもむき，そこで彼は90人もの重傷者を医者の助けもないまま看護した。なすすべのない状況のなかで，自ら頭を撃ちぬく者さえもいた。こうしたことに耐えきれず，トラークルがその場から逃れようと外にでると，そこにもまた恐ろしい光景，つまり，スパイなどとして木に吊るされた現地の人々の死体があったと伝記では語られている。こうした極限状態のなかでトラークル自身もピストル自殺をこころみるが失敗し，その後病院に収容され，そこでコカインの過剰摂取により彼の短い生涯はとじられる。

3　絶望の淵で

1913年７月に刊行された『詩集』[◁2]（図２）のなかに詩「深い淵の底から」（そのタイトルは旧約聖書『詩編』第130編に由来する）は収められている。この詩の

▷1　1910年代のドイツ語圏における新しい芸術の流れ。抒情詩の分野では，没落，死，病などを表すグロテスクな表現や，行ごとに関連のないイメージを並置する「並列文体」などの特徴が見られる。並列文体の例としてはヤーコプ・ファン・ホディスの「世界の終わり」がよく知られているが，こうした文体的特徴はトラークル作品にも見いだされる。

第1詩節では孤独でもの悲しい夕暮れの情景が描かれ，次の第2詩節では一人の「孤児の少女」が登場する。彼女は落ちた穂をひろいあつめる貧しい少女だが，そのような貧しさのなかでも「天上の花むこ」を待ち望んでおり，こうした姿には神への信頼を失っていない純粋さが見いだされる。

しかし，つづく第3詩節ではイメージが一変する。「帰り道に／羊飼いたちはその甘美な肉体が／いばらの茂みのなかで腐敗しているのを見つけた」。「その甘美な肉体」は，第2詩節の「孤児の少女」を想起させる。神に希望をいだく少女を待っていたのは「腐敗」であり，残酷で無残な死だったのだ。そして，「神の沈黙を／森の泉からわたしは飲んだ」という詩句が示すように，その死に対して神は沈黙したまま何もこたえない。このように神から見捨てられ，その沈黙を甘受するばかりの「わたし」の絶望を高めるような奇抜な表現が第5詩節につづく。「冷たい金属がわたしの額を踏みつける。／蜘蛛がわたしの心を探している。／ひとすじの光，それがわたしの口のなかで消える」。「冷たい金属」や不気味な「蜘蛛」は，「わたし」をさいなみ，不安にさせる。また，消える「光」も「わたし」の希望のなさを伝える表現であろう。こうして最終詩節のはじまりに描かれるのは，夜の「荒野」で「汚物と星の屑にまみれて」絶望の淵に沈んでいる「わたし」の姿である。

だが，最終詩節の最後の詩行が示すイメージは，この詩がこれまで積み重ねてきた絶望のイメージとは異なる印象を与える。「はしばみの茂みのなかで／ふたたび水晶の天使たちが響いていた」。トラークルの『詩集』において同じく聖書を想起させる詩「詩編」には「排泄物にまみれた翼をもった天使」とあるが，「水晶の」天使とは，そのようなけがれた存在とは逆の肯定的な方向性を指示しているように思われる。そして，「神の沈黙」という無音の状態から，「ふたたび」神的なもの（天使）の音が聞こえてくる。たしかに，最後の「水晶の天使たち」が正確に何を意味しているのかは一義的に確定できないが，それでも，ふたたび聞こえてくるその響きは，「わたし」に向けられた希望として読むこともできるだろう。

ここで詩人**リルケ**⇨I-37·45がトラークルの詩について語った言葉が思い浮かぶ。ある書簡のなかでリルケはトラークル作品における「精神的な空間の新しい次元」について述べている。その次元とは「嘆きの方向にはただ嘆きしかないかのような」偏見に異をとなえるものであり，嘆きの先にもまた世界が存在していることをリルケはトラークル作品において確信している。「深い淵の底から」神への嘆きが聞こえてきそうなこの詩のなかでも，リルケの言う「嘆きの方向」を突きすすんだところに，つまり，絶望の淵の底の底まで落ちたところに，「水晶の天使たち」が暗示するような「精神的な空間」が開かれる。まさにこうした逆説をトラークルの詩は伝えようとしているのではないだろうか。

（山崎泰孝）

図1　1880年頃のザルツブルク旧市街

出典：Hans Weichselbaum: *Georg Trakl. Eine Biographie.* Otto Müller Verlag, Salzburg und Wien 2014, S. 17.

▶2　この『詩集』が生前に刊行された唯一の詩集である。次の詩集『夢のなかのセバスチャン』は詩人の死後に出版された。同詩集に含まれる「太陽」「夕暮れの国」「夜に」「とらわれたクロウタドリの歌」にはオーストリアの作曲家アントン・ヴェーベルンが曲をつけている。

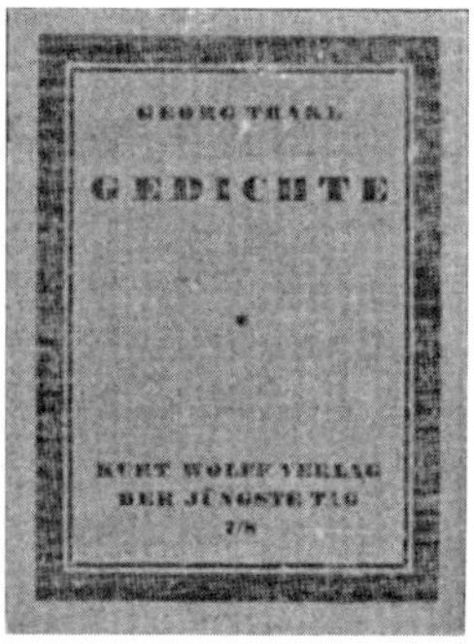

図2　トラークル『詩集』（1913年）

出典：同上，S. 127.

42 『訴訟』（*Der Proceß*, 1914-15）
フランツ・カフカ（Franz Kafka, 1883-1924）

『訴訟』執筆の頃のカフカ

サイン

図１　労働災害保険局

出典：Klaus Wagenbach: *Franz Kafka. Bilder aus seinem Leben.* Klaus Wagenbach, Berlin 1983, S. 99.

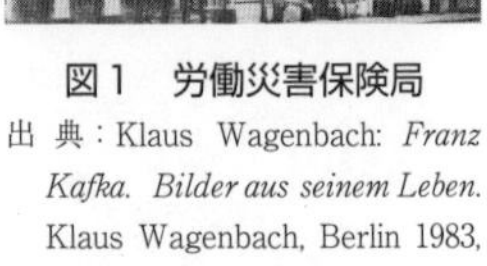

図２　労働災害保険局年報に掲載されたカフカ著「木材平削り版における事故防止マニュアル」（1909年）

出典：同上，S. 104.

1 法律家，カフカ

⇨Ⅰ-40

『変身』の作者カフカには，作家とは別にもう一つの顔があった。法律家である。大学時代，カフカは文学に興味を持ちながらも，父親の勧めにしたがって法学部に進んだ。卒業後は民間の保険会社に就職するも，翌年1908年には労働災害保険局（図１）に転職，亡くなる２年前の1922年に病気で依願退職するまで勤めた。彼は主に労災など訴訟に関する業務に携わっていた（図２）。だからだろうか，彼の作品では法律用語にしばしば出くわす[1]。そのなかでもそのものずばりのタイトルを持つのが『訴訟[2]』である。

「だれかがヨーゼフ・Ｋを中傷したに違いなかった。なぜなら，なにも悪いことをした覚えがないのにある朝逮捕されたからである」という文で始まる『訴訟』の主人公ヨーゼフ・Ｋは，訳もわからずいきなり裁判沙汰に巻き込まれる羽目になる。逮捕された30歳の誕生日からきっかり１年間にわたる訴訟（Proceß＝過程）を描いた『訴訟』は，カフカがもっとも直接的に法の問題を取り上げた作品だといえるだろう。

2 法の正体

『訴訟』には一見すると『変身』のような奇妙さはない。物語の舞台はプラハ（図４）を思わせるどこかの大都市であり，主人公のＫは銀行に勤め，若くしてある程度の地位に上りつめた成功者である。ごく普通の舞台設定であるにもかかわらず，この訴訟はとにかくおかしい。朝起きたら逮捕を告げられるだけではなく，逮捕状もなく，そもそも告発されているかどうかも定かではない。「この人は法律を知らないと認めておきながら，そのくせ自分は無罪だと言い張ってるんだぜ」とＫをからかう監視人も彼の逮捕理由を知らない。

それだけではない。彼に逮捕を通知する裁判所も妙だ。法廷は貧民地区にある集合住宅の最上階で開かれ，事務局はその上の屋根裏部屋にある。洗濯物が干してあったり，はだしの子どもたちが駆け回っていたりするような生活空間のなかに裁判所があるのだ。この裁判所も，私たちが考える法治国家のように審理体系を持ち，裁判官や刑吏，弁護士などがおり，法が支配しているという。だが，皆口々に法は法律書に書かれていると主張するのに，誰も法律書を見たことがない。これは法治国家の裁判所とは明らかに異なる，いわば「自称裁判所」と断じてよい代物である。それなのにKはこの裁判所による訴訟から逃げられず，最後には死刑を受け入れる。彼自身が訴訟を無視してしまえばいいと考えていたにもかかわらず，そうなのだ。

正体不明であるにもかかわらず拘束力を持つ，この法とは何なのか。なぜこのような法がKを死に至らしめることができるのか。その手がかりとなるのが裁判所つきの僧が語る，田舎から来た男の物語（のちに『掟の前[◁3]』として独立）だろう。ある男が田舎からやって来て，掟（＝法）のなかへ入ろうとした。ところが掟の前には門番が立っており，「今はだめだ」と止められる。結局男は最初の門の前にとどまることを選び，そこで死んでしまうというごく短い物語である。この物語は裁判所の組織と法そのものの性質を端的に説明している。ここで描かれる掟はどうやらなんらかの空間であることしかわからない。それなのに掟が掟として存在しているのは，その前に門があり，門番が存在しているからである。彼らの存在が掟の存在を保証しているのであり，どのような掟であるかは関係ない。Kの逮捕を主張する裁判所についても同じことがいえる。法の存在がどんなにうさんくさくても，中身が不明でも，裁判所という組織がある限り，法は法として力を持つのだ。

さて，この法の不気味さはカフカの世界に限ったものなのだろうか。よく知られた法の原則に「法の不知はこれを許さず」というものがある。法律を知らなくても破ってしまえば罰せられるという意味だ。考えようによっては，Kはこの原則どおりの状況に陥ったといえる。そのように捉えると，法治国家の法とKを逮捕する裁判所の法とのあいだに大した違いはない。しばしば不条理と形容されるカフカの世界だが，それもこれも突き詰めていくと現実の世界が不条理だからなのではないだろうか。

3 法の言葉を文学の言葉に

カフカの文章はあまり文学っぽくない。形容詞が少なく，簡潔で，固く，官僚的だといわれる。しかも法律用語も多い。それでも『訴訟』は法律の文章ではない。カフカが法律家として扱っていた法の言葉は，人を支配する言葉である。『訴訟』に描かれるように，たとえ本当に法として書かれているのかどうかを確認できなくても，それが法であるとされるだけで人を拘束する力がある。けれども作家としてのカフカは同じような言葉を使いながら，その言葉の力を無効化しようとしているように見える。権力の正体を暴き出そうとする彼の言葉は，常に多義的であり，人を支配しようとはしない。法の言葉を使って，文学を書く。法律家として言葉を扱っていたからこそ，カフカは同じ言葉に真逆の可能性を託したのかもしれない。

（下薗りさ）

▶1　『訴訟』執筆の契機となったのは，フェリス（フェリーツェ）・バウアーとの１度目の婚約解消だった。ベルリンで行われたバウアー家との話し合いを，カフカは日記で「法廷」と名づけている。２度目はカフカの病気が理由で1917年に破棄された（図３）。

図３　フェリス・バウアーと（1917年）
写真は２度目にフェリスと婚約した時のもの。
出典：同前，S. 167.

▶2　日本では長らく『審判』というタイトルで親しまれてきた。しかしながら，近年では原題に忠実に『訴訟』と訳したものが増えてきている。未完の断片であり，カフカの死後マックス・ブロートによって1925年に出版された。

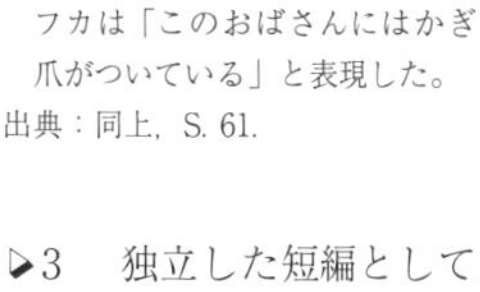

図４　1905年頃のプラハ
『訴訟』にも出てくる路面電車が走っている。この街のことをカフカは「このおばさんにはかぎ爪がついている」と表現した。
出典：同上，S. 61.

▶3　独立した短編として，短編集『田舎医者』（1920年）に収録された。

43 『不気味なもの』（*Das Unheimliche*, 1919）ジークムント・フロイト（Sigmund Freud, 1856-1939）

1 フロイトの目

フロイトといえば，人間のこころのしくみを解明することで世界を変えた人だが，べつに詩や小説を書いていたわけではない。いわゆる文学者でもなかった。なのにどうしてこの本で紹介されるのか。それは彼の学問があまりにも広大で，医学とか心理学をこえて，文学にまでおよぶスケールをもっていたからである。そしてもう一つ。彼は医者だったが，仕事をするとき薬も医療器具も使わなかった。ものを考えるさいフロイトが手がかりにしたのは，ひたすら言葉だけであった。これは大事なことである。それほど彼は言葉を信頼していたのであり，そういう意味できわめて文学的だといえるのである。

ぜひ知っておいてほしいエピソードがある。フロイトがどんな人だったか，どうかこれで感じてほしい。第一次世界大戦のときのこと。たくさんの帰還兵が戦場でのトラウマに苦しめられていた。いまでいう PTSD[1]，戦争神経症である。なぜ兵士たちは二度と見たくないはずの光景をみずからなんども再現してしまうのか？　これがフロイトの直面した謎だった。驚くべきことに，彼はこれを解明するのに子供の遊びに注目する。彼が注目したのは「一人いないいないばあ」をくりかえす自分の孫のすがただった。この１歳半の孫から，彼は教わるのである。いやなことに耐えられるよう，自分をいやなことに慣れさせるような矛盾したメカニズムが，人間には備わっているのではないかと。

このように，フロイトは戦争の問題と私生活とを切りはなして考えたりはしなかった[2]。病んだ兵士をなんとかしたい。孫の成長を見ていたい。二つの思いは彼のなかでは一つだったのである。公の問題と，家族。彼の目は両方にむけられていた。このことは，学問するすべての人に勇気を与えるのではないか。

2 「抑圧」とはなにか

フロイトがはじめた精神分析という学問には，重要な概念というか，ものの考え方が，いくつも登場する。無意識，反復，転移，欲動などである（図１）。しかしもし「フロイト思想の核心を一つだけあげろ」といわれたら，抑圧です，と答えたい。では「抑圧」とはいったい，なんなのか。

イヤなことを意識しつづけるのは，とてもつらいことである（神経がまいってしまう）。また，性的に不謹慎なことを考えつづけるのだって，自分のモラル

フロイトの肖像

サイン

▷1　心的外傷後ストレス障害。

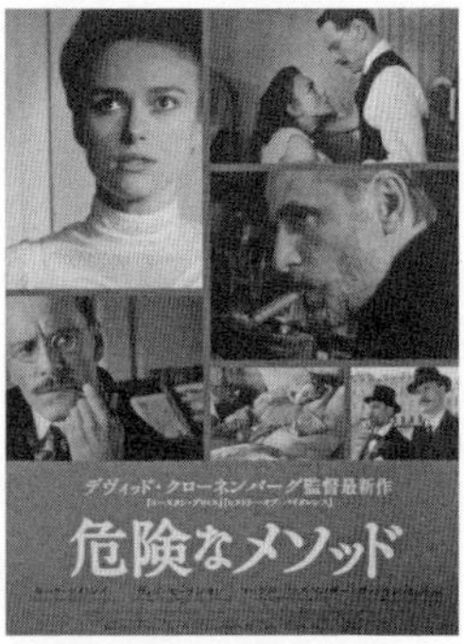

図１　映画『危険なメソッド』
フロイトとユングが主人公の映画だが，精神分析を知らずとも楽しめる内容になっている。フロイトとユングの立場のちがい，考え方のちがいがよくわかる。ユングの食欲に注目！
出典：デヴィッド・クローネンバーグ監督『危険なメソッド』東映ビデオ株式会社，2013年。

▷2　このエピソードについては『快感原則の彼岸』を参照。フロイトといえば『夢判断』が有名だが，だ

が許さなかったりする（自己嫌悪もつらい）。そんなとき，イヤなことや不謹慎なことは，ほとんど自動的に無意識へと追いやられる。これが「抑圧」である。ようするに見えないようにするわけだ。なぜか？　そうすれば人はとりあえず日常生活をおくれるからである。ところが，めでたしめでたしと思ったら大間違いで，ここからさきが重要だ。抑圧されたものは，見えない場所に移動しただけで，べつに消滅したわけではない。そして，消せないくらい本当は切実なものだからこそ，それは意識にもどってこようとする。が，そのままもどったって押し返されるだけだろう。そこで，抑圧されたものは，もどる代わりに別のルートですがたを現す。それが「症状」である。つまり，病の正体は抑圧されたものなのであって，体のどこかが悪いわけではないのである。◁3

これは画期的な発見だと思う。なぜならそれは，ひとりひとりの患者はおろか，もっと大きな社会の問題にも有効だからである。例えば「この町から暴力を追放しよう」というスローガンは有名だが，フロイトならばいうだろう。それでは解決にならない。抑圧したって消えないよと。見えないようにしたものは，姿をかえて現れる。大事なのはきちんと正体を自覚することなのである。

3 不気味なものの正体とは？

あなたは，あるときふと何かに遭遇して，不気味な感情におそわれたことはないだろうか。たんに怖いというのとはちょっとちがう，えもいわれぬ感覚。この感覚ははたしてどこからくるのか？　それを明らかにしようとしたのが，フロイトの論文「不気味なもの」である。たいへん有名な論文だ（図２）。

フロイトの結論はこうである。「不気味なものとは，慣れ親しんだもの，馴染みのものであり，それが抑圧された後に回帰してきたもののことである」。

ここでもやはり「抑圧」がキーワードになっているが，つまり，意外なことに，不気味なものとはなにも未知のもの・異様なもののことではない。そうではなくて，もともとは親密だったのに必要にせまられて封印されていたものが何かのひょうしにぬっと姿を現すとき，人は不気味を感じるのである。したがって，いかにもフロイトらしく，彼はこんな例をあげている。男の神経症患者によくあることだが，彼らが女性の性器に不気味な感じをうけるのは，それがかつての故郷（母胎）への入り口にほかならないからだ，と。

最後になってしまったが，じつはこの「不気味なもの」という論文は，一つの文学論でもある。**ホフマン**⇨Ⅰ-17の『砂男』という小説をかなりくわしく分析しているからだ。精神分析の立場からすれば，文学作品はどう解釈できるのか。それを味わうためにも，まずは『砂男』を読んでみよう。登場人物たちが謎すぎて，あなたは頭をかかえるはずだ。そのときこそフロイトの出番である（図３）。あのコッペリウスやらオリンピアといった不気味な連中の正体は，なんなのか。フロイトの用意した答えに，あなたはきっと驚くだろう。　（吉中俊貴）

からといって『夢判断』を最初に読むのはあまりすすめられない（初心者はたいていこのパターンで挫折する）。長さとか内容を考えると，むしろこの『快感原則の彼岸』のほうがフロイト入門に適していると思う。

▷3　フロイトはユダヤ人であり，ユダヤ人は抑圧された存在だった。だからこそ彼は「抑圧」のメカニズムに気づくことができたのかもしれない。

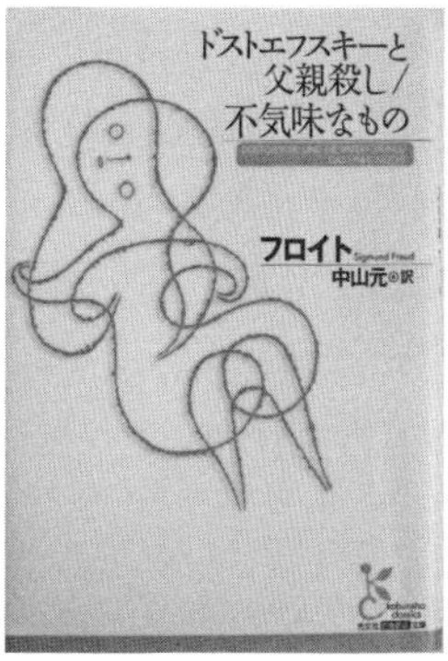

図２　フロイトの文学論をあつめた文庫本

ほかにもドストエフスキー論やシェイクスピア論が入っているので，文学部生は必読。

出典：フロイト／中山元訳（2011）『ドストエフスキーと父親殺し／不気味なもの』光文社。

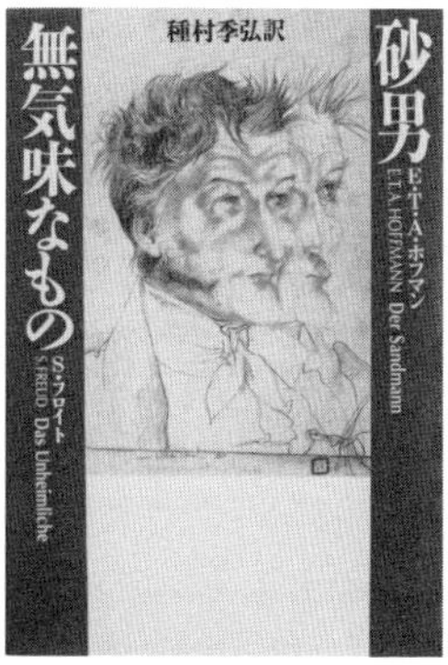

図３　うれしいことに，ホフマン『砂男』とフロイト『不気味なもの』の両方がおさめられた一石二鳥の文庫本もある。

出典：ホフマン／フロイト／種村季弘訳（1995）『砂男　無気味なもの』河出書房新社。

44　『デーミアン』(*Demian. Die Geschichte von Emil Sinclairs Jugend*, 1919)
ヘルマン・ヘッセ (Hermann Hesse, 1877-1962)

ヘッセの肖像

サイン

図1　両親との写真 (1899年)
出典：Bernhard Zeller: *Hermann Hesse mit Selbstzeugnissen und Bilddokumenten.* Rowohlt Taschenbuch Verlag, Reinbek bei Hamburg 1963, S. 44.

▷1　菜食主義や裸体文化に代表される生活改善運動は，19世紀末にドイツで始まった社会運動である。この運動に賛同した芸術家たちは各地にコロニーを建設し，その代表ともいえるス

1　はみ出し者の主人公

クラスに溶け込むことができず，しまいには退学する『**車輪の下**⇨Ⅱ-四-3』(1906年) のハンス，定住することを拒んで放浪する『クヌルプ』(1915年) のクヌルプや『知と愛』(1930年) のゴルトムント，アウトサイダーを自認する『荒野のおおかみ』(1927年) のハリー・ハラー。ヘッセが描く主人公たちは，周囲に溶け込み，同じように生きていくということができず，みなどうしようもない生きづらさを抱えている。それは，作家ヘッセ自身のものでもあった。

2　危機の詩人ヘッセ

ヘルマン・ヘッセは南ドイツのカルフという小さな町に生まれた。父親と母方の祖父は宣教師として長くインドにいた経験があり，ヘッセの母親はインド滞在中に生まれている (図1)。両親から受け継いだ世界市民的な感覚，そして孤独な気質と多血的な情熱という相反する性質は学校生活に向いていなかったらしい。14歳の時にマウルブロンの神学校に進学してエリート街道まっしぐらかと思いきや，半年で脱走，退学。うつ病と診断された。その後**ギムナジウム**⇨Ⅱ-四-3に入るもまたしても退学。この一連のできごとは『車輪の下』や『デーミアン』にも反映されている。それからは書店の見習いなど職を転々としながら作品を発表し続け，1904年『郷愁〔ペーター・カーメンツィント〕』で成功を収めた。

だがその後の人生もけっして平坦ではなかった。第一次・第二次世界大戦の勃発という時代の流れもあっただろう。1924年にスイス国籍を取得したヘッセは，第二次世界大戦中は一貫して反ファシズムの立場をとり，再三にわたるナチスの要求をはねのけたために，ドイツでは発禁に近い扱いを受けた。1946年にノーベル文学賞を受賞した『ガラス玉演戯』(1943年) では時代批判的な側面が強く打ち出されている。私生活ではアルコール依存や心身の不調から自然療法に傾倒し，当時はやりの菜食主義や裸体文化[◁1]，精神分析に救いを求めたこともあった (図2[◁2])。牧歌的なイメージとは裏腹に，精神と時代の危機に正面からぶつかった危機の詩人。それがヘッセだといえる。

3　自分自身になるということ

第一次世界大戦の頃はヘッセにとってはとくに苦しい時代だった。戦争反対

を表明したがゆえに新聞などで攻撃され，さらには家族の不幸が相次いだ。そんな頃に執筆されたのが『デーミアン』だ。

この物語には主人公の内面世界における変遷が描き出されている。その軸となっているのが主人公シンクレアと友人デーミアンの物語だ（ヘッセが描く男性同士の友情は，日本のサブカルチャーで一大ジャンルとなったボーイズラブの成立に影響を与えたらしい[◁3]）。出版当初はヘッセではなく主人公エーミール・シンクレアが作者とされていた（図3[◁4]）。執筆当時ヘッセは40歳，それに対してシンクレアは20代の設定。すでに有名作家だったヘッセの作品としてではなく，同時代の若者の物語として読んでもらいたかったという。

物語の始まりはシンクレアが10歳の時にまでさかのぼる。それまで両親に守られてその庇護下で生きていた主人公は，ちょっとした嘘をきっかけに，世界にはもう一つの顔があることを知ってしまう。両親の世界が明るい善の世界であるのに対して，もう一つの世界は暗い悪の世界だった。ところがシンクレアは自分自身の中に悪に惹かれる心があることに気づいてしまう。善の自分と悪の自分という二人の自分に引き裂かれ，次第に家族の中ですら疎外感を感じ始めたシンクレアに近づいてくるのが，二つ年上の転校生デーミアンだ。彼との会話を通して，シンクレアは善と悪の二項対立からなる，そして善の方だけを肯定する既存の世界のあり方に疑問を持つようになる。

デーミアンという名前はデーモンを連想させる。キリスト教的な悪魔という意味ではなく，それ以前の**古代ギリシア**[⇨Ⅱ-二-2]的な，善と悪に二分される前の「自然的なもの」という意味でのデーモンだ。実際，デーミアンと彼の母親エヴァ夫人は時間を超越した，子どもでも大人でもない，そして男でも女でもある顔をしているとされる。二項対立がない状態を体現した二人がシンクレアに示すのが，「自分自身になること」という目標だ。ある意味で自分探しの旅を描いているのだが，シンクレアが一人前の大人に成長することはさほど重視されていない。「多くの人は人間になることなく，カエルのまま，ロバのまま，蟻のままでいる」という強烈な言葉で批判されるのは，自分自身になろうとしない，自分自身の内面に向かおうとしない生き方である。

善の自分と悪の自分。シンクレアはどちらの自分も自分自身だと認め，どちらかを選ぶのではなくてどちらの自分も生きようとする。この態度はヘッセの他の主人公たちにも共通するといえるだろう。こうでなければならないという世間の声に従うのではなく，自分自身に従って生きる。ただ，それは言うほど簡単ではなく，そこには終わりや完成はない。だからこそ主人公たちは，そしておそらくはヘッセ自身も惑い続け，そのように惑うことを肯定するのだろう。

（下薗りさ）

イスのモンテ・ヴェリタ（「真理の山」の意）にヘッセは何度か滞在している。

▷2　ヘッセはユング自身とその弟子から精神分析を受けている。

図2　裸での登山（1910年）
出典：同前，S. 111.

▷3　ヘッセから影響を受けて成立した作品として，竹宮惠子『風と木の詩』や萩尾望都『11月のギムナジウム』が挙げられる。

▷4　当初は出版社さえも欺いてシンクレア作とされていたが，翌年にはヘッセが作者であると報道された。さらに新人作家に与えられるフォンターネ賞受賞が決まったため，ヘッセは自分が作者であることを明かして，賞を辞退した。それに合わせて副題が『ある青春記』から『エーミール・シンクレアの青春記』と変更された。

図3　デーミアン初版
出典：同上，S. 77.

45　『ドゥイノの悲歌』（*Duineser Elegien*, 1922）
ライナー・マリア・リルケ（Rainer Maria Rilke, 1875-1926）

43歳のリルケ

サイン

▷1　悲歌とは，通例，古代ギリシアから伝わる二行連句の韻律で書かれた，悲しいテーマを扱った詩のこと。

図1　ドゥイノの館

出　典：Hans Egon Holthusen: *Rainer Maria Rilke.* Rowohlt Taschenbuch Verlag, Reinbek bei Hamburg 1958, S. 109.

1　『ドゥイノの悲歌』の10年（1912年1月21日-1922年2月26日）

「天使にむかって世界を讃えよ」。このような魅力的なフレーズが随所にちりばめられた『ドゥイノの悲歌』は，読者のこころを惹きつけてやまない。だが，決して読みやすいわけではない。生と死を一つのものとして歌いあげるこの作品には人を拒絶するような峻厳さが感じられるのだ。悲歌[1]10篇からなるこの作品は，たった854行（文庫本でも80頁足らず）であるにもかかわらず，完成に10年もの歳月を要した。そのようにして紡ぎ出された荘重なことばが，一字一句もゆるがせにしない厳しい対峙を読者に要求しているのである。

1911年10月，リルケは親交があったタクシス侯爵夫人の好意により，彼女がイタリアのドゥイノに所有する館（図1）の客となった。アドリア海に臨む人里離れたこの孤城は，自らの詩人としてのありようを見直すのにうってつけの場所であった。というのも，1910年になんとか『**マルテの手記**』⇨Ⅰ-37を書き上げたリルケは，深い穴に落ちこんだかのような虚脱状態のなかで，この先，何をどう書くべきか悩んでいたからである。ドゥイノに滞在を始めた翌年の1月，戸外の風のなかを歩いていると，リルケはある声を聞いたような気がした。「誰が，たとえわたしが叫んでも，並み居る天使の誰がわたしに耳を傾けるだろうか。」これが『ドゥイノの悲歌』の書き出しとなり，詩作の停滞から抜け出すきっかけとなった。リルケはその数日後に「第一悲歌」を仕上げ，さらにしばらくして「わたしがいつの日か恐るべき認識を果たし，是認する天使らに，歓喜と賞讃を歌いあげられますよう」という第十悲歌冒頭の詩句も得た。こうして作品の壮大な構想の大枠は固まった。地上における人間の儚《はかな》さを嘆くことから始め，人間存在を讃えて締め括るのである。

しかし，始まりと終わりが見えているにもかかわらず，その間がなかなか書けなかった。これ以降，リルケは1921年にスイスのミュゾットに腰を落ち着けるまで，ヨーロッパを転々とし，北アフリカのアルジェやエジプトへも足を延ばし，『ドゥイノの悲歌』の完成をひたすら待ちつづけた。わたしが叫んでも聞いてくれない「恐ろしい」天使（第一悲歌）との出会いから，人間のありようを「是認する」天使（第十悲歌）にたどり着くまでの10年のあいだには，第一次世界大戦が勃発し，詩作に専念できない時期もあった。だが，リルケにとって『ドゥイノの悲歌』とは，この長い年月を捧げてでも書き上げねばならない特別な作品であったのだ。

2 天使と人間――悲歌から讃歌へ

リルケ自身も言っているとおり，『ドゥイノの悲歌』における天使は，キリスト教の天使とはおよそありさまが異なっている。この作品に出てくる天使は，やさしく人間を護る存在ではなく，簡単に人間を滅ぼすこともできる恐ろしい存在で，生と死の領域を区別なく，自由に往還することができるのである。この圧倒的な存在を前にして，人間はどのように自らの存在を肯定できるか――そうした挑戦的な問いが作品の核となっている。詩人は天使にむかって人間の有限性，儚さ，不安を徹底して歌いあげてゆく。はじめてこの作品を読む人は，人間存在に対する詩人の悲嘆があまりにも大きいために，最初の何篇かで戸惑い，息苦しさを覚えることさえあるかもしれない。たとえば，詩人は，人間の生の根底にある虚無を凝視して，「ああ，わたしたちは自分自身を息とともに吐き出し，そして消えていく」（第二悲歌）と嘆く。こうした詩人の声に耳を傾けてきた読者は，第五悲歌から第七悲歌へと展開してゆくなかで，詩が悲歌から讃歌へと転調していることに気づくだろう。詩人は，人間の生の根底にたどり着くことではじめて転回を果たしたかのように，地上にあることのよろこびを高らかに讃え始めるのである，「この世にあることはすばらしい」（第七悲歌）と。生を讃えることは，「ただ一度だけ。一度のそして二度とない」（第九悲歌）（図2）存在の儚さを深く自覚しえた者にしてはじめて可能な行為なのだ。「讃える」とはまた，外部世界の滅び消えゆくものすべてを，内面世界へと移し入れて永遠化することでもある。地上の存在への敬意と哀惜が，讃えるという行為に詩人を向かわせる。それは，滅びゆく一切の存在からの「委託」である。

3 存在の根拠を求めて

悲歌と讃歌が結びつき一体となっているこの作品では，「絶望」と「希望」，「悲哀」と「歓喜」，「死」と「生」等の対立するモチーフが繰り返し取り上げられ，それぞれが融和してひとつとなる点，すなわち存在の根拠が歌われている。読者は，そこに到り着こうとした詩人の苦闘の跡をたどることで，自分の生のなかにもそのような一点があることを見出すであろう。

『ドゥイノの悲歌』を完成させたのと同年に，リルケはこの作品と並ぶ代表作『オルフォイスへのソネット◁2』を一気呵成に書き上げた。ソネット形式の詩篇からなるこの詩集は，『ドゥイノの悲歌』とは対照的に，生と死を軽快でのびやかなリズムで歌っている。リルケはその後も詩作を続けたものの（図3），1923年の暮れから原因不明の体調不良に陥り，51歳のときに白血病を発症して亡くなった。

（畠山　寛）

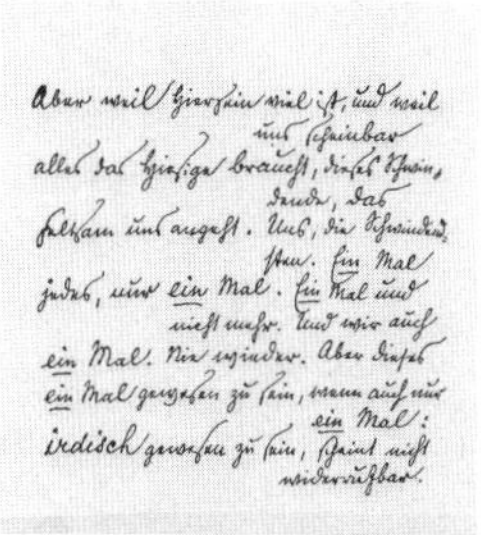
Aber weil Hiersein viel ist, und weil uns scheinbar alles das Hiesige braucht, dieses Schwinde, das seltsam uns angeht. Uns, die Schwindendsten. Ein Mal jedes, nur ein Mal. Ein Mal und nicht mehr. Und wir auch ein Mal. Nie wieder. Aber dieses ein Mal gewesen zu sein, wenn auch nur ein Mal: irdisch gewesen zu sein, scheint nicht widerrufbar.

図2 「第九悲歌」の自筆原稿

出 典：Ingeborg Schnack: *Rilkes Leben und Werk im Bild. Mit einem biographischen Essay von J. R. von Salis.* Insel Verlag, Frankfurt am Main 1956, Abb. 1.

▷2 「オルフォイス」（オルペウス，オルフェウスとも表記）はギリシア神話中の詩人・楽人。死んだ妻エウリュディケーを冥府へ迎えに行ったが，地上に連れ戻す途中で後ろを振りむいて妻の姿を見てはならない，という約束を破り，彼女を永久に失った。

図3 死の前年，50歳のリルケ（パリにて）

出 典：Hans Egon Holthusen: *Rainer Maria Rilke.* Rowohlt Taschenbuch Verlag, Reinbek bei Hamburg 1958, S. 156.

46　『魔の山』（*Der Zauberberg*, 1924）　トーマス・マン（Thomas Mann, 1875-1955）

1929年のマン

サイン

1　時間の魔法

『魔の山』は癖になる。あまりのおもしろさに読むのがやめられなくなるというのではない。うっかり読み始めてしまったが最後，やたらとくだくだしい描写に心底うんざりしながら，それでも何となくずるずる読み続けてしまう。『魔の山』はおそらくそんな小説だ。題名の原語はZauberberg,「魔法（Zauber）の山（Berg）」とでも訳す方が原語の意味には近い。物語の舞台は，アルプス山麓のリゾート地ダヴォス（スイス）。高地サナトリウム（図1）[◁1]で療養中の従兄弟ヨーアヒムを見舞うため，ほんの3週間の予定でダヴォスを訪れた主人公ハンス・カストルプは，あろうことか自分も結核を発症し，その後まるまる7年もの歳月をサナトリウムで過ごすはめになる。不用意にこの小説を読み始めてしまった読者の境遇と似ていなくもない。小説は，その前半部（1-5章）で最初の7カ月を，後半部（6-7章）でその後の6年余りを物語る。さながらコマ送りから早送りへと変化する語りのテンポは，長期の療養生活中にカストルプが陥った時間感覚の失調を読者に追体験させるだろう。「時間小説（Zeitroman）」とも称される『魔の山』はかくして，見かけの分量（原書で約1000頁）とは必ずしも一致しない，「短くも長くもない錬金術的な物語」となる。

▷1　結核療養施設。マンは，ダヴォスのサナトリウムで療養していた妻カーチャを見舞った際の経験から『魔の山』の着想を得たとされる。

図1　ダヴォスの高地サナトリウム（1930年代撮影）

出典：*Thomas Mann. Ein Leben in Bildern.* Hrsg. v. Hans Wysling u. Yvonne Schmidlin, 2. Aufl., Artemis, Zürich 1994, S. 207.

2　『魔の山』を読む，『魔の山』と遊ぶ

とかくマンの作品は，あまりにまじめに読まれすぎているのではないかという気がする。ノーベル文学賞を受賞した世界的文豪であってみれば，それもまた無理からぬことかもしれない。とはいえ，卓越した語りの技巧をもつマンの，小説家としての遊び心を見過ごしてしまうならば，その作品を読む楽しみも半減してしまうというものだ。『魔の山』も例外ではない。幼少期から読書に親しみ，古今の文芸に精通したマンは，この小説を無数の引用・参照からなる織物《テクスト》として編み上げた。題名のZauberbergの造語からしてすでに，**ニーチェ**⇨Ⅰ-25·27『悲劇の誕生』，もしくはアイヒェンドルフ『大理石像』（1819年）からの引用といわれている[◁2]。Zauberbergの語はさらに，小説中に現れる諸々のモチーフとの関係から，**ゲーテ**⇨Ⅰ-3·19『ファウスト』（1808/33年），ワーグナー『タンホイザー』（初演1845年），グリンメルスハウゼン『阿呆物語』（1668年）等々への参照を読者に促してもいる。引用・参照の言葉遊びとならんで，数字遊びも見逃せない。

▷2　『悲劇の誕生』『大理石像』のなかにZauberbergの語が出てくる。

『魔の山』には「７」（とその倍数）が散りばめられている。主人公がサナトリウムで過ごす1907年から1914年までの７年間，その７年間を叙述する７章仕立ての物語，……。７，７，７である。作中に隠された７の数字は他にもあるが，ここでそれを逐一列挙するのは無粋というものだろう。ひょっとすると『魔の山』の「７」は，ゲーテ『親和力』（1809年）の「９」を意識していたのかもしれない。[◁3] いずれにせよ，どうか読者は，マニアックな読みの快楽を存分に味わいつつ，小説中に隠された「７」を発見していただきたい。

3 ベル・エポックとの別れ

多国籍で個性豊かな面々が集うサナトリウムのうちに保たれていたゆるやかな秩序は，小説後半に至って次第に乱れ始め，第一次世界大戦勃発（図２）を機に完全に崩壊する。患者たちは我先にとサナトリウムを去り，各々の祖国へと帰っていく。主人公カストルプもまた，完治を待たずドイツへ急ぎ帰国する。小説は，行軍中の泥まみれの兵士カストルプをひとしきり描写して終わる。戦場の暗闇のなかへ消えていくカストルプの姿に，読者はその遠からぬ死を予感することだろう。小説の慌ただしい結末が暗示するのは，古き良きヨーロッパの秩序（ベル・エポック）の終焉である。開戦当初，戦争賛美とも受けとられる文章を発表したマンは，戦時中に書き継いだ『非政治的人間の考察』（1918年）をとおして，戦争の経験を総括し，戦後の自分がとるべき立場を模索した。『魔の山』の結末は，「理性的共和主義者」として，新生ドイツ共和国（ワイマール共和国）を擁護する文化的スポークスマン（図３）となる道を選んだマンによる，「昨日の世界」（**ツヴァイク** ⇨I-57）への挽歌であったのかもしれない。

4 物語の魔

『ベニスに死す』の姉妹篇となるユーモラスな小品を予定されていた物語は，長い中断を挟みながら足かけ11年に及んだ執筆期間のなかで，いつしか一大長編小説へと変貌を遂げた。『魔の山』の売れ行きはめざましかった（図４）。その商業的成功は，ノーベル文学賞受賞にも一役買ったといわれている（直接の受賞作は『ブッデンブローク家の人々』（1901年）である）。『魔の山』は，数あるマンの作品のなかでももっとも有名で，なおかつもっとも高く評価されている。マンを毛嫌いしていたかの**ベンヤミン** ⇨I-55·56 ですら手放しで絶賛したほどだ。[◁4]『魔の山』についての研究文献はすでに膨大な数に上るが，その数はいまだ増加中である。幸か不幸かこの小説にかかわってしまった者は，作者か主人公か読者かを問わず，一筋縄ではいかない「錬金術的な物語」に魅せられ，その虜となってしまうのだろうか。Zauberbergの訳語はやはり「魔の山」が適当であるらしい。

（岩本　剛）

▶3　『親和力』には「９」（とその倍数）をめぐる数字遊びが見られる。

図２　第一次世界大戦開戦に熱狂する群衆（1914年８月２日，ミュンヘン）
出典：同前，S. 218.

図３　夏のヴァカンス中のマン一家（1924年）
出典：*« Ruhe gibt es nicht, bis zum Schluß ». Klaus Mann (1906-1949). Bilder und Dokumente.* Hrsg. v. Uwe Naumann, Rowohlt, Reinbek bei Hamburg 1999, S. 71.

図４　『魔の山』原稿（1924年）
出典：*Thomas Mann. Ein Leben in Bildern.* Hrsg. v. Hans Wysling u. Yvonne Schmidlin, 2. Aufl., Artemis, Zürich 1994, S. 254.

▶4　ベンヤミンは友人ショーレムに宛てた手紙（1925年２月19日付）に「信じがたい話だが，トーマス・マンの新作『魔の山』は，実に見事な出来栄えで僕を魅了している」と書いている。

47　『盗賊』（*Der Räuber*, 1925）
ローベルト・ヴァルザー（Robert Walser, 1878-1956）

22歳頃のローベルト・ヴァルザー

サイン

1　「再発見」された作家

ローベルト・ヴァルザーの名を知っている者は，日本ではどれくらいだろうか。近年，主著と呼びうる作品の多くが邦訳されたが，ヴァルザーと聞くと，現代ドイツ文学作家の重鎮マルティン・ヴァルザー（1927-）を思いうかべる者の方がまだ多いのではないだろうか。じじつ，ドイツ文学関連の書籍の中で，これまでこの作家に紙幅が割かれることはまれであった。これは，スイス，ドイツにおいてもヴァルザーの作品が死後しばらくしてようやく評価されたためである。しかし生前，全くの無名だったわけではない。彼は三作の長編小説の他に，数多くの散文小品を有名な新聞・雑誌に発表しており，文学通の間では知られた存在だった。同じ時代に彼を知り，評価していた者の中には，**ベンヤミン**⇨Ⅰ-55･56，**カフカ**⇨Ⅰ-40･42，**ヘッセ**⇨Ⅰ-44などが含まれている。ベンヤミンはヴァルザーのメルヘン改作『白雪姫』に対して「近代文学のもっとも深遠な形象のひとつ」とまで言い，カフカは友人ブロートの前でヴァルザーの作品を繰り返し朗読した。「もしヴァルザーの読者が10万人いたら，世界は良くなるだろう」とヘッセは第一次世界大戦中に述べている。現代でも，クッツェー，アガンベン，ソンタグ，**ゼーバルト**⇨Ⅰ-68 ◁1らの作家，思想家に高く評価され，日本では芥川賞作家の小川洋子が『不時着する流星たち』において，ヴァルザーに宛てる手紙という設定で，この作家を作品化している。いま，ヴァルザーの作品はさまざまな言語に翻訳され，10万人をはるかに超える読者が世界中に存在する。

2　小説家から散文小品作家へ

ヴァルザーは1878年スイスのビールに生まれる。家計の都合のために14歳で学業を断念して以降，ヴァルザーはさまざまな職を転々とする中で，詩作を試みる。はじめて作品が発表されたのは1898年のことである。それが批評家の目にとまり，『インゼル』誌へと招かれ，そこで著名な作家と並んで作品を発表する。1905年にベルリンに移り，そこで『タンナー兄弟姉妹』『助手』『ヤーコプ・フォン・グンテン』◁2の三作の長編小説を執筆する。二作目までは好評を得るが，三作目で不評を買い，その後も長編小説の執筆は試みられるものの，けっきょく生前ヴァルザーの長編小説がそれ以後出版されることはなく，おもな創作発表の場は新聞や雑誌へと移されることとなる。1929年に精神的な不安定

▷1　J・M・クッツェー（1940-）は南アフリカ出身の小説家。2003年にノーベル文学賞を受賞。ヴァルザーについて『続・世界文学論集』において言及している。ジョルジョ・アガンベン（1942-）はイタリア出身の哲学者。『ホモ・サケル』などの著作により現代の法と生政治の関係を問い直している。『到来する共同体』や『バートルビー――偶然性について』でヴァルザーに触れている。スーザン・ソンタグ（1933-2014）はアメリカの作家。ヴァルザーを「散文のパウル・クレー」，「クライストとカフカをつなぐミッシング・リンク」と評している。W・G・ゼーバルト（1944-2001）はドイツ出身の小説家。『鄙の宿』に収められた「孤独な散歩者」は，事実と虚構を綯い交ぜにしたゼーバルト特有の自伝的小説でありながら，優れたヴァルザー論としても読むことができる。

のために精神病院に収容されると，その数年後にヴァルザーは完全に筆を絶った。そして1956年のクリスマスの朝，日課の散歩の途中で心臓発作により亡くなることになるのだが，ヴァルザーは肉眼で解読ができないほどの小さな文字が書き込まれた526枚の紙片（図１）を遺稿として残していた[3]。ここで紹介する長編小説『盗賊』はそこに含まれていたものである。

3 散歩をするように

ヴァルザーの作品では日常の風景や，マッチや手袋など一見すると取るに足らない卑小な存在に光があてられることが多い。また散歩中に見たもの，感じたことを，語り手が思いつくままに別のところに脱線しながら，つまり散歩をするように語るという点が，その特徴の一つとして挙げられるだろう。そのようないわば散歩的文章の技法によって書かれた散文の極致が『盗賊』である（図２）。

ヴァルザー独特の文体はすでに冒頭の文章から読み取ることができる。「エーディトは彼を愛しています」。この最初の一文には次のような文が続く――「この話について詳しくは後ほど」。恋愛小説を始める宣言のような一文のあとで，早くも脱線してしまうのだ。首尾一貫した伝統的な恋愛小説がここでは展開されえないことは，たとえば冒頭付近の次のような文章からも推測できよう。「今日は，小雨が降りました，そして彼女は彼を愛しています」。くりかえし脱線するテクストの中で，エーディトが盗賊とよばれる男を愛しているということが，このような「そして」というもはや順接の機能をもたない接続詞によってかろうじで告げられる。小説の中には，盗賊の恋のライバルとなる人物や，盗賊がかつて愛した女性が登場し，また終盤にはエーディトが盗賊を撃つというクライマックスといえるような場面もありながら，この『盗賊』はおよそふつうの恋愛小説とはかけ離れた様相を呈している。その理由はさまざまに考えられるが，ヴァルザーの言葉を引けば「叙事的連関」が，つまり首尾一貫したストーリーが信じられなくなったためだろう。そのような物語を目指すかわりにヴァルザーが言葉によって試みるのは「喜びをもたらす未知の生き生きとしたものが言葉の中にあるという希望を抱いて行う実験」なのである。

じっさいに，この『盗賊』に限らずヴァルザーのテクストは語り手の思いつきや反省などによって本来の対象から逸れ，おしゃべりのような文章の洪水によって埋めつくされることがしばしばである。あえて「浅い」「深い」の表現を用いれば，ヴァルザーのテクストは前者に分類されよう。しかしそれこそがテクストが深みにはまることなくかろやかに動くために，意図的に選び取られたものだということが，「浅さ」の「深さ」が，一文一文が多幸感に満ちたヴァルザーのテクストを読めば理解できるはずだ。

（葛西敬之）

▷2　『ヤーコプ・フォン・グンテン』はブラザーズ・クエイによって『ベンヤメンタ学院』という名で映画化されている。

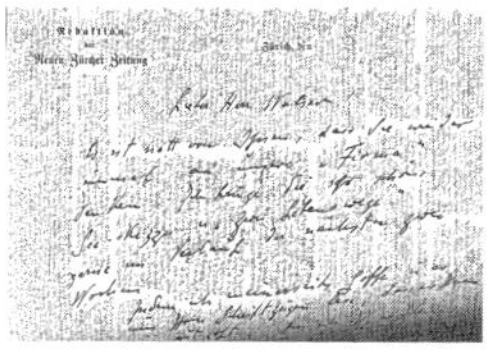

図１　手紙の余白にびっしりと書かれた極小の文字

出典：*Robert Walser Handbuch. Leben-Werk-Wirkung.* Hrsg. v. Lucas Marco Gisi, Stuttgart 2015, S. 263.

▷3　すくなくとも1924年頃からヴァルザーは執筆に際して，まず鉛筆を使ってこのような極小文字で，そして次にそれをペンで清書するという手法をとっていた。なぜこのような小さい文字で書いたかは，今も謎のままである。

図２　画家である兄カールが描く，シラー『群盗』の登場人物カール・モーアの仮装をする少年ヴァルザー

出典：*Robert Walser. Sein Leben in Bildern und Texten.* Hrsg. v. Bernhard Echte. Frankfurt am Main 2008. S. 39.

48　『三文オペラ』（*Die Dreigroschenoper*, 1928）ベルトルト・ブレヒト（Bertolt Brecht, 1898-1956）

1　同時代の批判的観察者

ブレヒトといえば，20世紀最大の演劇改革者として有名だが，生涯にわたって詩も書いている。冷徹な眼差しと明晰な言葉とを武器に同時代と渡りあった彼の作品からは，逆に二度の世界大戦，共和制下の小市民の実態，ファシズムとの闘いが浮かび上がる。まず10代で第一次世界大戦を経験，西欧市民社会の柱であった「個性」や「道徳」を否定して，「まずは食わせろ，モラルはその次だ」といった「肉体」の欲求を肯定する生き方を描く[1]。ワイマール共和制末期に音楽劇『三文オペラ』を大ヒットさせると，一躍時代の寵児となるが，続く世界恐慌の到来，ヒトラーの政権奪取を経て，15年もの長い亡命生活を余儀なくされる。戦後，東ドイツに帰還すると戯曲『肝っ玉おっ母とその子供たち』（1941年）（図１）などを成功させ[2]，名実ともに演劇界の頂点に登りつめた。

2　問う姿勢――叙事的演劇と異化効果

ブレヒトの演劇美学では，観ている人をハラハラドキドキさせ，最後にカタルシスを与えて劇場を去らせる，劇的な手法が真っ向から否定される。むしろ社会の矛盾を突きつけて，困難な時代状況を観客に学ばせ，考えてもらうことを彼は求めたのだ。そのためブレヒトの作品世界は感情移入を禁じ，通常見慣れたものの見方を逆なでするような挑発的・逆説的なスタイルで書かれている。また感傷性を排した乾いた文体を持ち，ラジカルな洞察や政治的メッセージに貫かれている。もっともその意味では彼の仕事が従来，マルクス主義と過度に結びつけられたため，革命の道を説いた説教師ブレヒトの姿は今日，敬遠されているかにみえる。しかし彼の魅力は政治や演劇に尽きない。その証拠が『三文オペラ』をはじめ彼の数々の戯曲に散りばめられたソング，つまり詩人としての言葉の魅力だ。激動の時代に読者に問いかけ，また呼びかけた彼の詩は，アイスラーやデッサウなど協力者によって作曲され，今も歌い継がれている。

3　なぜ『三文オペラ』はスゴいのか

髪の毛を短く刈り込み，葉巻をくわえ，着古した革ジャンに身を包んだ若きブレヒト独自の故意に野卑な出で立ちを見ると（図２），髭を生やし老け込んだ旧世代のドイツ文学者とは明らかに違うという印象を抱く。実際に『三文オペ

劇作家ブレヒト

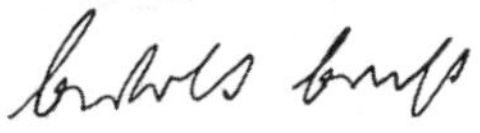

サイン

▷1　作家としてはまったくタイプが異なるが，ブレヒトの登場，その新しい才能にいち早く注目したのは，劇作家ホーフマンスタールであった。

図１　『肝っ玉おっ母とその子供たち』のスケッチ

出典：Werner Hecht: *Brecht. Sein Leben in Bildern und Texten.* Insel Verlag, Frankfurt am Main 1988, S. 257.

▷2　このブレヒトの代表作には，『母アンナの子連れ従軍記』という標題で，谷川道子による新訳あり。女性の眼から眺められた，女性によるブレヒト翻訳。

▷3　日本でも『三文オペラ』のベルリン初演に立ち会った千田是也（1904-94）が帰国後に東京演劇集団を

ラ』は，第一次世界大戦による世代間の断絶から旧態依然たる市民文化に疑問を抱いていた，当時30歳前後の若者たちのコラボレーションから生まれた。劇場改装後の杮落し公演にブレヒトを抜擢した新座主アウフリヒト然り，後にユダヤ人であるがゆえにアメリカへと亡命，ブロードウェイ・ミュージカルの立役者となるクルト・ヴァイル（1900-50）もそうだった（図3）。従来は「高み」を求め，社会の局外者のような存在だった芸術家が，ワイマール時代に新たに生まれた大衆社会の「広がり」を逆手に取って，商業システムの中心で政治的なメッセージを発し始めたのである。ブレヒト／ヴァイルの楽曲は新興メディアのラジオやレコードを通じて世界中に拡散されていった◁3。社会全体を巻き込みながら挑発する興行システムを誕生させたという点では，芸術作品の社会的機能の価値転換を象徴的に示した作品としても記憶されるべきであろう。

4 『三文オペラ』における詩の世界

反逆児として文壇に登場した若きブレヒトの詩には，ビートたけしの毒舌にも似たフザケたものが多い。いわく「起きろ，腐ったキリスト教徒！　さあ罪深い生活をはじめろ」，「この世で生きていくには，人間どうもズルさが足りない」など。彼の詩はキリスト教的市民社会の理想や幻想に対する挑発と暴露に他ならない。また伝統的にオペラの主題であった「愛」とは，じつは「裏切り」と隣り合わせの「金」や「セックス」による繋がりなのだ，と身もふたもなくバラされる。圧巻なのは，革命ソングとも読みうる「海賊ジェニーの歌」であろう。虐げられた女性を救うのはブレヒトの時代，もはや白馬に乗った王子様ではない。左右両政治勢力がせめぎあっていた当時，ブレヒトは海賊団がやって来て政敵を一掃するという，過激な終末論的ヴィジョンを提示している。

5 元祖ロックスター？

演芸場《カバレット》や大衆歌手が大好きだったブレヒトは，自身がシンガー・ソングライターでもあった◁4。そもそもはジョン・ゲイ『乞食オペラ』（1728年）の改作である『三文オペラ』でも，彼は自らの自信作を音楽ナンバーとして舞台に投入している。ニューヨークで『三文オペラ』公演を観て，ブレヒトの荒々しい言葉遣い，とくに「海賊ジェニーの歌」から強烈なインパクトを受けたと語るのは誰あろうボブ・ディランである。また1970年代後半に「ベルリン三部作」を発表するデヴィッド・ボウイもブレヒトからインスパイアされた一人であり，1982年にBBCで放映された戯曲『バール』（1918年）では主役を演じ，同時期に「アラバマ・ソング」もカバーした（図4）。『三文オペラ』のテーマソングと呼びうる「モリタートの歌」は，スティングも好んで歌っている。ブレヒトは決してカビ臭い政治煽動家ではない。彼が書いた社会諷刺的なソングは，今なおロックやポップスの元祖として十分に楽しめるものだ。　（大塚　直）

結成，1932年3月に第一回公演作品として同作を自由に翻案した音楽劇『乞食芝居』を上演している。

図2 『三文オペラ』執筆の頃のブレヒト

出典：同前，S. 82.

図3 作曲家ヴァイル

出典：Marianne Kesting: *Bertolt Brecht in Selbstzeugnissen und Bilddokumenten*. Rowohlt Verlag, Reinbek bei Hamburg 1959, S. 48.

▷4 ブレヒトは第一次世界大戦末期，学生生活を過ごしたミュンヘンで寄席芸人ファレンティン（1882-1948）の演芸場《カバレット》や『ルル二部作』（1895/1902年）の作者ヴェーデキント（1864-1918）の歌うバラードに心酔していた。

図4 ボウイ『バール』のレコード・ジャケット

出典：*David Bowie in Bertolt Brecht's Baal*. RCA 1982.

49　『ベルリン・アレクサンダー広場』(*Berlin Alexanderplatz*, 1929)　アルフレート・デーブリーン (Alfred Döblin, 1878-1957)

デーブリーンの肖像

サイン

1「わが師デーブリーン」

「私は彼に会ったことは一度もありませんが，こんなふうに彼のことを想像しています。小さくて，神経質で，躍動感にあふれ，近眼で，それゆえに現実に近づきすぎるところがある。速記の夢想家で，次から次へとアイデアが浮かぶものだから，技巧をこらした複雑な美文を組み立てるひまがない。作品ごとに趣向が変わり，自己矛盾しているものだから，その理論もコロコロ変わる。マニフェスト，論文，書物，思考が踵を接し，ごちゃごちゃとスクラムを組む。作家はどこにいるのでしょう？」

ノーベル賞作家ギュンター・**グラス**[⇨Ⅰ-60]は，デーブリーンの没後10周年を記念する講演「わが師デーブリーン」の冒頭で，敬愛する作家をこのように表現している。**ブレヒト**[⇨Ⅰ-48]に「父」と慕われ，大事な草稿にいたずら書きをしても**ムージル**[⇨Ⅰ-52]から変わらぬ友情を捧げられたデーブリーンは，今では，ドイツ語小説の現代化に貢献した作家として，20世紀ドイツのモダニズム文学を語るさいには欠かせない存在となっている。しかしながら，その受容はかなり遅れた。戦争や亡命，戦後ドイツの政治状況や出版事情等が影響しているといわれるが，破天荒でつかみどころのない作品や矛盾だらけの発言，そして「自分が悪く見えないようにするための努力を怠り敵を作る機会を絶対に逃さなかった」本人の性格によるところも大きい。

2「天才の狂乱者」

デーブリーンは，シュテティーン（現ポーランド領シュチェチン）で，東欧ユダヤ人の家系に生まれた。精神医学を専攻した医者でもあり，ベルリンを拠点に診察のかたわら小説を書いた。**表現主義**[⇨Ⅰ-41]の雑誌『シュトゥルム』の創刊メンバーとして，短編小説『たんぽぽ殺し』など実験的な小説やエッセイを多数発表し，マリネッティ率いるイタリア未来派[◁1]など前衛芸術の紹介にも尽力した。同時代のあらゆる文学潮流を消化しながら独自の「デーブリーン主義」を提唱し，精神医学や自然科学をはじめとする膨大な量の「知」がそれを補強した。著作は散文作品のみならず，文芸批評，政治批評，ユダヤ問題論，宗教的対話，自然哲学にまで及ぶ。

第一次世界大戦では軍医として西部戦線に赴き，ナチスから逃れ亡命を強いら

▷1　20世紀初頭に起こったイタリアを中心とする前衛芸術運動。F・T・マリネッティの「未来派宣言」(1902年) は，伝統的な芸術や社会制度を否定すると同時に，テクノロジーの発達や急速な都市化が生み出すスピードやダイナミズムを称賛し，作品に機械的な美しさを求めた。20世紀のモダニズム芸術に大きな影響を与える。

れるまでは舌鋒鋭い左翼の無神論者を標榜した。それなのにアメリカ亡命中にカトリックに改宗し，ブレヒトや**トーマス・マン**⇨Ⅰ-35·46ら亡命仲間を失望させたのは有名な話だ。戦後はフランス占領軍の「文化政策担当官」としてドイツに戻り，ドイツの民主化を文化面から後押しすることに情熱を注いだ。キリスト教的人文主義の価値観を回復させて，軍国主義の染みついたドイツ人の精神を矯正しようとしたが，周囲の反応は冷ややかだった。敬虔なキリスト教徒となった老デーブリーンは，その作品共々，戦後のドイツに居場所を見つけることはできなかった。

文芸批評家のライヒ＝ラニツキは，このようなデーブリーンを20世紀ドイツ文学のパイオニアの一人として評価し，枠という枠を打ち破る「天才的な狂乱者」と呼ぶ。権威に抵抗し続けた速書きの「グラフォマニア[2]」で，一つの主義や流派に押し込めることができない難しい作家であるがゆえに，本人は誰よりも評価されることを熱望したが，「カノン[3]」としてのドイツ文学史からも逸脱し受容が遅れてしまったというわけだ。

▶2　書き魔，書かずにはいられない人。

▶3　文学史における正典，規範。つまり，文学史や研究者に重宝される作家や作品。

3 『ベルリン・アレクサンダー広場』

1929年に出版された都市小説『ベルリン・アレクサンダー広場』はデーブリーンの代表作である。舞台は，ドイツが第一次世界大戦の後遺症に苦しみ，人々が不況や失業にあえぐ1920年代末の首都ベルリンである。ナチスが政権を狙い，世界恐慌の気配が漂う社会的にも政治的にも不安定なこの時代に，ヨーロッパ屈指の大都市に成長したベルリンでは，ダンスホール，キャバレー，映画館，劇場がいくつも誕生し，出版物やマスコミが溢れ，「ワイマール文化」と呼ばれる大衆文化が爛熟期を迎えていた（図１）。

恋人殺しで服役していた主人公のフランツは，刑期を終えて，「まっとう」に生きようと誓いを立てるが，次から次へとふりかかる災難によってあっさり誓いは破られる。極悪人ラインホルトに友情以上の気持ちを抱いたがためにふたたび犯罪に巻き込まれ，そのせいで新しい恋人ミーツェと自分の腕を一本なくしてしまう（図２）。あげくフランツは精神病院に収容され治療を受けて散々な目にあう。副題「フランツ・ビーバーコプフの物語」が示すのは，人殺しフランツの受難と再生の物語である。遊歩するフランツの意識の流れを追いながら，その移動にあわせて都市ベルリンがたち現れる。映画的な視点の切り替えや，新聞記事，流行歌の歌詞，看板や広告の文句，聖書や法律の一節など，引用されたあらゆるテクストのモンタージュが，躍動する都市のスピードとダイナミズムを再現し，馴致のシステムとして機能する市民社会の構造を浮き彫りにする。『ベルリン・アレクサンダー広場』は，「古き市民的**教養小説**⇨コラム③の……究極の最先端の段階」として，小説の危機を克服する可能性を切り拓き，ジェイムス・ジョイスの『ユリシーズ』と並んで世界的に評価される都市小説の傑作となった。

（粂田　文）

図１　ベルリン・アレクサンダー広場の工事現場（1927年12月）

出典：Michael Bienert: *Döblins Berlin. Literarische Schauplätze.* (vbb) Berlin 2017, S. 136.

図２　刑務所を出たばかりのフランツ・ビーバーコプフ（ファスビンダー『ベルリン・アレクサンダー広場』より）

出典：*Rainer Werner Fassbinder. Berlin Alexanderplatz.* Hrsg. v. Klaus Biesenbach, Schirmer/ Mosel u. KW Institute for Contemporary Art, München / Berlin 2007, S. 76.

50　『総動員』（*Die totale Mobilmachung*, 1930）エルンスト・ユンガー（Ernst Jünger, 1895-1998）

ユンガーの肖像

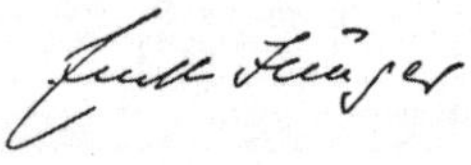

サイン

図1　第一次世界大戦に出征したときのユンガー
首元を飾るのはプロイセンの最高の戦功章であるプール・ル・メリット勲章。
出典：*Ernst Jünger: Leben und Werk in Bildern und Texten.* Hrsg. v. Heimo Schwilk, Klett-Cotta, Stuttgart 1988, S. 88.

1　戦争の変容

19世紀までの戦争は，ドイツ人の大多数にとって，なおも「対岸の火事」だった。戦場に行くのはプロの職業軍人たちのみであり，どちらかの主力部隊が大きなダメージを受けた時点で勝敗が決まり，負けた国が賠償金を支払ったり，領土の一部を手放したりすればそれで終戦。だが，1914年に勃発した第一次世界大戦は，戦争のあり方を根底から変えた。短期戦に終わるかと思われた戦争が長期化するなか，国力のすべてを総動員して敵国を徹底的に粉砕しようとする総力戦が始まったのである。いまや徴兵された一般市民が戦場に大量に送られ，女性や老人も軍需工場での生産労働に駆り出された。戦闘員と非戦闘員の区別はかぎりなく曖昧となり，民間施設も容赦なく破壊された。そして，４年にわたる激戦のあと，1918年11月に連合国と休戦協定を結んだドイツは，戦死者180万人という途方もない犠牲にもかかわらず，敗戦国となった。

2　「進歩」vs.「ドイツ的イデオロギー」

20世紀ドイツを代表する作家・思想家の一人であるユンガーにとっても，第一次世界大戦は決定的な意味をもっていた。19歳で出征したあと，４年間にわたる塹壕戦を経験し，そこで７度も負傷しながらも勇敢に闘ったユンガーは（図１），終戦後にみずからの戦場体験に基づく小説を次々と執筆し，とりわけ「英雄的リアリズム」と呼ばれる独自のスタイルによって戦争を審美的・幻想的に表現したことで注目を集めた。そして，1930年に発表された論文『総動員』でも，第一次世界大戦が主題となる。そのなかでユンガーは，先の戦争を「総動員」という言葉で特徴づけたうえで，戦争がもはや英雄ではなく「労働者」によって担われるようになったと指摘し，軍隊を「ベルト・コンベア」で大量生産される商品に，戦場を「巨大な工場」に，戦闘での流血を「消費者」にそれぞれ喩える（図２）。そのうえで，この国家総力戦でドイツが敗北した理由について考察しているのだが，そこでキーワードとなるのが「進歩」にほかならない。ユンガーによれば，19世紀以降，文明の「進歩」という観念が広く信仰されるようになり，それぞれの国家には，みずからの利害関心を「文明」「自由」「平和」といった理念に象徴されるような「人道的要請，人類に関わる普遍的要請」という見かけを与えることで正当化することが求められるようになった。第一次世界大戦では，連合国の側が「進歩」をスローガンとして人々を効率的に戦争に投入することが成功したのにたいし，ドイツはかかる「進歩」に対抗できるだけの「ドイツ的なイデオロギー」が欠けていたために「総動員」に失敗し，敗北を喫したというのである。

3 「永遠のドイツ」

さらにユンガーは，終戦後のヨーロッパを，「進歩」を旗印とするインターナショナルなイデオロギーがそれぞれの民族固有の価値観を徹底的に蹂躙し，併合する過程として描き出す。「進歩は，もはや絶対主義体制のそれとほとんど変わらないような形式に，諸民族を従わせ始める。多くの箇所で人道的な仮面が剝がれ落ち，それに代わって半ばグロテスクで半ば野蛮な機械フェティシズム，素朴な技術崇拝が出現する」。このような痛烈な時代診断は，現在の社会状況にも過不足なく当てはまるといえるだろう。ただし，地球規模で拡大してゆく「進歩」信仰にたいして，ここでユンガーが対置するのは，「永遠のドイツ」という非合理的で神秘的なイメージにほかならない。歓呼の声をあげて戦争に志願し，おのれの生命をかけて闘い，散っていた無数のドイツの兵士たち。彼らは「死ぬことによって，不完全な現実から完全な現実に，束の間の現象としてのドイツから，永遠のドイツに入ったのである」。ユンガーにとって第一次世界大戦の最大の意義とは，根源的・神話的な「永遠のドイツ」の獲得以外にはありえない。まさに，現世を超越したものを希求する**ロマン主義**⇨1-8·10·12的な憧憬と，ナショナリズム的な民族主義とが，近代戦争という新たな舞台を得てよみがえったのである。

4 ユンガーとナチス

「永遠のドイツ」という神秘的なイメージは，ナチスによって推し進められたゲルマン民族至上主義ときわめて近いことは明らかだろう。実際，1920年代のユンガーはナチズムに少なからぬ共感を抱いたのだが，1933年1月にヒトラー政権が誕生すると，第三帝国にたいして一貫して批判的な距離を取りつづけた。もっとも，1939年に第二次世界大戦が勃発したことを機に国防軍に復帰したユンガーは，大尉として西部戦線や占領下のパリの参謀本部に配属される（図3）。その頃ドイツでは，「血と大地」というスローガンに象徴される「ドイツ的なイデオロギー」のもと，先の戦争をはるかに上回る規模で「総動員」体制がふたたび組織される一方，「永遠のドイツ」の構成員として認められなかった人々が社会から徹底的に排除されるのであり，その多くが最終的に強制収容所で命を奪われた。なお，戦後のユンガーは，ときにナチス体制を思想的に準備した極右作家として批判されつつも，1998年に103歳で没するまで精力的な執筆活動を続けることになる。（竹峰義和）

図2 ユンガーの理論的主著『労働者』（1932年）の初版表紙
『総動員』とも関連が深い。
出典：同前，S. 130.

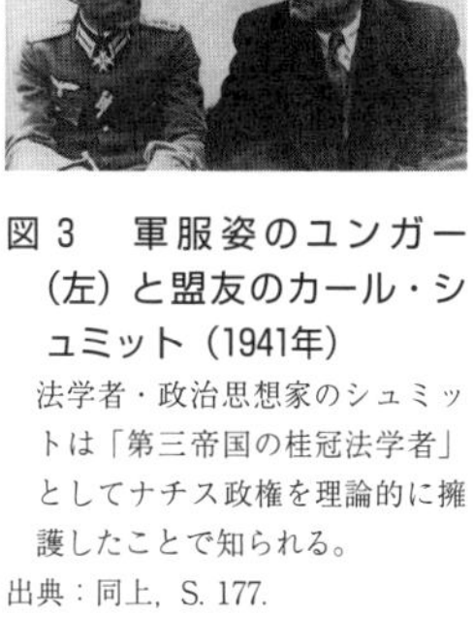

図3 軍服姿のユンガー（左）と盟友のカール・シュミット（1941年）
法学者・政治思想家のシュミットは「第三帝国の桂冠法学者」としてナチス政権を理論的に擁護したことで知られる。
出典：同上，S. 177.

51 『ファービアン』（*Fabian - Die Geschichte eines Moralisten*, 1931）

エーリヒ・ケストナー（Erich Kästner, 1899-1974）

ケストナーの肖像

サイン

図1　幼少期のケストナー
出典：*Das große Erich Kästner Lesebuch.* Hrsg. v. Sylvia List, Deutsher Taschenbuch Verlag, München 1999, S. 29.

1 複雑な生い立ち，児童作家としての成功

エーリヒ・ケストナーはドイツ東部の古都ドレスデンで生まれ育った。父エミールは腕のいい皮革職人だったが，時代の変化に対応できず自分の店を失い，工場労働者となる。母イーダは35歳で美容師の資格を取って開業し，家計を支えた。そんな母に溺愛されて育ったエーリヒは，しかし両親の不仲に苦しんだ（図1）。母は息子に対し，おまえの本当の父親は別にいる――近所に住むユダヤ人医師だ――と言い聞かせていた。真偽のほどは不明だが，少なくとも言われた本人は事実と信じていた。彼は後年，自伝『私が子どもだったころ』（1957年）で，一人息子への愛の深さを競う両親の板挟みになったつらさを語っている。

そんなケストナーが大人になって書いた『エミールと探偵たち』（1928年），『点子ちゃんとアントン』（1931年），『飛ぶ教室』（1933年），『ふたりのロッテ』（1949年）といった子ども向け小説は，世代を超えて読み継がれ，さらに繰り返し映画化された。1960年代以降の社会変革の波の中で，古典的な児童文学の現実逃避的・権威主義的な性格が批判の的となり，過去の遺物として酷評されるようになってからも，あくまで現実の社会を舞台に，潑溂とした少年少女が大人を向こうに回して活躍するケストナー作品は，例外的に批判を免れてきた。

2 新即物主義文学の旗手

しかしケストナー自身は，必ずしも自分を児童文学者とはみなしていなかった。ライプツィヒ大学で文学博士号を取得した彼は，当初演劇を志していたが，さしあたりライプツィヒの新聞社に就職し，劇評や社会諷刺的な詩（図2）を書いていた。ところが1927年，ベートーベンの第九交響曲をもじった性的な詩が猥褻だと糾弾されて勤め先を解雇され，ベルリンに移る。そこで刊行した詩集『腰の上の心臓』（1928年）が大ヒットし，人気作家の地位を築いた。児童文学の執筆は，この時期に一種の頼まれ仕事として引き受けたのが最初である。

『ファービアン――あるモラリストの物語』は，文化が爛熟した大都市ベルリンの性風俗を赤裸々に描く。第一次世界大戦後のドイツでは，人間の内面から吐き出されるものを好んで描いた「**表現主義**」⇨Ⅰ-41に代わって，外にある社会の現実を冷めた目で見つめる「新即物主義」が絵画芸術の新しい潮流をなしていた（図3）が，『ファービアン』はこの流れを文学方面で代表する作品と目される。

主人公ヤーコプ・ファービアンはベルリンの新聞社に勤めるジャーナリスト。ドレスデン在住の母親に見守られながら享楽的なその日暮らしを送っていたが，司法官試補の女性コルネリア・バッテンベルクと恋に落ち，生活を立て直そうと考えていた矢先，勤め先から突然解雇される。さらに恋人も彼のもとを去る。貧困から抜け出すため，映画界の大物の愛人になって映画女優をめざす道を選ぶのだ。失意のファービアンに，親友ラブーデの自殺が追い討ちをかけ，希望を失った彼は故郷ドレスデンに戻り，地元の新聞社への就職が決まりかけるが，唐突な結末が訪れる。再就職にも前向きになれないまま，街をぶらぶら歩いていた彼は，ふと，生きているだけで幸せだという悟りの境地にたどり着くが，その直後，ふざけて橋の欄干に上がった少年が川に落ちるのを目撃し，とっさに水に飛び込む。「少年は泣きわめきながら岸に泳ぎ着いた。ファービアンは溺れて死んだ。彼はあいにく泳ぎを知らなかった」。――この終章には，「泳ぎは習っておくべきこと」と皮肉な小見出しが添えられている。

図2　物議を醸した詩のイラスト（ケストナーの友人の画家エーリヒ・オーザー（Erich Ohser）画）
出典：同前，S. 57.

図3　新即物主義を代表する諷刺画家ジョージ・グロス（George Grosz）が自らの結婚を戯画化した絵
無機質な街並み，機械のような人間，猥褻さを強調された女性の身体といったモチーフが，新即物主義の絵画にはしばしば描かれる。
出典：*Der Dada*, Nr. 3, April 1920, S. 3.

3 モラリストの限界と二重モラル

筋金入りの個人主義者で「モラリスト[◁1]」を自任していた作者ケストナーがあからさまに自己投影しているファービアンは，皮肉屋ながら善意にあふれた人物で，精神病院から逃げ出してきた老人をかくまったり，万引きで捕まった少女を救ってやったりする。しかし何らかの運動に身を投じて社会を変えようとはしない。当時はナチスと共産党がともに勢力を急拡大し，激しい対立を繰り広げていた時期だが，『ファービアン』では両者の暴力的な抗争がコミカルな幕間狂言のように描かれている。この小説は，退廃的だとして右翼の攻撃の的になるが，**ベンヤミン**⇨I-55·56をはじめ左翼陣営からも，社会の現状を変えるために自ら動こうとはしない主人公の無気力さが厳しく非難された。なお，1933年にナチスが政権を取ると，ケストナー作品は退廃文学として**焚書**⇨II-四-2の対象となり，彼は自分の本が燃やされる現場を目撃することになる。

よくも悪くも，どっちつかずで中途半端なところが『ファービアン』の特徴である。その点は，作品の最大の売りである性風俗の描写にもっとも明瞭に表れている。主人公がナイトクラブで出会う，夫公認で男あさりをしている既婚女性イレーネ・モルは一貫して悪役として位置づけられ，女性の同性愛者たちは侮蔑的に描かれる。つまり，伝統的な規範から外れる女性が断罪される一方で，ファービアンやラブーデといった知識人男性は平気で買春をし，行きずりの情事を繰り返す。彼らは自分たちを棚に上げ，恋人や婚約者が浮気をするとショックを受け，いかに傷ついたかをアピールする。典型的な「二重モラル[◁2]」である。社会の中で行き場を失いつつあった教養ある階級の男性の開き直りを正直に描いた点で，この小説は優れた時代の肖像になっている。

（川島　隆）

▶1　特定の政治勢力にコミットせず，不偏不党の立場から社会を批判する人。

▶2　近代市民社会で広まった市民道徳に特徴的な，女性の純潔と貞操を厳しく求める一方で男性には甘く，比較的大きな性的自由を許容する価値観。

52　『特性のない男』(*Der Mann ohne Eigenschaften*, 1930/1932/未完)
ローベルト・ムージル（Robert Musil, 1880-1942）

ムージルの肖像

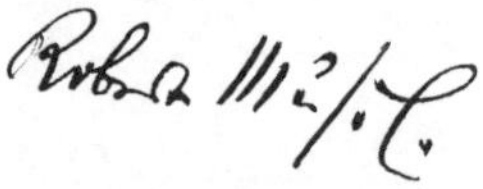

サイン

1 未完の小説

『特性のない男』はオーストリアの作家ローベルト・ムージルの代表作となる長編小説。最初期の構想は彼のデビュー作[1]が出版される以前にさかのぼる。生涯をつうじて書き進められたが，作家の突然の死により未完に終わった。生前発表されたのは1930年刊行の第１巻と，1932年刊行の第２巻の一部分のみである。さらに未刊行の第２巻の継続部分や初期の構想など，１万頁を超える膨大な遺稿がある。現在遺稿はデジタル化され，そのすべてにアクセス可能である。しかし書籍としての完全版はない。いくつかある版も編集者の意向によりふるいがかけられ，配列がほどこされているからである。こうしたことから『特性のない男』は，その内容のみならず，未完とは何か，出版や編集作業が作品におよぼす影響とは何かなど，文学をめぐるさまざまな問いを提供している。

2 「物語の糸」への懐疑

小説の冒頭は，大西洋上の低気圧，等温線の配置，年間平均気温，月の満ち欠けなど，気象をめぐる専門用語が次々と飛び出して面食らう。もうこれ以上は無理，というところで「要するに，それは1913年８月の晴れた日のことだった」と簡潔にまとめられる。このような叙述でムージルは何を意図しているのだろうか。一つは，あらゆる現象は要素に還元して説明可能ではないか，という，マッハ[2]の影響を受けた科学者ムージルならではの問いである。もう一つは，とはいえそうした要素を積みあげただけでは「物語る」ことはできない，ということである。読み手はむしろ細部を無視し，なじみの表現で脈絡づけられた語りを望んでしまう。ムージルはこれを「物語の糸」と呼んだが，この糸をたどる安心感と，そこにひそむ思考停止の危うさを，二つの世界大戦を駆け抜けたムージルの筆はとらえている。

3 特性がない，とは？——可能性へのまなざし

「特性のない男」とは，直接的には主人公ウルリヒを指す。彼の父親は法学者で，貴族の家庭教師や大学教授を務め，さらには貴族院議員に任命される。父は自らに与えられた社会的役割に順応し，その枠からはみ出すことはない。その現実感覚が父の父たる「特性」を作り上げている。対照的に息子は軍人，

▷1　ムージルは1906年に発表された小説『寄宿生テルレスの混乱』で作家としての道を歩みはじめる。作品はほかにも短編小説集『合一』（1911年）（「愛の完成」「静かなヴェロニカの誘惑」），『三人の女』（1924年）（「グリージャ」「ポルトガルの女」「トンカ」），戯曲『熱狂家たち』（1921年），『ヴィンツェンツとお偉方の女友達』（1923年），小品集『生前の遺稿』（1935年）などがある。

▷2　エルンスト・マッハ（1838-1916）。オーストリアの物理学者・哲学者。要素一元論を唱え，若きウィーンの作家たちにも大きな影響を与えた。音速にもとづく速度の単位であるマッハは彼の名に由来する。ムージルはベルリン大学でマッハについて論文を書き，博士号を取得している。

エンジニア，数学者とさまざまな分野に挑戦するも，そのつど職業が定める枠組みになじめず，別の可能性を夢想してばかりいる。そのため30歳を越えても何者でもない。ただし，この状態を現実感覚の欠如ととらえず，むしろ何者でもないという状況に意識的に身を置き，現状に安住せずに別の可能性を思索する感覚を研ぎ澄ませているのが「特性のない」男である。

ムージルはこうした「可能性感覚」にもとづき，彼がカカーニエン[3]と呼ぶオーストリア＝ハンガリー二重君主国の国家体制から登場人物の魂に至るまで分析を行う。その批判的まなざしは，ムージル自身が慎重に紡いだ物語にすら容赦なく向かう。幾重にも枝分かれしながら書き進められた第２巻の継続部分や，『特性のない男』ではありえない行動的な主人公が読者を驚かせる初期の草稿の存在は，ムージルの生前に出版された物語すらも，別の物語に取って代わられかねない可能性をはらんでいる。

▷3 カカーニエン（Kakanien）とは，ムージルが『特性のない男』の中で多民族国家オーストリア＝ハンガリー二重君主国を呼ぶのにもちいた造語。オーストリア皇帝（Kaiser）がハンガリー国王（König）としても王冠を受ける複合的な国家体制を，ドイツ語のｋ（カー）をふたつ重ねた国という意味で表現している。

4 絶筆——クライマックスか，さらなる展開か

『特性のない男』第１巻の舞台は第一世界大戦前夜のウィーン（図１）。1918年開催予定のドイツ皇帝即位30周年式典に対抗して，同年開催予定のオーストリア皇帝即位70周年式典を有利に展開させるための愛国運動がサロンで行われる。ウルリヒは父のコネでこの運動に参加するも，冷淡に眺めている。彼を取り巻く人物のうち，サロンの女主人ディオティーマと大実業家アルンハイムは，現実感覚を備えた「特性のある」人物である。互いに惹かれ合うが，女は既婚者である。結局ふたりは社交の場にふさわしい振る舞いを優先し，結婚制度という枠組みを超越して愛し合うことはない。登場人物はいずれもウルリヒの歪んだ鏡像，つまり「そうであったかもしれない姿」である。

図１ 『特性のない男』第１巻，初版本の表紙

出典：Karl Corino: *Robert Musil. Leben und Werk in Bildern und Texten.* Reinbek bei Hamburg 1988, S. 377.

第２巻で主人公は父の死をきっかけに妹アガーテと再会する。夫との結婚生活を解消し，「自分とひとつになって暮らしたい」と考えるアガーテは，ウルリヒの精神的な双子である。意気投合したふたりは共同生活を送りつつ，道徳，愛，恍惚など自らの内面世界に関するテーマを「聖なる道を自動車で疾走するかのよう」に語り合う。ふたりの会話は，合わせ鏡のようにとめどなく続く。部分刊行された第２巻第３部は，夫との関係を絶つために亡き父の遺言書を偽造したアガーテが，サロンにいるウルリヒの前から姿を消す場面で終わっている。その後の草稿のうち，絶筆となったテクストでは，兄妹は花びらが舞い落ちる夏の庭に寝そべりつつ，ふたりが考察を深めていた「愛の千年王国」と呼ばれる静かな恍惚状態に自ら入りこんでゆく。このいわゆる「別の状態」が小説のクライマックスなのか，ここからムージルの残酷なまでに冷徹な可能性感覚によってさらなる展開が待っていたのか，すべては未完の名のもとに読者の解釈にゆだねられることになった。

（桂　元嗣）

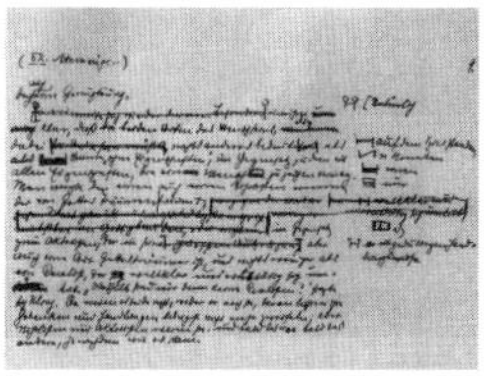

図２ 絶筆となった『特性のない男』第２巻第52章「夏の日の息吹」の草稿

出典：同上，S. 481.

53　『ピネベルク，明日はどうする⁉』（*Kleiner Mann - was nun?*, 1932）

ハンス・ファラダ（Hans Fallada, 1893-1947）

ファラダの肖像

1 依存症とのたたかい

本名はルドルフ・ディツェン。ペンネームの「ハンス・ファラダ」は**グリム童話**⇨Ⅰ-16に由来する[1]が，そもそも心中事件など起こさなければ，ファラダがペンネームを使うことはなかったのかもしれない。

ファラダは，司法官僚の三男としてバルト海沿岸の町グライフスヴァルトに生まれた。経済的に恵まれ文化的にも豊かなブルジョワ家庭に育つが，育ちの良さとは裏腹に破滅的な人生を歩んだ。**ギムナジウム**⇨Ⅱ-四-3時代に大怪我と大病を経験してからというもの，精神的なダメージが後を引き，早くから酒や煙草に手を出した。生き辛さから逃れるようにして文学の世界にのめり込み，18歳で同性の友人と決闘を装った心中事件を起こしてしまう。ルドルフの撃った弾が命中し，友人は死んだ。撃った方は生き残り，精神病院送りとなった。当時「ルドルフ・ディツェン」という名前がメディアを賑わしたことから，小説家としてデビューするにあたって，スキャンダルに塗れた本名は隠されることになったのだ。

結局，ギムナジウムを卒業することはできず，農業関係の事務仕事を見つけるが，アルコールやモルヒネを手放せず，死ぬまで依存症に苦しんだ。

▶1　『幸福なハンス』の主人公「ハンス」と，『がちょう番の娘』に登場する馬の名前「ファラダ」を組み合わせた。

2 ナチス政権下で書き続けた作家

1932年にローヴォルト社から出版した『ピネベルク，明日はどうする⁉』[2]（以下『ピネベルク』）が世界的なベストセラーとなり，ファラダは作家として一躍有名になる[3]。しかし，人文主義の伝統をこよなく愛する感受性豊かな文学青年にとって，時代は耐え難いものになっていた。ナチスが政権を握ると，体制に不都合な作家は弾圧され，**本が焼かれた**⇨Ⅱ-四-2。仲間の多くが亡命するが，ファラダは「望ましくない作家」の烙印を押されてもドイツを離れることができなかった。検閲下で作家を続けるためには，政治色の薄い娯楽作品や子供向けの物語を書くか，プロパガンダに加担するような仕事を引き受けるしかなかった。ナチス入党を拒むことで潔白を保とうとするが，己の美学に反する仕事が負担となり精神は蝕まれた。戦後はベルリンのソ連占領地区に暮らし，自殺未遂を犯しながらも，1946年には，ナチスへの静かな抵抗を描く小説『ベルリンに一人死す』を発表した。

▶2　原題を直訳すると「小さい男よ，さあどうする⁉」。

▶3　英語やロシア語にも翻訳され，ドイツやアメリカで映画化されている。

3 ホワイトカラーの悩み

1920年代に急増した典型的な「ホワイトカラー」のサラリーマンとして気楽な独身生活を送っていたピネベルクは，ガールフレンドの「子羊ちゃん」とできちゃった婚をする。北ドイツの小さな町や大都会のベルリンで，それでも愛があれば何とかなるさと，手を取り合い正直に生きようとする若夫婦の健気な姿がメロドラマ風に描かれる。世界大恐慌の煽りを受け，深刻な経済危機に陥るドイツでは，失業とインフレが蔓延し，ナチスと共産主義者の対立も深まり政治的にも不穏な空気が漂う。そのなかで，定職につき，家庭を持ち，衣食住に不自由しない「普通」の生活を送ることが，どれほど大変だったか。ピネベルクは，情け容赦ない社会の荒波にもまれていじけてばかりだが，母となる子羊ちゃんは逞しい。身重の体に鞭打ち，少しでも居心地の良い家庭を築こうと奮闘する。

図 1　Little man, What Now? (1934) のスチール写真

出　典：Michael Grisko: *Erläuterungen und Dokumente. Hans Fallada Kleiner Mann - was nun?* Stuttgart (Reclam) 2002. S. 53.

4 「小さい人たち」のための小説

ドイツ語原題にある「klein」という形容詞には，「小さい」「凡庸な」「とるに足らない」「小市民的な」といったさまざまな意味が込められている。登場人物たちの親密な会話がテキストの3分の2を占めるので，映画の台本を読むような錯覚に陥る。話題といえば，世の中に対する不満や愚痴，職場のいじめ，給料や家計のやりくりといった日常の瑣末なことばかり。『ピネベルク』はドイツ文学が得意としてきた「精神」とか「神」とか「魂」とか「超越的なもの」といった観念的な事柄を一切相手にしない。神や霊魂の存在よりも，給料の方が大事。雀の涙ほどのお給料でどうやって暮らしていけばいいのか，どうしたら人生を楽しめるのか，そうしたことにひたすら頭を悩ます「小さい人たち」のメロドラマは大衆におおいに受けた。

アドルノとホルクハイマーは『啓蒙の弁証法』で，「小さい人たち」つまり「小市民」の生態を鋭く突いたこの小説を，ワイマール共和制時代のもっとも重要なテキストとみなし評価した。ホワイトカラー，労働者，ブルジョワ，共産主義者，ナチス突撃隊，ユダヤ人商人，俳優，裸体運動家らが登場し，その暮らしや言動から類型化された社会的役割や立場を読み取ることができる。まさに，ワイマール共和国を盛り立てた「小さい人たち」の目録である。

ユダヤ人が露骨に差別され，突撃隊が暴れていても，「小さい人たち」には歴史的破局に対する危機感がない。目先のことに追われるあまり時代の大局を読むことを怠れば，取り返しのつかないことになるのだと思い知らされる。その後を知る現代の読者にとって，これほど恐ろしい小説はない。

（粂田　文）

54　『ラデツキー行進曲』（*Radetzkymarsch*, 1932）
ヨーゼフ・ロート（Joseph Roth, 1894-1939）

ロートの肖像

サイン

1　皇帝の臣下として

作品の表題は，ヨハン・シュトラウス１世の楽曲名に由来する[1]。作中でこの有名な行進曲が鳴り響くのは第二章の冒頭，幼年学校の寄宿生カール・ヨーゼフが，夏季休暇で帰省する場面である。地方の郡長を務める父は息子をいかめしく迎え，息子は父の期待に応えようと緊張の面持ち。二人の振る舞いに，親子の情愛がにじまぬわけではない。しかし，気安いなれ合いは父の許すところではない。息子はまずもって先立つ学期の学業成果を，立派に示す必要がある。こうして帰省早々に始まる父の「口述試験」が終わる頃，外から軍楽隊の演奏が聞こえてくる。晴れやかな行進曲を聞きながら，息子は皇帝の御旗の元に名誉の戦死を遂げる自分の姿を，陶然と思い浮かべる。

▷1　ウィーンフィルハーモニー管弦楽団のニューイヤーコンサートは，ラデツキー行進曲で締めくくるのを恒例としている。オーストリアの行進曲と聞いただけで，当楽曲を想起する人は少なくないだろう。

ヨーゼフ・ロートの長編小説『ラデツキー行進曲』は，ハプスブルク帝国に仕えるトロッタ家父子三代の物語である。作中，厳格な父と従順な息子という図式が執拗に繰り返される。母親についての記述がごくわずかしかないことも，父系家族の印象をいっそう強めている。そしてこの軍人・官僚一家の背後には，血縁を超えた一族の「父」，皇帝フランツ・ヨーゼフ１世の姿がほの見える。

トロッタ家は，もとはスロヴェニアの農民の出であった。祖父が従軍中に偶然にも若き皇帝を敵弾から救った功績で，最上位の勲章を授けられ，貴族に列せられたのである。その際，貴族の称号として出身地名「ジポーリエ」を頂戴する。しかし，トロッタ一族がこの地を訪れることはもはやない。一族は先祖伝来の土地から切り離されて，皇帝の忠実な臣下になった。

2　ハプスブルク帝国の没落を描いた傑作

作家ヨーゼフ・ロートは，巧みな設定で，架空の一族の運命を衰退期のハプスブルク帝国に結びつけた。まず，トロッタ家勃興のきっかけとなった皇帝救出の場面をソルフェリーノの戦いの中に置いた。オーストリアが北イタリアの民族自決を食い止めきれなくなった負け戦である[2]。

▷2　祖父の功績は，本人の知らぬ間に，勇ましく，かつ華やかに演出されて，学童の読本に収められる。「ソルフェリーノの英雄」の活躍は，帝国軍の敗北を糊塗する役割を担わされるのである。

さらに二代目トロッタを地方の郡長にした。郡長は報告書に「革命の煽動者」の文言を見つけると，それを「疑わしい人物」に訂正する。帝国の屋台骨を脅かす政治的活動を，個人的な危険分子による散発的事件として処理するのである。郡長の立ち居振る舞いは，言葉遣い，服装から食事に至るまで厳密に様式化され，ウィーンの洗練された文化を印象づける。皇帝の代理人として地域を治める郡長は，綻びを取り繕って秩序を保つ帝国の姿を象徴的に表している。

その息子カール・ヨーゼフは将校になる。一律の軍服を身に纏い，一律の軍規のもとに行動する軍隊こそは，崩壊に瀕した多民族国家において，中央政府の意思を体現すべき存在であろう。しかし，繊細なカール・ヨーゼフは，祖父と違って軍人向きではない。第一次世界大戦が勃発しても，彼に「ソルフェリーノの英雄」の孫にふさわしい活躍の機会が与えられることはない。辺境の前線で，喉の渇きに苦しむ手兵のために，両手にバケツを持ち，危険を顧みずに井戸に走ったカール・ヨーゼフは，敵の狙撃兵に頭を打ち抜かれて絶命する。

3 帝国の規範と価値を体現する行進曲

ラデツキー行進曲は，北イタリアの反乱を武力で鎮圧したラデツキー将軍の凱旋に際して作曲された。[3] その同じ地域での敗戦から始まる小説内で，行進曲は登場人物たちを鼓舞し続ける。郡長のバルコニーの下で軍楽隊によって毎週演奏され，娼館はこの曲で将校たちを歓迎する。そして戦死直前のカール・ヨーゼフの脳裏でも，行進曲は鳴りやまない。もちろん，時代は移り変わって，登場人物たちもそれを感じ取らないわけではない。敗戦が続き，社会運動と民族主義が広がり，中央政府の意向は辺境までは届かない。それでもなお，彼らはラデツキー行進曲が体現する帝国の古い価値観に呪縛されたままである。

▶3　ラデツキー将軍の功績は，音楽だけでなく，文学作品でも称揚された。グリルパルツァー（1791-1872）は，有名な詩の中で「汝の陣にオーストリアあり」と将軍を称えた。

4 失われた帝国への挽歌

ロートは，機能不全に陥った帝国と，これに仕える人々の欺瞞を，仮借なく描き出した。作中でただ一人，辺境に領地を持つポーランド貴族が，帝国の崩壊と国民国家の到来を予見するが，その彼とて，ひとたび開戦となれば，帝国の軍服を着て戦地に赴くよりほかはないのである。しかし，こうした人々すべての描写に，なんと深い愛情が込められていることか。

最後に作品の成立背景を見ておくことにする。帝国崩壊後，ロートは身をよせる場所を転々としながら文筆活動を続けた。ロシア国境に近いガリツィア出身のユダヤ人であるロートには，もはや祖国は存在しなかったからである。さらにナチズムの台頭が，彼の生存をいよいよ困難にした。『ラデツキー行進曲』の構想と執筆は，生活の見通しの立たない不安の中で進められた。

老皇帝を戴き，領地に多くの民族を抱えた旧帝国は，時代の変化に耐えることができなかった。しかし，この昔日の帝国こそが，作家ロートの故郷であり，また彼に十全な市民権を保障していたのである。小説に寄せた序文でロート自身が述べているように，この国で彼は「愛国者であると同時に世界市民であること」ができた。国が滅びた後，ロートは祖国の「美点や利点」だけでなく，その「過誤や弱点」をも慈しみをもって描いたのである。[4]　（荒又雄介）

▶4　第一次世界大戦の後，旧帝国出身の文学者の作品の中には，昔日の帝国を懐かしみ，これを美化するような記述が見られることがある。イタリアのトリエステ（ここもまた，かつてはハプスブルク帝国の領地であった！）出身の研究者クラウディオ・マグリス（1939-）は，こうした現象を「ハプスブルク神話」というキーワードで読み解いている。

55　『複製技術時代の芸術作品』（*Das Kunstwerk im Zeitalter seiner technischen Reproduzierbarkeit*, 1935/36/39）

ヴァルター・ベンヤミン（Walter Benjamin, 1892-1940）

47歳のベンヤミン

サイン

図1　1914年8月のベルリン
第一次世界大戦勃発時，ドイツは熱狂に包まれ，国内の対立や問題には目がつぶられて，国民の一致団結が生まれたかのような状態になった。この雰囲気は「八月の体験」と呼ばれ，保守勢力によって神話化された。
出　典：Herfried Münkler: *Der Große Krieg. Die Welt 1914 bis 1918.* Rowohlt Taschenbuch Verlag, Reinbek bei Hamburg 2015, S. 266.

1　ドロップアウトした研究者

ベンヤミンほど幅広い分野に読者を持つドイツの作家はそういない。作家とはいっても，小説や詩を書いたわけではなく，言語，文学，歴史哲学，写真，映画，建築，都市等の多方面にわたる著作を残した「批評家」である。大学で哲学と文学を専攻したベンヤミンは当初，ドイツ文学研究者を目指していた。しかし，満を持して提出した教授資格申請論文は撤回を余儀なくされる。そもそも，題材とした17世紀の**バロック**⇨コラム①悲劇というのがよくなかった。大仰なセリフに満ちた，陰謀や嫉妬が渦巻く王侯貴族たちの血みどろ劇は，当時はまだアカデミックな研究対象としては認められていなかった。また，論文の書きっぷりが緻密すぎて難解だったことや，彼がユダヤ人だったことも災いしたらしい。こうして大学で研究者として生きてゆく道が閉ざされたのち，彼は在野の物書きとしてヨーロッパ各地を転々としながら，書評，論文，エッセイ等の文章を新聞や雑誌に寄稿して身を立ててゆくことになる。

2　大学時代と第一次世界大戦

おりしも，ベンヤミンが学生時代の1914年に第一次世界大戦が勃発した。英仏列強に追いつけとばかりに，挙国一致で戦争に突入しようとしていたドイツでは，多くの大学教員が学徒出陣を呼びかけ，ユダヤ人たちも，ドイツ国内でみずからの存在を認めてもらうチャンスとみて，積極的に兵役に志願した（図1）。実はベンヤミンも「一瞬だけ」熱狂した志願兵の押し寄せる兵営に行っていたらしい。しかし，友人からの一通の速達郵便で目が覚める。その手紙には，「君たちは僕らが集会所で横たわっているのを見つけるだろう」とあった。開戦を憂えた友人の詩人ハインレが，仲間の溜まり場になっている部屋で恋人と心中したのだった◁1。これ以降，ベンヤミンは自分の置かれている状況を，徹底的に批判的なまなざしで見つめるようになる。

3　「アウラの凋落」

『複製技術時代の芸術作品』は，ヒトラーによる政権掌握の2年後，2度目の世界大戦が迫りつつある1935年に亡命先のパリで書かれた◁2。テーマはずばり「映画」である◁3。ベンヤミンの主張は，〈映画はそれまでの芸術とは決定的に異

▷1　ベンヤミンはごく若い頃に詩を書いていて，そのうちの多くがハインレに捧げられている。

▷2　その後何度も改稿が重ねられ，フランス語稿を含めて全部で5つの稿がある。

▷3　ベンヤミンが作品内で言及している主な映画。

なる新しい芸術である。それは，映画が機械技術による複製を前提としているからだ〉というものだ。この新しさを述べる際の決めゼリフ「アウラの凋落」がこの作品を有名にした。従来，芸術作品なるものには，「いま-ここ」にあるものだけが持つ「かけがえのなさ」，つまり「本物オーラ」があり，その権威ゆえに芸術作品は崇拝されてきた。だが，オリジナルとコピーの区別のない映画にそのような「アウラ」はない，というのである。「当然だよ，映画は芸術というよりも娯楽なんだから」という声が聞こえてきそうだ。しかしベンヤミンは，映画は芸術なのか，娯楽なのか，という問い方はしない。そうではなく，映画の登場によって「芸術作品」のあり方が変化したのだ，と考える。そしてこのときに前面に出てくるのが「大衆」という存在だ。

4 映画と大衆

ベンヤミンは，映画という芸術の担い手は，この時代に新しく登場した大衆だという。彼がここで念頭に置いているのは，日々工場でみずからの動きをベルトコンベアのテンポに合わせて作業する労働者たちのことだ。彼らは映画に行くと，カメラの前で演技する俳優に，自分たちと同じ，機械に試されている人間の姿を見出す。また彼らは映画を見るとき，仕事の際にベルトコンベアにみずからの動作を合わせるのと同様，映画が指定するテンポとカットにみずからを合わせる。つまり，大衆はすでに労働の場で映画の技法に慣れ親しんでいるのであり，映画はその意味で，大衆が自身のやり方で自身の姿を見つめる方法たりえているのだ。だが一方で，当時すでに映画は莫大な製作費を必要とする産業になりつつもあり，他方では，ナチスが映画に目を付け，「プロパガンダ映画[4]」による大衆操作を目論んでいた。映画は本来，アウラなき世界の主役である大衆を映し出すものであって，資本家やナチスといった権力者たちの幻想（アウラ崇拝を良しとする世界像）を描くものではないにもかかわらず。

5 芸術作品とは何か

ところで，アウラなき世界においても，その存在と可能性をベンヤミンが信じ続けた「芸術作品」とはそもそも何なのか。この映画論を読めば，少なくとも，上流の人びとのための高尚な愉しみや人生の彩りだなどとはいえなくなるだろう。人びとはどのような環境で，どのように働いているのか，その働く姿の表現が芸術作品である，とベンヤミンは言っているように思える。人間は労働の場においては，私的で親密な空間におけるよりも激しく，時代の先端の技術に晒され，時代の問題に直面させられる。「働く」とは時代のなかで生きることにほかならない。この意味で，芸術作品とは，それぞれの時代の人びとが，自分が生きる世界とどう向き合っているかを見つめた，そのまなざしの結晶であるといえるのかもしれない。

（岡本和子）

図2　チャップリン『巴里の女性』（1923年）
出　典：Jeffrey Vance: *Chaplin. Genius of the Cinema.* Harry. N. Abrams, New York 2003, p. 143.

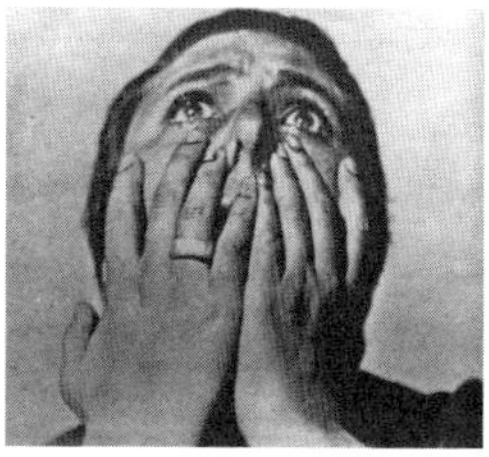

図3　ドレイエル『裁かるるジャンヌ』（1928年）
映画と演劇の違いとして，俳優をメーキャップなしで演じさせる映画の試みが紹介されている。
出　典：Claude Beylie: *Les films-clés du cinema.* Larousse, Paris, 2011, p. 52.

図4　ベン・シャープスティーン『ミッキーの消防隊』（1935年）
ベンヤミンは白黒からカラーに切り替わる1935年くらいまでのミッキーマウス映画を見ている。
出　典：*Walt Disney's Mickey Mouse. The ultimate history.* Edited by Daniel Kothenschulte. Taschen, Köln 2018, p. 172.

▷4　クリスティアン・クレーネス他監督『ゲッベルスと私』（2016年）には，ドイツのものだけでなく，アメリカ側のものも含め，第二次世界大戦中の多くのプロパガンダ映画がコラージュされている。

56 『一九〇〇年頃のベルリンの幼年時代』（*Berliner Kindheit um Neunzehnhundert*, 1932-38）

ヴァルター・ベンヤミン（Walter Benjamin, 1892-1940）

ベンヤミンのパスポート写真

サイン

図1　ベンヤミン（右端）と両親と弟（1896年）

出　典：Uwe-Karsten Heye: *Die Benjamins*. Aufbau, Berlin 2015.

1 完成しなかった本

ドイツでは19世紀のあいだ芸術は「教養市民」と呼ばれるブルジョワにほぼ独占されてきた。しかし20世紀の芸術の担い手は大衆である――批評家ベンヤミンはこのように労働者階級に熱いまなざしを送っていたが，当の本人は大ブルジョワ家庭の出身だった（図1，図2）。両親はともに裕福な同化ユダヤ人[1]で，19世紀末に新しく開発されたベルリン西部の高級住宅街で何不自由ない幼年時代を過ごした。しかし，ナチスによる政権掌握後は故郷を追われ，1933年にパリに亡命してからは，孤独と貧困に苦しむ日々を送る。人生の回想録を書こうと思い立ったのは亡命前の1932年，すでになかば逃亡生活のような形でスペインのイビサ島に滞在していたときのことである（図3）。自殺の思いもよぎり始めたこの時期に，彼は青年時代までの思い出の断片を記し，それを「ベルリン年代記」と名付けた。しかしこの追想プロジェクトはやがて彼のなかで，個人的な思い出よりも，ドイツの大都市における市民階級の経験と，その階級からの訣別を記録すべきものへと変貌してゆく。その後ベンヤミンは1932年から34年にかけて，さまざまな新聞に幼年時代をテーマとする文章を偽名で発表していった。彼はこれらの文章を30篇ほどにまとめて一冊の書物として出版することを切望し，推敲を続けていたが，その願いは叶わぬまま，ゲシュタポに追われ，ピレネー山中でみずから命を絶った。『一九〇〇年頃のベルリンの幼年時代』は，ベンヤミンの存命中には日の目を見なかった作品である[2]。

2 2つの喪失

幼年時代の追想にはつねに喪失感がつきまとうものだ。ベンヤミンの場合，幼年時代とともに決定的に失われたものは2つあった。その一つは「庇護されている」という安心感である。高級家具や調度品がしつらえられた家屋敷，一族の後継者として大切に扱ってくれる祖母や叔母や使用人たち――「家」という空間のなかで，子供の彼は何重にも守られていた。だがそんなブルジョワ的な安心感は，第一次世界大戦後のハイパーインフレーション（図4）を機に，幼年時代もろともあっけなく消え去る。もう一つ，ベンヤミンがさらに力を込めて描いたのが，言葉を初めて習い覚えるという経験は二度と味わえないという認識からくる喪失感である。アルファベットの文字板を並べて単語を作る子

▶1　ユダヤ教の戒律にはそれほど厳格ではなく，文化的・政治的に非ユダヤ的な周囲の社会に同化したユダヤ人のこと。父エーミールは古美術商として成功し，手広く商売を営んでいた。

▶2　1981年にパリの国立図書館で発見された「最終稿」にさえも「まだ書き直すこと」とメモされている。現在，フランス語稿を含めて5つの異なる稿が残っている。

供の手の動きについて，彼は次のように書いている。「手はその指使いをまだ夢想できるが，しかし，新たに目覚めてそれを実際にそっくりそのままやってみせることは，もはや決してできない。同じように私は，かつてどんな風に歩行を覚えたかを夢想することはできる。だが，それは何の役にも立たないのだ。私はいま歩くことができるが，それを覚えることはもはや叶わない」。子供が言葉を学んでゆく過程を大人は決して追体験できず，子供には，言語が未熟な彼らにしか見えない世界がある。たとえばベンヤミン少年は，祖母の家がある「シュテーグリッツ通り」という通りの名を，「シュティーグリッツ」という名の鳥（ゴシキヒワ）に由来するものと思い込んでいた。そして実際，子供の彼にとって，祖母の立派な屋敷は鳥の巣であり，祖母はその巣に棲んで通りに睨みをきかせている鳥だったのだ。子供が祖母の本性を見抜いた際のこの鳥のイメージはしかし，間違いが正された途端に消えてしまう。

3 喪失から訣別へ——室内から路上へ

だが，この作品に描かれた２つの喪失は，懐かしみの感情を呼び起こして終わりではない。「家に守られている状態」の喪失は「家を出て街路へと身を投じる」行為へと，そして「言葉を学ぶ過程」の喪失は「言葉をみずからの武器として使う」営みへと転じて，幼年時代に別れを告げる身振りになるのだ。幼年時代とは，見方を変えれば，自分の両親や祖父母が主役の時代でもある。ベンヤミンの両親や祖父母が生きた19世紀ドイツとは，市民革命に失敗したのち，憲法もなく自由な市民も不在のまま，普仏戦争に勝利して統一国家を建設した時代だった。1871年にドイツが勝利に酔っていたとき，すでに**ニーチェ**⇨Ⅰ-25·27は，戦争に勝ったからといって決してドイツ文化が勝利したわけではない，ドイツの教養市民層が「文化」と称しているものはさまざまな様式のごった煮でしかない，と批判していた◁3。ベンヤミンがブルジョワ家庭の室内を，高級だが没趣味なものとして描く際の筆致には，こうしたニーチェの批判が共鳴しているだろう。ベンヤミンは，そんな親世代に反抗する子供を描くことによって，ブルジョワ社会に染まっていたみずからの幼年時代に絶縁状をつきつける。彼の描く子供が反抗心を見せるのはたいてい，外出しようとするときや，路上においてだ。たとえば，出がけに母親に服の綻びを発見され，繕われる間じっとしていなければならないときや，買い物の際にわざと母親から半歩遅れて歩くとき。少年ベンヤミンは，家に守られている限り，19世紀的な市民社会の囚われ人だ。しかし中年ベンヤミンは，庇護してくれる家を捨てて路上へと向かう子供を描くことによって，子供をブルジョワ的生活圏から脱出させようと試みる。この作品は，ベンヤミンが言葉を武器として親世代と戦った，その戦いの記録である。と同時に，失われた幼年時代を想うときに抱かずにはいられない感情が丁寧に綴られた，泣かせる本でもある。（岡本和子）

図２　ベンヤミン（左端）と弟と妹

出　典：Esther Leslie: *Walter Benjamin*. Reaktion Books, London 2007, p. 19.

図３　イビサ島の港のベンヤミン（手前中央，1933年）

出　典：Willem van Reijen und Hermann van Doorn: *Aufenthalte und Passagen*. Suhrkamp, Frankfurt am Main 2001, S. 6.

図４　紙屑同前の価値しかなくなった紙幣で遊ぶ子供

インフレは1923年に入ってから猛烈な勢いで一挙に進行した。

出　典：Frederick Taylor: *The downfall of money*. Bloomsbury Press, New York 2015.

▷3　ニーチェ『反時代的考察』（1873-76年）の冒頭部分を参照。

57　『昨日の世界』（*Die Welt von Gestern*, 1942）シュテファン・ツヴァイク（Stefan Zweig, 1881-1942）

ツヴァイクの肖像

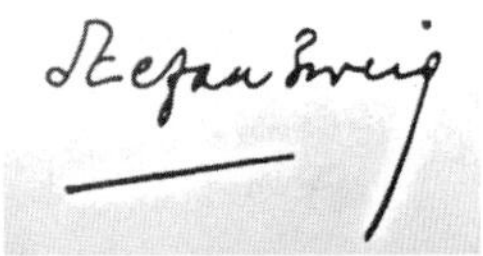

サイン

図１　19世紀ウィーンの文学カフェの一つ，グリーンシュタイドルの内部

出典：*Das Wiener Kaffeehaus.* Hrsg. v. Kurt-Jürgen Heering, Frankfurt am Main / Leipzig 1993, S. 37.

図２　ザルツブルク・レジデンツ広場の焚書（1938年４月30日）

出典：*„Ich gehöre nirgends mehr hin!“ Stefan Zweigs Schachnovelle - Eine Geschichte aus dem Exil.* Hrsg. v. Klemens Renoldner u. a., Salzburg 2017, S. 63.

1　時代と共に生きた作家

ツヴァイクという作家は後世においてようやく評価されるような，時代に先駆けた実験的・革命的な書き手ではなかった。むしろ過去を愛し，現在に立脚し，同時代に向かって語る作家だった。だがそうした文学もまた，未来のわれわれへのこのうえなく貴重なメッセージになり得るのだということを，彼の人生の集大成である『昨日の世界』が教えてくれる。

ツヴァイクはウィーン世紀転換期という時代に育てられた作家だった（図１）。裕福なユダヤ系商人の次男として生まれ，10代から先輩詩人の**ホーフマンスタール**[⇨Ⅰ-33]や**シュニッツラー**[⇨Ⅰ-32]らの活躍に刺激を受け，19歳で処女詩集を発表。1919年からはザルツブルクに住み，歴史作品や短編小説を中心に多くの代表作を世に送った。当時は他の詩人たちが「低俗な大衆作家」と嫉妬混じりに非難するほどの人気を誇ったが[◁1]，ナチス政権成立の翌年にはイギリスへ亡命，第二次世界大戦が始まるとさらにアメリカ，ブラジルと追われるように移住していった。

『昨日の世界』はそうした過酷な晩年の日々に書かれた自伝である。ツヴァイクは序文において自身が「オーストリア人，ユダヤ人，作家，ヒューマニストであり平和主義者」として，とりわけ激しい変転を経験する立場にあったと述べる。若い頃から世界各地を旅して交友を広げた彼は，悲惨な第一次世界大戦の経験から戦間期には平和主義者として精力的に活動した。彼が夢見たのは現在のEUにも通じる「ヨーロッパの文化的統一」，諸国民が二度と争い合うことなく，国や民族を超えて共に豊かな文化を築く世界だった。それがナチス政権成立と第二次世界大戦の勃発によって灰燼に帰し，自身も亡命の身で国籍を失うという絶望的状況をもって自伝は結ばれる。すでにオーストリアはナチス・ドイツに併合され，心の故郷として愛したヨーロッパも戦火に包まれていた（図２）。

2　失われたヨーロッパの「伝記」

生きてきた場所をことごとく理不尽に奪われた苦しみを，ツヴァイクは『昨日の世界』序文で吐露している。「私は1881年に強大なハプスブルク帝国の首都で生まれたが，この国を地図に探してはならない。それはあとかたもなく消し去られてしまった。私は2000年の歴史を持つ国際的な首都ウィーンで育ち，この街がドイツの田舎町におとしめられるのを前に，犯罪者のようにそこを後にしなければならなかった。……こうして私はもうどこにも属さなくなり，どこへ行っても異邦人，せいぜい客人でしかない」。

だからこそツヴァイクは，自伝といいつつ個人の体験よりも，時代や場所ごとの社会的・文化的状況，あるいは交友のあった芸術家や政治家などのエピソードを書き残すことに力を注いだ。序文に「私が語るのは，私自身ではなく一つの世代全体の物語だ」とあるように，これは優れた評伝作家であった[2]彼による，いわば19世紀末から20世紀前半にかけてのヨーロッパという一つの世界の「伝記」なのだ。世紀転換期の繁栄から第一次世界大戦の破滅的体験，そしてナチスと第二次世界大戦による「死」。栄華から二度の戦争を経て悲劇的な最期へと向かう劇的な歴史が，そのまま作者自身の生涯にも重ねられる。

ただ『昨日の世界』の執筆がそれまでの評伝作品[3]を書いたときと違っていたのは，亡命の身であったツヴァイクには本も史料も一切手元になく「私の頭の中にあるもの以外は何一つ」参考にできない状態だったという点だ[4]。だが物的資料がないことは，回想録を書くうえで単なる限界を意味するわけではないと彼は言う。なぜなら「私は人間の記憶を，あるものを偶然に保持し，またあるものを偶然に失うようなものとはみなさない……自分の人生から忘れていくものはみな，実のところ内なる本能によって，忘れられるべく定められていたのだ」。外的な資料のすべてが奪われても，記憶は常に本当に大切なものを知っている。そして彼の心の中に守られたありし日のヨーロッパの姿は，いかなる迫害によっても追い払うことができないのだと（図3）。

3 古き良きウィーンと未来へのヴィジョン

『昨日の世界』はヨーロッパ激動の時代の貴重な証言としてツヴァイクの代表作となったが，その一方でとくに第一次世界大戦以前のウィーンに関する記述は「当時の社会格差や反ユダヤ主義，戦争の予兆を無視しており，ノスタルジックに過ぎる」と批判されることもある。しかし歴史的に「正しい」記述はそもそも本作の目的ではなかった。失われた多民族国家ハプスブルク帝国は，ツヴァイクの生涯の夢であった統一ヨーロッパの模範として描かれている。そしてその夢が粉々に打ち砕かれた今，かつてのウィーンの輝かしい思い出は，失われた故国に寄せる彼の悲痛な追憶，そして戦争の彼方に望む平和なヨーロッパのヴィジョンそのものなのだ。

ただ，長い亡命生活に追いつめられたツヴァイク自身にはもはや，その未来を待つ力は残されていなかった。「皆さんが長い夜の果てに夜明けを目にすることができますように。気の短すぎる私はお先にまいります」――この遺書を残して1942年２月22日夜，『昨日の世界』の出版を待つことなく，彼は亡命先のブラジルで妻と共に自ら命を絶った。時代の中を歩み，時代の栄光を味わい，破滅へ向かう時代とともに倒れていった60年の生涯であった。（杉山有紀子）

▶1　戦間期においてツヴァイクは，もっとも多く外国語に翻訳されたドイツ語作家の一人であった。

▶2　代表的な評伝として，ヘルダーリン・クライスト・ニーチェを扱う『デーモンとの闘争』（1925年），『マゼラン』（1937年）等がある。日本では池田理代子の漫画『ベルサイユのばら』（1972-73年）の原案になったとされる伝記『マリー・アントワネット』（1932年）がとくに有名。

▶3　ツヴァイクは評伝の執筆にあたって毎回膨大な史料を調べ上げた。彼が『マリー・アントワネット』執筆の際に史料調査の過程で発見した書簡等が，後に歴史研究に取り入れられたこともある。

▶4　実際には『昨日の世界』の執筆においても多少は資料が参照された形跡があるが，ツヴァイクはあえてそれを語らず，過去が自分の内面にのみ守られたものであることを強調している。

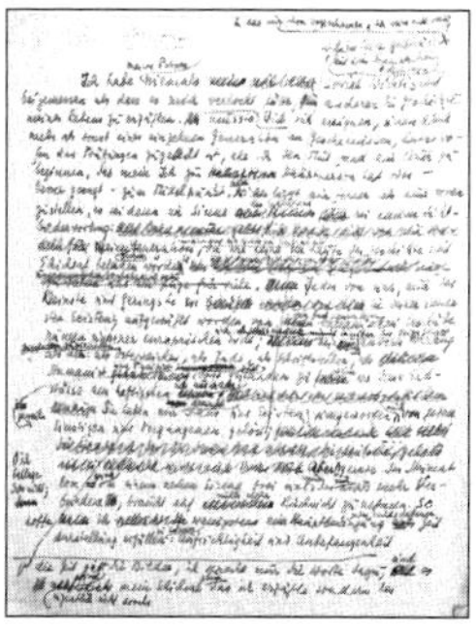

図３　『昨日の世界』第１ページ目の草稿

出典：*Stefan Zweig - Abschied von Europa.* Hrsg. v. Klemens Renoldner, Wien 2014, S. 2.

58　『ウェルギリウスの死』（*Der Tod des Vergil*, 1945）
ヘルマン・ブロッホ（Hermann Broch, 1886–1951）

『夢遊の人々』を出版した頃のブロッホ（1931年12月撮影）

サイン

図１　ブロッホの生家

出典：著者撮影。

図２　外壁にはブロッホの生誕を記念するプレートが埋め込まれている

出典：著者撮影。

1　危機の時代の小説家

1886年，ヘルマン・ブロッホはウィーン中心部，ドナウ運河に面した瀟洒《しょうしゃ》な建物（図１，図２）に生まれた[1]。紡績工場を継いだブロッホは，20代のときには商用旅行でアメリカにも行っている。乗馬とフェンシングを愛し，服装にこだわる裕福なお坊ちゃんだった。財産を築いたユダヤ人家庭に育った若者らしく，ブロッホも心ひそかに学者や芸術家に憧れていた。

おりしも世界恐慌が迫る不安定な時代のただなかで，ブロッホは工場を売り払って作家として身をたてる決心をした。1927年，41歳のときだった。そうして小説『夢遊の人々』三部作[2]を完成させた。小説の評価とは裏腹に売り上げの方はよくなかった。作家に転身してからのブロッホには，金銭苦がつきまとった。しかも隣国ナチス・ドイツの脅威がオーストリアにも迫っていた。ユダヤ系のブロッホは身の危険を感じながらも，ウィーンに留まり執筆活動を続けた。しかしドイツのオーストリア侵攻後，1938年３月13日の早朝，ついにナチス党員によってブロッホは拘束されてしまう。捕縛中，死の不安に迫られながらも『ウェルギリウスの死』を書き続けた。18日後，幸運にも拘束を解かれたブロッホは遅まきながら亡命を決意した。友人諸氏の助けもあって，なんとかアメリカに亡命を果たした。生活は一層厳しくなった。困難な状況下でも文学作品を書く意義をつねに問い続け，一切の妥協なく『ウェルギリウスの死』の完成を目指した。1945年，この長編小説は亡命地アメリカでようやく英語訳とともに出版されたのであった。

2　「認識を得る最後の瞬間は，全生涯よりも長く続くに違いない」

『ウェルギリウスの死』の主人公ウェルギリウス（70BC–19BC）は，古代ローマ帝国に生きたヨーロッパ文学の祖と目される実在の詩人だ。ウェルギリウスは「異教徒」にもかかわらず，長年キリスト教文化において敬われ，西洋文学の中心的な役割を担ってきた[3]。たとえばダンテの『神曲』には地獄と煉獄の案内者としてウェルギリウスが登場する。また未完の叙事詩『アエネーイス』の焼却を命じた遺言も芸術家伝説として今日まで知られている。これらはブロッホの『ウェルギリウスの死』においても重要なモチーフとなっている。

瀕死のウェルギリウスが港に到着する場面で始まる小説では，彼の目に映った風景から，熱病に冒されたうわ言，幻との対話にいたるまで，外界と内面の描写が渾然一体と化した世界が，彼の意識が途切れるまでの18時間にわたって展開されている。

ギリシアで叙事詩『アエネーイス』の完成を一心に目指していたウェルギリウスであったが，病に倒れ，皇帝アウグストゥスの船団とともにイタリア半島の南東，アドリア海を臨む港町ブリンディシウムに帰還する。輿に乗せられたウェルギリウスは野蛮な群衆がうごめくなか王宮へと運ばれる。熱に浮かされながらも，納得がいくまで書きあげられなかった叙事詩の焼却を決意する。病床の詩人を皇帝が見舞い，生と死の認識あるいは芸術についての対話が重ねられると，ウェルギリウスの考えは改まる。死後の名誉といった虚栄心を捨て，人間が手がけるものの「不完全さ」を受け入れ，未完成のまま『アエネーイス』を後世に残すことを決め，意識の底深くに旅立つ。

死を前にしても文学の意義を問い続け，倫理的に創作することを心がけたウェルギリウスの姿には，ブロッホ自身の投影が見られよう。小説のウェルギリウスは「死を認識することばの強さから生まれる創作」を目指してすべてを投げうってきたと，己の人生をふりかえっている。

3 「詩は言語，言語は認識」

『ウェルギリウスの死』は，**古代ギリシア**⇨Ⅱ-二-2の４元素の思想にもとづいて，「第１章　水――到着」「第２章　火――下降」「第３章　地――期待」「第４章　風――帰郷」という４章立てで構成されている。交響曲の楽章も想起させる章立てには，ブロッホの「音楽性」への強い意識が現れている。音の連なりから旋律が生まれるように，小説の文章においても，一語一語の字句とそれらの関係から行間に叙情性が生じて認識の助けとなる。ブロッホと親交があった哲学者ハンナ・アーレント[◁4]が「ドイツ語の散文作品のなかでもっとも美しい風景描写」と評した船が港に着く小説冒頭の場面は，ドイツ語で19行におよぶ一文で書き表されている。「青鋼色でかろやかに」という色彩と動きの組み合わせに始まり，「槌打つ音や人びとの叫び声など」の音や「かまどの木の燃える匂い」の描写が加わって，五感を刺激しながら刻々と変化する夕時の港の雰囲気を醸しだしている。このような小説の文体は，比喩に彩られながら，ときとして一文がとても長くかつ複雑な構造を備えている。これは生と死の認識を，ことばによってひとつひとつ探り積み重ねていった結果だ。

『ウェルギリウスの死』は，「理解もできず発しえぬそのことばは人間の言語の向こう側にあった」という有名な一文で締めくくられている。これは，あまたのことばを費やしたのちにも，たどり着けなかった認識への焦燥感とその吐露かもしれない。

（早川文人）

▶1　ブロッホは『ホフマンスタールとその時代』においてかつての建築様式を復元させた歴史主義的建造物にまみれたウィーンを「価値真空」の中心地とし，そんなウィーンで没落の途をたどる現実に背を向けて享楽的な日々をすごす人々と世界を「陽気な黙示録」と批判的に評した。

▶2　『夢遊の人々』は，『第１部1888年――パーゼノウまたはロマン主義』（1930／1931年），『第２部1903年――エッシュまたは無政府主義』（1931年），『第３部1918年――ユグノオまたは即物主義』（1932年）からなる三部作。『ウェルギリウスの死』とならぶブロッホの主著とされている。

▶3　ウェルギリウスは死後，キリスト誕生を予言した詩人としてキリスト教文化圏で広く受け入れられた。ブロッホがウェルギリウス小説の構想を得た当時，ヨーロッパではウェルギリウス生誕2000年祭が各地で催され，ウェルギリウス・リバイバルが起きていた。

▶4　亡命地アメリカでブロッホと知己を得たハンナ・アーレント（1906-75）は，ブロッホの死後，彼の全集の編纂にかかわった。『暗い時代の人々』（1968年）にはブロッホにまつわるエッセイが収録されている。

59　『老貴婦人の訪問』（*Der Besuch der alten Dame*, 1956）
フリードリヒ・デュレンマット（Friedrich Dürrenmatt, 1921-90）

27歳頃のデュレンマット

サイン

▶1　ナチス・ドイツの時代，ドイツ語で自由に演じられる場としてチューリヒ劇場に亡命演劇人が数多く集まり，稀有なレベルの高さを誇った。以来，ドイツ語圏でもっとも重要な劇場のひとつに数えられている。

図1　デュレンマットが描いた絵を使った『老貴婦人の訪問』の装丁
出典：Friedrich Dürrenmatt: Der Besuch der alten Dame. In: ders.: *Werkausgabe*, Bd. 5. Diogenes Verlag, Zürich 1998.

1　1956年初演の大ヒット悲喜劇

スイス・ベルン州の田舎町コノルフィンゲンに牧師の息子として生まれたデュレンマットは，大学在学中の1945年に短編小説を発表して作家活動を開始したものの，しばらくは鳴かず飛ばずの状態が続いていた。1947年に処女戯曲『聖書に曰く』がほとんど神話化されたチューリヒ劇場[◁1]で初演されるという幸運に恵まれた後は演劇を中心に活躍し，『老貴婦人の訪問』（図1）の大ヒットで劇作家としての地位を不動のものにした。

この作品は，かつては文化都市として栄えたものの，今は落ちぶれて破産寸前のギュレンの町に，「老貴婦人」クレール・ツァハナシアン（図2）が帰ってくる場面から始まる。クレールは17歳のときに恋人アルフレート・イルの子どもを妊娠するが，裏切られて故郷を追われ，娼婦に身を落とした過去をもつ。そのクレールが自分を捨てたイルに復讐すべく，45年後に世界的大富豪となって故郷の町に戻ってきたのだ。彼女は貧困にあえぐギュレン市民に，大金と引き換えにイルの殺害を要求する。「ヒューマニズムの名において」いったんはその提案を拒否するギュレン市民だが，大金を手にする誘惑には勝てず，しだいにツケで高級品を買うようになり，最終的には「お金のためではなく，正義のため」と称して集団でイルを殺害する。

コロス（合唱隊）を登場させるなど，古典的な**ギリシア**[⇨I-二-2]悲劇の形式を踏襲しながら，独自の演劇論に基づいて「悲劇的喜劇」と銘打たれたこの戯曲は[◁2]，喜劇『物理学者たち』（1962年）と並んで，デュレンマットの名を一躍世界的に有名にした代表作のひとつである。この作品はチューリヒ劇場での初演で大成功を収めた後，世界各地で上演され，西側の情報をシャットアウトしていたソ連においてすら，銀行の国スイスから発信されたお金の誘惑の物語ということで，資本主義批判に格好の芝居としてもてはやされた。

2　スイス批判

デュレンマットは晩年に発表した回想記の中で，『月蝕』という短編小説の構想がこの戯曲のもとになっていることを明かしている。大金を払って故郷の人々に人殺しをさせるというプロットはほぼ同じだが，戯曲が架空の町を舞台にしているのに対して，小説はスイスの農村で繰り広げられる。スイスの農村と聞いて読者がまず思い浮かべるのは，美しいアルプスの風景と，そこで暮らす善良な人々の素朴でのどかな生活という，『**アルプスの少女ハイジ**』⇨Ⅰ-26的なイメージだろう。しかし，デュレンマットが描くスイスの農村はそのような牧歌的イメージとはほど遠い。『月蝕』に登場する村人たちには信仰心のかけらもなく，大金を得るためなら人を殺すことなどなんとも思っていない。

デュレンマットは作品の中でしばしば激しくスイスを批判した。そのため，彼はスイスでは必ずしも快く思われておらず，バッシングを受けることもしばしばだった。批判の矛先が向けられたのは，『月蝕』に見られるようなスイス人の拝金主義，あるいは陸の孤島の閉鎖性や官僚主義，「克服されていない過去」[3]など，さまざまだった。1990年に心筋梗塞で亡くなる直前に『監獄としてのスイス』と題した講演で物議をかもしたのも，デュレンマットらしい幕切れだったといえるだろう。

『老貴婦人の訪問』にもスイス的な要素はいくつかあって，たとえばクレールからの多額の寄付金を受け取ることを決め，ひいてはイルの処刑を決定する「市民集会」は，スイス直接民主主義の象徴ともいえるランツゲマインデ[4]を思わせる。日本ではしばしば「青空議会」として紹介されるこの集会は，年に一度，政治の最重要事項を審議するために有権者全員が州の首都の広場に集まり，挙手で採決するという伝統行事である。肥溜めのような町ギュレン[5]の「市民集会」の場面はしかし，作品全体で見た場合には，スイス人を批判するというよりも，すべての市民が殺人の加担者である点を明確にする方に力点が置かれているように思われる。

3 作品のもつ普遍性

デュレンマット作品は一見ローカルな枠組みをもっているように見えても，そこで扱われているテーマには常にその枠組みを超えた普遍性があるため，彼の作品はアクチュアルな問題に立ち向かう際の一種の思考モデルとして機能する。『老貴婦人の訪問』が世界各地で上演され続け，繰り返し映画化されるのも，時代と地域を超えたその普遍性の証だろう。たとえば，1992年に製作されたセネガル映画『ハイエナ』（マンベティ監督）では，原作のストーリーを忠実に再現しながらも，外国資本に収奪されるアフリカの豊かな自然が描かれる。また，2000年にこの作品がベルリンのドイツ劇場で上演された際には，演出家ラングホフは舞台を統一前の東ベルリンに設定した。

ブラジル人作家コエーリョの小説『悪魔とプリン嬢』（2000年）のように，この戯曲にヒントを得て新たな作品を生み出した芸術家も多く，デンマーク映画『ドッグヴィル』（トリアー監督，2003年）への影響関係も指摘されている。

（増本浩子）

図2 初演でクレールを演じる女優テレーゼ・ギーゼ
出典：Heinrich Goertz: *Dürrenmatt.* Rowohlt Taschenbuch Verlag, Reinbek bei Hamburg 1987, S. 72.

▶2 本来悲劇であるはずのものが，「起こりうる最悪の方向転換」によって悲劇ではないものに転じ，それが喜劇と呼ばれる。

▶3 中立国スイスがナチス・ドイツに協力していながら，戦後それに無反省な態度を取り続けていたことを指す。

▶4 Landsgemeinde。「市民集会」と訳したドイツ語は Gemeindeversammlung。スイスでは基礎自治体を「ゲマインデ（Gemeinde）」と呼ぶ。中世からの伝統をもつランツゲマインデは現在ではほとんどの州で廃止され，アッペンツェル・インナーローデン州とグラールス州のみで行われている。

▶5 güllen には「水肥を施す」という意味がある。ちなみに，クレールの父親はギュレン駅のトイレを作ったということになっている。

60　『ブリキの太鼓』（*Die Blechtrommel*, 1959）
ギュンター・グラス（Günter Grass, 1927-2015）

1 子供の体に大人の頭脳，オスカル・マツェラート

1950年代，まだ一部の作家，批評家にのみ知られるにすぎなかった若者は，悩んでいた。どうやって自身初の長編小説を書いたものだろうかと。柱頭苦行者という，柱に坐して苦行に打ち込む者をその中心に据えることを考えついたものの，うまくいかない。さて，そんなある日のこと，両親のそばでブリキの太鼓を持った子供が遊んでいるのが目に入る。そうだ，ブリキの太鼓を持った子供を主人公にしてみよう――。この瞬間に，ドイツ文学史上でも特異な主人公，オスカル・マツェラートが誕生した。そしてその同じ瞬間にこの『ブリキの太鼓』という小説の成功が約束された。柱頭苦行者になくて，オスカルが持っているもの，それは「動き」である。上から人々を見渡すのではなく，どこにでも下から潜り込んでいくことのできる子供の動き，それも大人の知性を携えて。

オスカル（図1）は3歳で自らの意思でもって成長を止める。汚い大人の世界に参入することを拒むために。3歳の誕生日にもらったブリキの太鼓は，子供の振りをするための隠れみのとなる。それを奪おうとする大人には，ガラスを割る声で対抗する。そうして透徹したまなざしを持つオスカルが見つめる世界はナチスが権力を持つ時代のダンツィヒ（現グダニスク）である。ここはドイツ人とポーランド人，さらには少数民族カシューブ人が住む旧ハンザ都市であり，さまざまな人々が訪れ多文化が混じり合ういわばヨーロッパの縮図である。ギュンター・グラスは自身が生まれ育ったこの街において，「普通」の人々がどのように暮らし，そしてどのようにナチスに関わっていったかを，オスカルというどんな場所へも入り込むことができる人物を主人公に据えることでグロテスクなほど緻密に描き出すのである。

「そのとおり，僕は精神病院の住人だ」。物語はこのように始まる。語り手兼主人公であるオスカル・マツェラートが，精神病院のベッドで，1924年の誕生から30歳になるまでの半生を物語るという構造である[◁1]。つまり，ナチスが権力を握り，戦争が始まり，そして敗戦後の復興までの時代が，オスカルの視点から見られたさまざまなエピソード群の集積として語られる――1950年代の復興の中で，過去を振り返ることを忘れ始めた読者へ向けて[◁2]。

『ブリキの太鼓』出版当時のグラス

サイン

図1　ダーフィト・ベネント（右）が演じるオスカル

出典：Volker Mied: *Das Buch der Literatur. Deutsche Literatur vom frühen Mittelalter bis ins 21. Jahrhundert. Jubiläumsausgabe.* Stuttgart 2017, S. 460.

▶1　精神病院のベッドから語るオスカルは，専門用語を使えば「信頼できない語り手」に分類される。つまりオスカルが語る内容について，読者はそれがはたして「本当」だろうかと，常に注意していることを求められる。

2 ノーベル文学賞

少年期にグラスは軍国少年としてヒトラー・ユーゲントの機関紙が主催する作文コンクールにも応募していた。17歳の時にナチス武装親衛隊に入隊していたことを2006年に『たまねぎの皮をむきながら』で告白した際は，大きな波紋を呼んだ。終戦後はポーランド領となった故郷を離れてドイツに移り，グラスは詩作をはじめる。ほどなくしてコンクールで入賞し，戦後ドイツ文学で若手作家の登竜門として大きな役割を果たしていた**グルッペ47**⇨I-62[3]の朗読会に招待される。1950年代後半に，最初の長編小説に着手し完成したものが『ブリキの太鼓』である。出版前にグルッペ47の朗読会でこの作品の一部を朗読した時にはすでに絶賛されていたが，はたして出版されると瞬く間にグラスは戦後ドイツ文学の寵児となった。ノーベル文学賞受賞は1999年まで待たなくてはならなかったが，その間も候補に挙げられ続けていた。受賞の理由として述べられた「歴史の忘れられた側面を遊戯と諷刺に満ちた寓意によって描き出した」という点は，まさに『ブリキの太鼓』でなされたことである。

3 政治活動と灰色

『ブリキの太鼓』出版後もグラスは精力的に作品を発表する。しかしグラスという人物の溢れるエネルギーは執筆活動だけでは収まるものではなかった。SPD（ドイツ社会民主党）に入党し（のちに離党），ヴィリー・ブラント（図2）の応援演説でドイツ中を行脚しただけではなく，ドイツ統一や湾岸戦争など，事あるごとに発言した。このような政治的発言と作家としての活動はしかし，グラスの中では決して矛盾するものではなかった。共通するのは，過去をしっかりと認識し，未来へ向けて，現在を批判的にみつめるということである。その際にキーワードとなるのが，「灰色」である。これは黒か白かにはっきりと決断しないという意味で否定的に捉えられるかもしれないが，現実において物事がそう簡単に区別されることは多くない。「ポスト・トゥルース」という言葉が示唆しているように，この灰色はいま，ますます濃くなっているように思われる。グラスはそのような灰色の現実に対して，軽々に黒や白というのではなく，それをまずは灰色とみなし，そのグラデーションをじっくりと見つめて，その都度何が最善か見極めるのだ。実際にSPDに入党したのも，当時の他の政党と比べて相対的にグラスの方針と合致したからにすぎず，意に添わないことがあれば決然と反対した。文学作品においても加害者としてのドイツだけではなく，『蟹の横歩きで』ではグストルフ号沈没事件[4]を取り上げ，被害者としてのドイツも描き出す。グラスという人物を，そしてグラスの作品を一義的に解釈することは難しい。それはこの作家があえて灰色の領域にとどまり続けた証左である。

（葛西敬之）

▶2　グラス自身による『ブリキの太鼓』の朗読CD（23枚組）は28時間にも及ぶ。

▶3　1947年に初めて集まったグループ（ドイツ語ではグルッペ）ということで，このように呼ばれた。グラスは『テルクテの出会い』という小説で三十年戦争末期のバロック時代を舞台に当時実在した詩人を集めて，長年の戦禍にあえぐ祖国について話し合わせるのだが，その詩人たちの姿はグルッペ47の参加者と重なりあう。過去・現在・未来を縦横無尽に用いるグラスの空想力のなせる技といえるだろう。

図2　ヴィリー・ブラント（手前右）と共に

出典：Heinrich Vormweg: *Günter Grass. Neuausgabe.* Reinbeck bei Hamburg 2002, S. 94.

▶4　第二次世界大戦末期，ドイツ人の避難民を数多く乗せた旅客船グストルフ号がソ連海軍により撃沈され，推定約9000人が犠牲となった。

61　『群衆と権力』（*Masse und Macht*, 1960）
エリアス・カネッティ（Elias Canetti, 1905-94）

1965年頃のカネッティ

サイン

1 異色のノーベル賞作家

カネッティはブルガリアのドナウ河沿いの都市に生まれたスペイン系ユダヤ人である。このユダヤ人たちはセファルディとも呼ばれ，15世紀末の国土回復運動[1]の際にイベリア半島から地中海を経由してトルコ，バルカン半島に亡命・移住したユダヤ人の子孫である。カネッティもまた，バルカン半島の多言語・多民族環境で幼年時代を過ごし，ヨーロッパ各地を転々としつつ，ドイツ語を学んだのは８歳になってからであった[2]。その後1920年代のウィーンで文学活動をはじめ，**クラウス**[⇨Ⅰ-36]の講演会に通い，さらに**ヘルマン・ブロッホ**[⇨Ⅰ-58]や**ムージル**[⇨Ⅰ-52]といった作家たちとも知り合う[3]。ウィーンで結婚した妻ヴェーザ（1897-1963）も作家である。

戦前は「書物人間」の東洋学者を主人公にした小説『眩暈』[4]（1935年）や不条理演劇の先駆とみなされる劇をウィーンで発表し，オーストリアがナチスによって併合される直前にイギリスに亡命，戦後はロンドンとチューリヒに居を構え，「ファシズムの根源」の解明を目指した大著『群衆と権力』を1960年に出版した。この他にも膨大な量の断想集や全３巻の自伝，モロッコを旅した際の紀行文などを残す。生涯一貫して母語ではないドイツ語で執筆し，1981年にはノーベル文学賞を受賞したドイツ語圏の異色の作家・思想家である。

2 「群衆」という現象

カネッティが文学活動を始めた第一次世界大戦後のドイツ，オーストリアでは，政治的対立に端を発する暴動やデモが頻発していた。カネッティもフランクフルトやウィーンで実際に群衆のデモに遭遇し，次第に「群衆とは何か」という問題に関心を抱く（図１）。その際，カネッティに強い印象を与えたのは，群衆を形成する一つ一つの動機や理念ではなく，群衆の内部で自己が融解するような身体的な変容の感覚，「陶酔」の体験であった。「群衆を内部から体験した」カネッティは，ル・ボンの『群衆心理』（1895年）や**フロイト**[⇨Ⅰ-43]の『集団心理学と自我分析』（1921年）とは一線を画すような群衆論を構想し，さらには群衆を支配しようとする権力の問題にも突き当たる（図２）。

3 『群衆と権力』の叙述スタイル――学問と文学の狭間で

自らの群衆体験から出発したカネッティは，「群衆」と「権力」という二つの

▶1　レコンキスタともいう。イベリア半島のキリスト教化によって，イスラム教徒やユダヤ教徒が追放された。

▶2　両親は共にセファルディだが，知り合ったのはウィーンであった。カネッティは父親が若くして亡くなったのち，母親からドイツ語を叩き込まれた。

▶3　ウィーン大学では化学を専攻した。ドイツ文学の作家・思想家にはいわゆる理系出身者も多い。またカネッティはカフカとは直接知り合う機会はなかったが，後にカフカ論の古典ともなる『もう一つの審判――カフカの「フェリーツェへの手紙」』（1969年）を書いている。

▶4　『眩暈』には孔子や新井白石の名前も見られる。なおカネッティは，広島で被爆した日本人医師である蜂谷道彦の『ヒロシマ日記』（1955年）についてのエッセイを戦後に発表し，原爆と権力の関係についても思索をめぐらした。

観点から西洋のみならず人類の血腥い歴史を，古今東西の文献——たとえば重要な資料として**シュレーバー**⇨Ⅰ-34の『回想録』も含まれる——の分析を通じて究明しようとする。いわば「群衆」と「権力」という２つの主題の絡まり合いから，人類史を再構成しようというきわめて壮大なプロジェクトとなっている。

ただしカネッティの叙述の方法は歴史学や社会学のそれとは大きく異なっている。たとえばカネッティは「諸国民の群衆シンボル」と題された箇所で，ドイツ人の群衆シンボルを「軍隊」であると規定し，それを「行進する森」と同一視している。「森」は**グリム童話集**⇨Ⅰ-16をはじめとするドイツ文学の多くの作品に登場する重要な舞台でもあるが，カネッティは森の木々の整然とした秩序が，ドイツ人の意識の中で同時に軍隊の秩序にも繋がりうるものであることを洞察している。一本一本の直立不動の巨木が，甲冑をまとった戦士の隊列に見えるというのである。通常の学問的論述では認められないような連想やシンボル，アナロジー（類推），飛躍に満ちた想像力による分析こそ，『群衆と権力』の独特の方法であり，カネッティのこうした思考のスタイルや叙述の形式はそれ自体が文学研究の対象ともなるだろう。

4 回帰する「迫害群衆」——群衆の現在

カネッティはさまざまな群衆のタイプを分類しているが，その中でも革命を目指す「転覆群衆」と並んで，特定の生贄を大勢の人間で殺害する「迫害群衆」がおそらくもっともイメージしやすい群衆の一つかもしれない。迫害群衆は，古くは共同で獲物を狩る「狩猟の群れ」にまで遡ることができ，これには実際にリンチを加える集団だけではなく，公開処刑を傍観する群衆も含まれる◁5。たとえば，イエス・キリストの磔刑に群がる大勢の人びとも，殺害に間接的に加担する迫害群衆の一員とみなされる。カネッティによれば，「真の死刑執行人は処刑台のまわりに群がった群衆なのである」。

このような迫害群衆は，すでに過去のものとなった野蛮な群衆と思われるかもしれない。しかし，センセーショナルな事件を傍観し，煽動する野次馬的な群衆は，近代以降「新聞」というメディアを通して形成されてきた，とカネッティは指摘する。特定の場所に集まる必要がない読者は，いわば新聞を通じて公開処刑に接しているのである。今では誰もがテレビやインターネットを通じて死刑執行のニュースをリアルタイムに享受できる。その際，私たちははたして自分が迫害群衆の一員ではないと言い切れるだろうか。さらにはインターネットで「炎上」を起こすユーザーもまた，迫害群衆の現代的形態であると言えなくはないだろうか。

カネッティは群衆ほど神秘的で不可解な現象はないと述べた。「群衆」は形を変えつつ，いたるところで生き残り続けているのだ。

（古矢晋一）

図１　ウィーン司法省焼き討ち事件に集まった群衆（1927年７月15日）

出典：Helmut Göbel: *Elias Canetti*. Rowohlt Taschenbuch Verlag, Reinbek bei Hamburg 2005, S. 63.

図２　ニュルンベルクのルイトポルト・アリーナでのナチ党大会

カネッティは独立したヒトラー論も発表している。

出典：Frederic Spotts: *Hitler and the Power of Aesthetics*. The Overlook Press, New York 2018, p. 70.

▷5　たとえばクライストの『チリの地震』に描かれた，ミサの最中に主人公たちに襲い掛かる信徒たちの群衆も迫害群衆と呼べるだろう。『チリの地震』ではさまざまなタイプの群衆・集団が描かれている。

62 『三十歳』（*Das dreißigste Jahr*, 1961）インゲボルク・バッハマン（Ingeborg Bachmann, 1926-73）

35歳のバッハマン

サイン

1 〈女性＝感性＝詩〉？

若い女性が文学賞を受賞すると，「瑞々しい感性」という形容を付けてもてはやされることが多いように思う。1926年にオーストリアの小都市クラーゲンフルトに生まれたバッハマンが，26歳で詩人として文学賞を受賞し文壇の寵児となった時も，人々を魅了したのはその「感性」の部分だった。しかし，本当のバッハマンは，男女の区別，感性と理性の区別，詩と散文の区別を乗り越えて語りたいと生涯苦しみ続けた人であった。

バッハマンは，戦後オーストリア各地の大学で哲学を学び，ハイデガーに関する論文で博士号も取得した秀才であった。そのかたわら学生時代から創作活動を行い，就職したラジオ局でも放送作家を務め，放送劇も執筆していた。そんな中，1952年に招かれた「**グルッペ47**」[⇨Ⅰ-60][◁1]の会合で詩を朗読すると，それがきっかけで注目され，翌年には同会の賞を受賞し，53年，56年に２冊の詩集の出版をするなど詩人として順調なスタートを切ったかに見えた。「振り返るな。／お前の靴の紐を結べ。／犬たちを追い返せ。／魚たちを海の中に投げよ。／ルピナスを消せ！」（『猶予された時』）――バッハマンの詩は，比喩を多用する抽象的で難解な作品であったが，全体的な暗さの中に緊張のみなぎる強い呼びかけが繰り返され，読者の心に直接訴えかける力があった。

しかし，その成功にもかかわらずバッハマンはこれ以降詩を書くことを中断し，散文によって小説を書くという選択をする。数年の試行錯誤の末，61年に出版されたのが，７編の短編からなる小説集『三十歳』であった。

▷1　ハンス・ヴェルナー・リヒターが主催し，戦後の新しいドイツ文学を打ち立てるために，若手作家を発掘して朗読会を開いたもの。アイヒンガー，グラスも参加した，新人作家の登竜門のような存在だった。

図１　バッハマンの生家（2019年）
「オーストリアの町での子ども時代」ではこの生家のことが語られている。
出典：著者撮影。

2 詩のような散文小説

『三十歳』は，栄光をつかんだ詩人が書いた散文小説として，人々から高い関心を持って迎えられた。冒頭を飾るのは，故郷クラーゲンフルトでの日々を扱った『オーストリアの町での子ども時代』である。第二次世界大戦前の子ども時代から戦後まで，次第に殺伐としてくる日々が淡々と描かれる（図１）。「わたし」は最後，すっかり変わってしまった町を去ろうとするが，劇場前の木が陽を浴びて黄金色に燃え上がるのを見た時，つながりが切れたはずの過去と現在が，あたかも永遠の中でひとつになるかのような錯覚を覚える。

全体のタイトルともなっている短編『三十歳』[◁2]は，30歳という節目が見えて

▷2　正確に訳すと「三十番目の年」で，30歳になるまでの１年間を追っている。

きた男が，モラトリアムの日々にピリオドを打ち，真の自由な生活を得ようと立ち上がる物語だ。彼は過去の自分と決別しようと転居するが，何事も思うようにうまく進まず，やがて消えたいと願うようになる。しかし，ヒッチハイクで乗った車が事故を起こし，運転手は即死し，彼は骨折だけで生き延びた。退院の日，鏡を覗いた彼は頭に一本の白髪を見つける。それは「老い」の印であった。しかしそのことで逆に彼は地に足がつき，恐れず30歳の誕生日を迎えられる気分になって物語は幕を閉じる。30歳を人生の盛期とみなすがゆえに，気負い，空回りを続けた主人公は，30歳がすでに「余生」であると悟ることで皮肉にも恐怖心から解放されたのだ。『ゴモラへの一歩』では，若い女性に言い寄られた主婦が，夫が彼女を弱い存在として支配するように，自分も誰かを恋愛で支配したかったことに気づく。同性愛を通じて，異性愛のゆがみが露わになる物語だ。

いずれの作品も，固定された考え方や物の見方が巧みな仕掛けによって覆され，隠された真実が明らかになるもので，筋立てはじつに面白い。しかし，文章という点では，主人公の内面描写が抽象的すぎたり，舞台背景にリアリティが欠けていたりと，詩に近い散文になっていることは否めない。当時の有力な批評家からの評価は厳しかった。

3 パウル・ツェランの影

バッハマンはなぜ詩をやめ小説というジャンルに向かったのだろう。本人が理由を語らなかったため真相は不明だが，そこにユダヤ系詩人**ツェラン**⇨Ⅰ-63との不幸な恋愛が大きく影響しているのは確かである。両親を強制収容所で亡くし，みずからも故郷を失ったツェランは，今日では20世紀最大の詩人と呼ばれるほどの優れた才能の持ち主であった。6歳年上のツェランとバッハマンの恋愛関係は，長い空白を挟んで二度（二度目の時ツェランは結婚していた），いずれも短期間のものだったが，バッハマンにとっては苦しい恋だった（図2）。真の絶望から生まれる究極の表現ともいえるツェランの詩を前に，ヒトラーを生んだ国オーストリア出身のバッハマンが強い劣等感を感じていたのは明らかだが，その一方で，時に厳しすぎるツェランの態度に不信感を抱いていたことも往復書簡◁3からうかがえる（図3）。男性，ユダヤ人，詩――バッハマンは，そうした枠組みに苦しんだ結果，区別そのものが意味をなさない次元で，独自の文学表現を創り出そうとしたのではないだろうか。

評価が良くなかったにもかかわらず，『三十歳』以後もバッハマンは小説を書き続けた。しかし，恋人マックス・フリッシュとの別れによって心の調子を崩した彼女は，73年，コンロの火が服に引火し，ひどい火傷を負って不幸な死を迎えた。――彼女の死後，社会に女性解放運動の動きが広がると，バッハマンの散文作品はあらためて評価されるようになった◁4。（福間具子）

図2 「グルッペ47」の会合でのバッハマンとツェラン（1952年）

出典：*Ingeborg Bachmann, Bilder aus ihrem Leben mit Texten aus ihrem Werk.* Hrsg. v. Andreas Hapkemeyer, Piper, München 1987, S. 46.

▶3 この書簡集は日本でも翻訳，出版されている（『バッハマン／ツェラン往復書簡 心の時』青土社，2011年）。

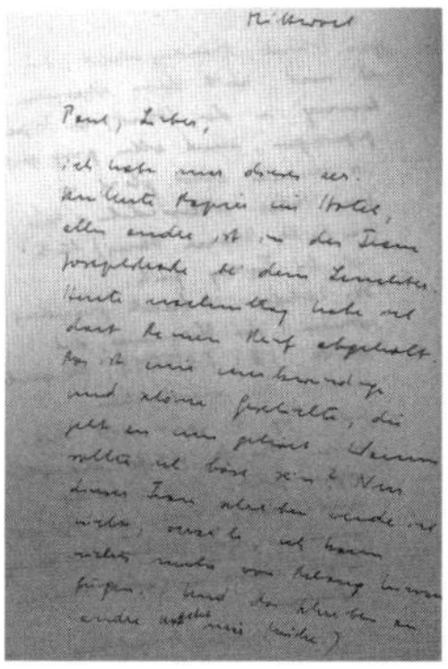

図3 ツェランに宛てたバッハマンの手紙（1957年）

出 典：*Herzzeit. Ingeborg Bachmann-Paul Celan. Der Briefwechsel.* Hrsg. v. Bertrand Badiou u. a., Suhrkamp, Frankfurt am Main 2008, Abb. 14a.

▶4 ヴォルフ，イェリネクなど，バッハマンの影響を受けた女性作家も多い。

63 『誰でもない者の薔薇』（*Die Niemandsrose*, 1963）パウル・ツェラン（Paul Celan, 1920-70）

1 アウシュヴィッツの後に

パウル・ツェランは，20世紀最大の詩人と呼ばれ，世界中でその作品が読まれる一方で，その独特の表現が哲学の分野でも研究されるなど[1]，戦後ヨーロッパ精神史において，きわめて重要な存在と考えられている。それは，彼のユダヤ人としての運命と深く関係している。

ツェランは，1920年にブコヴィナという地域のチェルノヴィッツ（図１）という町に生まれた。現在はウクライナ西部の都市チェルニウツィーだが，第一次世界大戦が終わるまではハプスブルク帝国の一部であり，ドイツ語を話すユダヤ人が多く住む，文化レベルの高い地域だった。この地に生まれ，豊かな教養のある母に育てられたパウルは，少年時代からすでに文学や語学に高い才能を見せていたといわれている。しかしナチスによるユダヤ人迫害の嵐がこの地域にも及び，両親は強制収容所で亡くなり，パウル自身も強制労働に従事させられた。なんとか生き延びた彼は，戦後は詩人として身を立てるためにまずウィーンへ向かい，その後，生涯住むことになるパリに移った。

死んだ母や失われた故郷を，暗く幻想的な表現で詠う彼の詩は，徐々に注目されるようになり，52年には詩集『罌粟《けし》と記憶』の出版が実現した。当時は，ユダヤ系哲学者アドルノ[2]が「アウシュヴィッツの後に詩を書くことは野蛮である」と述べたように，理性と技術の進歩の果てに，ナチスによる残酷極まりないユダヤ人大虐殺が起きたことで，人間が生み出すもののなかでもっとも美しいはずの芸術もまた信じられないものである，という絶望が広がっていた。しかし，意味が通じなくなるぎりぎりのところで語るツェランの詩的表現は，単なる比喩とは違う，言葉の新しい次元を切り拓くように感じられ，「アウシュヴィッツ以後の詩」と呼ばれた。

2 反ユダヤ主義

「反ユダヤ主義」，すなわちユダヤ人に対する宗教的，人種主義的，経済的理由に起因する差別の感情は，日本人にはなかなか理解しにくいかもしれない。しかし，古代から存在するこの感情は，ヒトラーによって頂点に達し，ホロコーストという悲劇を生み出したが，実はその後も社会の深層で消えることがなかった[3]。50年代以降，確かな名声を得るようになったツェランもまた，その才

39歳のツェラン

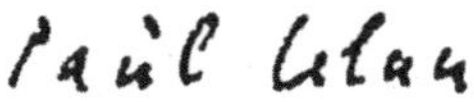

サイン

▶1　フランスの哲学者，デリダ，ラクー＝ラバルトなどがツェランを題材とした論考を発表している。

図１　チェルノヴィッツの市庁舎

出典：*„Fremde Nähe“. Celan als Übersetzer. Marbacher Katalog 50.* Hrsg. v. Axel Gellhaus, Deutsche Schillergesellschaft Marbach, Marbach am Necker, 1997, S. 34.

▶2　ツェランは59年にアドルノと会おうとしたが実現せず，それを契機に『山中の対話』という短編小説が生まれた。

能へのねたみから，この反ユダヤ主義の攻撃の標的となった。それが，いわゆる「ゴル事件」である。

これは，かつて彼が親しくしていた詩人ゴルの作品を，ツェランが盗作したとゴルの妻が訴えたものである。ゴルの妻は反ユダヤ主義者であった。評論家や研究者は，彼女の訴えが根拠のない言いがかりであることを証明しようと力を尽くしたが，すでに被害妄想にとらわれていたツェランは，たとえ自分を擁護する記事であってもその中に気に入らない表現を見つけると激怒した。この一件で多くの友人を失ったツェランは，次第に精神の闇へと落ち込んでいった。

3 誰でもない者の薔薇

そんな不穏な空気の中で公刊されたのが，詩集『誰でもない者の薔薇』（図2）であった。ゴル事件に苦しめられたツェランは，ユダヤ民族の苦難の歴史に自らを重ねるようになり，その結果作品もまたユダヤ性を強く前面に出したものとなった[4]。本詩集中の傑作といわれる『詩篇』の冒頭は「誰も私たちを二度と土と粘土から捏ねはしない」と始まる。旧約聖書で神が人間を創造した場面を下敷きにしつつ，否定した詩行である。存在そのもの，生そのものが根源から否定されていることの表現であろうか。続く連の「お前が讃えられんことを，誰でもない者よ。／お前のために／私たちは花咲こう。」では，「誰でもない者」は神であることが暗示されるが，それは神の不在ともとれる。ユダヤ民族にとって，彼らを救済しない神は不在に等しいが，それでもそこに向かって命を燃やそうとする。「ひとつの無／であった　私たちは，今も無である，／無であり続けるだろう，咲き誇りながら／無の，／誰でもない者の薔薇」――神同様，「私たち」もまた，これまでもこれからも尊厳を奪われた「無」のような存在だ。しかしそんな存在でも，美しい生の象徴である「薔薇」のように咲き誇るのだ。虚しい闘いに生を賭ける決意を高らかに歌いあげる詩篇である。

しかしその思いの一方で，実生活でのツェランの精神は限界を迎えていた。この頃から精神病院への入退院を繰り返すようになり，ついに1970年，パリのセーヌ川に身を投げて自殺した（図3）。

4 投瓶通信

生前，ツェランは詩を「投瓶通信」――瓶に入れて海に流す手紙――にたとえている。つまり手に取って読んでくれる人がいなければ，無意味な存在だ。しかし彼の詩は，何十年，何百年先の世界あるいは遠く離れた国であっても，本当の絶望と孤独を理解する人の心には確かなメッセージとして届くに違いない。ツェランが生み出した「アウシュヴィッツ以後の詩」とは，無と隣り合わせになりながらも，誰かに届くかすかな可能性に賭けた作品であるといえるだろう。

（福間具子）

▶3　現代でも，反ユダヤ主義が原因のヘイトクライムは後を絶たない。例として，2018年のペンシルベニア州ピッツバーグのシナゴーグ（ユダヤ教会堂）銃乱射事件や，2019年ドイツ・ハレでのシナゴーグ襲撃事件が挙げられる。

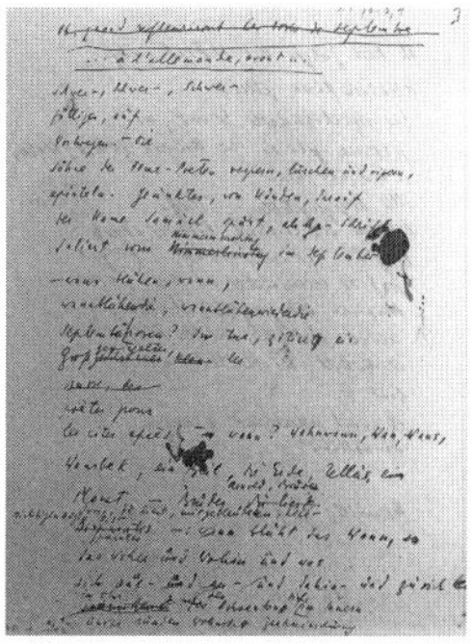

図2 『誰でもない者の薔薇』原稿

出　典：*Paul Celan. Die Niemandsrose. Vorstufen-Textgenese-Endfassung. Tübinger Ausgabe.* Bearbeitet von Heino Schmull, Suhrkamp, Frankfurt am Main 1996, S. 165.

▶4　この時期，ツェランはブーバーやショーレムなどのユダヤ思想関連の本を集中的に読んだ。

図3 故郷チェルノヴィッツに建てられたツェランの記念碑

出典：Nataly Shevchenko, Helmut Kusdat: *Das Jüdische Czernowitz.* Album Verlag, Wien 2009, Abb. 92.

64　『ペナルティキックを受けるゴールキーパーの不安』（*Die Angst des Tormanns beim Elfmeter*, 1970）
ペーター・ハントケ（Peter Handke, 1942-）

1970年代のハントケ

1　挑発者としてのハントケ

戦後ドイツ語圏文学の「反逆児」として鮮烈にデビューしたハントケはオーストリア生まれである。1966年，戦後ドイツ文学の作家たちによる「**グルッペ47**」⇨Ⅰ-60·62会議に参加した20代のハントケは，眼前のベテラン作家たちに彼らの文学が「描写のインポテンツ」であると痛烈な批判をおこなったことで一気にその名を知られることになった。間もなく発表した戯曲『観客罵倒』（1966年）では，旧来の演劇観客の期待を嘲笑する挑発的な舞台を展開した。そして小説における出世作となったのが『ペナルティキックを受けるゴールキーパーの不安』である。翌71年にヴェンダース監督により映画化されたことでハントケの名を一躍世界に知らしめることになり，その後ハントケとヴェンダースの共同作業は現在まで続く。[1]

この小説の斬新さは，従来の叙事的文学の物語性を後景に退かせ，主人公によるその場の知覚や感情の動きのみを徹底して描いたことにある。即物的かつ表層的な世界描写は映画メディアからの影響もあるが，本作はプロット自体においても犯罪スリラー物の構造を巧みに利用している。ただしフィルムノワール[2]の定石である捜査や犯人追跡のスリリングな展開は一切なく，むしろ犯罪者が淡々と日常の行動を積み重ねる中で次第に苛立ちや緊迫感が増してゆくさまが浮かび上がる。人物の心理や出来事の因果関係の説明を一切排除しているため，初めて読む者は一見無意味な生活細部の描写が脈絡なく続く奇妙なスタイルに困惑するかもしれない。

2　衝動殺人と疎外

物語の主人公はかつてサッカーのゴールキーパーとして活躍していたブロッホという中年男性である。工事現場作業員として働く彼はある日上司の身振りから解雇を言い渡されたと思い込み，そのまま街を放浪する。偶然入った映画館の受付の若い女性に目を留め，自身の宿泊するホテルで一夜を共にするが，翌朝理由もなく彼女を絞殺してしまう。彼は部屋を逃げ出し国境近くの村にたどり着き，そこで金の続く限り生活を続ける。物語中でブロッホが逮捕されることはない。

この小説の即物的な描写について，殺しに至る場面を以下に見てみよう。

「彼女は落ち着きをなくし，部屋を行ったり来たりした。何かすることを探し，

▶1　ハントケ脚本によるヴェンダースの映画は，その後『まわり道』（1975年），『ベルリン天使の詩』（1987年），『アランフェスの麗しき日々』（2016年）が製作されている。

▶2　フランス語で「黒い映画」を意味する1940-50年代のアメリカの犯罪映画を指す言葉。闇の描写だけでなく厭世的なムードも特徴とする。

時折小さく微笑んだ。しばらくレコードを裏返したりかけ替えたりして時間が流れた。彼女は立ち上がってベッドに寝そべった。彼は隣に座った。今日は仕事に行くの？と彼女は尋ねた。

突然彼は彼女の首を絞めた。あまりに不意に強く絞めたので，彼女はそれを冗談だと思う間もなかっただろう。外の廊下から声がしたのをブロッホは聞いた。彼は死ぬほど不安を感じた。彼女の鼻から液体が流れているのに気付いた」。

一見映画を思わせる具象的な描写は，ブロッホの刹那的で感覚的な思考を現前化させつつ，的確に場面のムードを伝えている。ブロッホは自身を内省することも道徳的な判断をすることもない。ただその場の反応だけが記述される。この小説を称して統合失調症の病例だと解説されることもあるが，そうした社会的レッテルに抵抗するように小説のスタイルは中立的だ。理由なき殺人という不条理についても，カミュの『異邦人』のように自身の存在基盤を疑うような思考には至らない。ハントケの主人公にとって，世界は映画のようにただ眼前に投影され，それに自己が反応をかえすだけなのだ。

3 映画との親和性——犯罪スリラーとして

だがこの小説が表層的描写の実験というだけならば，後世に残る作品とはならなかっただろう。実はこの小説の根底にある犯罪スリラーへの目配せが，さりげないサスペンスの盛り上げとして効果を上げている。国境の田舎町に住み着いたブロッホは，言葉の喋れぬ少年の失踪や，長らく放置された死体など，不気味な事件に取り囲まれる。また日々の新聞記事から，彼が都会で起こした女性殺しの捜査が進展しているのを知る。彼は次第に追い詰められてゆくが，その焦燥感の原因は語られない。ブロッホが外界との接点を失い，言葉とその意味の関係を失い困惑してゆくさまは，普遍的な人間の苦悩であると同時に彼の犯罪行為のせいでもありうる。その意味で本作の不条理は**カフカ**⇨Ⅰ-40·42の不条理に近く，しかも物語の手法は一般市民が殺人に巻き込まれて理不尽に罪を着せられるアルフレッド・ヒッチコックのスリラー映画でおなじみの世界観を展開させるのだ。ヴェンダースの映画化が小説の翻案として見事に成功しているのは，現代の犯罪スリラーというジャンルの持つ批判性と共鳴したからに他ならない。

2019年，ペーター・ハントケはノーベル文学賞を受賞し，世界中を驚かせた。とりわけ彼がボスニア・ヘルツェゴビナの紛争に際してセルヴィア擁護の立場からNATOを批判し，独裁者ミロシェヴィチに会見した事実が改めて非難された。もちろん作家の社会的言動と作品世界での価値体系は切り離して考えるべきかもしれないが，半世紀前に発表された本小説において，すでにハントケが世間的な罪やモラルの問いから切り離された地点に立ち，あまりに人間的で不条理な感情や言語行為に冷徹な観察眼を向けていたことは改めて指摘しておきたい。

（渋谷哲也）

65　『モモ』（*Momo*, 1973）
ミヒャエル・エンデ（Michael Ende, 1929-95）

エンデの肖像

1　戦時下の少年時代

バイエルン生まれのミヒャエル・エンデは，少年時代をミュンヘンで過ごす。父エドガーは，ナチスによって「退廃芸術」の烙印を押された著名な画家だった。当時，少年たちはヒトラー・ユーゲントへの加入を義務づけられたが，そこでエンデは，ナチス式の行進訓練や集会を免れるために，乗馬学校での奉仕活動に参加した。空襲が激しくなると学童疎開で親元を離れる。召集令状を受け取っても従わず，反ナチ抵抗運動を手伝ったという。

エンデは，名門**ギムナジウム**⇨Ⅱ-四-3の落第生だった。戦後は，シュトゥットガルトのシュタイナー学校に転入し，その後，芝居に目覚めてミュンヘンで演劇の勉強を始める。しかし自分に俳優の才能がないことがわかり，作家の道を選んだ。1960年に『ジム・ボタンと機関車大旅行』がドイツの児童文学賞を受賞し，それからおよそ10年以上を経て『モモ』が誕生する（図１）。

図１　ドイツ語版『モモ』の表紙

出典：Michael Ende: *Momo oder die seltsame Geschichte von den Zeit-Dieben und von dem Kind, das den Menschen die gestohlene Zeit zurückbrachte. Ein Märchen-Roman mit Bildern des Autors.* Thienemann, Stuttgart 2017.

2　時間どろぼうとのたたかい

『モモ』は移住先のローマで執筆され，1973年に刊行された。「時間どろぼう」によって盗まれた時間を「みんな」のために取り返した不思議な女の子の物語は，瞬く間に世界のベストセラーとなり，映画やオペラにもなった。

どこでもない国の大都会の町はずれの，自動車が走っている時代のお話である。あるとき，円形劇場の廃墟に，みすぼらしい格好をした小さな女の子が住みつく（図２）。孤児で，生まれた日もわからない。ただ「モモ」と名のるばかりの彼女には，誰にも真似のできない素晴らしい才能があった。それは人の話を聞くことである。モモは意見を言うわけでもなく，質問をすることもない。ただ，じっと座って注意深く話に耳を傾けるだけである。それでも，モモに話を聞いてもらうと，誰もが自分を取りもどし，晴ればれとした気持ちになった。こうしてモモと町の人たちのあいだに友情が芽生えるが，「灰色の男たち」のせいでモモと仲間たちの楽しい毎日は一変してしまう。

「時間貯蓄銀行」の「灰色の男たち」は，よい暮らしをするために時間を節約するよう町の人たちを洗脳していく。彼らは目立たないように暮らしのなかに忍び込み，人間の財産である時間を盗んでいた。モモの友人たちは，この「時間どろぼう」が大都会に張りめぐらせた管理の網の目から逃れることができない。彼らは急に忙しくなり，モモに会う時間を失くしてしまう。

図2　モモが住んでいた廃墟の円形劇場
挿絵もエンデ本人が描いた。
出典：同前，S. 6.

3 経済効率史上主義に抗う

「灰色の男たち」によれば，人生で大事なことは「何かに成功すること，ひとかどのものになること，沢山の物を手に入れること」である。そうすれば友情も愛も名誉も自然と手に入るという。彼らが目指す社会では効率性が重視され，何もせずにぶらぶらするのは時間の無駄使いでしかない。仕事への愛着などはどうでもいい。短時間にたくさんの仕事をこなすことが求められる。メディアは手間のかからない新しい文明の利器を賞賛し，こうした文明の利器こそ，「ほんとうの生活」を実現するための時間のゆとりを生むのだと訴える。しかし，時間に余裕ができたところで，時間どろぼうに時間を盗まれた人たち，すなわち「時間貯蓄家」たちの心に余裕ができるわけではない。暇な時間でさえ無駄にしてはならないと考え，余った時間にできるだけたくさんの娯楽を詰め込んで，せわしなく遊ぶようになる。暮らしいい家を作るのであれば，暮らしいい家というのは住む人ごとに違うので，それぞれ違う家を作らなければならない。しかし，それには手がかかる。どの家もすべて同じ形にする方が費用も時間も節約できるので，同じような形の家，同じような形の高層住宅が生まれる。

『モモ』では，時間を語るさいに「無駄」だとか「役に立つ（立たない）」といった言葉が繰り返される。こうした価値評価の基準は経済の世界からの借り物である。現代社会における経済的な時間の理解を説明するという点において，『モモ』を，誰にでもわかるやさしい言葉で描かれた現代の経済効率至上主義を批判する小説として読むことも可能であろう。

4 何もしないでぶらぶら過ごすこと

「灰色の男たち」が盗む時間とは，「人間が人間らしく生きることを可能にする時間」である。『モモ』が人間らしさを失う現代社会やそこに無批判に巻き込まれる人間たちを揶揄しているのは確かだが，「灰色の男たち」が人々の内面に構造化されてしまった21世紀の現代社会においては，マイスター・ホラや「時間の花」に象徴されるロマン派的な世界観にしらける読者もいるかもしれない。エンデは『モモ』を「メルヘン・ロマーン（童話小説）」と名づけている。一方，「思想やイデオロギーを語るために物語が奉仕している」という見方もある。『モモ』を児童文学やファンタジーに分類することに違和感を覚えるのは，そのせいかもしれない。だが，少なくともモモのスタンスには見習うべきところがある。根なし草で，堂々と何もせずにぶらぶらしていてもいいのだと励まされる。誰もが前のめりに過ぎる現代社会に『モモ』を読む意義があるとすれば，この作品がモモのような生き方を肯定し，「無駄」と考えられることに創造的な価値を見出している点にある。（粂田　文）

66　『ハムレットマシーン』（*Die Hamletmaschine*, 1977）
ハイナー・ミュラー（Heiner Müller, 1929-95）

劇作家ミュラー

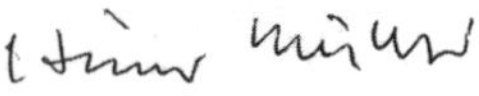

サイン

図1　“ミュラー／ザ・ワールド”のチラシ
出典：著者撮影。

▷1　ブレヒトの教育劇『ホラティ人とクリアティ人』（1935年）と『処置』（1930年）を，それぞれ批判的にミュラーが継承した作品『ホラティ人』（1968年）と『モーゼル銃』（1970年）を比較考察すれば，この二人の劇作家の資質・歴史的背景の違いは明瞭である。

▷2　「間テクスト性」とは，文学テクストはすべて他の諸テクストの吸収や変形，すなわち織り合わせであるとする考え方。そこから多種多様な意味の戯れが生まれてくる。

1　演劇フェスティヴァル――“ミュラー／ザ・ワールド”

海外の劇作家が日本の演劇祭で特集を組まれ上演される機会は少ない。しかしミュラーはその数少ない例外であり，ベルリンの壁が崩壊して冷戦構造が終焉を迎えた90年代，日本を含む全世界で圧倒的な注目を集めた演劇人だった。1990年初夏にはドイツ・フランクフルトでミュラーの作品だけを17日間にわたって特集する“エクスペリメンタ６”が開催された。2003年秋に東京で開催された“ハイナー・ミュラー／ザ・ワールド”では，日本・韓国・中国から18の劇団が参加し，ミュラーの難解な演劇テクストと２カ月にわたって取り組んだ（図１）。彼の作品の何がここまで多くの演出家を挑発するのだろうか。

2　旧東ドイツ（DDR）の劇作家として

それは彼が体験したドイツ国家の，あるいは20世紀のイデオロギー闘争の歴史に由来しよう。ミュラーの一番古い記憶は，左翼活動家だった父親を政権奪取後のナチス突撃隊員が急襲し，強制収容所送りにした時のものだ。別れを告げようと息子の名を呼ぶ父親を，まだ４歳のミュラー少年は恐ろしさのあまり寝たふりをして黙殺する（図２）。恐怖と裏切りに満ちた作家としての原体験。

第二次世界大戦後，ミュラーは「国家的なもの」に対抗する「汎ヨーロッパ的な位置」を占める劇作家である**ブレヒト**[⇨Ⅰ-48]に私淑する。そのため東ドイツに活動の地を求め，ブレヒト没後はその役割を引き継ぐかのように社会主義社会の建設に向けて作品を発表していく。しかしブレヒトが個人と社会との矛盾を炙りだしながら，観客に考えさせることで希望や感動を与える戯曲を書いたのに対し，ミュラーは歴史認識において絶望と虚無感が色濃い作品，暴力的なヴィジョンでもって受容者を凍りつかせるような難解な作品を書いていった。[1]

体制批判的だったミュラーは実際，政府当局との間に軋轢を引き起こし，1961年に東ドイツ作家同盟から除名されると，ベルリンの壁が存在した1980年代後半まで，その戯曲は東ドイツ国内で長らく上演禁止処分にあった。しかし党本部の監視の目を逃れて，ブレヒトの教育劇や**古代ギリシア**[⇨Ⅱ-二-2]悲劇，さらにはシェイクスピア劇など西欧の古典作品を素材にして数多くの改作劇を執筆していく。そして結果的に，これらの戯曲が「間テクスト性」[2]（クリステヴァ）や「テクストの快楽」（バルト）など，当時新しい文学理論が話題となっていたフランスを中心に西側諸国で美的に受容されることになる。

3 「私はマシーンになりたい」――代表作『HM』について

戯曲というより，現在では演劇テクストと呼ぶのがふさわしい代表作『ハムレットマシーン』では（図3），もはやト書きとセリフの区別も，意識と無意識の区別すらなく，唐突に「私はハムレットだった」と宣言されることで幕が上がる。当然ながら，じゃあ一体あなたは何者なのか，役柄を演じることを放棄した俳優か，それとも忘却できないできごとを語る死者か，いきなり観客には謎が突きつけられることになる。イニシャルのHMは作者ミュラーとも重なろう。

原作のシェイクスピア『ハムレット』（1602年）の世界を換骨奪胎，しかし血肉は削ぎ落とされ，作品は無残な白骨と化している。対話なき時代に残されるのは，ただ断片的なモノローグばかりということか。テクストの語り部である「私」は，シェイクスピアのみならずさまざまな文学テクストを引用，また現代社会を暗示させるさまざまな対象に憑依しては語り続ける[3]。いわく，「私はタイプライターだ」「私はデータバンク」「ハイル・コカコーラ」など。

伝統的に悩める知識人として解釈されてきたハムレットは，旧東ドイツでは特権階級であった作家の代名詞なのだろうが，作品が生まれた1970年代後半から顕在化していくポストモダンと呼ばれる時代のなかで，彼らはその存在感を急速に失っていく。社会主義が資本主義のオルタナティヴとして機能しないまま，過剰な消費社会のなかで歴史はただ破滅に向かって進行しているのでは，といった執拗な内省とペシミズムで作品は貫かれている。最終的に「私はマシーンになりたい」と綴られるのは，人間であることに意味や希望が見出せないなら，もはやマシーンで構わないという，左翼知識人の絶望の叫びであろう。

4 ポストドラマ時代の演劇テクスト

ベケットが『ゴドーを待ちながら』（1952年）を発表すると，古典的な戯曲は色あせ，舞台上でただ無駄話をするだけで演劇は成立するという発見があった。1970年代頃から普及する新しいメディア環境を背景にして，後に「ポストドラマ演劇」（レーマン）と呼ばれる多彩な上演スタイルが盛んになるが（図4），これはビデオ映像やダンスなど，さまざまなメディア表現を戯曲と併存・競合させる新しい演出スタイルを指している。ミュラーの演劇テクストはその先駆けであり，戯曲を解体しても演劇は成立する，いやむしろいっそう演劇的であることを証明してみせたのだ。既存の文学テクストを含めさまざまなメディアを自在にコラージュしていく彼の作劇法は，後の演劇界に多大な影響を及ぼした。20世紀を震撼させたナチズムやスターリニズムなどの非人権的な歴史，そのトラウマと真摯に向き合い，いわば濃縮された負の記憶として紡がれた彼のテクストには，演劇人を挑発し続ける唯一無比の魅力があるのだ。　（大塚　直）

図2　9歳頃のミュラー少年と母親エラ

出　典：Jan-Christoph Hauschild: *Heiner Müller*. Rowohlt Taschenbuch Verlag, Reinbek bei Hamburg 2000, S. 21.

図3　ベルリン・ドイツ劇場で『ハムレットマシーン』を演じるウルリッヒ・ミューエ（1992年）

出典：同上，S. 107.

▷3　このように古典作品の主人公に憑依して自在に語らせる作劇法は，ノーベル賞作家イェリネクの演劇テクストにも多大な影響を及ぼしている。

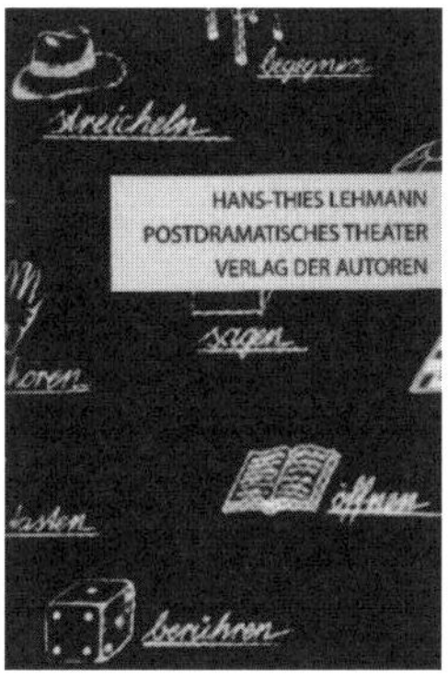

図4　『ポストドラマ演劇』の原書

出　典：Hans-Thies Lehmann: *Postdramatisches Theater*. Verlag der Autoren, Frankfurt am Main 1999.

67　『消去』（*Auslöschung*, 1986）
トーマス・ベルンハルト（Thomas Bernhard, 1931-89）

ベルンハルトの肖像

サイン

1　オーストリアの反郷土作家

第一次世界大戦後にオーストリア＝ハンガリー帝国が消滅しても，白髭の皇帝フランツ・ヨーゼフが君臨した同帝国に寄せる哀惜の念は長く消えることはなかった。ハプスブルク家世襲の多民族国家オーストリアでは，政治体制の近代化よりも旧体制に愛着の念を抱き，「ハプスブルク神話」（マグリス）と呼ばれる同国の文化的伝統に固執するタイプの文学者を数多く輩出していたのだ。[1]

長編小説『凍《いて》』（1963年）を引っさげて文壇に登場したベルンハルトは，この現実逃避的な同国の文学史に真正面から相対峙する。彼はむしろネストロイや**クラウス**[⇨Ⅰ-36]，ホルヴァートに連なる社会諷刺的な作家であった。そして第二次世界大戦後も，祖国に蔓延《はびこ》りつづけるナチ的体質やカトリック的メンタリティを白日の下にさらし，有無を言わせぬ文章力で完膚なきまでに罵倒した。当然ながら，彼の作品は絶えずスキャンダルに見舞われたが，今日では首都ウィーンで彼の絵ハガキが売られ（図1），彼の郷里ザルツブルクでは街中に彼のテクストが貼りだされるなど，ベルンハルトは同国の国民的作家となっている。

2　生い立ち

ベルンハルトは複雑な家庭環境を経て作家になった。強姦されて身ごもった母親の私生児としてこの世に生を享《う》け，その母方の祖父で作家のフロイムビヒラーから可愛がられて育つ。この祖父から彼は反俗志向という決定的な影響を受けている。自伝『原因』（1975年）によれば，戦時中にザルツブルクの寄宿舎から基幹学校に通わされたが，ナチ党員の寮長から目の敵《かたき》にされて苦しみ，戦後は**ギムナジウム**[⇨Ⅱ-四-3]に転入するも，今度はナチスの鉤十字がカトリックの十字架に変わっただけで，学校教育という名の牢獄に変わりはなかったという。戦時中は激しい空襲と「死」の経験もした。ギムナジウムを中退すると，食料品店で見習いとして働きだした（図2）。声楽の勉強も始める。しかし急性肋膜炎を発症，結核も患い，２年間の療養所生活を余儀なくされる。何とか生還した後，地元のモーツァルテウム音楽演劇大学に入学，音楽と演劇学を学んだ。卒業論文提出と同時に，詩集『地上で，地獄にて』（1957年）を発表，作家活動を開始する。やがて『凍』の成功で一躍脚光を浴びるわけだが，彼の文学に説得力を持たせているのは，その高い文学の質に加えて，[2]叩き上げからくる作家の反骨

▶1　イタリア・トリエステの文学者マグリスは，中欧ハプスブルク帝国内の美しい郷土や古き良き秩序世界を賛美した愛国的な作家たち――グリルパルツァー，シュティフター，ホーフマンスタール，ヨーゼフ・ロートらの詩的系譜を辿り，オーストリア文学を没落していくドナウ君主国の日常の神話化として捉えている。

図1　ベルンハルトのポストカード
お気に入りだったカフェ・ブロイナーホフにて。
出典：著者所蔵。

精神，またオーストリア社会に対する激しい挑発的言辞に求められるだろう。

3 孤独で奇矯な「精神的人間」

ベルンハルトの作品は，小説であれ戯曲であれ，貴族もしくは裕福なブルジョワ階級出身の「精神的人間」をテーマにしている。しばしば厭世的で世をすねた孤独な老人が主人公であり，彼らが延々と繰り広げる偏執狂的なモノローグで作品世界が織り成されるのだ。それは多彩で豊かな美辞麗句などではなく，むしろ偏狭で攻撃的，被害妄想にとり憑かれた男の病的な反芻，歯に衣着せぬ迫力に満ちた一人語りであって，精神的高みから放たれる妥協を知らない大袈裟な文体からは「グロテスクな笑い」が生み出されもする。この執拗な悪罵の対象となるのが祖国オーストリアである。

この祖国は戦後もナチズムの被害者として振る舞うことで，かつて歓呼の叫びでヒトラーを迎え入れた自国の負の歴史を隠蔽し続けた。とくに1980年代には，元国連事務総長ワルトハイムがナチ関与の過去を暴かれながらも同国大統領に選出されたり，極右政治家ハイダーが政界で躍進したりした。ベルンハルトは「オーストリア併合」から半世紀を迎えた1988年，演出家パイマンと組んでウィーン・ブルク劇場で戯曲『英雄広場』を初演する（図3）。そして主人公ローベルト教授に「大衆としてのオーストリア国民は今日，残酷で愚鈍な国民になり下がった」と痛烈に罵倒させ，社会全体を巻き込む一大スキャンダルを引き起こすのだ。同様に郷土の保守層批判の立場から執筆され，分量や完成度からベルンハルト文学の集大成と目される長編小説が『消去』である。

4 『消去』について

ある人物の「死」を契機に（図4），それまで見えなかった世界連関が突如として浮かび上がり，間接話法を多用する独自の文体，誇張や反復の手法に基づく内省の執拗な炙り出しから，逆に主人公＝語り手の「生」が浮き彫りにされていく。これがベルンハルト文学の基本構造である。『消去』でも，国際都市ローマで暮らすドイツ文学者ムーラウが突如，故郷の田舎町ヴォルフスエックで両親と兄が事故死したという電報を受け取る。そして帰郷して葬儀のために現地で過ごす間に紡がれる切れ目のない彼の想念が作品のテーマとなっている。主人公は郷土の自然に触れ，家族とのこれまでの軋轢を思い返しながら，オーストリアの俗物的な国民性のすべてを報告書のスタイルで描き切ることで，逆に現在へと繋がる祖国の負の歴史を自己からすべて「消去」したいとの強い思いを新たにする。さらにナチに加担した自国の過去への反省から，相続予定であった先祖代々の遺産をすべてイスラエル宗教文化財団に寄贈するのである。ベルンハルトはこの作品で自身の反郷土的立場を貫きながら，同時に愛憎半ばする自身の屈折した郷土への思いをも確かに描き切っている。　（大塚　直）

図2　かつて彼が働いた食料品店のある通りは1996年から世界で唯一の「トーマス・ベルンハルト通り」となっている
出典：著者撮影。

▶2　高名な批評家ライヒ＝ラニツキは，ベルンハルトをギュンター・グラスやヴォルフガング・ケッペン（1906-96）らと並ぶ，戦後ドイツでもっとも重要な散文の書き手であると激賞している。

図3　『英雄広場』初演の様子
出典：*Thomas Bernhard und das Theater*. Hrsg. v. Manfred Mittermayer und Martin Huber, Christian Brandstätter Verlag / Österreichisches Theatermuseum, Wien 2009, S. 183.

図4　ベルンハルト自身は心不全で逝去，ウィーンのグリンツィング墓地に埋葬されている
出典：著者撮影。

68　『空襲と文学』(*Luftkrieg und Literatur*, 1999)
W・G・ゼーバルト（W. G. Sebald, 1944-2001）

ゼーバルトの肖像

1　どんなひとに読んでほしいか

私たちはいまや，インターネット動画の，あの次から次へとくりだされる「おもしろさ」に慣れてしまった。あのハイテンポな動画のわかりやすさに，すっかり慣れてしまった。そんな私たちがゼーバルトを読んでもおもしろいと感じないのは，ある意味でとうぜんのことである。というのも，ゼーバルトがやろうとしているのはそういった「おもしろさ」とは真逆のことだからだ。

じっさい，ゼーバルトは万人むけの作家ではなかった[1]。彼の書くものは高度に知的であるために，読者をえらぶようなところがある。そしてそれでいいのだという意見もある。わかる人だけわかればいいのだと。しかし，それを承知のうえでなお，一度はゼーバルトを読んでみてほしいといいたい。以下のような人すべてにである。

まず，戦争とか歴史に興味があるひと。破壊され消滅したものを「思い出すこと」がゼーバルトのメインテーマだった。それから，英米文学科のひと[2]。車の事故で死ぬまで，ゼーバルトはずっとイギリスで暮らした。彼が英国＝外国で作品を書いたことの意味はとてもおおきい。『土星の環――イギリス行脚』は，ゼーバルトの最高傑作である（図1）。そして最後に，アート[3]，とくに写真をやっているひと。ゼーバルトの本には写真がいっぱい出てくる。まずは眺めるだけでもいい。とにかく，本のなかで写真がどう使われているかだけでも知ってほしい。それでもじゅうぶんゼーバルトを読んでいることになる。写真こそ，ゼーバルト文学の本質だからである。

▷1　ゼーバルトは人前にでることを好まず，職場にコンピューターが設置されるのも頑なに拒んだが，対人的にひじょうに礼儀正しいひとだったらしい。

▷2　そもそもゼーバルトを日本に紹介したのは柴田元幸氏。また，もしもカート・ヴォネガットがお好きなら『スローターハウス5』をぜひ『空襲と文学』の文脈で読んでほしい。

図1　ゼーバルトについてのドキュメンタリー『Patience』のDVDジャケット

出典：Grant Gee: Patience (After Sebald), SODA 2012.

2　時間の外に出ること

私たちは，退屈を恐れている。退屈がこわくて早く時間がたってほしい。だからインターネット動画に身をまかせる。いっぽう，ゼーバルトの作品にはストーリーらしいストーリーなんか出てこない。わかりやすいパターンとか，おなじみの展開といったものは出てこない。だから「おもしろくない」。では，ゼーバルトがやろうとしているのは何なのか。

彼がやろうとしているもの，それは追悼だと思う。死者を悼むということ。死者だけではない。なぎ倒されたもの，うちすてられたもの，はじっこに追いやられたもの，埋もれたものを悼んで，コトバを寄せる。それがゼーバルトの本に書かれていることのすべてである。しかし，それはすごく困難なことだ。追悼とは，こっちの都合で祈ったり悲しんだりすることではない。誰にだって経験があると思うのだが，もしも死者をおもう気もちがほんものなら，好き勝手にことばを並べることなどゆるされない。私たちは知っているはずだ。ものをいう権利はむしろ死者の側にあると。つまり，追悼するためには，私たちは「私たちの時間」を止めて，「死者の側の時間」に立つしかないのである。

じつは，これと同じことがおきるのが写真であり，だからゼーバルトにとっては写真が重要だったのである[4]。動画にくらべ，一枚の写真にむきあうのはほんとうにむつかしい。動画は，流れてくれる。夢中にさせてくれる。それに乗っかるだけでいい。しかし写真は動かない。ただ待っている。だから私たちのほうでこの日常に流れる時間からぬけだしてそっと被写体の側に立たないと，その写真を理解することなんてできないのである。

3 「なにかが隠されている，という感じ」

第二次世界大戦中，ドイツは徹底的な爆撃をうけた。長期にわたり，町という町がひどい規模で焼きつくされていった。そのことについて論じたのが『空襲と文学』というエッセイである。発表されるや，論争をまきおこした。

ゼーバルトの主張はこうである。この未曾有の破壊と殺戮について，文学はじつはなにも伝えていない。復興めあての反省はあっても，腐臭ただよう廃墟からは目をそらしてきた。1942年から1947年にかけての「ドイツ人がなにを考え，なにを見たかを私たちが現在ほとんど知らない」のは，そのためである。

これが論争をまきおこした。空襲を描いた文学がないというのは誤りであるとか，ドイツはあくまで加害者であって，被害者づらするのはどうなのかといったことが議論されたわけだが，それもこれも，ドイツが抱えるいちばん敏感な部分，つまりタブーにゼーバルトが触れていたからであろう。

タブーとはなにか。それはたとえばハエや寄生生物にたかられた，埋葬されてない死体である。当時のドイツはヨーロッパから「害虫」を駆除することを標榜していた国であった。「じつは自分たちこそドブ鼠だったという恐怖だけは，なんとしても避けたかったのだ」（図2）。

この死体が隠されている以上，ほんとうは私たちは死者を追悼してなどいないのではないか。私たちは死者の側に立とうとしていない。死者の側に立っているならどうして「安らかに眠ってください。過ちは繰り返しませぬから」（図3）などという生者目線のことばが出てくるのだろう。ゼーバルトがいおうとしているのはそういうことなのだと，私には思われる。自国民にたいする追悼なくして，他者への追悼はほんものでありうるのか，どうなのか。

空襲を描いた文学はない。死者たちを映した写真はいまだ現像されずにいる。ゼーバルトはそれを求める。追悼はそこから始まるからである。（吉中俊貴）

▶3 例えばECMレコード，ゲルハルト・リヒター，畠山直哉の作品などを念頭においている。

▶4 スーザン・ソンタグがいうのとは違って，ゼーバルトの文学は写真への「註」なのである。

図2 例外として，ハンブルク大空襲を描いたノサックの短編「滅亡」をゼーバルトは評価している

出典：ノサック／神品芳夫訳（1987）『死神とのインタヴュー』岩波書店。

図3 ゼーバルトが言及する大江健三郎の『ヒロシマ・ノート』には，「爆心地の話をつたえてくれる人は，いません」という言葉が

出典：大江健三郎（1965）『ヒロシマ・ノート』岩波書店。

69　『光なし』（*Kein Licht*, 2011/12/13）
エルフリーデ・イェリネク（Elfriede Jelinek, 1946-）

42歳のイェリネク
（ミュンヘンの自宅にて）

1　巧妙な詩作と自己演出

いまでは劇作家として知られるイェリネクは，60年代末，詩作からキャリアを歩み始めた。一行が一つの詩行では完結しない句またぎが多く，読み進めるほどにそれまでに書かれた言葉の意味が流動的に変化していく。心地よいリズムに，それとは裏腹な意味内容が重なり，不協和音が奏でられる。意味の多層性，連想による飛躍，音の類似性などを多用しながら，言葉を変容させ，短い詩行のなかでどんでん返しが繰り広げられる。詩や舞台テクストなど，ジャンルを問わず，イェリネクの作品は引用にあふれ，多様な読みに開かれている。

作品を単純化して解釈しようとすれば失敗するように，この作家の生い立ちをまとめるのは，自ら罠にはまりにいく行為に等しい。たしかに，「幼少時から音楽の英才教育を受け，演劇学と美術史の学業の傍ら，パイプオルガンでウィーン音楽院を卒業（大学は中退），右傾化する社会を批判しオーストリアでは一部から敵視されるものの，ドイツ語圏の文学・演劇関連の賞を総なめにした作家」と書くことはできる。だが，単純化を阻む巧妙な演出を自身にも巧みに仕掛ける作家をこのように描けば，どこかで墓穴を掘る。なにしろ対人恐怖症を理由に，ノーベル文学賞受賞式にビデオレターで「出席」した作家なのだ。

2　テクストの織姫

イェリネクは，哲学や精神分析などの専門書から古典作品，テレビドラマ，ゴシップ記事までを縦横無尽に貼り合わせる自身の技巧を「モンタージュ」だと説明する。素材の組み合わせが可視的な視覚芸術のコラージュを彷彿とさせる。既存のテクストを自作へと取りこむ引用の過程では，接頭辞を置き換えたり否定詞を挿入したりと，ささやかだが確実に手が加えられている。だが侮るなかれ。たったアルファベット二文字といった，わずかな書き換えが引き起こす意味のずれは，とてつもない破壊力をもつからだ。言説を取りこむ際にも，いたるところに皮肉や誇張がちりばめられている。イェリネクの作品に登場人物の心理や物語の筋書きを読もうとしても無駄骨だ。むしろ，引用元との差異に目を向け，隣接する言説や作品成立の時代背景と比較しながら読みこんでいくことに醍醐味がある。丹念に書きこまれたさまざまな落差は，（ときに，笑った本人に牙をむくような）笑いを引き起こし，痛烈な社会批判をうむからだ。

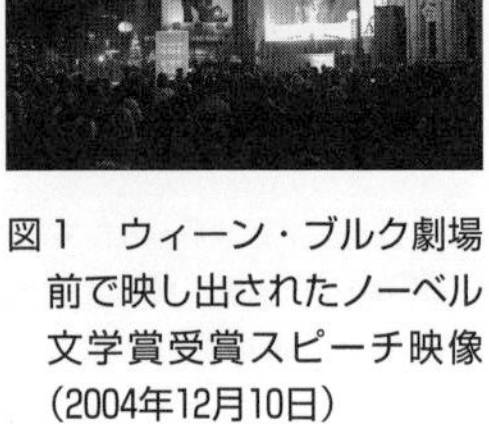

図1　ウィーン・ブルク劇場前で映し出されたノーベル文学賞受賞スピーチ映像（2004年12月10日）
出　典：©Reinhard Werner, Burgtheater

3 権力構造を検証する強靱な演劇テクスト

グローバルな時事問題に取材し，瞬発力をもって作品を発表することで知られるイェリネクだが，以前はウィーンやドイツ語圏の作家という印象が強かった。それを払拭したのが，イラク戦争勃発から2週間後に上梓された『バンビランド』(2003年)。ランペドゥーザ島近郊での難民船沈没事件を機に執筆された『庇護にゆだねられた者たち』(2013-16年，共に未邦訳）も特筆に値する。両作の共通点は政治的経済的権力に無残なまでに踏みにじられる生を俎上に載せ，権力を構成する言説を真摯かつ批判的に文学の言葉を駆使して描くことだ。

そうした姿勢は，東京電力福島第一原子力発電所事故を直後に執筆された『光なし』(『光のない。』林立騎訳）にも確認できる。また『光なし』は一つのタイトルの元に，ドイツ語圏での新たな上演に合わせて作品が追加されていった。こうした作品の連続性は，時事的なできごとが新たな展開を見せ，複数の論点と絡みあっていることと無縁ではない。初めの二作をみてみよう。

上述の事故から半年後，ケルンで初演を迎えた『光なし』は特異だ。というのも，イェリネクの作であるにもかかわらず，苦々しい笑いすら引き起こさぬほど，終始悲壮なトーンが支配しているからだ。この特徴は，**ゲーテ**⇨Ⅰ-3·19の最期の言葉といわれる「もっと光を」から希望をまとめて削除したかのような題名から予測できるかもしれない。『光なし』には**古代ギリシア**⇨Ⅱ-二-2のサテュロス劇がモンタージュされている。サテュロス劇は古代ギリシアの悲劇の原型ともいわれ，滑稽で笑いを誘う短い劇だ。『光なし』は全編が事態を俯瞰できずに右往左往するサテュロスの合唱隊で構成されるものの，その特徴であるはずの陽気さやおかしさは完全に影を潜めている。台詞の振りわけられたAとBは第一・第二バイオリンとして，放射線を暗示する音を制御不可能なままに垂れ流し，震えあがっているのだから，読み手は鳥肌をたててテクストから目を背けたくなる。

事故発生から1年後，イェリネクは『光なしⅡ』ともよばれる『エピローグ？』を自身のウェブサイトで公開した。ソフォクレスの悲劇『アンティゴネ』をモンタージュした，立ち入り禁止区域に出入りする女の独白を思わせる舞台テクストである。ここでは経済構造の底辺にある人々を被ばくから保護せず，使い捨てる光景も書きこまれている。まるで2018年に一部報道で明らかになった，外国人実習生が事前教育なしで除染に従事させられていた事件を予言するかのようだ。直ちに影響はないのが，被ばく。病や死を常に意識させられたままの生が放置されている様子があぶりだされていく。そんな作品が終章を意味する「エピローグ」に疑問詞のついた題で，それでいいのかと迫るように発表された。

イェリネクの強靱な詩的言語は，言葉に蓄積された意味や解釈を新たな文脈において，極めて鋭く批判的に練り直されていく。技巧や連続性を鑑みるとき，その言語は読書・上演といった受容を通じた変容へ誘うかのようだ。

（井上百子）

図2 『光のない。』リーディング公演（長谷川寧（冨士山アネット）演出，イワト劇場，2011年12月17-18日）

出典：©ITIJAPANCENTRE

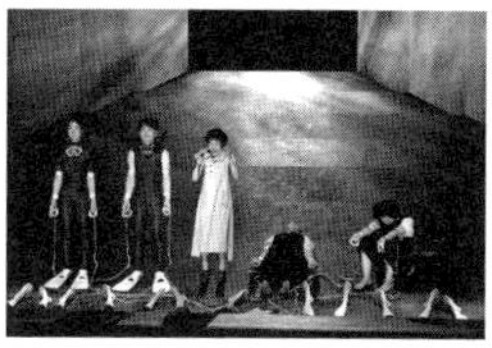

図3 『光のない。』フェスティバル／トーキョー12（三浦基（地点）演出，三輪眞弘音楽監督，東京芸術劇場，2012年11月16-18日）

出典：©Hisaki Matsumoto

70 『献灯使』（2014）
多和田葉子（1960-）

サイン

ケルン詩祭の多和田葉子

▷1　日本とドイツだけではなく，他の言語圏での活動も積極的に行っている。写真は香港国際ポエットリー・フェスティバル（2015年，図１）とアテネ・パフォーマンス・フェルティバル（2015年，図２）のもの。

図１　香港国際ポエットリー・フェスティバル2015

中国語訳がスクリーンに映っている。

出典：多和田葉子氏提供。

図２　アテネ・パフォーマンス・フェルティバル2015

朗読しながら赤ワインをかぶっている。ドイツでは作者自身が朗読し，パフォーマンスすることも珍しくない。

出典：多和田葉子氏提供。

1 言語の境界線上に

あれ，日本人なの？と思った人もいるかもしれない。東京生まれの多和田葉子は1982年からドイツに住み，日本語とドイツ語の両方で作家活動を行っている[1]。作者自身が翻訳している作品が多いので，一つの作品につき，日本語版とドイツ語版の両方があったりする[2]。二言語で創作する他の作家と比較して多和田が特徴的なのは，かなり意識的に両言語を使っている点だろう。幼少期からバイリンガルとして育ったのではなく，大きくなってから外国語を学習したからこそ気づく疑問点やおもしろがる視点が彼女の作品にはあふれている。たとえば，ドイツ語だと英語のyouに当たる「あなた」を指す語がduとSieの二通りある。初対面や目上の相手にはSie，親しい相手にはduを用いるが，相手の呼び方がSieからduに変わっても，「私」の言い方はichだけで，変化しない。日本語では自分を指す語も変化するのに，という違いが“Abenteuer der deutschen Grammatik”（『ドイツ語文法の冒険』2010年）では詩のテーマになっていたりする。

外国語で遊んだっていいじゃない，言葉で遊んだっていいじゃない，と主張するかのように，彼女の作品は言葉遊びに満ちている。彼女は日本語からドイツ語へと境界をまたいで行き来するというよりも，境界線上に立っている作家だ。彼女の作品ではドイツ語と日本語，それぞれが奇妙に絡み合って独特の言語世界を作り出している。「しゃおふぇるしゃおふぇる」（Schaufelはドイツ語でシャベルのこと）と動くシャベルは，聞いたことのない表現なのになぜかあっているように思えてしまう（『きつね月』1998年）。Schein（「輝き」を意味する。発音は「シャイン」）が「社員」になったり，「イカ」が時に「烏賊（Tintenfisch）」に，時に「異化（Verfremdung）」に跳躍したりと，音を頼りに言語の違いを軽々と超えてしまう。日本語で書かれた作品であっても，ドイツ語を経由することによって，彼女の日本語は通常の意味や論理を離れて，読み手は日本語を外から見ることになる。まるで「再び母語を習い覚えることはできるのか？」と問いかけるような文章を，われわれは手探りで読んでいくことになる。

彼女の挑戦はさらに広がり，言語や文学に関するあらゆる枠を壊そうとしているかのように見える。主人公を「私」ではなく「あなた」にした『容疑者の夜行列車』（2002年）や『アメリカ　非道の大陸』（2006年）のような小説もその一つであるし，彼女が定期的にジャズピアニストの高瀬アキと行なっているパフォーマンスや朗読もまたその一つに数えられるだろう[3]（図3）。印刷されて変化しないはずの言葉を，ジャズという即興性を重視する音楽とともに提示するやり方は，書物が持つ限界をも越えようとしているかのようだ。

2 日本語が作り出す違和感

言語の境界線上に立つ，という状況そのものが作品世界にあらわされることも多い。『文字移植』（1999年）や『ボルドーの義兄』（2009年）ではドイツ語を話す日本人女性がスペイン語圏やフランス語圏などの言葉が通じない世界に足を踏み入れる。言語だけではなく，描かれる世界そのものも境界線上を漂うような，奇妙な世界が多い。『かかとを失くして』（1991年）でも言葉がわからない土地に花嫁としてやってきた女性が主人公となっているが，そこで起きることは夢の中のできごとのように独特な論理に従っている。

言葉が通じない場所にいる，もしくは片言しかわからない場所にいるから，言語にかかわる物語が多い。ところが，日本語で書かれた『献灯使』が描くのは日本，それも翻訳や外来語がなくなってしまい，外国との交流を断ち鎖国政策をとる日本である。自然災害ではない災害によって汚染され，東京都心は廃墟と化している。人間も変化し，老人たちは死ぬことがなく，老いた者ほど屈強で働き盛り，逆に子どもたちは歩くことも食べることもままならないほどに虚弱ですぐに死んでしまうというディストピアだ。

日本にいて日本語を使っているのに，登場人物たちは異なる言語感覚の中に住んでいる。外来語や，外国の地名が禁句とされて，別の語に言いかえられているのだが，その言いかえが奇妙である。ジョギングが「駆け落ち」と呼ばれたり，ドイツパンがなぜか「讃岐パン」になっていたりするのだ。日本語の中でも言語が変化しており，「散歩」や「迷惑」，「ありがとう」という普段から使うような言葉まで死語になってしまっている。今なら「やった！」と叫ぶはずのところで，主人公の無名は「極楽！」と叫ぶ。かつて外来語を使っていた名残りで，「まで」という語が「～まで」ではなく，「made in Japan」の made の意味で使われていたりする。そういえばこんなふうにこじつけながら英単語を覚えたな，と読みながらかつての自分の苦労を思い出してしまう。

作品の背景にあるのは2011年の東日本大震災と原発事故だ。日本の絶望的な未来を予言していると考えると暗くなりそうだが，けれどもこの作品は日本語の未来も同時に見ている。もしかすると古典を読むように，時間を超えた違う時代の日本語を私たちはこの作品で読んでいるのかもしれない。

（下薗りさ）

▶2　たとえば，『ボルドーの義兄』（ドイツ語版：Schwager in Bordeaux）や『雪の練習生』（ドイツ語版：Etüden im Schnee）などが挙げられる。『ボルドーの義兄』はドイツ語版が先に，逆に『雪の練習生』は日本語版が先に書かれている。

▶3　日本でも定期的に公演を行っており，2002年には CD（ドイツ語）も出している。

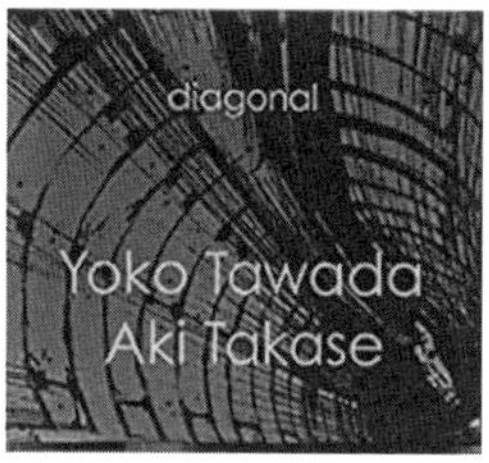

図 3　Yoko Tawada, Aki Takase: diagonal. Tübingen（Konkursbuch）2002

図 4　多和田葉子×高瀬アキ『横浜発―鏡像』のポスター（2009年）
横浜港開港150周年を記念して開催された，朗読，ジャズ（ピアノとクラリネット），ダンスのパフォーマンス。
出典：多和田葉子氏提供。

第 II 部

ドイツ文学の森を散策しよう

一　講義の前に

1　ドイツの歴史を大づかみにスケッチ

1　遅れてきたドイツ――分裂と統一のドイツ

「ドイツの歴史はいつから始まるのか？」というのは実は難しい質問です。現在の「ドイツ連邦共和国」ができたときからであれば，1990年に始まることになりますし，歴史上「ドイツ」という名を冠した統一国家が誕生したときからだとしたら1871年になります。民族としてみずからを「ドイツ人」と呼び始めたときであれば，1000年頃になります。現在の国はもとより，民族としての「ドイツ」もヨーロッパの中では遅れてきたのです。また，ドイツは分裂と統一の繰り返しを経てきており，その国境も，国としてのアイデンティティも揺らぎ続けています。ここでは「神聖ローマ帝国」から始めましょう。まがりなりにも「ドイツ」という名称がついた最初の「帝国」だからです。

2　どこにもない「神聖ローマ帝国」とドイツの分裂

西暦800年，フランク王カールがローマ教皇から西ローマ帝国の帝冠を受けて「西ヨーロッパ」という統一体が誕生しました。ヨーロッパではこれ以降，キリスト教の宗教的権威と世俗権力は，支配権をめぐって綱引きをする関係になります。カール大帝の死後，フランク帝国は３つの王国に分裂し，東フランク王国が現在のドイツに相当する地域を統治します。この王国のオットー１世が962年に皇帝に即位して始まったのが「神聖ローマ帝国」です。

フランスの哲学者ヴォルテールは，神聖ローマ帝国のことを「神聖でも，ローマ的でも，帝国でもない」と言ってバッサリ切り捨てています。たしかに，帝国とはいっても300余りの領邦からなる緩やかな集合体にすぎず，実質的には分裂状態でした。皇帝の権力も不安定で，帝国内の平和と秩序を保てるほど強くはなく，ローマ法王との権力争いに敗れ，神聖さの基盤も危ういものでした。それでもドイツ王を皇帝とするこの帝国が1806年まで存続しえたのは，この地域に生きていた人々が，多かれ少なかれ，「神聖ローマ帝国」を自らの拠り所として認めていたからでしょう。15世紀からはいよいよ「ドイツ国民の神聖ローマ帝国」と呼ばれるようになり，「ドイツ」が強く打ち出されていきます。

3　「宗教的」ではない「宗教改革」とドイツの完全分裂

1517年，修道士であり，ヴィッテンベルク大学の神学教授でもあったルターが，贖宥状[1]販売に異を唱え，宗教改革の火ぶたが切られます。しかし，「宗教改革」は，キリスト教を改革しただけではなく，ドイツの分裂構造を決定づけ，ヨーロッパ全体の権力構造をも変える爆発的な事件へと発展してゆきます。というのも，ドイツの多くの諸侯は，カトリック教会への批判という宗教的な理由からではなく，皇帝への対抗や，贖宥状販売によるドイツからの財の流出を止めようといった，政治的，経済的な理由からルターの教えを受け容れたからです。ドイツ語では「改革（Reformation[2]）」といえば一般にこの「宗教改革」を意味します。「宗教改革」はドイツでなされた「改革」の代名詞であり，ドイツのアイデンティティを形成する一つの大きなできごとになったのです。

1555年にアウクスブルク宗教和議が決議されると，領邦ごとにカトリックかプロテスタントかを選ぶことが認められます。政治的にだけではなく，宗教的にもドイツは分裂してしまいました。こうして，ドイツを主戦場として，ヨーロッパ全体を巻き込む三十年戦争（1618-48年）が起こり，1648年に締結されたヴェストファーレン条約により，各領邦は主権国家としてその独立を保障され，近代国家の初期形態としての絶対主義国家が勃興するにいたります。宗教改革は近代ヨーロッパの幕開けでもあったのです。

▶1　贖宥状とは，聖ピエトロ大聖堂改築のために資金を必要としたローマ教皇レオ10世が，購入すれば信者の罪の償いが赦されるとしてドイツで販売させたもの。

▶2　ドイツ語では名詞は大文字で書き始めるので，"Reformation" が特別に大文字で始まっているわけではない。

4 プロイセンとオーストリア——二大列強の覇権争いと遠のくドイツ統一

17-18世紀にはイギリスとフランスが中央集権国家を確立していたのに対し，いまだに「神聖ローマ帝国」は何百もの領邦に分かれていました。ドイツの作家ヴィーラント（1733-1813）は「ザクセンの愛国者，バイエルンの愛国者，フランクフルトの愛国者はいる。しかし帝国を自分の祖国として愛するドイツ愛国者はどこにいるだろうか」と言っています。この時期にドイツ語圏で勢力を拡大した領邦国家が，オーストリア大公国とプロイセン王国の二国でした。プロイセンの「大王」フリードリヒ２世は，戦争を重ね，プロイセンをヨーロッパにおける一大強国へと引き上げました。しかし，**ゲーテ**⇨Ⅰ-3·19，**シラー**⇨Ⅰ-5が「ドイツとはどこにあるのか，私はその国を見出すことができない」と言っているように，「ドイツ」はいまだにどこにもありませんでした。

1789年にフランス革命が起き，ヨーロッパに激震が走ります。1804年にはナポレオンが皇帝となり，ヨーロッパ全体に軍隊を進めると，1806年に西南ドイツの諸領邦は神聖ローマ帝国から離脱し，皇帝フランツ２世は退位し，神聖ローマ帝国は名実ともに滅びました。プロイセンも同年フランス軍に大敗し，領土の半分を失ったうえに，巨額の賠償金も課せられてしまいます。この屈辱的な状況に追い込まれることで，ドイツ全土に愛国的気運が高まります。哲学者フィヒテ（1762-1814）は連続講演『ドイツ国民に告ぐ』を行い，「統一名称や国民の絆として」，「ドイツ」以外は真実でもなく意味もないと言い，言語学者ヴィルヘルム・フォン・フンボルト（1767-1835）は「ドイツがひとつの全体をなすという感情は，どのドイツ人の胸からも消し去ることはできない。……ドイツはひとつの国民，ひとつの民族，ひとつの国家である」と書いています。

1813年，ついにフランス軍をドイツから撤退させると，ナポレオン以前の絶対主義時代の国際秩序を復活させるため，1816年「会議は踊る，されど進まず」と揶揄されたウィーン会議が開催され，プロイセンとオーストリアはドイツ統一をめぐって主導権争いを演じます。1848年には，オーストリアとドイツ各地で自由と統一を求める農民の暴動や，労働者の反乱が起き（「三月革命」），これを受けて統一ドイツの憲法制定を目指す国民議会（図１）がフランクフルトで開催されました。ところが，ドイツ統一にあたって，オーストリア主導による統一（大ドイツ主義）と，オーストリアを除外しプロイセンが中心となる統一（小ドイツ主義）のどちらにするかで対立が起こります。結局，後者に傾いた国民議会は，プロイセン国王にドイツ皇帝に就くよう申し出たものの，国王が国民議会を構成する教養市民層の要請を拒否したため憲法は発効できず，議会は解散を余儀なくされます。ドイツ統一はまたもや先に持ち越されるのです。

図１　フランクフルト国民議会（1848年）

出典：Guido Knopp: *Die Sternstunden der Deutschen.* Piper Verlag, München 2013, S. 63.

5　「ドイツ帝国」――悲願のドイツ統一とその崩壊

その後，プロイセンは相次ぐ戦争によって，国際的地位を確固たるものとします。普仏戦争で勝利を収めたプロイセンは，1871年にフランスと講和条約を結び，莫大な賠償金を得るとともに，プロイセン国王ヴィルヘルム１世を皇帝とするドイツ帝国の成立を宣言し，ついにドイツ初の統一国家が誕生したのです。1888年にヴィルヘルム２世が即位すると，ドイツ帝国は積極的な海外膨張政策を進めます。フランスの詩人・批評家ヴァレリーはドイツ帝国の大躍進に驚き，「ドイツやイタリアや日本は，隣国の繁栄や現代の進歩を分析することよって得られたかぎりの完璧な科学的概念にもとづいて，先進諸国から大分遅れて再出発した国々である」（強調は著者による）と述べています。

オーストリアは，独立運動が盛んになりつつあったハンガリーの形式的な独立を認め，オーストリア皇帝がハンガリー国王を兼ねることとしたため，オーストリア＝ハンガリー帝国と呼ばれるようになります。1914年に同国の皇太子夫妻がサラエボで暗殺されたのをきっかけに，第一次世界大戦が始まります。しかし，ドイツは1917年に参戦したアメリカ軍の圧倒的物量を前に敗戦濃厚となり，1918年にキール軍港で反乱が起きると，全国で反戦運動が高まり，皇帝は退位し，ドイツ帝国は半世紀も続かず崩壊して終戦を迎えます。

6　ワイマール共和国からナチス・ドイツ

第一次世界大戦後誕生したワイマール共和国は，ヴェルサイユ条約により莫大な賠償金を課せられ，未曾有のインフレを経験しました。しかし，通貨改革をもって経済危機を乗り越えることに成功し，文化的には「黄金の20年代」を迎えます。ところが，1929年の世界恐慌に巻き込まれると経済が破綻し，失業者が激増します。こうした情勢に勢いを得てヒトラー率いる「国民社会主義ドイツ労働者党（ナチ党）」（図2）が1932年に第一党に躍進，翌年ヒトラーは首相に任命されるのです。ヒトラーはさらに共産党を排除し，国会議事堂内も突撃隊に睨みを利かせることで，国会や大統領の合意なしに政府に立法権をゆだねる全権委任法を非民主主義的に可決させて絶対的権力を手中にします。

1939年にナチス・ドイツがポーランドに侵攻すると英仏はドイツに宣戦布告，第二次世界大戦が始まりました。1941年にドイツは独ソ不可侵条約を破りソ連に侵攻します。この時期からユダヤ人に対する扱いも苛烈を極めていき，終戦までにおよそ600万人ものユダヤ人が殺害されました。「**本が焼かれる**⇨Ⅱ-四-2ところでは，最後には人間も焼かれる」。詩人**ハイネ**⇨Ⅰ-18のことばが現実のものになったのです。現在では「ホロコースト」という大量虐殺の歴史は，ドイツを語るうえで避けることのできない負の遺産になっています。

図2　ヒトラー率いる国民社会主義ドイツ労働者党（ナチ党）

1938年ニュルンベルクの党大会。

出典：Peter Geiss, Daniel Henri, Guillaume Le Quinterec: *Histoire / Geschichte - Europa und die Welt vom Wiener Kongress bis 1945*, Ernst Klett Verlag, Stuttgart und Leipzig 2007, S. 254.

7 「冷戦」――東西ドイツへの分裂と再統一？

1943年に入り，各地で戦局が悪化し，進退窮まったドイツは1945年に無条件降伏を受諾し，ヨーロッパにおける第二次世界大戦が終結しました。しかしこれは同時に「アメリカを中心とした資本主義」対「ソ連主導の共産主義」という「冷戦」の始まりでした。1949年に米英仏の占領地域から「ドイツ連邦共和国」（西ドイツ）が，ソ連の占領地域から「ドイツ民主共和国」（東ドイツ）が誕生し，またもやドイツは分裂してしまいます。西ドイツは，「奇跡の経済復興」を遂げ，「ドイツのヨーロッパではなく，ヨーロッパのドイツ」（**トーマス・マン**⇨Ⅰ-35・46）として外交を行います。それに対し，東ドイツはソ連に対する戦争賠償の支払いもあり，経済は停滞し，なかなか復興を遂げることができませんでした。東西ドイツの政治的・経済的な格差により，多くの東ベルリン市民が西ベルリンに逃れるようになると，1961年，東ドイツは人口流出を防ぐため西ベルリンを取り囲む「ベルリンの壁」を建設（図3）しました。1980年代に入ると東ドイツの財政悪化が進み，民主化を求める市民の抗議運動（図4）が高まり，1989年にベルリンの壁が開放され（図5），東ドイツの支配体制は崩壊します。その翌年，東ドイツは消滅し，東ドイツ地域は西ドイツに編入されます。「再統一」とはいいながらも，実質的には西ドイツによる東ドイツの併合でした。

図3　ベルリンの壁の建設（1961年8月13日）

出典：Guillaume LeQuintrec, Peter Geiss, Claus Gig, Christine Belakhdar, Radouane Belakhdar: *Histoire / Geschichte - Europa und die Welt nach 1945*, Ernst Klett Verlag, Stuttgart und Leipzig 2006, S. 105.

図4　民主化を求める東ドイツの市民（1989年ライプツィヒ）

出典：同上，S. 137.

統一後のドイツはEUのなかで政治的・経済的に大きな影響力をもつ国となりました。しかし，2009年以降，難民・移民の流入が増大し，移民がドイツ社会に溶け込まない「平行社会」という新たな国内の分裂に直面しており，「移民の背景をもつ人々」との統合が大きな課題となっています。EUという枠組みが揺らぐなか，分裂と統一を繰り返してきたドイツの動向は，今後も世界的に注目を集めることでしょう。

（畠山　寛）

図5　「ベルリンの壁」開放を祝う東西ドイツ市民

出典：同上，S. 131.

一　講義の前に

2　座談会企画――ウィーンVSベルリン

1　文化的蓄積が味わえるウィーン，戦争が可視化されたベルリン

図1　ウィーンのオーストリア国立図書館
出典：著者撮影。

司会：今日は，ドイツ語圏のなかで長らく二大勢力をなしていたプロイセンとオーストリアそれぞれの首都，ベルリンとウィーンを知る方たちに，その魅力について伺いたいと思います。早速ですが，ウィーンやベルリンならではの時間の過ごし方といったら，どんな感じでしょうか？

荒：ウィーンにいたとき，午前中は勉強していたのですが，場所は宮殿のなかにある図書館（図1）です。豪華な建物のなかに閲覧室があるのですね。午後は，一度に二枚か三枚の絵しか観ない，と決めて美術館に行きます。たとえば，ジョルジョーネ[1]だけゆっくり観る。その後は，家に帰って昼寝をします。毎晩，オペラや芝居があるからです。変な東洋人がしょっちゅう来るとなると，劇場の側でもだんだん，あいつはよく見かけるな，とわかってきて，親切にしてくれるようになりました。あるとき「いい席を買いたい」と言ったら，窓口のおじさんが「待て，このチケットは売れ行きが悪いから，お前のために安く用意してやる」と言うのです。他の人たちが同じ列の席を200ユーロで買っているのに，僕のチケットは18ユーロでした。

▷1　ルネサンス期のヴェネツィアで活躍したイタリアの画家（1477-1510）。

司会：そうしてもらえるようになるまでにどのくらいかかったのですか？

荒：1カ月半くらいですね。

司会：毎日通うとそうなのですね。

図2　ピーテル・ブリューゲル『バベルの塔』（1563年）
出典：*Kunsthistorisches Museum Wien. Die Gemäldegalerie.* Hrsg. v. Wolfgang Prohaska, C. H. Beck, München 1997, S. 65.

岡：ウィーンにはルネサンスやフランドルの巨匠たち（図2）の絵がたくさんありますが，ベルリンには絶対王政の君主たちが買い集めたような絵は少ないですね。新興の町なので，砂と沼だったところを干拓して大きい建物を建てたり軍備を増強することで，当初は必死だったのだと思います。ベルリンで絵を観るとなると，フリードリヒ（図3）など，19世紀以降の比較的新しいものです。

図3　カスパー・ダーフィト・フリードリヒ『樫の森の修道院』（1809-10年）
出典：Werner Hofmann: *Caspar David Friedrich. Naturwirklichkeit und Kunstwahrheit.* C. H. Beck, München 2000, S. 55.

荒：ロマン派の彫刻（図4）も印象深いです。あれはウィーンにはほとんどない。

司会：ザクセンは，ベルリンに兵隊を売ったお金で美術品を買っていたわけですよね。ザクセンもバイエルンも，あの辺の王家にとっては美術品を持つこと自体がステイタスでした。その辺の価値観が，北のベルリン，プロイセンと南の方では違ったのでしょうね。

岡：ベルリンで存在感があるのはやはり新しいもの，19世紀以降の遺跡発掘による出土品[2]やバウハウス[3]（図5）関連，それとベルリナーレ[4]などですね。

司会：ベルリンならではの生活ってどんな感じでしょうか？

佐：東西の壁の跡や広い公園◁5をよく散歩していました。ベルリンは，ウィーンと比べると，文化的な蓄積という点ではどうしても見劣りするかもしれません。やはり近代以降に大きく発展した町ですし，戦争で破壊されて，また再建して，の繰り返しですからね。その分，戦争が町のなかに刻印されていて，日常的に目に見えるようになっていると思います。たとえば「躓きの石」（図6）という，歩道に埋め込まれた銅のプレートが各所にあるのですが，そのプレートには，ここにはこういう名前のユダヤ人が住んでいて，その人がいつ強制連行されて，わかる場合には，いつどこで死んだか，ということが彫られています。

岡：ベルリンには，ホロコースト関連の見どころって多いですよね。一番強烈なのは，国会議事堂横の広大な敷地に，お墓のような大きな石がたくさん置かれたホロコーストの記念碑でしょうか（図7）。しかもその国会議事堂は「帝国議会《ライヒスターク》」という昔のままの名前です。戦後ドイツは共和国になって，もう帝国ではないのですが。オーストリアもドイツと同じく第二次世界大戦の加害者だといえると思いますが，ウィーンにも戦争関連の記念碑はありますか？

荒：戦時の高射砲の跡があるのですが，取り壊しにお金がかかるのでそのままにしていたんです。それが最近，「海の家《ハウス・デス・メーレス》」というおしゃれな名前の水族館に改装されました。外側のコンクリートにはボルダリング用のプレートが付けられていて，上まで登れる。歴史の記録だけど，水族館とボルダリングにして知らんぷりしているところは，ウィーンっぽいのかな，と思います。

佐：ベルリンはフンボルトハイン国民公園というところに，高射砲塔の跡があります。そこでは見学ツアーもしていて，観光化されてはいますが，歴史教育の一環としても使われていますね。

2　多民族を束ねる帝国の首都ウィーン，帝国に憧れた地方都市ベルリン

司会：ウィーンでは高射砲も水族館として遊べる場所になり，ベルリンでは歴史的なものは深刻に受け止める。やはり都市の土台が違うのでしょうか。

岡：そもそも町というのは，道と道が交わるところで人が出会って，そこで物を交換したりして滞在するところからできていくものですよね。でも，ベルリンは誰も来ようとしない痩せた土地に人工的に作った町で，たとえば，フランスで迫害されていたプロテスタントの人たち（ユグノー）や持参金をもったユダヤ人を受け入れたりして，わざわざ人を呼び込まなければならなかった。

下：先祖代々ベルリン，っていう人はほとんどいないですよね。

岡：国の呼び名からして，オーストリアはエースタライヒという帝国ですが，ドイツはドイッチュラントという田舎ですね◁6。

佐：ドイツはずっと「ライヒ」にこだわってきました。「神聖ローマ帝国《ライヒ》」から始まって，ビスマルクのときの「ドイツ帝国《カイザーライヒ》」，ワイマール共和国もナチ・

図4　ヨハン・ゴットフリート・シャドウ『プロイセン公女ルイーゼとフリデリーケの二重彫像』（1797年）
出典：著者撮影。

▷2　ベルリンの博物館島と呼ばれる地区にあるペルガモン博物館は，メソポタミアやギリシアで発掘した建造物を復元した展示で人気。

▷3　1919年にワイマールに設立された総合芸術学校。芸術は大衆のためにあるべきだとして，大量生産可能な，機能的かつ美しいデザインを目指した。1933年にナチスによって閉校された。

図5　1934年の展覧会「ドイツ国民――ドイツの仕事」に出品されたグロピウスによる内装デザイン（ヨースト・シュミットのスケッチ）
出典：Winfried Nerdinger: *Walter Gropius*. Mann, Berlin 1985, S. 187.

▷4　1951年から毎年ベルリンで開催されている国際映画祭。現代社会を映し出す作品が多くノミネートされ，若手の育成にも力を入れている。

ドイツも正式名称は「ドイツ帝国《ライヒ》」だし，またヒトラーの時代は「第三帝国《ライヒ》」を喧伝しました。戦後ドイツはライヒという言葉は使わなくなったけれど，オーストリアは使っている。

司会：オーストリアのアイデンティティというものはどうなのでしょう？

桂：特性がない，というのでしょうか。たとえば，第一次世界大戦が終わった頃の観光ガイドには，ウィーンを本当に知りたければブダペストに行け，と書いてあるんです。ウィーンは必ずしもドイツ系の人たちだけの町ではなくて，周辺の国々から人が集まる場所だったのだと思います。

司会：歴史も含めて，その都市の特色が生んだ思想や文学はあるでしょうか。

吉：たとえば，**ツヴァイク**⇨Ⅰ-57の『昨日の世界』では，多民族国家ハプスブルク帝国で最低限保たれていた絶妙なバランスが懐かしがられています。あの時代はハッピーなパラダイスではなかったけれど，バランスが失われてしまった後から見たら，そんなに悪くはなかったよね，といったふうに。

荒：その点，ウィーンは象徴的な力をもった都市ですよね。スロヴェニアから来たタクシー運転手が，「やっぱりウィーンはわれわれの首都だ」って言うんです。それぞれの国家の首都はあるけれど，ウィーンが首都でOKという感覚もある。もう一つ例を挙げると，リンツ◁7で教会を建てるときに，ウィーンのシュテファン大聖堂（図8）よりも高くならないように気を付けた。ウィーンはあの地域全体の首都であろうとしているし，周辺もそう認めている。

岡：首都の意味が，ドイツとオーストリアあるいはハプスブルク帝国とではまったく違いますよね。ベルリンは現在ドイツの首都ですが，あるのは政治の中心だけで，経済の中心はフランクフルト，連邦裁判所はカールスルーエです。今でこそ，第二次世界大戦前のように企業の本社がベルリンに集中し始めていますが，全部がベルリンに来るわけではありません◁8。ドイツの都市は，それぞれが小さいながらに誇りをもっていて，唯一の象徴的な首都をさほど必要とはしていないのではないでしょうか。ベルリンでは，新参者でも話して説得できればOKですしね。時間をかけて信頼関係を築くというよりは，議論の熱量で訴える。それに対してウィーンでは，人間関係にも時間をかけそうですね。

荒：ウィーンの人はよく口約束をするように思います。「わかったよ」ってすぐ言うんです。でもわかっちゃいないっていうか，この場をやわらかくすり抜けるのが大事で，みんなからOKがとれた，となって家に帰ってみると，実は全然OKではなかったりします。

岡：ベルリンでは，意見が合わなかったり，何か間違ったりすると，すぐに「Nein《ナイン》（違う）」って言われます。南ドイツの人はベルリンの人のことを冷たいと言うけれど，ナインと言ったからって，冷たいわけではないんですよね。

荒：僕もそういうときは，はっきり言われた方が安心な感じがします。ベルリンでは，ダメなときはダメだし，難しいときは難しいって言ってくれるけれど，

▷5　ベルリンは町の真ん中にティーア・ガルテンという大きな公園があり，鉄道も町中を貫通しているのに対して，ウィーンはもとは城壁で囲まれた町で，現在は環状道路となっている旧城壁の内側が旧市街として町の中心をなしている。

図6　「躓きの石」
最初のものは1992年にケルンに設置された。現在ではヨーロッパ各地で見ることができる。
出典：著者撮影。

図7　虐殺されたヨーロッパのユダヤ人のための記念碑（2005年完成）
出典：著者撮影。

図8　シュテファン大聖堂
出典：著者撮影。

ウィーンの人はすぐに「大丈夫」って言ってくれるけど，結局，何もしてくれないことがある。

3　文学と都市――「言わない町」ウィーン，「溶け込めない町」ベルリン

司会：ドイツ文学でもよく読まれている**カフカ**[⇨Ⅰ-40·42]はチェコのプラハ出身ですが，オーストリア文学への親近性というのはありますか？

下：ないですね。カフカはシオニスト会議[◁9]で一度ウィーンに行っていますが，たいして興味をもたずに帰ってきています。ベルリンでのユダヤ人関係のつながりが強かったので，ウィーンよりはベルリンに目が向いていたと思います。

司会：ウィーンのユダヤ人社会に入っていくのが難しかった，ということもあるのでしょうか。

荒：ウィーンにはスーパーエリート層を形成しているユダヤ人たちがいたわけですよね。彼らは，地方から出てきた貧乏な人をそんなに簡単には仲間に入れなかったでしょうね。

司会：文学の舞台としてはどうでしょう。ウィーンを描いた文学作品にはどんなものがありますか？

荒：これまでの文脈で言うと，**ホーフマンスタール**[⇨Ⅰ-33]の『難しい男』ですね。良いとも悪いとも言わないで，そういうつもりじゃないんだけどなあ，とかわして，やわらかいことを言いながら，空白のところで動かしていく，というか。

吉：**シュニッツラー**[⇨Ⅰ-32]に『恋愛三昧』（図9）という劇があって，主人公のフリッツとそのお相手のクリスティーネという人物が登場します。フリッツはお金持ちだけどクリスティーネはお金持ちじゃない。ヨーロッパの建物って，家賃は下の階の方が高くて上に行くほど安くなっていくのですが，その上の方に住んでいる貧しいクリスティーネを初めてフリッツが訪れる場面があるんです。普段行き慣れていないところに行った彼はそこで，「眺めがいいね，あそこに山が見えるね」と褒めるんですね。でもそれはリップサービスであって，本当はちょっといたたまれないというか，自分の世界ではないわけです。でも，何とかいいところを見つけて，彼女に悪い思いをさせないようにするところは，きわめてウィーン的だと思います。

桂：オーストリアや南ドイツの人たちが，うちはプロイセン的ドイツとは違う，って言いたいときに，「南の空気が入っている」という言い方をしたりしますね。

荒：ホーフマンスタールの詩のなかで，「聖職者」がAbateとイタリア風に表記されているのに出会ったりすると，「ああ，ウィーン」と感じます。

司会：ベルリンはどうですか？

岡：ウィーンを描いている作家は，ウィーン出身か，そうでなくともウィーンにとてもなじんでいるように見えますが，ベルリン出身の作家は意外と少ない

▶6　Reich《ライヒ》とは，他民族を包含する「帝国」から近代の国民国家に至るまで，政治体制を超えたドイツの「国体」を含意するドイツ固有の観念であるのに対して，Land《ラント》という言葉は，「土地，国，州」といった意味のほかに，「田舎」という意味もある。

▶7　ウィーン，グラーツに次ぐオーストリア第三の都市。

▶8　たとえば，バイエルンの会社であるということを社名でも表しているBMWは，バイエルン州都ミュンヘンに本社を置いており，またメルセデス・ベンツの本社はシュトゥットガルトにある。また，新聞でも全国紙といえるものはほとんどなく，大手紙でも『フランクフルト一般新聞』『南ドイツ新聞』といったように，地方色を捨てていない。

▶9　ユダヤ人国家をパレスチナに建設しようというシオニズム運動の賛同者が集まる会議。1897年にバーゼルで第1回が開かれた。カフカが参加したのは1913年にウィーンで開催された第11回会議。

図9　映画『恋愛三昧』（マックス・オフュルス監督，1933）のワンシーン

フリッツの家に集まった恋人たち。右の二人がフリッツとクリスティーネ。

出　典：*Max Ophüls: Spiel im Dasein. Eine Rückblende.* Hrsg. und kommentiert v. Helmut G. Asper, Alexander, Berlin 2015.

んですよね。初期にベルリンを描いた**ホフマン**[⇨Ⅰ-17]は，ケーニヒスベルク[◁10]出身です。『騎士グルック』の主人公は，ベルリンを縦横無尽に歩き回っていて，町にとても精通しているように見えるのに，謎の男に，「あなたはベルリンの人じゃありませんね」と見破られてしまいます。ベルリン生まれの**ティーク**[⇨Ⅰ-8]も，ベルリンをアウェーのように感じて書いている気がしますね。地名もあまり出さない。

下：町に対して距離があるというのは，現代に近い作品にも当てはまるかもしれません。「壁の文学[◁11]」（図10）でも，町に溶け込む，というものは少ない気がします。壁が崩れて，社会ががらっと変わったわけですよね。翻弄されて翻弄されて，町の外は見えても中には入れない，というものが多い印象です。

岡：ベルリンが本当に大都市になり始めたのは20世紀に入ってからで，世界大戦に向かっていく際に，あらゆるものが一気にベルリンに集中し始めたのだと思います。病んだところも含めて，都市的なものがいっぺんにやってきた。

荒：ツヴァイクは『昨日の世界』のなかで，自分が若い頃はベルリンはたいしておもしろい町じゃなかったけれど，ある時期から急速に発展して，刺激的な文化の中心地になった，と書いていますね。

4　ウィーン，ベルリンの今――変わらない水，変わった水

司会：今のウィーン，今のベルリンの都市としての魅力はどうでしょう？

下：ベルリンは相変わらず自虐的で，町は永遠に工事中だし，犬の糞だらけだし，お金もないけど，でも好きだよね，というところがありますね。

岡：文学だと，カズオ・イシグロにかなり早い時期から注目して，朗読会などが催されていました。外のものを吸収する力はけっこう強いのかな，と思います。アメリカのウルトラオーソドックスなユダヤ社会から逃げてきた作家[◁12]や，**多和田葉子**[⇨Ⅰ-70]などもベルリンを活動拠点にしていますね。

荒：ウィーンは第一次世界大戦後，長らく人口が増えなかった例外的な大都市なんです。でも最近EUになってから，東欧から若い人たちが来るようになって，人口が増えてきています。そんななか，ウィーン風なものが急速に薄まってきていて，たとえばウィーン訛りを聞くのはそうとう難しくなっている。

岡：ベルリンでは，外国人だとわかっても，容赦なくベルリン方言で話しかけてきます。同じ仲間だと思って，ということらしいのですが。

司会：ベルリンではよそ者がよそ者ではないんですね。

下：そうですね。留学生として行って，見た目も明らかに外国人だけれども，ベルリンでは疎外感を覚えないで，すんなり入っていける感じがします。

司会：ベルリンの最近の変化というのはありますか？

佐：一番の変化は難民ですね。社会が急速に閉塞してゆくのを実感しました。ドイツは一方で，統一してすごく自信を得たのだと思います。過去のことは否定的な形でしか語れなかったけれど，自分たちは過去を克服したんだ，と。ま

▷10　現在のカリーニングラード（ロシア領）。バルト海に面した港町で，1945年まで東プロイセンの主要都市だった。哲学者のカントやハンナ・アーレントもこの町の出身。

▷11　トーマス・ブルスィヒ（1965-）の『僕ら英雄たち』（1995年），『太陽通り――ゾンネンアレー』（1999年），スヴェン・レーゲナー（1961-）の『レーマン氏』（2001年）など多数あり，映画化されているものも多い。

図10　映画『太陽通り――ゾンネンアレー』に登場する東ベルリンの若者たち
出典：*Sonnenallee. Das Buch zum Film.* Hrsg. v. Leander Haußmann, Ullstein, Berlin 1999.

▷12　デボラ・フェルドマン（1986-）のデビュー作『アンオーソドックス（非正統）』（2012年）は，アメリカとドイツ（ドイツ語2016年）でベストセラーになった。

▷13　オスタルギー（Ostalgie）とは，「東（Ost）」と「ノスタルジー（Nostalgie）」から成る合成語で，旧東ドイツへの郷愁を意味する。

た他方で，オスタルギー[13]（図11）というのがあります。東ドイツの監視社会や独裁国家という負の側面は捨象してしまい，あの時はよかった，と懐かしむ気持ちです。移民や難民とか，資本主義的な経済格差への不満が，東ドイツという別世界のような国への懐かしみの感情として現れているのかもしれません。

司会：オーストリアもそうですか，現代の難民に対しては。

荒：難民が押し寄せたときは世論もぐらついて，「助けよう」っていう気持ちではいられなくなったところがあったと思います。

司会：天候はどうでしょう。イタリアのような日は差したりするのでしょうか？

岡：ナポレオンはドイツについて，９カ月冬で３カ月夏がない，と言ったそうです。たしかに，菜の花とコスモスが同時に咲きます。**ハイネ**[⇨Ⅰ-18]の詩にシューマンが曲を付けた「美しい五月に[14]」という歌がありますが，あれは本当なんですよね。五月くらいに一瞬光がぱあっと明るくなる時に，花がいっせいに咲く。

荒：ウィーンについては「夏と冬しかない」と言われることがありますね。つまり春と秋はない，ということです。それと，ウィーンは「ウィーンの森から風が入ってくるから，水も空気も恵まれている」と言われます。

司会：水に関しては「ウィーンは水道水が飲めるんだ」って自慢しますよね。「アルプスの湧水が蛇口から出るんだからミネラルウォーターなんか買うな」と言われました。

岡：水は途中の町では降ろさずに，アルプスからウィーンに直結ですよね。

荒：ウィーン自慢の水でいうと，この10年で一つ大きく変わったことがあります。以前はカフェでコーヒーを頼むと，銀のお盆にコーヒーとグラスに入った水がのってきて（図12），その水はいくらでも注いでもらえた。コーヒーを飲んだあと水だけで何時間でも粘れたのです。ところが，今は，伝統的なカフェに行っても，２杯目の水は頼まないと注いでくれないし，そのあとも注いでもらおうと思うと，チップを多めに払わないといけない。それに，今ウィーンのカフェが次々とつぶれるんですよ。チェーン店のカフェにおされて，カフェの伝統はもはや風前の灯です。

岡：ベルリンは，アメリカあってのベルリン，というところがあったから，わりと親米で[15]（図13），アメリカ系の店が入ってくるのはいつも早いですね。

荒：ウィーンらしさが薄まったということは，若い人たちが入ってきて，ずいぶんと風通しがよくなってきたということでもあります。ほどほどに薄まっているウィーンというのは住みやすいかな，と思いますね。

吉：僕は住むならベルリンですね。ベルリンは，下手なドイツ語でもしかめっ面しないで受け入れてくれる。開かれた感じがします。

司会：城壁に囲まれた町だったウィーンには都市のもつ親密さがあり，ベルリンは，その求心力のなさがむしろ開かれた雰囲気を生んでいるのかもしれませんね。今日は皆さん，ありがとうございました。　　（とりまとめ：岡本和子）

図11　オスタルギーが描かれている映画『グッバイ，レーニン！』（ヴォルフガング・ベッカー監督，ギャガ，2003）

出典：著者撮影。

▶14　歌曲集『詩人の恋』に所収。19世紀以降に多く書かれた，抒情詩を歌詞とするピアノ伴奏による独唱形式の歌曲は，「ドイツ・リート」と呼ばれるジャンルを生み出した。

図12　ウィーンのカフェで銀のお盆にのってくるコーヒーと水

出典：著者撮影。

▶15　東西冷戦が激化し，東ドイツ国内にあった西ドイツの飛び地である西ベルリンへの陸路が封鎖されたときに，米英軍は空輸で西ベルリンに物資を送り続けた。

図13　「レーズン爆撃機」と呼ばれた米英軍の輸送機

出典：*Deutsche Geschichte in Bildern.* Hrsg. v. Christoph Stölzl. Koehler & Amelang, München 1997, S. 711.

コラム1

バロック

ウィーンのブルク劇場は，ドイツ語圏でもっとも格式の高い劇場の一つである。その豪華なファサードは，ゲーテ，シラーをはじめとするドイツ語演劇界の巨匠たちの胸像で飾られている。ところがその中に三人，ドイツ語で書かなかった劇作家が含まれている。シェイクスピア，モリエール，そしてカルデロンである。はじめの二人については，説明の必要はないだろう。しかし，スペイン・バロックの劇作家ペドロ・カルデロン・デ・ラ・バルカ（1600-81）となるとどうか。彼の戯曲は，文学愛好家の書棚には収まっているかもしれないが，舞台で見る機会は多くはなさそうである。

そもそもバロック文学そのものが，わが国ではなじみが薄い。バロックと聞いて，真っ先に思い起こされるのは，バッハの音楽やルーベンスの絵画，あるいはヴェルサイユなどの豪奢な宮殿であろう。しかし，同じ時代に成立した文学作品も，豊かな伝統を形づくっている。カルデロンの作品は，ドイツ語圏ではA・W・シュレーゲル訳で紹介された。これにグリルパルツァーやホーフマンスタールの翻案が続く。とりわけ好まれたのは，現世を芝居と見立てる世界劇場の理念，そして人生を一夜の夢と捉える世界観である。この2つは，バロック文学のイメージを支える重要な柱である。

世界劇場は，俗世の人生を芝居とみなす。幕開けの舞台は天上界で，神と天使たちが芝居の準備をしている。そこに名もなき魂たちが呼び出され，芝居の役が振り当てられる。「王」「金持ち」「農夫」「乞食」など，舞台に見立てた現世における配役である。これを立派に演じるなら，魂は死後，天国に召されるだろう。他方，下手な芝居にはそれなりの罰が待っている。魂は舞台で良き俳優であろうとするが，突然，不本意にも死神によって舞台から引きずり降ろされる。この点，王も乞食も違いはない。死すべき者たる運命から，すべての魂は逃れられない。

重要なのは，現世が劇中劇として提示されることである。役者は神や天使を演じ，あるいは魂を演じる。役の付いた魂は，その役をさらに演じる。その演技を，神や天使（こちらも，もちろん役者）が鑑賞する。そして観客であるわれわれは，こうした劇全体を鑑賞するのである。するとほのかな疑いが生じてくる。ひょっとしてわれわれも芝居をしている魂で，われわれの背後には，われわれの芝居の出来不出来を審判する神がいるのではなかろうか。劇と劇中劇の合わせ鏡のように続く連鎖の中で，われわれの生きる世は，にわかに相対化される。

人生を夢とみなすのも，やはり現世の相対化と通じていよう。われわれは自分の人生を生きていると感じているが，これが夢ではないと一体だれが保証してくれるのか。ふと気づくと，今とは全然違う世界で，別の寝床で目覚めているのではなかろうか。カルデロンの『人の世は夢』（1636年）では，政治的に疎まれ幽閉された王子が，後継の事情で王宮に戻される。ところが政治に不適だと判断されるや，王子は薬で眠らされて，またもとの幽閉生活に逆戻り。王宮での生活は夢であったと諭される。

17世紀のヨーロッパは，不安な時代であったという。ローマ略奪があり，疫病の蔓延があった。人は常に来世を考えた。現世はうたかた。メメント・モリ（死を思え）が時代の合言葉である。しかし，そうであるからこそ，芝居は一夜の夢として，人々を魅了したのかもしれない。カルペ・ディエム（その日を摘め）も，やはりこの時代のキーワードであって，ペシミズムは生への執着と裏表である。バロックの豪奢な演劇上演は，この2つを同時に満たしたのである。

（荒又雄介）

1　神なき時代のドイツ文学——文学の源泉としてのニヒリズム

1　ニヒリズムの大家ニーチェ

「神は死んだ」。**ニーチェ**⇨Ⅰ-25·27は『悦ばしき知識』（1882年）と『ツァラトゥストラはこう語った』（1885年）でこう宣告しています。いちど耳にすると忘れられない衝撃的なことばです。「神」とはヨーロッパにおける最大の宗教であるキリスト教の神にほかなりません。ですから，その神の死はキリスト教徒にとって，生を根拠づけ，救いをもたらす絶対的存在がいなくなったことを意味します。ニーチェはこのように言うことで，人の心を蝕み，弱め，生きるエネルギーを削ぐ絶対的無価値，すなわち「ニヒリズム」が蔓延していると警告しているのです。ニヒリズムはまさに「すべての訪問客のうちでもっとも気味悪い」（『権力への意志』）ものなのでした。しかし他方でニーチェは，キリスト教徒は「神」という存在しないものを無からでっち上げたのだ，とも言っています。つまり，キリスト教そのものもニヒリズムの産物だというわけです。ニーチェは生涯にわたってキリスト教を弾劾し続けましたが，ドイツ文学において最初にキリスト教を批判したのはニーチェだったわけではありません。ドイツ近代文学の原点である**ゲーテ**⇨Ⅰ-3·19の『若きウェルテルの悩み』においてすでに，キリスト教は厳しいまなざしのもとにさらされていました。キリスト教という足場が揺らぎ，神という救いがなくなっていくことがありありと感じられ始めたときに，ドイツ近代文学は誕生したともいえるのです。

2　絶対的価値のないことの豊かさ——無価値の多様性

昨今「価値の多様性」が声高に唱えられていますが，「無価値」もまた，実に多様な姿で現れています。たとえば，永遠にかなえられない願いを抱えて苦悩したり，不条理なできごとに巻き込まれたり，ひたすら虚無感を覚えるなど，人生における絶対的価値を喪失したありようはいずれも，無価値の現れとみなせるでしょう。近代以降のドイツ文学には，無価値との格闘そのものを主題とする作品がいくつもあります。その先駆けが『若きウェルテルの悩み』です。

ウェルテルは，かなわぬ恋のため，自らのこめかみに銃を突き付け，悲惨な死を遂げます。愛に殉じたウェルテルの行為は，キリスト教の教えに対する強烈なアンチテーゼでもありました。というのも，キリスト教においては，自殺は神と自分自身に対する重大な冒瀆とみなされているからです。この作品は

「かれに付き添う聖職者はひとりもいなかった」という一文で締め括られています。この文が意味するのは，ウェルテルを悼んで葬儀をあげる聖職者はいなかった，つまりウェルテルはキリスト教でいうところの「神の国」から見捨てられた，ということです。読者からすれば，このような聖職者のあり方は，愛に生を賭したウェルテルに対する冒瀆と感じられるかもしれません。しかしゲーテはこのようにウェルテルの死を描くことによって，キリスト教の教会や教義が，救いを求める人々の思いをもはや受け止められなくなっていることを象徴的に示しているのです。ゲーテは「教会は，その手に触れるものをすべて弱める」と書き，キリスト教に対して批判的な態度を取っていましたが，神的存在そのものを否定したわけではありませんでした。死を前にしたウェルテルに「かつてはわたしの魂を充たし，今はわたしから顔をそむけてしまわれた父よ！」と神に向かって嘆かせているのです。保田與重郎（1910-81）は，近代批判を展開したウェルテル論『エルテルは何故死んだか』（1939年）のなかで，主人公に限りない同情を寄せつつ，「エルテルの心のうらづけにはつひに神があらはれたのである」と述べています。ゲーテは，聖なるものを世俗的恋愛のなかに現前させることによって，民衆の宗教的／精神的エネルギーを文学に奪回しようとしたのです。ただし，文学が描く神は信仰の対象ではないという意味で，宗教における神とは決定的に異なります。

キリストが死んだのちの時代を，神々なき「夜の時代」と呼んだのは，詩人**ヘルダーリン**⇨Ⅰ-11でした。ヘルダーリンは，小説『ヒュペーリオン』（1797/99年）の一節で「無のために生まれ，無を愛し，無を信じ，無のために汲々《きゅうきゅう》と働き，その挙句，しだいに無に帰する」もの，それが人間であると述べています。さらに，「精神を昇りつめると，すべてのなかで最高のもの」は「無だ」とまで言い切っています。それでも，友人や愛する人との別離の悲しみのなかで，主人公ヒュペーリオンには詩作の日が芽生えてきます。神々不在の「夜の時代」だからこそ，神々が帰還する「祝祭」を待ち望む詩のことばが生まれるのです。ニヒリズムは，「最高のもの」を創造する力でもあるといえるでしょう。

ヘルダーリンと同時代の作家**クライスト**⇨Ⅰ-13は『チリの地震』で，地震が大地だけではなく，人の心を揺さぶり，救いのない状態に陥れるさまを淡々と描きました。皮肉なことに，神など存在しないかのような理不尽な被害が出た後，人々の間にはお互いを助け合う幻想的ユートピアが出現します。それはいわば，犯罪者すらも許されるような，世間的な善悪を超越した道徳の真空状態でした。ところが，この地震は神罰だと声を荒げるドミニコ会[◁1]の説教師に煽られて，人々は暴徒と化し，いたいけな赤子を教会の壁に叩きつけて殺すにいたります。

この物語の登場人物たちは，地震という自然界のできごとを，理由のないものとして受け止めることができず，神の恩恵あるいは怒りによるものと解釈してしまうのです。クライストは，自然現象を神と関係づけて解釈する人間の恣

▶1　1216年にローマ教皇から承認されたキリスト教の修道会。異端審問官としても活動した。

意が悲劇を引き起こすさまを浮き彫りにしています。人々にとって，世界の根拠のなさを垣間見ることは，恐怖以外のなにものでもありませんでした。しかしクライスト自身は，支えのないこの殺伐とした風景を直視していました。そのことは，フリードリヒ（1774-1840）の絵画『海辺の僧侶』（図１）について書かれたエッセイから読み取れます。荒涼とした海と空を前にして一人の僧侶が佇んでいるだけのこの絵は，当時の人々には理解されませんでしたが，クライストにとっては感嘆すべきものでした。「世界におけるこの立ち位置ほど悲しく，不安なものはありえない。この立ち位置は，広大な死の国における唯一の生命の火花，孤独な円における孤独な中心点だ」。クライストもまた，恐ろしくもうつくしい死の国という虚無に向かい，孤独に生命の火花を散らしていたのです。

図１　カスパー・ダーフィト・フリードリヒ『海辺の僧侶』（1808-10年）

出典：Werner Hofmann: *Caspar David Friedrich. Naturwirklichkeit und Kunstwahrheit.* C. H. Beck, München 2000, S. 54.

ビューヒナー⇨ I -20·21の短編『レンツ』は，実在の作家レンツ（1751-92）をモデルとして，「虚無」を抱えて生きる人間のさまを描いた作品です。精神を病み，神に絶望し，無神論に立ったレンツにとっては，「すべてが空虚でうつろ」で，「あるのはただ空虚と，それでもその空虚を満たそうとする拷問のような苛立ちばかり」でした。しかし，レンツは生を否定したわけではありません。むしろ生を突き放すことによって，人々が何かをなすのは，ただ「退屈」から逃れるためでしかないということを見抜いていたのです。「たいていの人々は退屈からお祈りをする，ほかの連中は退屈から惚れこむ，第三の連中は品行方正になる，第四の連中は悪徳に陥る。ところが僕ときたらまったくなんでもない。僕は自殺もしたがらない，自殺も退屈すぎるから」。「退屈」とは，外の世界にも自分の内にも意味を見いだせない人間が感じる「絶望」の別名です。ビューヒナーは，底なしの虚無感こそが「退屈」だと言っているのです。この短編は次のように閉じられます。「恐ろしい虚無が，かれの内にあった。かれはもう不安も要求も感じなかった。自分の存在がかれには逃れることのできない重荷だった。――そのようにかれは生き続けていった」。実際のレンツも41歳まで生きています。しかし，この作品を書いたビューヒナーは，生き急いだかのように，チフスのため23歳の若さでこの世を去りました。

３「百の徴候」を現すニヒリズム

第一次世界大戦はヨーロッパ全土に極めて深い爪痕を残しました。進歩思想のバックボーンとなっていた理性信仰はその力を失い，人々は自分たちの力と行為が容易に制御できるものではないことを痛感します。それまでの価値観が崩壊するとともに，人間の無力と暴力性が白日のもとにさらされたのです。第一次世界大戦の東部戦線における激戦地グロデクで，衛生兵として，十分な薬品などがないまま，悲惨な状況下で負傷兵の救護にあたっていた詩人**トラークル**⇨ I -41は，「死にゆく戦士たち」の頭上に「怒れる神」がいるのを目にします。現実と神話世界が入り混じった詩『グロデク』（1914年）は，「激しい痛み」が「生まれざる孫ら」を「はぐくむのだ」，と閉じられます。この「生まれざる孫ら」がはたして希望なのか，あるいは絶望の表象なのかは，宙吊りのままです。救済を求めながらも，救済を得られないだけではなく，そもそも救済を求めることができるかどうかもわからないこの未決定性は，まさに現代のニヒリズムといえるでしょう。トラークル自身，コカインの過剰摂取で亡くなりましたが，これが自殺だったのか事故だったのかも，定かではありません。

ヘッセ⇨Ⅰ-44と聞けば，淡い水彩画の「青春文学」を思い浮かべる人も多いでしょう。そのイメージのため，ヘッセとニヒリズムとは一見，結びつかないかもしれません。ところがヘッセは若いときに両親への手紙のなかで自分のことを「ニヒリスト」と呼んでいるのです。実際それはかれの作品からも見て取れます。『ナルチスとゴルトムント』（邦訳では『知と愛』とも）（1930年）の主人公ゴルトムントは修道院を去り（＝神のもとを去り），寒さや飢えに耐え，死と隣り合うなかで放浪を続けます。そのゴルトムントは「最も変わりやすく生命のはかないものを抱き取って，まさに無常なものの中に存在する世界の意味を告げ知らせる」芸術家でした。ヘッセは，何にどんな意味があるのかが定かではないこの世界において，芸術こそが世界の意味を告げ知らせる力をもつ，と言っているのです。

『飛ぶ教室』（1933年）や『二人のロッテ』（1949年）といった児童文学の作者として知られる**ケストナー**⇨Ⅰ-51ですが，かれは大人向けの小説『ファービアン』で，人生の「傍観者」を描いています。ファービアンは「何のために生きるのか」がわからず，人生に対して「なぜ」という問いを立て続けたあげくに，いともあっけなく溺れて死んでしまいます。それは皮肉なことに，ファービアンが傍観者であることをやめ，自分の人生を計画しようとした矢先のことでした。この死の原因は，ファービアンからニヒリズムが消えたことだと考えられます。ここには，ファービアンの慢性疾患であるニヒリズム自体が，かれの生を可能にしていた，というパラドックスが見て取れるでしょう。

ここに紹介したのは「ニヒリズム」を描いた作品のほんの一部です。ニーチェがいうように，ニヒリズムは「百の徴候」（『権力への意志』）を見せています。では，救いは，希望はどこに求められるのでしょうか。ここに挙げたような文学作品や芸術作品は，その在処《ありか》を示唆してくれるものかもしれません。なぜなら「美的現象としてのみ存在と世界は永遠に正当化される」（ニーチェ『悲劇の誕生』）のですから。

（畠山　寛）

2　憧れに彩られた幻の故郷「古代ギリシア」

1　ヴィンケルマンの衝撃――「古代ギリシア」の発見

1768年６月８日，イタリアのトリエステで殺人事件が起きました。殺されたのは51歳の著名なドイツ人美術史家。物盗りの犯行でした。「ヴィンケルマン殺害さる」，このニュースは瞬く間にドイツに届き，**ゲーテ**⇨Ⅰ-3・19も，この知らせに多くの人が嘆き悲しんだことを伝えています。

ヨハン・ヨアヒム・ヴィンケルマン（図１）は『絵画と彫刻におけるギリシアの作品の模倣について』（1755年。以下『ギリシア芸術模倣論』）の著者として広く知られていました。しかもこの本はたんなる美術解説本ではなかったのです。出版されるやいなや，熱狂的な「古代ギリシア」ブームを巻き起こし，ドイツ人にアイデンティティの確立をめぐる意識改革までもたらした，爆薬のような書物でした。ヴィンケルマンは，「私たちが偉大になるための，いや，もし可能なら，模倣されえないものになるための唯一の道は，古代人の模倣である」と言っています。「模倣されえないもの」になるためには，古代ギリシア人を模倣するしかない――こうした逆説的思考がこの本を貫いています。ヴィンケルマンにとって，古代のギリシア彫刻はエレガントでハーモニーに満ちた，最高の美が表れた芸術です。かれはその美の本質を「高貴な単純と静かな偉大」（図２）と簡潔に表現し，ドイツでは以後，このスローガンを掲げた新古典主義[1]の芸術運動が始まりました。

ヴィンケルマンは，ギリシアが最高の芸術作品を生み出せた要因として，美しい土地と温暖で穏やかな気候を挙げていますが，実は，かれ自身はギリシアに行ったことがありませんでした。さらに驚くことに，ギリシア彫刻を絶賛していながら，その実物はひとつも観ていないのです。ヴィンケルマンの言う「古代ギリシア」は，主に古代ギリシアの文学作品を通じて描き出された壮大な幻想だったのです。ヴィンケルマンは『ギリシア芸術模倣論』を書いたのち，37歳でローマに行き，数々の美術品を観るのですが，その多くは古代ローマ時代に作られたコピーでした。ちなみに，ヴィンケルマン以後の文学者で同じく古代ギリシアを讃美したゲーテ，**ヘルダーリン**⇨Ⅰ-11，**ニーチェ**⇨Ⅰ-25・27らも，やはりギリシアの地を一歩も踏んでいません。古代ギリシア像があくまで理想として形成されたという点は，ドイツにおける古代ギリシア受容の大きな特徴をなしています[2]。

図１　44-45歳のヴィンケルマン（1717-68）

出典：*Bibliothek der Kunstliteratur in vier Bänden: Band 2: Frühklassizismus. Position und Opposition: Winckelmann, Mengs, Heinse.* Hrgs. v. Helmut Pfotenhauer, Markus Bernauer und Norbert Miller unter Mitarbeit von Thomas Franke, Deutscher Klassiker Verlag, Frankfurt am Main 1995.

▷1　18世紀中頃から，建築・絵画・彫刻などの分野で支配的になった古代ギリシアの芸術を模範とした芸術様式。

▷2　このことは，ドイツにおけるギリシア受容にとって決定的だった。というのも，かれらが現実のギリシアを見たなら，かえって幻滅したと考えられるからだ。

ドイツ人がヴィンケルマンのギリシア観に熱狂したのには理由がありました。ヴィンケルマンは古代ギリシアを讃える一方で，当時のドイツの貴族社会でもてはやされていたロココ・バロック[◁3]を痛烈に批判したのです。つまり，ギリシア讃美は「アンチ宮廷文化」の宣言でもあったのです。またそれは，「アンチ・フランス」「アンチ・イタリア」を主張することにほかなりませんでした。フランスとイタリアは同じラテン系の古代ローマを自らのルーツとみなしていたので，両国にとって古典古代とは古代ローマとその伝統を意味しました。これに対し，ゲルマン系のドイツには祖先と考えることのできる古典古代がありませんでした。そこでヴィンケルマンは，ドイツ文化の理念的なルーツを古代ギリシアに求め，ドイツは古代ギリシアの理念的継承者であると説いたのです。こうして「古典古代」からラテン的要素を取り除き，ドイツを古代ギリシアに直接つなげることで，そのナショナル・アイデンティティとしての古代ギリシアが発見されたのです。ゲーテはヴィンケルマンを，「かつてすでに知られ，そして再び失われた国を発見した第二のコロンブス」（『ヴィンケルマンとその世紀』）と呼んで讃えています。

この発見は，当時ドイツで力を蓄えてきた市民階級に熱烈に受け入れられました。というのも勤勉で質素な市民階級は，装飾過多な貴族的ロココ・バロックよりも，ヴィンケルマンが讃えた「高貴な単純と静かな偉大」の文化こそが自分たちにふさわしいと考えたからです。実際，ヴィンケルマンから始まる華々しいギリシア受容を決定づけた文学者のほとんどが市民階級の出身でした。ヴィンケルマン自身，貧しい靴職人の家の生まれです。ヘルダー，ゲーテ，**モーリッツ**[⇨I-6]，**シラー**[⇨I-5]，ヘルダーリン，ヘーゲル，シュレーゲル兄弟，シェリングなども市民階級出身です。ヴィルヘルム・フォン・フンボルトのように貴族階級の人もいましたが，これは数少ない例外でした。18世紀ドイツのギリシア受容は，新しい価値観，新しいアイデンティティを求める下からの文学・哲学運動だったのです。

図2　このことばで形容されているラオコーン像

ただし，ヴィンケルマンはこの像を銅版画でしか見ていなかった。

出典：同前。

[▶3]　フランス発祥の芸術様式で，華麗，繊細な装飾が特徴。

2　さまざまなる「古代ギリシア」

『ギリシア芸術模倣論』で，理想的，いや，空想的ですらある古代ギリシア像が描かれた10年後には，ヴィンケルマンの思想は広くゆきわたり，いわばドイツ文化の精神的財産となっていました。かれの影響を受けた代表的な作家がゲーテです。37歳のゲーテは実際にローマで「古代ギリシア」に触れ，古代ギリシアの悲劇作家エウリピデス（BC480年頃-BC406年頃）の作品を下敷きにした戯曲『タウリスのイフィゲーニエ』（1787年）を書きました。このなかでゲーテは，社会と自然が調和した節度と美の理想世界を描き，ヒューマニティを礼賛しています。ただ初演（1802年）のときには，自分自身でも行き過ぎを認めたのか，この作品は「どうしようもなく人道的だ」とシラーに書き送っています。

そして1805年には，ヴィンケルマンの影響の頂点とみなせる『ヴィンケルマンとその世紀』を書き，これ以降ヴィンケルマン流の古代ギリシア崇拝からは離れていきます。

多くの作家・詩人が自身の創作の源泉を古代ギリシアに求めたとはいえ，かれらは必ずしも単純にヴィンケルマンを受容したわけではありませんでした。**フリードリヒ・シュレーゲル**⇨Ⅰ-10は「人々は依然として古代人のなかに，自らが必要とし，望むものだけを見つけ出している。とりわけ自分自身の姿を」（『アテネーウム断片』1798年）と喝破し，**ノヴァーリス**⇨Ⅰ-12は，古典文学は「われわれがあらためて生み出さねばならないものなのである」（『断章と研究1798』）と書いています。かれらにとって，古代ギリシアは自らの姿を映す鏡だったのです。ヘルダーリンは，自分たちが生きているキリスト教の時代を古代ギリシアと結びつけるために，キリストをギリシアの神々の最後の神とする独特な神話観・歴史観を打ち立てました。ヴィンケルマンとは異なり，古代ギリシアを美的に受容するのではなく，ギリシア人をかれらの神々ゆえに讃美したのです。また，きわめて醒めた目で古代ギリシアを見ていたのが**クライスト**⇨Ⅰ-13でした。かれの戯曲『ペンテジレーア』（1808年）は，古代ギリシアの神話に着想を得て書かれた作品のなかでも特異です。アマゾネスの若き女王ペンテジレーアはギリシア軍との戦いのさなか，敵将のアキレウスを愛してしまうのですが，彼女は決闘の場に現れたアキレウスを打ち倒し，そのうえ食べてしまいます。ここに描かれているのは美と調和ではなく，狂気，狂乱の古代ギリシアです。このように19世紀初頭になると，理想的なギリシア像は次第に色あせ，自己投影としてのさまざまなギリシア像が生み出されました。ヴィンケルマンの描いた古代ギリシア像が，あまりにも現実からかけ離れていることが明らかになっていったのも，その理由の一つでした。

文学の世界で古代ギリシアの理想が消えたあと，建築の分野でギリシアブームが起き，新古典主義様式の建築物が盛んにつくられます。カール・フリードリヒ・シンケル（1781-1841，図３）はベルリンで，レオ・フォン・クレンツェ（1784-1864，図４）はミュンヘンで，数多くの新古典主義的建築を建設しました。また，バイエルン国王ルートヴィヒ１世は，まだ18歳であった次男オットーを新生ギリシア◁4の王に据えて，ギリシアのアテネに新古典主義様式の公共建築物を建てさせました。古代ギリシアの模倣であるドイツの新古典主義様式がギリシアに逆輸入されたのです。

建築と並んで古代ギリシアの遺産を相続した分野が教育でした。高等教育機関である**ギムナジウム**⇨Ⅱ-四-3において，19世紀には，古典教育，古典語教育が中心的な役割を果たしていくようになるのです。そのような教育システムの創始者が，フンボルトでした。ヴィンケルマンが初等教育を受けたラテン語学校では，ラテン語の授業が20時間だったのに対し，ギリシア語の授業は新約聖書の講読だ

図３　シンケルが設計した「ベルリン・コンツェルトハウス」

出　典：Irmgard Wirth: *Berlin 1650-1914. Von der Zeit des Großen Kurfürsten bis zum Ersten Weltkrieg. Stadtdarstellungen aus den Sammlungen des Berliner Museums.* Hans Christians Verlag, Hamburg 1979, S. 112.

図４　クレンツェが設計した「グリュプトテーク」（彫刻館）

出　典：Adrian Buttlar: *Leo von Klenze: Führer zu seinen Bauten.* Deutscher Kunstverlag 2016, S. 30.

▶4　1832年，ギリシア独立戦争によりオスマン帝国から独立してつくられた王国。

けでした。フンボルトが構想したギムナジウムのカリキュラムでは，ラテン語の授業が76時間，ギリシア語が50時間，ドイツ語が44時間でした。古典ギリシア語を学ぶことで，その言語を使用していた人々の高貴な精神に少しでも近づけると考えたのです。古代ギリシア受容は形を変えつつも，ドイツ人のアイデンティティ形成において極めて重要な役割を担い続けていきます。

3　ペシミスティックな「古代ギリシア」観

19世紀後半になり，歴史的でアカデミックな古代ギリシア研究が盛んになってくると，かつての明るく朗らかなギリシアというイメージが徹底的に批判され，代わりにペシミスティックなギリシアという新しいイメージが生まれます。その立役者の一人がニーチェです。かれは古典文献学者としてキャリアをスタートしたのですが，実質的処女作の『悲劇の誕生』で学界の常識をうちやぶるギリシア像を描き出しました。古代ギリシアの神髄は悲劇にある，としたのです。ヴィンケルマンがひたすら古代ギリシアの晴朗な調和的世界を描いたのに対し，ニーチェはワインの神ディオニュソスのうちに，古代ギリシアにおける陶酔，狂気，忘我を見出します。古代ギリシア人は生における凄惨さ，愚かさ，絶望を感じていたからこそ，何よりも悲劇を喜んだのであり，悲劇で主人公が破滅するのをみることで，苦悩に満ちた人生を逆説的に肯定することができたのだ，と説きました。この悲惨な生を肯定する力をニーチェは「ディオニュソス的なもの」と呼びました。ニーチェはヴィンケルマンの描き出した古代ギリシアの姿が「歴史学的には途方もない虚偽であった」と断じていますが，同時に，ヴィンケルマンの歴史認識そのものは近代的であると賞讃もしています。その限りでニーチェもまた，ヴィンケルマンに始まる古代ギリシア創造者の系譜に連なっているのです。

4　永遠の故郷「古代ギリシア」

20世紀に入ってからも，ギリシア神話や古代ギリシアのモチーフをまったく用いない作家はいなかったといってよいでしょう[5]。作品名をみるだけでも，**ホーフマンスタール**[⇨Ⅰ-33]の『エレクトラ』(1903年)，**リルケ**[⇨Ⅰ-37･45]の『オルフォイスへのソネット』(1923年)，**ヘッセ**[⇨Ⅰ-44]の『ナルチスとゴルトムント』(邦訳では『知と愛』とも）(1930年)，マリー・ルイーゼ・カシュニッツ『わたしのギリシア神話』(1943年)，**ブレヒト**[⇨Ⅰ-48]『アンティゴネ』(1947年)，**ハイナー・ミュラー**[⇨Ⅰ-66]『ピロクテーテス』(1964年)，クリスタ・ヴォルフ『カッサンドラ』(1983年）など，枚挙にいとまがありません。古代ギリシアは，時代ごとに姿を変えつつも，これからもドイツ文学の故郷であり続けるでしょう。

（畠山　寛）

▶5　思想・哲学などの分野においても古代ギリシアは思索の源泉だった。フロイトは自らの精神分析学の学説に古代ギリシア悲劇の主人公「オイディプス」の名を冠し，ハイデガーは古代ギリシア哲学に取り組むことで自身の哲学を構築した。ナチスもまたベルリン・オリンピックで，ドイツが古代ギリシアの継承者であること示す演出を行った。

3　ドイツ近代の文学――芸術における中世の受容

1　掘り起こす――ロマン派による中世の再発見

ドイツ中世というとみなさんは何を思い浮かべるでしょうか。華やかな宮廷文化，貴族たちが武道や詩歌の技を競い，貴婦人にプラトニックな愛を捧げた騎士道，あるいは野に繰り広げられる色彩豊かな民衆の祭り，修道院やゴシック建築の屋根の尖った聖堂で禁欲的な祈りが捧げられたカトリックの信仰……。

中世とりわけ13世紀は文学史においても，ヴォルフラム・フォン・エッシェンバハ，ハルトマン・フォン・アウエ，ヴァルター・フォン・デア・フォーゲルヴァイデをはじめとする多くの文学者が輩出した実り多き時代でしたが，そのような文化的成果は時が経ち，ルネサンスと宗教改革を経て，科学と啓蒙の時代が訪れるにつれ，いつしか遥かな過去のできごととして，顧みられることがあまりなくなっていったのです。ルターが聖書をドイツ語に訳した16世紀以降，言葉そのものが変質して現代のドイツ語に近づき，中世文学の文体が人々にとって難解に思えてきたことも影響しているでしょうか。

中世に改めて光が当たったのは18世紀末から19世紀の前半，とりわけ**ロマン主義**⇨Ⅰ-8·10·12の思潮においてです。それ以前，**啓蒙主義**⇨Ⅰ-8, Ⅱ-二-5の時代には**古代ギリシア**⇨Ⅱ-二-2・ローマが一種の理想郷として知識人の興味と崇拝の対象でした。加えて，近世以降の宮廷文化は主にフランスの言語と風俗に染め上げられ，ドイツの民衆からは縁遠いものになっていました。ロマン主義はそうした近い過去への反動として，遥かな昔にこそ自分たちの本当のルーツがあると考え，自国の埋もれた文化を掘り起こそうとしたのです◁1。

「埋もれた」自国の文化の中には，民衆の間で口伝えに受け継がれてきたものも多く含まれます。**グリム兄弟**⇨Ⅰ-16は聞き書きによって収集した民話を『メルヘン集』にまとめ上げましたし，**アルニムとブレンターノ**⇨Ⅰ-14も民謡を集めて『少年の魔法の角笛』を編纂しました◁2（図1）。一方，この時代には，大人の読者を対象とした創作メルヘンも多く生まれています。

2　封じ込める――中世に現れる古代世界の形象

ティーク⇨Ⅰ-8の『忠実なるエッカルトとタンホイザー』（1799年），『ルーネンベルク』（1804年），アイヒェンドルフ（1788-1857）の『秋の惑わし』（1808年），『大理石像』（1819年）はいずれも，敬虔なキリスト教社会を背景とし，主要人物と

◁1　19世紀の初頭，ナポレオン軍の侵攻により，ドイツ人が国民意識に目覚めたことも，自国文化の見直しに拍車をかけた。

◁2　アヒム・フォン・アルニムとクレメンス・ブレンターノが編纂したこの民謡集はドイツのマザーグースとも呼ばれ，同名の歌曲集を出したマーラーほか，多くの作曲家が収録された詩に曲をつけている。

図1　『少年の魔法の角笛』（モーリッツ・フォン・シュヴィントによるスケッチ）

出典：Klaus Günzel: *Die deutschen Romantiker*. Artemis, Zürich 1995.

して騎士が登場するなど，中世の雰囲気を色濃く醸し出す創作メルヘンですが，その周縁で登場人物たちを誘うゲルマンの深い森には異教世界への回路が通じているようです。中世のカトリック社会が異端審問・魔女狩りなど，異教的な要素を厳しく斥けようとした時代であったことをここで思い起こしておくべきでしょう[◁3]。

▷3　中世のヴァルトブルクの歌合戦伝説に材を得たホフマンの創作メルヘン『歌手たちの戦い』も，清廉なキリスト教世界の吟遊詩人たちと異教の魔法使いとの対決を描く。

注目すべきは，これらの創作メルヘンに古代ローマの愛の女神ヴィーナスが姿を現すことです。中世の風景のなかで，古代は姿かたちもとどめぬまま消え去ってしまったわけではありません。いや，そもそも古代は中世という時代の深層に流れ込み，欠かせぬ要素として，人々の意識に作用を及ぼし続けていたのです。とはいえ，ロマン主義が描く中世の風景に現出する古代の形象には，18世紀までの古代ギリシア・ローマが持っていた晴朗なイメージはありません。むしろ謎めいた魅力で人を破滅に引き込む魔性の力として描かれるのです。

ハイネ[⇨Ⅰ-18]は『精霊物語』（1836年）のなかで，その事情をこう述べます。すなわち「キリスト教の勝利ののち，古代異教の神々は地底世界に隠棲し，ほかの精霊たちと交わりながら，悪魔として生きることを余儀なくされたのだ」と。地底世界を人々の深層心理の喩えと考えれば，この伝説が象徴的なかたちで実際のヨーロッパの歴史に重なることがわかります。キリスト教の導入によって，古代ギリシア・ローマや古代ゲルマンの多神教は周縁に追いやられつつも，民間の土俗信仰に根強く残っていたからです。魔女狩り，異端審問も，そうした現象への過剰な反応と見なすことができるでしょう。

ワーグナー（1813-83）はこのヴィーナスのモチーフと**ホフマン**[⇨Ⅰ-17]の小説の題材を組み合わせ，ハイネの物語詩『タンホイザー』をも参考にしながら，ロマン的歌劇『タンホイザーとヴァルトブルクの歌合戦』（1845年）を作詩・作曲しました。冒頭の舞台となるのはまさに，ヴィーナスが隠棲した地底の魔窟ですが，バレエシーンには牧神ファウヌスや水の精セイレーンたちも登場し，古代ギリシアの神話の情景が絵巻のように繰り広げられて，全体の背景をなす中世の騎士社会の奥底に古代ギリシア世界が密封されているといった趣です[◁4]（図2）。

▷4　その後，地上のキリスト教世界に帰還した主人公は自分が地底世界に逗留したことを告白することで，最後はローマ教皇に破門される。

図2　ワーグナー《タンホイザー》第1幕，ヴェーヌスの洞窟（メトロポリタン歌劇場，1977年）

出　典：Bauer, Oswald Georg: *Richard Wagner — Die Bühnenwerke von der Uraufführung bis heute.* Propyläen 1982, S. 91.

3　編み上げる——ワーグナーの創作神話

同じくワーグナーの舞台祝祭劇『ニーベルングの指環』四部作（1874年）もロマン主義以来の中世受容が行き着いた大きな成果に挙げられるでしょう。創作にあたって彼が参考にした文献の一つに**『ニーベルンゲンの歌』**[⇨Ⅰ-1]があります[◁5]。

▷5　18世紀の後半，作者不明の叙事詩『ニーベルンゲンの歌』（成立は13世紀）の２種類の写本が発見されたが，当初はその文学的価値がほとんど評価されず，ロマン主義の時代になって，にわかに「ドイツの『イリアス』」と讃えられるほどの脚光を浴び，現代語訳とともに読まれるようになっていったことは，時代思潮の変化を考えるうえで象徴的だ。この叙事詩はワーグナー以外にも，フケー『大蛇殺しのジグルト』（1808年）やヘッベルの戯曲『ニーベルンゲン』三部作（1861年）をはじめ，多くの作家を創作に駆り立てた。

とはいえ，出来上がった作品は原典とはかなり違うものになりました。『ニーベルンゲンの歌』では伝説の英雄ジークフリートの功績と死が語られますが，人々の衣装や立ち居振る舞いなど，描写にはこの叙事詩が書かれた中世盛期の宮廷の習俗が色濃く流れ込んでいます（図3）。ワーグナーはこのような歴史的な衣装をはぎとり，ジークフリート伝説の源流を求めて，北欧の歌謡集『エッダ』

など，他の伝説資料をも渉猟しつつ，古代神話の祖型へと遡っていったのです。

彼をそうした探求へと衝き動かしたのは，民族の詩情が凝縮した神話にはどの時代でも変わらぬ普遍的な人間の姿が現れているという信念でした。こうしてワーグナーが神話から数々の異なるエピソードを組み合わせ，独自の一貫したドラマへと編み上げた『ニーベルングの指環』は，絶対的な権力を所有者に与えるとされる秘宝をめぐって神々や巨人族，小人族が三つ巴の争いを繰り広げ，その闘いがやがて人間社会にまで広がり，最後は英雄の死によって神々の世界が滅びるまでを，世界の誕生から終焉までの長大な時間のスパンで描く作品となりました。いわば，創作神話ともいうべきものですが，愛か権力かの二者択一を描くこのドラマにワーグナー自身の生きた時代に対する問題意識，すなわち科学文明と貨幣経済によって自然や人間同士の絆が破壊されてゆく近代への批判が象徴的に盛り込まれていることも忘れてはならないでしょう（図4）。つまり彼にとって，中世や古代は単なる遠い時代への憧れや逃避の対象ではなく，自分が生きる時代のアクチュアルな問題と結びついていたということです。

4 映し出す――時空の万華鏡，ゲーテの『ファウスト』

ところでロマン主義における中世受容ということを考えた場合，時間の幅をやや広くとって，ルネサンスから宗教改革にかけての時代，つまりは厳密な歴史区分における近世をも視野に入れるべきでしょう。

ロマン主義の美学を打ち立てたヴァッケンローダー（1773-98）は著書『芸術を愛する一修道僧の真情の披瀝』（1797年）のなかで，民衆芸術の花開いた16世紀のニュルンベルクをドイツ人の心の故郷として謳いあげていますが（図5），ワーグナーにもこの町の文学者ハンス・ザックスを主人公とする歌劇『ニュルンベルクのマイスタージンガー』（1868年）があります。当時のニュルンベルクでは，商工業の職人たちによる文学活動が盛んで，マイスターゲザング（職匠歌）と呼ばれる詩歌が数多く生み出されましたが，このジャンルのモデルとなったのは中世のミンネザングでした。彼らは遥かな昔に栄えた貴族の雅な芸術を受け継ぎつつ，そこに民衆の精神を吹き込み，新たな形で復興させようとしたのです。

職匠歌だけではなく，数多くの謝肉祭劇を遺したハンス・ザックス（1494-1576）はこの時代を代表する最大の詩人ですが，その文学的再評価に大きな役割を果たしたのは**ゲーテ**⇨I-3・19でした。ゲーテは少々武骨ではあるけれども力強いザックスの文体に，17-18世紀に流行した擬古典的な韻文にはない生命力を読み取り，『ハンス・ザックスの詩的使命』という詩で彼を讃えたのでした。

とはいえ，ゲーテの中世受容で第一に挙げるべきは『ファウスト』でしょう。主人公のモデルはザックスと同じく16世紀に実在したとされる同名の学者だとされていますが，この人物が悪魔と契約を交わしたという伝説が出来上がり，

図3　『ニーベルンゲンの歌』より，「ハーゲンによるジークフリート殺害」（ユリウス・シュノル・フォン・カロルスフェルト画）

出　典：Thomas Körner: *Die Nibelungenillustrationen von Julius Schnorr von Carolsfeld.* GRIN Verlag, München 2011.

図4　ワーグナー《ニーベルングの指環》より，パトリス・シェローによる《ラインの黄金》第1場：ライン川をダムに，水の精が娼婦に置き換えた現代的設定（1976年，バイロイト音楽祭）

出　典：Bauer, Oswald Georg: *Richard Wagner — Die Bühnenwerke von der Uraufführung bis heute.* Propyläen 1982, S. 194

図5　ハルトマン・シェーデル『世界年代記』（ニュルンベルク年代記，1493年）より，当時のニュルンベルク

出　典：Hartmann Schedel: *Weltchronik. Nachdruck* [*der*] *kolorierten Gesamtausgabe von 1493. Einleitung und Kommentar von Stephan Füssel.* Weltbild, Augsburg 2004.

早くも16世紀の末には数々のエピソードが『ファウスト博士』と題する民衆本にまとめられました。ゲーテも最初は，少年時代から親しんだこの民衆本やそれをもとにした人形芝居から，自作への想を得たのです。

この伝説が生まれたのはまさに宗教改革の時代，中世から近世への移行期に当たります。グーテンベルクによる活版印刷術の発明をきっかけに，出版物が普及して識字率も上がり，人々が迷信から解き放たれることで，自然界の仕組みについても多くの発明や発見がなされました。ゆえにこそ，神学的世界観を根本から覆す自然科学は危険視もされ，容易に悪魔のイメージとも結びつくこととなったのです。ファウストが悪魔に魂を売ったという伝説もこうした背景から生まれたと考えられますが，ゲーテはその意味をもう一度ひっくり返し，知への飽くなき探求，信仰の否定と現世的快楽の追求，さらにはその果てに浮かび上がる近代知の限界という自分自身の問題意識をもすべて，主人公の形姿と彼が辿る運命のうちに盛り込んだのです。[6]

古代ギリシア以来のペンタメトロス[7]からザックスの時代のクニッテル詩格[8]まで，状況や登場人物の性格に応じて，場面ごとにありとあらゆる詩形を使い分けることで，ゲーテはこの世のさまざまな様相を万華鏡のように映し出す壮大なドラマを完成しました。その出発点となるのは，学者ファウストが立てこもる中世以来の「狭いゴシック様式の部屋」ですが，悪魔メフィストフェレスと契約を交わした彼はここから広い世界へ飛び出して，ドイツ近世の町や皇帝の居城などの現実世界から，魔女が狂乱の宴を繰り広げる「ヴァルプルギスの夜」をはじめとする超現実的空間や，天使の軍勢が現れ，主人公がかつて死に追いやった女性の魂が彼を救う形而上的・霊的な神秘の幕切れまで，時間軸もさまざまに交錯する広大な時空を駆け巡るのです。

この作品には古代地中海文明の諸要素もごった煮のように投げ込まれています。たとえば第２部の第２幕「古典的ヴァルプルギスの夜」は，ファルサロスの会戦[9]前夜に時間と空間を設定しながら，そこに――ワーグナーの『タンホイザー』同様――神話世界の魑魅魍魎が登場することで，歴史的瞬間が宇宙の循環する時の流れのうちに交錯し，飲み込まれてゆく趣があります。また続く第３幕では，トロイア戦争のきっかけをなした伝説の美女ヘレナが時間の軛から解き放たれて，中世は十字軍の騎士となっているファウストの居城に出現し，彼と結婚して一子をもうけることで，古代と中世と近世，ヘレニズムとゲルマン，さらには**古典主義**⇨Ⅱ-五-1とロマン主義の融合が象徴的に描かれるのです（図６）。さらに言えば，こうして生まれたオイフォリオーンは同幕の短い展開のあいだで，武勲に憧れ，天高く飛翔を続けた末，墜落死を遂げるのですが，その姿には夭逝の天才詩人バイロン[10]に寄せる作者の哀悼の思いが込められているといいます。ワーグナー同様，ゲーテにとっても，過去に広がる時空は「今」という時代を象徴的に映し出す鏡でもあったということでしょう。　（山崎太郎）

▷6　創作の下敷となった原素材の消化・昇華という点で，ワーグナーが『ニーベルングの指環』で行ったこととも通じている。

▷7　ペンタメトロスとは各行に５つの詩脚を配した韻文で，五歩格とも呼ばれる。なお，詩脚はアクセントのある音節とない音節を組み合わせて一単位となる韻。

▷8　クニッテル詩格とは二行一組で脚韻を揃える素朴で民衆的な詩型。

▷9　ファルサロスの会戦とは紀元前48年８月９日にテッサリアの平原（ギリシア）で，カエサル軍がポンペイウスの軍勢を破り，ローマの運命が決した戦い。

図６　「ファウストとヘレナ」（ヴィルヘルム・カウルバッハ画，1859/60年）

出　典：Faust-Handbuch: *Konstellationen-Diskurse-Medien.* Hrsg. v. Carsten Rohde, Thorsten Valk, Mathias Mayer.

▷10　ジョージ・ゴードン・バイロン卿（1788-1824）はイギリスのロマン主義を代表する詩人。オスマン・トルコに対するギリシアの独立戦争に志願して身を投じ，熱病にかかって，異国で36年の短い生涯を終えた。

4　異国から見たドイツ――旅，移住，亡命がひらく新たな文学

1　母語の世界を離れて

本書は「ドイツ語で書いた作家」とその作品を紹介しているわけですが，そのすべてがドイツ（あるいはドイツ語圏）の中でのみ成立したわけではありません。一時的な旅行はもちろんのこと，自ら外国へ移住したり，あるいは国を追われたりといった中で書かれたものも多くあります。誰しも外国を旅すると，自分の住む国がそれ以前とは違って見えたりするものですが，作家にとって自分の言語と異なる言語の世界に身を置くということは，とりわけ大きな体験となります。ここではそのような例をいくつか見てみることにしましょう。

2　ヨハン・ヴォルフガング・フォン・ゲーテ――南国に見出した新たな人生

ドイツ文学といえば**ゲーテ**⇨I-3·19……ですが，彼が37歳の時に決行したイタリア旅行がなかったら，現在われわれが知るようなゲーテはどこにもいなかったかもしれません。ワイマールで役人として苦労の多い10年を過ごした彼は，一大決心をして休暇を願い出，従者一人を除く誰にも連絡先を告げずにアルプスを越えたのです。

ドイツ人にとって南国イタリアは常に憧れの地でしたし，とくに古典古代の故郷としてローマは絵画や詩でよく知られており，文学者にとっては親しみのある土地でした。しかし実際にローマを目の当たりにすることで，ゲーテは「昔から知っていたものがこれほど生き生きと，関係性を持つようになったことで，全く新しいと言えるものになった」ことに感激し，「世界史の全てがこの地に結びついている。ローマに足を踏み入れた日，私は第二の誕生日を迎え，真に新たな生を始めたのだ」と記します。さらにナポリ，シチリアと旅していく中で，ワイマールの狭い宮廷生活や政治に明け暮れていた人生の価値が，活気あふれる自由と官能に取って代わられていきます（図1）。

旅の途上でゲーテはギリシアを舞台にした『イフィゲーニエ』を完成させ，イタリアの詩人を主人公にした『タッソー』を書き進めてもいますが，自らの生業である「書く」こと以上に，彼にとっては「見る」ことが重要でした。彼の旅行記には，訪れた遺跡や美術作品の観察記録はもちろんのこと，宿屋の様子や街で出会った庶民の姿も記されています。こうした「見ること」に徹したイタリアの日々は「豊かな形の世界」であり，1年半を経て帰国したゲーテに

図1　カンパーニャのゲーテ（J・H・W・ティシュバイン，1787年）
出典：*Johann Wolfgang Goethe: Werke in zwei Bänden I.* Hrsg. v. Herbert Reinoß, München / Wien 1981, S. 33.

は，ドイツがそれとは対照的な「形のない」世界に見えてしまいます。イタリアでの体験を旧知の人々と分かち合うことができず「異邦人のように感じる」と吐露してもいます。この旅行を機にいわゆる古典時代へと入っていったゲーテは，その後半生をもはや狭いワイマールあるいはドイツを超越して，あの時「見た」豊かな世界へのまなざしとともに送っていったといえるのかもしれません[◁1]。このイタリアの旅行記や書簡は実に30年の後，『イタリア紀行』(1816-17年）としてまとめられることになります。

▶1　ゲーテは1790年にも再びイタリアへ旅したものの，この時はもはや感銘を受けず，早々に帰国してしまっている。

3 ゲオルク・フォルスター――革命の理想を信じたコスモポリタン

ゲーテにとっては中年を迎えて初めてのイタリア旅行が決定的な体験となったのに対し，5歳年下のフォルスター（1754-94）にとっては，旅は子供の頃からの日常でした。しかもそのスケールが桁違いで，10歳にして父の仕事に付き添ってロシアへ渡り，18歳の時には父と共にクック船長の世界周航に同行してヨーロッパの外へも見聞を広げます。この旅を英語で記録した『世界周航記』（1777年）が，彼の最初の大きな作品となりました。

少年時代の多くを異国で過ごしたフォルスターはおのずと，自国を絶対視しない世界市民的な感性を身につけていました。人類普遍の理想を掲げたフランス革命に彼が熱狂したのも自然ななりゆきであったでしょう。1792年に彼の暮らすマインツがフランスに占領されると，彼は進んで革命の波に乗って政治に関わり，翌1793年に仲間と共に特使としてパリへ送られました（図2）。しかし希望とともに到着した彼らの目の前で，パリは恐怖政治に支配されていきます。反対派とみなされた人間が次々とギロチンにかけられ，革命の崇高な理想は面影もありません。しかもその間にマインツも，ドイツ反革命軍の包囲攻撃を受けて壊滅してしまいます（包囲軍の中にはゲーテの姿もありました)。苦悩のうちにフォルスターは健康を害し，そのままパリで命を落とすことになります。

図2　マインツに立てられた革命のシンボル「自由の木」

出　典：*Freiheitsbaum. Die Französische Revolution in Schilderung Goethes und Forsters 1792/93.* Hrsg. v. Günter Jäckel, Berlin 1983.

死の2カ月ほど前に友人フーバーに宛てた手紙には，異国の地で激動の時代に翻弄されながらも，懸命にそれに向き合おうとする彼の思いが綴られています。「この時代は極めて偉大なものですが，それゆえに途方もない犠牲を必要とするのです。今私は，自分の人間性を救うためならば，時代の求める全てのものを捧げられるように思います。……我々はここに立って選択するのです。善きものと悪しきものを共に受け入れなければなりません。フランスにもドイツにも困難はあり，それを量ることなど不可能にも思えます。……ああ，それでも人間は自由なのです。そう思いませんか」。ドイツという国家から見ればフォルスターは「反逆者」でしょう。しかし彼は自らの意志で，一つの国家を超えた，自身の信じる自由の理想を祖国として選んだのです。

4 ハインリヒ・ハイネ――ナショナリズムに抗うユダヤ系革命詩人

革命をマインツの地に移植しようとしたフォルスターの夢があえなく挫折し，ナポレオン戦争を経て各国に反動政治が復活すると，ドイツの作家たちにとっても検閲や政治弾圧に脅かされる窮屈な時代が始まります。ユダヤ系商人の家に生まれ，後にキリスト教に改宗した**ハイネ**⇨Ⅰ-18は詩人，ジャーナリストとして活躍するも，鋭い政治諷刺や革命思想への接近により反動体制下のドイツで居場所を失い，33歳でパリに移住します。それから13年を経て初めて一時帰国をした時の経験をもとに書かれた連作詩集が『ドイツ――冬物語』（1844年）です。

タイトルが示すように主題は「ドイツ」そのものです。といっても決して愛国的な作品ではありません。この作品への序詞として書かれた詩の中で，語り手の「私」はドイツ行きの動機を「私の胸の中のドイツの心臓が／突然病気になったのだ／それを治せるただ一人の医者は／北方の郷里に住んでいるのだ」と語ります。この「病気」とは何でしょう。13年も異国に暮らしていたわけですから，ホームシックと簡単に呼びたくなるかもしれません。しかしそもそもハイネにとってドイツはどれだけ「ホーム」だったでしょうか。ユダヤ人である彼は生まれついての「よそ者」であり，反動体制下のドイツにおいては危険分子となり，長く国を離れた今となってはますます異邦人です。先に引用した詩句に続く詩連にはこうあります。「だが正直なところ早くもぞっとする／その医者の出すねっとりした水薬に」。彼の「病気」は祖国の土を踏めばたやすく治るほど単純なものではなく，待っているのは不快な荒療治なのです。

しかもハイネは，センチメンタルな誤解を招きかねないと判断したのか，結局この序詞を削除してしまいました。作品の中心となるのはむしろ，当時のドイツを支配していた反動的なナショナリズムへの辛辣な批判です。語り手は中世の英雄バルバロッサ◁2にギロチンの仕組みを説いた挙句「皇帝など要らない」と共和主義を言い渡し（図3），故郷ハンブルクの化身ハモニアの導きで，こともあろうにカール大帝の使った便器の中に「ドイツの未来」を覗き見ます。ドイツ統一の象徴として建設が推進されたケルン大聖堂に対しても「完成などしない，そのうち馬小屋に使われるだろう」と言ってのけます。

仮借ない断罪の中でもしかし，ハイネは自らの内に鼓動する「ドイツの心臓」を否定し去ることはしませんでした。内向きで攻撃的なナショナリズムではなく，真に彼の「病気」を癒してくれる故国。暗い冬の旅路を通してハイネは，地上のどこにもない彼のための「ドイツ」を探し求めていたかのようです。

▷2　バルバロッサ（「赤ひげ」の意）は神聖ローマ皇帝フリードリヒ１世（1122-90）のこと。実は死んでおらずドイツの危機に際しては再び目覚めて国を救うという伝説があり，ドイツ・ナショナリズムにおける英雄的存在であった。

図３　バルバロッサ（フリードリヒ１世）の肖像

出典：Percy Ernst Schramm: *Die deutschen Kaiser und Könige in Bildern ihrer Zeit 751-1190.* Hrsg. v. Florentine Mütherich, München 1983, S. 475.

5 シュテファン・ツヴァイク――「未来の国」に見た平和なヨーロッパの夢

政治的，あるいは民族的理由で国を追われる人々を，19世紀とは比べ物にならない規模で生み出したのが20世紀のナチス・ドイツです。**ツヴァイク**⇨Ⅰ-57はウィーン生まれのユダヤ系作家で，1934年にオーストリアを去り亡命生活に入りました。ロンドンやニューヨークを経てブラジルに至った彼は，ここでの見聞やさまざまな印象を『ブラジル――未来の国』(1941年）という本にまとめました。彼はこの新興国が秘める発展の力や，相対立する要素の調和，とりわけさまざまな人種（白人，黒人，先住民族とその混血）が差別なく共生する姿を称えています。

これは亡命者の自分を歓迎してくれた国への感謝の書というべきものでしたが，しかしそのブラジル像はあまりに理想化されていて，独裁政権[3]や貧困の現状などを直視していないと批判も受けました。たしかにツヴァイクの目に映っていたのは賓客として見せられた，この国のもっとも美しい一面でしかなかったかもしれません。ただ，彼がユートピアのようにブラジルを語った理由はそれだけではありませんでした。「ひたすらに平和的な国家の建設を志向するブラジルという国の存在の上に，憎悪と妄想に荒れ果てた我々の世界の，将来の文明と和平への最良の希望のひとつがある」と彼は言います。この本で描かれる「未来の国」ブラジルとは，実はツヴァイクの夢見た「ヨーロッパ」の鏡像にほかならなかったのです[4]。

▶3　ブラジルでは当時大統領ヴァルガス（1882-1954）による独裁政治が敷かれていた。

▶4　ここでいう「未来の国」は，ナチスによって破壊される前のヨーロッパを描いた自伝『昨日の世界』に呼応していると考えられる。

当時のヨーロッパは人種や国籍によって分断され，絶望的な殺し合いに陥っていました。ツヴァイクもまたユダヤ人ゆえに故国を追われました。その彼が理想としていたのは，彼の生まれ育ったオーストリア＝ハンガリー帝国でした。それは皇帝の下にさまざまな民族が共生し，一人ひとりの個人が自由に生きることができる平和な世界だった，少なくともツヴァイクはそう考えていました。ヨーロッパが二度の世界大戦によってずたずたに引き裂かれ，迫害や暴力に支配された世界を目の当たりにしながら，彼は肌の色による隔たりのないブラジルという「未来の国」に，失われた古き良きヨーロッパの姿を重ねつつ，現在の戦争の後に来たるべき世界の模範をも求めようとしたのです。彼自身はしかしその未来を待つことなく，称賛してやまなかったブラジルの地で翌1942年に自ら命を絶つことになります（図4）。

図4　ツヴァイク最後の家（ブラジル・ペトロポリス）

出典：*Stefan Zweig-Abschied von Europa.* Hrsg. v. Klemens Renoldner, Wien 2014, S. 89.

6 ドイツ語というふるさと

以上は異国で書かれた，あるいは異国での体験に深く根差したドイツ語文学のほんのわずかな例でしかありませんが，故国を離れる，あるいは失うことが時に困難な経験でもある一方，慣れ親しんだ世界に安住していれば決して気付くことのない故国，そして世界の姿――現在，過去，あるいは未来の――の発見にもつながるということがわかります。そして忘れてはならないのは，自ら進んで故国を去ったにしても，また迫害によって異国に住むことを強いられたにしても，これらの作家たちが最後までドイツ語で書き，語り続けたということです。異国の地から新たに豊かな文学が生み出される，その力はもしかすると，彼らが決して失うことのなかった「ドイツ語」というふるさとにこそあったのかもしれません。

（杉山有紀子）

5　翻訳というジャンル――文化をはぐくみ豊かにするチャレンジ

1　ドイツ語・ドイツ文学の成り立ちと翻訳

古代ローマで，いまのヨーロッパ全域にわたって使われていた言語は，ラテン語です。476年にローマ帝国の西半分が解体してからも，知的エリート，たとえばキリスト教の聖職者たちは，ラテン語を用い，膨大な知識・知恵をラテン語でたくわえていきました。ドイツ文化・文学もまずは翻訳をとおしてラテン語文献から学ぶことで始まります。しかしいざ翻訳を始めてみると，ドイツ語には足りない単語があったり，リズムの作り方がむずかしかったりしました。とくに詩文・韻文を訳そうとすると，こういうギャップがあらわになったことでしょう。そのため，ドイツ語の方がどんどんと形を変え，たとえばアクセントのない母音を省略してリズミカルにしたり，単語の語尾の形を単純化，パターン化して韻を踏みやすくしたりと，洗練されていったのです。文学は，言葉の表現力をとことん追求した結果ですから，よその文学を翻訳して受け入れようとすると，言語の違いが際立ち，限界が明らかになり，改変のきっかけができます。文学史を学ぶとき，誰のどの作品が翻訳されたのかを確認するだけでなく，その翻訳によって言語のあり方自体に何かさざ波が立ちはしなかったか，目をこらしてみてもおもしろいでしょう。

図１　ルターが聖書を訳した部屋（ヴァルトブルク城内）

近代ドイツ語の成立には，ルターの用いたドイツ語のみならず，宮廷での政務に用いられたお役所言葉が重要な役割を果たした。

出典：*Duden Deutschland. Alles, was man wissen muss.* Duden, Berlin 2015, S. 313.

2　ドイツ語への自信，ドイツ文学の自立

古典や外国文学の翻訳が進むと，ドイツ語に対する信頼・自信も高まります。決定的なのは，ルターがドイツ語に訳した聖書（新約1522年，旧約1534年）でした（図１，図２）。地方ごとにさまざまなドイツ語方言が使われていた当時，広く理解されるよう言葉を選び，民衆がふだん話すような生き生きとした言い回しをとり入れたことで，ドイツ語の表現力が豊かになりました。しかも，ドイツ語が聖書ほど重要な書物を訳せたとなれば，ドイツ語が古典ギリシア語やラテン語におとっているという感覚も，薄れていきます。17世紀の**バロック**⇨コラム①時代には，国語協会（図３）が次々と設立され，外来語のドイツ語化が進められて，ドイツ語の自立をうながしました。ドイツ語の文法書がドイツ語で書かれたのも，この時期です。ドイツ語の特徴や長所を分析し，ドイツ語で詩を書く際の心得をまとめた詩学書・詩論も生まれました。

こうして自信を深めていったドイツ語ですが，正真正銘の自立をはたすため

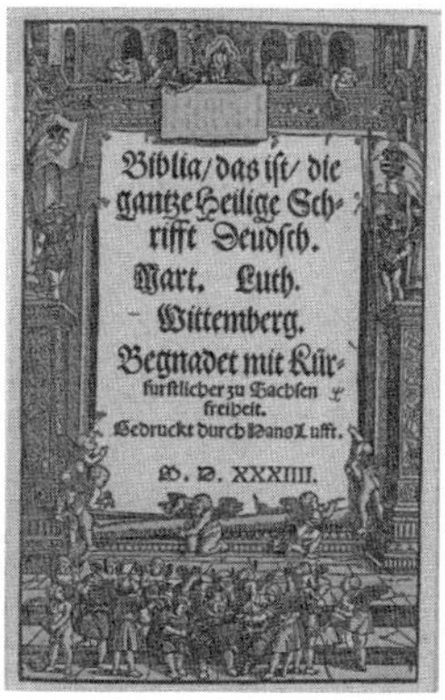

図２　ルター訳聖書のタイトルページ

できるだけたくさんの人が自分で聖書を読み，神と向き合えるということが，ルターにとってはだいじだった。聖書のドイツ語訳は，その望みを実現するための大事業であったし，印刷技術の発展もルターに味方した。

出典：*Deutsche Geschichte. Die große Bild-Enzyklopädie.* Dorling Kindersley München 2018, S. 131.

図3　国語協会の一つ「結実協会」の看板（1650年頃）
有用性を象徴するヤシの木がトレードマーク。翻訳によって他の文化をとり入れ，ドイツ文化の水準を高めようと努めた。
出典：Volker Meid: *Das Reclam Buch der deutschen Literatur, 3. Aufl.* Reclam, Stuttgart 2012, S. 143.

には，お隣の先進国フランスに張り合わなければなりません。18世紀は，迷信や先入見をうちけし，妄想じみた奇怪で不合理なものを文学から追い払おうという考えが支配した**啓蒙主義**[⇨I-8]の時代で，そのときに手本となったのが，フランス古典主義でした。たとえば文学理論家ゴットシェート（1700-66）は，フランスの詩論や演劇の翻訳によって，派手な誇張表現にかたむく前時代のバロック文学を上書きしようとしました。ところが，合理性にこだわりすぎ，規則でがんじがらめにされることへの不満が，詩人たちから吹き出します。このときに反発の足がかりとなったのは，自由な想像力を発揮したミルトン『失楽園』（ボードマーによるドイツ語訳1732年）であり，時空を自在にいきかう笑いあり涙ありのシェイクスピア演劇（ヴィーラントによるドイツ語訳1762-66年）でした。つまりドイツ文学は，フランス古典主義のしばりから自由になるべく，イギリスにお手本を求め直すという，まがりくねった道をたどったのです。そしていずれにせよ翻訳という輸血をとおして，ドイツ文学はその幅をひろげ，豊かにみのっていったのでした。

図4　学生によって燃やされる「非ドイツ的」書籍
ドイツ民族の統一と自由を求め，1817年10月18日のヴァルトブルク祭に集まった500人ほどの学生は，彼らが反動的とみなす作家の著書を燃やし，かたよった民族主義をあらわにした。ロシアのスパイと疑われて，後に学生によって暗殺されたコツェブー（1761-1819）の作品も含まれていた。
出典：*Duden Deutschland. Alles, was man wissen muss.* Duden, Berlin 2015, S. 58.

3 文化の動力源としての翻訳

ドイツ文化・文学が成立し，成熟していくまでには，翻訳による他文化の受け入れ，吸収が必要でした。こうして自信をつけつつあるドイツ文化は，フランス革命やナポレオンの出現によって刺激された民族意識とあいまって，自分たちのルーツや，かけがえのない価値を探し求めます。しかしそうなると，何か純粋にドイツ的なものが存在するかのような，後づけのフィクションが立ち上がってきます。それはときに，別の言語に言い換えなどできないもの，非ドイツ人には理解できない何か，という神秘的なものにまで結晶します。翻訳によってうるおった文化が，混血であるがゆえの豊かさを自己否定し，異質なものを拒絶・排除してしまうのは，なんとも皮肉なことです（図4）。ただし，ドイツ初期**ロマン派**[⇨I-8·10·12]はその点柔軟で，翻訳を通じてあえて異質なものをとり込むからこそ，文化や文学が豊かになり，そのふところが広がると考えます。たとえばA・W・シュレーゲル（1767-1845）は，カルデロン（1600-81）など黄金期のスペイン演劇をドイツ語に訳しましたが，その際に，翻訳語としてのドイツ語の優位を主張しています。これは，翻訳によって異質なものを自文化に同化してしまうフランス文化への皮肉です。こり固まった独自性にこだわるのではなく，異質なものをとり込んで変わってゆく柔軟さと多様さにこそ，ドイツ文学の強みを見出そうというのです[◁1]。神学者シュライアーマッハー（1768-1834）がプラトンの著作をドイツ語に訳した頃から，それまで支配的だった「ベル・アンフィデル」――原文に忠実ではないけれど優雅で芸術性の高い翻訳――をよいとする考え方が疑問視されはじめ，むしろ翻訳は原典を尊重すべきだという流れができました。なんでも「翻訳」と称して翻案し，自分色に塗りつぶし

▷1　詩人フルダ（1862-1939）は，フランスの自己完結的な国民性と対置しながら，ドイツ語の柔軟さに触れた上で，さらに，ドイツ的な精神が異質なものへの偏愛におちいる危険，負の側面も冷静に指摘している。

てしまうことに対して，待ったがかかったのです。原典と照らし合わせて翻訳の良し悪しを評価することも，こうした原典尊重の流れの中ではじめて可能になります（図5）。

そもそもロマン主義は，特定の形式を次々に脱ぎ捨てながら無限に展開してゆく，変化自在でダイナミックな作品像をかかげていたので，翻訳が異質なものとの出会いや化学反応をもたらすという考え方と相性がよいのでしょう。古典主義は，すでに古代において芸術の理想が実現したと考えるため，古典をまねることに専念します。そして，その手本を受け入れるだけの実力がドイツ語にあるのか，ドイツ人にあるのかを問題にします。しかしロマン主義は，理想を遠い未来，永遠にたどり着かないとしても少しずつ近づいていくかなたに見すえるので，他文化や他言語との違いを肯定し，受け入れ，内なる変化をうながします。翻訳は，歴史を駆ける文化・文学の動力源なのです。実際，A・W・シュレーゲルと**ティーク**⇨Ⅰ-8によるシェイクスピアのドイツ語訳や，ティークによるセルバンテス『ドン・キホーテ』のドイツ語訳（1799-1801年）など，すでにある規則や形式をうち破るような大胆な作品が好んで翻訳され，ドイツ文学の可能性をひろげました。

図5　19世紀中頃の「翻訳工場」

市民の娯楽のために，質より速さを重視した劣悪な翻訳が，安い翻訳料で大量生産された。このことが，そもそも翻訳の「質」とは何かという議論のきっかけにもなった。

出典：*Zaitenklänge. Geschichten aus der Geschichte der Übersetzung*, Hrsg. v. Marie Luise Knott u. a., Matthes & Seitz, Berlin 2018, S. 117.

4 「翻訳できない微妙なニュアンス」と言うのは簡単だけれど……

ヒトラーが君臨するナチス時代（1933-45）のドイツでは，国民を全体主義[2]へと煽るような独特の言葉が用いられました。ドイツ語内での言い換え，つまり翻訳が，政治的に利用されたわけです。たとえば「非社会的（asozial）」という言葉は，「ひとつの優れた民族からなるこの社会・国家に貢献するのが，国民として当然の義務である」という暗黙の圧をふくみ，ユダヤ人やロマ（ジプシー），性的少数派に否定的なレッテルを貼るために用いられました。そしてその「非社会性」が，生物学的な性質だとみなされることで，矯正ではなく根絶するしかないという恐ろしい結論までもたらします。言葉がもちうるこうした負の機能を批判的に分析するのも文学研究の課題でしょう。実際，ナチス特有のドイツ語を集めて分析した冊子も存在します。たとえば『ナチ・ドイツ語』（1944年）は，ナチスの造語を英語に訳し，解説する試みです。これに対して，哲学者カッシーラー（1874-1945）は，ナチ・ドイツ語を「特色づけているのは，その内容や客観的な意味ではなく，むしろそれを取り巻き包む情緒的な雰囲気である。こうした雰囲気は感じられるほかないものであり，それを翻訳することも，一つの精神的風土からまったく違った風土へ移し変えることもできないのである[3]」，と述べました。そもそもこの冊子は，仲間内だけでつうじる暗黙のニュアンスにみちた隠語を，万人に理解できる言葉へと翻訳し返すことで，隠語にただよう魔術的な力を解除する試みです。それなのにカッシーラーのように，自分たちにしかわからないのだと柵をはり，翻訳の可能性を閉じてしま

▶2　個人よりも全体（国家や民族など）を優先する考え方，政治思想。

▶3　エルンスト・カッシーラー／宮田光雄訳（2018）『国家の神話』講談社。

うと，ドイツ語話者しかわからない何かがあるよねと目くばせしながら連帯を強めるような，まさにナチス的なものの言い方に舞い戻ってしまうのではないでしょうか。カンペキな翻訳が可能かどうかという問題と，翻訳にチャレンジすることの意味とは，別物です。

翻訳は，自分の言語，そしてそこに結晶した自分の文化を，よそにおすそ分けすることですから，自分と他者との境界を侵蝕することでもあります。翻訳はときに，民族のアイデンティティを傷つけるのです。日本語を読めない審査員が，日本の文学作品をノーベル賞に選んだり選ばなかったりしたときに，「日本文学の何がわかるのか」とイラッとくるあの感覚は，すでにこの民族意識のうごめきでしょう。自分と異なる他者を認める寛容さは，他と異なる自分を誇り，それにしがみつく態度と，きわどい緊張関係にあるのです。

5 翻訳という苦行を分かち合う「世界」――バベル以後

文化が言語に凝縮され，その言語の表現可能性がとことん追求された結果，国民文学が成立するとしましょう。では，「世界文学」とは何でしょうか。民族や国や文化の垣根がとり払われて，全人類に共通する何かが現れ出た結果なのでしょうか。**多和田葉子**⇨Ⅰ-70は，世界文学とは翻訳文学なのだといいます。文学が翻訳をとおして国境を越えるとき，「滅びかけた語彙，思考のリズム，語り口，映像，神話など」が他の言語に「亡命」し，「ずれ，ゆがみ，戸惑い，揺れ」などをひき起こすけれど，それが刺激的でいいじゃないかと肯定しています。この場合の「世界」とは，均質でまんべんなく広がる場所ではなく，むしろさまざまなものがたえず交流しながら変化を生み出し続けるような動きのことでしょう。**ゲーテ**⇨Ⅰ-3·19も「世界文学」をおなじように考えていました。

では，技術が進歩し，人工知能（AI）による精度の高い自動翻訳が可能になれば，世界の動きは加速して，多様で豊かな文化が世界中で花開くでしょうか。翻訳することのむずかしさが，文化や言語の違いをつきつけ，そこから学びや発見が生まれるのだとしたら――実際に歴史はそのような道をたどってきました――，誰の手もわずらわせない自動翻訳は，やっかいな違いを完全犯罪的に隠滅してしまいます。ありとあらゆる言語の文学を，もともと自言語で書かれたかのような翻訳ですらすら読めるとすれば，それは単なる情報収集，歯ごたえのない流動食かサプリメントのようなものでしょう。翻訳が苦行であり，それを読むことにも違和感がつきまとうからこそ，翻訳のプロセスで抜け落ちたものへの意識がとぎすまされる。そう考えるなら，ぎこちない訳文に出くわしたとき，すぐに訳者の技量不足を非難するのは，早とちりかもしれません。せめていったんは訳者の苦労を想像し，分かち合ってはどうでしょうか。あえて翻訳で読む意味が，ここにあります。

（梶原将志）

コラム2

科学者たち——科学と文学の間にはたらく親和力

望遠鏡を使い，地動説を主張したガリレオや万有引力を発見したニュートンによって科学理論上の大転換〈科学革命〉が起きたことはよく知られている。しかしニュートンの『プリンキピア』の正式名称『自然哲学の数学的諸原理』が示すように，彼が携わったのは自然哲学であり，彼のような立場の人間は〈自然哲学者〉や〈自然研究者〉と呼ばれるのが常であった。英語圏でも〈芸術家 Artist〉に続いて，〈科学者 Scientist〉の語が市民権を得るのは，科学技術が制度化され，科学を専門とする職業集団が社会的地位を築く19世紀半ば頃からである。

とすればニュートンの暗室実験から導かれた光学理論に対抗し，自然光での色彩現象に注目した『色彩論』を発表し，動植物のアーキタイプを探求する〈形態学〉を創始した詩人ゲーテや鉱山監督官としての専門知識を活かして，ロマン派らしく美化した鉱山描写が印象的な小説『ハインリヒ・フォン・オフターディンゲン／青い花』を発表したノヴァーリスことフリードリヒ・フォン・ハルデンベルクなどは，厳密には〈科学者〉に含まれない。

本業が〈科学者〉のうち，医師兼作家または詩人のケースは——日本でも斎藤茂吉や北杜夫（精神科）そして木下杢太郎（皮膚科）の例があるが——ドイツ語圏文学でもすぐに幾つかの名前が思い浮かぶ。ギーセン大学で医学を修め，スイス・チューリヒ大学講師を勤めたビューヒナーの未完の戯曲『ヴォイツェク』は，1821年に同名の下級兵士がチューリヒで起こした殺人事件の精神鑑定書をもとに執筆された。ウィーンの咽喉科医シュニッツラーの作品『みれん』（1895年）や『恋愛三昧』（1896年刊行）は，彼と同い年の森鷗外こと軍医・森林太郎（1862-1922）によって邦訳され，日本に紹介された。

もっとも森の代表的翻訳といえば，ゲーテの『ファウスト』を挙げるべきだろう（ちなみに1913年刊行の初版装幀を手掛けたのは，木下杢太郎こと太田正雄だった）。なお，ゲーテと後によきライバルかつ仕事仲間になったシラーは，カール学院進学後，法学から医学に転向しており，医学部の卒業である。

医師家系に生まれ，軍医経験ももつカロッサ（1878-1956）は，医学部生時代を扱った自伝的小説『美しき惑いの年』（1941年）や第一次世界大戦の軍医従軍体験を記した『ルーマニア日記』（1924年，1934年『陣中日記』と改題）など医師が主人公の作品を複数発表している。また医学知識に裏づけられた詩集『モルグ』や小説集『医師レンネ』（1916年）を刊行したゴットフリート・ベンはベルリン軍医養成大学卒の医師であった。

また〈科学者〉を主人公とする古典的戯曲といえば，ブレヒトの『ガリレオの生涯』（1943年）とデュレンマットの『物理学者たち』（1961年）の二作は外せないだろう。いずれも広島・長崎への原爆投下をきっかけに，科学者の倫理や科学と政治・権力との結びつきを考察した作品である。2022年から始まる高等学校の「地理」必修化との関連では，GPS 普及以前の近代測量を扱ったケールマン（1975-）の『世界の測量』（2005年）を挙げておこう。史実と異なる部分も多々あるので注意が必要だが，ダブル主人公である数学者ガウスと博物学者アレクサンダー・フォン・フンボルトの対照的な人物描写が面白く，軽妙な現代小説である。

（石原あえか）

三　もがき苦しんで Gefunden?!

1　批評文学の系譜――レッシングからアドルノまで

1 「批評」って何？

「批評」という言葉は，ふだんの生活のなかでとくによく使われるわけではないものの，それでも「音楽批評」などの表現や，「○○批評家」といった肩書をときおり目にすることと思います。辞書を引くと，日本語の「批評」や「批判」に対応する英語の「critique」やドイツ語の「Kritik」が，ギリシア語の「krinein（判断する，裁く，決定する）」という言葉に由来していると書かれています。それゆえ「批評」とは，ある作品や商品にたいして，その良し悪しを判断し，裁定を下すことを指しており，この「批評」という営みを専門的に行うのが「批評家」であると規定しておくことにしましょう。

2 ドイツにおける文学批評の誕生

ドイツにおける「文学批評」の出発点にあたるものを考えると，おそらく18世紀前半から盛んに執筆されるようになった詩学や文学理論がそれに相当するでしょう。たとえばゴットシェートやボードマーといったいわゆる初期**啓蒙主義**[⇨Ⅰ-8, Ⅱ-二-5]の文学理論家たちの仕事ですが，なかでも今日よく読まれているのが**レッシング**[⇨Ⅰ-4]（図1）の文学批評です。『賢者ナータン』などの戯曲で知られるレッシングは，メンデルスゾーンやニコライといった人々とともに『最新の文学に関する書簡』という雑誌を発行し，そのなかでフランス風の**古典主義**[⇨Ⅰ-29]的な芸術観に対抗して，ドイツ独自の新しい演劇の必要性を訴えます。さらにレッシングは，文学と美術の境界について論じた『ラオコーン』（1766年）や，演劇時評や演劇理論を集めた『ハンブルク演劇論』（1767-69年）を発表。それによってドイツにおける文学批評の基礎を築きました。

図1　レッシングの肖像
出典：Wolfgang Drews: *Gotthold Ephraim Lessing*. Rowohlt, Reinbek bei Hamburg 1965, S. 40.

3 初期ロマン主義の芸術批評

ただし，レッシングが発表した批評的なテクストは文学作品をめぐる評論ないし理論であって，「文学批評」ではあっても，それ自体が文学的な作品として読まれることを想定したものでは必ずしもありませんでした。レッシングよりもあとの世代の作家である**シラー**[⇨1-5]や**ゲーテ**[⇨Ⅰ-3・19]もときに批評活動に手を染めることもあったとはいえ，彼らにとっても批評と文学作品はあくまで別物だったと言えるでしょう。ですが，1800年前後に生まれた新しい芸術運動としての初期

ロマン主義[⇨Ⅰ-8·10·12]は，まさに両者の境界を崩し，批評と文学作品とが渾然一体となった新たな表現形式をつくりだすことを目指しました。まさにそれは真の意味における「批評文学」を創出する試みだったといえます。

初期ロマン主義——**ブレンターノ**[⇨1-14]などの後期ロマン主義と区別するためにそのように総称されます——の代表者として真っ先に挙げられるのが**フリードリヒ・シュレーゲル**[⇨1-10]です（図2）。もともと**ギリシア**[⇨Ⅱ-二-2]・ローマの古典文学を研究していたシュレーゲルですが，フィヒテの哲学書『全知識学の基礎』を読み込んでいくなかで，古典主義とは一線を画した新たな芸術理論を構想します。そして，1798年から1800年にかけて，兄のアウグストや詩人の**ノヴァーリス**[⇨1-12]らとともに文芸雑誌『アテネーウム』を刊行。そのなかでロマン主義的な芸術批評の構想を練り上げてゆくのです。

シュレーゲルが決定的な影響を受けたフィヒテの思想ですが，フィヒテにとって外界とは無限に展開する自我から導き出されたものにほかなりません。つまり，自然を含めたあらゆるものは自我という絶対的な存在がつくりだしたものであり，自我の精神活動の一部だというのです。そのような考えを芸術に応用するかたちでシュレーゲルは，自我ではなく芸術がすべてを一元的に包摂するという構想を抱くのですが，そこで決定的な役割を担うのが芸術批評であり，芸術批評をつうじて遂行される詩的省察です。ある文学作品が批評されるとき，作品は芸術批評による詩的省察の運動のなかに取り込まれます。そして，そのような芸術批評について批評し，その成果をさらに批評する，ということを繰り返していけば，さながら合わせ鏡のように，詩的省察の運動は際限なく拡張していくことになるでしょう（「省察（Reflexion）」という言葉には「反映」という意味もあります）。詩的省察の対象は狭い意味での文学作品にとどまりません。音楽，メルヘン，数学，鉱物学など，多種多様なものがジャンルの垣根を超えたかたちで含まれます。そのようにして永遠かつ無限に生成されていく詩的省察の産物を，シュレーゲルは「ロマン主義的ポエジー」と呼びます。重要なことは，ロマン主義者たちにとって詩的省察とはあくまで遊戯的なものだという点であって，硬直した現実からおのれを解放し，芸術的な想像力のなかですべてを有機的に融合するような新たな「批評文学」をつくりだすことを，彼らは要請したのです。

このような「ロマン主義的ポエジー」の理念は，来るべき芸術作品についての思弁的なヴィジョンという性格が強かったものの，いくつかの具体的な作品において実践されてもいます。たとえばフリードリヒ・シュレーゲルの小説『ルツィンデ』『アテネーウム断片』『ゲーテの『マイスター』について』，ノヴァーリスの『夜の讃歌』などがその代表でしょう。もっとも，初期ロマン主義の活動時期は短く，1800年に『アテネーウム』誌が廃刊し，翌年にノヴァーリスが夭折すると，急速に勢いを失うことになります。

図2　シュレーゲルの肖像（1798年）

出　典：Ernst Behler: *Friedrich Schlegel*. Rowohlt, Reinbek bei Hamburg 1966, S. 6.

図3　ハイネの肖像

出　典：Wolfgang Hädecke: *Heinrich Heine. Eine Biographie.* Carl Hanser, München 1985, 表紙。

図4　1920年頃のホーフマンスタール

出　典：Werner Volke: *Hugo von Hofmannsthal.* Rowohlt, Reinbek bei Hamburg 1984, S. 6.

図5　カール・クラウスの肖像

出　典：Friedrich Rothe: *Karl Kraus. Die Biographie.* Piper, München 2003, S. 2.

4 ハイネの動物諷刺

19世紀に入ると，文芸批評というジャンルは，出版市場の拡大とともに活況を呈してゆきます。**ハイネ**[⇨1-18]（図3）やベルネなどの「若いドイツ」派の文学者たちも，小説や詩，演劇などの文学作品のみならず，政治や社会にまつわるさまざまなトピックについて数多くの論評を執筆するなかで，文学表現とジャーナリズムを融合させた「批評文学」というジャンルの発展に大きく貢献しました。ベルネの『パリ便り』（1832-34年）やハイネの『ロマン派』（1836年）などがその典型でしょう。そこでは，初期ロマン主義におけるように来るべき芸術批評をめぐる壮大なヴィジョンが展開されるわけではなく，たとえば文学作品が大衆の政治的意識にたいして及ぼす影響や，ロマン主義とナショナリズムの関係など，現実社会に深く根差した諸問題が扱われています。また，ハイネの詩集『アッタ・トロル』（1842年）では，人間のもとから逃れた熊が仲間たちに報告するという設定で，当時のドイツの文壇における政治小説や愛国主義が痛烈に批判されています。動物寓話による諷刺は，とりわけ後期ロマン主義の作家Ｅ・Ｔ・Ａ・**ホフマン**[⇨1-17]が得意としていた手法であり，『牡猫ムルの人生観』（1818-21年）や『蚤の親方』（1822年）などの小説が挙げられますが，こうした作品もドイツにおける「批評文学」の重要な構成要素であるとみなすことができるでしょう。

5 ホーフマンスタールとカール・クラウス

19世紀も終わりに近づくと，ドイツでもモダニズムの文学が徐々に現れてきます。すなわち，伝統的なスタイルや主題から決別し，新たな表現を模索する文学作品であって，そこには「批評文学」を志向するものも少なからず含まれていました。たとえばウィーンの詩人・劇作家の**ホーフマンスタール**[⇨1-33]（図4）には『チャンドス卿の手紙』（1902年）と『帰国者の手紙』（1907年）という架空の書簡がありますが，そこでは言葉による表現の可能性や芸術の存在意義について批評的な考察が展開されています。ウィーンではさらに，**カール・クラウス**[⇨1-36]（図5）という詩人・批評家が，1899年から亡くなるまでの1936年にかけて，『炬火《ファッケル》』という雑誌をほぼ一人で執筆・発行し，徹底した時代批判を繰り広げました（図6）。これらの膨大な記事もまた，クラウスの代表作であり，第一次世界大戦を痛烈に批判した戯曲『人類最期の日々』（1919年）とともに，20世紀における「批評文学」の傑出した成果と呼ぶことができます。

6 ベンヤミンとアドルノの哲学的批評

「批評文学」の重要な担い手として，**ベンヤミン**[⇨1-55・56]（図7）の名前も欠かすことはできません。ベンヤミンの文学批評は，独自の思弁的省察をつうじて，対象となる文学作品からまったく新たな意味の地平を切り拓いていくところに最大の特徴があります。ベンヤミンは博士論文『ドイツ・ロマン主義における芸術批評の概念』(1920年) で，まさに初期ロマン主義における「詩的省察」のモチーフを哲学的に解明することに取り組みました。その意味で，ベンヤミンの文学批評は，初期ロマン主義の「詩的省察」を踏襲したものであると述べることもできるでしょう。

ベンヤミンによる「批評文学」として真っ先に挙げられるべきは，『ゲーテの「親和力」』(1921-22年) と『ドイツ悲劇の根源』(1923-25年) の二作です。前者はゲーテの長編小説『親和力』(1809年) を批評したものですが，男女４人が織りなす恋愛と悲劇を描いたゲーテの問題作から，ベンヤミンは「神話的なもの」の運命的な力と，それによって消滅していく「美」という構図を浮き彫りにしてゆくとともに，小説内に埋め込まれたノヴェレ (短編小説) のなかに「救済への希望」を読み取ってゆきます。

『ドイツ悲劇の根源』で論じられる対象は，17世紀ドイツの**バロック**⇨コラム①演劇です。誇張的な表現や残酷な描写といった要素のために，20世紀にはほとんど忘れ去られていた中世ドイツの悲劇作品の数々にたいして，ベンヤミンは「アレゴリー」——抽象的な概念を具体的なイメージで語る技法——という観点を軸に新たな解明の光を当てようとします。髑髏や廃墟など，バロック悲劇に頻出するモチーフは，「死」や「滅亡」といった意味をアレゴリー的に示しているわけですが，ベンヤミンは，バロック悲劇というジャンルそのものを，罪深い被造物の滅びゆく生と，それによって構成される歴史のアレゴリー的な表現として解釈するのです。

ユダヤ系だったベンヤミンは1933年に故郷のベルリンを離れてパリに亡命し，そこで「批評文学」の仕事を継続していくのですが，ナチスに占領されたパリを離れて再亡命を試みる途上，1940年にみずから命を絶ちました。ただし，ベンヤミンが追究した哲学的批評の理念は，彼の親しい友人だった思想家のアドルノによって受け継がれ，『啓蒙の弁証法』(ホルクハイマーとの共著，1939-44年) や『文学ノート』(1958-74年) などの著作が生み出されることになります。アドルノの批評の対象は，文学作品だけでなく，哲学や音楽も含まれますが，そこでつねに問題とされたのが，今日における芸術の可能性でした。現代の資本主義社会では，いかなる芸術作品も，商品として売買され，大衆によって消費されることは避けられません。ですが，同時にアドルノは，彼が「真正な芸術作品」と呼ぶものに，いまある社会体制にたいする批判や抵抗を読み取ることを，みずからの哲学的批評の課題とします。そこにはまさに，希望なきものに希望を見出すという，ベンヤミンの「救済」のモチーフのこだまを聞き取ることができるでしょう。

（竹峰義和）

図６ 『炬火《ファッケル》』創刊号の表紙
出典：同上 S. 113.

図７ ベンヤミンの肖像
出典：Hartmut Scheibe: *Theodor W. Adorno*. Rowohlt, Reinbek bei Hamburg 1989. S. 81.

三　もがき苦しんで Gefunden?!

2　幻想文学 vs 推理小説

1　ドイツ文学の強みと弱み

推理小説というジャンルに関して，ドイツは後進国であるといっていいと思います。誤解しないでほしいのですが，ドイツ語で書かれた推理小説は山ほどありますし，人気だってあります。それでもやはり，歴史的にみればドイツからはいわゆる名探偵が出なかった。シャーロック・ホームズ（イギリス）やメグレ警視[1]（フランス），サム・スペード[2]（アメリカ）といった世界的に有名な「探偵キャラ」が，ドイツには不在なのです。

ところが，幻想文学となると，これはもうドイツのお家芸といってもいいくらいです。たしかな魅力があるのでしょう，ドイツ幻想文学の独自性はそれこそ世界的にみとめられている。日本でも，ドイツのすぐれた幻想小説を集めたアンソロジー[3]が何冊も出ていて，存在感を示してきました。

推理小説はちょっと苦手だが，幻想文学ならまかせとけ，というドイツ。産み出されたのは，事件を解明する光ではなくて，幻想的な暗さでした。なぜでしょうか？　それをこれからいっしょに考えてゆきましょう。

▶1　ジョルジュ・シムノン作。パリで活躍する。『メグレ罠を張る』はすばらしい作品。

▶2　ダシール・ハメット作。『マルタの鷹』はあまりにも有名。

▶3　どうか種村季弘（ドイツ文学者・評論家）というビッグネームの仕事をチェックしてほしい。

2　推理小説というジャンル

文学にもいろんなジャンルがありますが，なかでも一番ポピュラーなのが推理小説ではないでしょうか。コンビニでも買える文学なんて，推理小説か時代小説くらいのものです。ドイツでも，駅や空港の本屋でバックパッカーが手にしているのはたいてい Krimi，すなわち推理小説です。テレビでは推理小説が原作の映画とかドラマがいつも流れている。もはや不動のコンテンツたる『名探偵コナン』はドイツでも大人気なのであって，このように私たちは子供のときから「推理もの」に囲まれて生きているのです。

では，推理小説の最大の特徴とは何でしょうか？　それは，社会秩序におけるバグと修復の弁証法，ということになります。わかりにくいですね。つまりこういうことです。事件が起きると，日常のいとなみに乱れが生じる。そこへ探偵が登場。犯人や原因を明らかにすることで障害をとりのぞき，社会は秩序をとりもどす。だがやがてまた別の事件が起きる…。誤作動，復旧，更新のローテーション。これが推理小説の核心です。

さて，そんな推理小説が無類の「エンタメ」として世界を席巻しているわけですが，その理由は二つあると思います。一つはセラピー効果です。不具合をみつけて修復するという探偵の行為は，社会という患者に対する一種の医療行為にほかなりません。犯行をクリアにし，秩序という名の健康体をとりもどすことは社会にとって快感であるにちがいなく，安心を求める私たちの生理もそれに反応する。推理小説を読むのが気もちいいのはそのせいではないか。もう一つはエコノミーの側面です。犯罪は罪[◁4]であり，罪は社会にとってマイナスです。この損失を探偵は埋めあわせてくれる。探偵とは，社会の負債を返済してくれる存在なのです。また別の事件が起きたって大丈夫。探偵がそのつど必ず収支決算してくれるからで，このリセット感覚こそがたまらなく心地いいわけです。このからくり，私たちの日々の経済活動にそっくりだと思いませんか？

▶4　ドイツ語のSchuldには「罪」と「負債」の二つの意味がある。

3 幻想文学というジャンル

いっぽう，幻想文学についてはどうでしょうか。その特徴はとなると，これがけっこうむつかしい。単純に，幽霊や悪魔が出てくるもの，というわけにはいきません。だってそういった超常現象はホラーとかメルヘンでも扱われているからです。幻想文学というジャンルを定義するのはなかなか厄介なのですが，トドロフという人はこう考えました。ある出来事が夢なのか現実なのか，まぼろしかリアルかの判断が最後までつかなくて「ためらい」を強いられる，それが幻想文学であると[◁5]。「しょせんはフィクションだ！」で済ませることもできるホラーやメルヘンとちがって，わりきれなさがトラウマのように残るところがポイントです。

▶5　ツヴェタン・トドロフの『幻想文学論序説』を参照。

ひとつ例を挙げます。**ティーク**[⇨I-8]の『金髪のエックベルト』や**クライスト**[⇨I-13]の『ロカルノの女乞食』も捨てがたいのですが，やはり**ホフマン**[⇨I-17]でいきます。『ファールンの鉱山』（1819年，図1）という抜群におもしろい短編です。船乗りをやめて鉱夫になったエーリスは，働きぶりを評価され，鉱区の監督から気に入られます。監督の娘ウッラとも相思相愛となり，やがて二人は結婚することに。ところが，皆が祝福する式当日，エーリスは失踪してしまいます。時は流れて50年後。坑内でひとつの屍体がみつかります。それは地中深くで不思議にも腐敗をまぬがれた，婚礼の日そのままの姿のエーリスだった……という物語です。

図1　ホフマンの『ファールンの鉱山』が収録されている『ドイツ幻想小説傑作選』

出典：今泉文子編訳（2010）『ドイツ幻想小説傑作選』筑摩書房。

それで，エーリスの死が落盤事故によるものだった，ということまではわかるのですが，じゃあ彼をそういう場所へ誘いこんだのは何だったのか。「地底の岩の裂け目に潜む不気味な魔力」なのか，それとも彼はもともと夢遊病者だったのかとなると，これがわからない。誰にもわからないように書かれている。幻想文学のわりきれなさ，「ためらい」です。いずれにしても，ここには犯人らしい犯人はもちろん，事件を清算してくれる探偵も出てきません。したがって推理小説にあったようなカタルシスは生じない。また，このホフマンの冥界下降譚がまさにそうであるように，どうやら幻想文学にはなにかこう原初的なものにむかって降りてゆく傾向，過去へさかのぼるように奥へ奥へと掘り下げてゆく傾向があるようです。

4 文明の光，近代の闇

ここまで両ジャンルの構造というか約束ごとについて見てきたわけですが，ここからは歴史の流れを整理してみましょう。ドイツ幻想文学が隆盛をきわめたのは1790年から1870年くらいまで。ざっくりとですが，フランス革命からドイツ帝国成立までとみていいでしょう。それと入れかわるようにして1880年代にシャーロック・ホームズのシリーズが始まります。これにより推理小説の典型ができあがる。迎えた20世紀は推理小説の時代といっても過言ではなく，アメリカを中心に世界各地で量産されて現在にいたります。

ここでちょっと補足です。かなり込み入った話になるのでこの段落は読み飛ばしてもらってかまわないのですが，いまの説明だと，幻想文学のあとに推理小説というまったく別の新しいジャンルが外からやってきたかのようですが，必ずしもそうでない気がします。むしろ推理小説は根っこが幻想文学にあって，そこから養分をえて花開いたのではなかったか。両ジャンルは赤の他人ではなく，同じものの二つの表れではないかということです。世界初の推理小説[6]を書いたエドガー・アラン・ポーはなにより幻想文学の名手だったということがその証拠ですし，もっと深掘りするなら，それ以前にすでにホフマン自身が『スキュデリー嬢』というきわめて推理小説的な作品を書いているのです（図２）。

▶6　ポー（1809-49）の『モルグ街の殺人』（1841年）のこと。

図２　『スキュデリー嬢』の新訳
なお，このミステリーをかつて日本に紹介したのが森鷗外だった。
出典：ホフマン／大島かおり訳（2009）『黄金の壺／マドモワゼル・ド・スキュデリ』光文社。

ところで，クラカウアーという哲学者はこう言っています（図３）。推理小説には一つの理念がある。それは「隈なく合理化され文明化された社会という理念」であり，したがって推理小説を創出したのが高度に文明化したアングロサクソン人だったのはけっして偶然ではない，と。なるほどたしかに，殺人事件は亡霊のしわざでしたとか，犯人は魔法使いでしたというのでは推理小説は成り立ちませんね。そういった超常現象はすべて排除されていなければならないのです。そして，このような「文明化」を地球規模で推進してきたのがイギリスでありアメリカであることはいうまでもありません。

図３　クラカウアーの『探偵小説の哲学』
出典：S・クラカウアー／福本義憲訳（2005）『探偵小説の哲学』法政大学出版局。

他方，ドイツで推理小説が発展しなかったのは，このような「文明化」に乗り遅れていたせいかもしれません。ドイツの近代化は遅れていましたし，なにより，パリやロンドンやニューヨークのような大都市が長らく不在だったことが大きい。文明の光に隈なく照らしだされたフラットな空間すなわち国際都市こそ，推理小説が生まれるのに欠かせない環境だからです。もともと文明とか国際性に対して強いコンプレックスがあったドイツでは，むしろ土着的なものをひたすら掘り下げるという道が選ばれたのではないか。『ファールンの鉱山』がまさにそういう話でした。なにせエーリスは「船乗り」をやめて鉱夫になる，つまりグローバル化をやめて自分の足もとを掘ってゆく存在になるのですから。

近代の闇と，闇のクリーンアップを欲望する文明の光。自分たちは近代の闇のほうこそを直視するのだ——それがドイツ幻想文学だったのかもしれません。

5 ウィーンの探偵フロイト

そんなわけで，くりかえすようですが，ドイツからは世界的に有名な探偵は出ませんでした。ホフマン以降，ドイツの推理小説はずっとマイナーなままだったと言わざるをえません。ところが，一人だけ例外がいます。**フロイト**⇨Ⅰ-43です。

え？　心理学のフロイトと推理小説になんの関係があるの？　という声が聞こえてきそうですが，じつは大いに関係があるのです。20世紀はフロイトの世紀だと言われたりもしますが，そのフロイトが始めた精神分析を探偵の仕事とくらべてみると，これが双子のようにそっくりなんですね（フロイト自身そのことを意識していたふしがあって，彼は第一次世界大戦で国交断絶中の英国からわざわざ取りよせて読んでいたほどのホームズ愛読者でした）。分析医の仕事は，病気を診察し治療することです。いっぽう事件を調査して解明するのが探偵の仕事ですが，この二つが驚くほどよく似ている。

精神分析が直面するのは，まずは夜尿，偏頭痛，失声症や失神といった症状です。ところが体のどこを探しても悪いところは見あたらない。つまり，結果は目の前にあるのだが原因がわからない。見えない。そこで分析医は体の部位ではなく，患者の「ことば」にアンテナをはります。これが治療のための手がかりとなる。というのも，どんなに隠そうとしたって「ことば」にはもれ出てくるはずだからです。病気の原因となっている，抑圧された願望が。

これは，事件に直面した探偵が，見えなくなった犯人を物的証拠を手がかりにわりだすのと，みごとに一致しています。フロイトとホームズは，職業はちがっても，謎解きの方法が同じなのです（図4）。

6 二度の「敗戦」

しかし，たぐいまれな存在だったそのフロイトすら，ロンドンに亡命してしまいます。第二次世界大戦中のことです。どうにもドイツは推理小説的なセンスが育たないというか，それを取り逃がして（排斥して）しまうものらしい。そして，そのこととドイツの敗戦は，はたして無関係なのでしょうか。

ホームズものの一つに『最後の挨拶』（1917年，図5）というのがあります。アメリカ人になりすましたホームズがドイツのスパイを成敗し，第一次大戦でドイツが有利になるのをみごと阻止してトカイワイン[7]で乾杯する，という話です。これはもちろん第一次大戦におけるドイツの敗北を予告しているわけですが，はたしてそれだけでしょうか？　勝利宣言しているのが「アメリカ人」に扮した英国人の，しかもあのホームズであるだけに，それは来たるべきドイツの二度目の敗戦をも暗示しているように思えてなりません。　（吉中俊貴）

図4　ヒッチコックの映画『白い恐怖』は，事件の謎を解くことがそのまま病因の究明でもあるようなストーリー展開になっている。つまり推理と精神分析がイコールであることを示す傑作なのだが，これが撮られたのが1945年というのだから，複雑な気もちになってくる。

出典：アルフレッド・ヒッチコック監督『白い恐怖』Art Station，年不明。

図5　『シャーロック・ホームズ最後の挨拶』の表紙

出典：コナン・ドイル／延原謙訳（2010）『シャーロック・ホームズ最後の挨拶』新潮社。

▶7　単なるワインじゃなく，トカイワインだというのがポイント。つまりホームズは，敵国となるオーストリア＝ハンガリー帝国のワインでもって祝杯をあげていることになる。それはもちろん，フロイトが暮らす国のワインでもあった。亡命する以前のフロイトが。

三　もがき苦しんで Gefunden?!

3　反省の達人——戦後・現代ドイツの文化史講義

図1　ミュンヘン大学前にある「白バラ」のモニュメント
出典：著者撮影。

図2　ハンナ・アーレントのポストカード（1944年，ニューヨークにて）
出典：著者所蔵。

1　ナチスの罪過とドイツの良心

1945年5月8日，ドイツ軍が連合国に無条件降伏して，ヨーロッパでは第二次世界大戦が終わりました。強制収容所に送られて虐殺されたユダヤ人の数は約600万人にも上りましたが，その倍の数にあたる約1200万人ものドイツ人が，それまでに入植していた東欧圏から叩き出されたのです。一体誰のための，何のための戦争だったのでしょう？　国民社会主義者を率いた総統ヒトラーは，戦争の責任をすべてユダヤ人になすりつけ，自分は敗戦を目前に自殺してしまいます。しかし戦後，廃墟に残されたドイツ人がふたたび国際的信用を勝ちえるために払った努力には，並々ならぬものがありました。

まず哲学の分野ではヤスパースが『罪責問題』（1946年）を，また歴史学の分野からはマイネッケが『ドイツの悲劇』（1946年）を著して，いずれもがキリスト教圏ヨーロッパに共通の伝統である「良心」に訴え，同胞が犯した「罪過」に対する深い反省を促したのです。敗戦によって外側から押しつけられた戦争責任よりも，まずは自分たちで戦争へと至った経緯を反省し，自分たち自身を内面から変えていこうというわけです。ちなみに，戦時中にナチスへの抵抗運動を呼びかけた「白バラ」も（図1），ヒトラー暗殺計画を実行した7月20日事件の将校グループも，抵抗の根拠に掲げたのは「良心」でした。非人間的な時代状況のなかでも，地下水脈のように静かに流れ続ける，「人間性」という名の西欧の気高い文化的伝統を感じさせます。

ところが，戦後になって脚光を浴びる一連の著作，たとえばアーレント（図2）『人間の条件』（1958年），**カネッティ**⇨Ⅰ-61『群衆と権力』，アガンベン『アウシュヴィッツの残りもの』（1998年）などは，いずれもこの「人間性」それ自体を問いただすものでした。もし人間であるということが無条件に前提できるならば，どうしてアウシュヴィッツ強制収容所におけるような，同じ人間をモノ扱いするという残虐な犯罪行為は可能になったのでしょう？　もはや**ゲーテ**⇨Ⅰ-3・19や**シラー**⇨Ⅰ-5といった古典的な市民文化だけでなく，法の庇護から排除された者たち，たとえば**カフカ**⇨Ⅰ-40・42の小説に登場するような，突如アイデンティティを剝奪される人物たちをも含めながら，社会のあり方を広く考察しなければ，現代では「人間性」について語ることすらできなくなってしまったといえます。

2 「日付」をもつ芸術作品――戦後批判主義の思想

第二次世界大戦が終わると，それまでアメリカに亡命していたユダヤ系の知識人たちが東西に分断されたドイツにそれぞれ戻っていきます。西ドイツで批判理論を打ち立てるフランクフルト学派のアドルノは，ナチスに同調したドイツ人に対して厳しい批判の言葉を突きつけました。いわく，「アウシュヴィッツ以後に詩を書くことは野蛮である」。ホロコーストのような未曾有の犯罪を引き起こした後では，もはや芸術一般も存在することを許されない，何事もなかったかのように過去を再生産することはできない，というわけです◁1。このテーゼは，福島第一原発事故後に坂本龍一が「フクシマの後で沈黙することは野蛮だ」とパラフレーズしているように，今なおインパクトを保っています。

このアドルノの命題に間接的に応えたのは，自身が収容所から生還した経験を持つユダヤ系詩人の**ツェラン**⇨I-63でした。彼は詩論『子午線』（1960年）のなかで，芸術作品は「日付」をもつと主張しています。つまり，もはや形而上学的な至高の領域に芸術はなく，ある時代の傷や痕跡，忘れられてはならない歴史的現実をこの世に留めたものが芸術作品だといえるのです。その意味では，人の手から離れた「絶対詩」のようなものは存在せず◁2，ある歴史的状況下で生身《なまみ》の人間が憤ったり，希望を求めたりして，言葉が紡がれたということです。同時代の痕跡を言葉に刻み，記憶し続ける詩作品は，社会に対する問題提起の意味合いを含み，受容者側にも責任や反省を強いるところがあるでしょう。戦後の価値転換のなかで，理念よりも現実，普遍性よりもアクチュアリティが重要視されるようになったといえます。

このような言葉や政治に対する厳しさは，やはり戦後ドイツの知的風土に固有のものでした。とくに主催者ハンス・ヴェルナー・リヒターの招きに応じて年に2回開催された「**グルッペ47**⇨I-60･62」の会合では，当時新人に近い若手作家たちが未発表の原稿を朗読しあい，その際に政治的視点を持たない作品は激しく糾弾されたのです。しかしそうした厳しさから，ベルや**グラス**⇨I-60といったノーベル文学賞作家，ツェランや**バッハマン**⇨I-62ら詩人たち，後のスター批評家ライヒ＝ラニツキら戦後ドイツ文学を牽引する重要な作家たちを輩出していきました。彼ら主に1920年代後半生まれの左派よりの知識人――日本でいえば昭和一ケタの戦争経験者世代――が，戦後批判主義の文学を代表しているといえます。

3 「大きな物語」の喪失――68年世代と新主観主義

この大きな流れに楔を打ち込んで登場したのが，**ハントケ**⇨I-64，シュトラウス，ファスビンダーら68年世代の若者たちでした。戦時中の人口減少を補うように生まれた1940年代のベビーブーム世代を代表し，日本でいう「団塊の世代」に相当します。彼らは1960年代の右肩上がりの高度経済成長，ロックやポップスなど若者による新しいカウンターカルチャー，テレビなど情報メディア産業の

▶1　もっとも劇作家ハイナー・ミュラーはアドルノの命題をインタヴューで批判しており，むしろただひたすら詩を書くことで現代社会の全面的な工業化の流れと対決し，これを攪乱する可能性を見出すべきであったと述べている。ミュラー／照井日出喜訳（1994）『悪こそは未来』こうち書房，71-72頁参照。

▶2　ナチ時代を国内亡命という形で過ごした詩人ゴットフリート・ベンは，有名な講演『抒情詩の諸問題』（1951年）のなかでマラルメ，エリオット，ゲオルゲら近代抒情詩の系譜を辿りながら，詩は形式であるとし，時代と何ら関わることのない，現代物理学の公式にも似た「絶対詩」を提唱している。これに対してツェランは『子午線』で「絶対詩」を否定するとともに，詩や芸術をむしろ時代の痕跡や記憶と結びつけて捉えている。またベンが詩の隠者的性格を指摘する一方で，ツェランは読者との出会いや対話を求めていたといえる。

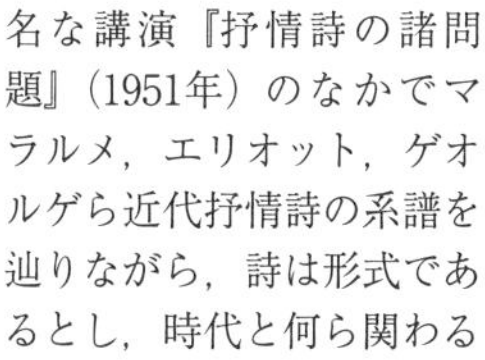

図3　ハントケ『ボーデン湖上の騎行』舞台写真

出典：Peter Iden: *Die Schaubühne am Halleschen Ufer 1970-1979.* Carl Hanser Verlag, München/Wien 1979, S. 106.

躍進を背景にして，先行世代とは一線を画する主義主張を行いました。従来の啓蒙の物語，西欧近代の価値判断を支配した，いわゆる「大きな物語」（リオタール）への不信感を表明したのが彼ら世代であるといえるでしょう。国家や歴史など集団中心主義の立場から紡がれてきた従来の物語に対して，彼らは現代社会の個人主義の立場に立って多様性や差異に価値観を置いたといえますが，やはり日常のさまざまな事象に対する反省がキーワードになっています。

今やノーベル賞作家となったハントケの文壇への登場は非常にセンセーショナルなものでした。1966年にアメリカ・プリンストン大学で開催された「グルッペ47」の会合に出席すると，先輩作家たちの新リアリズムの文学をこっぴどく罵倒したのです。『観客罵倒』（1966年）や『ボーデン湖上の騎行』（1970年）といった初期の言語実験劇で注目を集めたハントケの世界とは（図3），政治や社会改革を主張する以前に，まず自分が世界を眺めるときの意識のあり方，言葉によって初めて構築される世界を強く問題視したものです。

劇作家として1970年代以降のドイツ演劇を牽引したのがボート・シュトラウスでした◁3（図4）。彼もまた政治的変革以前に，隣人と言葉を交わすことがすでに冒険であるといった，引きこもりやオタク世代を思わせる繊細で内向的な作風を示しました。行動できず萎縮した現代人の空虚な心象風景を，逆に多彩な神話的イメージと絡めて提示する，当時斬新かつ奇抜な作劇法で一世を風靡したのです。しかし現代メディア社会では，歴史的に生み出されてきた多様性や差異がすべて十把一絡げに馴致され，日々失われていくとの危機感を持って1993年，自ら「右翼」と称する挑発的なエッセイを発表，マスコミを通じて流布される左派よりのステレオタイプな言説に対して，あえてドイツ文学の伝統に根差した文化保持的な態度を示しました。

ニュー・ジャーマン・シネマの旗手ファスビンダーについても触れておきましょう。彼もまた戦後ドイツの批判的なコンセンサスのなかで次第に何かが見えなくなった，その転換期の空虚感・喪失感を埋めるべくドイツの過去との自問自答を繰り返し，忘れがたい胸に刺さる作品を数多く創造しました。とくに恋人同士，人間関係の原風景にある支配と隷属の関係をメロドラマ的な手法で描いた作品がお薦めです。たとえば，いち早くLGBTの世界を描いた映画，レズビアンを主人公とする『ペトラ・フォン・カントの苦い涙』（1972年）をご覧ください（図5）。女性しか登場しない，閉ざされた美しい密室空間のなかで，ただひたすら歪んだ主従関係，愛するがゆえの隷属状態が展開されていきます。

4　EU時代における「想起の文化」

戦後復興期，これら作家たちに対してドイツ人の大半はまだ，自分たちもナチズムの犠牲者だと考えて，過去を拒絶し，ヒトラーの犯罪には沈黙を守っていました。しかしユダヤ人迫害を扱った写真集の刊行やドキュメンタリー映画

▶3　シュトラウス（1944-）は，1970年代に伝説的な人気を誇った劇団ベルリン・シャウビューネのドラマトゥルクとしてドイツ演劇界に登場，戯曲『誰もかれも』（1978年），『時と部屋』（1989年），『終合唱』（1991年）など数々の話題作を提供して，西ドイツを象徴する劇作家とまで呼ばれた。しかし問題のエッセイ『高まりゆく山羊の歌』（1993年）の発表後は，著しく評判を損ねることになった。

図4　劇作家シュトラウス（1991年）
出　典：*Unüberwindliche Nähe. Texte über Botho Strauß*. Hrsg. v. Thomas Oberender, Theater der Zeit, Berlin 2004, S. 32.

図5　『ペトラ・フォン・カントの苦い涙』（監督：R・W・ファスビンダー，販売元：紀伊國屋書店）DVDジャケット
出典：著者撮影。

▶4　ハイデルベルク大学エジプト学教授のヤン・アスマンと，その妻でコンスタンツ大学英文学・一般文学教授であったアライダ・アスマンは，1980年代頃から共同で「文化的記憶」の理論を提唱，ある共同体が

の製作など地道な啓蒙活動が功を奏して，次第にホロコースト問題がドイツ人のアイデンティティを構成するうえで重要な要素となっていきます。1985年5月8日，戦後40周年を記念する有名な演説でヴァイツゼッカー大統領は「過去に目を閉ざす者は現在にも盲目になる」と説き，国民に自国の歴史認識と真剣に取り組むよう呼びかけました。翌年，ヒトラーの罪過を他の国家による犯罪と比較して相対化しようとする主張が現れ，それをきっかけに「歴史家論争」と呼ばれる一大議論に発展しますが，逆にアウシュヴィッツこそ戦後ドイツ民主主義の起点であり，ナチズムの過去を反省し，二度と同じ過ちを繰り返さぬよう想起し続けることに，ドイツ人は積極的な意義を見出すようになります。

冷戦終結後のドイツ再統一，1993年発効のマーストリヒト条約を経てEUが誕生すると，スピルバーグ監督の『シンドラーのリスト』（1993年）やブルーノ・ガンツ主演の『ヒトラー～最期の12日間～』（2004年）など，ナチ犯罪を描いた映画は世界各国で大ヒットを記録し，ホロコーストの記憶は今や国際社会で広く共有されるようになりました。しかし当事者世代が高齢化していくなかで，今後は負の遺産をどのように継承していくのかが問われました。この流れで注目を集めたのがドイツの文化史家アスマン夫妻が提唱する「文化的記憶」の概念です[◁14]。戦争経験者が直接語ることが不可能になった場合，今度は証言記録の整理や記念碑・博物館・アーカイヴの設置など「文化的記憶」を通じて，戦争の記憶を後世に伝えることになります。しかし個人から集団で共有される知識へと記憶が移行する際には，歪曲化や道具化など政治利用される危険性もあるため，教育・研究の場を確保し，公共の場から絶えざる批判・検証・反省を加えながら記憶を次世代へと受け渡すことが必要不可欠になります。こうした規範的な記憶構築をめぐる長い議論の末に，2005年首都ベルリンに「ホロコースト警告碑」という象徴的な負のモニュメントがついに設置されたのです（図6）。

ゼロ年代以降，映画がフィルムからデジタルへと移行した関係でドイツ映画の輸入が容易となり，上演本数も格段に増えたので，ホロコースト問題と並んで，『善き人のためのソナタ』（2007年，図7）や『東ベルリンから来た女』（2012年，図8）など，監視国家であった旧東ドイツの日常を描いた映画も世界中で鑑賞されるようになりました。人権をないがしろにしてきた20世紀の歴史は，こうして現在ではメジャーとなり，もはやドイツ国内のみならず広く人類全体で記憶すべき問題として，トランスナショナルな意義を帯びているといえます。ドイツ語圏の文化史を学ぶ者にとって，これら負の遺産は解明すべき多くの問題を孕んでおり，今後も重要なテーマを提供し続けるものと思われます。

しかしこうして考えてみると，戦後・現代ドイツは負の遺産と積極的に取り組むことで持ち前の批判精神を発揮し，現在はEU諸国の優等生として広く尊敬と信頼を勝ちえていることに気づかされます。彼らは誠実さと高いコミュニケーション能力を兼ね備えた「反省の達人」だといえるでしょう。（大塚　直）

自らの集合的アイデンティティを確立するうえで過去の記憶をいかに選択的に再構成するかを考察して，「記憶」をめぐる新しい研究領域を拓くとともに，既存のさまざまな学問領域にも多大な影響を及ぼした。アライダのほうはナチズムやホロコーストなど負の記憶をめぐる戦後ドイツの「想起の文化」にも積極的に携わっている。

図6　高低さまざまな2711本の石柱が立ち並ぶ「虐殺されたヨーロッパのユダヤ人のための記念碑」
出典：著者撮影。

図7　『善き人のためのソナタ』（監督：F・H・ドナースマルク，配給：アルバトロス）チラシ
出典：著者撮影。

図8　『東ベルリンから来た女』（監督：クリスティアン・ペツォルト，配給：アルバトロス）チラシ
出典：著者撮影。

コラム3

教養小説——「自分探し」の精神史

「教養小説」と聞くと君は何を思い浮かべるだろうか。たぶん，精神を豊かにする修養としての文学作品を連想することだろう。そのような印象は，教養という言葉の語感がもたらした結果に違いない。しかし，もともとドイツ語で Bildungsroman《ビルドゥングスロマーン》 と称するこのジャンルは，教養小説という高尚な訳語では収まりきれない内容と広がりを持っている。

Bildungとは，「形成する」という動詞 bilden から派生した言葉である。つまりここでは，一人の若き主人公がさまざまな経験を経て成長し，一個の人格が形づくられるさまを指す。なあんだ，と君は拍子抜けするかもしれない。ある主人公が，さすらいの中で多くの人と知り合い，友情や恋愛を経験し，ときには挫折を乗り越え，その結果，自分の人生に目標や意義を見出していく——いわゆる「自分探し」を主題としたこんな筋書きは，文学に限らずゲームや漫画でも，陳腐でありふれたものであるからだ。

だが，たとえば君は，封建時代の中世で，農民の子として生まれたとする。朝から晩まで田畑で労働に追われることだろう。たとえ農業が辛くてやめたくとも，君に職業選択の自由はない。農民の子は農民，職人の子は職人，貴族の子は貴族と，生まれながらにして人の運命は決定しているからだ。また農作業は集団で行うため，親族や地域の人間関係は緊密である。そこでは厳格なおきてやしきたりが支配している。各自は，衣食住すべてにわたって，帰属する共同体の秩序に従わなければならず，個人の権利や自由を主張することなどタブーに等しい。

もうおわかりのように，そんな世界では「自分探し」の物語が展開するはずもない。個人のキャリア・アップや自己実現が可能となるには，土地と身分に縛り付けられていた中世を脱し，近代になるまで待たなければならなかった。ドイツ近代文学の大家，ゲーテの『ヴィルヘルム・マイスターの修業時代』（1795-96年）が教養小説の原型とみなされるのは，こうした時代の変化と大きく関わっている。主人公ヴィルヘルムは，商用の旅先で芝居の魅力に取りつかれ，演劇人として身を立てようとする。一人の若者が家業や故郷を捨て，己の使命と才能を信じて芸術の世界に身を躍らせる——こうしたヴィルヘルムの行為は，近代以降，若者が志す生き方のロールモデルの一つとなった。ただし，ヴィルヘルムの場合は，幾多の紆余曲折を経た後，彼を見守る「塔の結社」が介入し，結社の一員として理想的な人間像が形づくられていく。こうした『修業時代』の予定調和的な展開や，あくまでも受け身に過ぎる主人公のキャラは，これまで批判の的ともなってきた。

そもそも教養小説は，「いかに生きるべきか」という答えのないテーマに取り組む以上，内容が現実を離れたり，結末がご都合主義に陥ったりしがちである。そうしたジャンルの無効性が叫ばれるあまり，主人公が破綻や虚無に行き着く例も多い。たとえば，ヴェンダース監督の映画『まわり道』（1975年）は，『修業時代』の現代版であるが，成長や発展という神話が限界を迎えた事実をあばいている。だが今，従来の「自分探し」が大きな転換点を迎えている。人間は機械化したシステムに常時接続し，Bildungという行為が，常に更新される大量の情報を選択する営みとなった。そんな中，愚直に人間の生き方を問い続けてきた教養小説の系譜は，われわれに再び新たな生の意味を提示する契機となるかもしれない。

（美留町義雄）

四　戦争と制度

1　戦争とドイツ文学

1　破壊の体験から生まれる文学

考えてみれば不思議なことですが，洋の東西を問わず，戦争は古くから文学がもっとも好んで取り上げる題材のひとつでした。戦争という破壊的な体験から，数多くの物語が生み出されてきたのです。なぜか？　それは，多くの人の運命を翻弄する戦争が，後世の人間にとってはもちろんのこと，その渦中にある人々にとっても，きわめて不可解なできごとだったからではないでしょうか。なぜこんな戦いが起きたのか？　なぜあの人は死ななければならなかったのか？　そもそもこの戦争は何だったのか？　――戦争を描く文学の基底には，いつもそんな問いかけがひそんでいます。ここでは，ドイツがその震源地となった20世紀の二つの世界大戦を手がかりに，この未曾有の破壊の体験からどのような文学が生み出されてきたのかを概観してみることにしましょう。

2　メディアの戦争

第一次世界大戦（1914-18）の開戦時，人々は来るべき戦争を熱狂と興奮をもって迎えたといわれています。しかし，いざ始まってみると，殺傷力の高い新兵器（最新式の機関銃や大砲，毒ガス，戦車，航空機など）が大々的に投入されたこの戦争は，兵員の命と軍事物資を大量に消費する大消耗戦となりました。前線の兵士たちは強力な兵器から身を守るため，強固な陣地や延々とつづく塹壕にたてこもることを余儀なくされ，戦争は長期戦に突入。第一次世界大戦は，次第に国家の人的・物的資源のすべてを動員しなければならない「総力戦」へと移行していきます。

国家の総力を挙げた戦争の遂行には，国民の心を戦争へと駆り立てる宣伝も大きな役割を果たしました。第一次世界大戦がもつこの「宣伝戦」としての側面をするどく描き出したのが，カール・**クラウス**⇨I-36（図1）です。大戦中，多くの作家や知識人が戦争賛美に傾くなか，クラウスは新聞・雑誌が伝える戦争報道のことばを丹念に拾い集め，それらを材料として，戦争におけるメディアの役割を痛烈に批判する壮大な諷刺劇を作り上げました。題して『人類最期の日々』（1922年）。序章・エピローグつきの全5幕，計220の場から成り，登場人物はじつに600人以上，上演には10日あまりを要するという超大作です。

「ここに報告されるさながら異常の行為は原寸の写しである。ここに遺され

図1　カール・クラウスの肖像
出 典：*Karl Kraus, Das große Lesebuch*. Hrsg. v. Heinz Ludwing Arnold, Fischer Taschenbuch, Frankfurt am Main 2010.

るさながら異常の会話は原尺の控えである。作者は《引用》を唯一の創意としたにすぎない」――作者自身が「はしがき」で述べているように，このドラマの特徴はなんといっても，台詞の多くが戦争中にじっさいに語られ，書かれたことばの「引用」であるという点でしょう。皇帝や政治家の発言から軍司令部の報告，従軍記者の戦場ルポ，作家や詩人による戦争賛美の詩，新聞の投書にいたるまで，当時じっさいにメディアをつうじて流通した無数のことばが，それを発した当人たちの台詞としてドラマのなかで再現されているのです。

クラウスは，これらのことばを戦時下のさまざまな情景のなかに巧みに配置することによって，メディアの戦争報道がいかに現実から乖離した空疎な常套句によって戦争を美化したか，そうして美化された戦争のイメージがいかに人々を煽って戦争へと駆り立てたかを浮き彫りにしてみせました。「新聞界が死の機械を始動させたことではなく――むしろわれわれの魂を空洞化し，むしろその空洞にひそむ恐怖を想像できなくしたこと，これがけだし新聞界の戦争犯罪なのだ！」『人類最期の日々』は，総力戦体制とメディアの共犯関係に光を当て，厳しく告発した先駆的な作品なのです。

3 戦場の日常

一方，前線に駆り出された一兵士の視点から，第一次世界大戦の戦場を描いたのがレマルク（1898-1970，図２）の小説『西部戦線異状なし』（1929年）です。大戦後10年あまりを経て発表されたこの作品は，たちまち大きな反響を呼び，英語，フランス語，イタリア語をはじめ複数の言語に翻訳されて，世界的な大ベストセラーとなりました。1930年にはアメリカで映画化，映画版『西部戦線異状なし』は第３回アカデミー賞（1930年）を獲得しています（図３）。

図２　レマルクの肖像

出典：Wolfhard Keiser, Karla Seedorf: *Im Westen nichts Neues von Erich Maria Remarque. Textanalyse und Interpretation mit ausführlicher Inhaltsangabe und Abituraufgaben mit Lösungen,* Bange Verlag, Hollfeld 2014, S. 13.

図３　映画『西部戦線異状なし』の一コマ

出典：同上，S. 43.

愛国的な教師にたきつけられて，18歳で志願兵となった主人公パウルとその級友たちは，砲火にさらされるなかで，ロマンチックな戦争のイメージからはかけ離れた近代戦争の過酷な現実に直面することになります。「僕らは頭蓋骨がなくて生きている人間を見た。両足とも射ち飛ばされた兵隊の走るのを見た。……僕らは口のない人間，下顎のない人間，顔のない人間を見た。出血で死なないように，二時間のあいだ腕の動脈を歯で嚙み締めていた兵隊を見た。日は昇り，夜は来て，砲弾は唸り，人は死んだ」。人間がたんなる消耗品として破壊されていく戦場。そんな戦場を「日常」として生き，次々と命を落としていく若い兵士たちの姿を，レマルクはなまなましく描き出しました。

反戦小説の古典として名高い『西部戦線異状なし』ですが，興味深いのは，前線の兵士たちと銃後の人々のあいだの深い断絶が強調されていることでしょう。過酷な戦場に身を置くパウルら兵士たちは，ときとして敵であるフランス兵にたいしてさえ，彼らも自分たちと同じなのだという連帯感を抱きますが，祖国の人々の言動にたいしては違和感と疎外感をつのらせていきます。たとえ戦争が終わっても，もうかつての生活に戻ることはできない。そんな諦めにも似た感情が主人公たちをとらえているのです。じっさい，20歳前後の青年として第一次世界大戦の戦場を経験した人々の多くは，生還できた場合でも，戦争で負った身体的・精神的な傷に長く苦しみつづけることになりました。「僕らはもう戦争のおかげで何をやろうとしても駄目にされちゃったんだね」――『西部戦線異状なし』は，戦争によって青春を蹂躙された世代のやり場のない憤りと悲しみを代弁する作品でもありました。

4　破壊の記録

人類がはじめて経験する総力戦となった第一次世界大戦は，1600万人もの犠牲者を出して終結しました。しかし，それからわずか20年あまり，1939年のドイツ軍によるポーランド侵攻をきっかけに第二次世界大戦（1939-45）が勃発し，世界はふたたび戦火に覆われることになります。第二次世界大戦もまた交戦国が総力を挙げて戦う総力戦でしたが，その規模は最初の総力戦をはるかに上まわるものでした。この二度目の世界大戦では都市への無差別爆撃が本格化し，武器をもたない一般市民が攻撃にさらされることになったのです。

この空襲による都市の破壊を，独特なかたちで作品化した作家にノサック（1901-77，図４）がいます。彼はみずからが体験した1943年７月のハンブルク空襲（図５）を短編小説『滅亡』（1943年執筆，1948年作品集『死神とのインタヴュー』に収録）のなかでルポルタージュ風に描き出しました。この空襲では，街じゅうに燃え広がった炎によって火災旋風が発生し，少なくとも３万4000人以上の市民が犠牲になったといわれています。たまたまハンブルク郊外に滞在していたために被災を免れたノサックは，彼自身が市の外から目撃した一連の空襲の経過と，市街で直接空襲を体験した人々の証言とを組み合わせながら，ハンブルク壊滅の全体像を提示しようと試みるのです。

とはいえ，『滅亡』は，たんなる空襲被害の記録にとどまるものではありません。見逃せないのは，ノサックがこの破壊をある種の「解放」として受け止めていることでしょう。「速いスピードで平和な田園を抜け，死の市中に近づいていた。そのとき，「さあやっと本当の生が始まるぞ」と歓呼の声をあげないようにするのが骨の折れるほど真実な，圧倒的な幸福感に襲われた」。空爆によって破壊された街では，これまでの都市生活を秩序づけていた約束事の一切が無効となります。あらゆる社会的な約束事から解放されたある種の真空地帯にこそ，「本当の生」の可能性が宿る。廃墟と化した都市を克明に描くことは，ノサックにとって，束の間おとずれたこの「本当の生」の予感を記録する作業でもあったといえるかもしれません。

図４　ノサックの肖像

出　典：Helmut Nürnberger: *Geschichte der deutschen Literatur*. Bayerischer Schulbuch-Verlag, München 1995, S. 455.

図５　空襲によって廃墟と化したハンブルクの街

出　典：Matthias Gretzschel: Hamburg: *Kleine Stadtgeschichte*. Verlag Friedrich Pustet, Regensburg 2015, S. 115.

5 罪の記憶

　第二次世界大戦は，ナチス・ドイツによるユダヤ人の大量虐殺という罪の記憶とも結びついています。戦後，戦勝国によって執り行われたニュルンベルク国際軍事裁判では，被告となったナチスの最高幹部たちが「人道にたいする罪」で有罪判決を受けましたが，ドイツ社会全体のホロコーストにたいする関心はまだ高くはありませんでした。状況が変わるのは1960年代に入ってからのことです。1963年から1965年にかけて，西ドイツ・フランクフルトで「アウシュヴィッツ裁判」が開かれ，かつて強制収容所に勤務していた看守や医師らが裁かれます。これは，ドイツ人がはじめてみずからの手でホロコーストの責任を追及した裁判であり，その過程ではじめて，強制収容所の実態が多くの人々に認知されることになりました。

図6　シュリンクの肖像
出　典：Sascha Feuchert, Lars Hofmann: Bernhard Schlink, Der Vorleser. Reclam, Stuttgard 2017, S. 63.

　ドイツの歴史認識のターニングポイントになった1960年代を物語のひとつの背景として，罪の記憶とどう向き合うべきなのかという問いをあらためて投げかけたのが，ベルンハルト・シュリンク（1944-，図6）のベストセラー小説『朗読者』（1995年）です。2008年には『愛を読むひと』のタイトルで映画化もされています（図7）。

図7　映画『愛を読むひと』ポスター
出典：同上，S. 80.

　物語は主人公ミヒャエルが少年時代に体験した官能的な恋の追憶から始まります。15歳だった彼は親子ほどに年の離れた女性ハンナと知り合い，ほどなく男女の関係をもつようになります。学校が終わればハンナの家に直行し，彼女のために本を朗読して聞かせ，ベッドで愛し合う――そんな日々がしばらくつづいたある日，ハンナは突然彼の前から姿を消してしまいます。再会したのは数年後，大学の法科の学生となったミヒャエルが，ナチス時代の犯罪を裁く裁判の傍聴に行ったときのことです。かつて強制収容所の看守だったハンナは，空襲の際にユダヤ人の囚人たちを見殺しにした罪を問われ，被告人として法廷に立っていたのです。

　かつて愛した女性がナチスの犯罪に加担していたという事実は，ミヒャエルを深く苦悩させることになります。「ぼくはハンナの犯罪を理解すると同時に裁きたいと思った。しかし，その犯罪は恐ろしすぎた。理解しようとすると，それが本来裁かれるべき形では裁けないと感じた。世間がやるようにそれを裁こうとすると，彼女を理解する余地は残っていなかった。でもぼくはハンナを理解したいと思ったのだ。彼女を理解しなければ，再び裏切ることになるのだった。その作業はぼくにとって終わりのないものだった」。戦争には直接かかわりのない世代が先行世代の戦争犯罪に向き合うにはどうすればいいのか――ちょうど法廷でハンナが裁判長に問いかけたのと同じように，小説『朗読者』は，苦悩する主人公の姿をつうじて，それを読む私たちにも問いを差し出しているのです。「あなただったら何をしましたか？」と。

（由比俊行）

2　検閲と焚書

1　検閲はなんのために？

表現の自由に出版の自由。今でこそあって当然のようにも感じますが，歴史を紐解くと，なんでも言える自由がある時代の方が特殊だといえます。昔から，それこそ有史以来，時の権力者たちは思想や言論をコントロールしようと腐心してきました。そのための手段が検閲であり，その象徴的行為として焚書があります。18世紀に入るまで，ドイツでは検閲があるのは半ば当然のこととみなされていました。検閲廃止を求める動きが活発になるのは，ようやく19世紀になってからのことです。

公序良俗に反するからという理由で禁じられた本もありましたが，大半は権力者たちが自分たちにとって都合の悪い思想を排除するための検閲でした。その一大勢力が教会です。カトリック教会では教義に反する内容の書物を禁書とし，それらは禁書目録に載せられました（図１）。宗教改革の時代にはルターとの間で本をめぐるいたちごっこが繰り広げられました。教会はルターの印刷本を片っ端から焼いていったのです。[1]

本の歴史は，検閲の歴史でもあります。古くは宗教や政治に関する書物や印刷物が主として検閲の対象とされていました。ところが近代になるにつれて，自然科学や哲学の分野が急速に発展し，さまざまな分野の書物が出版されるようになります。新しい思想を封じるかのように検閲は厳しさを増し，しかし同時にこの動きと反比例するように，自由な出版を求める声も大きくなっていきました。そして現在，検閲は過去のものになったかというと，そうではありません。たとえ出版の自由，言論の自由が保障されていても，検閲は形を変えて存在し続けています。ここでは検閲との戦いの歴史を概観していきましょう。

2　検閲との戦い

対象を文学に限って見てみると，検閲が本格的に問題になってくるのは近代以降になります。それ以前はどうだったかというと，文学は権力者と切っても切り離せない関係にありました。中世の文学の担い手は宮廷詩人であり，王侯貴族がパトロンとなっていました。貴族を悪く言えば食い扶持を失ってしまいます。というわけでこの時代にはわざわざ規制する必要がなかったのです。それが**啓蒙主義**⇨Ⅰ-8, Ⅱ-二-5の時代に徐々に変化し，文化の中心は貴族から市民へと移り変わ

図１　禁書目録（1564年）
出典：Schwalm, Jürgen: *Erst Bücher, dann Menschen. Zur Geschichte der Bücherverbrennungen.* WFB Verlagsgruppe, Bad Schwartau 2006, S. 9.

▷1　印刷技術の恩恵を真っ先に受けたのは教会だったが，宗教改革も印刷技術の上に成り立っていた。教会はルターの論文を燃やし，ルターも教会法の記された書物や意見撤回を求める教皇からの手紙を燃やした。印刷技術のおかげでルターの説教は燃やされても次から次へと印刷されて出回った。ルターは，印刷は「神の最大の恩寵である」と述べている。

り，文学のあり方も変化していきました。

何といっても最大の変化は本の形で文学が広まるようになったことです。人々の面前で詩を吟じた宮廷詩人に代わって，本を書く作家が新たな文学の担い手として登場し始めました。この時期は，新聞が人々の生活に浸透していった時期でもあります。その背景には印刷技術と識字率の向上がありました。読者層の形成と歩調を合わせて，今でも続いている本の見本市◁2が開催されるようになったり，流通が確立されたりと，文学の市場が形成されていったのもこの時期です。それによって文筆業を生業とする人々が登場し始め，18世紀には職業作家への道がひらけていきました。実際には作家として一本立ちするのはかなり難しく，かの有名な**ゲーテ**⇨Ⅰ-3·19でさえも政治家という本業を別に持っていたのですが。

▶2　有名なものにフランクフルトの見本市がある。毎年10月に開催され，世界中から出版社などが参加して書籍やソフトウェアを展示する，世界最大級の書籍の見本市となっている。

図2　クリストフ・マルティン・ヴィーラント

出　典：Beutin, Wolfgang u.a. : *Deutsche Literaturgeschichte. Von den Anfängen bis zur Gegenwart.* Metzler, Stuttgart u. Weimar 2001, S. 153.

急速に増加した作家や文筆家の前に立ちふさがったのが検閲の存在でした。大成功を収めたゲーテの『若きウェルテルの悩み』やヴィーラントの『アガトン』（1766／67年）も一部の地域では販売することができませんでした（図2）。「出版の自由は人類すべての問題であり関心事である」とヴィーラントが述べたように，検閲の廃止と出版の自由化を求める声は大きくなっていきました。ところが，事態はますます厳しくなっていきます。1789年にフランス革命が起きると，ドイツへの波及を恐れた諸侯は検閲を強化しました。

「一度印刷されたものは全世界に属している。何者もそれを根絶する権利を持たない」という**レッシング**⇨Ⅰ-4の批判は，出版後に行われた検閲に向けられたものでした。当時は出版が禁止されたとしても，命令が出るまでに２年ほどのブランクがありました。早い話が出版社や作家はその間にすばやく本を売ってしまえばよかったのです。ところが取り締まりはより一層厳しくなり，検閲も出版前の印刷物に対する検閲に変わっていきました。そうなると，売る前に見本を役所に提出し，許可証をもらわなければなりません。結果として出版の自由は大幅に制限されました。とりわけ標的にされたのが新聞や雑誌など，比較的薄い印刷物でした。作家たちも黙って検閲に耐えていたわけではありません。匿名や偽名を使用したり，出版社の廃業と開業を繰り返したりと，さまざまな方法で対抗しました。出版地も重要でした。いくつもの国の寄せ集めからできていた神聖ローマ帝国には検閲に関する統一した基準がありませんでした。それを利用して，たとえばベルリンで出版できなかったフィヒテの『ドイツ国民に告ぐ』（1808年）第２版がライプツィヒでは出版できるということもありました。国内での出版が難しい場合には，もっと規制の緩やかなオランダなどの外国で出版してしまうという手もありました。

状況が変わったのは1849年。前年の三月革命後に開かれたフランクフルト国民議会での決定を受けて，初めて出版の自由が法律に明記されました。ですが，ここで一気に検閲が廃止されたわけではありません。翌年にはすでに出版の自由は徐々に制限されていきました。その後出現したドイツ帝国では社会主義者鎮圧法が制定されたことにより，出版の自由は再び失われました。ようやく第一次世界大戦後，ワイマール共和国時代の1918年に表現の自由が保障され，そして1922年には出版の自由と集会の自由が認められます。ところが，これも長くは続きませんでした。

3 ドイツ最大の焚書事件

1933年５月10日，ベルリンをはじめとしたドイツ各地の大学町でかつてない規模の焚書が行われました。計画したのはドイツ学生協会で，同年１月に政権を奪取したナチス・ドイツの実質的な下部組織でした。対象とされたのは体制を批判する書物と「ドイツ的」でない書物，すなわちユダヤ人の書いたもの，社会民主主義，共産主義，自由主義的な思想を扱った書物でした。ベルリンでは約７万人が参加し，マルクスや**フロイト**⇨I-43をはじめとした94名の作家の本約２万5000冊が焼かれました。そのなかにはこの本に取り上げられている**ベンヤミン**⇨I-55·56，**ブレヒト**⇨I-48，**ハイネ**⇨I-18，**カフカ**⇨I-40·42，**ケストナー**⇨I-51，**ムージル**⇨I-52といった作家も含まれています。続く１カ月半の間に運動はさらに拡大し，合計して100回以上の焚書が各地で行われました（図３，図４）。

ナチスは最終的に149名の作家の１万2400冊を禁書にしました。焚書はある種の象徴的な行為であり，必ずしも思想や作品を根絶やしにすることはできません。それでもこれ以降実質的に読めなくなってしまった作家も数多くいます。近年ではそういった本の収集や出版も行われています[3]。

閑話：ハインリヒ・ハイネと検閲

「本が焼かれるところでは，最後には人間も焼かれる」。まるでナチスの行為を予言していたかのようなハイネのこの言葉は，ナチスの焚書事件を記憶するためにドイツ各地に刻み込まれています（図５，図６）。ユダヤ人だったハイネも焚書の対象とされましたが，その一方で人気のあった『ローレライ』はハイネの名を伏せ，作者未詳という扱いで歌われ続けていました。焚書事件はハイネの死後のできごとですが，生前のハイネ自身，厳しい検閲と真っ向から対峙した作家でした。

政治や貴族階級への批判が禁止されていたなかで，自由と平等というフランス革命の理念に共鳴したハイネは体制批判的な詩を次々と発表し，厳しい検閲と対峙することになりました。耐え切れなくなった彼は，1830年の七月革命で王政復古を打倒して言論の自由を得たパリに移ります。その間ドイツではますます検閲が厳しくなり，ハイネに対して逮捕命令が出されるまでになります。結果ドイツに帰れなくなり，短期間滞在するだけのはずだったパリに永住することになりました。その後もハイネは支援者の手助けで『フランスの現状』（1833年）などをドイツ国内で出版していました。ところが1835年，青年ドイツ

図３　焚書のために本を集める学生

出典：Haarmann, Hermann / Huder, Walter / Siebenhaar, Klaus: »Das war nur ein Vorspiel nur...« Bücherverbrennung Deutschland 1933: Voraussetzungen und Folgen. Ausstellung der Akademie der Künste vom 8. Mai bis 3. Juli 1983. Berlin, Medusa 1983.

図４　ベルリンで行われた焚書の様子

出典：同上, S. 201.

▶3　もっとも初期のものに1934年パリに設立されたドイツ自由図書館がある。ナチスによって禁書・焚書にされた書物約２万冊を所有していたが，1940年に破壊された。現在では，アウクスブルク大学図書館のザルツマン・コレクションがナチス時代の禁書・焚書を収集している。また，書籍の復刊も進められており，フィッシャー社，モーゼス・メンデルスゾーン・センター（ゲオルク・オルムス出版社），フランクフルター・ヴェストハーフェン出版社から順次出版されている。

[◁4]派の作家に対して出版禁止令が出されます。その筆頭にハイネの名前が挙げられていました。この禁止令はこれからの出版だけでなく，これまでに出版された作品も禁止されるという非常に厳しいものでした。

彼も一方的に検閲に屈していたわけではありません。当時は費用を抑えるために，検閲されて文言が消された箇所に線が入れられた状態で出版されていました。ハイネはそれを逆手に取り，『旅の絵』第２巻では「ドイツの検閲官は――大ばか者」（図７）という文章を作り出して，検閲を皮肉っています。1848年の検閲廃止の際には，次のように嘆いてみせます。「ずっと検閲のもとで生きてきた人間が，どうやって検閲なしで書けばいいのだろうか？」ハイネにとって検閲は目の上のたんこぶでありながら，同時に創作の源でもあったのかもしれません。

４ 第二次世界大戦後の状況

検閲の効果は出版物の取り締まり以上に自己検閲を促す点にあります。これを書いたら検閲に引っかかるからやめよう，この表現は避けた方がいいだろう，と書き手側が自粛するのです。この自己検閲を組織的に促したのがかつてのドイツ民主共和国（東ドイツ）でした。

社会主義国となった東ドイツでは，国民に社会主義的な思想を浸透させる必要がありました。その社会構築のために中心的役割を担わされたのが文学です。すべての出版社は国や党の支配下にあり，その思想にそぐわないものは出版できませんでした。作家たちは作品を出版するためにあらかじめ自分自身の作品を検閲する，つまり自己検閲を強いられた状態にあったのです。発禁や改変を強いられた作品も多く，クリスタ・ヴォルフや**ハイナー・ミュラー**[⇨I-66]の作品のように，西側でのみ出版されたものもありました。

一方の西ドイツでは，終戦直後こそ出版は許可制でしたが，1949年に基本法が制定されると第５条に「検閲は行われない」と明言されます。ところが，これには青少年保護と個人の尊厳を守ることという制限がつきます。これによってクラウス・マンの『メフィスト　出世物語』（1936年）のように発禁処分を受けた作品もあります[◁5]。

東西統一後の現在もこの第５条は維持され，検閲は禁止されています。ですが，クラウス・マンの例のように出版後に禁止される可能性はあります。今回取り上げたのは文学のみでしたが，検閲が行われる分野は芸術や報道など多岐にわたります。さらに現在ではインターネットの普及にともなって，あるゆる人にとって検閲は無関係なものではなくなってきています。

（下薗りさ）

▶4　1830年から1850年頃の３月前期に興った政治的な文学運動。ゲーテやロマン主義などの規範的な文学を批判して文学と政治との結合を強調し，立憲主義，共和主義を唱えた。

図５・図６　ベルリンベーベル広場にあるナチス焚書の追悼記念碑

出典：著者撮影。

228

Capitel XII.

Die deutschen Censoren — — — —

Dummköpfe — —

図７　ハイネ『旅の絵』

出典：Beutin, *Wolfgang u. a.: Deutsche Literaturgeschichte. Von den Anfängen bis zur Gegenwart*. Metzler, Stuttgart u. Weimar 2001, S. 246.

▶5　実在の人物をモデルにしていたため，1963年に西ドイツで出版禁止の訴訟が起こされた。裁判所はモデルとなった俳優グリュントゲンスの人格権を認め，出版社に出版禁止の判決を下した。だが1981年には訴えられた出版社とは別の出版社から再版された。

3　ギムナジウム（学校）と文学

1　ギムナジウム――ドイツの学校制度

ギムナジウム（Gymnasium）とは，ドイツおよび周辺諸国の中等教育機関です。ドイツでは6歳になると初等教育機関である基礎学校（Grundschule）に4年間（一部の州は6年間）通います。続く中等教育の段階で学校が3種類に分かれ，生徒は能力・適性に応じてそのいずれかを自ら選択します[1]。そのうちギムナジウムは，主に大学進学希望者が進学する学校です。近年では従来の9年制をあらため，8年制を採用する州が増えてきています。

ギムナジウム課程の最後の3年間は，ギムナジウム上級段階と呼ばれます。ドイツの大学では入学後すぐに専門課程に入るため，生徒はこの段階で大学入学後の進路に合わせて履修コースを選択し，専門研究の基礎を学ぶのです。修了にあたりアビトゥーア（Abitur）[2]と呼ばれる試験が行われ，合格者にはギムナジウムの修了資格と大学の入学資格が与えられます。

▶1　中等教育機関はギムナジウムのほかに，卒業後に就職して職業訓練を受ける者が進学する基幹学校（Hauptschule），卒業後に職業教育学校に進む者が進学する実科学校（Realschule）がある。近年ではこの三種の学校をまとめた総合学校（Gesamtschule）と呼ばれる一貫校も存在する。

▶2　アビトゥーアはドイツでの名称。ラテン語で卒業試験の意味をもつabiturireに由来する。「アビ（Abi）」と略すこともある。オーストリアやスイスではマトゥーラ（Matura）と呼ばれる。

2　ギムナジウムの歴史

ギムナジウムという名称は，若い男性の身体の鍛練を目的とした**古代ギリシア**⇨Ⅱ-二-2の公共体育場（ギュムナシオン）に由来します。哲学的な議論をする集会場としてももちいられ，のちに広く「学校」という意味になりました。現在のギムナジウムの起源としては，教会や修道院が設立した中世のラテン語学校があげられます。この学校は大学や職業，とりわけ聖職者への準備教育の役割を果たしており，のちのギムナジウムの母体となりました。

18世紀になるとプロイセン政府は教会から教育行政を切り離し，さらに明確な基準のなかった大学入学に関する改革を行いました。1788年にアビトゥーアに関する規則が定められ，大学志願者にギムナジウムでの入学資格試験を課したのです。さらにヴィルヘルム・フォン・フンボルト[3]（1767-1835）により，初等教育から高等教育に至るまで一貫した教育改革が行われた結果，1834年にはアビトゥーア取得が大学入学の必要条件となりました。それによりギムナジウムはエリート養成機関の性格を強めていきます。この時代のギムナジウムは，新人文主義と呼ばれる，主にギリシア・ラテン語の書物の読解を通じて人格形成を行う教育が中心でした。アビトゥーアでは，古典語のほかにも，数学，歴史など，幅広い知識が要求されました。

▶3　プロイセン出身の政治家・学者・著作家。ベルリン大学創設者の一人。教育・研究における国家の干渉をおさえ，大学の自由を尊重する「フンボルト理念」を唱えた。シラーやゲーテとも親交があった。

19世紀末，皇帝ヴィルヘルム２世[4]（1859-1941）の時代には，若者にナショナリズムを鼓舞する教育をほどこすべく，制度改革が行われました。祖国への忠誠を誓う愛国主義的な思考や振る舞いを根付かせるために，これまでの古典語テクストの読解を中心とする教育が見直され，ドイツ語による授業が増加したのです。古典古代の文化も，普遍的な教養の源泉とされた従来の見方が修正され，民族的なドイツ精神の源泉であるといった解釈が前面に押し出されます。歴史の授業では繰り返しプロイセンやホーエンツォレルン家について学ぶことになりました。これらの改革は，教育方針に従って生徒を国家の有用な一員へと形成する枠組みづくりには成功したものの，教育に国家が介入することによって，子どもに過剰な負担を強いることにもなりました。

3 学校小説

ドイツ語圏では19世紀末から20世紀前半にかけて，ギムナジウム，神学校，陸軍士官学校などのエリート養成学校を舞台とした小説があいついで発表されました。ヴェーデキント『春のめざめ』（1891年），**リルケ**⇨Ⅰ-37･45『体育の時間』（1902年），**ヘッセ**⇨Ⅰ-44『車輪の下』（1906年），**ムージル**⇨Ⅰ-52『寄宿生テルレスの混乱』（1906年，以下，『テルレス』と略す），トーアベルク『生徒ゲルバー』（1930年）などです。

「学校小説（Schulroman）」と呼ばれるこれらの作品では，主人公たちは男性ばかりで構成される共同生活[5]の中で，暴君的な教師から規律を守るよう強いられ，ラテン語や体育などの科目で心身をすり減らし，最終的に退校や自殺といった悲劇的結末を迎えます。**教養小説**⇨コラム③のように主人公が社会の一員として成長する過程を描くというよりは，当時の学校教育がいかに若者の心を傷つけたか，主人公を追いこむ教育への批判が中心です。とはいえ，同じ学校を舞台とした文学でも，いかなる問題点や世界観を提示するかは作家により異なります。例として，同じ1906年に発表されたヘッセの『車輪の下』（図１）とムージルの『テルレス』（図２）を比較してみましょう。

4 ヘッセ『車輪の下』――切り落とされた木の梢《こずえ》

この作品は，ヘッセ（図３）の自伝的性格の強い作品です。彼の生まれ育ったシュヴァルツヴァルト（黒い森）は，自然が豊かで，小説の中でも多くの美しい風景描写が見られます。主人公ハンス・ギーベンラートはずば抜けた秀才として，学校の教師や校長，教会の牧師など，地元の大人から将来を嘱望されます。しかしこの地方の才能ある子どもの未来に用意されていたのは，州試験に合格して神学校（図４）に入り，それから大学の神学部に入学，最終的には教会の説教壇に立つか教員になるという，たった一本の細い道だけでした。そのためハンスは教師たちの勧めに従い，大好きだった魚釣りや川泳ぎをやめ，友人との付き合いも絶って，受験科目の補習に専念します。

▶4　ホーエンツォレルン家出身のプロイセン王・ドイツ皇帝（在位1888-1918年）。一貫した帝国主義政策を推進し，積極的に海外植民地をねらったが，イギリス，フランス，ロシアと対立を深めた。第一次世界大戦に敗れて退位し，ドイツ帝国は崩壊した。

▶5　このような生物学的な性が男性のみで構成される集団を「男性同盟（Männerbund）」という。ヴィルヘルム時代の家父長的な組織構造において結ばれる男性同士の関係が，同性愛的な色彩を帯びる点に特徴がある。

図１　『車輪の下』初版本の表紙

出典：Bernhard Zeller: *Hermann Hesse. Eine Chronik in Bildern. Erweiterte Auflage.* Frankfurt am Main 1977, S. 47.

図２　『寄宿生テルレスの混乱』初版本の表紙

出典：Werner Frizen: *Robert Musil.* Berlin/München 2012, S. 28.

神学校に合格し，寄宿舎での生活がはじまると，ハンスは自分の考えを持ち自由に生きる同級生ヘルマン・ハイルナーに強く惹かれ，ふたりの間には強い絆《きずな》が生まれます。学校では教わらない新たな世界の到来に，ハンスは大きな幸福感で満たされます。しかし学校の使命はあくまで勉強のできる良き小市民を育てることでした。若い心に芽生えた深遠な精神はたたき殺され，根元から折り取られてしまいます。ハンスも例外ではなく，ハイルナーの影響による成績の低下を教師にとがめられ，ハイルナーが学校を逃亡すると，共犯を疑われて神経をすり減らし，学校を去ることになります。

興味深いのは，学校小説にもかかわらず，学校が舞台なのは物語の中盤だけだということです。むしろヘッセは，神学校を退校し，泥沼に沈みこむように憂鬱の闇の中をさまよっていた主人公が，故郷の懐かしい自然の中で次第に息を吹き返していくさまを丁寧に描きます。ハンスは以前憧れていたエンマという少女へのつかの間の恋で身も心も入れ替わるような体験をし，かつての友人アウグストと同じ機械工として働くことを決意します。しかしその直後，ハンスは同じ職人の若者たちと酒を飲みに出かけてしたたか酔っぱらい，翌日には川の中で冷たくなっているのが見つかるのです。

ヘッセはなぜハンスの新たな人生の幕開けが始まろうとしたまさにそのときに，彼の死を描いたのでしょうか。語り手は作品の後半，切り落とされた木の梢と，その木の根元に新たについた芽について述べます。急速に成長する，新しい希望のような芽は，しかし見せかけの生命であり，けっして一本の木になることはない。この木の比喩をもちいることで，ヘッセはたとえ学校を離れたとしても当時の学校の教育制度がいかに若者の成長の芽をつむことになるか，その影響力の大きさについて警鐘を鳴らしているのです。

5　ムージル『寄宿生テルレスの混乱』——芽をつまれても広がる確信

この作品も作家の自伝的要素を含んでいます。オーストリアに生まれたムージル（図5）は，当初軍人を志し，アイゼンシュタット，さらにはメーリッシュ・ヴァイスキルヒェン（現チェコのフラニーチェ）の陸軍上級実科学校（図6）で学びます。後年ムージルは，軍隊式の命令系統により統制されていたこの全寮制学校での過酷な生活をふりかえっていますが，『車輪の下』とは異なり，『テルレス』では暴君的な教師や負担を強いる授業ははるか背景にしりぞいています。むしろ物語で描かれるのは男性ばかりの寄宿学校の退屈な日常と，突如降ってわいた窃盗事件，それにまつわる生徒間のいじめです。

ある日，テルレスの友人ライティングは，同じ仲間のバジーニがバイネベルクのお金を盗んだことを知ります。告げ口をしない代わりに，ライティングやバイネベルクはバジーニを管理下に置き，その後サディスティックな性暴力の対象にします。テルレスは良家の子息で端正な顔立ちをしたバジーニが自分の

図3　21歳頃のヘルマン・ヘッセ

出典：Bernhard Zeller: *Hermann Hesse. Eine Chronik in Bildern. Erweiterte Auflage.* Frankfurt am Main 1977, S. 28.

図4　マウルブロン修道院（ドイツのバーデン＝ヴュルテンベルク州）

神学校が併設されており，ヘッセのほかにもケプラーやヘルダーリンが通った。

出典：同上，S. 20-21.

図5　陸軍上級実科学校を卒業した頃のムージル（17歳）

出典：Karl Corino: *Robert Musil. Leben und Werk in Bildern und Texten.* Reinbek bei Hamburg 1988, S. 65.

図6　メーリッシュ＝ヴァイスキルヒェン陸軍上級実科学校
ムージルは1894年から1897年まで在籍していた。
出典：同上，S. 56.

知らない別の顔をもっていたことに衝撃を受けます。その後もバジーニに対するいじめは激化していきます。当初傍観していたテルレスも次第に巻き込まれ，ついにはバジーニと性的な関係をもつことになります。

ただし，テルレスの関心はバジーニやいじめそのものにはなく，慣れ親しんでいた世界のすぐそばに，それとは別の，驚きに満ちた世界が隣り合っているという事実でした。彼は町外れで自堕落な生活を送る娼婦ボジェナに母の姿を重ね合わせて混乱し，いつも眺めている空がどんなに遠くに目標を定めようとも届かないほど高いことに気づいて驚きます。ムージルは，物語の本筋とは直接関係のないテルレスの混乱のエピソードをいくつも挿入しますが，まさにそれによって言葉ではうまく言い表せない「何か」をめぐって芽生え花咲かんとするテルレスの心と身体の発展過程を描いているのです。

ではテルレスの成長に対し，学校はいかなる役割を果たしているのでしょうか。テルレスは「空が無限に高い」というときの「無限」という言葉のもつ意味を生き生きと感じるに至りましたが，数学の世界において無限とは，計算の前提となる重要な概念です。無限とは何かを知り，数学が思いがけず生命あるものに変化したように感じたテルレスでしたが，彼のもっと知りたい，という欲求に対して，数学教師はまともに返答できず，「不吉なドアを永遠に閉めようとする」かのように，ただ数学には概念が必要だからそれを信じろ，とだけ述べます。これによりせっかくのテルレスの興味はしぼんでしまいます。つまり『テルレス』では，学校の型どおりの教育がいかに若者の自由な精神の発展の芽をつんでいるかを示しているのです。

さらにいえば，お金を盗んだバジーニや，虐待の首謀者であるライティングやバイネベルクではなく，校長や教師を前に「高慢な優越感をもって」自らの心の状態について語るテルレスが学校から追放されるという結末は，テルレスこそが社会の有用な一員を育て上げるという学校の目的や秩序を乱す異分子であることを示しています。その意味で『テルレス』における学校も，ハイルナーを反乱分子とし，ハンスを学校から追い出した『車輪の下』と同様の機能を果たしているといえます。

とはいえ，注目すべきことに，『車輪の下』のハンスとは異なり，テルレスは学校のレールから外れたことで傷ついたようには見えないのです。極度に興奮して錯乱した息子の姿を目にするとばかり思っていた母親の目には，息子の平然と落ち着いた様子は奇異に映ります。学校追放のきっかけとなった独白（モノローグ）により，混乱のうちに見え隠れしていた自らの問題意識の根幹を明確に言葉にすることのできたテルレスは，疲労の中にも確信をもって未来を見据えているのです。その意味で『テルレス』は「学校小説」の枠組みを超え，語りえないものを語ろうとする主人公の成長過程を中心に描いた小説といえましょう。

（桂　元嗣）

コラム4

歌うドイツ語

作詞作曲の双方を兼ねる場合もあるが，歌にはふつう作詞家と作曲家がいる。それぞれが独立した創作者であって，言葉と音楽の共作は，ときには競作の観を呈することもあるだろう。その際，文学者の詩に音楽家が曲をつけるという順でイメージされがちであるが，曲に後から言葉が乗ることも珍しくない。本邦の唱歌を眺めれば，欧州から入ってきたメロディーが，原作とは異なる歌詞で歌われることがある。子供が好きな替え歌なども後者の例。時代に合わなくなって，メロディーはそのままに歌詞が変わる国歌もある。

創作に携わらず，もっぱら楽しむ側に留まっていても，歌詞と曲の緊張関係が強く意識されることがある。歌に先んじて，歌詞となる詩に馴染んでいる場合である。筆者の経験で言うなら，ハイネ／シューマンの歌曲集『詩人の恋』（1840年）の第一曲「美しい五月に」がそう。美しい五月に，つぼみが一斉に開くとき，私の恋も花開いた。美しい五月に，小鳥が一斉に歌うとき，私は恋を打ち明けた。弱拍と強拍が交互にくる平易な韻律。若者の，若者らしくシンプルな恋の歌と見える。「美しい」には「奇跡のように」が一綴りでついていて，wunderschön となっている。この詩を一度でも読んだ者は，ドイツの春，素晴らしい天気に恵まれると，Im wunderschönen Monat Mai... と思わず口ずさんでしまう。

さて，詩を先に知った上でシューマンの曲に出会うなら，シューマンの天才に感嘆する前に，まずはびっくりしてしまうのではなかろうか。なんと儚くも自信なさげな歌い出しであることか。調性が今一つはっきりしない。譜面を開いてみてもなお，これはイ長調？　嬰ヘ短調？　ところが冒頭のピアノ伴奏は，ロ短調の三和音で，なんとも微妙である。あれ？　五月はシンプルに美しいんじゃなかったの？　しかし，あらためて連作歌曲の成り行きを見守るなら，シューマンの音楽が，主人公の若者にむしろぴったりなような気がしてくる。若者は早々に恋に破れて，悶々と悩んだり，涙にくれたり，やけになって怒鳴ったり。単純といえば単純だけれど，その内面は，ずいぶん複雑に入り組んでいる。調性が不安定なままで，繊細に揺れ続ける第一曲にむしろふさわしい。やはり，これは詩と音楽の幸福な出会いではあるまいか。

反対に，詩を先に知っていてもなお，後から聞いたメロディーと切り離せなくなる歌もある。たとえば同じ歌曲集の第三曲。かつては自然のさまざまな事物を愛したけれど，今，自分が愛するのは少女だけ，と息せき切って歌う。原詩の強弱弱の韻律を三拍子ではなく二拍子で刻んだ歌。強弱弱を長短短にしてタンタタ，タンタタと畳みかける。若者の性急な求愛を，見事にリズムに移している。これを一度聴いたなら，詩だけを取り出して味わうことは，ちょっと難しい。

詩人と作曲家の緊張関係は，オペラの題材にもなっている。たとえばリヒャルト・シュトラウスがクレメンス・クラウス他と制作した『カプリッチョ』（1941年）。詩人と作曲家が，一人の女性に同時に求愛する。しかし，詩人のソネットに作曲家の歌がつくと，彼女にはもはやどちらとも決めかねる。「私の心を動かすのは言葉なのかしら？　あるいはより強く語りかけるのは音楽なのかしら？……二つを分けるなんて無駄な努力。言葉と音楽は溶けあって，何か新しいものとして結び合っている……」さて，洒落たオペラの結末は，どうぞご自身でお楽しみください。

（荒又雄介）

五　愛され願望？

1　「ゲーテと…」——詩人たちを結んだ友情と愛憎

1 〈「と」の人〉としてのゲーテ

ヨーハン・ヴォルフガング・フォン・**ゲーテ**⇨Ⅰ-3·19（1749-1832，図１）はドイツ文学の最盛期にあたる18世紀後期から19世紀前期を牽引した「扇の要《かなめ》」的な存在です。ゲーテは，ヨーロッパの文学はもちろん，ペルシアや中国の文学にも関心を示し，晩年には，時代に先駆けて「**世界文学**⇨Ⅱ-二-5 ◀1」という概念を提唱しました。ワイマール公国の大臣として政治にも熱心に取り組んだゲーテは，自然研究にも情熱を注ぎ，その研究対象は，色彩論や形態学のほか，気象学や地質学にまで及び，地球そのものの誕生について考察をめぐらせるほどスケールの大きいものでした。

図１　イタリア滞在中のゲーテ像（ティッシュバインによる）

「古典主義者ゲーテ」のイメージを定着させることとなった。

出典：*Goethe Handbuch. Band 4/2. Personen, Sachen, Begriffe / L-Z. Sonderausgabe.* Hrsg. v. Hans-Dietrich Dahnke und Regine Otto, J.B. Metzler, Stuttgart und Weimar 2004, S. 1057.

▶1　ゲーテが1827年に提案したこの概念は，現代のグローバル時代における文学状況をあらわすキーワードのひとつとなっている。

そのような人物ですから，「ゲーテと…」と題した論考は枚挙にいとまがありません。「ゲーテとベートーベン」「ゲーテとナポレオン」「ゲーテと建築」「ゲーテと進化論」などなど。至るところでゲーテが引き合いに出されるのは，それだけゲーテが多様な領域ですぐれた業績を残しており，ゲーテを補助線とすることで，論じる対象の特性をより明確に浮き彫りにすることができるからでしょう。ゲーテは，さまざまな人々と交流し，異なる分野を結んだ橋渡し役，いわば〈「と」の人〉でした。

しかし，この「と」という接続詞は，便利な反面，弊害もあります。本来異なるものを同質のものとして十把一絡げにしてしまったり，共通する部分も多いのに，水と油のように対立しているものとして，単純化して理解してしまうこともあるからです。

ここでは，「ゲーテと**シラー**⇨Ⅰ-5」，「ゲーテと**クライスト**⇨Ⅰ-13」という二つの例を手がかりに，ゲーテという存在の意味について考えてみましょう。

2 ゲーテとシラー——「友情」を必要としないほど強い結びつき

「と」という接続詞は，二つのものを対等に結びつけ，一対のものとしてクローズアップさせる働きがあります。「ゲーテとシラー」という関係は，その代表例でしょう。

ゲーテは，フリードリヒ・シラー（図２）とともにドイツ**古典主義**⇨Ⅰ-29 ◀2の全盛期を築きました。1794年に親密の度を深めた両者は，1805年にシラーが若くして世を去るまでの約10年間，非常に豊かな文学的交流の時期を過ごし，その成果

図２　1793～94年頃のシラー

出典：*Johann Wolfgang von Goethe. Dargestellt von Peter Boerner.* Rohwohlt, Reinbek bei Hamburg 1999, S. 81.

として，ゲーテの長編小説『ヴィルヘルム・マイスターの修業時代』（1795/96年）やシラーの戯曲『ヴァレンシュタイン』（1798/99年）など，優れた作品が生み出されました。

二人の「友情」の真正さを疑う者はいないでしょう。しかし，ともすればこの「友情」は賛美され過ぎ，ワイマールの国民劇場前の広場に建てられた二人の像（図3）が象徴的に示すように，一種の神話となってしまっている傾向もあります。

ところが，意外なことにゲーテ自身は，シラーとの間に「友情」など必要なかったと述べています。エッカーマン[3]による『ゲーテとの対話』のなかでゲーテは，友人の一人ヤコービとの関係を引きながら，以下のように言っています。「彼（ヤコービ）の私に対する関係は独特のものだった。彼は私を個人的に愛してくれたが，私が熱心に取り組んでいることに関心を示さなかったし，同意してくれることもなかった。それゆえ，われわれをお互いにつなぎ留めておくためには友情が必要だった。それにひきかえ，私のシラーとの関係は唯一無二のものだった。なぜならわれわれは，一緒に熱心に取り組んでいることのなかに，このうえなく素晴らしい接着剤を見出していたので，われわれには，いわゆる特別な友情などは，これ以上必要なかったのだ」（1827年4月11日の対話から）。

人間関係において真に大切なことは，互いに関心を持ちながら，一つの目標を目指してともに協働し，切磋琢磨することであり，ことさらに「友情」を必要とするような関係は，かえって純粋なものとはいえないのではないか。ゲーテの言葉は，世間の人々が往々にして無条件に賛美する「友情」というものの押しつけがましさ，うさん臭さを，逆説的な言い方で鋭く指摘しています。

数多くの人間と交流したゲーテは，しかしある意味，孤高の人でもあり，党派を形成することはありませんでした。シラーとの関係も，非常にクールで，時には歯に衣《きぬ》着せぬ批判も辞さないものでした。理念を土台に物事を分析的に考えることに長けたシラーと，直観によって事象の全体像を体験的に把握することを重視したゲーテは，対照的な存在であり，両者もそれを十分自覚していたゆえに，互いに欠けているものを補いあうことができたのでした。ゲーテは，文学上の先輩にあたるヴィーラント（1733-1813）やヘルダー（1744-1803）に対しても，率直に批判的なコメントを述べています。世間的なしがらみによって，ゲーテのまなざしが曇ることはありませんでした。

このような態度は，わが国の文豪夏目漱石（1867-1916）とも通じるところがあります。漱石も，多くの弟子に慕われ，人との結びつきを大切にしましたが，決して派閥を作ることはありませんでした。講演『私の個人主義』（1914年）で漱石は，漱石が担当していた『朝日新聞』の文芸欄に載った批評の取り消しを要求してきた三宅雪嶺一派の党派主義を批判し，自身が拠って立つ行動原理として「個人主義」を対置します。漱石は「個人主義」を，物事の「理非」をあ

▷2　ゲーテは1786年から1788年にかけてイタリアを旅行し，古典古代の文化について関心を高めていた。シラーもまた，古典古代の素朴で力強い文学に憧れ，それを補助線として，近代人としての自らの立ち位置を探ろうとしていた。興味関心を同じくする二人の文通は約1000通にのぼった。

図3　ワイマールのゲーテ（右）とシラー（左）の像

出典：Jost Hermand: *Freundschaft. Zur Geschichte einer sozialen Bildung*. Böhlau Verlag, Köln 2006, S. 45.

▷3　エッカーマン（1792-1854）はゲーテの秘書。『ゲーテとの対話』は，晩年期のゲーテの思想を生き生きと伝える名著。

くまで行動の規範としたうえで「他の存在を尊敬すると同時に自分の存在を尊敬する」考え方である，と定義しています。

しかしその一方で，漱石は，「個人主義」に拠って生きることの「淋しさ」についても述べています。「他人の行くべき道を妨げないのだから，ある時ある場合には人間がばらばらにならなければなりません。其所が淋しいのです」。おそらくはゲーテとシラーの関係も，漱石のいう「淋しさ」を自覚したうえでの，緊張感に満ちたものだったのではないでしょうか。

3 ゲーテとクライスト　愛憎をこえた，文学における共振

その強烈な個性ゆえに，ドイツ文学史上特異な位置を占める作家ハインリヒ・フォン・クライスト（図4）のゲーテとの関係は，ゲーテとシラーの関係とは正反対の，非常に敵対的なものであったと伝えられています。

図4　クライストの肖像

出　典：Klaus Müller-Salget: *Heinrich von Kleist.* Reclam, Stuttgart 2011, S. 17.

文学的野心に満ちたクライストにとって，28歳年上の詩聖ゲーテは憧れの対象であると同時に，乗り越え，打倒すべき目標でもありました。1808年に戯曲『ペンテジレーア』をゲーテに献呈したクライストは，前年の喜劇『こわれがめ』によってゲーテに才能を認められたこともあり，今回も好意的な評価を期待しましたが，ゲーテは，「彼女（ペンテジレーア）を生んだ大変不可思議な種族と，彼女が活躍する見知らぬ地方のどちらにも，なじむには時間がかかります」と冷たく返答し，二人の関係は断絶しました。

たしかに，『ペンテジレーア』は，現代の目から見てもきわめて過激な内容の戯曲です。アマゾン族の女王ペンテジレーアは，敵であるギリシア軍の英雄アキレウスを密かに愛していますが，彼女はその愛を戦うことでしか表現できません。彼女は，最後にはアキレウスを「口づけによって」嚙み殺し，その身体を八つ裂きにしたうえ，自らも命を絶ちます。

ゲーテの古典主義期の代表作とされる戯曲『タウリスのイフィゲーニエ』（1787年）では，復讐の連鎖の呪いをかけられ，異国で囚われの身となっているイフィゲーニエたちの運命は，和解と解放という調和的な形で終わりますが，『ペンテジレーア』では，暴力が激しく噴出し，世界を覆いつくします。

ゲーテがクライストに冷淡な態度をとったこともあり，両者は180度違う作家として論じられることが多く，クライストを破滅型の「病的」な作家として切り捨てたり，逆に，クライストの現代性を強調するあまり，ゲーテを前時代的な「古典作家」として片づけてしまう傾向は，いまなお根強くあります。

しかし，二人を水と油のようなものとして単純化して理解してしまうと，両者の作品がもつ豊かさを見失うことにもなりかねません。

表面的には調和的な結末に終る『イフィゲーニエ』でも，暴力の要素は，作品の底に隠れた形で常に存在しており，最終場面で成就する和解と解放も，「蛮族」とされた王トーアスが，「文明人」であるイフィゲーニエに対する愛を

あきらめるという犠牲の上に成り立っているのです。

また，ゲーテの『ヴィルヘルム・マイスターの修業時代』に登場するヒロインたちの多くは男装で登場し，主人公が最後に結ばれる女性ナターリエも「アマツォーネ（アマゾンのこと）」にたとえられます。ゲーテの言葉とは裏腹に，ゲーテの作品において，「アマゾン族」は，なじめないどころか，もともと非常に縁が深いものなのです。

さらにゲーテは，『ペンテジレーア』が発表された翌年の長編小説『親和力』（1809年）において，あたかもクライストに刺激されたかのように，激しい暴力の要素を小説中にちりばめています。挿入されたノヴェレ（短編小説）「隣同士の不思議な子供たち」は，ペンテジレーアとアキレウスのように，かつてはお互いの身体を傷つけ合おうとするほど仲の悪かった幼なじみの男女が最後には結ばれる話です。また，ヒロインのオティーリエは，愛する男をキスによっていわば「食らう」女性であるペンテジレーアとは正反対の，しかし同様に激しい行為である「絶食」というかたちで死を迎えます。オティーリエは，自ら誓った言葉通りに，愛するエードゥアルトと一切口をきかず，不倫による彼との結婚をあきらめますが，エードゥアルトを愛していること自体は決して否定しません。その頑なさ，愛の表現の強烈さは，ペンテジレーアにまったく劣らないのです。

ゲーテとクライストは，人間的には対立していたものの，そうした個人的な愛憎をこえて，あるいはそうした愛憎そのものが作品のなかで昇華されて，非常に興味深い形で共振しあっているのです。

4 豊かな「と」を求めて

ゲーテのシラー，クライストとの関係を例に，「ゲーテと…」の「と」の結びつきのありようをたどってきましたが，いずれの場合も，一筋縄ではいかない，緊張をはらんだ関係でした。

20世紀を代表する作家**トーマス・マン**⇨ I-35·46は，ゲーテを尊敬し，自身の創作においてもゲーテから多くを学びました。マンは，長編評論『ゲーテとトルストイ』（1922年）のなかで，ゲーテとロシアの文豪トルストイ（1817-75）という，活躍した時代も場所も異なる二人の作家を比較し，教育・病気・自由・告白など，多様なテーマを縦横に扱いながら，文学の，あるいは人生そのものの矛盾と豊かさを描き出しています。

現代を生きるわれわれが，読書という旅をつづけるのも，その途上で出会う作家たちのネットワークをそれぞれに構築するなかで，思いがけない「と」のありようを発見するため，かもしれません。

（浅井英樹）

五　愛され願望？

2　音と言葉――詩人と作曲家の微妙な関係

図１　シュトラウスの肖像（アウグスト・ザンダー撮影，1925年）
出　典：National Gallery of Scotland

▷1　この作品はそもそも（映画『アマデウス』で有名になったモーツァルトの同時代人）サリエリの歌劇『はじめに音楽，次に言葉』の翻案であり，18世紀後半のオペラの業界における論争が背景になっている。

1　競い合う――音楽が先か，言葉が先か……

リヒャルト・シュトラウス（図１）最後の歌劇『カプリッチョ』（1942年初演）では，伯爵令嬢に思いを寄せる詩人と作曲家が，彼女の誕生日のため，一緒にオペラの創作に取り組み，技を競います。はたして令嬢の心をより強く惹きつけるのは，詩と音楽のどちらなのか。そう，このオペラは恋愛劇であると同時に，音楽劇の創作をめぐる議論そのものをテーマにした作品でもあるのです。

ところで，詩と音楽の優劣を比較する議論はけっして新しいものではありません[1]。そもそも言葉と音楽の関係はオペラに限らず，すべての歌に共通する普遍的問題と考えられるでしょう。

2　惹かれ合う――ドイツ・リートにおける詩と音楽

ドイツ語圏で「歌」といえば，オペラのほかにも，モーツァルト，ベートーベンから始まり，シューベルト，シューマンらロマン派の作曲家たちを経て，フーゴー・ヴォルフ，マーラーといった19世紀末から20世紀の作曲家にまで続いてゆく歌曲（リート）の輝かしい歴史があります。

リートというジャンルがドイツ音楽のなかで確固たる地位を占めるに至った要因としては，優れた詩の存在も強調されるべきでしょう。作曲家たちは**ゲーテ**⇨Ⅰ-3·19，**シラー**⇨Ⅰ-5，アイヒェンドルフ，メーリケらの抒情詩に歌心を刺激され，創作に駆り立てられたのです。

この場合，台本作者と作曲家が共同作業を行うオペラとは違い，詩と音楽は競合関係にはありません。作曲家が歌曲の題材を探し求めて，アンテナを張り巡らす場合もありますし，ある詩が偶然，作曲家の目にとまる場合もあるでしょう。出会いのかたちはさまざまですが，いずれにせよ，ほとんどの場合，詩が最初に独立して世に現れ，それが時間差を伴って作曲家の心を捉えるという順序になります。こうして詩がひとたび作曲家の霊感を刺激すると，原詩の内包する韻律から音楽のリズムが，言葉の抑揚から旋律が，さらには詩に詠われた心象や風景のイメージから和声がおのずと――あたかもその曲がこの詩から立ち現れるのが自明であったかのように――流れ出すというわけです。

詩との出会いは作曲家の側にとっては一期一会ともいうべきものですが，興味深いのは，一つの詩から全く異なる複数の歌曲が生まれる場合もあるということです。たとえば，ゲーテの『野ばら』（1789年）ですと，合唱曲も含めると50をはるかに超える音楽作品があります。そのなかでも有名なのは，シューベルトとヴェルナーの歌曲ですが，前者は，天真爛漫な少年の歩みを表すような歯切れよい2/4拍子のリズムと素朴な旋律（図2），後者は6/8拍子のたゆたうようなリズムと野ばらの花が少年に抱く憧れを表すような可憐でしとやかな曲想（図3）を特徴としています。同じ詩でも，このように人によって感じ方が180度も異なる場合があり，だからこそ，すでに先人による音楽作品が存在する詩に対しても，作曲家たちは表現意欲と芸術的野心を新たに燃え上がらせてきたのでしょう。

このように歌曲創作の過程においては，ひとまず作曲家の側が詩に惹き寄せられるわけですが，言葉と音の関係を突き詰めて考えるならば，むしろ詩のほうが音楽に憧れ，音楽化される瞬間を待ち焦がれているのだという観方もできるでしょう。ドイツ・**ロマン主義**⇨Ⅰ-8·10の文学者や思想家たちの多くはまさにそのように考え，詩情の源泉としての音楽に特権的な地位を認めてきました。

たとえば，**ホフマン**⇨Ⅰ-17は評論『ベートーベン・第五交響曲』（1810年）のなかで，音楽を「あらゆる芸術のうちで最もロマン的なもの」であり，「外部の感覚世界からは隔絶した未知の国への扉を開くもの」と讃えています。タイトルが示すように，ここで直接イメージされる音楽とは言葉の一切混入しない器楽曲のことですが，その働きはオペラや歌曲においても減じることはありません。曰く，「声楽曲では詩（ポエジー）が加わり，言葉が特定の情緒を暗示することになって，音楽の魔術的な力は，二，三滴たらせばどんな飲物にも極上の風味を添えるという賢者の魔法の霊液のような働きをする。オペラで歌われるような激しい感情—愛—憎しみ—怒り—絶望—などはいずれも音楽がロマン主義の紫の薄明かりで包みこみ，この世で感じたものそれ自体が我々をこの世から連れ出し，無限の世界に導いてくれるのである」。

ここで音楽についていわれる「無限なるもの」への憧憬はロマン主義思想の根幹をなす要素でもあります。その意味で，果てしない天空への魂の飛翔を謳う『月の夜』（アイヒェンドルフ詩／シューマン曲）（1837／40年）は**トーマス・マン**⇨Ⅰ-35·46やアドルノをはじめとする後世の文学者や研究者が絶賛するとおり，ロマン主義抒情歌曲の極致ともいえる作品ですが，「天空が大地にそっと口づけしたかのようだった」で始まるこの歌は同時に，音（空）と言葉（大地）の幸せな結婚を象徴的に描いたものと解釈することもできるでしょう（図4，図5）。

3 創造の謎に迫る——音楽（家）小説の系譜

ところで，自らの筆名にも「アマデウス」の名を入れるほどモーツァルトを崇拝していたホフマンは自身も音楽の素養が深く，バンベルクで音楽監督をつとめたほか，フケーの小説を原作とする歌劇『ウンディーネ』（1816年）をはじめ，いくつもの曲を書いています。また怪異な幻想を描く彼の小説にとっても，

図2　フランツ・シューベルト作曲『野ばら』譜例

冒頭に「lieblich 愛らしく」という指定あり。

出典：*Schubert-Album: Sammlung der Lieder für eine Singstimme mit Pianoforte Begleitung, Bd. 1,* C. F. Peters, Leipzig: No. 20a, n. d. Plate 9023.

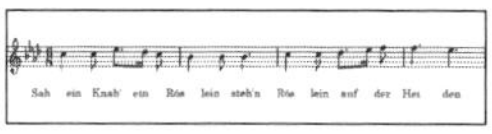

図3　ハインリヒ・ヴェルナー作曲『野ばら』譜例

出典：Das Deutsche Vaterland in seinen Liedern （Riegel, Friedrich）, Wilh. Schmid, Nürnberg. 1861

図4　アイヒェンドルフの肖像

出典：Hermann Korte: *Joseph Freiherr von Eichendorff.* Rohwolttaschenbuch 2. Auflage 2000. 表紙。

図5　ロベルト・シューマンの肖像（E. ベンデマンによるコンテ画，1859年）

出典：Arnfried Edler: *Robert Schumann und seine Zeit.* 3. Auflage. Laaber Verlag 2008, S. 372 Abbildung 4.

図6　『狂気の楽長ヨハネス・クライスラー』（作者自身による鉛筆画，1822年）
出典：Dietmar J. Ponert: *E. T. A. Hoffmann: Das bildkünstlerische Werk, Ein kritisches Gesamtverzeichnis.* Imhof, Petersberg 2012.

音楽は欠かせないモチーフでした。架空の音楽家クライスラーの伝記を入れ子状にちりばめた長編小説『牡猫ムルの人生観』（1821年）やモーツァルトの歌劇が筋の展開の重要な要素となる『ドン・ファン』（1813年）をはじめ，音楽家や音楽を主題にした多くの作品があります（図6）。

こうした音楽（家）小説は以降もドイツ文学の一つの潮流をなしています。◁2 音楽はあらゆる言語的概念から隔絶した神秘の領域ですが，作家たちは言語によってその謎と魅力を少しでも解き明かせたらと願ったのです。たとえばメーリケ（1804-75）の短篇『旅の日のモーツァルト』（1855年）は歌劇『ドン・ジョヴァンニ』の上演に刺激を受けたことがきっかけで生まれたフィクションですが，少年時代にイタリア旅行で体験したナポリの民衆の舟遊びの光景を主人公が語るくだりなど，細密な描写のあちこちから，愉悦に満ちたモーツァルトの音楽が流れ出す趣があります。

▷2　ほかに代表的なものとしては，ホフマンに影響を受けた作曲家ワーグナーの『ベートーベン巡礼』（1840年）や，フランツ・ヴェルフェルの『ヴェルディ――オペラをめぐる小説』（1924年）など。

悪魔に魂を売った学者の伝説を下敷に，架空の作曲家レーヴァーキューンの生涯を語ったトーマス・マンの長編『ファウスト博士』（1947年）は質・量ともに音楽家小説の頂点というべき作品でしょう。物語の舞台となるのは20世紀初頭から第二次世界大戦下にかけてのドイツ，傑作を創造するためなら破滅も厭わぬ芸術家の姿に，この国を待ち受ける暗い運命が重ね合わせられます。現代のファウスト博士を音楽家として描くこと，そしてその彼とドイツの運命を重ねることは，マンにとっては必然的な帰結でした。「あらゆる芸術のなかで現実から最も遠く隔たり，最も情熱的な」音楽こそは「デモーニッシュな領域」であり，「計算し尽くされた秩序であると同時に，魔術的で呪術的な身振りに富む，混沌を孕んだ反理性」の産物として，ドイツ人の心性と直接に結びついていると彼は考えたのです。

4 高め合う――オペラ創作の切磋琢磨

歌劇の創作において，劇的感覚に秀でた台本作者との提携は常に作曲家にとって切実な願いでした。自作が聴衆受けするかどうかは，音楽と並び，ストーリーの展開や舞台の効果が成否の鍵となったからです。

ドイツ・オペラにおける作曲家と台本作者の協力関係としてもっとも有名なのは，リヒャルト・シュトラウス（1864-1949）と**ホーフマンスタール**⇨Ⅰ-33の組み合わせでしょう。ホーフマンスタールは単に腕の利く台本作者という以上の存在であり，何よりもシュトラウス歌劇の台詞に洒脱な会話の切れ味と深い思索を添えて，モーツァルト風の軽みをもたらしたのです。幸せな結婚にも喩えられる二人の関係ですが，膨大な往復書簡からは，創作の過程での細かな意見の食い違いや，最終的な了解に至るまでの妥協なき綱引きの様子が伝わってきます。音楽がワーグナー風に重くなりすぎないよう再三，釘を刺すホーフマンスタール。さらに大きな劇的効果をあげるべく，台本の書き換えを執拗に促すシュト

▷3　ホーフマンスタールは『薔薇の騎士』をはじめとする6編のオペラを世に送り出して死去。その後もシュトラウスは名だたる文学者を協力者に求め，シュテファン・ツヴァイクと『無口な女』を創作。『カプリッチョ』台本はツヴァイクの原案に拠りつつも，シュトラウス本人と指揮者のクレメンス・クラウスが完成することになった。この作品の詩人と音楽家が張り合う姿に，昔日の文学者たちとの共同作業の様子が反映していることは確実だろう。

ラウス。互いの専門領域にまであえて踏み込んでの忌憚なき意見交換こそが，台本と音楽のレベルをさらに高めたことは間違いないでしょう[3]。

5 睦み合う――詩人と作曲家の和合

シュトラウスの先達，ワーグナー（1813-83）は台本作者と作曲家を一個の人格のうちに統合した珍しいケースです。台本のほかにも多くの著作がある彼は，主著『オペラとドラマ』（1851年）において，文学と音楽は協働して「ドラマ」という至高の目的のために奉仕すべきだとする総合芸術論を展開しました。そのなかで，言葉と音の関係は擬人化され，詩は男性，音楽は女性になぞらえられています（図7）。

図7 リヒャルト・ワーグナーの肖像

出典：Dieter Borchmeyer: *Richard Wagner*. Insel 2002.

なぜ音楽が女性なのか。ワーグナーは海の喩えを用いて，そのことを説明します。すなわち，私たちの目に映る水面を旋律，波をリズムとすれば，その下に広がる測り知れぬ深みは和声であり，そこにこそ無限の産出力が宿っている，男性たる詩人はメロディーによる愛の接吻を受けて，和声の海の深みに潜ってゆくというわけです[4]。

▷4 天への飛翔⇔海への潜入と方向は逆だが，そのきっかけとなる「接吻」ともども，アイヒェンドルフ／シューマンの『月の夜』とイメージを共有しているのは興味深い。

このあとワーグナーの想像はさらに飛躍し，詩人が射精した言葉を作曲家が受胎して，ドラマが誕生するという生殖理論にまで行き着くことになります。詩人（男性）と音楽家（女性）を一身に体現するワーグナーは両性具有者にも喩えることができますが，そうなると，彼の創作は単為生殖のようなものとして想定できるでしょうか。論文としては常軌を逸した比喩満載の文章ですが，音と言葉の関係について，さまざまな考察のヒントを与えてくれます。

歌劇『カプリッチョ』は，二人の男性から愛を告白され，翌日に最終的な返事をすると約束した伯爵令嬢の独白で幕を閉じます。はたして詩と音楽のどちらが彼女の心を勝ちとるのか。彼女は呟きます。「この二つを分けることなどできない。言葉と音は一つに溶け合わさり，結ばれて新たな何かが生まれる。これぞ時間の神秘。一つの芸術がもう一つの芸術によって救い出されるの！」

このような結論に行きついた彼女は翌日の待ち合わせの場には赴かず，二人を鉢合わせするにまかせようと決心，オペラはここで途切れ，その後の成り行きは，私たちの想像にゆだねられることになります（図8）。

図8 歌劇『カプリッチョ』より最終場面（メトロポリタン歌劇場公演，2011年）

ルネ・フレミングの演じる伯爵令嬢

出典：Richard Strauss: *Capriccio, The Metropolitan Opera Live (2011) Booklet for the Blue-Ray.* p. 2.

どちらの男性を選ぶかを決めない伯爵令嬢は少々ずるい印象もありますが，象徴的なレベルで考えると，彼女の結論は唯一最良の答にして粋なはからいとも言えるかもしれません。そう，詩と音楽は第三者の寵愛をめぐって争うのではなく，何よりも互いに惹かれ合い，愛し合う関係にあるのですから。

翌日，ばったり会った詩人と音楽家のあいだに何がおきるか。二人とも，実は自分が愛していたのは伯爵令嬢ではなく，お互い同士であったことに気づき……。そんな結末を想像したくもなります。　（山崎太郎）

五　愛され願望？

3　ドイツ文学恋愛事情

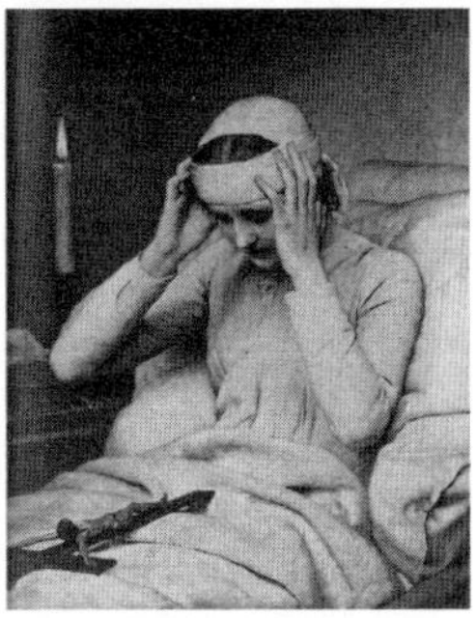

図1　ガブリエル・フォン・マックス『エクスタシーの処女 カタリナ・エメリック』(1885年)
みずから修道女になることを希望し，幻視など数々の神秘体験をしたカタリナ・エメリック（1774-1824）。
出典：*Neue Pinakothek. Katalog der Gemälde und Skulpturen.* Hrsg. v. den Bayerischen Staatgemäldesammlungen, Pinakothek-DuMont, Köln 2003, S. 251.

1 究極の恋人？

少し古いドイツ文学を紐解くと，究極の恋人とでも呼べる人物がいることに気づきます。イエス・キリストです。キリスト教では，修道女として神に生涯を捧げる女性は「イエスの花嫁」と呼ばれ，中世から17世紀くらいにかけて，文学ではしばしばこのテーマが取り上げられました（図1）。特徴的なのは，イエスとの愛は現世では成就しないため，花嫁はみずから現世に別れを告げる，という筋立てです[1]。文学がまだ信仰のために尽くしていた時代でした。

しかし，地上の愛などいらない，と誰もが言いきれるわけではありませんでした。民謡集『**少年の魔法の角笛**』⇨Ⅰ-14に収められた「きかぬ嫁」という歌には，これから「イエスの花嫁」として修道女になる娘が登場しますが，彼女は，早起きは嫌だし，髪は短く切られてしまうし，修道女なんてまっぴらご免と言って，「なによ，哀れな女の子の私を修道院に入れようとしているあいつにも，同じくらいの不幸がやってくればいいんだ」と嘆きます。民衆のあいだでは，信仰上の完璧な恋人よりも，実際に語り合ったり抱きしめ合ったりできる生身の恋人がほしい，というのが自然な感情だったのでしょう。たとえ，現世における人間同士の恋がはかないものだったとしても。**ゲーテ**⇨Ⅰ-3·19は，ファウスト博士と道ならぬ恋を味わい尽くしたのちに彼の子を身ごもり，さらにはその子を殺してしまった娘グレートヒェンにこう言わせています。「でもやっぱり，神様！　私をそうした罪に駆り立てたものはすべて，こんなにも素晴らしかったのです！　ああ，愛しいものだったのです[2]！」

2 北方的恋愛

では，地上におけるドイツ的恋愛とはどんなものなのでしょうか。批評家**ベンヤミン**⇨Ⅰ-55·56によると，「北方の人間は恋をすると，何はともあれ，一度どうしても自分一人きりになって，自分の感情を，女性のところへ行ってそれを告白するまえに，まずみずから観察し，味わわずにはいられない」そうです[3]。実際，恋を歌ったドイツの詩には，恋人に語りかけるというよりも，モノローグに近いものが多く見受けられます。たとえば**ハイネ**⇨Ⅰ-18の詩はこうです。「君はまるで花のようだ，こんなにも優しく，美しくて清らかだ。……僕は両手を君の頭の上にかかげなければいけないような，そんな気がする。神が君をこのように清

▶1　イエズス会士の詩人フリードリヒ・シュペー（1591-1635）の詩集『小夜鳴鳥と競いて』（1649年）など。また，『グリム童話集』の「子供の聖者伝」には，病死して天国に行く男の子が，そこで聖母マリアとの婚礼をあげる，という話もある（「天国の婚礼」）。

▶2　ゲーテ『ファウスト』第一部「泉のほとりにて」。

▶3　ベンヤミン『一方通行路』（1928年）。

らかに，美しく，そして優しいままに守ってくれるようにと，祈りつつ[4]」。「僕」は，自分が心の赴くままに恋人に触れることは，彼女の清らかな美しさを奪うことになってしまうと予感し，それで手をじっと祈りの形に留めるのです。恋を先に進めようとすると恋が壊れるなんて，なんという矛盾でしょう。しかし，まさにこの直接的な接触の遠さが北方の恋の特徴なのだ，と言っている作家がいます。「ヴィーナスは，抽象的な北方，氷のようなキリスト教的世界にあっては，風邪を引かないために，大きくて重い毛皮にすべり込まなければならないんです[5]」。直接性の乏しさに加えて，キリスト教的な要素も北方の恋の特徴をなしているようです。事実，キリスト教は婚姻関係にない者同士のセックスを認めていません。つまり，相手とトータルに（?!）愛し合いたいと思ったら，神によって認められたカップルになる必要があるのです。婚姻関係がなくとも官能に身を委ねられるのは「異教精神」の持ち主であって，彼らからしたら，婚前交渉をためらう北方の人間は「愛することができない，それどころか，愛とは何かについての見当すらついていない」人たちなのです。

▶4　ハイネ『歌の本』所収の「君はまるで花のよう」。この詩は大変人気で，多くの作曲家が競って曲を付けたが，とくにシューマンによるものが有名（『詩人の恋』）。

▶5　ザッハー＝マゾッホ『毛皮を着たヴィーナス』。

3 結婚がしたい！

ここでまじめなドイツ人は，どうしたら結婚せずとも自由に恋愛を楽しめるか，と考えるのではなく，どうすれば結婚できるか，と悩むようです。そのため，「何が結婚を阻んでいるのか」という問題は，ドイツ文学の一大テーマになっています。

結婚は家同士の結びつきでもありますから，「家が敵同士」というのが古典的な結婚阻害要因の一つで，中世以降の多くの作品にこのパターンが見られます[6]。近代にさしかかると，結婚を妨げる家同士の対立が社会的な身分差によるものであるケースが増えてきます。王侯貴族だけでなく，一般庶民もまた文学に描かれるようになってきたわけです（図2）。**シラー**⇨I-5の戯曲『たくみと恋』（1784年）には，平民と貴族のカップルが登場します。音楽家の娘ルイーゼと大物政治家の息子で少佐のフェルディナントは，お互いに好き合っていますが，身分差ゆえに結婚の道は閉ざされています。フェルディナントが，「父親の金を持って一緒に逃げよう」と言うのに対して，ルイーゼは，「悪いことをしないと一緒にいられないのなら，あなたを失う方を選びます」と答え，別れを望みます。フェルディナントが，駆け落ちという結婚にとらわれない形で恋を続けようとするのに対して，ルイーゼは，解消しがたい身分差を前に，恋をきっぱりと諦めるのです。市民の側から恋の決着をつけるというところは，自由な人間を希求したシラーならではの展開といえるでしょう。

▶6　いわゆる「ロミオとジュリエット」状態である。ドイツ文学の作品では，『トリスタンとイゾルデ』，ケラー『村のロメオとユリア』などが挙げられる。また，数少ないハッピーエンドの物語であるシュティフターの『晩夏』（1857年）では，恋愛が結婚に至るときは家族ぐるみで価値観が共有されている，ということが巧みに描かれている。

図2　キュルツィンガー『若いカップル』（1788年）
ウェルテル時代の市民のカップル。
出典：*Deutsche Geschichte in Bildern.* Hrsg. v. Christoph Stölzl, Koehler & Amelang München 1997, S. 270.

4 結婚を逃れた恋人たち

結婚を望む恋人たちの恋愛に両親が介入するのは常ですが，恋愛を親や家という桎梏《しっこく》から解き放った作家もいました。まずはゲーテです。ゲーテ自身，結婚には懐疑的で，長年連れ添った内縁の妻と籍を入れたのは，付き合い始めてから28年後のことでした。彼の二大恋愛小説の『若きウェルテルの悩み』と『親和力』（1809年）では，主人公の親に言及されることはほとんどなく，主人公自身にも結婚願望はありません。ウェルテルの場合は，好きになった相手にすでに婚約者がいるため，最初から結婚は諦めざるをえない状況です。しかし，だからといって彼は彼女への思いを断ち切りはしません。むしろ，みずからの命を断つことによって，自分の恋が本物であることを証し立てようとするのです。他方，『親和力』の主人公エードゥアルトとシャルロッテは，ともに親が決めた最初の結婚相手と死別したあと，再婚によって結ばれた夫婦です。再婚後は，世間から隔絶した土地で，二人水入らずの生活を送っています。ところがそこに，エードゥアルトの友人の大尉とシャルロッテの姪のオッティーリエがやってくると，いわば「四角関係」が生じてしまいます。相手がいる人を好きになってしまったために自分の思いを持て余す，という事態がまたもや出来《しゅったい》するわけです。エードゥアルトとオッティーリエの恋は，それぞれの死によって終わりを告げますが，シャルロッテと大尉は二人の死後，付き合うでも結婚するでもなく，ただ漫然と余生を送ります。ゲーテにおいては，自身の内から湧き出る感情は，つねに自分自身に帰ってくるのです，しかも，生命を脅かすものとして。ゲーテが恋愛において描いたのは，人間が自分自身と孤独に向き合う姿だったといえるでしょう。

19世紀も末になると，結婚に結び付かない恋愛を描く作家が続々と登場します。なかでも，**シュニッツラー**⇨Ⅰ-32，**ツヴァイク**⇨Ⅰ-57，ヴェーデキント（1864-1918）らは，不倫や売春といったかりそめの恋を描くスペシャリストでした。とくに世紀末ウィーンの上流階級を扱った作品では，うわべでは幸福そうな家庭をつくろい，裏では不倫にふけるといった，ダブルスタンダードを生きる人々が多く描かれており，結婚など望まない彼らの屈託のない会話には，正直な恋愛観が見え隠れしています（図３，図４）。シュニッツラーの戯曲『輪舞』（1900年）には，これから一夜を共にしようという女優と伯爵の語らいの場面がありますが，伯爵はそこで「愛など存在しないのだ」という自説を披露します。「私はいま楽しんでいる……しかしその，なんと言ったらいいでしょう，その瞬間に身を委ねないと，つまり，その後を考えるか，その前を考えるかすると，途端に……そう，どちらを考えても終わってしまうのです。その後は……悲しく……その前は不確かだ……一言で言うと……かえって混乱するだけ，ということです」。

図３　ウィーン世紀末の画家による恋人たち
クリムト『接吻』（1907-08年）
出典：Peter Vergo: *Art in Vienna, 1898-1918.* Phaidon, Oxford 1981, p. 150.

図４　ウィーン世紀末の画家による恋人たち
シーレ『恋人たち』（1915年）
出典：*Egon Schiele. Wege einer Sammlung.* Hrsg. v. Stella Rollig, Kerstin Jesse, Hirmer München 2018, S. 211.

5　イメージの共有

結婚に至る恋でも，一夜の恋でも，片思いから両思いになって恋愛関係が成立するとき，そこには人生における時間と空間の共有があるといえるでしょう。

しかし恋人たちが共有しているのは時間と空間だけでしょうか。彼らは時間も空間も超えた「何か」もまた共有しているのではないでしょうか。それを見事に表現したシーンが『若きウェルテルの悩み』にあります。舞踏会が終わると，会場は激しい雷雨に見舞われました。去り行く嵐を窓から眺めるウェルテルとロッテのもとに，土と緑の匂いが温かな空気とともに立ち昇ってきます。そこでロッテは一言，「クロップシュトック」とつぶやきました。これを聞いたウェルテルは即座に，彼女が思い浮かべているのはクロップシュトックの讃歌『春の祝祭』（1759年）の一節だ，と確信します。稲光は神の到来のしるしであり，嵐が去って虹が出るときに神は顕現する，と歌われているところです。「クロップシュトック」という言葉が発された瞬間，二人は，嵐ののちの平和，というイメージを共有し，そして恋に落ちるのでした。

6 恋愛発動のステップ「ダンス」と恋愛破壊アイテム「手紙」

ウェルテルとロッテが雷雨のシーンに先立って舞踏会でカップルとして踊っていたように，恋の始まりには身体の接触が重要な役割を担っています。ドイツ文学では，とくにダンスという少々形式ばった身体の接触から恋が始まることが多いようです。**ホフマン**[⇨I-17]の『砂男』の主人公ナターナエルは，窓から見える向かいの家の女性に密かに想いを寄せています。実は彼女は精巧な機械人形なのですが，そうとは知らない彼がひとたび彼女とダンスをすると，それまでの彼の淡い想いは確固たる恋心へと変わります。また，**ビューヒナー**[⇨I-20·21]の『ヴォイツェク』の主人公は，内縁の妻が酒場で軍楽隊長と踊っているのを目撃した途端に，二人はデキている，と確信します。するとその後このダンスシーンは彼の頭から離れなくなり，彼は破滅へと突き進んでゆくのです（図5）。

図5 ダンスをするカップル（ベルリンの画家ツィレのスケッチ，1913年）

出典：Heinrich Zille: *Das neue Zille-Buch.* Hrsg. v. Herbert Reinoß, Fackelträger, Hannover 1969, S. 373.

ダンスという接触系コミュニケーションが，頭をクラクラさせて人を恋に走らせるとすれば，恋愛関係を破壊する機能を持つ小道具もあります。少々古風な非接触系コミュニケーションツール「手紙」です。恋人同士を別れさせるための偽の手紙[7]，不都合な真実を暴露する手紙[8]，誤解をもたらす手紙[9]など，手紙はたいてい恋愛関係に危機をもたらすものとして登場します。ダンスと手紙に注目すると，ドイツ的恋愛の様子が見えてくるかもしれません。

ちなみに，作家たちは自身の恋人に宛てても多くの手紙を書きました。作家の手紙は文学にとって宝の山のようなジャンルです。とくに，**クライスト**[⇨I-13]，ビューヒナー，**カフカ**[⇨I-40·42]らの手紙は情熱的（偏執的？）で読みごたえがあります。作品に描かれた多くの恋愛同様，彼らの恋も悩み多きものでした。カフカの手紙を最後に引用しましょう。「君は僕にとって最愛のものだ，と言ったところで，ひょっとしたらそれも本当は愛なんかではないのかもしれない。愛というのは，君は僕にとって僕自身の内部を抉るナイフである，ってことなんだ[10]」。

（岡本和子）

▶7 シラー『たくみと恋』（1784年），ヴェーデキント『地霊』（1895年）など。

▶8 フォンターネ『エフィ・ブリースト』など。

▶9 ケラー『恋文濫用』（1860年），シュリンク『朗読者』（1995年）など。

▶10 カフカ，1920年9月14日付，ミレナ・イェセンスカ宛ての手紙。

コラム5

わたしたちのイチオシ！

「いったい何から読み始めたらいいの？」
「研究者がおススメする作品を知りたい！」

といった声に答えるべく，わたしたちのイチオシ作品をランキング形式で並べてみる。そんな企画をかんがえてみました。

これは，ドイツ文学の５つのジャンルについて執筆陣にアンケートをとり，とくにおすすめの作品を挙げてもらって，集計結果の上位をリストアップしたものです。（上位３位まで。得票数が同じだったばあい，同じ順位でお示ししています。）

それではご紹介いたしましょう！

〈長編小説〉
１位　トーマス・マン『魔の山』
２位　ゲーテ『親和力』
３位　カフカ『城』

〈中・短編小説〉
１位　クライスト『チリの地震』
２位　ビューヒナー『レンツ』
３位　カフカ『変身』
３位　ホフマン『砂男』

〈詩・詩集〉
１位　リルケ『ドゥイノの悲歌』
２位　ツェラン『死のフーガ』
３位　ヘルダーリン『生の半ば』
３位　＊『ニーベルンゲンの歌』

〈戯曲〉
１位　ゲーテ『ファウスト』
２位　ブレヒト『三文オペラ』
３位　クライスト『ペンテジレーア』

〈エッセイ・批評〉
１位　ベンヤミン『一九〇〇年頃のベルリンの幼年時代』
２位　ベンヤミン『複製技術時代の芸術作品』
３位　ゲーテ『イタリア紀行』

いかがでしょうか？　ぜひ，ドイツ文学に手をのばすときの参考にしてみてください。（＊『ニーベルンゲンの歌』は叙事詩ですが，〈詩・詩集〉部門に含めることにしました。いろんな意味で存在感バツグンです）。

それにしても，ゲーテは３つの部門で上位にランクインする無双ぶり。やはりゲーテ。さすがゲーテ。それをカフカ，クライスト，ベンヤミンらが追うかたちです。

ここにリストアップされた作品にハズレはありません。どれでもいいので，気になる作品から読んでみてください。どんどん，次から次へと読んでみてください。もしもここにある作品すべてを読んだなら，あなたはもうりっぱな「ドイツ文学通」です。

もちろん，ここに紹介できなかった名作も，まだまだ山ほどございます。どうか，そんな宝の山から，あなただけのおすすめ作品を見つけてみてはいかがでしょうか。

（吉中俊貴）

第III部

世界との交流

1　日本のドイツ文学者——文化移入の歴史とその行方

1　森鷗外——ドイツ文学者の先駆け

明治時代，ドイツ語圏の文学は，専門の学者ではなく，一般の知識人や文士たちによって翻訳・紹介されていた。森鷗外はその代表格である（図1）。明治17年，軍医としてドイツに留学した彼は，本業の傍らに文学作品を読み漁り，文芸思想を集中的に学んだ。そして4年後に帰国すると，彼の仕事がこの方面で花開くことになる。それまで日本の翻訳の際には，怪談や奇談，寓話や童話など娯楽性の高い作品が選ばれる傾向にあった。たとえば，**グリム童話**[⇨Ⅰ-32]などが好んで翻訳されたが，それらの多くは英語からの重訳だったうえに，内容も不完全なものだった。しかし，鷗外によって，原語から訳された正統なドイツ文学の紹介が本格的に始まったのである。

その訳業は広範囲に及ぶ。鷗外は，**ゲーテ**[⇨Ⅰ-3·19]や**シラー**[⇨Ⅰ-5]など**古典主義**[⇨Ⅱ-五-1]の文豪に限らず，**ホフマン**[⇨Ⅰ-17]といった**ロマン主義**[⇨Ⅰ-8·10·12]者たちや**クライスト**[⇨Ⅰ-13]，あるいは，**シュニッツラー**[⇨Ⅰ-32]や**ホーフマンスタール**[⇨Ⅰ-33]など，世紀末の作家たちの新しい文学を，精力的に翻訳していった。また，日本の演劇改良にも力を注ぎ，戯曲作品の翻訳や評論を行った。その代表的な業績が，ゲーテの戯曲『ファウスト』の全訳である。大正2年に訳書が出版されるやいなや，それは帝国劇場で上演され，大ヒットを記録して，日本の近代演劇界に金字塔を打ち立てることとなった。[◁1]

2　教養主義の時代——大正期の青年たちとドイツ文学

帝国大学にドイツ文学科が設立されると[◁2]，その後，独文を専攻した卒業生たちが，全国の高等学校（旧制）でドイツ語教員として勤務するようになった。彼らはしばしばドイツの文学書や哲学書を教科書として取り上げ，ゲーテを筆頭に，**シュトルム**[⇨Ⅰ-28]や**リルケ**[⇨Ⅰ-37·45]，あるいは**カント**[⇨Ⅰ-7]やショーペンハウアーなどを青年たちに教授した。明治維新後に伝えられた自由主義は，大正デモクラシー[◁3]の時代を迎えてさらなる広がりと深化を見せたが，いまやドイツ語圏の文学は，そうした思想を育む格好の教科書となったのである。

大正期のエリート学生たちは，明治時代の立身出世主義や愛国教育ではもはや満足できなかった。そんな若者たちに，ゲーテの『若きウェルテルの悩み』などのテクストは，いかに生きるべきかという切実な問題を考えるバイブルとして映ったのである。それは，文学的教養を通じてより豊かな人格の形成を目

図1　森鷗外（1862-1922）
日本では文豪として知られているが，海外では外国文学の紹介者としての評価も高い。
出典：Bowring, Richard John: *Mori Ōgai and the modernization of Japanese culture.* Cambridge University Press 1979.

▷1　口語体で『ファウスト』を翻訳した鷗外は，舞台での上演を積極的に進めていた。彼の要請を受け，近代劇協会が，大正2年3月27日より5日間，『ファウスト』の第一部を省略して演じた。ファウスト役は上山草人，メフィストフェレス役は伊庭孝が務めた。

▷2　明治20年，日本初のドイツ文学科が東京帝国大学に設置された。2年後に赴任したカール・フローレンツ（図2）は，その後25年の長きにわたり，ドイツ文学・語学を講義して，日本におけるこの分野の礎を築いた。

▷3　おもに大正期に隆盛を迎えた社会思潮。明治期の藩閥政治や官僚体制に反対し，政治・文化・教育な

指すという，いわゆる大正教養主義のはじまりであった。

この頃になると，帝国大学のドイツ文学科では，お雇い外国人に代わり日本人が主任教授として就任しはじめた[4]。やがて，ドイツ文学の翻訳や紹介は，おもにこうした日本の独文学者たちによってなされるようになる。彼らの業績によって，上記の文豪のほかにも，**ハイネ**⇨I-18や**ヘッセ**⇨I-44，**トーマス・マン**⇨I-35·46たちの文学作品が読まれるようになった。その結果，ドイツの文学は，高校・大学のエリートたちだけではなく，一般の国民にも徐々に認知されていったのである。

3 ファシズムと戦後——国家主義から多文化主義へ

昭和に入ると，各地の帝国大学において，ドイツ文学研究会が組織され，研究成果を公表する媒体として専門雑誌も刊行されるようになった。日本の独文研究が，ドイツのゲルマニスティク（ドイツ語学・文学研究）[5]に倣うかたちで，次第に制度化されていったのである。しかし，そんな中，1933年にヒトラーが政権を取り，その後，ナチス・ドイツと日本の間で文化協定や軍事同盟が結ばれると，日本の独文研究をめぐる状況は大きな転機を迎えることとなる。

ナチスはユダヤ人や左翼的思想家，自由・平和主義者たちを徹底して弾圧したが，それは芸術家たちにも及んだ。そのため，上記のハイネやヘッセ，あるいは**ケストナー**⇨I-51や**ブレヒト**⇨I-48などの人気作家は，いまや「非ドイツ的」というレッテルを貼られ，排除の対象となったのである。日本でも，ドイツ本国の状勢を受け，非ドイツ的な作家の研究が避けられるようになってしまう。代わって新たに紹介されたのは，国家主義を標榜するナチス寄りの文学であった[6]。政局と同様に，ドイツ文学研究においても，ファシズムの波が押し寄せ，教養主義を押しやってしまったのである。

日本とドイツの敗北によって戦争が終わると，日本独文学会が結成され，全国的規模の学会として再出発が図られた。しかし，上記のファシズムへの追従が省みられることもなく，日本のドイツ文学者は，ドイツ語圏の文学研究の受容に努め，ゲルマニスティクの枠組みの中で活動していた。だが，平成となった90年代以降，冷戦が終結して東西ドイツの壁が消失し，さらにヨーロッパの統合が進むと，ドイツをめぐる事情が大きく変化する。いまや国境を越えて続々と人々が流入し，ドイツという国の根幹が揺らぎはじめたのである。文学においても，異なる出自を持つ作家たちが，多様な文化的見地から発信するようになり，ドイツ文学という分野そのものが再検討を迫られるようになった。

令和を迎えた今，日本の独文研究も，従来のあり方を見直す時期に差し掛かっている。今日，加速化するグローバリゼーションの中，ドイツ（や日本）という固有性がますます無効化しつつある。そのような状勢において，日本のドイツ文学者は，受容や模倣から脱却し，アジアそして世界の中のドイツ文学者として，新たな存在意義を模索しはじめている。　（美留町義雄）

どさまざまな領域において，民主主義的な改革がもとめられた。大正14年に実現した普通選挙は，そのもっとも大きな成果である。

図2　カール・フローレンツ（1865–1939年）

帰国後はハンブルク大学で教鞭を執り，ドイツにおける日本学の確立に寄与した。

出典：Wolfgang Seifert: *Japanologie und Japanforschung in Deutschland.* In: Ferne Gefährten. 150 Jahre deutsch-japanische Beziehungen. Hrsg. v. Curt-Engelhorn-Stiftung für die Reiss-Engelhorn Museen, Verband der Deutsch-Japanischen Gesellschaften, Schnell & Steiner, Regensburg 2011.

▶4　東京帝国大学のフローレンツの後任には，上田整次が就いた。京都帝国大学には，夏目漱石との交友で知られる藤代禎輔が赴任し，東北帝国大学では，同じく漱石の門人であった小宮豊隆が教鞭を執った。

▶5　本国のゲルマニスティクは，19世紀初頭に制度として確立した。その背景には，ドイツ民族の精神的な拠り所を求める当時のロマン派の運動がある。ちなみに，一般には童話の収集で知られるグリム兄弟は，ドイツの古い文芸や言語を探究し，この分野の創設に多大な貢献をした。

▶6　たとえば東京帝国大学独文科の研究雑誌，『ERNTE』（1929-37年）と『独逸文学』（1937-43年）を見ると，時局の変化にともない，「非ドイツ的」作家の名が消え，ナチス賛美の文学が積極的に紹介されていることがわかる。

2　日本語文学から見たドイツ文学
――教養主義から大衆化，アヴァンギャルドへ

1　多和田葉子と森鷗外

2018年に『献灯使』で全米図書賞を受賞し大きな話題となった**多和田葉子**[⇨Ⅰ-70]は，長年にわたり，ドイツ語と日本語とで表現し続けている小説家である。1982年からドイツに居住し，ひとつの言語，ひとつの国家を越えて活動してきた。母語の環境に安住することなく，未知の言語や異質な思考に魅せられ，言葉や文学の可能性に挑戦し続けるのが多和田文学の特徴であろう。日本語文学から見たドイツ語文学を考えるとき，現代ではこの多和田葉子の活動がまず思い浮かぶ。多和田はドイツ語で書いたものは日本語のものと作風が違っていて，ドイツ語だと「書きながらじっくりものを考えることができる」という。外国語の単語は「ひとつひとつが人格を備え，人生経験の豊かな友人のように思え，彼らと対話することで文学を作っていく[1]」というのである。「人格」「友人」「彼ら」と，外国語の単語を擬人化しているのが面白い。多和田にとって，母語を越えていく契機はドイツ語文学であった。

さて，ドイツ語文学から多くを学び，自分の文学に活かした日本人作家はほかにもいる。安部公房や倉橋由美子の**カフカ**[⇨Ⅰ-40·42]，北杜夫の**トーマス・マン**[⇨Ⅰ-35·46]，堀辰雄や立原道造の**リルケ**[⇨Ⅰ-37·45]，中野重治の**ハイネ**[⇨Ⅰ-18]などである。**ニーチェ**[⇨Ⅰ-25·27]については，高山樗牛や生田長江から始まって萩原朔太郎，芥川龍之介へと影響が及んだ。夏目漱石もニーチェのことは触れている。そして何よりも日本文学におけるドイツ文学は，さかのぼれば森鷗外という存在を抜きにしては語れない。多和田がドイツに住むようになるおよそ100年前，1884年に医学を学ぶためにドイツに留学した鷗外は，そのときの経験にもとづいて『舞姫』（図1，図2）を書く。ドイツの芸術や思想に触れたことで新しい自己確立をなそうとして挫折した青年を描いたこの小説は，現在でも高等学校国語教科書に掲載され，芥川龍之介『羅生門』，中島敦『山月記』，夏目漱石『こころ』と並んで広く読まれている。翻訳『ファウスト』のみならず，多くのドイツ語作品が鷗外によって紹介され，『ファウスト』と密接な関係にある『ファウスト考』や『ギヨオテ伝』も書かれた。

2　日本のなかのドイツ語文学――教養，大衆，アヴァンギャルド

このような森鷗外から安部公房らに至るまでの「日本近代文学にあたえたドイツ文学の影響」については中村英雄による論考がある[2]。そこでは，ドイツ文

▷1　多和田葉子「シャミッソー賞を受賞してみて」による。『東京新聞』（1996年4月3日夕刊）に発表，多和田葉子（2007）『カタコトのうわごと』青土社に収録。

図1　森鷗外『舞姫』の舞台（現在のベルリンの「ウンテル・デン・リンデン」）
出典：岡本和子氏撮影。

図2　森鷗外『舞姫』の舞台（豊太郎とエリスが出会う「クロステル巷の古寺」とされるマリエン教会）
出典：同上。

▷2　日本近代文学館編（1977）『日本近代文学大事典』第4巻，講談社。

▷3　加藤周一（1947）「新しき星菫派に就いて」加藤周一・中村真一郎・福永武彦『1946・文学的考

学は観念的であるがゆえにロシア文学やフランス文学ほどには，日本文学に大きな影響を与えなかったといわれている。ドイツ文学を媒介として新しい価値観が日本文学に生まれたことはほとんどなかったというのだが，果たしてそうであろうか。たしかに，日本近代文学においてロシア文学やフランス文学の影響は強いけれども，ドイツ語文学はさまざまなかたちで日本の文学や文化現象のなかに流れ込んでいるだろう。

たとえば教養という概念がそうだ。旧制高等学校における教養教育でドイツ語やドイツ哲学が重視されたことはよく知られている。それは，人格の陶冶を目指した戦前の知識階級の教養主義を下支えした。ドイツ文学に顕著な**教養小説**⇨コラム③（ビルドゥングスロマーン）が日本文学に与えた影響も見逃せない。ただし，加藤周一は，戦後，この教養主義を「星菫派」として批判し，中産階級的エリートが昭和期の戦争時にいかに無力で退廃的であったかを論じていた[3]。ドイツ語も理解できないのに，**ヘッセ**⇨I-44，リルケ，カロッサ，**ゲーテ**⇨I-3·19などのドイツ文学を恭しく携えているエリート青年への痛烈な批判は，上滑りのモード的教養に流れる日本青年の善良な無知に対する批判であった。

あるいは，1920年代から30年代に大衆化現象をもたらしたモダニズムやプロレタリア文化運動の領域からみると，ドイツはきわめて重要な場所である。ベルリン大学演劇科で学んでいた土方与志が帰国後，小山内薫とともに開設した築地小劇場（図３）は，第１回公演で，ドイツ**表現主義**⇨I-41的演出によるゲーリング「海戦」を上演した。また，原始キリスト教を学ぶつもりでベルリンに留学した村山知義は，表現主義や構成主義の芸術に魅せられ，学業を断念して美術や演劇の世界に進んだ。帰国後，神保町の文房堂で「意識的構成主義的小品展覧会」を開催し，柳瀬正夢らとダダ[4]のグループ「マヴォ」（図４）を結成する。劇作家であり，小説家であり，美術家，演出家でもあった多彩な村山知義の活動，そして日本におけるアヴァンギャルド芸術運動は，ベルリンからもたらされたのだった。

村山知義は学業を捨ててアーティストへと変貌したが，大学の独文科に在籍したことによってドイツ語文学を受容した詩人や作家もいた。『ハイネ人生読本』を書いた中野重治は卒業論文がハイネであり，ほかにも独文科出身として田木繁，長谷川四郎，中野孝次，柴田翔，古井由吉らがいる。長谷川四郎の『中国服のブレヒト』は，**ブレヒト**⇨I-48を媒介として墨子をたどりながら，長谷川自ら訳した『コイナさん談義』にも言及してブレヒトを追いかける。東ベルリンだろうと西ベルリンだろうと，ソビエト，日本，どこの国でも至るところに「民」はいて，ブレヒトはその「民」を何よりも重視したと長谷川は言う。「民」は人民であり，民衆であり，大衆であり，市民であろう。人格の陶冶を目指したエリート教養主義だけでなく，大衆のための築地小劇場やアヴァンギャルド芸術の源流として，またブレヒトの「民」までも包括するドイツ語文学は，日本の文学や文化芸術のなかに豊かな水脈として存在している。（竹内栄美子）

察』真善美社による。「星菫派」とは，空の星や地の菫《すみれ》に託して恋愛などをテーマにした詩歌を詠む浪漫派詩人のこと。もとは与謝野晶子らの雑誌『明星』の詩人たちのことをいったが，ここでは「新しき星菫派」として，1930年代後半に20代に達した戦争の世代，とりわけ教養ある都会の青年たちのことを指している。戦時下の知的エリートが詩や哲学を論じ孤独や抒情を好んだのは知的芸術的遊戯にすぎず，彼らは歴史的感覚や批判精神を失って戦争を容認していた，とされた。

図３　築地小劇場跡のプレート

出典：著者撮影。

▷4　ダダイスム。第一次世界大戦の頃から欧米で生じた芸術運動。既成の道徳や伝統的な価値体系を否定して，個人の欲望や精神を解放しようとした運動。

図４　雑誌『マヴォ』創刊号（1924年７月）の表紙

出典：同上。

3　中国文学から見たドイツ文学
——沈鐘派の内省から〈共苦〉へ

1　芸術と実生活の往来——沈鐘社

1920年代半ばの北京に，**ハウプトマン**[⇨Ⅰ-29]の戯曲『沈鐘』（1897年）に因んだ小さな文学サークル沈鐘社が誕生した。魯迅は彼らを「中国で最も堅実で最も誠実，そして最も粘り強いグループ」とし，その中の馮至《フォン・チー》[1]を「中国が生んだ最もすぐれた抒情詩人」と評している。当時，文学界の主流は階級意識を鮮明にする左翼文芸や都市の退廃を感覚的に捉えたモダニズム文学だった。その中で沈鐘社は主に18世紀以降のドイツ文学を翻訳・紹介する地味な同人で，当時の激しい文芸論争に与《くみ》することもなく，同人誌『沈鐘』[2]（図1）を7年にわたり刊行した。

さて，戯曲『沈鐘』は湖底に沈んだ巨大な鐘を再び造ろうと奮闘する鐘造り師ハインリヒと山の妖精の恋を軸として，森の神や水の精など大自然との格闘や，妻子・牧師ら世間との軋轢の中，自らの理想を追求する主人公の苦悩と葛藤を描いている。同作は発表当時，大きな反響を呼び，上演のたびに好評を博したらしい。日本でも明治期に翻訳され，森鷗外に「**ニーチェ**[⇨Ⅰ-25・27]の哲学を『ファウスト』の体で表現した傑作」と絶賛されている[3]。

人間が社会的存在である以上，芸術家も家族の情愛やしがらみを簡単には断ち切れない。彼らは理想（芸術）と現実（実生活）を往来する運命にあり，孤独，ジレンマ，犠牲は覚悟の上で，果てしない道のりを最後まで歩み続ける。その往来を通しての〈手仕事〉が馮至ら沈鐘社のめざす文学だった。

2　終わりのない自己探求——馮至の物語詩「簫《しょう》を吹く人の物語」

馮至は沈鐘社に加わった頃，芸術と実生活の間に生じる葛藤をバラッド形式の「簫を吹く人の物語」（1925年）に書いている。山中に住む簫の名手がある日，同じく簫の上手なまちの娘と出会い恋をするが，その親に許されず，娘は病の床に臥す。青年は自分の簫を真二つに折り，薬に煎じて娘の命を救う。このことで二人の結婚は認められるが，自分の簫を失った青年はしだいに元気を失い，重い病にかかる。今度は娘が自分の簫を霊薬に換えて青年を救う。互いの命を救った結果，二人は自分の簫を失い，悲しみを抱いたまま共に山中へ帰るという筋立てだ。愛する者の命と引き換えに，自分の大切な簫を差し出す。その結末が何か，答えは示されない。1920年代の馮至の物語詩にはどれも団円はなく，永遠に隔絶した人間存在に運命づけられた悲哀を残して終わる。ドイツ・**ロマ**

▷1　詩人，ドイツ文学者（1905-93）。本名は馮承植。河北省涿《たく》県の生まれ。北京大学独文科に学ぶ。ハイデルベルク大学に留学，ノヴァーリス研究で博士号を取得（1935年）。北京大学教授，中国社会科学院外国文学研究所所長を長く務めた。

▷2　『沈鐘』は1926年から1933年まで刊行された。

図1　『沈鐘』半月刊第13期復刊号（1932年10月）
出典：『沈鐘』半月刊合訂本下巻（上海書店，1933年5月）。

▷3　森鷗外『ゲルハルト・ハウプトマン』（1906年）では「沈鐘は要するに大胆に結構せられたるFAUSTIADEとしては奥ゆきに於いて人意を満たさざる作なれども，その昔物語めきたる調子はかはゆし」と述べている。

ン派[⇨ I -8·10]を好んだ馮至の，憂愁に閉ざされ，未完の自我を探求する思弁的傾向は，1920年代の中国詩壇では異質だった。なお彼の第二詩集『北游及其他』（1929年）の表紙には永瀬義郎の木版画『沈鐘』が使われている（図２，図３）。

3 リルケの啓発――「詩は経験なのだ」

馮至は1930年から５年間，ナチズムが急速に台頭するドイツに留学した（図４）。ハイデルベルク大学では指導をうけていたユダヤ人教授が解雇され，ヤスパースやユダヤ人の同学が次々と迫害を受ける様子を目の当たりにする。当時，彼の心を支えたのは「詩は経験なのだ」「詩は人の考えるような感情ではない」（**リルケ**[⇨ I -37·45]『マルテの手記』）という言葉だった。外界の人間，事物や現象を「見る」ことで，内面へ変容させるというこのくだりについて，後に彼はリルケ逝去10周年を記念する文章（1936年）の中で「仏教徒が万物に化身し，衆生の苦しみを遍く嘗《な》めることにも似る」と敷衍している。

自国を離れ，不安が蔓延する閉塞した時空間に身を置きながら，馮至はかつてのリルケのように忍耐強く黙々と自己省察を進める一方，苦難を耐え忍ぶ名もなき貧しい人たちの気質と精神を凝視する。それから約10年の沈黙を経て，日中戦争期，彼は人・自然・生死の連関を思索するソネット27編を『十四行集』（1942年）に完成させた。戦時に生まれたこの中国式ソネットは中国現代詩が到達した境地を示す「沈思の詩」として高く評価されている。

4 〈共苦〉する力

芸術上の理想と実生活の現実は多くの場合，相容れない。しかし両者は別の場所にあるものではなく，ひとりの人間の中で分裂し，連動し，相互作用を起こす。また，いきいきとした「社会性」や「社会的関心」と「自己凝視」も決して対立し矛盾するものではない。ヴァレリーの知遇を得たことで知られる詩人梁宗岱《リャン・ツォンタイ》[◁4]は両者の連動を強調していう。詩人は「二重の観察者」で，まなざしを一方で外界へ，一方で自らの心へと向ける。事物と現象に対する観察が深まれば深まるほど，内省も深まり心が自由になるのだ，と。彼もまたリルケのいう「詩は経験」に啓発され，他者の観察と自己省察が長い時間をかけて真に連動した時，詩の言葉が生まれると指摘している。

慣習と理想に自己を引き裂かれる社会にあって，馮至はなお自己探求をやめず，ドイツ留学後は**ゲーテ**[⇨ I -3·19]，**ノヴァーリス**[⇨ I -12]，**ヘルダーリン**[⇨ I -11]を文学資源としながらゆっくりと変貌を遂げていった。とくにリルケには他者の苦しみを自分のものに変える〈共苦〉する力を見出している。20世紀前半の中国には，こうした「外来の養分」によって，社会的関心と自己凝視を連動させ，新しい詩を創りだしていった馮至のような詩人が生まれていた。

（佐藤普美子）

図２　馮至『北遊及其他』（北平沈鐘社，1929年８月）
出典：劉福春編（2002）『二十世紀中国文芸図文誌・新詩巻』瀋陽出版社，43頁。

図３　永瀬義郎「沈鐘」（1920年代前半制作）
出典：永瀬義郎『版画を作る人へ』（1922年）復刻版・口絵（夢譚書房，1993年）。

図４　ハイデルベルクの馮至25歳（1930年）
出典：馮姚平（2015）『給我狭窄的心一個大的宇宙――馮至画伝』百花洲文芸出版社，26頁。

▶4　詩人，翻訳家（1903-83）。1924年から約７年間欧州各地の大学に学んだ。詩集『晩禱』，シェイクスピア，ヴァレリーの他，ゲーテ，リルケの翻訳がある。

4　ロシア文学から見たドイツ文学
——吹雪の国の熱血教師

1 文豪プーシキンとドイツ文学

近代ロシア文学の父といえばプーシキン（1799-1837，図１）。彼の小説『スペードの女王』（1833年）の主人公は，ドイツ系を暗示するゲルマン Germann[◁1] という名前をもち（英語「German ドイツ人」とほぼ同じ綴り），実際，ドイツ人の血を引くロシア軍の工兵士官という設定である。彼は真面目に思い詰めすぎる性格で，絶対に偉くなるという決意のもと，なんと魔術を探求してトランプ賭博で大儲けを狙うのだが，その一途さはもはや狂気と紙一重，やがて見えてはならぬものが彼の前に現れて……といった粗筋である。

図１　プーシキンの肖像（キプレンスキー画，1827年）
アフリカ系の血を引く。決闘により若くして世を去るが，膨大な著作により近代ロシア文学と文章語を確立した天才作家。
出　典：A. C. Пушкин: Полное собрание сочинений в 10–и томах. Изд. 4–е. T. 4, Наука, Л. 1977, C. 1.

▷1　ロシア文字 Германн をラテン文字に翻字した。

いかがだろうか。「これはひどい。生真面目な堅物というドイツ人の悪しきステレオタイプではないか」と思われたかもしれない。でも，文豪をあまり責めないでほしい。18世紀末頃までのロシア（図２）におけるドイツ人のイメージとは，さしずめ理系の頼れる先生。つまり，当時のロシアは西欧の先進技術（医療や軍事工学など）を学ぶため，「お雇い外国人」として多くのドイツ人を迎え入れていた。そして，先生をからかいたくなるのは生徒の常。ステレオタイプが強調され，揶揄の対象になることも時にはあった。

それよりも，お気づきだろうか。このゲルマン氏，ただの堅物ではない。破滅も恐れぬ不屈の意志で，夢へと突き進む情熱家でもある。このあたり，ちょっとドイツ・**ロマン派**[⇨Ⅰ-8·10·12]文学の登場人物たちに似ていないだろうか。実は，プーシキンは同派の巨匠Ｅ・Ｔ・Ａ・**ホフマン**[⇨Ⅰ-17]の幻想小説を愛読し，それをひとつの契機に『スペードの女王』を書いているのだ。

図２　サンクトペテルブルク
18-19世紀当時のロシアの首都。ピョートル大帝により近代化の拠点として，無人の沼地に創建された。写真は都心のペトロパヴロフスク要塞とネワ川。
出典：著者撮影。

上記はごく一例だが，ロシア文学の視点からドイツ文学を眺めるとまず思い浮かぶのは，やはりロマン派である。ロシア文学は，中世文学（ロシアでは年代記や教会文献，軍記物が中心）を17世紀末になって卒業し，ヨーロッパ諸国の文学を参考に模索を重ねて近代文学として生まれ変わるのだが，この再生の仕上げにあたる19世紀前半にドイツ文学，とくにロマン派周辺の文学は多大な影響を及ぼした[◁2]。実用学問をロシアに教えていたドイツは実験着を脱ぎ，今度は人間存在の意味や夢を物語る文系の教師となったのである。

▷2　18世紀にはフランスの古典主義文学の影響が大きかった。

2 ロマン派の受容

影響の概略を見ておこう。「**シュトゥルム・ウント・ドラング**[⇨Ⅰ-5·10]（疾風怒濤）」

期の**ゲーテ**⇨I-3·19や**シラー**⇨I-5は，ロマン派の先駆としてロシアでも尊敬された。神ならぬ人間では最高の知性とゲーテを讃える，詩人バラティンスキー（1800-44）の詩を引用する。──「翼のある思考によって彼は世界を飛びめぐり／到達しえなかったのは無限なるもののみ」（「ゲーテの死に寄す」1832年，抜粋）。

ドイツ・ロマン派紹介の中心となるのが，プーシキンの先輩詩人ジュコーフスキー（1783-1852）である（図3）。ドイツ語が堪能な彼は，ゲーテやシラーのほか，ロマン派のドイツ語詩（フケー，シャミッソー，ウーラント，レーナウなど）を精力的に翻訳した。代表作はビュルガーのバラード『レノーレ』の翻案『スヴェトラーナ』（1812年）だが，幽霊にさらわれる可憐な娘の名である題名をはじめ，内容が徹底的にロシア風に変えられているのは，ドイツ的情熱を北国ロシアの土壌に根づかせようとする詩人の気迫である。

続いてホフマンが人気を博す頃，知識人の関心は狭義の文学の枠を超え，哲学に拡大する。モスクワの文芸・哲学サークル「愛智会」（1823-25）には小説家オドーエフスキー，詩人ヴェネヴィーチノフ，思想家イワン・キレーエフスキーらロシアを代表する文筆家が集い，ロマン派と関係の深いドイツ観念論哲学（シェリングを中心に，**カント**⇨I-7やフィヒテらも含む）を研究した（図4）。

ドイツ哲学の自然や神をめぐる思索に学び，ロシア文学はさらなる深みを獲得するのだが，この点でもっとも成功したのが外交官としてドイツ駐在も経験し，ロシアにおける哲学的抒情詩の開拓者の一人となる詩人チュッチェフ（1803-73）である（図5）。秋の光景は，彼の詩ではこんな感じだ。──「衰え，疲弊。──そして万物が，／枯れゆくときの柔和な微笑みを浮かべるのだ，／人間の場合ならそれを僕らはこう呼ぶだろう，／苦悩の神々しい羞恥と！」（「秋の夕べ」1830年，抜粋）。命ある主体として自然を描写する点こそシェリング的だが，この詩はもはやドイツ哲学の単なる模倣ではない。末尾一行「苦悩の神々しい羞恥」は，チュッチェフでないと書けない言葉だ。人生の苦しみを経験した人の何とも優しく，尊厳ある表情。どんな顔だかおわかりだろうか。

3 ロマン派以後

ロシアをあげての広範なドイツ文学受容はこれで一段落。つまり，近代ロシア文学は一人立ちする。ロシア文学研究者である私から見るドイツ文学の印象とは，氷雪の国の文学に情熱の血潮を吹き込んだ名教師である。なお，ロマン派より後の展開では，ドストエフスキー（1821-81）を**ニーチェ**⇨I-25·27が愛読し，ニーチェ哲学の発展をユダヤ系ロシア人の哲学者シェストフ（1866-1938）が試みるなど，影響が一方通行を脱するのが重要な点だ。ロシア革命（1917年）では一時，数十万人ものロシア人避難民がドイツに到来するが，作家ナボコフ（1899-1977）もその一人◁3。また，詩人ツヴェターエワ（1892-1941）と**リルケ**⇨I-37·45の，ドイツ語による文通は有名である。

（三好俊介）

図3　ジュコーフスキーの肖像（ブリュローフ画，1837年）

出典：В. А. Жуковский: Собрание сочинений в 4-х томах. Т. 4, Художественная литература, М., Л. 1960, С. 3.

図4　19世紀前半のモスクワ都心，トヴェルスカーヤ通り（1825年，石版画）

出　典：Е. А. Баратынский: Стихотворения. Поэмы, Наука, М. 1982, С. 353.

図5　チュッチェフの肖像（1874年）

出典：Ф. И. Тютчев: Лирика. Т. 2, Наука, М. 1966, С. 2.

▶3　ナボコフのロシア語による小説『賜物』（1935-37年）は大部分がベルリンで執筆され，ベルリン在住の亡命ロシア人が主人公。邦訳あり。

5　アメリカ文学から見たドイツ文学
——フランツ・カフカと村上春樹

1　アメリカ小説としての『海辺のカフカ』——戦争，世界文学

文学的想像力のなかで，ドイツ文学がどのようにアメリカ文学の土壌で換骨奪胎されながら継承されているのかという問いを考えるとき，私には文体や主題にアメリカ小説の影響が色濃い村上春樹の描いた『海辺のカフカ』（2002年，英訳版2005年，図１）が想起される[1]。アメリカ文学と日本文学をつなぐ環太平洋的なフィールド，もっといえば，そのふたつの文学が歴史的に関連し合う世界文学のフィールドで，フランツ・**カフカ**⇨Ⅰ-40・42と村上が共鳴しているように思われる。

ここでいう歴史とは，第二次世界大戦と戦後日本である。その歴史的文脈において『海辺のカフカ』は，カフカ文学と連動した，父をめぐる息子の苦悩と葛藤を描いている。主人公のカフカ少年は，カフカの小説『流刑地にて』（1919年）に登場する囚人の身体に罪の判決文を刻んでいく処刑機械に言及する。「機械の細部について語る」ことでカフカは「僕らの置かれている状況」を「ありありと説明」し，「その複雑で目的のしれない処刑機械」は「現実の僕のまわりに実際に存在した」と少年は考える。『海辺のカフカ』においては，巨大で凶暴な戦争が一度発動すれば，終戦後もその暴力的な機械は人間をとり囲み，その心に爪痕を刻みこんでいく状況が示されている。つまりカフカ文学がシステムを詳説することで人間の置かれた状況を抽出したのに対し，村上はそのシステムを日米の歴史的な関係性において描画し戦後の親子問題を書いたのである。

2　カフカの継承——父との軋轢，海辺の母

『海辺のカフカ』では，終戦前年に女性教師に殴打され記憶を喪失したナカタ少年が，それから50年以上過ぎた現代においてメタフォリカルな次元で終戦から数年後に生まれたカフカ少年の父親を殺害する。この殺害は，父をあやめ母と姉とつがうという呪いを父にかけられたカフカ少年の夢の回路を通した〈父〉殺しでもある。少年の母は，幼なじみの恋人が学生運動のただなかで理不尽に殺され，父もまた，戦後の焼け跡を直視し戦争という殺戮の記憶と交感し，心的外傷を負ったと想定される。父は，妻に決して愛されることのない孤独と空虚を抱き，暴力的衝動を内に秘めながら，息子との対話を避け，いわば復讐として自らの死——息子による殺害——を希求したと少年は解している。つまり息子の父との疎隔は，戦争という巨大な暴力を淵源とし，その暴力が深

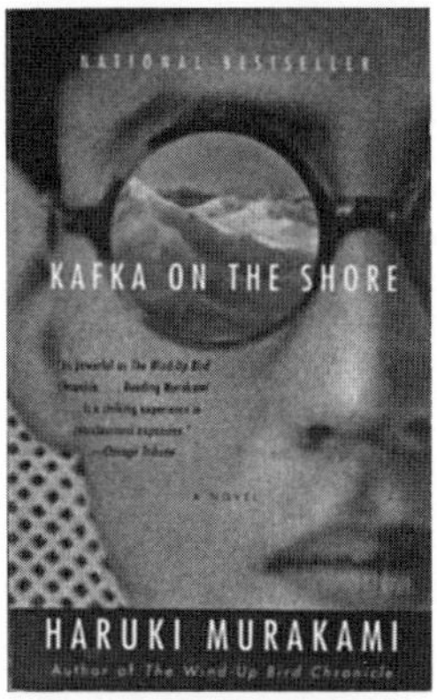

図１　英訳版 *Kafka on the Shore* の表紙

出典：Murakami, Haruki. *Kafka on the Shore*. Trans. Philip Gabriel (2005), New York: Vintage, 2006.

▶1　アーネスト・ヘミングウェイの『誰がために鐘は鳴る』におけるアメリカ青年の女性との恋と鉄橋爆破へのカフカ少年の言及は明白な例だが，私見では『海辺のカフカ』にはアメリカ文学との間テクスト性が数多く見られる。たとえば，恋人と結ばれた15歳のとき「自分がこれ以上幸福になれっこない」ということがわかり孤独であったと告白する佐伯さん（カフカ少年の母）の姿は，スコット・フィッツジェラルドの「マイ・ロスト・シティ」で追憶されるかつての作者自身を，コンパスを捨てて森のなかを歩き「装置」の破壊を試みるカフカ少年の姿は，ウィリアム・フォークナーの『熊』においてコンパスを捨てたのち森の大熊に邂逅し，やがて遺産相続を拒絶するアイザック少年を連想させる。

く喰いこみ切り裂いた心の傷に由来している。

しかし，なぜ村上の作品には「海辺の」と場所を特定する形容がついているのであろうか。それは，村上が戦後の母と子の問題を安岡章太郎の小説『海辺《かいへん》の光景』から継受しているからではないだろうか。『海辺の光景』で主人公の信太郎が精神異常をきたした母を入院させ，母危篤の知らせで彼が父とともに戻り母が亡くなるまで滞在する病院も，『海辺のカフカ』で家出をしたカフカ少年が心に傷を負う母と出会い，自らの死を静かに迎え入れる母との永訣を経験する図書館も，高知にある。敗戦直後を描いた前者の場合，戦前から培われていたはずの母子の濃密な絆が近代化により切断され，子は個人となる定めを引き受けることになる[2]。それに対し，戦後半世紀ほどへた高度成長後を描いた後者の場合，捨子が戦後を生きた母の苦悶に共振しつつ，戦後に分断されたはずの〈母〉を再発見し，孤独に耐えて生きる強靱さを獲得する。「海辺のカフカ」という絵のなかの少年を見つめる母は，亡き恋人の少年との幸福の円環的記憶に回帰し彼を想いつづけているが，カフカ少年は「その絵の中の少年が漂わせている謎めいた孤独」を母は「カフカの小説世界に結びついたもの」として捉えたのだろうと推考する。絵のなかの少年の孤独は，彼を見つめる母（少女）の心象風景でもあるが，カフカ少年はその一幅の絵に象られた戦中から戦後までの海辺の風景を解き明かすことで[3]，子を棄てた母の悲哀と孤独，戦後の偽善を生きた父の暴力性と自己処罰，そうした戦争をめぐる個人的かつ歴史的な傷痕が印画された不条理な世界を受け止めるのだ。それは，〈父〉を殺し〈母〉と和解する子の自己回復の道程――暴力の連鎖を断ち切る方途――でもある。村上は，カフカの戦争というシステムの恐怖への予言を引き受けつつ，カフカ的な孤独と不条理を超えて，和解と再生の文学へと書きつないだのである。

▷2　江藤淳の『成熟と喪失』を参照のこと。

▷3　フランツ・カフカ賞受賞スピーチで村上は，「本は，僕たちの内部の凍結した海を砕く斧でなければならない」という，カフカが友人ポラックに充てた手紙の一節を引用し，「海」に幼少期以来の〈母〉と〈父〉をめぐる精神的かつ歴史的な問題が隠されていることをほのめかしている。

3 カフカのいざない――孤独と不条理の世界へ

カフカの長編『アメリカ』（1927年）は，作者の離郷願望が反映された小説として知られているが[4]，カフカの放った故郷出奔の物語は，大西洋，アメリカ，太平洋を渡り，日本の「海辺」での和解と再生の物語として円環を描いていく。むろんそこには作家の個人的事情，歴史的事情，文化的土壌などの差異が関係しているが，その円環は，歴史や文化が再変動するとき，出郷の力動へと開かれるのであって，文学は，世界的なフィールドで亀裂と和解の運動を織りなしている。ドイツのある時代，ある地域，ある作家にしか生起しえない小説，その特殊性に感応しつつ，大作家のつむいだ言葉《たましい》が国境と時代を超えて心に響いてくる，その意味で，カフカという作家は，現代の読者の歩む道に，少なくとも心情の底流に佇み，人間の孤独と悲哀の重みに耐えながら，ふとした瞬間に開かれる不条理な世界に，その世界の奥にひろがる歴史的時間と人間存在との深い共振に，私たちをいざなっているように思われるのだ。　（竹内理矢）

▷4　しかし，カフカがベンジャミン・フランクリンの『自叙伝』を実父に読ませた事実をふまえると，『アメリカ』は，田舎町から都会へと進出した父ヘルマンの物語でもあり，また，自分を見棄てて孤独を背負わせた母ユーリエへの批判的メッセージでもあったのではないか。

6 イスパノアメリカ文学から見たドイツ文学
――夜の鏡

1 新大陸の自然

コロンビアの歴史家ヘルマン・アルシニエガス（1900-99）は，ヨーロッパにおける**ロマン主義**[⇨Ⅰ-8·10·12]的なものの誕生の背景に新大陸とその自然の発見があったと指摘する。先住民像を理想化するモンテーニュやルソー，アレクサンダー・フォン・フンボルトの踏査の回想に耳を傾ける**ゲーテ**[⇨Ⅰ-3·19]。アメリカ大陸の異質性を，自らの文化・社会を反省的に捉える機会として発見し続ける人たちがいた。新大陸を，収奪の対象として植民地化するヨーロッパ諸国の支配の歴史[◁1]（キリスト教の布教が果たした役割は大きい）とは対照的である。イスパノアメリカ（中南米スペイン語圏）は，他なるものとの対話に開かれたヨーロッパの精神を映し出す鏡となる。視座を反転させよう。ヨーロッパという鏡をのぞき込むイスパノアメリカの詩人たちの瞳に，ドイツ文学はどのように映り込んでいるのか。

▶1　コロンブスが新大陸に到達した1492年は，スペイン史において，レコンキスタ達成，ユダヤ教徒追放，最初の文法書刊行の年でもある。いわゆる「征服」の言語・宗教的基盤が整う。

図1　ボルヘス（右）とパス（左）
出典：Christopher, Domínguez Michael: *Octavio Paz en su siglo*, Aguilar, México, D. F. 2014, Pliego de imágenes, no. 62.

2 特権的存在＝作者の死

南米アルゼンチン出身の20世紀世界文学の巨匠，ホルヘ・ルイス・ボルヘス（1899-1986，図1）の作品には数多くのドイツ語圏文学者への言及がちりばめられている。たとえば，有名な短編「『ドン・キホーテ』の著者，ピエール・メナール」では，目立たないけれどもドイツ・**ロマン主義**[⇨Ⅰ-8·10]の代表的詩人である**ノヴァーリス**[⇨Ⅰ-12]の名前が挙がっている[◁2]。架空のフランス人作家メナールは，セルバンテスの『ドン・キホーテ』を一字一句違えず改めて創出するという，途方もない冒険へと駆り立てられる。その企てを遂行するうえで俎上に載せられるのが，「ある特定の作家との『完全な』合一化」というノヴァーリスの想念なのだ。文学作品のオリジナリティという通念を根底から揺さぶるボルヘスのこの短編において，卓越した精神から生まれる唯一無比の文学作品というロマン主義的な理念は虚ろになる。ほかならぬ『夜の讃歌』の作者にして『キリスト教世界あるいはヨーロッパ』の著者が抱いたかもしれない理想を遠巻きに参照しつつ，作者の特権性[◁3]が疑問視されているのだ。

▶2　ノヴァーリスへのボルヘスの言及は全集中計5回に上るという。ちなみにドイツ語圏で最多はショーペンハウアーの42回。

▶3　作者の死は世界の創造主の死を前提としているに違いない。人間存在の孤児性，その寄る辺なさは，あらゆる近代文学に通底する潜在的な主題であろう。

3 世界の内側と外側

ボルヘスのドイツ語圏作家，思想家たちとの関わりは，こうした目くばせから読み取れるものに限定されない。世界の限界は言語の限界であるとする，哲学の「言語論的転回」の先駆け，フリッツ・マウトナー（1849-1923）の言語批判に若いボルヘスは多大な関心を寄せていた。

「ドイツ語へ」という題の晩年の詩作品の中で，ボルヘスはアンゲルス・ジレジウス（1624-77），**ヘルダーリン**⇨Ⅰ-11，**ハイネ**⇨Ⅰ-18，ゲーテ，**ケラー**⇨Ⅰ-23といった名前を挙げる。一見，愛読した作家たちへのオマージュかと思しき独白。だが最後に詩人は，ドイツ語が生み出した最良の作品は，ドイツ語そのものなのであると告げる。すると，それまで列挙されてきた人々の作品は，自らをその都度その内部に産み落とす，ドイツ語という生き物を有機的に構成する諸部分であったかのように読めてくる。作家と外的世界との交渉はすべて，ボルヘスがその美を讃えたこの言語の生態に飲み込まれているのだ。

ボルヘスが好んで引き合いに出していた哲学者ショーペンハウアーが唱えるように，世界はそれを意志する者の表象にすぎないのだとしたら，そして，その世界の表象を可能にするのが言語にほかならないのだとしたら，その外部とはいかなるものなのであろうか。

4 見出され続ける未知なるもの

イスパノアメリカの文芸のジャンルにおけるスペインからの独立であったモデルニスモ（新時代主義）の主唱者ルベン・ダリオ（1867-1916）の「存在するものであるならば誰がロマン派的でなかろうか？」という言葉がよく知られている。メキシコのノーベル賞詩人オクタビオ・パス（1914-98）は，このモデルニスモこそがイスパノアメリカにおけるロマン主義であったとする見解を示している。パスはその近代詩論『泥の子供たち——ロマン主義からアヴァンギャルドへ』の中で，英・独ロマン主義文学の意義を概括しつつ，その最大の功績としてのイロニーに着目する。イロニーによって，一なる存在者の二重性は暴き出され，理性の彼方が指し示される。

同書中の要所でパスは，モデルニスモの嚆矢であるキューバの英雄ホセ・マルティ（1853-95）の「ふたつの祖国」という題の詩作品全文を引用する。祖国独立のための戦場で倒れるこの詩人・革命家の「わたしにはふたつの祖国がある。キューバと夜だ」，というつぶやきから蘇る「夜」は，もう，来るべきキリスト教のヨーロッパという夢想の共同体を支える幻想の聖域ではない。メナールの『ドン・キホーテ』のように，この「夜」は全く異なる文脈で了解されるよりないのだ。再来する沈黙＝「夜」が，幻想＝言語の外側を指し示す。そこでは，「森羅万象は／人間よりも，よりよく話すのだ」。

新大陸という鏡は，旧世界の幻影が投影されるスクリーンではなく，その奥に透けて見える，いまだ言葉にはならないものの地平を約束し続ける。現実というヘテロトピア[4]を浮かび上がらせもする詩の言葉は，常に欠け落ちてゆくものへの暗示を介して，世界，そして人間とは何かを問い続けている。（真下祐一）

▶4　本項の文脈では，専横的な理性の均質化にはなじまない本源的な他性が潜在する空間。フーコーがこのコンセプトを生み出す際にボルヘスを読んでいたことは興味深い。詩の言葉のような異質なものの抵抗によって，現実世界こそがヘテロトピアにほかならないことが明らかにはならないだろうか。

7　イギリス文学から見たドイツ文学
──魔法と悪魔と『クラバート』

1　ドイツ文学との出会い

子供の頃から，手に取る「ドイツを舞台にした物語」は，美味しそうなものと，不思議な言葉，不気味なイメージに満ち溢れていた。たとえば，オトフリート・プロイスラーの『大どろぼうホッツェンプロッツ』シリーズの泥棒料理。小学校の頃には，岩波文庫の『**グリム**⇨Ⅰ-16童話集』を手に取り，白腸詰を殺そうとする黒腸詰，ビャクシンの木の歌など，強烈な印象の物語を読んで熱を出した。お陰で，長らく腸詰類が苦手になったが，英米文学を専門とする今に至るまで，ドイツ文学に興味を惹かれている。

2　エドモントンの魔女と悪魔と犯罪者

17世紀前半のイギリス演劇では，「魔女」「悪魔」「魔法使い」が頻出する。大概の場合，魔女や魔法使いは，過剰な知識欲や，悪意の権化だ。だが，史実の魔女裁判が題材の『エドモントンの魔女』[1]は，少し違う（図１）。

本作の主人公，エリザベス・ソウヤーは，冒頭では，周囲との折り合いが悪く，「魔女」と罵倒される偏屈な老女だ。劇の途中，積年の恨みがついに溢れだした彼女は，悪魔につけこまれ，契約を結び，本物の魔女となり，村人たちに危害を加える。本作品では，この魔女事件と，エドモントン出身のフランク・ソーニーの犯罪が，同時進行する。彼は，破産に瀕した父親の懇願に流されたとはいえ，自ら計画して，重婚し，その重婚相手を殺害する。

このように本作品では，自発的に罪を犯す人間との対比を通じ，一つの社会構造の中での被害者であり，加害者でもある魔女の姿が提示される。彼女自身の人間性と同時に，社会構造の中の「魔法」をめぐる言説の力学が，明確に問題化されているのだ。これは，人里離れた場所に立地する水車場兼魔法学校を舞台に，親方と徒弟・職人間の相互関係を軸に展開する魔法物語，プロイスラーの『クラバート』[2]（1971年）と本作の，共通項でもあると私は考える（図２）。

3　『クラバート』との比較

『クラバート』では，親方が徒弟や職人に魔法を教える。職人は，水車場の仕事でも，互いを助けるときも裏切り者を懲らしめるときも，魔法を使う。親方は，毎年，大みそかに職人の一人の命を奪い，魔力を維持する。クラバートた

▶1　1621年４月に，ロンドンのニューゲート監獄に「魔女」として収監されていたエリザベス・ソウヤーの裁判と処刑が行われた。『エドモントンの魔女』は，収監中の彼女を訪問した聖職者が，処刑後に出版したパンフレットを素材に，トマス・デッカー，ジョン・フォード，ウィリアム・ローリーの合作で同年中に執筆・上演された。

図１　*The Witch of Edmonton*（1658年版）の表紙
帽子をかぶり，杖を突き，魔法の呪文を口にしているのがエリザベス・ソウヤー。犬は，彼女につけこんで魔女契約を結ばせた悪魔の，仮の姿である。
出典：*The Witch of Edmonton*. Ed. by Arthur Kinney, London: Bloomsbury, 1998.

ちは，たまさか，他の場所でも魔法を使うが，水車場の中の力学が原因で魔法を使うことの方が多い。

このように，一つの共同体の中の力学と連動させて魔法が描かれ「魔法」自体のみならず「魔法の認識のされ方」が明示される点で，『エドモントンの魔女』と『クラバート』は共通している。だが，その上で，決定的な違いがある。それは，前者では，エドモントンの村落のみが登場するが，後者では，水車場と同時に，国家が，そのような共同体として間接的に登場しており，結果，「被害者としてであっても魔法にかかわる限り，普遍的な悪に手を染めうる」ことが提示される点である。

▶2　ラウジッツ地方の伝承を原案にした長編ファンタジー。不思議な夢に導かれて，少年クラバートは，人里離れた水車場の徒弟となった。水車場の親方は，徒弟や職人に魔法を教える不気味な悪魔的人物である。心から慕う先輩の死，全幅の信頼をおく親友との絆，近隣の村の少女との間の恋愛をつうじて成長したクラバートは，3年目の大みそか，親方に挑戦することになる。

4 「死のうす」が示唆する悪の射程

『クラバート』で，水車場の職人らは，ある悪魔的行為に無自覚にかかわっている。それは，水車場の奥にある「死のうす」での作業だ。「死のうす」は，新月の夜，親方より上位の大親分が多くの袋をもってきた時のみ使用される。その夜，職人たちは鞭で追われ，袋の中身を挽き続ける。

袋の中身は，人骨だ。誰の遺骨か？——水車場の親方が北方戦争を煽っている描写から，北方戦争による死者のものと，推測可能だ。戦争を煽り，かつ，死者の遺骨を，ひとしなみに単なる「物」扱いすることを，水車場の面々は，自覚的・無自覚的を問わず，行っているのだ。

図2 『クラバート』の表紙
魔法によってカラスとなったクラバートの姿。
出典：オトフリート・プロイスラー／中村浩三訳（1980）『クラバート』偕成社，1986〔改版〕。

この作業は，ナチス時代の収容所における遺体の扱われ方を想起させる。さらに，この作業は，普遍的にみても，死者の，個々人としての死そして生を否定するものでもある。

クラバートたちにとって，この作業は単に月一回の苦行であり，彼らはいわば，親方・大親分の魔法の被害者だ。だが，彼らのこの作業は，「国家」という共同体など想像もしない彼らの思惑を超えて，戦争という悪が進行するのを確実に下支えしている。「知らなかった」という言葉は，言い訳にすらならない。

自分が果たす「仕事」が，思わぬところで，悪として働くことの，この恐怖。この恐怖は，たとえばアイヒマン[◁3]について「事実上 hostis generis humani（人類の敵）であるこの新しい型の犯罪者は，自分が悪いことをしていると知る，もしくは感じることをほとんど不可能とするような状況のもとで，その罪を犯している」とハンナ・アーレントが指摘したことを想起する際に感じる心の騒めきと，どこかで通底している（『エルサレムのアイヒマン』381頁）。そして，自分が誰かにとっての「悪魔」「魔女」たりうる恐怖を生々しく突きつけてくる『クラバート』は，『エドモントンの魔女』同様，一つの時代の中で生きるとき，人間の精神がもつべき振れ幅を，私に強く示してくれる存在であり続けることだろう。

（横田保恵）

▶3　A・アイヒマン（1906-62）。ナチス時代の官僚として，ドイツ・東欧各地からユダヤ人を含む多くの人々を，アウシュビッツをはじめとするさまざまな収容所に送り込む任に，責任者として，当たった。第二次世界大戦後，アルゼンチン潜伏中に発見され，イスラエルで裁判を受け，処刑された。

8　フランス文学から見たドイツ文学

——隣人の教え

図１　『レノーレ，ビュルガー作のバラード』ジェーラル（・ド・ネルヴァル）訳，イポリット・モンプー作曲，ロマネッシ出版，1833年刊
表紙はセレスタン・ナントゥイユ，またはJ.ゴッデ。挿絵はセレスタン・ナントゥイユ／カミーユ・ロジエ。
出典：*Lénore, ballade de Bürger*, traduction de Gérard, mise en musique par Hippolyte Monpou, Romagnesi 1833. 表紙。

図２　馬にまたがり疾走する騎士と花嫁
出典：同上，p. 20.

1　暗いドイツ文学——ビュルガーの「レノーレ」

ドイツ文学は，暗くて，怖くて，夢想好きだ。「明るいドイツ文学」なんて撞着語法としか思えない。たとえばこんな詩がある。出征した恋人が戻ってこないことに絶望し，神を冒瀆する言葉を吐いてしまった若い娘のもとに，真夜中，恋人＝死神が鎧をまとった姿で現れる。婚礼の場所に連れて行くと言われ，夜通し黒い馬にまたがり駆けてゆくが，辿り着いたのは墓場であった。そして恋人と思われた男から鎧が落ちると骸骨が現れ，二人は大地に飲み込まれてしまう。これはビュルガー（1747-94）というドイツの詩人が書いた作品「レノーレ」（1774年）の粗筋である。うら若い乙女の絶望，騎士が骸骨へ変身する恐怖，そして神を冒瀆したことによる残酷な罰，見事な三点セットが揃ったドイツ文学の傑作ではないだろうか。

この詩は，英語（ウォルター・スコットの翻案とスペンサー訳は有名），イタリア語，ロシア語にも訳され，暗くて怖いドイツ文学のイメージを広めるのに貢献した。フランスでは，ネルヴァル（1808-55）が８つの韻文・散文訳を残しており，19世紀末までには，合計30編を超える（！）翻訳・翻案，そして作曲も登場している（図１，図２，図３）。黒馬に乗った騎士と花嫁の姿は，アリ・シェフェール，オラース・ヴェルネといった画家によっても描かれ，「レノーレ」は一大ブームを引き起こす。これほど愛された詩は，**ゲーテ**⇨Ⅰ-3-19の「魔王」（ここでも暗い森の中，馬に乗って魔王の手から逃げる哀れな子供と父親が登場する！），または『ファウスト』の「トゥーレの王」などくらいだろう。

2　暗いドイツ文学に惹かれるフランス

なぜこのような暗い詩がフランスで歓迎（実は批判も多かった）されたのだろうか。そもそも19世紀に入るまで，フランスの詩人や作家がドイツ文学に目を向けることはほとんどなかった（とされている）。なぜなら，ルイ14世時代に開花し，ヨーロッパに知れ渡ったフランス文学は，**ギリシア**⇨Ⅱ-二-2・ラテンの古典文学を規範として，主にラテン文学＝ラテン語の精髄をフランス文学＝フランス語に移植することを目指していたからである。ラテン文学の正統な継承者を自任する誇り高いフランス人の視線は南方の明るいローマに向いており，ライン川の先，暗鬱としたゲルマンを顧みる必要も欲求も持っていなかったのだ。

そこに登場するのが，ドイツ文学とフランス文学の不思議な出会い《マリアージュ》に決定的な役割を果たすナポレオンとスタール夫人である。ナポレオンによって占領されたベルリンで，フィヒテが『ドイツ国民に告ぐ』という歴史的な演説をしたことでよく知られているように，そもそも「ドイツ」という国民精神が顕在化する背景には，ナポレオン戦争の影響があった。ライン同盟が結ばれ「ドイツ」という統一された（？）集合体が形成されていく中で「ドイツ文学」というくくりも認識されるようになる。そして，その「ドイツ文学」をフランスに輸入・紹介したのが，他でもないナポレオンによって国外追放されたスタール夫人なのである。

十数年に及ぶ欧州亡命生活の中で，スタール夫人は，フィヒテ，ヤコービ，ゲーテ，**シラー**⇨Ⅰ-5，そしてA・W・シュレーゲルなどと知り合い，その親交の結果誕生したのが，ドイツ文学，地理，習俗，哲学，宗教などを紹介した大著『ドイツ論』（1810年発禁，1813年刊）である。当初「フランス的ではない」と当局に目を付けられ，発禁処分を受けたこの書物は，フランス・ロマン主義の発展に欠かすことのできない役割を果たすことになる。そして，結果的には「フランス」というアイデンティティを探し求める文学運動の機運を高めるという，何とも皮肉な運命を辿るのである。

図3　墓場で大地に飲み込まれる花嫁
出典：同前，p. 30.

3　「フランス」固有の文学を求めて――模倣からの脱却

『ドイツ論』が刊行された当時，フランスには古典文学の規範に反旗を翻し，「誰がわたしたちをギリシア人とローマ人から解放してくれるのだろうか」と訴える若者たちがいた。その不満に暗い（！）光明を示してくれたのが，全く違う価値観をもったドイツ文学だった。ビュルガーの「レノーレ」も『ドイツ論』で紹介されることでネルヴァルを含めた多くの詩人に知られることになり，ドイツ文学ブームを起こす。その後，ネルヴァルは『ファウスト』第一部の翻訳で文壇デビューを飾り，ドイツ詩も紹介する。ユゴーは，若書きの小説『アイルランドのハン』中で『ドイツ論』の一部を引用しており，初期の詩「二人の歩兵」では，神を敬わない兵士たちが，ある晩魔王に殺され，怪しい光と恐ろしい笑いが響く様子が描かれ，ドイツ・**ロマン派**⇨Ⅰ-8·10の影響を見ることができる。

以上は，フランス文学とドイツ文学の出会いによって生じた一側面にすぎない。ドイツ・ロマン派が「ドイツ」固有の文学に目を向けていることに刺激されたフランス・ロマン派は，ギリシア・ローマの模倣ではなく，ドイツの模倣でもなく，「フランス」独自の文学を模索し，土着の歌謡などに関心を示すようになる。そして「模倣」からの脱却は，文学創造のあり方を根底から変えることになっていく。他者を知ることが自分を知ることに繋がるのは，古今東西変わりない真理なのだろう。そういう意味で，ドイツ文学はフランス文学にとって貴重な他者であった。それがどんなに暗くて怖い隣人であっても……。

（畠山　達）

■読書案内■

○第Ⅰ部

〈Ⅰ-1〉

翻訳

相良守峯訳（1955）『ニーベルンゲンの歌』（前編・後編）岩波書店。

石川栄作訳（2011）『ニーベルンゲンの歌』（前編・後編）筑摩書房。

岡﨑忠弘訳（2017）『ニーベルンゲンの歌』鳥影社。

文献

ヴァルター・ハンゼン／金井英一・小林俊明訳（1996）『『ニーベルンゲンの歌』の英雄たち』河出書房新社。

石川栄作（2001）『「ニーベルンゲンの歌」を読む』講談社。

山本潤（2015）『「記憶」の変容　『ニーベルンゲンの歌』および『哀歌』に見る口承文芸と書記文芸の交差』多賀出版。

ヨアヒム・ブムケ／平尾浩三ほか訳（1995）『中世の騎士文化』白水社。

ヴォルフラム・フォン・エッシェンバハ／加倉井粛之ほか訳（1974）『パルチヴァール』郁文堂。

谷口幸男（2017）『エッダとサガ　北欧古典への案内』新潮社。

視聴覚資料

映画『ニーベルンゲン　ジークフリート』フリッツ・ラング監督（1924）

映画『ニーベルンゲン　クリエムヒルトの復讐』フリッツ・ラング監督（1924）

楽劇『ニーベルングの指環』リヒャルト・ワーグナー作曲（1848-74）

〈Ⅰ-2〉

翻訳

藤代幸一訳（1979）『ティル・オイレンシュピーゲルの愉快ないたずら』法政大学出版局。

阿部謹也訳（1990）『ティル・オイレンシュピーゲルの愉快ないたずら』岩波書店。

文献

阿部謹也（2000）『阿部謹也著作集　第３巻　中世を旅する人びと』筑摩書房。

阿部謹也（2000）『阿部謹也著作集　第８巻　社会史とは何か・歴史と叙述』筑摩書房。

宮下志朗（2011）『神をも騙す　中世・ルネサンスの笑いと嘲笑文学』岩波書店。

藤代幸一ほか（1983）『ハンス・ザックス作品集』大学書林。

ハンス・ザックス／藤代幸一・田中道夫訳（1994）『ハンス・ザックス謝肉祭劇全集』高科書店。

巌谷小波（1953）『みみずく太郎』（小波世界おとぎ話全集　第３巻）河出書房。

視聴覚資料

交響詩『ティル・オイレンシュピーゲルの愉快ないたずら』リヒャルト・シュトラウス作曲（1895）

〈Ⅰ-3〉

翻訳

ゲーテ／竹山道雄訳（1951）『若きウェルテルの悩み』岩波書店。

ゲーテ／高橋義孝訳（1951）『若きウェルテルの悩み』新潮社。

ゲーテ／柴田翔訳（2002）『若きヴェルテルの悩み』筑摩書房。

文献

ロラン・バルト／三好郁朗訳（1977）『恋愛のディスクール・断章』みすず書房。

視聴覚資料

オペラ『ウェルテル』ジュール・マスネ作曲（1892初演）

映画『ゲーテの恋　～君に捧ぐ「若きウェルテルの悩み」～』フィリップ・シュテルツェル監督（2010）

〈Ⅰ-4〉

翻訳

レッシング／市川明訳（2016）『賢者ナータン　五幕の劇詩』松本工房。

レッシング／篠田英雄訳（1958）『賢人ナータン』岩波書店。

文献

レッシング／田邊玲子訳（2006）『エミーリア・ガロッティ／ミス・サラ・サンプソン』岩波書店。

レッシング／南大路振一訳（2003）『ハンブルク演劇論』鳥影社。

レッシング／斎藤栄治訳（1970）『ラオコオン　絵画と文学との限界について』岩波書店。

アリストテレース・ホラーティウス／松本仁助・岡道男訳（1997）『アリストテレース詩学／ホラーティウス詩論』岩波書店。

アルマン・ニヴェル／神林恒道訳（2004）『啓蒙主義の美学　ミメーシスからポイエーシスへ』晃洋書房。

永野藤夫（1978）『啓蒙時代のドイツ演劇　レッシングとその時代』東洋出版。

横山安由美・朝比奈美知子（2002）『はじめて学ぶフランス文学史』ミネルヴァ書房。

視聴覚資料

映画『賢者ナータン』マンフレッド・ノア監督（1923）

映画『賢者ナータン』オスヴァルト・デプケ監督（1979）

映画『賢者ナータン』ヨハネス・シャーフ監督（1984）

〈Ⅰ-5〉

翻訳

シラー／北通文訳（1959）『ドン・カルロス』（『世界文学大系18 シラー』）筑摩書房。

シルレル／佐藤通次訳（1955）『ドン・カルロス　スペインの太子』岩波書店。

文献

シラー／草薙正夫訳（1974）『美と芸術の理論　カリアス書簡』岩波書店。

シラー／石原達二訳（1977）『美学芸術論集』富山房。

シラー／小栗孝則訳（2017）『人間の美的教育について』（改装版）法政大学出版局。

内藤克彦（1994）『シラー』清水書院。

前田博（1966）『ゲーテとシラーの教育思想』未來社。

エーミール・シュタイガー／神代尚志ほか訳（1990）『フリードリヒ・シラー』白水社。

ユーリア・ヴェルンリ／馬上徳訳（2007）『フリードリヒ・シラー美学＝倫理学用語事典序説』鳥影社。

竹内敏雄（1974）『美学事典』（増補版）弘文堂。

視聴覚資料

歌劇『ドン・カルロス』ジュゼッペ・ヴェルディ作曲（1865-66作曲，1867初演）

映画『ドン・カルロス』フランツ・ペーター・ヴィルト監督（1984）

上演記録『ドン・カルロス』フランク・ベーンケ監督，シュヴァーベン州立劇場（2008年９月上演）

〈Ⅰ-６〉

翻訳

カール・フィリップ・モーリッツ／大澤峯雄訳（2000）『心理小説　アントン・ライザー』同学社。

文献

柴田翔編著（2003）『はじめて学ぶドイツ文学史』ミネルヴァ書房。

山本惇二（2009）『カール・フィリップ・モーリッツ　美意識の諸相と展開』鳥影社。

山本惇二（2021）『モーリッツとその同時代人たち　ドイツ啓蒙主義・古典主義・初期ロマン主義』鳥影社。

〈Ⅰ-７〉

翻訳

カント／宇都宮芳明訳（1985）『永遠平和のために』岩波書店。

カント／中山元訳（2006）『永遠平和のために／啓蒙とは何か／他３編』光文社。

文献

岩崎武雄（1958）『カント』（思想学説全書４）勁草書房。

石川文康（1995）『カント入門』筑摩書房。

貫成人（2007）『カント　わたしはなにを望みうるのか　批判哲学』青灯社。

萱野稔人（2016）『カント『永遠平和のために』』（100分 de 名著）NHK 出版。

御子柴善之（2015）『自分で考える勇気　カント哲学入門』岩波書店。

中島義道（2008）『カントの読み方』筑摩書房。

有福孝岳／牧野英二編（2012）『カントを学ぶ人のために』世界思想社。

柄谷行人（2015）『世界史の構造』岩波書店。

フランソワ・ジュリアン／中島隆博・志野好伸訳（2017）『道徳を基礎づける　孟子 vs. カント，ルソー，ニーチェ』講談社。

視聴覚資料

映画『カント最後の日々』（The Last Days of Immanuel Kant / Les Derniers Jour d'Emmanuel Kant）フィリップ・コラン監督（1993）

〈Ⅰ-８〉

翻訳

今泉文子編訳（2010）『ドイツ幻想小説傑作選　ロマン派の森から』筑摩書房。

文献

ミシェル・フーコー／田村俶訳（1975）『狂気の歴史』新潮社。

カント／北岡武司編訳（2000）『カント全集〈10〉『単なる理性の限界内の宗教』』岩波書店。

視聴覚資料

歌曲集『ティークのマゲローネによるロマンス』ヨハネス・ブラームス作曲（1861-69）

〈Ⅰ-９〉

翻訳

ジャン・パウル／恒吉法海・嶋﨑順子訳（2000）『ジーベンケース』九州大学出版会。

文献

ジャン・パウル／岩田行一訳（1991）『陽気なヴッツ先生　他一編』岩波書店。

恒吉法海（2003）『続ジャン・パウルノート』九州大学出版会。

ギュンター・デ・ブロイン／恒吉法海訳（1998）『ジャン・パウルの生涯』九州大学出版会。

池田浩士（1979）『教養小説の崩壊』現代書館。

視聴覚資料

交響曲『交響曲第１番』グスタフ・マーラー作曲（1888）「巨人」という副題で知られている。この副題は，ジャン・パウルの代表作『巨人』（1800-03）から取られた。

歌曲『蝶々（パピヨン）』ロベルト・シューマン作曲（1829-32）ジャン・パウルの小説『生意気盛り』（1804）の一場面から着想されている。

〈Ⅰ-10〉

翻訳

フリードリヒ・シュレーゲル／武田利勝訳（2022）『ルツィンデ他三篇』幻戯書房。

フリードリヒ・シュレーゲル／平野嘉彦訳（1990）『ルツィンデ』（ドイツ・ロマン派全集　第12巻『シュレーゲル兄弟』）国書刊行会。

文献

フリードリヒ・シュレーゲル／山本定祐編訳（1999）『ロマン派文学論』冨山房。

プラトン／中澤務訳（2013）『饗宴』光文社。

〈Ⅰ-11〉

翻訳

ヘルダーリン／川村二郎訳（2002）『ヘルダーリン詩集』岩波書店。

ヘルダーリン／手塚富雄ほか訳（2007）『ヘルダーリン全集』（全４巻，新装版）河出書房新社。

文献

ヘルダーリン／青木誠之訳（2010）『ヒュペーリオン』筑摩書房。

小磯仁（2016）『ヘルダリーン』（新装版）清水書院。

高木昌史（2014）『ヘルダーリンと現代』青土社。

ペーター・ソンディ／ヘルダーリン研究会訳（2009）『ヘルダーリン研究』法政大学出版局。

〈Ⅰ-12〉

翻訳

ノヴァーリス／青山隆夫訳（1989）『青い花』岩波書店。

文献

ノヴァーリス／前田敬作訳（1970）『日記・花粉』現代思潮新社。

ノヴァーリス／今泉文子訳（2006）『ノヴァーリス作品集』（全３巻）筑摩書房。

〈Ⅰ-13〉

翻訳

クライスト／種村季弘訳（2011）『チリの地震　クライスト短篇集』河出書房新社。

文献

中村志朗（1997）『クライスト序説　現代文学の開拓者』未來社。

柴田翔編著（2003）『はじめて学ぶドイツ文学史』ミネルヴァ書房。

眞鍋正紀（2012）『クライスト，認識の疑似性に抗して　その執筆手法』鳥影社。

〈Ⅰ-14〉

翻訳

ブレンターノ，アルニム／矢川澄子・池田香代子訳（1990）「少年の魔法の角笛　抄」（ドイツ・ロマン派全集　第14巻『ブレンターノ／アルニムⅡ』）国書刊行会。

アルニム，ブレンターノ編／吉原高志訳（2003）『少年の魔法の角笛　童唄之巻』白水社。

ブレンターノ，アルニム編／矢川澄子・池田香代子訳（2000）『少年の魔法のつのぶえ　ドイツのわらべうた』岩波書店。

文献

ハイネ／山崎章甫編訳（1994）『新装版　ドイツ・ロマン派』未來社。

ヨハン・ゴットフリート・ヘルダー／嶋田洋一郎訳（2018）『ヘルダー民謡集』九州大学出版会。

視聴覚資料

歌曲「狩りの歌」『三つの歌曲』フェーリクス・メンデルスゾーン（1839）

歌曲「もしもわたしが小鳥だったら」ローベルト・シューマン作曲（1840）

歌曲「子守歌」『５つの歌曲』ヨハネス・ブラームス作曲（1868）

歌曲集『少年の魔法の角笛』グスタフ・マーラー作曲（1892ピアノ伴奏版，1898オーケストラ伴奏版）

＊その他の作曲家による歌曲も多数あり。

〈Ⅰ-15〉

翻訳

ヘーベル／木下康光訳（1986）『ドイツ炉辺ばなし集　カレンダーゲシヒテン』岩波書店。

ヘーベル／有内嘉宏訳（1992）『ドイツ暦物語』鳥影社。

文献

ベンヤミン／浅井健二郎編訳（1992）『ヨーハン・ペーター・ヘーベル〈Ⅰ〉』久保哲司訳および『物語作者』三宅晶子訳（『ベンヤミン・コレクション２』）筑摩書房。

ホフマン／今泉文子編訳（2010）『ファールンの鉱山』（『ドイツ幻想小説傑作選　ロマン派の森から』）筑摩書房。

〈Ⅰ-16〉

翻訳

吉原高志・吉原素子訳（2007-08）『初版グリム童話集』白水社。

小澤俊夫訳（1985）『完訳グリム童話』ぎょうせい。第２版。

池田香代子訳（2008）『完訳グリム童話集』講談社。第７版の完訳はちくま文庫，岩波文庫などにもある。

小澤俊夫訳（1989）「メルヒェン集」（ドイツ・ロマン派全集　第15巻『グリム兄弟』）国書刊行会。1810年の草稿。

文献

新倉朗子訳（1982）『ペロー童話集』岩波書店。

ルース・ボティックハイマー／鈴木晶ほか訳（1990）『グリム童話の悪い少女と勇敢な少年』紀伊国屋書店。

ハインツ・レレケ／小澤俊夫訳（1990）『グリム兄弟のメルヒェン』岩波書店。

鈴木晶（1991）『グリム童話　メルヘンの深層』講談社。

野村泫（1993）『グリム童話　子どもに聞かせてよいか』筑摩書房。

野口芳子（1994）『グリムのメルヒェン　その夢と現実』勁草書房。

宮下啓三（1997）『メルヘンの履歴書　時空を超える物語の系譜』慶應義塾大学出版会。

大野寿子編（2015）『カラー図説 グリムへの扉』勉誠出版。

視聴覚資料

映画『シンデレラ』ウォルト・ディズニー・アニメーション・スタジオ（1950）

映画『白雪姫』ウォルト・ディズニー・アニメーション・スタジオ（1937）

映画『塔の上のラプンツェル』ウォルト・ディズニー・アニメーション・スタジオ（2010）

〈Ⅰ-17〉

翻訳

ホフマン／大島かおり訳（2014）『砂男／クレスペル顧問官』光文社。

文献

平野嘉彦（2007）『ホフマンと乱歩　人形と光学器械のエロス』みすず書房。

視聴覚資料

映画『くるみ割り人形』中村武雄監督（1979）

映画『ホフマニアダ　ホフマンの物語』スタニフラフ・ソコロフ監督（2018）

バレエ『コッペリア』レオ・ドリーブ作曲，サン・レオン，シャルル・ニュイッテル台本（1870初演）

〈Ⅰ-18〉

翻訳

ハイネ／井上正蔵訳（1950/51）『歌の本』（上・下）岩波書店。

文献

井上正蔵（1977）『ハイネとその時代』朝日出版社。

エルンスト・ボイトラー／山下剛訳（2008）『「トゥーレの王」とローレライ』未知谷。

〈Ⅰ-19〉

翻訳

［ゲーテ］／森林太郎譯（1913）『ファウスト』（第一・二部）冨山房。

ゲーテ／相良守峯訳（1958）『ファウスト』（第一・二部）岩波文庫。

ゲーテ／高橋義孝訳（1996）改版『ファウスト』（一・二）新潮文庫。

ゲーテ／柴田翔訳（2003）『ファウスト』（上・下）講談社文芸文庫。

ゲーテ／池内紀訳（2004）『ファウスト』（第一・二部）集英社文庫ヘリテージシリーズ。

ゲーテ／手塚富雄訳（2019）改版『ファウスト　悲劇第一部・二部』中央公論新社。

＊　森の翻訳以外は，手ごろに入手できる文庫版のみ挙げた。

文献

松浦純訳（1988）『ファウスト博士　付・人形劇ファウスト』国書刊行会。

トーマス・マン／関泰祐・関楠生訳（1974）『ファウスト博士』（全３巻）岩波文庫。

ゲーテ原著／絵・山本容子／文・池内紀（2000）『絵本ファウスト』集英社がある。

柴田翔（1985）『ゲーテ「ファウスト」を読む』岩波書店。

日本大学文理学部・日本ゲーテ協会編集（2005）図録『ファウスト展「魔術師」の変身 フランクフルト・ゲーテ博物館所蔵作品』。

ハンス・ヨアヒム・クロイツァー／石原あえか訳（2007）『ファウスト　神話と音楽』慶應義塾大学出版会。

マンフレート・オステン／石原あえか訳（2009）『ファウストとホムンクルス　ゲーテと近代の悪魔的速度』慶應義塾大学出版会。ベックマンの挿絵入り。

視聴覚資料

オペラ『ファウスト』シャルル・グノー作曲（1859初演）

オペラ『メフィストフェーレ』アッリーゴ・ボーイト作曲（1868初演）

オラトリオ『ゲーテのファウストからの情景』ロベルト・シューマン作曲（1862初演）

『ファウスト交響曲』フランツ・リスト作曲 （1857初演）
『ファウスト序曲』リヒャルト・ワーグナー作曲（1844初演）
『交響曲第八番』［別名『千人の交響曲』］第二部最後「神秘の合唱」グスタフ・マーラー作曲（1910初演）
カンタータ『ファウストの八景』エクトル・ベルリオーズ作曲（1828/29）
オラトリオ『ファウストの劫罰』エクトル・ベルリオーズ作曲（1846初演）
舞台『ファウスト』 グスタフ・グリュントゲンス（1957，ハンブルクで演出→1960映画化）
舞台『ファウスト』ディーター・ドルン（1988，ミュンヘンで演出，同年映画化）
舞台『ファウスト』（プロジェクト）ペーター・シュタイン演出（2000初演）
映画『ファウスト』アレクサンドル・ソクーロフ監督（2011）

〈Ⅰ-20〉

翻訳

ビューヒナー／岩淵達治訳（2006）『ヴォイツェク　ダントンの死　レンツ』岩波書店。
ビューヒナー／日本ゲオルク・ビューヒナー協会有志訳（2011）『ゲオルク・ビューヒナー全集』（Ⅰ・Ⅱ）鳥影社。

文献

谷口廣治監訳／ビューヒナー・レーデ研究会ほか訳（2000）『照らし出された戦後ドイツ　ゲオルク・ビューヒナー賞記念講演集（1951-1999）』人文書院。
佐藤研一（2002）『劇作家Ｊ・Ｍ・レンツの研究』未來社。
菅利恵（2018）『「愛の時代」のドイツ文学　レンツとシラー』彩流社。

〈Ⅰ-21〉

翻訳

ビューヒナー／岩淵達治訳（2006）『ヴォイツェク　ダントンの死　レンツ』岩波書店。
ビューヒナー／日本ゲオルク・ビューヒナー協会有志訳（2011）『ゲオルク・ビューヒナー全集』（Ⅰ・Ⅱ）鳥影社。

文献

谷口廣治（1997）『理念と肉体のはざまで　G・ビューヒナーの文学』人文書院。
河原俊雄（1998）『殺人者の言葉から始まった文学　G・ビューヒナー研究』鳥影社。
『小学館 DVD ブック　魅惑のオペラ29　ヴォツェック』（2010）小学館。

視聴覚資料

オペラ『ヴォツェック』アルバン・ベルク作曲（1925初演）
映画『ヴォイツェク』ヴェルナー・ヘルツォーク監督（1979）

〈Ⅰ-22〉

翻訳

シュティフター／手塚富雄・藤村宏訳（1993）『水晶　他三篇　石さまざま』岩波書店。
シュティフター／高木久雄ほか訳（2006）『シュティフター・コレクション１　石さまざま』（上）松籟社。
シュティフター／田口義弘ほか訳（2006）『シュティフター・コレクション２　石さまざま』（下）松籟社。

〈Ⅰ-23〉

翻訳

ケラー／草間平作訳（1972）『村のロメオとユリア』岩波書店。
ケラー／高木久雄ほか訳（1987）『ケラー作品集　第一巻』松籟社。

文献

スイス文学研究会編（2014）『スイスを知るための60章』明石書店。

視聴覚資料

オペラ『村のロミオとジュリエット』フレデリック・ディーリアス作曲（1901）

〈Ⅰ-24〉

翻訳

L・ザッヘル＝マゾッホ／種村季弘訳（2014）『毛皮を着たヴィーナス』河出書房新社。
ザッハー＝マゾッホ／許光俊訳（2022）『毛皮を着たヴィーナス』光文社。

文献

種村季弘（2004）『ザッヘル＝マゾッホの世界』平凡社。
ジル・ドゥルーズ／堀千晶訳（2018）『ザッヘル＝マゾッホ紹介　冷淡なものと残酷なもの』河出書房新社。
西成彦（1988）『マゾヒズムと警察』筑摩書房。
平野嘉彦（2004）『マゾッホという思想』青土社。

〈Ⅰ-25〉

翻訳

ニーチェ／秋山英夫訳（1966）『悲劇の誕生』岩波書店。

文献

竹田青嗣（1994）『ニーチェ入門』筑摩書房。
アルトゥール・ショーペンハウアー／西尾幹二訳（2004）『意志と表象としての世界』（全３巻）中央公論新社。

〈Ⅰ-26〉

翻訳

シュピーリ／若松宣子訳（2014）『ハイジ（新訳版）』（１・２）偕成社。
シュピリ／上田真而子訳（2003）『ハイジ』（上・下）岩波書店。
シュピーリ／矢川澄子訳（2003）『ハイジ』（上・下）福音館書店。
スピリ／野上弥生子訳（1934）『アルプスの山の娘（ハイヂ）』岩波書店。

文献

森田安一（2019）『「ハイジ」が見たヨーロッパ』河出書房新社。
森田安一（2017）『「ハイジ」の生まれた世界　ヨハンナ・シュピーリと近代スイス』教文館。
ちばかおり（2017）『ハイジが生まれた日　テレビアニメの金字塔を築いた人々』岩波書店。
ちばかおり・川島隆（2013）『図説 アルプスの少女ハイジ 「ハイジ」でよみとく19世紀スイス』河出書房新社。
高橋健二（1972）『シュピーリの生涯』弥生書房。

視聴覚資料

映画『ハイジ　アルプスの物語』アラン・グスポーナー監督（2015）
テレビアニメ『アルプスの少女ハイジ』高畑勲演出（1974）

〈Ⅰ-27〉

翻訳

ニーチェ／佐々木中訳（2015）『ツァラトゥストラはかく語りき』河出書房新社。

文献

ジル・ドゥルーズ／湯浅博雄訳（1998）『ニーチェ』筑摩書房。
村井則夫（2008）『ニーチェ　ツァラトゥストラの謎』中央公論新社。

視聴覚資料

交響詩『ツァラトゥストラはこう語った』リヒャルト・シュトラウス作曲（1896）

映画『2001年宇宙の旅』スタンリー・キューブリック監督（1968）

〈Ⅰ-28〉

翻訳

シュトルム／茅野蕭々訳（1937）『白馬の騎手　他一篇』岩波書店。

シュトルム／高橋文子訳（2007）『白馬の騎手』論創社。

文献

日本シュトルム協会編（1993）『シュトルム文学研究　協会設立十周年記念論文集』東洋出版。

ヴィンフリート・フロイント／深見茂訳（1997）『ドイツ幻想文学の系譜　ティークからシュトルムまで』彩流社。

視聴覚資料

映画『白馬の騎手』ハンス・デッペ，クルト・エルテル監督（1934）

映画『白馬の騎手』アルフレート・ヴァイデンマン監督（1978）

〈Ⅰ-29〉

翻訳

ハウプトマン／佐藤晃一訳（1964）『踏切番ティール』（『世界文学大系91 近代小説集』）筑摩書房。

文献

ハウプトマン／橋本忠夫訳（1929）『日の出前』岩波書店。

ハウプトマン／久保栄訳（1954）『職工』岩波書店。

久保栄（1928）「作者小傳及び解題」（『世界戯曲全集14　ハウプトマン集』）世界戯曲全集刊行会。

成瀬無極（1954）「解説」（『現代ドイツ文学全集　ハウプトマン篇』）河出書房。

相良守峯（1958）「解説 ハウプトマン」（『世界文学全集16　ハウプトマン シュニッツラー』）河出書房新社。

佐藤晃一（1964）「解説 ドイツ」（『世界文学大系91 近代小説集』）筑摩書房。

岩淵達治（1972）『反現実の演劇の論理』河出書房新社。

ペーター・ションディ／市村仁・丸山匠訳（1979）『現代戯曲の理論』法政大学出版局。

〈Ⅰ-30〉

翻訳

フォンターネ／加藤一郎訳（1941-42）『罪なき罪（エフィ・ブリースト）』（上・下）岩波書店。

フォンターネ／辻理訳（1972）『罪のかなた』（『世界の文学　新集12　フォンターネ』）中央公論社。

文献

立川洋三（1988）『フォンターネの世界』春光社。

渋谷寿一（1994）『フォンターネ 湖に消えた町 『マルク・ブランデンブルク周遊記』より』東洋出版。

藤田賢（1998）『フォンターネの詩』東北大学出版会。

視聴覚資料

映画『エフィー・ブリースト』ライナー・ヴェルナー・ファスビンダー監督（1974）

〈Ⅰ-31〉

翻訳

ゲオルゲ／富岡近雄訳（1994）『ゲオルゲ全詩集』郁文堂。

ゲオルゲ／西田英樹訳（1993）『魂の四季』東洋出版。

ゲオルゲ／手塚富雄訳（1972）『ゲオルゲ詩集』岩波書店。

文献

ゲオルゲ／ゲオルゲ研究会訳（1993）『生の絨毯』東洋出版。

平野嘉彦（2010）『死のミメーシス　ベンヤミンとゲオルゲ・クライス』岩波書店。

手塚富雄（1960）『ゲオルゲとリルケの研究』岩波書店。

視聴覚資料

映画『ワルキューレ』ブライアン・シンガー監督（2008）。ゲオルゲの最後の弟子の一人，将校クラウス・フォン・シュタウフェンベルク大佐による，ヒトラー暗殺計画「7月20日事件」を描く。

〈Ⅰ-32〉

翻訳

シュニッツラー／野島正城訳（1964）『グストル少尉』（『世界文学大系91』）筑摩書房。

文献

岩淵達治（1994）『シュニツラー』清水書院。

視聴覚資料

映画『アイズ ワイド シャット』スタンリー・キューブリック監督（1999）

〈Ⅰ-33〉

翻訳

ホフマンスタール／檜山哲彦訳（1991）『チャンドス卿の手紙　他10篇』岩波書店。

ホフマンスタール／川村二郎訳（1997）『チャンドス卿の手紙・アンドレアス』講談社。

ホーフマンスタール／丘沢静也訳（2018）『チャンドス卿の手紙／アンドレアス』光文社。

ホーフマンスタール／岩淵達治ほか訳（1972-74）『ホフマンスタール選集』（全4巻）河出書房新社。

文献

ヴェルナー・フォルケ／横山滋訳（1971）『ホーフマンスタール』理想社。

ヘルマン・ブロッホ／菊盛英夫訳（1971）『ホフマンスタールとその時代　二十世紀文学の運命』筑摩書房。

松本道介（1994）「ホフマンスタールと表現主義」（中央大学人文科学研究所編『陽気な黙示録』）中央大学出版部。

三宅新三（2016）『リヒャルト・シュトラウスとホーフマンスタール』青弓社。

関根裕子（2019）『黙って踊れ，エレクトラ　ホフマンスタールの言語危機と日本』春風社。

ヘルマン・バール／西村雅樹編訳（2019）「ロリス」（『世紀末ウィーン文化評論集』）岩波書店。

視聴覚資料

オペラ『薔薇の騎士』リヒャルト・シュトラウス作曲（1911初演）

〈Ⅰ-34〉

翻訳

シュレーバー／尾川浩・金関猛訳・石澤誠一解題（2002）『シュレーバー回想録』平凡社。2015年に中公クラシックスより改訳版が刊行。ただし解題は収録されていない。

シュレーバー／渡辺哲夫訳（2015）『ある神経病者の回想録』講談社。

文献

臼井隆一郎（1998）『乾いた樹の言の葉　『シュレーバー回想録』の言語態』鳥影社。

熊谷哲哉（2014）『言語と狂気　シュレーバーと世紀転換期ドイ

ツ』水声社。
ジュール・グレンほか編／馬場謙一監訳（2008）『シュレーバーと狼男　フロイト症例を再読する』金剛出版。
椎名亮輔（2010）『狂気の西洋音楽史　シュレーバー症例から聞こえてくるもの』岩波書店。
モートン・シャッツマン／岸田秀訳（1975）『魂の殺害者　教育における愛という名の迫害』草思社。
フリードリヒ・キットラー／大宮勘一郎・石田雄一訳（2021）『書き取りシステム1800・1900』インスクリプト。
フロイト／金関猛訳（2010）『シュレーバー症例論』中央公論新社。
フロイト／高田珠樹訳（2022）『日常生活の精神病理』岩波書店。
渡辺哲夫（1993）『シュレーバー』筑摩書房。
『ユリイカ総特集　20世紀を読む』（1997年４月臨時増刊）青土社。

〈Ⅰ-35〉

翻訳

トーマス・マン／浅井晶子訳（2018）『トニオ・クレーガー』光文社。
トーマス・マン／平野卿子訳（2011）『トニオ・クレーガー　他一篇』河出書房新社。
トオマス・マン／実吉捷郎訳（2003）『トニオ・クレエゲル』岩波書店。
トーマス・マン／高橋義孝訳（1967）『トニオ・クレーゲル　ヴェニスに死す』新潮社。

文献

小岸昭（1996）『スペインを追われたユダヤ人』筑摩書房。
福元圭太（2005）『「青年の国」ドイツとトーマス・マン　20世紀初頭のドイツにおける男性同盟と同性愛』九州大学出版会。

視聴覚資料

映画『ベニスに死す』ルキノ・ヴィスコンティ監督（1971）

〈Ⅰ-36〉

翻訳

カール・クラウス／小松太郎訳（1970）『モラルと犯罪』法政大学出版局。

文献

池内紀（2015）『カール・クラウス　闇にひとつ炬火あり』講談社。
カール・クラウス／池内紀訳（2016）『人類最期の日々［普及版］』（上・下）法政大学出版局。
ニーケ・ワーグナー／菊盛英夫訳（1988）『世紀末ウィーンの精神と性』筑摩書房。

〈Ⅰ-37〉

翻訳

リルケ／望月市恵訳（1973）『マルテの手記』（改版）岩波書店。
リルケ／松永美穂訳（2014）『マルテの手記』光文社。
リルケ／塚越敏監修（1990-91）『リルケ全集』（全10巻）河出書房新社。

文献

ルー・ザロメ／塚越敏・伊藤行雄訳（1973）『ルー・ザロメ著作集４　ライナー・マリア・リルケ』以文社。
杉橋陽一（1980）『一角獣の変容』朝日出版社。
神品芳夫（1982）『新版リルケ研究』小沢書店。
辻邦生（2000）『薔薇の沈黙　リルケ論の試み』筑摩書房。
ムージル／岡田素之訳（2003）「リルケを悼む」圓子修平ほか訳『ムージル・エッセンス　魂と厳密性』中央大学出版部。

視聴覚資料

映画『ルー・サロメ　善悪の彼岸』リリアーナ・カヴァーニ監督（1977）

〈Ⅰ-38〉

翻訳

ボンゼルス／長尾宏也訳（1935）『蜜蜂マアヤの遍歴』竹村書房。
ボンゼルス／実吉捷郎訳（1937）『蜜蜂マアヤ』岩波書店。
ボンゼルス／実吉捷郎訳（1951）『ミツバチ・マアヤの冒険』岩波書店。
ボンゼルス／高橋義孝訳（1966）『みつばちマーヤの冒険』小学館。
ボンゼルス／高橋健二訳（2004）『みつばちマーヤの冒険』（『世界名作文学集』）国土社。

文献

ザルテン／上田真而子訳（2010）『バンビ　森の，ある一生の物語』岩波書店。
ディートマー・グリーザー／宮内俊至訳（2014）『主人公になった動物たち』北樹出版。

視聴覚資料

映画『バンビ』監督デヴィット・ハント，製作ウォルト・ディズニー（1942）
テレビアニメ『みつばちマーヤの冒険（初回と最終話＋２話：傑作厳選 DVD）』製作日本アニメーション（2017）
映画『みつばちマーヤの大冒険』アレックス・シュターダーマン監督（2014）
映画『みつばちマーヤの大冒険２』アレックス・シュターダーマン，ノエル・クリアリー監督（2018）

〈Ⅰ―39〉

翻訳

ベン／山本尤ほか訳（1972）『ゴットフリート・ベン著作集』（全３巻）社会思想社。

文献

山本尤（2000）『近代とドイツ精神』未知谷。
加藤周一（2010）『現代ヨーロッパの精神』岩波書店。
石田圭子（2013）『美学から政治へ　モダニズムの詩人とファシズム』慶應義塾大学出版会。

〈Ⅰ-40〉

翻訳

カフカ／高橋義孝訳（1952）『変身』新潮社。
カフカ／山下肇訳（2004）『変身・断食芸人』岩波書店。
カフカ／中井正文訳（2007）『変身』KADOKAWA。
カフカ／丘沢静也訳（2007）『変身，掟の前で　他２編』光文社。
カフカ／池内紀訳（2006）『変身』白水社。
カフカ／平野嘉彦編／浅井健二郎訳（2008）『カフカ・セレクションⅢ　異形／寓意』筑摩書房。
カフカ／多和田葉子編訳（2015）『カフカ』集英社。

文献

カフカ／バラエティ・アートワークス（2008）『変身　まんがで読破』イースト・プレス。
カフカ／須賀原洋行（2019）『変身　マンガ学術文庫』講談社。
カフカ／頭木弘樹編訳（2014）『絶望名人カフカの人生論』新潮社。
カフカ，ゲーテ／頭木弘樹訳（2018）『絶望名人カフカ×希望名人ゲーテ文豪の名言対決』草思社。
平松昭子（2015）『マンガで読む絶望名人カフカの人生論』飛鳥新社。
川島隆（2012）『カフカ「変身」』（100分 de 名著）NHK 出版。
リッチー・ロバートソン／明星聖子訳・解説（2008）『カフカ』岩波書店。
平野嘉彦（1996）『カフカ　身体のトポス』講談社。
池内紀（2010）『カフカの生涯』白水社。
クラウス・ヴァーゲンバッハ／中野孝次・高辻知義訳（1995）

『若き日のカフカ』筑摩書房。
明星聖子（2014）『カフカらしくないカフカ』慶應義塾大学出版会。
ライナー・シュタッハ／本田雅也訳（2017）『この人，カフカ？ ひとりの作家の99の素顔』白水社。
池内紀（2004）『となりのカフカ』光文社。
池内紀（1998）『カフカのかなたへ』講談社。
池内紀・若林恵（2003）『カフカ事典』三省堂。
池内紀（2004）『池内紀の仕事場３　カフカを読む』みすず書房。

視聴覚資料

映画『変身』ワレーリイ・フォーキン監督（2002）
映画『カフカ「変身」』クリス・スワントン監督（2012）
上演記録（舞踏劇）『変身』（The Metamorphosis）アーサー・ピタ振付・演出，英国ロイヤル・バレエ（2013上演）

〈Ⅰ-41〉

翻訳

トラークル／平井俊夫訳（1967）『トラークル詩集』筑摩書房。
トラークル／瀧田夏樹編・訳（1994）『トラークル詩集』小沢書店。
トラークル／中村朝子訳（2015）『トラークル全集』（新・新装版）青土社。

文献

瀧田夏樹（1990）『ドイツ表現主義の詩人たち』同学社。
加藤泰義（1993）『ハイデガーとトラークル』芸立出版。
マルティン・ハイデッガー／亀山健吉・H・グロス訳（1996）『言葉』，『詩における言葉　ゲオルク・トゥラークルの詩の論究』（『言葉への途上　ハイデッガー全集　第12巻』）創文社。
リューディガー・ゲルナー／中村朝子訳（2017）『ゲオルク・トラークル　生の断崖を歩んだ詩人』青土社。

視聴覚資料

歌曲『ゲオルク・トラークルの詩による６つの歌曲』アントン・ヴェーベルン作曲（1917-21）

〈Ⅰ-42〉

翻訳

カフカ／辻瑆訳（1966）『審判』岩波書店。
カフカ／本野亨一訳（1953）『審判』角川書店。
カフカ／原田義人訳（1971）『審判』新潮社。
カフカ／池内紀訳（2006）『審判』白水社。
カフカ／丘沢静也訳（2009）『訴訟』光文社。
カフカ／多和田葉子編訳（2015）『カフカ』集英社。

文献

カネッティ／小松太郎・竹内豊治訳（1971）『もう一つの審判　カフカの「フェリーツェへの手紙」』法政大学出版局。
ネイハム・N・グレイツァー／池内紀訳（1998）『カフカの恋人たち』朝日新聞社。
クラウス・ヴァーゲンバッハ／須藤正美訳（2003）『カフカのプラハ』水声社。
エマヌエル・フリンタ，ヤン・ルカス／阿部賢一訳（2008）『プラハ　カフカの街』成文社。
平野嘉彦（1993）『プラハの世紀末　カフカと言葉のアルチザンたち』岩波書店。
池内紀（1998）『カフカのかなたへ』講談社。
池内紀（2000）『ちいさなカフカ』みすず書房。
池内紀（2004）『カフカの書き方』新潮社。
明星聖子（2002）『新しいカフカ　「編集」が変えるテクスト』慶應義塾大学出版会。

視聴覚資料

映画『審判』オーソン・ウェルズ監督（1963）
映画『トライアル　審判』デイヴィッド・ジョーンズ監督（1993）（日本語版はVHSのみ）
映画『審判』ジョン・ウィリアムズ監督（2018）
映画『カフカ　田舎医者』山村浩二監督（2007）
映画『断食芸人』足立正生監督（2015）
映画『KAFKA／迷宮の悪夢』スティーヴン・ソダーバーグ監督（1991）
映画『階級関係―カフカ「アメリカ」より―』ジャン＝マリー・ストローブ／ダニエル・ユイレ監督（1984）
映画『カフカの「城」』ミヒャエル・ハネケ監督（1997）

〈Ⅰ-43〉

翻訳

フロイト／中山元訳（2011）『ドストエフスキーと父親殺し／不気味なもの』光文社。

文献

鈴木晶（2014）『図解雑学　フロイトの精神分析』ナツメ社。

視聴覚資料

映画『危険なメソッド』デヴィッド・クローネンバーグ監督（2011）

〈Ⅰ-44〉

翻訳

ヘッセ／酒寄進一訳（2017）『デーミアン』光文社。
ヘッセ／高橋健二訳（1951）『デミアン』新潮社。
ヘッセ／実吉捷郎訳（1959）『デミアン』岩波書店。
ヘッセ／日本ヘルマン・ヘッセ友の会・研究会編（2005）『ヘルマン・ヘッセ全集10　デーミアン・戯曲の試み』臨川書店。

文献

高橋健二（1974）『ヘルマン・ヘッセ　危機の詩人』新潮社。
南川三次郎（2002）『ヘルマン・ヘッセを旅する』世界文化社。
森貴史（2019）『裸のヘッセ　ドイツ生活改善運動と芸術家たち』法政大学出版局。

視聴覚資料

映画『ステッペンウルフ　荒野の狼』フレッド・ヘインズ監督（1987）
映画『シッダールタ』コンラッド・ルークス監督（1997）

〈Ⅰ-45〉

翻訳

リルケ／手塚富雄訳（2010改版）『ドゥイノの悲歌』岩波書店。
リルケ／富岡近雄訳（2013）『新訳リルケ詩集』郁文堂。
リルケ／塚越敏監修（1990-91）『リルケ全集』（全10巻）河出書房新社。

文献

神品芳夫（2015）『リルケ　現代の吟遊詩人』青土社。
星野慎一・小磯仁（2016）『リルケ』（新装版）青土社。

視聴覚資料

映画『ベルリン・天使の詩』ヴィム・ヴェンダース監督（1987）
この映画を製作した動機の一つとして，監督は『ドゥイノの悲歌』を挙げている。

〈Ⅰ-46〉

翻訳

トーマス・マン／高橋義孝訳（1969）『魔の山』（上・下）新潮社。
トーマス・マン／関泰祐・望月市恵訳（1988）『魔の山』（上・下）岩波書店。

文献

友田和秀（2004）『トーマス・マンと一九二〇年代　『魔の山』とその周辺』人文書院。

視聴覚資料

映画『魔の山』ハンス・W・ガイセンデルファー監督（1982）

〈Ⅰ-47〉

翻訳

ローベルト・ヴァルザー／新本史斉ほか訳（2015）『ローベルト・ヴァルザー作品集５　盗賊／散文小品集Ⅱ』鳥影社。

文献

ローベルト・ヴァルザー，パウル・クレー／若林恵・松鵜功記訳／柿沼万里江編（2018）『日々はひとつの響き　ヴァルザー＝クレー詩画集』平凡社。

ローベルト・ヴァルザー／飯吉光夫訳（2003）『ヴァルザーの詩と小品』みすず書房。

小川洋子（2017）『不時着する流星たち』角川書店。

W・G・ゼーバルト／鈴木仁子訳（2014）『鄙の宿』白水社。

新本史斉（2019）『微笑む言葉，舞い落ちる散文　ローベルト・ヴァルザー論』鳥影社。

視聴覚資料

映画『ベンヤメンタ学院』ブラザーズ・クエイ監督（1995）

〈Ⅰ-48〉

翻訳

ブレヒト／千田是也訳（1961）『三文オペラ』岩波書店。

ブレヒト／岩淵達治訳（2006）『三文オペラ』岩波書店。

ブレヒト／谷川道子訳（2014）『三文オペラ』光文社。

文献

ベンヤミン／石黒英男訳（1971）『ブレヒト』晶文社。

アッティラ・チャンパイ，ディートマル・ホラント／岩淵達治・早崎えりな訳（1989）『名作オペラブックス28　ブレヒト／ヴァイル　三文オペラ　ストラヴィンスキー　放蕩児の遍歴』音楽之友社。

岩淵達治（1993）『《三文オペラ》を読む』岩波書店。

マルセル・ライヒ＝ラニツキ／丘沢静也訳（2004）「ブレヒト　とてつもなく高い」『とばりを降ろせ，愛の夜よ』岩波書店。

ボブ・ディラン／菅野ヘッケル訳（2005）『ボブ・ディラン自伝』SBクリエイティブ。

中野正昭（2007）「ベルト・ブレヒト原作 東京演劇集団文芸部自由脚色『乞食芝居（三文オペラ）』三幕三場　解題・翻刻（１）」『演劇研究』第31号，早稲田大学坪内博士記念演劇博物館。

内藤洋子（2019）『ブレヒトの詩　しなやかに鋭く時代を穿つ』績文堂出版。

視聴覚資料

映画『三文オペラ』G・W・パプスト監督（1931）

音楽劇『ハッピー・エンド』エリーザベト・ハウプトマン台本，ブレヒト作詞，クルト・ヴァイル作曲（1929）

オペラ『マハゴニー市の興亡』ブレヒト台本，クルト・ヴァイル作曲（1930）

オペラ『エターナル・ロード』フランツ・ヴェルフェル台本，クルト・ヴァイル作曲（1937）

ミュージカル『ニッカーボッカー氏の休日』マクスウェル・アンダーソン台本，クルト・ヴァイル作曲（1938）

ミュージカル『レディ・イン・ザ・ダーク』モス・ハート台本，アイラ・ガーシュウィン作詞，クルト・ヴァイル作曲（1941）

ミュージカル『ヴィナスの接吻』S・J・ペレルマン＆オグデン・ナッシュ台本，クルト・ヴァイル作曲（1943）

ミュージカル『ロスト・イン・ザ・スターズ』マクスウェル・アンダーソン台本，クルト・ヴァイル作曲（1949）

〈Ⅰ-49〉

翻訳

デーブリーン／早崎守俊訳（2012）『ベルリン・アレクサンダー広場』河出書房新社。

文献

ベンヤミン／浅井健二郎訳（1996）『長編小説の危機』（『ベンヤミン・コレクション２』）筑摩書房。

マルセル・ライヒ＝ラニツキ／丘沢静也訳（2004）『とばりを降ろせ，愛の夜よ　20世紀ドイツ文学７人のパイオニア』岩波書店。

視聴覚資料

テレビ映画『ベルリン・アレクサンダー広場』ライナー・ヴェルナー・ファスビンダー監督（1980）

〈Ⅰ-50〉

翻訳

ユンガー／川合全弘訳（2005）『総動員』（『追悼の政治』）月曜社。

文献

蔭山宏（2013）『崩壊の経験　現代ドイツ政治思想講義』慶應義塾大学出版会。

視聴覚資料

映画『シャトーブリアンからの手紙』フォルカー・シュレンドルフ監督（2012）

〈Ⅰ-51〉

翻訳

ケストナー／丘沢静也訳（1994）『ファビアン　あるモラリストの物語』みすず書房。

ケストナー／小松太郎訳（1990）『ファービアン　あるモラリストの物語』筑摩書房。

文献

青地伯水編（2012）『エーリヒ・ケストナー　こわれた時代のゆがんだ鏡』松籟社。

スヴェン・ハヌシェク／藤川芳朗訳（2010）『エーリヒ・ケストナー　謎を秘めた啓蒙家の生涯』白水社。

クラウス・コルドン／那須田淳・木本栄訳（1999）『ケストナー　ナチスに抵抗し続けた作家』偕成社。

視聴覚資料

映画『飛ぶ教室』トミー・ヴィガント監督（2003）

映画『エーミールと探偵たち』フランツィスカ・ブッフ監督（2001）

映画『点子ちゃんとアントン』カロリーヌ・リンク監督（2000）

映画『ふたりのロッテ』ヨゼフ・フィルスマイヤー監督（1993）

〈Ⅰ-52〉

翻訳

ムージル／加藤二郎訳（1992-95）『特性のない男』（ムージル著作集Ⅰ～Ⅵ）松籟社。

文献

オリヴァー・プフォールマン／早坂七緒ほか訳（2019）『ローベルト・ムージル　可能性感覚の軌跡』アスパラ。

カール・コリーノ／早坂七緒ほか訳（2009-15）『ムージル伝記１～３』法政大学出版局。

赤司英一郎（2014）『思考のトルソー・文学でしか語られないもの　ローベルト・ムージルの小説の方法について』法政大学出版局。

時田郁子（2012）『ムージルと生命の樹　「新しい人間」の探究』松籟社。

古井由吉（2011）『ロベルト・ムージル』岩波書店。

北島玲子（2010）『終わりなき省察の行方　ローベルト・ムージルの小説』ぎょうせい。
大川勇（2003）『可能性感覚　中欧におけるもうひとつの精神史』松籟社。
原研二（2001）『物語と不在　十九世紀オーストリア小説とムージル』東洋出版。

〈I-53〉
翻訳
ファラダ／赤坂桃子訳（2017）『ピネベルク，明日はどうする!?』みすず書房。
文献
マックス・ホルクハイマー，テオドール・W・アドルノ／徳永恂訳（2007）『啓蒙の弁証法』岩波書店。
視聴覚資料
映画『ピネベルク，明日はどうする!?』（Little Man, What Now?）フランク・ボーゼイギ監督（1934）
テレビ映画『ピネベルク，明日はどうする!?』（Kleiner Mann - was nun?）ハンス - ヨアヒム・カスプルツィク監督（1967）

〈I-54〉
翻訳
ヨーゼフ・ロート／平田達治訳（2014）『ラデツキー行進曲』（上・下）岩波書店。
ヨーゼフ・ロート／柏原兵三訳（1974）『ラデツキー行進曲』（『筑摩世界文学大系63　ホーフマンスタール，ロート』）筑摩書房。
文献
平田達治（2013）『放浪のユダヤ人作家　ヨーゼフ・ロート』鳥影社。
平野嘉彦（2001）『獣たちの伝説　東欧のドイツ語文学地図』みすず書房。
クラウディオ・マグリス／鈴木孝雄ほか訳（1990）『オーストリア文学とハプスブルク神話』書肆風の薔薇。
ヨーゼフ・ロート／平田達治・吉田仙太郎訳（1985）『放浪のユダヤ人　ロートエッセイ集』法政大学出版局。

〈I-55〉
翻訳
ベンヤミン／浅井健二郎訳（1995）『複製技術時代の芸術作品〔第二稿〕』（『ベンヤミン・コレクション1』）筑摩書房。
ベンヤミン／佐々木基一訳（1999）『複製技術時代の芸術』晶文社。
ベンヤミン／野村修訳（1994）『複製技術の時代における芸術作品』（『ボードレール 他五篇』）岩波書店。
ベンヤミン／山口裕之訳（2011）『技術的複製可能性の時代の芸術作品〔第三稿〕』（『ベンヤミン・アンソロジー』）河出書房新社。
ベンヤミン／竹峰義和訳（2018）『技術的複製可能性の時代における芸術作品　第一稿』（『思想』2018年第7号）岩波書店。
文献
ベンヤミン／浅井健二郎編訳（1995-2014）『ベンヤミン・コレクション1～7』筑摩書房。
ベンヤミン／久保哲司編訳（1998）『図説 写真小史』筑摩書房。
ジークフリート・クラカウアー／平井正訳（1980）『カリガリからヒットラーまで』（増補改訂版）せりか書房。
ハワード・ケイギル，リチャード・アピニャネジ／久保哲司訳（2009）『ベンヤミン』筑摩書房。
多木浩二（2000）『ベンヤミン「複製技術時代の芸術作品」精読』岩波書店。
野村修（1993）『ベンヤミンの生涯』平凡社。
ベラ・バラージュ／佐々木基一・高村宏訳（1986）『視覚的人間　映画のドラマツルギー』岩波書店。
ミリアム・ブラトゥ・ハンセン／竹峰義和・滝浪佑紀訳（2017）『映画と経験　クラカウアー，ベンヤミン，アドルノ』法政大学出版局。
三島憲一（2010）『ベンヤミン　破壊・収集・記憶』講談社。
視聴覚資料
映画『意志の勝利』レニ・リーフェンシュタール監督（1934）
映画『オリンピア（民族の祭典・美の祭典）』レニ・リーフェンシュタール監督（1938）

〈I-56〉
翻訳
ベンヤミン／浅井健二郎訳（1995）『一九〇〇年頃のベルリンの幼年時代〔第二稿〕』（『ベンヤミン・コレクション3』）筑摩書房。
文献
ベンヤミン／小寺昭次郎ほか訳（2008）『子どものための文化史』平凡社。
ヴィンフリート・メニングハウス／伊藤秀一訳（2000）『敷居学　ベンヤミンの神話のパサージュ』現代思潮新社。
ジョルジョ・アガンベン／上村忠男訳（2017）『幼児期と歴史　経験の破壊と歴史の起源』岩波書店。

〈I-57〉
翻訳
ツヴァイク／原田義人訳（1999）『昨日の世界』みすず書房。
文献
スティーヴン・ベラー／桑名映子訳（2008）『世紀末ウィーンのユダヤ人』刀水書房。
視聴覚資料
映画『忘れじの面影』マックス・オフュルス監督（1948）
映画『グランド・ブダペスト・ホテル』ウェス・アンダーソン監督（2013）

〈I-58〉
翻訳
ヘルマン・ブロッホ／川村二郎訳（1977）『ウェルギリウスの死』（世界の文学13）集英社。
文献
ヘルマン・ブロッホ／菊盛英夫訳（2004）『夢遊の人々』（上・下）筑摩書房。
モーリス・ブランショ／粟津則雄（1968）『来るべき書物』現代思潮社。
川村二郎（1979）『黙示録と牧歌』集英社。
入野田真右訳（1995）『H・ブロッホの文学空間』北宋社。
三瓶憲彦（1997）『死の変奏　ヘルマン・ブロッホ／トーマス・マンのために』松籟社。
パウル・ミヒャエル・リュツェラー／入野田真右訳（2002）『ヘルマン・ブロッホの生涯』法政大学出版局。
入野田真右ほか（2003）『価値崩壊と文学　ヘルマン・ブロッホ論集』同学社。
ハンナ・アーレント／阿部斉訳（2005）『暗い時代の人々』筑摩書房。
ミラン・クンデラ／西成良成訳（2016）『小説の技法』岩波書店。

〈I-59〉
翻訳
デュレンマット／市川明訳（2013）『老貴婦人の訪問』（『デュレン

マット戯曲集』第2巻）鳥影社。

文献

増本浩子（2003）『フリードリヒ・デュレンマットの喜劇　迷宮のドラマトゥルギー』三修社。

増本浩子（2005）「スイス・ドイツ語文学を読むための基礎知識」（杉谷眞佐子ほか編著『ドイツ語が織りなす社会と文化』）関西大学出版部。

デュレンマット／増本浩子訳（2012）『失脚／巫女の死　デュレンマット傑作選』光文社。

北條瞳（2015）「デュレンマットとギリシア演劇」（『デュレンマット戯曲集』第3巻）鳥影社。

視聴覚資料

映画『訪れ』ベルンハルト・ヴィッキ監督（1964）

映画『ハイエナ』ジブリル・ジオップ・マンベティ監督（1992）

〈Ⅰ-60〉

翻訳

ギュンター・グラス／池内紀訳（2010）『池澤夏樹＝個人編集　世界文学全集　Ⅱ-12　ブリキの太鼓』河出書房新社。

文献

ギュンター・グラス／高本研一訳（1983）『テルクテの出会い』集英社。

依岡隆児（2013）『ギュンター・グラス　「渦中」の文学者』集英社。

大江健三郎（1996）『日本の「私」からの手紙』岩波書店。

早崎守俊（1989）『グルッペ四十七年史　ドイツ戦後文学史にかえて』同学社。

視聴覚資料

映画『ブリキの太鼓』フォルカー・シュレンドルフ監督（1979）

映画『女ねずみ』マルティン・ブッフホルン監督（1997）

〈Ⅰ-61〉

翻訳

カネッティ／岩田行一訳（2022）『群衆と権力〈改装版〉』（上・下）法政大学出版局。

文献

ユセフ・イシャグプール／川俣晃自訳（1996）『エリアス・カネッティ　変身と同一』法政大学出版局。

小岸昭（1996）『スペインを追われたユダヤ人　マラーノの足跡を訪ねて』筑摩書房。

宍戸節太郎（2013）『カネッティを読む　ファシズム・大衆の20世紀を生きた文学者の軌跡』現代書館。

須藤温子（2019）『エリアス・カネッティ　生涯と著作』月曜社。

スヴェン・ハヌシェク／北島玲子ほか訳（2013）『エリアス・カネッティ伝記』（上・下）SUP上智大学出版。

樋口恵（2020）『エリアス・カネッティ「群衆と権力」の軌跡　群衆論の系譜と戯曲集を手がかりに』晃洋書房。

平野嘉彦（2001）『獣たちの伝説　東欧のドイツ語文学地図』みすず書房。

古矢晋一（2022）「メディアと群衆――カネッティ『群衆と権力』を読み直す」（縄田雄二編『モノと媒体（メディア）の人文学　現代ドイツの文化学』）岩波書店。

〈Ⅰ-62〉

翻訳

バッハマン／松永美穂訳（2016）『三十歳』岩波書店。

【文献】

バッハマン／大羅志保子訳（2004）『ジムルターン』鳥影社。

バッハマン／中村朝子訳（2011）『全詩集』青土社。

バッハマン，ツェラン，フリッシュ，ジゼル・ド・レストランジュ／中村朝子訳（2011）『バッハマン／ツェラン往復書簡 心の時』青土社。

中込啓子（1996）『ジェンダーと文学　イェリネク，ヴォルフ，バッハマンのまなざし』鳥影社。

高井絹子（2018）『インゲボルク・バッハマンの文学』鳥影社。

視聴覚資料

映画『マリーナ』ヴェルナー・シュレーター監督，エルフリーデ・イェリネク脚本（1990）

〈Ⅰ-63〉

翻訳

ツェラン／中村朝子訳（1992）『パウル・ツェラン全詩集』（全3巻）青土社。

ツェラン／飯吉光夫訳（2012）『パウル・ツェラン詩文集』白水社。

文献

バッハマン，ツェラン，フリッシュ，ジゼル・ド・レストランジュ／中村朝子訳（2011）『バッハマン／ツェラン往復書簡 心の時』青土社。

イスラエル・ハルフェン／相原勝・北彰訳（1996）『パウル・ツェラーン　若き日の伝記』未來社。

関口裕昭（2007）『評伝パウル・ツェラン』慶應義塾大学出版会。

飯吉光夫（2013）『パウル・ツェラン　ことばの光跡』白水社。

大澤武男（1991）『ユダヤ人とドイツ』講談社。

フィリップ・ラクー＝ラバルト／谷口博史訳（1997）『経験としての詩　ツェラン・ヘルダーリン・ハイデガー』未來社。

ジャック・デリダ／飯吉光夫ほか訳（1990）『シボレート　パウル・ツェランのために』岩波書店。

視聴覚資料

映画『夜と霧』アラン・レネ監督（1955）

〈Ⅰ-64〉

翻訳

ハントケ／羽白幸雄訳（2020）『不安 ペナルティキックを受けるゴールキーパーの……』三修社。

文献

平子義雄（1998）『言葉をめぐり物語をめぐる　ペーター・ハントケの世界』鳥影社・ロゴス企画部。

斎藤松三郎（2001）『夢のありかを求めて　ペーター・ハントケ論』鳥影社・ロゴス企画部。

遠山純生編（2002）『ヴィム・ヴェンダース』エスクアイア マガジン ジャパン。

視聴覚資料

映画『ゴールキーパーの不安』ヴィム・ヴェンダース監督（1971）

〈Ⅰ-65〉

翻訳

エンデ／大島かおり訳（1985）『モモ』岩波書店。

文献

ペーター・ボカリウス／子安美知子訳（1995）『ミヒャエル・エンデ』朝日出版社。

島内景二（1990）『エンデのくれた宝物』福武書店。

上橋菜穂子×荻原規子〈対談〉「もう一つの世界」のにおいを求めて，『ユリイカ』（2007年6月号）青土社。

視聴覚資料

映画『モモ』ヨハネス・シャーフ監督（1986）

〈Ⅰ-66〉
翻訳
ミュラー／岩淵達治・谷川道子訳（1992）『ハムレットマシーン　シェイクスピア・ファクトリー』未來社。
文献
ミュラー／市川明ほか訳（1991）『ゲルマーニア　ベルリンの死』早稲田大学出版部。
ミュラー／岩淵達治ほか訳（1993）『メディアマテリアル　ギリシア・アルシーヴ』未來社。
ミュラー／岩淵達治ほか訳（1994）『カルテット　ミュラー・コンテンポラリー』未來社。
ミュラー／谷川道子ほか訳（1993）『闘いなき戦い　自伝』未來社。
『特集ハイナー・ミュラー』（1996）『ユリイカ』（28巻6号）青土社。
谷川道子（2000）『ハイナー・ミュラー・マシーン』未来社。
ハンス＝ティース・レーマン／谷川道子ほか訳（2002）『ポストドラマ演劇』同学社。
新野守広（2005）『演劇都市ベルリン　舞台表現の新しい姿』れんが書房新社。
視聴覚資料
映画『この世の関節は外れた』（Die Zeit ist aus den Fugen.）クリストフ・リューター監督（1991）
楽曲『ハムレットマシーン』アインシュテュルツェンデ・ノイバウテン作曲（1991）

〈Ⅰ-67〉
翻訳
ベルンハルト／池田信雄訳（2004）『消去』（上・下）みすず書房。
文献
ベルンハルト／池田信雄訳（2008）『ヘルデンプラッツ』論創社。
ベルンハルト／今井敦訳（2017）『原因　一つの示唆』松籟社。
ベルンハルト／池田信雄訳（2019）『凍』河出書房新社。
マグリス／鈴木隆雄ほか訳（1990）『オーストリア文学とハプスブルク神話』書肆風の薔薇。
視聴覚資料
上演記録『ヘルデンプラッツ』（Heldenplatz）ウィーン・ブルク劇場（2008上演）

〈Ⅰ-68〉
翻訳
ゼーバルト／鈴木仁子訳（2008）『空襲と文学』白水社。
文献
スーザン・ソンタグ／富山太佳夫訳（2009）『書くこと，ロラン・バルトについて』みすず書房。
視聴覚資料
映画『アフター・ゼーバルト』（Patience（After Sebald））グラント・ジー監督（2011）

〈Ⅰ-69〉
翻訳
イェリネク／林立騎訳（2012）『光のない。』白水社。
文献
『デリ』（4）［特集イェリネク］（2005）沖積舎。
イェリネク／林立騎訳（2009）『雲。家。』（『舞台芸術』（15）32-55頁）角川学芸出版。
『現代詩手帖』2016（3）〔特集Ⅱ演劇の現場から〕思潮社。
テリー・イーグルトン／川本皓嗣訳（2011）『詩をどう読むか』岩波書店。
谷川道子ほか（2015）「ベルリン演劇祭（テアタートレッフェン）TT2015とドイツ語圏演劇の現在」http://theatrearts.aict-iatc.jp/201511/3494/（2020.11.21）
木村朗子（2018）『その後の震災後文学論』青土社。
ジュディス・バトラー／清水晶子訳（2012）『戦争の枠組み　生はいつ嘆きうるものであるか』筑摩書房。
視聴覚資料
映画『ピアニスト』ミヒャエル・ハネケ監督（2001）

〈Ⅰ-70〉
文献
多和田葉子（2014）『献灯使』講談社。
多和田葉子（2009）『ボルドーの義兄』講談社。
Tawada, Yoko: Schwager in Bordeaux.Tübingen（Konkursbuch）2008.
多和田葉子（2011）『雪の練習生』新潮社。
Tawada, Yoko: Etüden im Schnee.Tübingen（Konkursbuch）2014.
Tawada, Yoko: Abenteuer der deutschen Grammatik. Tübingen（Konkursbuch）2010.
多和田葉子（1998）『きつね月』新書館。
多和田葉子（2002）『容疑者の夜行列車』青土社。
多和田葉子（2006）『アメリカ　非道の大陸』青土社。
多和田葉子（1999）『文字移植』河出書房新社。
多和田葉子（2014）『かかとを失くして 三人関係　文字移植』講談社。
視聴覚資料
オーディオブック：Yoko Tawada, Aki Takase: diagonal. Tübingen（Konkursbuch）2002.

○第Ⅱ部

〈Ⅱ――1〉
文献
若尾祐司・井上茂子編著（2005）『近代ドイツの歴史　18世紀から現代まで』ミネルヴァ書房。
森井裕一編著（2016）『ドイツの歴史を知るための50章』明石書店。
メアリー・フルブロック／高田有現・高野淳訳（2005）『ドイツの歴史』創土社。
マンフレッド・マイ／小杉尅次訳（2013）『50のドラマで知るドイツの歴史　祖国統一への道』ミネルヴァ書房。
石田勇治（2007）『図説ドイツの歴史』河出書房新社。
阿部謹也（1998）『物語ドイツの歴史　ドイツ的とはなにか』中央公論社。
坂井栄八郎（2003）『ドイツ史10講』岩波書店。
池上俊一（2015）『森と山と川でたどるドイツ史』岩波書店。

〈Ⅱ――2〉
文献
ツヴァイク／原田義人訳（1999）『昨日の世界』みすず書房。
ホーフマンスタール／岩淵達治訳（1973）『むずかしい男』（『ホーフマンスタール選集4』）河出書房新社。
シュニッツラー／森鷗外訳（2004）『昭和初期　世界名作翻訳全集　第1期　9. 恋愛三昧　外三篇』ゆまに書房。
ホフマン／鈴木潔訳（1983）『騎士グルック』（ドイツ・ロマン派全集第3巻『ホフマン』）国書刊行会。
トーマス・ブルスィヒ／浅井晶子訳（2002）『太陽通り　ゾンネンアレー』三修社。
池内紀編訳（1989）『ウィーン世紀末文学選』岩波書店。
池田祐子編著（2016）『ウィーン　総合芸術に宿る夢（西洋近代の

都市と芸術４)』竹林舎。
尾関幸編著（2015)『ベルリン　砂上のメトロポール（西洋近代の都市と芸術５)』竹林舎。
大津留厚（2007)『ハプスブルクの実験　多文化共存を目指して　増補改訂版』春風社。
ピーター・ゲイ／亀嶋庸一訳（1999)『ワイマール文化』みすず書房。
平田達治（2010)『ベルリン・歴史の旅　都市空間に刻まれた変容の歴史』大阪大学出版会。
エーバーハルト・ロータース編／多木浩二ほか訳（1995)『ベルリン　芸術と社会 1910-1933』岩波書店。

視聴覚資料

歌曲集『詩人の恋』ハインリヒ・ハイネ詞，ローベルト・シューマン作曲（1840）
映画『第三の男』キャロル・リード監督（1949）
映画『グッバイ，レーニン！』ヴォルフガング・ベッカー監督（2004）
映画『善き人のためのソナタ』フロリアン・ヘンケル・フォン・ドナースマルク監督（2006）

〈Ⅱ-二-１〉

文献

ニーチェ／信太正三訳（1993)『ニーチェ全集〈８〉悦ばしき知識』筑摩書房。
ニーチェ／原佑訳（1993)『ニーチェ全集〈12〉権力への意志』（上・下）筑摩書房。
保田與重郎（2001)『エルテルは何故死んだか』新学社。
ヘルダーリン／青木誠之訳（2010)『ヒュペーリオン』筑摩書房。
ヘッセ／高橋健二訳（1959)『知と愛』新潮社。

視聴覚資料

映画『第三の男』キャロル・リード監督（1949)。この映画に登場する「第三の男」は，ニヒリズムの「百の徴候」の一つの表れだといえる。

〈Ⅱ-二-２〉

文献

ヨアヒム・ヴィンケルマン／沢柳大五郎訳（1943)『希臘藝術模倣論』座右寶刊行會。
藤縄謙三編著（1993)『ギリシア文化の遺産』南窓社。
ゲーテ／辻瑆ほか訳（2003)『新装版・ゲーテ全集５』潮出版社。
ゲーテ／岩崎英二郎ほか訳（2003)『新装版・ゲーテ全集13』潮出版社。
フリードリヒ・シュレーゲル／山本定祐訳（1978)『ロマン派文学論』冨山房。
ノヴァーリス／青木誠之ほか訳（2001)『ノヴァーリス全集　第二巻』沖積舎。
ヘルダーリン／川村二郎訳（2002)『ヘルダーリン詩集』岩波書店。
クライスト／吹田順助訳（1991)『ペンテジレーア』岩波書店。
ホーフマンスタール／岩淵達治ほか訳（1973)『ホーフマンスタール選集〈４〉戯曲』河出書房新社。
リルケ／富岡近雄訳（2013)『新訳リルケ詩集』郁文堂。
ヘッセ／高橋健二訳（1959)『知と愛』新潮社。
マリー・ルイーゼ・カシュニッツ／田尻三千夫訳（2009)『わたしのギリシア神話』同学社。
ブレヒト／谷川道子訳（2015)『アンティゴネ』光文社。
クリスタ・ヴォルフ／中込啓子訳（2009)『カッサンドラ』（池澤夏樹＝個人編集 世界文学全集２-２『失踪者/カッサンドラ』）河出書房新社。

視聴覚資料

映画『オリンピア（民族の祭典・美の祭典)』レニ・リーフェンシュタール監督（1938）

〈Ⅱ-二-３〉

文献

金田鬼一訳（2003)『グリム童話』（全５巻）岩波書店。
吉原高志・吉原素子訳（1997)『初版 グリム童話集』（全４巻）白水社。
ブレンターノ・アルニム／吉原高志訳（2003)『少年の魔法の角笛 童唄之巻』白水社。
ティーク／前川道介訳（1983)『忠実なるエッカルトとタンホイザー』鈴木潔訳（1983)『ルーネンベルク』（ドイツ・ロマン派全集　第１巻『ティーク』）国書刊行会。
アイヒェンドルフ／渡辺洋子訳（1987)『秋の妖惑』平野嘉彦訳（1987)『大理石像』（ドイツ・ロマン派全集　第６巻『アイヒェンドルフ』）国書刊行会。
ハイネ／小澤俊夫訳（1980)『流刑の神々・精霊物語』岩波書店。
ワーグナー／三宅幸夫・池上純一編訳（2012)『タンホイザー』五龍書院。
ワーグナー／三光長治ほか訳（1992)『ラインの黄金』白水社。
ワーグナー／三光長治ほか訳（1992)『ヴァルキューレ』白水社。
ワーグナー／三光長治ほか訳（1994)『ジークフリート』白水社。
ワーグナー／三光長治ほか訳（1996)『神々の黄昏』白水社。
ワーグナー／三宅幸夫・池上純一編訳（2007)『ニュルンベルクのマイスタージンガー』白水社。
ヴァッケンローダー／江川英一訳（1939)『芸術を愛する一修道僧の真情披瀝』岩波書店。
松浦純訳（1988)『ファウスト博士』（ドイツ民衆本の世界３）国書刊行会。
ゲーテ／柴田翔訳（2003)『ファウスト』（上・下）講談社。
石川栄作（2004)『ジークフリート伝説　ワーグナー『指環』の源流』講談社。
山崎太郎（2017)『《ニーベルングの指環》教養講座　読む・聴く・観る！　リング・ワールドへの扉』アルテスパブリッシング。
柴田翔（1985)『ゲーテ「ファウスト」を読む』岩波書店。
小塩節（1996)『ファウスト』講談社。

視聴覚資料

楽劇『タンホイザー』リヒャルト・ワーグナー作曲（1845）
楽劇『ニーベルングの指環』リヒャルト・ワーグナー作曲（1848-74）

〈Ⅱ-二-４〉

文献

ゲーテ／相良守峯訳（1942)『イタリア紀行』（全３巻）岩波書店。
フォルスター／八木浩ほか訳（1983)『ゲオルク・フォルスター作品集　世界旅行からフランス革命へ』三修社。
ハイネ／井汲越次訳（1938)『冬物語　ドイツ』岩波書店。
ツヴァイク／宮岡成次訳（1993)『未来の国ブラジル』河出書房新社。
リヒァルト・フリーデンタール／平野雅史ほか訳（1979)『ゲーテ　その生涯と時代』（全２巻）講談社。
木庭宏（1987)『民族主義との闘い　ハインリヒ・ハイネ「ドイツ・冬物語」研究』松籟社。
山口知三（1991)『ドイツを追われた人びと　反ナチス亡命者の系譜』人文書院。

視聴覚資料

映画『トラヴェールでの邂逅』（Treffen in Travers. Eine Liebe

in den Wirren der Französischen Revolution）ミヒャエル・グヴィスデク監督（1989）
映画『夜明け前に』（Vor der Morgenröte. Stefan Zweig in Amerika）マリア・シュラーダー監督（2016）

〈Ⅱ-二-5〉
文献
モナ・ベイカー，ガブリエラ・サルダーニャ編／藤濤文子ほか訳（2013）『翻訳研究のキーワード』研究社。
三ツ木道夫編訳（2008）『思想としての翻訳　ゲーテからベンヤミン，ブロッホまで』白水社。
ミカエル・ウスティノフ／服部雄一郎訳（2008）『翻訳　その歴史・理論・展望』白水社。
エルンスト・カッシーラー／宮田光雄訳（2018）『国家の神話』講談社。
多和田葉子（2012）『エクソフォニー　母語の外へ出る旅』岩波書店。
ジョージ・スタイナー／亀山健吉訳（1999，2009）『バベルの後に　言葉と翻訳の諸相』（上・下）法政大学出版局。

〈Ⅱ-三-1〉
翻訳
レッシング／斎藤栄治訳（1970）『ラオコオン』岩波書店。
レッシング／南大路振一訳（2003）『ハンブルク演劇論』鳥影社。
Fr. シュレーゲル／山本定祐訳（1978）『ロマン派文学論』冨山房。
Fr. シュレーゲル／平野嘉彦訳（1990）『ルツィンデ』（ドイツ・ロマン派全集　第12巻『シュレーゲル兄弟』）国書刊行会。
ノヴァーリス／今泉文子訳（2015）『夜の讃歌・サイスの弟子たち　他一篇』岩波書店。
ハイネ／井上正蔵訳（1955）『アッタ・トロル　夏の夜の夢』岩波書店。
ホフマン／深田甫訳（1972）『牡猫ムルの人生観』，『ホフマン全集』（全7巻）創土社。
ホフマンスタール／檜山哲彦訳（1991）『チャンドス卿の手紙　他十篇』岩波書店。
クラウス／池内紀訳（2016）『人類最期の日々（普及版）』（上・下）法政大学出版局。
ベンヤミン／浅井健二郎訳（1995）『ゲーテの『親和力』（『ベンヤミン・コレクションⅠ』）筑摩書房。
ベンヤミン／浅井健二郎訳（1999）『ドイツ悲劇の根源』（上・下）筑摩書房。
マックス・ホルクハイマー，テオドール・W・アドルノ／徳永恂訳（2007）『啓蒙の弁証法』岩波書店。
テオドール・W・アドルノ／三光長治ほか訳（2009）『文学ノート』（上・下）みすず書房
文献
藤本淳雄他（1995）『ドイツ文学史（第2版）』東京大学出版会。

〈Ⅱ-三-2〉
文献
今泉文子編訳（2010）『ドイツ幻想小説傑作選』筑摩書房。
ヴィンフリート・フロイント／深見茂監訳（1997）『ドイツ幻想文学の系譜』彩流社。
ジークフリート・クラカウアー／福本義憲訳（2005）『探偵小説の哲学』法政大学出版局。
高山宏（2002）『殺す・集める・読む　推理小説特殊講義』東京創元社。
視聴覚資料
映画『白い恐怖』アルフレッド・ヒッチコック監督（1945）

〈Ⅱ-三-3〉
文献
インゲ・ショル／内垣啓一訳（1964）『白バラは散らず』未來社。
フリードリヒ・マイネッケ／矢田俊隆訳（1969）『ドイツの悲劇』（『世界の名著54　マイネッケ』）中央公論社。
カネッティ／岩田行一訳（1971）『群集と権力』（上・下）法政大学出版局。
ツェラン／飯吉光夫訳（1986）『パウル・ツェラン詩論集』静地社。
ハンナ・アレント／志水速雄訳（1994）『人間の条件』筑摩書房。
テオドール・W・アドルノ／渡辺祐邦・三原弟平訳（1996）「文化批判と社会」（『プリズメン』）筑摩書房。
ジョルジョ・アガンベン／上村忠男・廣石正和訳（2001）『アウシュヴィッツの残りもの』月曜社。
テオドール・W・アドルノ／竹峰義和訳（2009）「アンガージュマン」（『アドルノ　文学ノート2』）みすず書房。
リヒャルト・フォン・ヴァイツゼッカー／永井清彦編訳（2009）『言葉の力　ヴァイツゼッカー演説集』岩波書店。
カール・ヤスパース／橋本文夫訳（2015）『われわれの戦争責任について』筑摩書房。
早崎守俊（1972）『負の文学』思潮社。
恒川隆男ほか（1997）『文学にあらわれた現代ドイツ』三修社。
石田勇治（2002）『過去の克服　ヒトラー後のドイツ』白水社。
柴田翔編（2003）『はじめて学ぶドイツ文学史』ミネルヴァ書房。
アライダ・アスマン／安川晴基訳（2007）『想起の空間』水声社。
アライダ・アスマン／磯崎康太郎訳（2011）『記憶のなかの歴史』松籟社。
岡裕人（2012）『忘却に抵抗するドイツ』大月書店。
對馬達雄（2015）『ヒトラーに抵抗した人々』中央公論新社。
ハンス・ヴェルナー・リヒター／飯吉光夫訳（2015）『廃墟のドイツ1947』河出書房新社。
高橋秀寿（2017）『ホロコーストと戦後ドイツ』岩波書店。
アライダ・アスマン／安川晴基訳（2019）『想起の文化』岩波書店。
視聴覚資料
映画『シンドラーのリスト』スティーヴン・スピルバーグ監督（2004）
映画『ヒトラー～最期の12日間～』オリヴァー・ヒルシュビーゲル監督（2006）
映画『善き人のためのソナタ』F・H・v・ドナースマルク監督（2007）
映画『ペトラ・フォン・カントの苦い涙』R・W・ファスビンダー監督（2011）
映画『東ベルリンから来た女』クリスティアン・ペツォルト監督（2013）

〈Ⅱ-四-1〉
文献
クラウス／池内紀訳（2016）『人類最期の日々［普及版］』（上・下）法政大学出版局。
エーリヒ・マリア・レマルク／秦豊吉訳（2008）『西部戦線異状なし』新潮社。
エーリヒ・ノサック／神品芳夫訳（2012）『短編集 死神とのインタヴュー』岩波書店。
ベルンハルト・シュリンク／松永美穂訳（2003）『朗読者』新潮社。
モードリス・エクスタインズ／金利光訳（2009）『春の祭典　第一次世界大戦とモダン・エイジの誕生』みすず書房。
若尾祐司・井上茂子編（2011）『ドイツ文化史入門　16世紀から現代まで』昭和堂。
イェルク・フリードリヒ／香月恵里訳（2011）『ドイツを焼いた戦略爆撃1940-1945』みすず書房。

三宅正樹ほか編著（2012）『ドイツ史と戦争「軍事史」と「戦争史」』彩流社。
足立邦夫（2013）『レマルク　最も読まれ，最も攻撃された作家』中央公論新社。
池内紀（2015）『カール・クラウス　闇にひとつ炬火あり』講談社。
新野守広ほか編著（2017）『知ってほしい国ドイツ』高文研。

視聴覚資料

映画『西部戦線異状なし』ルイス・マイルストン監督（1930）
映画『愛を読むひと』スティーヴン・ダルドリー監督（2008）

〈Ⅱ-四-2〉

文献

クリストフ・マルティン・ヴィーラント／義則孝夫訳（2002）『アガトン物語』ty-library。
フィヒテ／大津康訳（1940）『ドイツ国民に告ぐ』岩波書店。
フィヒテ／早瀬明ほか訳（2014）『フィヒテ全集　第17巻　ドイツ国民に告ぐ　政治論集』哲書房。
ハイネ／木庭宏ほか訳（1989）『ハイネ散文作品集　第１巻　イギリス・フランス事情』松籟社。
ハイネ／木庭宏ほか訳（1990）『ハイネ散文作品集　第２巻『旅の絵』より』松籟社。
クラウス・マン／岩淵達治訳（1983）『メフィスト　出世物語』三修社。
ユルゲン・ゼルケ／浅野洋訳（1999）『焚かれた詩人たち　ナチスが禁書・粛清した文学者たちの肖像』アルファベータブックス。
ピエール・アルベール／斎藤かぐみ訳（2020）『新聞・雑誌の歴史』白水社。
マリオ・インフェリーゼ／湯上良訳（2017）『禁書　グーテンベルクから百科全書まで』法政大学出版局。
ロバート・ジャスティン・ゴールドスティーン／城戸朋子・村山圭一郎訳（2003）『政治的検閲　19世紀ヨーロッパにおける』法政大学出版局。
ニコラス・J・キャロライズほか編／藤井留美・野坂史枝訳（2004）『百禁書　聖書からロリータ，ライ麦畑でつかまえてまで』青山出版社。
菊池良生（2013）『検閲帝国ハプスブルク』河出書房新社。
アンデシュ・リデル／北條文緒・小林祐子訳（2019）『ナチ　本の略奪』国書刊行会。

〈Ⅱ-四-3〉

翻訳

ヘッセ／松永美穂訳（2012）『車輪の下で』光文社。
ムージル／丘沢静也訳（2008）『寄宿生テルレスの混乱』光文社。
フランク・ヴェデキント／酒寄進一訳（2017）『春のめざめ』岩波書店。
トーマス・マン／浅井晶子訳（2018）『トニオ・クレーガー』光文社。
ローベルト・ヴァルザー／若林恵訳（2013）『ヤーコプ・フォン・グンテン』（『ローベルト・ヴァルザー作品集３　長編小説と散文集』）鳥影社。
ケストナー／池内紀訳（2014）『飛ぶ教室』新潮社。

文献

望田幸男（1998）『ドイツ・エリート養成の社会史　ギムナジウムとアビトゥーアの世界』ミネルヴァ書房。
ニコラウス・ゾンバルト／田村和彦訳（1994）『男性同盟と母権制神話　カール・シュミットとドイツの宿命』法政大学出版局。

視聴覚資料

映画『テルレスの青春』フォルカー・シュレンドルフ監督（1966）

〈Ⅱ-五-1〉

文献

ヨハン・ペーター・エッカーマン／山下肇訳（1968-69）『ゲーテとの対話』（上・中・下）岩波書店。
トーマス・マン／山崎章甫・高橋重臣訳（1992）『ゲーテとトルストイ』岩波書店。
夏目漱石／三好行雄編（1986）『漱石文明論集』岩波書店。

〈Ⅱ-五-2〉

文献

生野幸吉・檜山哲彦編訳（1993）『ドイツ名詩選』岩波書店。
ホフマン／鈴木潔訳（1997）『ベートーヴェン・第五交響曲』（ドイツ・ロマン派全集　第９巻『無限への憧憬』）国書刊行会。
ホフマン／深田甫訳（1972）『牡猫ムルの人生観』（『ホフマン全集』７巻）創土社。
ホフマン／深田甫訳（1976）『ドン・ファン』（『ホフマン全集』１巻）創土社。
エドゥアルト・メーリケ／宮下健三訳（1974）『旅の日のモーツァルト』岩波書店。
トーマス・マン／関泰佑・関楠生訳（1974）『ファウスト博士』（上・下）岩波書店。
中島悠爾訳（2000）『リヒャルト・シュトラウス／ホーフマンスタール　往復書簡全集』音楽之友社。
リヒャルト・ワーグナー／杉谷恭一・谷本愼介訳（1993）『オペラとドラマ』（『ワーグナー著作集』第３巻）第三文明社。
堀朋平（2016）『〈フランツ・シューベルト〉の誕生』法政大学出版局。
檜山哲彦（2005）『あああこがれのローレライ　ドイツ詩のなかの愛とエロス』ベストセラーズ。
三宅新三（2016）『リヒャルト・シュトラウスとホーフマンスタール』青弓社。

視聴覚資料

歌曲『魔王』，『野ばら』ほか。ゲーテ詞，フランツ・シューベルト作曲（1815頃）
歌曲集『美しき水車小屋の娘』ヴィルヘルム・ミュラー詞，フランツ・シューベルト作曲（1823）
歌曲集『冬の旅』ヴィルヘルム・ミュラー詞，フランツ・シューベルト作曲（1827）
歌曲集『詩人の恋』ハイネ詞，ローベルト・シューマン作曲（1840）
歌曲集『リーダー・クライス』ヨーゼフ・フォン・アイヒェンドルフ詞，ローベルト・シューマン作曲（1840）
歌劇『薔薇の騎士』ホーフマンスタール台本，リヒャルト・シュトラウス作曲（1911）
歌劇『無口な女』シュテファン・ツヴァイク台本，リヒャルト・シュトラウス作曲（1935）
歌劇『カプリッチョ』クレメンス・クラウス／リヒャルト・シュトラウス台本，リヒャルト・シュトラウス作曲（1941）

〈Ⅱ-五-3〉

文献

久保哲司（2016）『こころをよむ 哀しき恋を味わう ドイツ文学のなかの〈ダメ男〉』NHK 出版。
佐々木れい（2009）『わたしは祈り，わたしは歌う　ドイツバロックの詩人フリードリヒ・シュペー』鳥影社。
ベンヤミン／久保哲司訳（1997）『一方通行路』（『ベンヤミン・コレクション３』）筑摩書房。

シラア／実吉捷郎訳（1934）『たくみと恋』岩波書店。
ゴットフリート・フォン・シュトラースブルク／石川敬三訳（1976）『トリスタンとイゾルデ』郁文堂。
ゲーテ／柴田翔訳（1997）『親和力』講談社。
ケラー／中埜芳之訳（1987）『恋文濫用』（『ケラー作品集第二巻　ゼルトヴィーラの人々第二話』）松籟社。
ベンヤミン／山口裕之訳（2011）『技術的複製可能性の時代の芸術作品〔第三稿〕』（『ベンヤミン・アンソロジー』）河出書房新社。
シュティフター／藤村宏訳（2004）『晩夏』筑摩書房。
ツヴァイク／辻瑆ほか訳（2012）『チェスの話　ツヴァイク短篇選』みすず書房。
ツヴァイク／辻瑆ほか訳（2012）『女の二十四時間　ツヴァイク短篇選』みすず書房。
フランク・ヴェデキント／岩淵達治訳（1984）『地霊・パンドラの箱』岩波書店。
シュニッツラー／岩淵達治訳（1997）『輪舞』現代思潮社。
ベルンハルト・シュリンク／松永美穂訳（2003）『朗読者』新潮社。
クライスト／佐藤恵三訳（2008）『クライスト全集〈別巻〉書簡』沖積舎。
ビューヒナー／日本ビューヒナー協会有志訳（2011）『ゲオルク・ビューヒナー全集Ⅱ』鳥影社ロゴス企画。
カフカ／池内紀訳（2013）『ミレナへの手紙』白水社。

〈Ⅱ-コラム１〉

文献

カルデロン／高橋正武訳（1978）『人の世は夢・サラメアの村長』岩波書店。
グリルパルツァー／城田千鶴子訳（2019）『夢は人生 四幕のメルヘン劇』水声社。
ホーフマンスタール／津川良太訳（1973）『ザルツブルク世界大劇場』（『ホーフマンスタール選集４』）河出書房新社。
ホーフマンスタール／岩淵達治訳（1973）『塔』（『ホーフマンスタール選集４』）河出書房新社。
リヒァルト・アレヴィン，カール・ゼルツレ／円子修平訳（1985）『大世界劇場　宮廷祝宴の時代』法政大学出版局。
高階秀爾（2017）『バロックの光と闇』講談社。

〈Ⅱ-コラム２〉

文献

ゲーテ／高橋義人・前田富士男ほか訳（1999）『色彩論』工作舎。
ゲーテ／木村直司訳（2009）『ゲーテ形態学論集・植物篇』ちくま学芸文庫。
ゲーテ／木村直司訳（2009）『ゲーテ形態学論集・動物篇』ちくま学芸文庫。
ノヴァーリス／青山隆夫訳（1989）『青い花』岩波文庫。
日本ゲオルク・ビューヒナー協会有志訳（2011）『ゲオルク・ビューヒナー全集』（全２巻）鳥影社。
ビューヒナー／岩淵達治訳（2006）『ヴォイツェック ダントンの死 レンツ』岩波文庫。
シュニッツラー／森林太郎訳（1912）『みれん』籾山書店。
シュニッツラー／森林太郎訳（1913）『戀愛三昧』現代社。
ハンス・カロッサ／高橋健二訳（1953）『ルーマニア日記』岩波文庫。
ハンス・カロッサ／手塚富雄訳（1954，2012 改版）『美しき惑いの年』岩波文庫。
ベン／内藤道雄・金子章訳（1972）『ゴットフリート・ベン作品集』三修社。
ブレヒト／岩淵達治訳（1979）『ガリレオの生涯』岩波文庫。
ブレヒト／谷川道子訳（2013）『ガリレオの生涯』光文社古典新訳文庫。
デュレンマット／山本佳樹訳『物理学者たち』（『デュレンマット戯曲集』第二巻，2013）鳥影社。
ダニエル・ケールマン／瀬川裕司訳（2008）『世界の測量　ガウスとフンボルトの物語』三修社。
石原あえか（2010）『科学する詩人ゲーテ』慶應義塾大学出版会。
石原あえか（2015）『近代測量史への旅　ゲーテ時代の自然景観図から明治日本の三角測量まで』法政大学出版局。

〈Ⅱ-コラム３〉

視聴覚資料

映画『まわり道』ヴィム・ヴェンダース監督（1975）

〈Ⅱ-コラム４〉

文献

池辺晋一郎（2010）『シューマンの音符たち　池辺晋一郎の「新シューマン考」』音楽之友社。

視聴覚資料

オペラ『カプリッチョ』リヒャルト・シュトラウス作曲（1942初演）

○第Ⅲ部

〈Ⅲ-１〉

文献

小堀桂一郎（1982）『森鷗外　文業解題　翻訳篇』岩波書店。
高田里惠子（2001）『文学部をめぐる病　教養主義・ナチス・旧制高校』松籟社。
大野寿子編（2015）『グリムへの扉』勉誠出版。

〈Ⅲ-２〉

文献

ゲーテ／森鷗外訳（1928）『ファウスト』第一部第二部，岩波書店。
多和田葉子（2014）『献灯使』講談社。
多和田葉子（2007）『カタコトのうわごと』青土社。
森鷗外（1968）『阿部一族・舞姫』新潮社。
中村英雄（1977）「日本近代文学にあたえたドイツ文学の影響」（日本近代文学館編『日本近代文学大事典』第４巻）講談社。
加藤周一ほか（1947）『1946・文学的考察』真善美社。
中野重治（1936）『ハイネ人生読本』六藝社。
長谷川四郎（1973）『中国服のブレヒト』みすず書房。
村山知義（1971）『演劇的自叙伝』第２巻，東邦出版社。
和田博文ほか（2006）『言語都市・ベルリン』藤原書店。
五十殿利治（2001）『日本のアヴァンギャルド芸術　〈マヴォ〉とその時代』青土社。

視聴覚資料

映画『舞姫』篠田正浩監督（2008）

〈Ⅲ-３〉

文献

ハウプトマン／阿部六郎訳（1934初版，1988）『沈鐘』岩波書店。
佐藤普美子（1992）「沈鐘社の姿勢」『魯迅と同時代人』（汲古選書４）汲古書院。

〈Ⅲ-４〉

文献

『世界名詩集大成 第12（ロシア篇）』平凡社（1959）ジュコーフスキー『スヴェトラーナ』やチュッチェフの詩を収録。

プーシキン／神西清訳（2005）『スペードの女王・ベールキン物語』岩波書店。

ナボコフ／沼野充義・小西昌隆訳（2019）『ナボコフ・コレクション　賜物／父の蝶』新潮社。

川端香男里編（1986）『ロシア文学史』東京大学出版会。

藤沼貴・水野忠夫・井桁貞義編著（2003）『はじめて学ぶロシア文学史』ミネルヴァ書房。

坂庭淳史（2007）『フョードル・チュッチェフ研究　十九世紀ロシアの「自己意識」』マニュアルハウス。

諫早勇一（2014）『ロシア人たちのベルリン　革命と大量亡命の時代』東洋書店。

視聴覚資料

オペラ『スペードの女王』ピョートル・チャイコフスキー作曲（1890初演）プーシキンの同名の小説をオペラ化したもの。筋は異なる（原作では主人公たちは死なない）。

映画『ドストエフスキーと愛に生きる』ヴァディム・イェンドレイコ監督（2009）ロシア文学のドイツ語訳で知られる名翻訳家の波乱の半生を描いたドキュメンタリー。

〈Ⅲ－5〉

文献

カフカ／池内紀訳（2006）『流刑地にて』白水社。

カフカ／中井正文訳（1972）『アメリカ』角川書店。

村上春樹『海辺のカフカ』（上・下）新潮社。

Murakami, Haruki: *Kafka on the Shore*. Trans. Philip Gabriel (2005), New York: Vintage, 2006.

江藤淳（1967）『成熟と喪失　〝母〟の崩壊』河出書房新社。

山口知三（2006）『アメリカという名のファンタジー　近代ドイツ文学とアメリカ』鳥影社。

吉田春生（2001）『村上春樹とアメリカ　暴力性の由来』彩流社。

〈Ⅲ－6〉

文献

ホルヘ・ルイス・ボルヘス／鼓直訳（1993）『伝奇集』岩波書店。

オクタビオ・パス／竹村文彦訳（1994）『泥の子供たち　ロマン主義からアヴァンギャルドへ』水声社。

〈Ⅲ－7〉

文献

オトフリート・プロイスラー／中村浩三訳（1980, 1986改版）『クラバート』偕成社。

ハンナ・アーレント／大久保和郎訳（2017）『新版　エルサレムのアイヒマン　悪の陳腐さについての報告』みすず書房。

キース・トマス／荒木正純訳（1993）『宗教と魔術の衰退』法政大学出版局。

視聴覚資料

映画『クラバート　闇の魔法学校』マルコ・クロイツパイントナー監督（2008）

映画『クラバート』カレル・ゼマン監督（1977）

映画『スペシャリスト　自覚なき殺戮者』エイアル・シヴァン監督（1999）

〈Ⅲ－8〉

文献

スタール夫人／梶谷温子ほか訳（2000, 2002, 1996）『ドイツ論１・２・３』鳥影社。

ジェラール・ド・ネルヴァル／田村毅ほか訳（2001）『ネルヴァル全集Ⅰ』筑摩書房。

工藤庸子（2016）『評伝 スタール夫人と近代ヨーロッパ』東京大学出版会。

佐藤夏生（2005）『スタール夫人』清水書院。

福井芳男ほか編著（1979）『フランス文学講座３　詩』大修館書店。

古屋健三・小潟昭夫編（2000）『19世紀フランス文学事典』慶應義塾大学出版会。

視聴覚資料

映画『魔王』フォルカー・シュレンドルフ監督（1996）

■第Ⅰ部の肖像・サイン出典一覧■

6ページ[3]　肖像：*Erläuterungen und Dokumente. Johann Wolfgang Goethe. Die Leiden des jungen Werther.* Hrsg. v. Kurt Rothmann, Reclam, Stuttgart 2000, S. 85.／サイン：Peter Boerner: *Johann Wolfgang von Goethe.* Rowohlt Taschenbuch Verlag, Reinbek bei Hamburg 1999, S. 135.

8ページ[4]　肖像：Friedrich Vollhardt: *Gotthold Ephraim Lessing.* C. H. Beck, München 2016.／サイン：Siegfried Seidel: *Gotthold Ephraim Lessing 1729–1781. Eine Einführung in sein Leben und Werk.* Neues Leben, Berlin 1963.

10ページ[5]　肖像：Claudia Pilling, Diana Schilling, Mirjam Springer: *Friedrich Schiller.* Rowohlt Taschenbuch Verlag, Reinbek bei Hamburg 2002, S. 142.／サイン：同前，S. 143.

12ページ[6]　肖像：Willi Winkler: *Karl Philipp Moritz.* Rowohlt Taschenbuch Verlag, Reinbek bei Hamburg 2006, S. 11.／サイン：同前，S. 130.

14ページ[7]　肖像：Uwe Schultz: *Immanuel Kant.* Rowohlt Taschenbuch Verlag, Reinbek bei Hamburg 1965, S. 120.／サイン：同前，S. 167.

16ページ[8]　肖像：*Novalis Schriften.* Hrsg. v. Paul Kluckhohn und Richard Samuel, Stuttgart 1960ff., Bd. 4, S. 344–345.

18ページ[9]　肖像：*Dintenuniversum. Schreiben ist Wirklichkeit. Katalog zur Ausstellung.* Hrsg. v. Markus Bernauer, Jutta Weber, Angela Steinsiek, Ripperger & Kremers, Berlin 2013, S. 34.／サイン：Hanns-Josef Ortheil: *Jean Paul.* Rowohlt Taschenbuch Verlag, Reinbek bei Hamburg 1984, S. 137.

20ページ[10]　肖像：*Kritische Friedrich-Schlegel-Ausgabe.* Hrsg. v. Ernst Behler, München u. a. 1958ff., Bd. II, S. VIII/IV.／サイン：Ernst Behler: *Friedrich Schlegel.* Reinbek bei Hamburg 1966, S. 160.

22ページ[11]　肖像：Hans-Jürgen Malles: *Kennst du Hölderlin?* Bertuch Verlag, Weimar 2012, S. 7.／サイン：Friedrich Hölderlin: *Sämtliche Werke. Frankfurter Ausgabe. Band 7.* Hrsg. v. D. E. Sattler, Stroemfeld Verlag, Frankfurt am Main und Basel 2000, S. 201.

24ページ[12]　肖像：*Novalis Schriften.* Hrsg. v. Paul Kluckhohn und Richard Samuel, Stuttgart 1960ff., Bd. I, S. XVI/1.／サイン：Sophie von Hardenberg: *Friedrich von Hardenberg. Eine Nachlese aus den Quellen des Familienarchivs,* Leipzig 2011, S. 5.

26ページ[13]　肖像：*Heinrich von Kleists Lebensspuren. Dokumente und Berichte der Zeitgenossen.* Neu hrsg. v. Helmut Sembdner, Deutscher Taschenbuch Verlag, München 1996.／サイン：Günter Blamberger: *Heinrich von Kleist. Biographie.* S. Fischer Verlag, Frankfurt am Main 2011, S. 487.

28ページ[14]　アルニムの肖像：Klaus Günzel: *Die Brentanos. Eine deutsche Familiengeschichte.* Artemis & Winkler, Zürich 1993, S. 136.／ブレンターノの肖像：同前，S. 103.／アルニムのサイン：Helene M, Kastinger Riley: *Achim von Arnim in Selbstzeugnissen und Bilddokumenten.* Rowohlt, Hamburg 1979, S. 127.／ブレンターノのサイン：Clemens Brentano: *Sämtliche Werke und Briefe. Historisch-kritische Ausgabe. Band 8.* Hrsg. v. Heinz Rölleke, Kohlhammer, Stuttgart 1977.

30ページ[15]　肖像：Bernhard Viel: *Johann Peter Hebel,* C. H. Beck, München 2010, S. 26.／サイン：Uli Däster: *Johann Peter Hebel. In Selbstzeugnissen und Bilddokumenten.* Rowohlt Taschenbuch Verlag, Reinbek bei Hamburg 1973, S. 136.

32ページ[16]　ヤーコプ・グリムの肖像：Kulturamt Kassel／ヴィルヘルム・グリムの肖像：Historisches Museum Hanau Schloss Philippsruhe.／サイン：Kulturamt Kassel.

34ページ[17]　肖像：Gabrielle Wittkop-Ménardeau: *E. T. A. Hoffmann in Selbstzeugnissen und Bilddokumenten.* Rowohlt Taschenbuch Verlag, Reinbek bei Hamburg 1966, S. 39.／サイン：同前，S.156.

36ページ[18]　肖像：Karl Marx 1818–1883: *Leben. Werk. Zeit.* Von Karl Marx 2018 Ausstellungsgesellschaft, S. 80.／サイン：Christian Liedtke: *Heinrich Heine.* Rowohlt Taschenbuch Verlag, Reinbek bei Hamburg 2006, S. 169.

38ページ[19]　肖像：Das Goethe-Schiller-Denkmal vor dem Deutschen Nationaltheater in Weimar. Ernst Rietschel（1804–61）作，1857年除幕。著者撮影。／サイン：*Goethe in seiner Zeit.* Katalog der ständigen Ausstellung. Goethe-Museum in Düsseldorf. Hrsg. v. Volkmar Hansen 1993, S. 143.

40ページ[20]　肖像：Georg Büchner: *Werke und Briefe, Münchner Ausgabe.* Hrsg. v. Kalr Pörnbacher, Gerhard Schaub, Hans-Joachim Simm und Edda Ziegler, Deutscher Taschenbuch Verlag, München 1988.／サイン：Georg Büchner：*Sämtliche Werke und Schriften, Marburger Ausgabe, Bd. 10.1.* Hrsg. v. Burghard Dedner, Tilman Fischer und Gerald Funk, Wissenschaftliche Buchgesellschaft, Darmstadt 2012, S. 132.

42ページ[21]　肖像：*Deutsche Literaturgeschichte. Von Anfängen bis zur Gegenwart.* Hrsg. v. Wolfgang Beutin, Klaus Ehlert, Wolfgang Emmerich, Helmut Hoffacker, Bernd Lutz, Volker Meid, Ralf Schnell, Peter Stein und Inge Stephan, Metzler, Stuttgart 1992, S. 233.／サイン：Georg Büchner：*Sämtliche Werke und Schriften, Marburger Ausgabe, Bd. 10.1.* Hrsg. v. Burghard Dedner, Tilman Fischer und Gerald Funk, Wissenschaftliche Buchgesellschaft, Darmstadt 2012, S. 132.

44ページ[22]　肖像：Urban Roedl: *Adalbert Stifter.* Rowohlt Taschenbuch Verlag, Reinbek bei Hamburg 1965, S. 76.／サイン：同前，S. 146.

46ページ[23]　肖像：*Gottfried Keller 1819–1890.* Hrsg. v. Hans Wysling, 2. Aufl., Zürich und München 1990, S. 5.／サイン：Walter Baumann: *Gottfried Keller. Leben — Werk — Zeit.* Zürich und München 1986, S. 104.

48ページ[24]　肖像：Lisbeth Exner: *Leopold von Sacher-Masoch.* Rowohlt Taschenbuch Verlag, Reinbek bei Hamburg 2003, S. 44.／サイン：同前，S. 137.

50ページ[25]　肖像：*Friedrich Nietzsche. Chronik in Bildern und Texten.* Hrsg. v. Raymond J. Benders u. a., Carl Hanser, München und Wien 2000, S. 306.／サイン：Ivo Frenzel: *Friedrich Nietzsche.* Rowohlt Taschenbuch Verlag, Reinbeck bei Hamburg 2000（Überarbeitete Neuausgabe), S. 142.

52ページ[26]　肖像：Georg Escher: *Johanna Spyri. Verklärt, vergessen, neu entdeckt.* NZZ, Zürich 2001, S. 14.／サイン：Johanna Spyri, Conrad Ferdinand Meyer: *Briefwechsel 1877–1897.* Hrsg. v. Hans & Rosmarie Zeller, Romano, Kilchberg 1977, zwischen S. 42 u. S. 43.

54ページ[27]　肖像：Ivo Frenzel: *Friedrich Nietzsche.* Rowohlt Taschenbuch Verlag, Reinbeck bei Hamburg 2000（Überarbeitete Neuausgabe), S. 113.／サイン：同前，S. 142.

56ページ[28]　肖像／サイン：Karl Ernst Laage: *Theodor Storm. Leben und Werke.* Husum Druck- und Verlagsgesellschaft, Husum 1979.

58ページ[29]　肖像：Kurt Lothar Tank: *Gerhart Hauptmann mit Selbstzeugnissen und Bilddokumenten.* Rowohlt Taschenbuch Verlag, Reinbek bei Hamburg 1959, S. 153.／サイン：*Gerhart Hauptmann und sein Werk.* Hrsg. v. Ludwig Marcuse, Franz Schneider Verlag, Berlin und Leipzig 1922, S. 6.

60ページ[30]　肖像：*Die Mark Brandenburg. Heft Nr.112.* terra press, Berlin 2019, S. 47.／サイン：Helmuth Nürnberger: *Theodor Fontane in Selbstzeugnissen und Bilddokumenten.* Rowohlt Taschenbuch Verlag, Reinbek bei Hamburg 1968, S. 162.

62ページ[31]　肖像：Robert Boehringer: *Mein Bild von Stefan George. 2 Bände（Bild- und Textband).* Helmut Küpper vormals Georg Bondi, Düsseldorf/München 1951（2. Auflage 1968), S. 76.／サイン：Sabine Lepsius: *Stefan George. Geschichte einer Freundschaft.* Die Runde, Berlin 1935.

64ページ[32]　肖像：*Arthur Schnitzler. Sein Leben, Sein Werk, Seine Zeit.* Hrsg. v. Heinrich Schnitzler. Frankfurt am Main 1981.／サイン：Hartmut Scheible: *Arthur Schnitzler mit Selbstzeugnissen und Bilddokumenten.* Rowohlt Taschenbuch Verlag, Reinbek bei Hamburg 1976.

66ページ[33]　肖像：Friedmar Apel: *Hugo von Hofmannsthal.* Deutscher Kunstverlag, Berlin und München 2012, S. 18.／サイン：Werner Volke: *Hugo von Hofmannsthal in Selbstzeugnissen und Bilddokumenten.* Rowohlt Taschenbuch Verlag, Reinbek bei Hamburg 1967, S. 167.

68ページ[34]　肖像：Daniel Paul Schreber: *Denkwürdigkeiten eines Nervenkranken.* Kulturverlag Kadmos, Berlin 2003.

70ページ[35]　肖像：*Thomas Mann. Ein Leben in Bildern.* Hrsg. v. Hans Wysling u. Yvonne Schmidlin, 2. Aufl., Artemis, Zürich 1994, S. 126.／サイン：Hermann Kurzke: *Thomas Mann. Das Leben als Kunstwerk.* C. H. Beck, München 1999, S. 235.

72ページ[36]　肖像：*»Wie Genies sterben«. Karl Kraus und Annie Kalmar. Briefe und Dokumente 1899–1999.* Hrsg. v. Friedrich Pfäfflin u. Eva Dambacher in Zusammenarbeit mit Volker Kahmen, Wallstein, Göttingen 2001, S. 17.／サイン：*»Verehrte Fürstin«. Karl Kraus und Mechtilde Lichnowsky. Briefe und Dokumente 1916–1958.* Hrsg. v. Friedrich Pfäfflin u. Eva Dambacher in Zusammenarbeit mit Volker Kahmen. Wallstein, Göttingen 2001, S. 102.

74ページ[37]　肖像：Ingeborg Schnack: *Rilkes Leben und Werk im Bild. Mit einem biographischen Essay von J. R. von Salis.* Insel Verlag, Frankfurt am Main 1956, Abb. 76.／サイン：Gunter Martens und Annemarie Post-Martens: *Rainer Maria Rilke.* Rowohlt Taschenbuch Verlag, Reinbek bei Hamburg 2008, S. 147.

76ページ[38]　肖像：*Waldemar Bonsels. Karrierestrategien eines Erfolgsschriftstellers.* Hrsg. v. Sven Hanuschek, Harrassowitz Verlag Wiesbaden 2012, S. 255.

78ページ[39]　肖像：Wolfgang Emmerich: *Gottfried Benn.* Rowohlt Taschenbuch Verlag, Reinbek bei Hamburg 2006, S. 30.／サイン：同前，S. 137.

80ページ[40]　肖像：Klaus Wagenbach: *Franz Kafka. Bilder aus seinem Leben.* Klaus Wagenbach, Berlin 1983, S. 187.／サイン：Klaus Wagenbach: *Franz Kafka.* Rowohlt Taschenbuch Verlag, Reinbek bei Hamburg 1976, S. 135.

82ページ[41]　肖像：Otto Basil: *Georg Trakl mit Selbstzeugnissen und Bilddokumenten.* Rowohlt Taschenbuch Verlag, Reinbek bei Hamburg 1965, S. 6.／サイン：同前，S. 158.

84ページ[42]　肖像：Klaus Wagenbach: *Franz Kafka. Bilder aus seinem Leben.* Klaus Wagenbach, Berlin 1983, S. 190.／サイン：Klaus Wagenbach: *Franz Kafka.* Rowohlt Taschenbuch Verlag, Reinbek bei Hamburg 1976, S. 135.

86ページ[43]　肖像：*Arthur Schnitzler. Sein Leben, Sein Werk, Seine Zeit.* Hrsg. v. Heinrich Schnitzler, Frankfurt am Main 1981.／サイン：*»Sicherheit ist nirgends«. Das Tagebuch von Arthur Schnitzler, bearbeitet von Ulrich v. Bülow.* Marbacher Magazin 93 (2001).

88ページ[44] 肖像：Bernhard Zeller: *Hermann Hesse mit Selbstzeugnissen und Bilddokumenten.* Rowohlt Taschenbuch Verlag, Reinbek bei Hamburg 1963, S. 125.／サイン：同前，S. 162.

90ページ[45] 肖像：Hans Egon Holthusen: *Rainer Maria Rilke.* Rowohlt Taschenbuch Verlag, Reinbek bei Hamburg 1958, S. 133.／サイン：Gunter Martens und Annemarie Post-Martens: *Rainer Maria Rilke.* Rowohlt Taschenbuch Verlag, Reinbek bei Hamburg 2008, S. 147.

92ページ[46] 肖像：Hermann Kurzke: *Thomas Mann. Das Leben als Kunstwerk.* C. H. Beck, München 1999, S. 345.／サイン：同前，S. 2.

94ページ[47] 肖像：*Robert Walser. Sein Leben in Bildern und Texten.* Hrsg. v. Bernhard Echte, Frankfurt am Main 2008, S. 79.／サイン：Diana Schilling: *Robert Walser.* Reinbeck bei Hamburg 2007, S. 145.

96ページ[48] 肖像：Heinz Kächele: *Bertolt Brecht. Sein Leben in Bildern.* Veb Verlag Enzyklopädie, Leipzig 1963, S. 65.／サイン：同前，S. 65.

98ページ[49] 肖像：*Döblin-Handbuch: Leben — Werk — Wirkung.* Hrsg. v. Sabine Becker, Metzler, Stuttgart 2016.／サイン：Klaus Schröter: *Alfred Döblin mit Selbstzeugnissen und Bilddokumenten.* Rowohlt Taschenbuch Verlag, Reinbek bei Hamburg 1978, S. 137.

100ページ[50] 肖像：Thomas Amos: *Ernst Jünger.* Rowohlt Taschenbuch Verlag, Reinbek bei Hamburg 2011.／サイン：同前，S. 134

102ページ[51] 肖像：*Das große Erich Kästner Lesebuch.* Hrsg. v. Sylvia List, Deutscher Taschenbuch Verlag, München 1999, S. 277.／サイン：同前，S. 510.

104ページ[52] 肖像：*Wien 1900. Kunst und Kultur. Fokus der europäischen Moderne.* Hrsg. v. Christian Brandstätter, München 2011, S. 333.／サイン：ウィーン市庁舎図書館蔵。著者撮影。

106ページ[53] 肖像：*Hans-Fallada-Handbuch.* Hrsg. v. Gustav Frank, Stefan Scherer, De Guryter, Berlin / Boston 2019.

108ページ[54] 肖像：Helmuth Nürnberger: *Joseph Roth mit Selbstzeugnissen und Bilddokumenten.* Rowohlt Taschenbuch Verlag, Reinbek bei Hamburg 2006.／サイン：同前，S. 126.

110ページ[55] 肖像：*Walter Benjamins Archiv.* Hrsg. v. Walter Benjamin Archiv, Suhrkamp, Frankfurt am Main 2006, S. 202.／サイン：*Walter Benjamin 1892-1940. Eine Ausstellung des Theodor W. Adorno Archivs.* Bearbeitet von Rolf Tiedemann, Christoph Gödde und Henri Lonitz, Offizin Chr Scheufele, Stuttgart 1990, S. 129.

112ページ[56] 肖像：Esther Leslie: *Walter Benjamin.* Reaktion Books, London 2007, p. 12.／サイン：*Walter Benjamin 1892-1940. Eine Ausstellung des Theodor W. Adorno Archivs.* Bearbeitet von Rolf Tiedemann, Christoph Gödde und Henri Lonitz, Offizin Chr Scheufele, Stuttgart 1990, S. 129.

114ページ[57] 肖像：*Stefan Zweig — Abschied von Europa.* Hrsg. v. Klemens Renoldner, Theatermuseum, Wien 2014.／サイン：*Stefan Zweig. Für ein Europa des Geistes. Ausstellung.* Hrsg. v. Klemens Renoldner u. a., Verlag der Apfel, Salzburg 1992.

116ページ[58] 肖像：Paul Michael Lützeler: *Hermann Broch. Eine Biographie.* Suhrkamp Verlag, Frankfurt am Main 1986, S. 180.／サイン：Bertold Hack, Marietta Kleiß: *Hermann Broch Daniel Brody Briefwechsel 1930-1951.* Buchhändler-Vereinigung GmbH, Frankfurt am Main 1971, S. 192.

118ページ[59] 肖像：Peter Rüedi: *Dürrenmatt oder Die Ahnung vom Ganzen.* Diogenes Verlag, Zürich 2011.／サイン：Friedrich Dürrenmatt: *Theater-Schriften und Reden.* Verlag der Arche, Zürich 1966, S. 2.

120ページ[60] 肖像：Heinrich Vormweg: *Günter Grass. Neuausgabe.* Rowohlt Taschenbuch Verlag, Reinbek bei Hamburg 2002, S. 3.／サイン：同前，S. 163.

122ページ[61] 肖像：*Elias Canetti. Bilder aus seinem Leben.* Hrsg. v. Kristian Wachinger, Carl Hanser Verlag, München und Wien 2005, S. 125.／サイン：Helmut Göbel: *Elias Canetti.* Rowohlt Taschenbuch Verlag, Reinbek bei Hamburg 2005, S. 133.

124ページ[62] 肖像：*Ingeborg Bachmann, Bilder aus ihrem Leben mit Texten aus ihrem Werk.* Hrsg. v. Andreas Hapkemeyer, Piper, München 1987, S. 99.／サイン：同前，S. 25.

126ページ[63] 肖像：*„Fremde Nähe". Celan als Übersetzer. Marbacher Katalog 50.* Hrsg. v. Axel Gellhaus, Deutsche Schillergesellschaft Marbach, Marbach am Necker 1997, S. 101.／サイン：同前，S. 74.

128ページ[64] 肖像：*Die linkshändige Frau Peter Handke.* Suhrkamp, Frankfurt am Main 1981.

130ページ[65] 肖像：Brigit Dankert: *Michael Ende.* Lambert Schneider Verlag 2016.

132ページ[66] 肖像：Heiner Müller: *Krieg ohne Schlacht. Leben in zwei Diktaturen.* Verlag Kiepenheuer & Witsch, Köln 1994.／サイン：Jan-Christoph Hauschild: *Heiner Müller.* Rowohlt Taschenbuch Verlag, Reinbek bei Hamburg 2000, S. 139.

134ページ[67] 肖像：Thomas Bernhard: *Heldenplatz.* Suhrkamp Verlag, Frankfurt am Main 1995.／サイン：Hans Höller: *Thomas Bernhard.* Rowohlt Taschenbuch Verlag, Reinbek bei Hamburg 1993, S. 134.

136ページ[68] 肖像：*W. G. Sebald-Handbuch*, Stuttgart 2017.

138ページ[69] 肖像：©Betthina Flitner

140ページ[70] 肖像：多和田葉子氏提供。／サイン：多和田葉子氏提供

■人名・作品名索引■

• 原則として，人名に続けてその作品名を列記している。また，頁の太字は項目見出しにあることを示す。

タ 行

ナ 行

ハ 行

マ 行

ヤ 行

ラ 行

■事 項 索 引■

執筆者紹介（氏名／よみがな／現職／五十音順／＊は編著者）

執筆担当は本文末に明記

會田素子（あいだ・もとこ）
慶應義塾大学文学部非常勤講師

浅井英樹（あさい・ひでき）
東京理科大学教養教育研究院准教授

荒又雄介（あらまた・ゆうすけ）
大東文化大学外国語学部准教授

石原あえか（いしはら・あえか）
東京大学大学院総合文化研究科教授

井上百子（いのうえ・ももこ）
フランクフルト大学日本学科特任講師

岩本　剛（いわもと・つよし）
中央大学経済学部准教授

江口大輔（えぐち・だいすけ）
早稲田大学法学部准教授

大塚　直（おおつか・すなお）
愛知県立芸術大学音楽学部准教授

＊岡本和子（おかもと・かずこ）
奥付編著者紹介参照

葛西敬之（かさい・たかゆき）
信州大学人文学部准教授

梶原将志（かじわら・まさし）
北九州市立大学文学部准教授

桂　元嗣（かつら・もとつぐ）
武蔵大学人文学部教授

川島　隆（かわしま・たかし）
京都大学大学院文学研究科准教授

粂田　文（くめだ・あや）
慶應義塾大学理工学部准教授

佐藤普美子（さとう・ふみこ）
駒澤大学総合教育研究部教授

渋谷哲也（しぶたに・てつや）
東京国際大学国際関係学部教授

下薗りさ（しもぞの・りさ）
駒澤大学総合教育研究部准教授

杉山有紀子（すぎやま・ゆきこ）
慶應義塾大学理工学部専任講師

高橋　優（たかはし・ゆう）
福島大学人間発達文化学類准教授

竹内栄美子（たけうち・えみこ）
明治大学文学部教授

竹内理矢（たけうち・まさや）
明治大学文学部准教授

竹峰義和（たけみね・よしかず）
東京大学大学院総合文化研究科教授

畠山　達（はたけやま・とおる）
明治学院大学文学部教授

＊畠山　寛（はたけやま・ひろし）
奥付編著者紹介参照

早川文人（はやかわ・ふみと）
金沢大学国際基幹教育院教授

美留町義雄（びるまち・よしお）
大東文化大学文学部教授

福間具子（ふくま・ともこ）
明治大学文学部教授

古矢晋一（ふるや・しんいち）
立教大学文学部准教授

真下祐一（ましも・ゆういち）
駒澤大学総合教育研究部教授

増本浩子（ますもと・ひろこ）
神戸大学大学院人文学研究科教授

三好俊介（みよし・しゅんすけ）
駒澤大学総合教育研究部准教授

村山功光（むらやま・いさみつ）
関西学院大学文学部教授

山崎太郎（やまざき・たろう）
東京工業大学リベラルアーツ研究教育院教授

山崎泰孝（やまさき・やすたか）
島根大学法文学部准教授

由比俊行（ゆい・としゆき）
岡山大学教育推進機構准教授

横田保恵（よこた・やすえ）
明治大学商学部非常勤講師

*吉中俊貴（よしなか・としき）
奥付編著者紹介参照

《編著者紹介》

畠山　寛（はたけやま・ひろし／1973年生まれ）

駒澤大学総合教育研究部准教授

「後期ヘルダーリンにおける献呈詩――詩世界と現実との紐帯としての二人称代名詞」（駒澤大学外国語論集，2019年）

「運命の「偶有性」から悲劇の「理念」へ――書かれざる悲劇『エンペドクレスの死』」（駒澤大学外国語論集，2017年）

『ヘルダーリンの『エンペドクレスの死』――書き換えの原因とその意味』（アウリオン叢書16，弘学社，2016年）

„Die Sehnsucht nach Gleichheit oder die fiktive Identität des «gleich-sein» — „Vergleich“ in Hölderlins *Hyperion*“ *Wie gleich ist, was man vergleicht?* Hrsg. v. Akio Ogawa（Stauffenburg Verlag，2016年）

『ドイツ文化 55のキーワード』（31「ニーチェ」，35「書物」，54「ビール」，第５・６章イントロダクション）（共編著，ミネルヴァ書房，2015年）

吉中俊貴（よしなか・としき／1979年生まれ）

駒澤大学総合教育研究部准教授

「エーガーラントのために：ケストナーの『飛ぶ教室』について」（駒澤大学外国語論集，2019年）

「潜伏するレヴィアタン：ヨーゼフ・ロートの陸と海」（駒澤大学外国語論集，2016年）

「鷗外文庫のシュニッツラー」（駒澤大学外国語論集，2014年）

「ハンス・ザックスという政治者：カール・シュミットのワーグナー論についての試論」（東京藝術大学音楽学部紀要，2012年）

岡本和子（おかもと・かずこ／1974年生まれ）

明治大学文学部教授

「北方の都市ベルリン――ベンヤミンの追想の舞台」（『公開シンポジウム　マテリアとしての記憶　報告論文集』所収，景文館書店 web サイト，2016年）

「異質なものが作り出す磁場――ナポレオン軍による占領前後のベルリン文学風景」（尾関幸編『ベルリン――砂上のメトロポール（西洋近代の都市と芸術５）』所収，竹林舎，2015年）

ヴァルター・ベンヤミン『ベンヤミン・コレクション４～７』（浅井健二郎編訳，共訳，筑摩書房，2007-14年）

シリーズ・世界の文学をひらく①
ドイツ文学の道しるべ
——ニーベルンゲンから多和田葉子まで——

2021年4月1日　初版第1刷発行　〈検印省略〉
2023年3月1日　初版第2刷発行

定価はカバーに
表示しています

編著者　畠山　寛
　　　　吉中俊貴
　　　　岡本和子

発行者　杉田啓三

印刷者　田中雅博

発行所　株式会社　ミネルヴァ書房
〒607-8494　京都市山科区日ノ岡堤谷町1
電話代表　(075) 581-5191
振替口座　01020-0-8076

創栄図書印刷・新生製本

ISBN978-4-623-09078-5
Printed in Japan